THE STORY OF FLEETING LIFE

浮生物语 贰

裟椤双树 著

长江出版传媒　长江文艺出版社

Written by 裟椤双树
Illustrated by 鹿菏

浮生物语 贰

有一天，
你会走遍世上任何一个地方。
不停地走，不停地走，是对这个世界最大的尊重。
而我，永远在你的旁边。

目录

知音动漫图书 · 新阅坊出品

《漫客小说绘》书系

无论是怎样的脸，也只是一张脸而已。她一天不能明白这个道理，就一天不能走出囚笼。

第一章／乌衣

◉ 楔子 ◉

我是一只树妖，生于漫天飞雪的十二月，浮珑山巅，已婚。

眼前这个有花有草有院落的地方，是我在人世中赖以为生的小店，店名很怪，叫"不停"。

它藏在一个清静的巷尾里，往外走个几分钟，就是喧嚣热闹的大街，我一眼相中这里的原因，是爱上了那片闹中取静的恬淡。于是，一只树妖的生活也可以变得动静相宜，兼而有之。如果天气好，从我的窗户看出去，能看到漫天云霞或者星光璀璨，还有来来去去的人，或者别的生物，多姿多彩，我喜欢一边喝茶一边看他们，因为每张脸孔下，都藏了有趣或者不有趣的故事。

曾经，不停是一家甜品店。但，有些客人来我的店里却不是为那些可爱的甜品，他们只是来跟我喝一杯，一杯叫作"浮生"的茶。

这杯茶入口极苦，鲜少有人能忍受，喝过这杯茶的人，几乎都会皱眉头，但他们喜欢这杯茶，因为最后的最后，他们从这杯茶里，解了自己的结。

我的不停，做了一年的生意，然后，我在那个冬天结束了它，郑重宣布，不停甜品店永久歇业，因为我要结婚了，跟一条东海龙族里窜出来的叛逆的龙。我要洗手做羹汤，我要蜜月全世界，我不再听别人的故事，我要去完成属于我自己的故事。

时间总是又快又慢的，蜜月一年，有惊喜甜蜜，有惊心动魄，只是我没有想到，我会想家。

不停，是我的家，红尘人世中，我身不由己挂念的地方。

所以，我回来了。

太长的天长日久，太多的是非恩怨，让我的小店变得沧桑破旧，我足足花了数天时间，才把不停打理干净，修缮完毕。当然，是在抓了几个免费苦力来帮忙的情况下。

那只叫玄的黑猫替我吓跑了所有的老鼠蟑螂；狐狸阿透替我整理了满院的花草树木，还好心地给我开了一块菜地（种的大葱）；身为骨妖的顾无名力气最大，填坑补漏修房顶这些粗活不在话下。至于我那位著名的老不死的死党，所谓的天界酿酒仙官的九厥，则兴致勃勃地为我布置空间，摆放家具。他不但把文艺气息浓郁的纱帐挂得到处都是，还把我大厅里的柜台布置得像个一流的吧台，并为此沾沾自喜得意万分。如果不是看在免费服务的分上，我真的会用那些纱帐把他做成木乃伊，跨省包邮，一去不回。

我说过，不停甜品店永远歇业，所以，现在的不停，不会再做甜品生意了。

现在是下午五点十七分，我站在店门口，拿着鸡毛掸子，轻轻扫了扫那盏挂在屋檐下的灯笼。冬天里的最后一束阳光从它身上穿过，远看，是青青亮亮却又朦朦胧胧的一片，像袅袅轻烟在空气里晕开；近观，薄薄一层青纱覆在细细的竹篾上，仿若从雨后初亮的天空里裁下来的一块，温柔地围拢，便成了这线条玲珑，简朴轻灵的一盏尤物。

这种青纱我认识，叫作"软烟罗"，是极珍贵的织物，古时的富贵人家会拿来做衣做帐，但从未听说有人拿它来做灯笼。原因很简单，太容易被烧坏了。

可我偏偏就收到了这样的一份礼物，一个软烟罗做成的灯笼，除了那一身缥缈灵巧，精美上乘的做工之外，它上头还被人用淡墨题了字，字迹隽美潇洒，一面是"不停"两个大字，另一面，还有四行小字——

留步饮君茶，一夕浮生梦。但去莫复问，白云无尽时。

我至今也猜不出谁会有这雅兴，改了王维的诗，连这灯笼的出现也很蹊跷——在收拾好不停的当天，我去门外扔垃圾，它就躺在大门口，连个包装盒都没有，只有一张简陋的易事贴在上头，寥寥几字曰"贺不停重开之喜"，无落款。白白送上门的礼物，岂有拒收之理，何况，我喜欢上头那几句题字，读第一遍的时候就喜欢。

其实，在这灯笼出现之前，我还没想好新的不停要做哪门生意，在我喜滋滋地把灯笼挂到屋檐下时，我忽然决定，不停甜品店从今天起，正式转型为不停旅店。

曾经，我说我一直在不停地跑，一直在找一个最想停下的地方，现在我找到了，停下了，但世上还有太多跟我相似的人，仍然在奔跑，在寻找，可能焦急，可能疲倦，可能受伤，可能在以上所有可能都发生时，无处容身。

所以，在他们愿意停下之前，或许能在我的旅店里，休息片刻，然后，再出发。

不过话说回来，住店的钱是一分都不能少的，而且，老规矩，我只收金子，千足金！

乌衣

于是，树妖老板娘的不停旅店，就这样，在安静的巷尾，冬天的暮霭里，悄悄开业了……

一

我很生气！很生气很生气！握在手里的鸡毛掸子，无数次想扫射那只蹲坐在自动扫地机上的，一身紫鳞，连尾巴在内身长不超过两尺的，肥硕圆润的……龙！

这厮又乱用我的钱去网购！还一口气买了四台飞碟一样炫的，其实连瓜子壳都对付不了的狗屁自动扫地机，仅仅因为我警告他，想在我的店里待下去，就得勤奋工作，最起码每天都要扫地！但，结果是，坐在这些旋转移动的扫地机上满屋乱窜成了他这两天最热衷的娱乐项目。

虽然我很生气，虽然不太想多提他，但我是个诚实的妖怪——这条目前处于幼年形态的龙，就是我如假包换的丈夫，敖炽。

当然他以前不是这个傻样子，东海龙族成年之后，多数时间都会化身为俊男美女，而敖炽身为东海龙王的嫡孙，自然又是这一群里的佼佼者，曾经的玉树临风，骄横跋扈，以及跟我的恩怨情仇，足以写成长篇小说。不过，不久前我们遇到了一场意外事故，为了救我，他体内的龙珠出了点问题，导致他法力全消，身体也被连累至幼年形态。据说，这种情况起码要维持一年，所以，如今他存在的意义，就是赖在我身边，赖在不停里，每天游手好闲，惹我生气，并且赖得理直气壮。

不过，生气归生气，我现在仍然要笑颜如花，家务事绝不能影响生意，这是原则。客人面前，老板娘永远要春风拂面，气定神闲，这才叫专业。所以，放下鸡毛掸子，也能立地成佛。

我站在柜台里，微笑着给眼前这个从头黑到脚的年轻男人做登记，边登记，边时不时打量几眼。一月的天气，这座城市已经很冷了，他却穿得如此单薄，黑衬衫，黑裤子，黑鞋黑袜，白净的脸上还架着黑色的墨镜，真怕是灯一关，就看不见他了。

他是在夜幕刚降的时候进来不停的，缭绕了一身寒气，许久才散，随手拎着一个破破旧旧的小皮箱，让他看起来孤独又落魄。这样的人，有金子给我吗……

果然，做完入住登记，到了收取押金的环节时，沉默寡言的男人突然说："我听说过你，树妖裟椤。"

"哦，是吧。可那不能成为减免房费的理由。"我笑眯眯地把开好的押金收据递给他，"我只收金子，数额已经写清楚了，谢谢。"

"门口的灯笼很别致，尤其在夜里，像一片温暖的天空。"他没接收据，慢慢地说着，"不停，是个很好的地方。"

"扮文艺腔也不能打折！"我继续笑眯眯，"金子，谢谢。"

"我能离开的时候再给吗？"他终于变得直白了，"或者，我先用别的东西充作押金。"

"你的皮箱看起来可不太值钱。"我瞟了他的箱子一眼，上头各种陈旧的颜色混杂在一起，比它的主人还沧桑。

"不是它。"男人浅浅一笑，把箱子抓得更紧了些，"等你不忙的时候，来我的房间吧。"

我赶紧朝旁边瞄了一眼，先前敖炽玩扫地机玩得太投入，此刻已在柜台下的取暖器前呼呼大睡，我这才松了口气。如果被这个醋坛子发现一个不太难看的年轻男人对我讲这样的话，他可能会把扫地机砸到对方脸上吧……

"对不起，我为人质朴刚健，不会跟客人有任何不法关系。"我清清嗓子，"如果你不遵照我的规矩，那，不停就不是你能留下的地方。"

他笑出了声："我的意思是，听说你很喜欢听故事，我用一个故事来做押金。当然，如果你觉得到我的房里不方便，我们也可以另选地方。"

尴尬之余，我一挑眉，不置可否，把登记单朝他面前一推："签字按手印！"这是我的规矩，登记单的最末，由客人亲自签名按手印，这样，万一他们趁我没起床跑路了，我有办法从他们的指纹里追到他们的去向，天涯海角，欠钱者死！这是树妖的执着跟倔强！

他拿笔的过程里，有个不起眼的摸索的动作，我是个眼尖的树妖，细节里往往藏着整个世界。

"你看不见？"我看着他脸上那副漆黑的镜片，镜片里是我微微惊讶的脸。

"我以为我一进来你已经发现。"他一笑，把搞定的登记单退给我，"是，我看不见。"

我没回话，抬头朝天花板上喊了一声："纸片儿！还不下来带客人去房间！"

一个三寸不到的白色纸人儿从天花板上跳下来，落在柜台上，尖声尖气地对他说："跟我来！"说罢，腾空飞起，边飞边回头对男人说："帅哥，要热水的话找老板娘哦！厕所堵了的话找老板娘哦！上不了网的话找老板娘哦！一定是她没交网费！还有，我带路要收小费哦！"

一枚大头针从手里闪电飞出，直击纸片儿的屁股，它"哎呀"一声，一边拔针头一边对我吼："你再虐待帮工我就去劳动局告你！"

我拿起一个打火机，抛了几下，什么都没说。

纸片儿一见，马上老实了，谄媚地跟男人说："帅哥您小心，我帮您把灯打开，小心台阶，不收小费的哦！"

乌
衣

纸片儿爱小费，但怕火，口头禅之一是"打火机神马的最讨厌了"！

一只树妖开的店，里头注定不会有普通的帮工。从前，我的帮工是胖子跟瘦子，现在他们不在了，在没有找到更好的帮工之前，纸片儿勉强成了我的帮工之一，它除了爱八卦爱偷窥爱腹黑之外，没有别的本事。遇到它不听话的时候，我喜欢拿打火机威胁它，或者把它当成书签，夹到最厚的《康熙字典》里。至于它的来历，我在一份绝密的不停人事档案里有详细描述，既然是绝密，现在就不多提了。总之，这个纸片儿是一个需要在威胁中成长的小妖怪。

对于纸片儿这种非人玩意儿，他没有丝毫惊讶，沉默地跟着它去了后院的客房。

我一直有这样的预感，来到不停的客人，都不是正常人。

他签字的登记单还铺在我面前，上面工工整整签着他的名字——乌衣。

把熟睡的敖炽扔回他自己的床上，自己仍回到柜台。不停跟别的旅店不同，非24小时营业，午夜零点准时收工，开门时间不定，我什么时候睡醒什么时候开门。

差五分钟零点，我出去关大门。就像乌衣说的那样，屋檐下我的灯笼，是这个冬夜里唯一让人温暖的光线了。其实，这个灯笼里没有灯泡，也没有蜡烛，什么都没有，但它就这样亮着，青天淡云一样的光晕，衬着大大的"不停"二字，距离在它面前变得没什么意义，再远的地方，仿佛都能看到。

我搓着手往回走，发现乌衣站在柜台前，手里还是拎着他的破皮箱。

本来我打算关了门就去找他，押金不重要，只是太久没听别人的故事，何况，他还是不停旅店的第一个客人。

"睡不着，有点渴。"他看不见，却能准确看向我的位置。

我把他领到柜台对面窗下的桌前，说："不怕更加睡不着的话，我可以请你喝杯茶。"

头顶的灯，我只留了一盏，灯光刚刚照到我们的桌子，还有桌上那杯热气袅袅的茶。

他喝了一口，意料之中，皱眉道："苦。"

"没一口喷出来，你已经不错了。"我笑道，捧起我的杯子。里头当然不是茶，是热牛奶，我是一只懂得爱惜自己的妖怪，深夜里的茶，留给有心事的人。

他又喝了一口，问："这茶叫什么？我从未在别处喝到过。"

"浮生。"我答，"只有不停，才有这种茶。"

他若有所思地点点头，放下茶杯，把那寸步不离，宝贝似的破箱子放到桌上，然后侧过脸，将耳朵贴在上头，仔细地听。

我默默灌着牛奶，注视着他怪异的行为。

"春天快到了吧？"他突然抬起头，问了我一个更怪的问题。

窗外，北风呼啸。

我用最俗气的一句话来回应他："冬天到了，春天还会远吗？"

这句俗话，竟让他十分高兴，仿佛看到了某个近在眼前的希望。

外头的气温直线下降，窗下的我们，因为热茶与热牛奶的存在，暂时遗忘了冬天的存在……

二 ❧

"大家都说，红花街的小裁缝只穿黑色的衣裳。为啥呀？"

"耐脏。"

"嘻嘻，你跟咱们府里一个丫头说的一样呢，她也只穿黑衣裳。"

"嗯。"

"你不是益州人，为啥要留在这里呢？"

"有人借了我一个屋檐，一盏灯笼，我们隔门而坐，聊了一夜的梅花与落雪。于是，天明时，我决定留在这里。"

他的剪刀，娴熟地在布料上滑动，嗤嗤的声音里，一个丫环打扮的蓝衣小姑娘在他对面掩口而笑，问："就这么简单？"

"要多复杂呢？"他专注于他的双手，如何让一块平凡的布料变成美好的衣裳，是他现在唯一关注的事。再说，他本来就是个简单的人。

从一个地方流浪到另一个地方，走过一个地方就忘记一个地方，有时候也会遇到一些有意思的人，于是坐下来喝几杯酒，话几句家常，从不问对方的身家来历，连名字也无所谓。如果别人问他，他总是随口编一个名字，或者一段经历，反正天亮之后就各自散去，真话假话有什么要紧。这么多年，他都是这样过来的。

益州是很少下雪的，今年却是又一个例外，一连三日，虽不比北国飞雪，仍然白了屋顶与街道。仔细看，会发现檐下树梢挂起了纤细的冰凌。男女老少们都很高兴，"瑞雪兆丰年"，孩子们更是兴奋无比，从各处团起积雪玩耍，顽皮的，将雪球往任何一个路人身上扔；安静的，蹲在一旁细心堆砌，滑稽的雪人儿慢慢成形。

他在裁剪的间歇，会偶尔抬头看窗外这些生动的人跟景，笑笑，然后继续他的工作。

去年的这个时候，益州也在下雪。他被一场雪绊住了继续前行的念头。

流浪的人停下来。于是，雪停之后的某天，益州城里多了一个小裁缝，在一条叫红花街的小街上，租了一间窄小的屋子，用布帘子一隔，一半住宿，一半营生，再拿纸写

乌衣

了两个大字"制衣"，贴在大门旁的灰墙上，连个店名都没有。

一年时间，窄小偏僻的红花街从门可罗雀，渐渐变得人来人往。益州城里的人，尤其是那些年轻姑娘，不论出身官宦还是布衣平民，都说红花街上的小裁缝，手艺是一等的好，越来越多的姑娘，最大的心愿就是让红花街的裁缝替她们做一套裙衫。

说来也怪，益州城这般繁华的地方，裁缝店随处可见，何止百家。单说西街上那家最大的锦衣绣楼，里头的裁缝技艺精湛，专为城中达官显贵制衣，据说连长安城里的皇亲国戚都会派人来此定制新衣。这里，从来都是益州城中生意最好、规模最大的制衣处，刺史大人全家的衣裳都由锦衣绣楼包办。不过，在红花街的小裁缝出现之后，锦衣绣楼一枝独秀的局面，渐渐被打破了。

客人们说，他做的衣裳，特别合身，特别好看，一穿上身去，再平庸的脸上都有了活生生的光彩似的，且收费又很低廉。

对任何生意人来说，客似云来自然是求之不得，偏偏他的规矩是，一个月，只做一套衣裳，哪怕外头有几十个客人拿着银两翘首以待，他也只是笑着送客。他说，规矩就是规矩，如果轻易被打破，那又何必有规矩。

他手里的，是第十二套衣裳。月初的时候，益州城里的首富，东城王府的大小姐，遣了丫环来找他，带了一块锦缎，说要做一套裙衫，务必要在上元灯节之前完成。

在这之前，他不接受任何一个向他规定交货时间的客人。一件衣裳，总得要做好才能交货，赶时间是非常坏心情也坏手艺的一件事。但，他接下了王家小姐的生意。

那天，他捧着这块月下云锦，独自在窗前坐了许久，手指在盘绕其上的美丽花纹中反复游走，小心翼翼。这块料子之所以叫月下云锦，是因为在白天跟黑夜，它的颜色是不同的。白天，它只是一块普通的锦缎，颜色甚至有点发黑，只有在夜色中，它才会显现出月光一般的白色，并且带着淡淡的光晕。传说，身着它的人不论自身姿容多么平凡，都会变得皎洁如月，似仙子神妃。但，多年来，月下云锦都只是个传说。有人说，这根本不是人间的东西，是有法力的妖怪织成的宝贝，凡人是无缘一见的。哪怕有这样的传说，无数织造者还是做梦都想领略它的风采，谁承想，这么个天人神物般的玩意儿，如此轻易地摆在了他面前。

如果，这真是王家小姐的东西，恐怕她根本不知道这就是百闻不得一见的月下云锦，只当是她家万千绫罗中的一块，随意交给丫环便了事。

不识货，在任何一个时代都是遗憾。

只不过，他肯定这月下云锦的所有者，绝非王家小姐，而他当时肯接下这所谓王家小姐的活儿，完全是因为来找他的人。

那天下雨，她匆匆跑进来时，浑身都湿透了，鞋子上尽是泥浆，怀里紧紧抱着用油纸包了一层又一层的包裹。他正在细心熨烫刚刚做好的衣裳，她却没进屋，怯怯地站在窗口，举起一只衣袖，看似擦雨水，实则是故意遮住了脸，小心地说："裁缝师傅，我……我家小姐要做衣裳。上元灯节前务必完成。"

然后，冻得像胡萝卜的手，微微发抖地将那包裹从窗户递了进来。

"进来说话吧。"他放下熨斗，看着窗外的人。

"不用了。"她固执地举着包裹，将脸努力扭到一边，躲闪着他的目光。

"不给我讲明你家小姐的身量尺寸，如何裁衣？"他淡淡道。

她涨红了脸，说："我家小姐身量与我相似。"

"可我连你的全貌都不曾看到。"他莞尔一笑，"窗口只有你半个身子。"

她迟疑了半晌，虽然极不情愿，又怀着某种期望，扭捏着走了进来，把头低得不能再低。

"抬头，何必畏畏缩缩，做衣裳而已。"他说，"佝偻着身子，我如何量衡清楚。"

其实，他做衣裳从来不用尺量，只消看一眼对方的身形，便已成竹在胸。

她只好照做。

屋子里的光线很足，他放了好几盏灯火，白天也如此，一个针眼都看得清楚。

他的衣裳之所以让客人如此满意，仅仅是因为仔细、用心，或许再加一点天分，别无诀窍。

敞亮的光线中，她的面容，无所遁形。毫不出彩的脸孔，甚至可以说难看，小眼睛，塌鼻梁，雀斑密布，关键是，她的左眼是瞎的，一只毫无生气的灰白眼眸，与右眼完全不对称。身形也是矮小瘦削的，毫无少女婀娜多姿的一面，黑色的粗布衣裙上满是污渍，那死气沉沉的颜色，像朵附在她身上的乌云。

他只端详了她片刻，收回目光，说："可以了。"

她像得了大赦，拔腿就想跑。

"等等！"他叫住她，把一把伞放到她手里。

"裁缝师傅……"她愣在门口，抱着伞，想走又不敢走似的。

"你叫什么？"他问，神情正常而坦然。

她嗫嚅着说："小糠……"

"安康的康么？"

"不是……糟糠的糠……"她的声音比蚊子还小。

"可爱的名字。"他笑了，看看门外，说，"下雨路滑，一路小心。上元灯节前晚，来取你家小姐的衣裳吧。"

乌
衣

她回过神，逃似的跑了。

他回屋，看着她递来的包裹，竟然有一丝紧张。他一边打开，一边默默期许包裹里只是一块普通的衣料。

当月下云锦出现在他眼里时，他颓然靠在了椅子上，说不出的失望与无力。

来益州快一年，他第一次深深皱起了眉头。

"喂喂！裁缝师傅！"对面的蓝衣小丫环见他有些失神，提醒道，"这件衣裳，上元灯节前一定要做好哦！不然我家小姐一定会责罚我的！"

他从短暂的回忆里抽离出来，点点头："三天之后，你来取。"

"这么快?!"小丫环高兴得不得了，拍手道，"这下我家小姐肯定高兴了！一没想到你肯接我们小姐的活儿，二没想到这么快就能做好。回头我家大小姐一定加倍给你赏钱！"

他笑而不语。

"哎呀，我得赶紧回去了，小糠还等着我买药回去呢。裁缝师傅你人真好呀！"这多嘴的小丫环一来到店里，就好奇地问东问西，现在一看天色，马上跳了起来，慌着要走。

"留步。"他叫住她，"府上那位小糠姑娘病了么？"

"咦，你认识她？"小丫环反问。

"曾在市集有一面之缘。"他一言遮过。

"她没病，只不过被大小姐杖责一百，比生病还惨呢。"小丫环叹气。

"杖责？"他一愣，"为何？"

"好像是大小姐丢了翡翠镯子，府中到处找遍了还是没有。有人说看见小糠进过大小姐的闺房，所以大小姐当然抓她去拷问，但小糠抵死不认，说自己没有偷过东西。大小姐也没办法，打了她一百大板了事。可怜的，这么折腾下来，小糠只剩半条命了。"小丫环越说越难过，"小糠来府里好几年了，身子单弱，模样又不讨好，一直只在后院里做杂役，很是老实本分的。"她压低声音，"偏偏我家大小姐生性骄纵，脾气古怪，府里被她无端责罚过的人多不胜数。没想到这次轮到小糠遭殃。"

"哦。"他点点头，又不动声色地问，"上元灯节府上是有什么庆典么？不然你家小姐为何如此着急赶制新衣？"

"才不是庆典呢。"小丫环的嘴皮子极快，"听说是陈州的刺史大人跟夫人要在那天来咱们府里，我家老爷好像跟他们是亲戚呢。倒也不知来做什么，反正府里这些日子都在为他们的到来做准备。忙死了，哎呀不说了，我真得走了。"

天色已经暗下来，外头玩耍的孩童早没了踪影，大家都被仍然飘个不停的雪花早早送回了家。

他关上门，没有再继续他的工作，而是走到他的床边，从枕头下摸出那块包得好好的月下云锦，至今，它还是一块布料，没有被他裁剪分毫。

一直静坐到深夜，他突然起身，吹灭了家中所有的灯火，出门而去。

雪越下越大，街道上铺起厚厚一层，他走得很快，飞一样快，踏雪而无痕。

三 ❧

"有人啊，里头有人！在墙壁里啊！我看到他从墙壁里飞出来啊！是神仙啊！不不，是妖怪啊！"

满身污垢，神志不清的流浪汉被几个官差拖走了，肮脏的手指惊奇而不甘心地指着离他越来越远的巷子，以及巷子里残旧的屋宅。秦淮南岸的居民们，谁会相信一个经常喝得烂醉，寄身在那条旧巷里的流浪汉。那条巷子，曾是吴国戍守石头城的军队专用的营房，之后，经年累月无人居住，当地官府曾有意改建，以作民居，却因经费不足搁置。另有传说称，有人在深夜里，见那些身着黑衣，早已亡故的士兵在巷子内游荡，玄之又玄。总之是，这巷子除了酒鬼流浪汉，以及一些在此筑巢的燕雀和老鼠之外，基本上无人光顾。

说这个地方有神仙，那真真是见了鬼！流浪汉的叫喊渐渐淹没在傍晚的寒风里，不会有谁把他的疯言疯语当一回事，大家都是正常人。

巷子里倒数第三间宅子，蛛丝儿在梁下晃悠，院落里杂草丛生，旧物凌乱，一棵老树跟一堵灰墙孤独对望了多年。

普通无比的墙，你注意什么，都不会注意到颜色斑驳，摇摇欲坠的它。

一只小老鼠从墙根溜过，运气十分不好，竟被一只从墙里迈出来的腿踩了尾巴，疼得"吱"一声叫。

"你给我站住！"墙壁里传来老迈而严厉的声音，那只脚略一迟疑，收了回去，小老鼠狂奔而逃。月夜之下的旧宅，一切如常。

他站在这扇高耸入云的大门前，定定地站着，不肯回头。顶上的艳阳，身后的鸟语花香，永不干涸的潺潺水声，是他此刻最不想再看到的东西。

这扇门的另一面，是一面墙，完全不引人注目地存在于人世。在那件事发生之前，他从没想过要去门的另一面，这个仙境一般完美的世界，是他的家。

"你在做一件毫无意义的事！"站在他身后的，是他的外公，也是这里的首领，他总是喜欢摸那两条垂到肩膀的白眉毛，慈爱和善，一身绣金黑袍永远富丽堂皇。但，生气的时候例外，比如现在，他看起来像个气急败坏又无计可施的黑衣白发老魔怪。

他半晌不作声，很久之后才挤了几个字："我就是去看看。"

"看看也不行！"外公用力拿他的拐杖戳地，仿佛地上躺着他的外孙。

"她一个人在外头。"他咬牙。

"她已不是我们的一分子。"外公的拐杖停下来，"三块月下云锦，被她毁了两块，不但毁了，还令我们全族蒙羞，惹来一世骂名！我将她囚禁，已是最轻的处罚，你……"

他突然转身，"扑通"一声跪在外公面前："外公，偷偷放走她是我不对。可是，自西周起你便将她囚禁，她日日忏悔，已经知错，为何不能再给她一次机会！"

"她若真的知错，又怎会在你私自放她后，又偷了第三块月下云锦，溜之大吉？！"外公的长眉毛气得直哆嗦，手指戳在外孙的额头上，"你这个蠢孩子呀，外公跟你讲过许多次，无论是怎样的脸，也只是一张脸而已。她一天不能明白这个道理，就一天不能走出囚笼。你以为你是救了她么？"他抬头看向那扇连通两个世界的大门，扶起外孙，叹息，"她不配做你的心上人。家里还有那么多女眷，不要执迷不悟了。何况，还有不少衣裳要赶制出来，送给那些应得的人，你应将心思花在正事上。"

"她偷走了月下云锦？"他不肯相信，如果他信，无疑是往心里狠狠扎下一刀。

"外公几时诬陷过他人！"面对外孙的反应，老家伙松了口气，拍拍他的肩，"这就是她对你的报答。同时，她也要接受这个行为所带来的，最终的后果。"

他的家，永远蓝天白云，没有凄风冷雨，没有黑夜漫长，没有酷热严寒，但今天，一切都有了，在他默不作声的身体里。

"我一把年纪了，不能时时刻刻照管你，你也这么大了，不要动不动就想离家出走。你看，昨天你与看门人的纠缠，竟被门外的陌生人看见，幸而他们当他是疯汉不予理睬，否则，我们的行踪若被有道行的高人知道，必有无穷的麻烦。"他以为他的外孙大彻大悟了，语气也放缓了不少，"回去吧，我只得你一个外孙。"

他拉住外公放在自己肩头的手，慢慢挪开，说："我去把月下云锦追回来。"

"不用了。"外公摆摆手，痛心疾首跟老谋深算在他脸上交织而现，"我早已在上头下了功夫，一旦有人在未经允许的情况下，带走这仅剩的一块月下云锦，只要她出了家门，这块料子就死了，再不能为她所用。另外，她再无回头路可走，这个家，不要她了。而她，也不再需要与过去有关的任何记忆。"

他心下一惊，拳头暗自攥紧。

"当她从未存在过吧。以后，她在门外，你在门里，永无相交。"外公仰天叹息，"她第一次穿上月下云锦时，就再也脱不下来了。"

他跟着外公往回走，一路无言。

几个身着黑色罗裙的小姑娘从廊桥上轻盈跑来，朝他们行了个礼，道了声"族长好"，又偷偷打量了一眼外公身边的他，绯红了脸，飘然而去，只留一片莺声燕语，拂动桥边垂柳，清波荡漾。

在这个家里，不论男女，都没有美丑之分，因为他们中的每一个都很漂亮，就算有一天到了外公那般的年龄，也是个端正英俊，毫无丑态可言的老头子。

只不过，他们身上的衣裳，永远只有一种颜色——黑。因为，任何颜色到了他们身上，都会变成黑色。

他们最擅长的事，是做衣裳，有时候自己织，有时候从门外买回布匹，制出的各式衣裳，大都在月圆的夜里，送给门外那些没有衣裳穿的人。衣不蔽体的家伙们，以为是菩萨显灵，感激涕零。

外公是这样讲的，我们是妖怪，但我们跟神仙没有区别，一件衣裳，也是慈悲心肠。

这样的生活，不是很好么？

所以他不能理解她的行为，她的理想。

月下云锦，是他的祖辈们用秘术织造而成的神物，它是活的，一块只能用一次。

穿上月下云锦制成的衣裳，你纵是丑陋不堪，也能倾国倾城，论化腐朽为神奇，它当之无愧。它是家里的宝贝，只有三块。

她偷走第一块月下云锦的时候，殷商王朝正走在通往覆灭的路上，她与纣王如胶似漆，酒池肉林，鹿台笙歌。妲己之名，艳绝了天下，也绝了纣王的天下。武王大军破城时，纣王自焚，她逃跑，临走时还不忘将一切罪名嫁祸给一只倒霉的狐狸精。

她以为躲得很隐秘，终于还是被自己的家人找到。收回已"死"的月下云锦，她被打回原形。外公震怒，她声泪俱下，苦苦哀求，念她初犯，外公罚她带上脚链，到落花台扫了两百六十五年的落花。

所有人都以为她的心早已安分，外公仁厚，放她自由。

她偷走第二块月下云锦的时候，周幽王的江山已摇摇欲坠，为博她一笑，烽火戏诸侯。

在她跟她的王逃难去骊山的前夜，她被抓了回来。

外公将搜到她下落的家人痛骂一顿，办事不力，花这么多时间才找到这妖孽，罚禁食一月。至于她，终身囚禁，不得赦免。

他记得每次去看她时，她都在哭，缩在囚室最黑的地方，不肯相见。

你已是家里最漂亮的一个，何苦还要月下云锦。他问她。

她的回答是——还不够。

怎样才是够？

乌衣

要门外那手握天下的男子，为我一眼沉迷。

门外头，就真的那么好？

我腻了这里的生活，死水一片。月下冷雪，为给穷人送衣而奔忙，远不及我一个不悦的眼神，就能让人人头落地来得痛快。

他本来想说，你变了，或者是，你糟蹋了月下云锦，又或者是，你让你的脸成了最恶毒的武器。

但，他什么都没说出口，心事重重地离开了囚室。

过了这么多年，他以为她真的安分了。她每天都在囚室里裁布制衣，看向他的眼神，又跟以前一样清澈干净了。

那天，她哀戚地说，放了我吧，求你，我们一起到门外去生活，外公永远都不会原谅我，你真的要任我在这不见天日的地方孤独终老？

他不能，当然不能。在许久之前，她的刑期就该结束了，至少在他心里是这样想的。对于喜欢的人，总是容易宽容，乃至纵容。这个特性，不分妖怪神仙凡人，哪里都一样。

然后，他冒险偷走外公的钥匙，放走了她。

她说她逃出去之后，会在城外那间茶铺里等他。确定没有追兵之后，到那里来找她。

事实是，真的没有追兵，对于这件事，外公甚至都没有发太大的脾气，说，随她去吧。只是在知道他要离开家去找她时，老头子才冒了火。

外公以为，真相会阻止他的脚步。

今天，他跟外公说的最后一句话是："我知道要怎么做了。"

这个晚上，打更的人路过巷口，看到一个黑影从巷子里倒数第三间旧宅中冲出，闪电般从硕大的圆月下飞过。

一个多月后，巷子里来了个瘦骨嶙峋的道士，身后跟着那疯疯癫癫的流浪汉。

"哪里有妖怪？"道士一甩拂尘，举手投足间都是刻意的正气凛然。

"倒数第三间旧宅，墙里！"流浪汉准确地指明了方向。

当天夜里，巷子里的某间宅子起了大火，被惊醒的人们纷纷赶来，奈何火势太猛，无人能靠近，眼睁睁地看火海肆虐，只庆幸宅子里无人居住。可是，明明是空宅一座，偏偏又有人听到火海里有人惊叫哭喊，混乱不堪。

直到天明，大火才渐渐熄了，于是，所有人都看见了十分古怪的一幕——本该成灰烬的宅子，居然毫发无损，连梁下的蜘蛛网都完好如初。可是，气势汹汹一夜火焰，又是大家亲眼所见。众人面面相觑，莫非大家做了同一个梦，梦见宅子着火不成？

胆大的几个，走进宅子四下查看，哪里有一丝被火烧过的痕迹？唯一的不同，只是老树对面的那堵灰墙垮了，烂砖碎屑，支离破碎。一地灰白之间，又见点点黑影，上前细看，竟是死去的燕子，大大小小，足有几十只。有一只最大的，头顶的毛都白了，眼睛上还长出了两条眉毛，垂了很长很长。

无人能解释，为何垮墙之下有这么多燕子。有人说，这些燕子是当年戍守在此的士兵的魂魄所化，因为那些士兵总是身着黑色战衣；也有人说，这些燕子是妖怪，白天躲在这面墙里休养生息，到了晚上便化成人形，出来兴风作浪。

总之，这件事被当作一件不大不小的奇闻，不了了之。

这年月，人的事都管不过来，谁会去在意几只燕子。

听说，后来有人住进了那条巷子，还是达官显贵，名门望族。不论他们姓王还是姓谢，他们的来到，让这条巷子蓬荜生辉，名留青史。奇特的大火跟死去的燕子，在高门大户的笙歌里，被风吹到时间的河中，无迹可寻。

露宿街头的人，依然来了又走，走了又来，冻死在寒夜里的，也不在少数。只是，再没人在有月亮的夜里，悄悄放一件暖和的衣裳在他们身边。

四

王府很大，大得足以让人迷路。而且，今夜又是不同的，府中的所有家丁仆婢都在忙碌，提灯穿梭于大小房舍之间，慌张地寻找着他们的大小姐。

王家老爷急得跺脚，眼看刺史大人就快到家中来，平日里刁蛮任性也就罢了，关键时刻，他们王家的一世荣华位极人臣，都系在她身上，这节骨眼上，女儿却不见了！

他找到她却很容易。

王府里最高的一片屋顶上，灯火照不到，月亮又刚好隐入了云后，而屋顶上又如此安静，连呼吸声都听不到。于是，这里成了最安全的地方。

小糠坐在凝固成冰的雪上，瑟瑟发抖，旁边，躺着失踪的王家大小姐，眼睛大大地睁着，饱满光洁的额头上，破了一个大洞，鲜血已凝成了块，娇美的脸孔比雪还白。

他甚至都不用探她的鼻息，就知道这女人的生死。

"不是我。"小糠的头慢慢抬起来，但始终怯于看他，"她独自来我房里，把灯油泼在我身上，说我再不交出她的翡翠镯子，就烧死我。可我真的没有偷她的镯子。"

他不答话，静静等她说下去。

"是她自己……"她的目光触在王大小姐的尸体上，马上惊恐地弹开，"是她自己不小心踩到了地上的油，滑倒了……撞到了柜角，就……就死了。我很怕，不知哪里来

乌衣

的力气，抱着大小姐也觉得身子很轻，像飞起来似的，轻飘飘地便上了屋顶。"语无伦次地说完，她没来由地问了一句："你信我么……"

他蹲下来，轻抚着她冰凉的面颊，说："你是燕子，当然会飞。"

"燕子？"她像是被什么戳中了心事，可又不明白是什么心事，抬起头看他一眼，马上又低下去，紧张地喃喃，"要怎么办……老爷一定会杀掉我……"

他在心里叹气，外公从来不说假话，他的确让她忘记了过去。

可是，如果她真的什么都忘记了，为何独独忘不了这个——他从怀里掏出那块月下云锦，它依然是漂亮的，但那层灰气，幽灵似的依附在上头，明月无光。

"我的……"她一见，一把将它抢了去，继而疑惑，"为何还是一块布？"

他看她的眼神，有一点悲哀，有一点失望。

"你如何得来这块布料？"他问。

她紧紧将月下云锦抱在怀里，摇头："不知道。它一直就在。不管我走到哪里，它都跟我一起，从不分离。我只有它，只有它了。"

当他看到她仅剩的一只眼睛里有泪光的时候，他觉得鼻子有些发酸。牵起袖子，他擦去她脸上的泪痕与污迹，轻声道："为什么来找我，还把这么珍视的东西交给我？"

她哽咽着，半晌才颤颤地说："我只是觉得……只能去找你。"

"你认识我么？"他捧起她丑陋不堪的脸，无半点嫌弃。

这次，她没有急急忙忙地躲开，愣愣地望着他的脸，点点头："去年，下雪的晚上，我在门里，你在门外。"

他眼睛里一撮小小的火苗，熄灭了。她对他的记忆，只到去年而已。

从他离开家，到他找到她，时移世易，万里江山不知改了多少次姓氏，他知道寻找她需要很多时间，但没想到会多到一直走到李唐的天下。外公拿走了她的记忆，也切断了她身为燕妖的气味。没有任何捷径，他只有实实在在地走过一座又一座城池，翻过一片又一片山川，靠近每一个可能是她的人，一次又一次失望之后，再打起精神走下一段路，专注得忘记了时间。

没有记忆也好，面目全非也好，只要走近，他就能认出她，是本能，是天性，一如她什么都不记得，却忘不了那块月下云锦。

一个结，在解开之前，总是忘不掉的。

一年前，益州城的夜雪让他停在了一片院墙之外。

雪太大了啊，鹅毛一样，他坐在那扇紧闭的院门外，借着上头的一角屋檐，喝着葫芦里仅剩的烧酒。

清清淡淡的香味，从门缝里钻出来，他没醉，当然闻得到。他本就无事可做，于是转身从门上的缝隙里往里看，却冷不丁看到门后的一双眼睛，也正在朝外看。

他的酒葫芦从手里滑了下来，滚下了台阶。

门后的人，显然被他吓了一跳，颤声问："外头是谁？"

他清了清嗓子，说："过路的。雪大，走不了。"

许久之后，门后才传来她的声音："你是从哪里来的？"

"从西城门进来的，过了三里桥，便到了这里。再往前，就不记得了。"他如是道。

"你从未来过益州？"门后的声音有一点讶异。

"从未来过。"他知道她的讶异从何而来，却不点破，"为何这样问？"

"有些面善。"她贴着门，再仔细地看他，却再看不出什么端倪，问别人那么多干什么呢，她自己不也不记得自己从哪里来的么，走过一个地方就忘记一个地方。

"姑娘贵姓？"他仰头打量这院门，虽然只是后院偏门，也毫不简陋马虎，绝非小户人家。

"府里的下人都没有姓氏。"她轻声说。

"哦。"他听到了远处传来的更鼓声，"夜已深，姑娘为何还不就寝？"

"他们都睡了，我才好出来赏雪看花呀。"说到这里，她淡淡的怅然都消失了，言语间有难得的轻松，"后院的梅花开了，又香又好看。"

"赏花不该是白天做的事么？"他换了个方向，果然从门缝里隐约看到了几枝傲雪盛放的红梅，借着远处楼宇的灯火，落雪更白，花瓣更红。刚刚的香味，是它们。

门后很久没有动静，他以为她走了。

"白天不是我的。"她的叹息从门里飘出，"他们每个人都会笑话我，这样的人，怎么有面目赏花赏雪，看一眼都是亵渎。我应好好待在杂役房里，跟污物粗活相伴，才是道理。"

"你是怎样的人？"他微微皱起了眉，"不过是赏花罢了，何来亵渎之说。"

"你也喜欢看梅花么？"她转了话锋。

"只有下雪的时候，梅花才是最漂亮的。"他答。

"外头很黑吧？"

"是。"

门后传来一点小动静，然后，小心翼翼地开了一道缝——一盏点亮的灯笼，从门缝里探了出来。

"拿去吧。但是别靠近，也别想进来，就在门外。"她在门缝后藏着。

乌衣

门里门外，他们之间，总要隔着一道门。

他苦笑着接过灯笼。

院门慌忙关上了。

"天亮的时候还你。"他提着这盏灯火跳跃的灯笼，倚门而坐，享受着淡淡的暖意跟光明。

"天亮的时候你得赶紧走，千万别睡着了，不然被他们发现，不但会赶你走，还会拿棍子打你呢！"她小心叮嘱。

他一笑："谢谢你借我一个屋檐，一盏灯笼。"

"也谢谢你陪我赏花。"她很真诚，隔着门似乎也能感觉到她嘴角的笑意，"天亮之后，你又要走了么？"

他把灯笼提得高了一些，细细打量，说："不走了，我会留在益州城。"

"真的？留下来干吗？"门后有莫名的欣喜。

"还没想好，或许会弄个裁衣服的小摊吧。"他望着门缝，"我只会裁衣服。"

直到天明雪停，他离开时，她也没有再开门，不肯让他见到自己的模样。

这没有关系，她在这里，就足够了。

"你总是躲着，一年前躲在你的门后，一年后躲在我的窗外。"他想起她主动来见他的那一天，"你连是给自己做衣裳都不敢承认。"

"我只能穿黑色的衣裳，从来都是。"她咬着嘴唇，"任何颜色的衣裳到了我的身上，都会变成黑色。我不敢跟任何人说，只能撒谎，说黑衣裳耐脏。每逢节庆之日，大家都穿着各色华服去庆祝，我却只能躲在房里，偷偷羡慕。我也不能在一个地方停留太久，我怕被人发现这个秘密。我只知道我已经活了很多年，走过很多地方，在每个地方，都只能做别人不愿意做的粗活。"她顿了顿，眼泪滴在怀里的月下云锦上，"它一直跟着我，只有在没人的时候我才会将它拿出来看一看，摸一摸。我常梦见它变成一件漂亮的衣裳，我穿上它照镜子，镜子里的我，漂亮得像仙子一样。可我确信这并不仅仅是个梦。你知道，我无数次抱着它站在各个裁缝店的门口，却无论如何也不敢迈进去一步。我怕那些嘲笑的目光跟声音，像刀子一样。而你，跟他们不一样。"

这就是外公说的，她要接受的后果么？

曾经，一张绝世容颜为她换来鹿台上缠绵的风光，烽火戏诸侯的"殊荣"。而现在，没有记忆，没有法力，不能化回原形，只能顶着一张丑陋的脸孔辗转人世，受尽白眼与欺辱。

一年前，他在她的门外，决定留一年，用一年时间来证明，历经如此漫长的岁月，她有没有真正脱下那件"月下云锦"。如果有，他会很开心，非常开心，然后带她离开，结束一切苦难。

当裁缝的这一年，每来一位客人，他的心都会紧跳一下，发现并不是她，才会松懈下来。

他知道，如果她依然还没有脱下她的"月下云锦"，就一定会来找他。

他们之间的牵引埋在彼此身体里最深的地方，就算没了记忆没了法力，也会在的。

他凝视了她许久，终于问了他最怕听到答案的问题："为何要等到一年之后，才来找我做衣裳？"

"上元灯节时，陈州的刺史大人要来府中，他跟我家老爷是堂兄弟。"她抹着眼泪，慢慢道，"我听大小姐屋里的彩凤说，刺史大人是来益州认女儿的。"

"那又如何？"他不解。

"刺史大人与同安大长公主来往甚密，公主有意将刺史大人的女儿许配给晋王李治为妃。可是，好事未成，这位小姐便一病归西。"她使劲揉着自己的衣角，"刺史大人不甘心失掉这门亲事，于是想到了堂弟的女儿。听说我家小姐跟刺史大人的女儿年纪相当，容貌也颇有相似，加上晋王并未见过这位小姐，所以……"

"所以刺史大人要偷龙转凤，用自己的堂侄女冒充亲女，嫁给李治。"他恍然大悟，转而又道，"如此秘密，那个彩凤如何得知？"

"彩凤是大小姐的贴身侍婢。而且，大小姐平日里娇纵跋扈，口无遮拦，而老爷又异常溺爱，父女俩无话不说，想来是知道这事之后，禁不住心中狂喜，说漏了嘴。"她的眼神有点紧张，"后来，彩凤洋洋得意地跟要好的姐妹说，她就快去长安享受荣华富贵了，大小姐要做王妃，她是小姐的贴身侍婢，必然要陪嫁过去。我在墙后，听得一清二楚。可那天之后，彩凤跟她这位好姐妹就不见了，府里也没人提起她们。"

他沉默许久，又看了看王家大小姐那已经僵硬的尸体，觉得身体里的力气，一点一点溃散了。

"你之所以要赶在上元灯节前要你的新衣裳，是为了在刺史大人到来时，以艳惊四座的方式，'无意'出现在他面前，对不对？"

她下意识地摇头，又点头，慌乱不已，结巴着说："我……我知道我不是做梦，这块布料一旦变成了衣裳，我就会是另一个人。我不敢奢望太多，就算将来只做一个陪嫁丫头，也比如今连赏花看雪也要偷偷摸摸的强。"

"一张脸孔，可以换你想要的一切未来。你依然这样想么？"他深深地，深深地叹息。

她永远也脱不下那件"月下云锦"——外公的话，说对了么？！

"我……"她又咬紧了嘴唇，很久之后，才点点头，"你不是我，无法了解我的疼痛。

乌衣

019

我一无所有，连记忆都没有，我连自己有多大年纪都不知道，每走过一个地方，我就忘记一个地方，能记住的，除了我的脸和别人的嘲笑之外，就只有它了。"说着，她把月下云锦抱得更紧了，眼泪又落下来，说，"可是，现在怎么办。大小姐死了……"

是的，我无法了解你，我能做的，只是一次一次相信你。

他看着她缩成了小小一团的，干枯而绝望的身体，说："跟我来吧。"

五 🍂

飞翔，对于他来说是最容易的事，像走路一样容易。

无名的野地里，他好好安葬了王大小姐，心中向这个不走运的女人说了声对不起。

然后，带着三魂不见七魄的她，回到了红花街，他的裁缝铺里。

他给她倒了一杯热茶，又打来热水，细心地给她擦脸，又找来梳子，把她散乱的头发一点一点梳理整齐。

她一直抗拒去看面前的铜镜，身子仍在微微发抖。

"小糠，你听好了。"他的手指停在她的鬓间，"天亮之后，你就是王家的大小姐。"

她猛地睁开眼，转头看他："你说什么？"

"天亮之前，我帮你做好你的衣裳。"他笑了笑，"这是我做的最后一件衣裳。"

"你……你要走了？"她从他的语气里听到了别离。

"是的。"他继续挪动梳子，看着铜镜里渐渐整洁的她，"我想，你很快也会走的。"

她不知道该说什么，仓皇与不安反而让她僵硬的眼眸生动了起来。

他放下梳子，对着镜子里的她说："你觉得，做人好，还是做一只可以到处飞翔，自由自在的燕子好？"

"人好。"她不假思索，脱口而出。

"为何？"他的眼里有刹那的暗淡。

"燕子轻易就会死在人的弹弓下。"她怔怔地回答，似乎有什么东西搅动了她的心底，又无从捉摸。

他苦笑。

也许她的想法是对的，外公，还有他所有的家人，他们的家，不就是在一夜之间，毁在了一个道士的手里么？仅仅因为，它们是不容于人世的妖怪。在道士的眼里，妖就是妖，必毁之而后快，为了正义。

"睡一会儿吧。天亮就好了。"他起身，怀揣着她的月下云锦，往里屋走。

外公说的是真的，这块月下云锦已经死了。但是，他知道如何能让它活过来，而且比之前更好，更神奇。

小糠疲倦地睡去，灯火照着她不安又有所期待的脸。

天亮时，雪也停了。

一件崭新的，月白色的衣裳摆在她的面前，光彩流动，美不胜收。

她惊呆了。

"穿上吧。"他在他的布帘后说。

她迫不及待地脱去旧衣裳，转眼之间，传说里绝无仅有的月下云锦已然温柔地贴在她的身上。

然，片刻之后，美丽的衣裳却带着微微的热度，透明，消失，或者说，融化在了她的肌肤上。

铜镜里，再没有丑陋不堪的小糠，只有一个亭亭玉立，国色天香，美貌如仙子临世的王家大小姐。

她惊喜地按住了自己的脸，激动得想喊想跳，甚至忘了自己还赤身裸体。

布帘后，飞出一件普通的红色衣裙。

"穿上吧，天冷。"他的声音隔着布帘，有点闷，又有点遥远。

她兴奋得满脸通红，慌慌地套上衣裳，然后发现，红衣裳依然是红衣裳，并没有像从前那样，变成黑色。

她惊异地捂住嘴，抬脚便要往布帘后来。

"停下！"他断然喝止了她的行动，"现在，你转过身，走出大门，然后，回家去吧。"

她被他吓到了，呆站在原地，望着布帘。

"你的路在门外。"他放缓了语气，"去吧。"

她愣了很久，缓缓转过身，又回头看了一眼，说："谢谢！"

言毕，她很快地跑了出去，并没有太多留恋，身姿轻盈得像一只灵巧的燕子。

直到她的声音完全消失，他才慢慢撩起布帘，一块黑布蒙在他的眼睛上。布下，隐隐透着殷红的血渍。

"那晚，我去了那间茶铺，可你并不在那里。"他喃喃着。

六

他又开始流浪了。

依然是走过一个地方就忘记一个地方，用假姓名跟人把酒欢歌，笑谈风月。有时候运气好，会被人邀请到高床暖枕的地方休息。但更多的时候，累了，就在随便的一个屋檐下歇一歇。

有人给他扔过馒头或者铜钱，也有人拿扫把棍棒招呼过他。

唯一跟以前不同的是，他的手里，多了一根盲杖。

嗒嗒的声音，从一座城池响到另一座城池。

他再也不裁衣服了，改成铁口直断，占卜吉凶。

一个瞎子，用古旧的卦签与善意的谎话讨生活，总是比较容易的。

关于她的事，在任何一个地方，都能陆陆续续地听到。

当他在那个小镇里喝酒的时候，听到别人说，她已顺利地当上了晋王妃，李治那家伙对于新婚妻子的美貌，爱不释手，恨不得时时都相对，刻刻不分离。

他喝着酒，继续跟同桌的人谈论隔壁街那个杀猪匠的儿子的头有多大，哈哈大笑。

当他在那座繁华城池的河边垂柳下呼呼大睡时，李世民死了，李治做了皇帝，而她顺理成章从晋王妃变成了王皇后，母仪天下。

一个苍蝇从他脸上飞过去，他恼怒地拂了拂手，转个身，继续睡。

当他在那条不起眼的小街上，坐在自己的卦摊后，耐心听面前那个愤怒的寡妇述说丈夫的不是时，长安的皇城里，一个叫武媚娘的女人，名声渐渐大了起来。听说，那是李治的新宠。

他微笑着听寡妇说话，认真地为她卜卦，把她失踪丈夫的下落告诉她。

当他悠悠闲闲走在乡下的稻田边时，皇宫里，武昭仪跟王皇后明争暗斗，轰轰烈烈。

他跟乡下的老农谈论今年的收成，看不见的眼睛，却时不时往长安的方向望。

当又一个冬天到来时，他走进了长安城，天还没亮，天子脚下的街道上，也是人烟稀疏。

这个时候，长安城里最大的新闻，是皇上废了王皇后，改立武昭仪为后。

今天晚上，长安城里一个铁匠的儿子，跟他父亲说，他刚才出去撒尿的时候，看到在巷子前头慢悠悠走着的那个男人，突然变成了一只燕子，朝皇宫飞去了。然后，他被他爹打了一顿屁股。

禁宫中最深最冷的囚室里，她打量了他许久，才认出他是谁。

冷硬的锁链磨破了她依然吹弹得破的肌肤，单薄的衣裳下，除了玲珑娇媚的身体，还有无数长长短短的伤口，有的新，有的旧。

"你的眼睛怎么了？"到现在，她还是不太敢与他对视太久，说不出的愧疚在心里动荡，可是，她哪里又愧对了他？又或者，她做了一些事，而她早就忘记了？

他一笑："我的眼睛在你身上。"

她以为他在展现一种幽默，苦笑："我就知道，你不是普通人。当年我从门缝里，第一眼看到你时，就知道，你能帮我。"

"你觉得我是帮了你，还是害了你？"他蹲下来，轻轻摸索她的脸，"你瘦了许多。"

她沉默了许久，望着囚室里的冰凉凄清，想象着囚室外的歌舞升平，突然笑出了声。

"无论是怎样的脸，也仅仅只是一张脸而已。"她说着，然后转过头，笑看着他，"裁缝师傅，就像当年我那么丑陋，你也愿意给我洗脸梳头，对吧。"

他的心，像被一根刺刺中了。

无论是怎样的脸，也仅仅只是一张脸而已。

月下云锦，她是脱不下来的，因为她穿在了心上，遮住了眼睛。

但，现在呢，是不是可以试试看？

"记得那晚我问你的问题么。"他与她并排坐下，"你愿意当一个人，还是一只燕子？"

他略略有点紧张她的答案。

"都是一样的。"她还是脱口而出，然后指着自己的心口，"如果这里是好好的，当人当燕子，都是很好的。"

他垂眼一笑。

"你呢，你要当人还是燕子？"她反问。

"随便吧，都可以。"他很少有的，调皮地耸耸肩，"想走路的时候就变成人，想飞的时候就变成燕子，自由自在的，比什么不强！"

"我羡慕你。"她由衷地笑道，"好了，你该回去了。我不想你见我人头落地的模样。武媚娘不会放过我，至于皇上……"她叹了口气，"我以为美貌可以抓住他的心，可这世上的美貌，并不独我一个。走了旧的，来了新的，永无断绝。"

他不说话，两个人就这样肩并肩坐在囚室里，入神地望着对面的黑色墙壁。

"该走了。"天微明时，他拉住了她的手。

当第一缕曙光投向巍巍的大唐皇宫时，一只燕子，口里衔着一枚亮亮的小玩意儿，从宫中某处振翅飞出，在宁静的天空里，留下一个渐行渐远的黑点。

这一天，皇宫里又爆出了一件大事，囚禁已久的王皇后被人发现暴毙于囚室内，然遗容安详，仿若沉睡。更令人惊奇的是，王皇后的遗体上，身着一件月白色、众人从未见过的美丽衣裳，但，当人们刚一碰到这件衣裳时，它便化成了一摊白灰，落地无踪。

武后震怒，将王皇后的遗体断了手足，装入酒瓮，以泄心头之愤，并严禁任何人张扬事实真相，直到史官被迫在记录上写下，王皇后乃是被她亲自处死，才算罢休。

乌衣

023

那天，武后畅快地站在皇宫中最高的地方，俯瞰着属于她跟她丈夫的天下，心中暗自嘲笑着那一败涂地的敌人——只靠一张脸的人，拿不到任何东西。

同时，她也用这句话，狠狠警告了自己。

我的牛奶早就喝光了，但我还捧着杯子。

乌衣的茶也喝光了——他居然喝光了。

"那里，放了什么？"我放下杯子，盯着一直被他小心保护的破箱子。

"你听听看。"他把箱子推到我面前。

我看看这个脏兮兮的玩意儿，抽过一张纸巾擦了擦，才学着他的样子，把耳朵贴了上去，心想，如果他敢耍花样整蛊我，我就把敖炽放出来咬死丫的！

皮箱的质地竟然很柔软，耳朵贴上去还有暖暖的温度，箱子里，似乎有什么东西在动来动去，还有间歇性的，仿佛翅膀扇动的声音。

"这是……"我抬起头。

"打开吧。"他笑眯眯地说，"你不是想打开它很久了么！而且，里头有你最想要的东西。"

我的眼睛顿时发出了金灿灿的光芒，迫不及待地摁下了皮箱的搭扣，满心期待，慢慢掀开了它。

三分之一秒后，我呆住了，心碎了，什么叫箱子里头有我最想要的东西！根本连一毛钱金子都没有！只有两只黑不溜秋的傻燕子，一只大点，一只小点，滴溜溜转着小眼睛，时不时懒懒地伸伸翅膀。哦，它们脚下，还有一个搭建得挺精致的燕巢。

"你个骗子！"我正要向对面的家伙讨个公道，却不料这家伙居然抖了抖身子，像个被突然放了气的气球，眨眼间缩得只有三寸大小，一股白气从里头飞出，落进箱子里那只大燕子的身上。然后，我对面便只剩一个三寸大小的黑色草人了。

我跟一个草人，喝了一夜的牛奶跟茶……

"不是你想的那样。"箱子里的大燕子跳到了箱子边上，仰头跟我说话，"我的力量早已经不能让我变成人形了，所以才用个草人做我的替身。你明白的，有这个假人做掩护，我们会安全不少。毕竟我们只是手无寸铁的燕子，随便一个小孩子都可以捏死我们。"

"好吧，这个我可以理解。我不理解的是，你能跳能飞能说话，带着你女朋友到哪里去玩儿不好，来找我干吗！"我狠狠瞪着这只装神弄鬼的燕子。

乌衣扭头看了看他身边的那只，说："你知道的，我外公让她再也不能恢复燕妖的本来身份，这意味着她就是个活生生的人了，如果死了，那就是死了，没有重新再来的机会。我花了很大的力气，才将她的元神从王皇后的身体里带出来，千年来，我悉心照顾她，看着她从一枚燕卵孵化成雏燕，再长成如今的模样。虽然她依然对过去毫无记忆，也不会任何法术，但起码好好地活了下来。再假以时日，她或许可以恢复燕妖的所有能力。"

"嗯哪。"我点点头，"可我还是不知道你来找我干吗！"

乌衣干脆跳到我肩头，小声说："我快要死了。"

"你又骗我！"我皱眉，这个家伙生龙活虎，哪里像要死的样子，肯定又是来博同情的。

"是不是每个要死的妖怪都应该垂头丧气，你才肯相信？"他叹气，歪着脑袋在我耳边道，"我用我的眼睛复活了月下云锦，又施法让她变成王大小姐的模样，再去囚室里救她的元神，再用我的力量将她'孵化'出来，再花千年时间去照顾她……我也只是个妖怪而已，不是不死金刚啊。你也看到，我现在连个草人都无力操控了。"

我还是不能从他的语气里听出将死之人的悲伤，但我有一点点相信了。

"不过，燕妖的死去，跟别的妖怪不一样。只要我的元神还在我的本体里，所谓的死亡，就是变成一只普通的燕子，不会说话不会法术，连智商都偏低。"他跳回箱子里，继续道，"但是她不一样，她的生活才刚刚开始。所以，我希望你能收留她在你的店里，直到她能保护自己。"

他的意图，我已然猜中。

其实我觉得，你就算不变成普通燕子，智商也没高到哪里去。谁会拿一双眼睛去换一件衣裳，谁会一再纵容自己的所爱去犯同样的错误。

这话我吞回去了，没说出来，好歹对方是个快死的燕妖。

乌衣见我在走神，竟像听到了我的心里话似的，说："你是不是在骂我蠢啊？"

"是！"我撇撇嘴，"但我可能也会做相同的蠢事。"

我骂他蠢是真，后面这句话，也是实话。

任何的悲剧，总是分成童话跟现实上下集。两个亡国之君给了她上集，而武媚娘这个女人则给了她完美的下集。乌衣对她的"纵容"，无非是要她真真切切地走到"下集"。她一天不肯脱下心里的"月下云锦"，她的苦难就一天不能结束。

你我也是一样，要在这个世界上安乐稳妥地活下去，就别总想着自己那件月下云锦吧，胸腔以内，脖子以上的部分，才应当勤勉修炼，认真对待。脸，仅仅就是一张脸而已。

"你也会花那么长的时间，去帮别人脱一件衣服吗？"他吃吃一笑。

乌衣

　　"有必要的话，我会扒了对方的皮！不要扯开话题。"我白了他一眼，看着箱子里的另一只，"收留她也不是不行，就当是她长期租住在我这里吧，既然是租住，房费不能少！"

　　他故作文艺，郁郁地垂下头："我是伤残的燕子，我看不见……我有的，只是感情……"

　　"少跟老娘谈感情！谈金子！"我哼了一声，"文艺燕子我也不买账！"

　　他抬起头，用翅膀拍着自己的胸口："我这里不是有一颗金子般的心么！金子啊！"

　　当一只蠢燕子一本正经地拿"金子般的心"赖账时，我不得不承认，它赢了。

　　"你看，收留了我们，你的不停里就不会有害虫了，我们是专吃害虫的益鸟！夏天连灭蚊药片都省了！"他继续大言不惭地说。

　　"等等，什么叫收留了'你们'？"我赶紧打断他。

　　他叹气："就算我死了，变成了普通的燕子，也是需要一个落脚点的呀，这不，我连燕巢都准备好了，到时候你只需要把它挂在屋檐下就好了，很省事的！"他又看了身边的她一眼，"就算我再也不会记得她，我也会留在离她最近的地方。"

　　好吧，既然它都快死了，我还计较什么呢。

　　唉，可我还是很纠结啊，天下这么多好人跟好妖怪，为什么偏偏赖上我呢。

　　"去年我就来找过你，可是你的不停停业了。"乌衣环顾着我的新店，一只燕子是没有表情的，但我总觉得他在笑，"没有比这里更值得相信的地方了。你能再开业，实在是很好很好。"

　　最听不得赞扬的话了，这会让人飘飘然，继而做出错误的决定嘛！

　　我一拍桌子："反正，如果以后让我在夏天的不停里发现一个蚊子，我就拔你一根燕子毛！不得申辩，不得抗议！"

　　成交！

◉ 尾声 ◉

　　不停的屋檐下，有一个灯笼，又有了一个燕巢。

　　一雌一雄两只傻燕子，每天在巢里叽叽喳喳，说着只有它们自己才懂的话。

　　我在燕巢旁边安了一个小水碗，每天都会亲自搭个梯子上去换水，而且那不是普通的水，因为我好心地加了我特制的某某金维他在里头，补充每日所需能量。

　　每次我去换水的时候，已经不再知道我是谁的乌衣都会探出脑袋来，在我的手背上轻轻啄两下，然后转过头继续给他的伴侣梳理羽毛。有时候，它们也会在没人的时候，偷偷飞进我的窗口，落在我的肩膀上，认真看我手里捧着的时尚杂志，对上头的衣裳评头论足。

懂得看杂志的燕子，智商也并不低嘛。但我很快想起，它们是燕妖，妖怪里最出色的裁缝，就算乌衣已经"死了"，本能仍在吧。真可惜，要是燕妖一族没有被多事又混账的道士灭掉，要是乌衣他们一切如常，我得有多少漂亮的衣裳可以穿呀！

好吧，我不知道这两个家伙将来会怎样，反正，他们现在很好。听说到了晚上，乌衣还会用翅膀盖着他的伴侣，两个家伙在灯笼的温柔光线里，依偎着沉沉睡去。

这是纸片儿半夜去偷窥，然后回来告诉我的。

只有偷窥这种事，纸片儿永远是自动自发。

不过，当屋檐下多了燕子的呢喃时，就觉得冬天的离开快了许多，不知道他们这一对儿，到了明年冬天的时候，是不是也会像别的燕子那样，去暖和的地方过冬呢？

如果是，我岂不是要派保镖随行？谁都知道，一些无良的捕鸟人无处不在。

但，先不说捕鸟人这一茬，单单在我的不停里，就有个热气腾腾的混蛋！

刚才，我去加水的时候，发现燕巢里居然空了，这个时候绝对不是他们觅食的时间，就算觅食，也总是只有乌衣出去。我怀疑有猫，可我分明在燕巢周围布下了结界，除了不停里的人，任何生物都不能接近它们的家。

我跟纸片儿满屋子找它们，还是纸片儿利索，很快告诉我，它们俩在后院。

赶过去一看，玩腻了扫地机的敖炽，一只爪子捏着乌衣，另一只爪子拿着一个弹弓，对面，是一叠摞起来的纸箱子。

对了，我差点忘了，这厮又乱花我的钱去买了一个Ipad2，时刻沉溺在"愤怒的小鸟"中。

我的扫把狠狠招呼到了敖炽的头上。

"喂，我只是试试看真人版愤怒的小鸟的可行性嘛！而且它们又不是普通的小鸟！"敖炽揉着肿起一个包的头顶，委屈地哼哼。

我竟然忘记了，这家伙曾是个为了洗个高兴澡，不惜水淹城池的混世魔王。这个好吃懒做的大闲人，为了自己给自己找乐子，有什么破事干不出来！

我扭过头，朝厨房方向大喊一声："赵公子！！"

帮工之二披着一身带帽的黑色斗篷，风驰电掣地从厨房里奔到我面前。

我的帮工之二很高大，虽然它叫赵公子，但它并不是人，斗篷下，是一副白色的盔甲。关于这副活盔甲的来历，在我的绝密人事档案里也有记录，所以也不多说。总之呢，它告诉我，它是三国猛将赵子龙的战甲，而且，它一直很想念他的主人。至于赵公子这个名字，也是我随口给它取的，它很喜欢很喜欢。我由此推断，它对赵子龙的感情非同一般……

乌衣

"把这个家伙拖到厨房去，不切完十斤洋葱不许他出来！"我对赵公子淡淡说道。

"是，老板娘。"赵公子比纸片儿听话多了，也老实多了，关键是它从不跟我讨论任何跟薪水有关的事。我十分欣赏。

接下来就很简单了，力大无穷的赵公子拎着敖炽的后脖子，大步流星朝厨房而去。

"喂，我是老板娘的老公，也就是你的老板！"敖炽在半空里踢着脚，愤愤道。

"对不起，我只有一个老板娘，我只听她的。是她把我捡回来的。"赵公子坚定地回答。

"我很记仇的！"敖炽继续踢腿挣扎，"我非常记仇的！"

"十斤洋葱必须切完！"赵公子坚定地回答。

"等我恢复了原形我绝对要代表东海龙族摧毁你！"

"等你恢复了再说吧。"

"不切洋葱行不行？"

"必须的！"

听着他们两个的亲切交流，我抱着解救下来的乌衣两口子，坏笑着朝外走，上了梯子，将他们好好地放回了巢里。

为了安抚受惊的它们，我很有感情地给它们唱了一首歌——

小燕子，穿花衣，年年春天来这里。

不过唱完之后，我发现它们好像更惊恐了……唉。

下了梯子，我坐在自家的屋檐下，伸了个懒腰。

想起前几天晚上，我神经质地问敖炽："如果我不是现在这个样子，丑得像个猪头三，你还会娶我么？"

他一边在他的 Ipad 上跟愤怒的小鸟较劲，一边说："如果你变成像绿猪这么丑的猪头三，但还是敢回敬我一耳光的话，我想还是会娶你吧。"

他居然还记得当年我与他初识时，不畏强权暴力，公然反抗并教训他的往事……

我偷偷笑出了声。头顶上，乌衣两口子又在聊天了，在冬天的尾巴上，中午的阳光里，听到这样的声音，很难不开心呀。

我一时兴起，找了一截粉笔，在最靠近燕巢的墙上奋笔疾书——

朱雀桥边野草花，乌衣巷口夕阳斜。

旧时王谢堂前燕，飞入寻常百姓家。

然后，我看着我丑丑的字跟我家的燕子，感慨，诗歌果然来源于生活呀，嘻嘻。

真正的感情是不需要学习的。

情到真时，由心而发。

第二章 / 巧别

◉ 楔子 ◉

我历来是很讨厌贼的，尤其是偷不停里的东西的贼。

没记错的话，明天是二月十四号情人节，而现在才清晨六点零三分，天都没亮，威猛的赵公子站在猛打呵欠的我面前，一丝不苟地汇报，不停的厨房在短短一小时之内，少了一锅鸡汤，半盆凉拌鸡，两只红烧猪蹄，糖醋排骨及炒大白菜若干。

得是有多饥饿多视死如归的人，才能干出这样的事儿！所以，对赵公子右手上拎着的那个轻飘飘的小姑娘，我真不愿相信她是贼，可她嘴角上鲜艳的酱汁，白白的饭粒，又深深地出卖了她。

"你……"我打量着这个面色从容，只顾着咽下最后一口食物的姑娘，套在她身上的深蓝色 V 领绒线上衣跟暗红格子百褶裙与黑色及膝长袜，还有绣在领口一侧的校徽跟英文字符，无一不在跟我透露她的表面身份——学生妹，高中与初三之间，一头黑色短卷发十分蓬松可爱，配上她颇有混血风格的五官，完全就是个洋娃娃般俏丽的可人儿。面对我质疑的目光，她费力地咽下最后一口食物。

我示意赵公子把她放下来，走到她面前，问的第一句话竟是："你吃饱了么？"

这洋娃娃抓过桌子上的水杯，也不管热的凉的，全灌下肚子，擦擦嘴，镇定得有点趾高气扬，说："他让我来这里等他，我很累，又很饿。你这里不是旅店么，我要住。"

小店不是你想住就能住！我觉得我的台词应该是这样。她身边没有任何可见行李，连个钱包都没有，只有蒙在衣裳跟头脸上的尘土，和一双被磨得伤痕累累的皮鞋，难得她底气还这么足，甚至在见到纸片儿跟赵公子两个非人存在时，连眉头都没皱一下。

我就知道我的店里永远不可能出现正常的客人。

"住店要付钱的。"我又打了个呵欠，"你吃掉的食物也要付钱，包括打扰我的睡眠，这些都要折算成现金损失。"

她从兜里摸出了一枚红艳艳亮闪闪的小玩意儿，摊在雪白的手心里，送到我面前。

"鸽血红?!"我的睡意啊，瞬间被击溃了，整个人跳起来，把那枚无论从颜色、净度还是切割来说都堪称完美的红宝石抓进了手里。

"我只有这个了。"姑娘说。

"纸片儿！带客人去房间！"我头也不抬地吩咐，"还有，厨房里还有什么吃的，都拿给客人，如果不够，赵公子你再去买再去煮！"你看，我就是很会变通嘛，虽说不停只收金子，可偶尔有一两颗顶级红宝石入账也很欢乐啊！

我话音未落，却只听"嗖"一声，一道杀气从暗处涌来，电光石火间，这姑娘的头上便遭了重重一击，扑通一声倒在地上，晕了过去。

背后，敖炽晃着他鳞光闪闪的尾巴，傲然而立，冷冷看着这偷袭成功的目标。

所有人都被他的突然出现跟暴力行为震了一下。

一只肥硕幼齿的龙不管摆出多么绚丽的POSE，也不能让人眼前一亮，可敖炽眼里冷冽无情的戒备之意，我再熟悉不过。也在这瞬间，我真诚感到，不管躯壳变成了什么烊样，敖炽还是那个敖炽，霸气侧漏，杀气不减……

"瞧你那没出息的样子！"敖炽跳过来戳着我的头，冷哼道，"区区一颗红宝石就晃瞎了你的近视眼！想我东海之中，宝物何止千万，随便抓一颗镶马桶的珍珠也比这个值钱！"

看来十斤洋葱不够让他改邪归正，我打开他的爪子，正要发飙，却又被他抢了先，指着地上的姑娘道："你当这只是什么？无公害小萝莉？这是一只女血妖啊！比吸血鬼更高端的存在！我老远就闻到那股味儿了！你见钱眼开放她进来，不怕她血洗不停吗？！"

一听"血妖"二字，纸片儿"嗖"一下没了踪影，赵公子虽保持着镇静，但身体的僵硬程度上升了十个百分点。

我憋了半晌，才对敖炽说了一句："你能滚回窝里继续睡么？"

"为夫见你有难，特意来搭救你的！"敖炽恨恨跺脚，转看向地上的倒霉姑娘，目露凶光，"先把她解决了再说！"

他话刚出口，我们的脚下传来一个清楚的声音——"别伤她！她已经不是真正的血妖了。"

一颗大拇指头大小的，圆滚滚的巧克力豆，从姑娘的衣兜里跳了出来。我跟敖炽都蹲了下来，看这颗巧克力看成了斗鸡眼："你在说话？"

巧别

"树妖开在忘川市的不停，是我让她来的。"巧克力说，"只有在这里，她才能等到她要等的人。"

我马上把记忆仔细搜刮了一遍，没有任何关于活体巧克力的记忆："呃，我们认识？"

"十年前的情人节，伦敦 Fleet 镇上的小酒馆里，所有人都喝酒，只有你喝茶，那茶水碧绿澄透，仿佛把春天里最好的时光装在了杯子里。我问你为什么不喝酒，你说怕醉，因为你在找人。你恶作剧地请我喝了一口茶，真苦，可回味又是甜的。作为回报，我弹唱了一首歌给你。"巧克力慢慢道。

是他?!搁置许久的记忆，从遥远的地方飞了回来。

十年前，Fleet 镇上的情人节，热闹的小酒馆里，只有我形单影只。因为那时候，我还在寻找敖炽，这个家伙，一度在我生命中不告而别了二十年，我在这漫长的二十年里，走过了世界上无数个角落，见过的人，听过的歌，渐渐模糊在不断远行的时间里。

但我还记得，那晚，他唱的是 David Gate 的《goodbye girl》，酒馆里所有人都被他娓娓动听的吉他跟声线感动了，包括我。一曲唱罢，我诚挚地为他鼓掌，望见彼此的第一眼，我们便已心知肚明，我跟他，都不是人类。

他还送了我一个系着玫瑰色丝带的小礼盒，里头是几块甜美的巧克力。寒冷的异邦之夜，只有我自己的情人节，有人送上这样的歌与礼物，很难说不温暖。

我告诉他，我是一只从中国来的树妖，谢谢他的歌跟巧克力，如果将来再遇到，如果又恰逢情人节，他大可以向我讨一份回礼。他说，这话他记住了，或许将来的某个情人节，他真的会来找我。

道别前，他问我，还要一直找那个人吗？我说是。

他很不解，问为什么，为什么要花没有止境的时间，千山万水去找另一个人。

我想也不想地回答，因为我对这个人有感情。

他若有所思，从怀里掏出个小本子，在上头写下：感情症状第 17 种——不断寻找。我看不懂这话的意思，而他也没有跟我解释，只说，他在学习中。

往事历历，我惊讶地打量他："你怎么变成这样了？"

十年前的他，眉目带风情，翩翩少年郎，怎么现在就……就变成一颗巧克力豆子了?!

对，那时我没看出他的原身，只记得他与我一样，有一张中国人的脸孔。

"我的回礼，仍然有效吗？"他反问。

"只要不涉及杀人放火，有效。"我点头。

"泡杯茶给我吧。"他如释重负地笑了笑，"虽然我现在不能喝了，但闻一闻也不错。"

是有多无聊的人，才会热衷于试胆会这样的东西。

章三枫把那个黑色的信封扔到桌上，抱起一堆衣服走到寝室的阳台上，仔细铺开晾晒——烘干机跟太阳光永远是两种意义，从来到这个国家开始，她总觉得衣服里藏着一股潮气，总要在阳光下晒晒，才穿得舒服。

她回头，目光又落在那黑信封上。今天早上，号称是全学院最美貌最智慧女生聚集处的"玫瑰十字女生会"，派代表扔了这封信给她，信封上写着"试胆会专用邀请函"这句狗屁不通的话，至于里头的内容，她还没工夫看。不过这个女生会的名头跟作风，她倒有不少耳闻，这里头的成员来自世界各地，但她们有三个共同点，一是家庭条件都很优越，二是模样都还算漂亮，三是都很热衷在新生面前"树立威信"。

作为伦敦 Fleet 镇上的罗斯·克若丝艺术学院的新生，章三枫在收到"试胆会邀请"之前，早已经领教过女生会的各种把戏，饭菜里出现奇怪的虫子，辛苦完成的作业不翼而飞，鞋子里的死老鼠等等。

她十分不能理解，为什么有的人喜欢从伤害别人这件事上获得满足感，这些人难道是没有感情的怪物么?!她听说，女生会对每一个她们看不顺眼的新生的终极打击，就是逼对方参加所谓的试胆会，她们在信封里写上各种刁钻古怪的任务，逼对方完成，而结果往往是完成与否，都会吃亏。据说遭遇过试胆会的人有的被吓得住院，有的差点被淹死，而校方对于女生会的行为也处理过多次，但苦于没有实际证据，当事人又不肯揭发，只好不了了之。

想到这些，章三枫一笑，她早料到女生会会对她实行"终极打击"的，其实，从她进入学院的那天开始，就已经成为不少人的"敌人"了。

有时候，造成敌人的不是仇恨，而是嫉妒。

作为一所十年前才成立的新兴艺术学院，别号"玫瑰十字"的罗斯·克若丝艺术学院历来面向全世界招生，不拘年龄性别学历，只评估其专业才华及未来潜力，一旦准予入学，不只免学费，每个月还有不菲的生活补贴。成立之初，全球各地诸多有艺术天分又囊中羞涩的学子们陆续来到这里深造，毕业之后无不成绩斐然，学院的名气也越来越大。到后来，不管有钱没钱，许多学生都以能进入英国"玫瑰十字"为荣，经过严格挑选获准入学的学生，在音乐或者绘画或者写作上，都有着过人的天赋，可章三枫这个十七岁的中国女生，认不全五线谱，分不清毕加索跟莫奈，甚至不知道马克·吐温，入学面试的时候，她只是清唱了歌剧《蝴蝶夫人》里的一首曲子，便被主考官们一致通过。

而事后她还很老实地跟考官们说，她只是在考试前的两小时听了一遍这曲子，然后凭记忆随便唱的。

于是，她的老实，在别人眼里成了赤裸裸的炫耀，羡慕者有，嫉妒者也有。

而她对于外界的各种眼光，毫无反应，每天只是背着旧旧的牛仔布书包在校园里穿梭，除了基础课跟声乐课的课堂上能看到她坐在最后一排，别的时间，她就像个独行侠一般，来去无踪，有人说曾见过她偷偷摸摸在学校的内部档案室前徘徊；有人说她在天刚亮时，在东面的小教堂背后的花园里，用手拼命挖着什么，问她，她说她在尝试种些豆子；当然，她被诟病最多的，就是她的食量，一个女孩子，怎么能吃那么多东西！

各种的怪异行径被加诸她身上，她从不反驳也不否认，一副置身事外的模样，每天按时定量学完该学的课程，遵守学院里每条规矩，不惹谁也不怕谁，空气般地活着。总之，中国女孩章三枫，很快被众人贴上了怪人的标签，没有人愿意与她亲近，连声乐班的同班同学都不。

章三枫被孤立得很彻底，但她无所谓。

她来"玫瑰十字"的目的，并非为了自己。

今天的阳光出奇的鼎盛，她趴在阳台的栏杆上，俯瞰着眼前这座充满了艺术美感，处处都美得无可挑剔的学院，这里到处都是青春朝气的学生，许多都有超乎常人的艺术天赋，她常站在这里看他们，多希望有一天，在他们之中看到那个熟悉的身影，每每有这样的念头，她心里就一阵刺痛。

楼下传来一阵说话声，满头银发的贝尔太太拎着一篮水果走了回来，她的嗓门总是很大，远远地就能听见。

这里的学生宿舍都是单人间，男生宿舍里的舍监，是个左眼戴着一只黑色眼罩的中年大叔，大家叫他尼克先生。听说他的左眼是小时候在老家的一次狩猎活动中伤到的，他每天都叼着烟斗，最大的爱好是用仅剩的一只眼睛乐呵呵地看美女杂志。负责女生宿舍的，就是贝尔太太，虽然她嗓门大，面容却慈祥得有如童话里的善良老奶奶，她总是一边织毛衣，一边吃自己做的各种小点心。

而贝尔太太大约是整个学院里，章三枫唯一会主动打招呼的人了。

记得她搬进宿舍的第一天，吃完晚饭回到房间时，她打不开房门了，因为锁眼被灌进了胶水，当然无人宣布为此事负责。她联系起负责修锁的校工，对方说起码要明天早上才会来，这醉醺醺的家伙在电话里建议她从隔壁房间翻窗户进去——她的房间在四楼，楼下是坚硬的大理石台。

贝尔太太收留了她一晚，在一楼属于她的办公室兼休息室里，老太太给她热了一壶红茶，说这样的事不是第一次发生了。她还开玩笑地说，"玫瑰十字"的学生，都是天使与恶魔的共同体，他们在艺术上的造诣，像天使的面孔一样闪闪发光，让资质平庸的人相形见绌，但他们终究也只是普通人里的一部分，有时候，人性里的缺点与阴暗面在他们这样平凡又不平凡的孩子身上，反而凸显得更厉害更夸张。被欺负的人固然会不高兴，但反过来想想，太一帆风顺的人生反而更危险。

对于老太太的劝慰，章三枫只是笑笑。对她而言，当一个人承受过一种叫"磨难"的经历之后，这些外来的小把戏根本就不值一提。

但她仍然感谢贝尔太太，觉得她是个好人。

从那之后，每天清晨与傍晚，只要她从贝尔太太的门前经过，都会跟她打招呼，老太太似乎也很喜欢这个中国姑娘，常送一些自己烘制的小点心或者精美的糖果给她。

不管怎样，有人关心，总是件令人高兴的事。

章三枫抬头望向阳光的来处，英国的天空总像是蒙着一层纱帐，阳光里也黏着让人不悦的灰翳。又或许这跟地域没关系，从很多年前开始，她的眼睛看什么都有一层灰，除之不去。不止在"玫瑰十字"，哪怕在家里，她也并不是招人喜欢的那个。

她垂下头，整理着晒得微烫的被褥，一到有太阳的时候就晒被褥衣物，是她唯一保留下来的，跟"家"有关的习惯。小时候，每到艳阳天，妈妈就领着她跟弟弟，哼着歌抱着东西上天台，很快，天台上就飘起了各种颜色的"彩旗"，拂过的微风里浮着淡淡的洗衣粉的香味。这时候，妈妈会变魔术般从兜里掏出美味的棒棒糖，她跟弟弟欢天喜地地接过来，并肩坐在天台的竹椅上，舔了满嘴的甜蜜。妈妈的脸上总是在笑，有时候都搞不清楚是阳光正好落在她脸上，还是她的笑容里本来就有光华，尤其是她望着她的一双儿女时，那满眼的疼爱，都要从眼中溢出来了。

这样的笑容，爸爸从来没有，她甚至怀疑过爸爸生来就没有"笑"这个生理功能。他所做的，除了喝酒，就是逼她吃饭，吃各种各样的食物，完全超出正常孩子的食量，然后就是打针，他说她有很严重的病，每天都要打针，满满一针管蓝色的药液从脖子上的血管注入，每一次都疼得要命，五脏六腑都被烧着了一般，她无数次哭喊着，疼晕了过去。而妈妈看到这一幕，虽然想阻止，可是一看到父亲野兽般发红的眼睛，她便只能啜泣着退到别的房间里。

那时，章三枫最大的愿望只有两个，一个是爸爸可以对自己笑一笑，另一个，就是不要再打针。她不觉得自己有病，她跟别的孩子一起上学放学，除了吃得比他们都多之外，没有任何不同，甚至在流感来袭时，别的同学都感染了病毒，她也安然无恙。这样的身体，难道还不健康？

她不打针的祈求，被爸爸断然拒绝了，连个理由都不给。她只觉得，爸爸看她的眼神，像在看一头危险的野兽。

爸爸稀有的温柔之情，只展露在单独面对弟弟的时候。她从门缝里看到过，爸爸慈爱地摸着弟弟的脑袋，把玩具放到弟弟手里，弟弟高兴地搂住他，往他胡子拉碴的脸上亲了一口，天伦之乐，溢于言表。

可是，她并不是捡来的孩子呢，她跟弟弟，是一母同胞的孪生姐弟啊！

后来，她学到一个叫"重男轻女"的词，问妈妈，是不是就因为自己是个女孩子，所以爸爸才不喜欢她。妈妈坚决地否定了，她说，爸爸像爱你弟弟一样爱你。末了，她喃喃道——他恨的人，是我。

这样一番话，让章三枫迷惑至今，她看到过父母从前的合照，那些幸福的依偎跟笑脸，装得出来吗？从她记事起，父母从不提他们的过往，他们表现出来的，只是一对经过相识相恋结婚的俗套过程，然后在平淡岁月里磨去爱情，只剩下亲情陪伴的普通夫妻。即便没有了爱情，也不该有恨意啊。

在尚未弄清楚妈妈的话时，她十二岁生日的第二天，妈妈走了，什么也没带走，什么也没留下。

爸爸继续喝他的酒，好像这个家里，从来没有妈妈的存在。她走或是留，还不及他杯中的酒重要。

之后，她找了许多地方，却没有妈妈的半点消息。爸爸依然逼她吃饭，逼她打针，反抗就会挨打。而这几年，爸爸越发见她老了，连落在她身上的拳头，也不像从前那样疼了。而那种蓝色的药，也不怎么让她难受了，时间会让一切都变得容易适应。

弟弟就好过多了，爸爸对他很好，虽然那种和谐顶多也就是正常家庭里父亲与儿子的交流，但在章三枫看来，那已经是幸福的顶端了。弟弟一直也很懂事，从爸爸那里得了什么好吃好玩的，都要分她一半。一到冬天，她的手就凉得厉害，妈妈在的时候，会解开自己的衣襟，把她的手捂在自己怀里，她离开后，冬天捂住她手的人，就变成了弟弟。三年前，她的生日，这孩子瞒着家人，去打了半个月苦工，赚来的钱拿去买了一双价格不菲的手套，把手套送她时，他说姐姐的手总像冰棍一样凉，万一他不在身边，就让这双手套来代替吧！十四岁的男孩子，已经有了近180厘米的身高，眉眼身形，俊朗优异，而且他还有一个比众多同龄人出色的脑子。这一年，已经有高等学府的录取通知书摆在他面前，还不止一份。他长得越来越像爸爸年轻的时候，父子间唯一不同的是，弟弟脸上总是挂着和煦的笑容，章三枫觉得自己身体里唯一的温暖，只来自于这血脉相连的孪生弟弟。

他是她在世上，唯一一个，死也不愿伤害的人。

既然如此，那为什么要对他说出那么可怕的话呢？为什么那天要喝那么多酒呢？

如果只生我一个该有多好！爸爸把爱都给了你一个！是你的存在，抢了我的幸福！

——这些话，到现在还像刀刃一样戳着章三枫的心。可这些的确是她在那个酒精肆虐的夜里，亲口讲出来的话。她还记得弟弟听完之后的沉默，以及他夺门而出的背影。

这件事发生后的两个月，弟弟带着他全部的行李离开了家。他从来都很独立，不让人操心，他留了两封信，一封给父亲，一封给她。

弟弟在信里说，他放弃了国内大学的邀请，已经动身去英国的罗斯·克若丝艺术学院进修，这所学院很好，学费全免，连机票都提供，三年之后他会再回来，不要担心他，他会很好。信的末尾，他说："你永远都是我唯一的姐姐，我的所有都与你分享，包括幸福。"

她攥着信纸，浑身冰冷。

她至今不知道弟弟在父亲那封信里写了什么，只知道在弟弟不告而别之后，他越发苍老而虚弱了，也再没对她动过拳头，常常好多天都不说一句话。有时候会看着她的脸发一阵子呆，然后就叹息着去喝酒。

一年前的冬天，他去世了，常年浸泡在酒精里的身体，终于不能再负荷他的生命。我知道你一直在恨我，你可以继续恨下去。我对你很不好，但以后，你要对自己好。——他在弥留之际，抓住了女儿的手。

她的影子孤单地映在病房的墙上，窗外在下雨，她没有哭。妈妈走了，爸爸也没有了。她把父亲的死讯瞒了下来，等到弟弟学成归来，再告诉他吧。

三年间，她跟弟弟只通过邮件和视频联络，看到镜头后的他越发健壮英俊，笑容依然灿烂，再看到他获得的各种奖项跟荣誉，章三枫愧疚而担忧的心才逐渐放下。

今年，是弟弟毕业的时候，他承诺的，回来的日子。

但，他没回来。一夜之间，他们失去了联系。

她千方百计联络上学院，越洋电话里，对方告诉她，近三年的学生名单里，根本没有她弟弟的名字。

谁肯相信！弟弟在视频里展示的印着学院徽章的奖状奖牌，他校服上特别的"玫瑰十字"的标记，还有他每一年的成绩单，哪一个不是他在这个学院里学习的确凿证据！

何况，弟弟从不对她说谎。

直觉告诉她，弟弟一定还在"玫瑰十字"！

她要去"玫瑰十字"！而那所远隔重洋的学院从来拒绝外人入内，要进去，就只能参加今年的入学考试。她按照对方的招生程序，发了简历，附了一段才艺展示，学院很

巧别

快就有了回音，正式邀请她到英国参加面试，一切都很顺利，顺利得让人觉得意外。

到了英国，她尝试过去当地警局报警，可对方在核实了相关资料后，给了她一个更扯淡的结果——根本没有她弟弟的入境记录，换言之，她弟弟根本没来过英国。

胡说八道！一个大活人，难道就这样被凭空"抹"掉？！从进入"玫瑰十字"的第一天起，她的直觉越来越强烈，弟弟肯定还在这里，这种双生子之间的感应无法解释，但历来准确。她必须找到他，哪怕把整个玫瑰十字翻过来！

太阳隐入了云层，章三枫深深吸了口气，把被子抱进了房间，一连打了好几个喷嚏。

她看了看镜子里的自己，脸色越发苍白了，难道是感冒了？从一周前开始，她的身子就不太舒服，偶尔头疼，还十分想睡觉，吃得再多，浑身都没什么力气。 她拂开额前的刘海，摸着眉间那块指甲大小的红印，这玩意儿不知是红疹还是什么，不知几时冒出来的，不痛不痒的，但怎么也不消褪。

她甩甩头，深吸了口气，走到桌前，拿起那个黑色的信封走了出去。

二 ❦

"我要是你，就不理会这些无聊的女人。"

背后响起一个懒洋洋的声音，坐在宿舍东翼露台上正在看信的章三枫，警觉地回过头。

露台上不易被发觉的拐角处，他吊儿郎当地斜坐在灰白的大理石栏杆上，背靠着爬满了常春藤的墙壁，褐色的头发在重新探出的阳光里，微微地发红，穿得单薄而低调，只是一件乳白色毛衣加灰色背心，一条暗蓝格子的围巾随意地搭在脖子上，而怀里，一把老旧的吉他被稳稳抱住，他的眼睛专注地盯着琴弦，试着拨了几个音符。

"我要是你，就不会偷偷摸摸躲在人背后。"章三枫哼了一声。这个男人她见过的。

大概是上周，她在清晨被一场噩梦惊醒，梦里，弟弟就站在教堂背后的花园里向她招手，神色焦急而痛苦，想喊她却喊不出声，然后，一只巨大的怪兽从花园的土里钻出，将弟弟拽入了无尽的黑暗。

她着魔般从床上跳起来，甚至都不记得自己是如何跑到教堂背后的，只记得自己满心悲伤地喊着弟弟的名字，拼命地挖着地上的土。

有人经过，问她在干什么，她愣了愣，随口说自己在种豆子。问她的人带着一脸的怪异之色快步逃开了。

"这里的土壤长不出你想要的豆子。"又不知过了多久，一双微温的手，把她指尖已经渗血的双手从土里拉了起来，抽出一张干净的，带着淡淡香气的手绢，小心地除去她指尖的泥土与血迹，"煮豆燃豆萁，豆在釜中泣。本是同根生，相煎何太急。你的手也是身体的一部分，何苦如此不爱惜。"

说话人的语调，娓娓动听，像条适时而至的救命绳索，将她从噩梦里彻底拽了出来。

她喘着粗气，慢慢转过一头冷汗的脸，干涩而胀痛的眼睛里，映入了他灿烂而礼貌的笑容。

那天，他还是穿着相同的衣服，单薄，但不觉得寒冷。这个人，有一种天生的，与温度无关的热量。

"你会讲中文？"章三枫看他的五官，标准的东方人，双眼皮大眼睛，鼻梁又直又高，两片厚薄适宜的嘴唇像涂着唇膏似的，健康润泽，身形高挑标准，骨骼与肌肉的分布都恰到好处，接近小麦色的皮肤，被身上素淡的衣服一衬，透着一种粗犷又细腻的味道。

这样的男人，很难引起任何人的反感。

"我也是中国人呢。"男人一笑。

章三枫看他并未穿校服，而年纪又很轻，猜测他是那些夜不归宿，脱了校服去外头泡吧疯玩的家伙之一。

"你还不回宿舍的话，你们的尼克先生不会放过你的。"她提醒道。

男子笑出了声，说："得退回到十年前，他才能管我。"

"十年前？"

男子点头："我十年前才是这里的学生，现在不是了。"

章三枫吃了一惊，脱口而出："你几岁到的'玫瑰十字'？看你的年纪，不会超过十八岁。"

"跟你差不多年纪的时候来的吧。"他认真地回想，歪着头，猴子一样挠着后脑勺，姿态居然十分可爱，"只能说，我看起来太幼齿了吧。"说罢，他的目光落在她绣在校服领口处的名牌上，慢慢拼着："Sanfeng……Zhang?!你不会叫张三丰吧？"

关于她的名字，他不是第一个表示惊讶的人。

"立早章，生于凌晨三点，我妈最喜欢枫树，所以章三枫，跟太极祖师没关系。"章三枫解释道，她很少跟一个陌生人说这么多话，但这个家伙让她很放松，交谈也变得十分自然。

"原来如此。"男子恍然大悟，轻轻握握她的手，"我叫怀特，曾经是这里的学生，还是风头一时无两的校草！现在是这里的老师。"

"怀特老师……"她重新打量他，这家伙从头到脚哪有一点为人师表的样子，"你真是一毕业就在这里当老师？"

巧别

039

他点头："当然，快七年了。"

一听这话，她突然猛抓住他的手，问："那你认识一个叫霍继尧的中国学生么？男的，三年前入学的！"

"霍继尧?!"他愣了愣，"你跟这个人很熟么？"

"我亲弟弟！"章三枫从他的表情里见到了莫大希望，语无伦次地说，"我知道他在这里！可我找不到他，我问过这里的学生，还有贝尔太太，他们都说没有这个人，警察说他根本没入境。我来这里就是为了找他的！你认识他对不对？"

他的表情很快恢复了正常，摇摇头："不啊，我是被你的反应吓了一跳。我真没听说过这号人物呢。既然警察都说他没入境，那他肯定没有到英国。"他顿了顿，又道，"不过也真怪，你们既然是亲姐弟，居然都不是一个姓呀。"

又一个希望的肥皂泡破掉了，她垂下抓住他的手，说："我是跟妈妈姓的，他是跟爸爸姓。"

他若有所思地站直了身子，认真道："我觉得，你应该去别处找找看。"

"不！"章三枫坚决地摇头，抬起脸，一字一句对他说，"他在这里！"

"凭什么这么肯定？"他一挑眉。

"感觉。"她看着他的眼睛，毫不心虚，"我们是双胞胎。"

对视半晌，他耸耸肩，说："好吧，我会帮你去内部档案室查一下，看看这中间是不是出了什么问题。但你不要抱太大希望。我自己都觉得帮你这个忙是多余的。"

她喜出望外，绝处逢生的激动，让她的眼泪不争气地掉了出来。看着失控的她，男人忽然问："如果你永远也找不到你弟弟呢？"多煞风景的一个问题。

"最坏的结果……"章三枫喃喃，然后直视他，"就算我弟弟被困在地狱，我也会用自己换他回来。"

"真是好气魄呀！"他啪啪地拍了几下手，看定她，问，"为什么这么不顾一切？"

"因为他是我唯一的亲人，我们的感情，已经深到了彼此的生命里。"她不假思索地回答。

他点点头，掏出个旧旧的小本子，在上头写下：感情症状第51种——奋不顾身。写完，他转身离开。

她自己已经是个怪人了，可这个怀特老师，比她还怪。

那天之后到今天，他们再没见过面，也没在学校里碰到过他，他不是说他是老师么，难道不用上班？还有他承诺过要帮自己的事，不会只是敷衍吧，她忍不住向贝尔太太打听这位怀特老师，说起他，老太太一脸不屑，说这家伙不过是仗恃着一张好脸孔，弹得了几首吉他曲，便赖在学院里混饭吃的米虫。只有那些不谙世事的小女生才拿他当宝，整天追在他屁股后头犯花痴。

看来贝尔太太真是十分不喜欢这个男人。

此刻的露台上，看着突然消失又突然出现的他，章三枫再是不喜欢他，仍抱着最后一丝希望，走到他面前问："你的调查结果呢？"

他仍然舒服地靠在墙上，修长的手指懒懒地拨动琴弦，爱答不理地说："没有结果。"

"那，再见。"她不想再求他帮忙了，贝尔太太说得不错，这家伙根本不靠谱。

"等等，里头的内容是什么？"他的琴声突然停住，他看着她手里的黑信封，"今年的试胆会，她们想出什么更有技术性的题目了么？"

"你作为老师，难道不该禁止这种无礼又无聊的行为么？居然还对里头的内容感兴趣？"章三枫狠狠瞪了他一眼，拔腿就要走。

谁知他动作更快，一下子跳下来，挡在她面前，不由分说抢走了她的黑信封，抽出信笺读了出来："在本周末的夜里，潜入'玫瑰十字'最著名的前任校草白玉糖的家里，取走他卧室里那个独一无二的，绣着一对鸭子的枕头。如果失败，章三枫同学以后的生活，会越来越艰难坎坷。我们保证。——'玫瑰十字女生会'。"

章三枫几次想把信抢回来都未遂，这家伙个子又高，动作又灵活，气得她牙痒痒，厉声道："你太没礼貌了！"

"拜托，我这是在帮你的忙呢！"他吸吸鼻子，问，"你真要接受这场试胆会？"

"我觉得，让女生会的人一次性闭嘴是最好的。"章三枫冷冷道，"我要让她们明白，她们永远也没办法让我坎坷。"

"啧啧，看来中国姑娘要发飙了！"怀特笑道，"可你知道那个白玉糖是谁，住哪里吗？"

"我会查！"她白他一眼，"我要走了，让一让！"

"白这个姓氏，翻译成英文，就是 White，怀特呀。哈哈哈。"他不让，反而叉腰大笑。

章三枫一阵猛咳，指着他："你……"

"欢迎章三枫同学今晚潜入我的卧室！"他一本正经地走上前，又对她附耳道，"不过友情更正一下，我枕头上绣的不是一对鸭子，是鸳鸯，外国小姑娘搞不太清楚。啊对了，我家地址我留给你，写在信笺背面的哦。"

"你……"章三枫咳得眼泪直流，最后眼睁睁看着他扬长而去。

当天深夜，她犹豫再三，本来想放弃，可一想到如果不给女生会一个下马威，以后少不了被她们继续骚扰，何况，白玉糖这家伙本身就像块磁铁，吸引着她最终骑上了自

行车，匆匆奔行在学院外头那条包围着整个"玫瑰十字"的白色马路上，这条路夹在学院外墙与片片树林之间，蜿蜒盘旋。照白玉糖留下的地址，他的家，就在这条路的尽头。

三 ❧

雪白干净的实验室内，飘荡着奇怪的味道，像红酒，又像咖啡，有时又像香奈儿五号。一高一矮两个人，套着宽大的无菌服，站在一个接近二十平方米的玻璃四方体前。这完全密闭的空间的中心，悬空燃烧着一团紫焰红边的火，足有两米直径，火焰中心飘浮着一个模糊的黑影，耀眼的火光下，很难看清其端倪。而这团火焰不知被什么力量控制住，竟十分规矩地在划定的范围内燃烧，不外侵分毫。一条呈 U 字形的传送带，从火焰中穿过，匀速运行着，一排拳头大小的特制玻璃瓶被放置在传送带上，每个瓶子里都有一块普通的巧克力，它们排队穿过火焰，毫发无损地从传送带的另一端出来。

几个同样罩在无菌服下的工作人员，在距离火焰五米外的地方，专心致志地调整着一排灯光闪烁的仪器，其中两人戴着造型特殊的墨镜，小心翼翼观测着火焰燃烧的情况，在他们身侧，有个五层高的合金架子，与传送带的末端相连，那些玻璃瓶则被自动送到架子上并列的凹槽中，而最顶层架子上的瓶子却跟下层不同，它一直固定在那里，鱼缸般大小，里头荡漾着满满的鲜红液体，仔细看，才会发现，有无数条跟头发差不多细的触角般的白色"管子"，从这个瓶子里伸出来，注入下层每一个玻璃瓶里，随着时间的推移，瓶子里的巧克力上冒出了暗蓝色的气泡，整个巧克力像是活了一般，不断在瓶子里变幻着怪异的形状，整个过程持续了一分钟，工作人员旋即朝瓶子里注入一种类似冷却剂的白色气雾，然后，所有的巧克力都恢复了正常的模样，被取出瓶子放进了另一台机器里，几秒钟后，从机器的出口"吐"出一块块包装完好的巧克力，囊括了世界上各大常见品牌。这些看起来毫无异常的巧克力，被小心地收到早就准备好的手提箱里，一名工作人员忙着给箱子上贴标签，标签上写着"4E/chocolate Ⅱ"。

"如何了？"玻璃体外的高个男人，对着放置在外墙上的微型话筒问道。

扩音器里传出里头某人的声音："中和剂不够，需要补充，否则上头规定的数量无法完成。"

闻言，外头的两人走到一旁，低声交谈着，末了，高个子掏出手机，拨了一个号码。

"她到了没有……嗯，很好！按原计划进行。"

说罢，高个子满意地对矮个子说："新的中和剂很快会送来，这次如果能顺利完成情人节任务，将军一定会嘉奖我们的。"

矮个子搓着手道："我已经迫不及待想看到这次的实验结果了，我一想到那些沉浸在甜蜜情人节里的人，突然发现吞进肚子里的巧克力变成了活蹦乱跳的妖怪，然后疼得满地打滚，最后死于非命，笨警察一辈子也找不到凶手的场面，就兴奋得睡不好觉！"

"将军真是个可怕的天才。"高个子啧啧道，"他竟然可以将妖怪的灵能与世上的物体，乃至人类结合，创造出崭新的妖怪品种为我们所用，简直是本世纪最伟大的创举！"

"不过姓白的小子也挺厉害啊，要不是他制造出提取中和剂的工具，将军的实验恐怕没这么顺利。"矮个子看着合金架最上层的瓶子，"没见过像他这么聪明的。要是有一天，他有什么坏心眼……"

"不会的。双胞胎监视着他呢。再说，他能有今天，也全拜上头的恩赐，他不会对自己人乱来，除非他想过回从前那种悲惨的生活，哈哈。"高个子笃定道。

四 ❧

"这样的试胆会太没意思了。"白玉糖坐在沙发里直摇头，"我起码应该让你像个小偷一样爬窗户进来，而不是高高兴兴跑到门口去接你。"

章三枫只顾着打量眼前这座富丽堂皇，有西方皇家之风的"白府"，这家伙确实在大门那里刻着中文的"白府"二字，跟这整座西式风格的建筑物完全不搭调。但不管怎么说，当她在这条路的尽头看到他家时，确实惊叹了一把，难道"玫瑰十字"里的老师的工资已经高到这个程度了？！

捧着香浓的奶茶，章三枫打量着这所房子里的每一处，发现这里除了日常摆设之外，客厅的东面还立着一个巨大的玻璃柜子，里头布置着人造的山石与树木，几只脚上有茸毛的大蜘蛛在山石之间爬来爬去，一条红底白纹的小蛇一动不动缠在树上，看得她背冒寒气，赶紧转过脸。

"别介意，每个人都有不同的宠物爱好。"他看出她的不妥，嬉笑着安慰。

她白了他一眼，把目光移到别处，这房里还有很多大大小小的，她从没见过的机器，她好奇地走到一个呈漏斗状的机器面前，左看右看也不知道那是做什么的。

"这些都是我自己设计的各种机器。这台是用来做巧克力的。"白玉糖走过来，从漏斗旁边的小盒子里取出一小瓶琥珀色的液体，用小指尖蘸了一些，出其不意地点在章三枫的嘴角，笑眯眯地说，"尝尝。"

这小动作有些暧昧。章三枫红了脸，把眼睛转向别处，舌头下意识地舔了舔嘴角。

好美妙的甜味！仿佛把世上所有甜味食物的精华都溶在了一起，提炼，升华，小小一滴，却让人的味觉与心灵都沉浸在细腻但又不单一的甜蜜中，秋天丰收的果园，收到人生第一封情书的少女，久别重逢的至亲，在烛光与摇篮曲中安睡的婴儿，这些毫无联系的画面，从她舌尖的甜蜜跳进了脑海。

"我偶尔会自己做巧克力。"他又取了另一个小盒子来，里头是一些半凝固的褐色物体，丝绸般光滑。往里头倒入了几滴刚才的甜液之后，他把盒子整个放进了漏斗机器下方的空间内，关上盖子，按动上头的红色按钮。

一阵呜呜的响动之后，伴着一股香浓的味道，漏斗的出口落出了数颗光滑圆润，色泽诱人的巧克力球，十分可爱地挤在下面呈花瓣状的玻璃碗中。章三枫看得呆了。

"来，试试味道。"他拿过玻璃碗，拈了一颗巧克力送到她嘴里，又把整个玻璃碗都放在她手中，笑道，"下周就是情人节了，这些就当礼物送你了。"

章三枫肯定自己从没有吃到过这么好吃的巧克力，带着热度与能量，却又细腻如丝的甜美，布满了所有味蕾，小小一颗巧克力，却让她深陷进被温柔拥抱的安全与满足之中，而末了的那一丝微微的苦味，又像一滴从伤心的情人眼里掉出的眼泪，转瞬即逝，却刻骨铭心。

"好厉害……"她从奇妙的回味中醒过来，又迫不及待地吃了一颗。

"为什么情人节要送巧克力呢？"他好笑地看着她的馋样，擦了擦手，坐回沙发里。

章三枫舔舔嘴，说："据说这是上帝赐予的礼物，巧克力承载了世上最饱满甜美的感情，而科学解释是巧克力里含有的可可碱等成分会刺激大脑皮层，让人产生热恋般的兴奋与热情。"

"巧克力的本味是苦的，原本是印第安人的药饮，后来才被西班牙人改良。他们加入各种甜味的东西，最终把巧克力变成了人见人爱的甜美食物，但不管如何改变，也不管加入多少甜的辅料，巧克力的苦味永远都在。但为什么每个人都忽略苦味，只记住巧克力的甜美呢？"他像个认真的孩子，在思考一道很简单却老算不出答案的问题，"不怕你笑话，每年情人节我都会想这个问题。"

章三枫已经吃掉了一大半巧克力，随口道："有感情的食物，怎么都是甜的。就像小说里说，不管你做的菜多难吃，在深爱你的人的嘴里，也会变成美味。食物本身不是重点，重点是加诸其中的感情。"

他又想了好一会儿，掏出那个小本又写：感情病症第52种——苦也是甜。

"听你这么一说，你很了解，也很擅长感情啊。"他突然冒了一句，"你可以跟我说说，到底感情包含了什么？"

一个身为老师的大男人，跟一个十七岁的学生讨论感情，本来很诡异，可是他认真坦率的表情，又让气氛变得很严肃。

"包含得太多了，人与人之间的交往，从来都是基于各种感情，爱恨喜恶。"章三枫说着心里话，"反过来，我们自身的感情，也决定了我们怎样去看待他人，做出相应的行为。总之，感情是这世界上最重要的存在，我觉得。"

"果然是最难学习的啊。"他若有所思地点点头，"我觉得以前，我的感情里只有害怕吧，没有别的了。"

"你怕什么？"

"怕被吃掉呀。"

"嗯？"

他一笑，话锋一转："你的感情学得怎样？"

"学？"她一愣。

"你的感情，能让你正确看待，以及判断他人吗？"他的笑容渐渐淡去，"我看是不能吧。"他从衣兜里摸出一张黑色的信笺，跟试胆会信封里装的一模一样，说："这张才是女生会给你的试题，让你去教堂地下室里，我想他们现在肯定做好了准备在地下室等你吧。"

她顿时糊涂了。

"我帮她们替换了测试内容，只为把你顺利带到你该去的地方。"

章三枫猛地站起来，却发觉自己看不清他的脸了，不只是他的脸，整个房间都开始摇晃，模糊，越来越快地退入一个虚无的背景。

漂亮的玻璃碗，从她无力的手中滑落，在地上摔个粉碎，没有吃完的巧克力，四散弹开。

五

姐姐！回去吧！快回去吧！焦急的声音从黑暗深处传来，她的双手拼命朝前摸索，哭喊着："是你吗？"

微微的亮光从漩涡里照出，弟弟的身影就在那亮光的中心，苍白到透明的脸，仍然挂着她熟悉的笑容。

"跟我回家！"她努力朝他跑，脚下的路却静止不动。

"你并不希望我回家，对不对？"光亮里的人影在摇头，"没有我，你才会幸福。"

"不！不是这样！你听我说，那些话不是我的本意！我必须跟你道歉！"她声嘶力竭地辩解，"你是我最爱的弟弟，我什么都可以与你分享，包括我的生命！"对方再没

巧别

有回应，那一束光越来越弱，里头的人，越飘越远。

"别走！我已经没有爸爸妈妈了，连你也不要我了吗?!"她哭着惊醒，当视线穿过模糊的泪水，神智重归本体时，她看清面前站的，并没有弟弟，只有两个戴着墨镜，一高一矮的陌生男人，还有白玉糖，以及……贝尔太太跟尼克先生。

"你们……"话刚出口，她诧异地发现自己动弹不得，冷汗从额头冒出，她彻底清醒过来，转动眼珠一打量，发现自己整个被困在了一副透明的棺材里，一股奇怪的无形力量缚住了她的四肢，固定着她的身体，近似白水晶的四壁里，流动着水一样的波纹。

棺材外头，只是一个四方的房间，墙壁上安着星星一样密集的灯，交织的白色灯光晃得人眼睛发疼。

"楼下已经准备好了。你这里也快开始吧。"高个子对白玉糖说着，又看了看章三枫，皱眉道，"可惜这只的纯度已经被淡化了，就算取出她全部的血，也不能制造出理想的数量，先把情人节的产品应付过去吧。"

"好的。"白玉糖点头，从衣兜里掏出一个火柴匣大小的金属盒子，从里头拉出几条导线，接驳到棺材旁边隐蔽的方孔里。

"你……"章三枫又惊又急，一个念头电光石火闪过，"我弟弟……我弟弟是不是也被你们这样关在这里！"

"你看，我说双胞胎之间一定会有感应的呀！这女孩一来就到处在学院里找她弟弟，好像能闻到她弟弟的味道似的。"贝尔太太不屑地对尼克先生说，"就像你跟我一样，你一抽烟我就觉得肺里难受！你真该死！"

"老女人，你吃那些甜得腻死人的食物时，我的胃也很恶心！"尼克先生恶狠狠地瞪了她一眼，然后转回头，色迷迷地看着棺材里无助的小女孩，"啊，还是这些花朵一样的年轻人好看又好吃呀！"

章三枫又惊恐又糊涂，慈祥和蔼的贝尔太太，如今飞扬跋扈且毫无同情心的神态，真真与恶毒的老巫婆无异。还有那个尼克，说什么"好看又好吃"?!

"你们到底是什么人？"她大吼。

"别激动，姑娘，其实不会很痛苦。"贝尔太太上前，抚摸着冰凉的棺材，干笑着，"作为世上存数稀少的血妖，我们一定将你物尽其用，就像你弟弟一样。你们自己永远无法想象，你们为一个伟大的计划，做出了怎样的贡献！"

血妖?!物尽其用?

"放开我，我不知道你们这群疯子在说什么！我弟弟呢？他在哪里？"章三枫死命挣扎，她此刻完全确信，弟弟的失踪铁定跟这群疯子有关，她冲着白玉糖怒吼，"姓白的，你这个骗子！"

"你的弟弟……十分漂亮的中国男孩啊！"尼克咂着嘴，似在回味一件十分美好的事，"味道十分不错呀！鲜甜细嫩。"

"哼！你就知道吃独食！连块骨头都不留给我！"贝尔狠狠给了尼克一拳头。

尼克戳着她的心口道："我吃不就是你吃了吗！这个也要计较！你还拿我当弟弟看吗？"

两人吵得不可开交，甚至动起手来。一阵白烟从他们身上冒出，散尽时，贝尔太太跟尼克先生都没了踪影。房间里，只有一条巨大的双头黑蛇，两个脑袋一边争执一边互相攻击，骇人之极。

章三枫如遭雷击，两个活人，变成了一条双头蛇！这种奇幻电影里才有的场面，竟真实摆到了自己眼前。

如此，她终于明白尼克说的"好看又好吃"是指什么了。她的弟弟……

她疯了一样尖叫："怪物！你把我弟弟还给我！"

白玉糖不理会身边发生的一切，专注于手上的工作。很快，他按动金属盒上的开关，几股电光从棺材底部闪现而出，内壁上顿时生出一根小手指般粗细、乳白色的触手状物体，快速穿过章三枫的校服，狠狠扎进了她的心脏。

一阵触电般的麻痹，从心脏扩散到全身，她浑身颤抖，所有神经都失去了作用，已然分辨不出此刻是疼还是不疼，唯一能看到的是，鲜红的血，从自己的心脏中，透过那根触手，源源不断地输送到了外头，短短时间，这棺材的底部竟变得血红一片。

白玉糖又摁了另一个开关，停滞在棺材内壁中的血液，顺着接好的导管，徐徐流到他手中的瓶子里，很快便装满了大半瓶。他仔细地拧紧瓶盖，又检查了几遍，走过去将瓶子交给了高个子，说："一小时之后再来取第二瓶。"

高个子接过瓶子，满意地朝他点点头："情人节一过，任务完成，将军必然会奖励我们所有人。"说罢，他叫上矮个子一起出了房间，往楼下的实验室而去，双头蛇还在互殴，主题变成等到章三枫的血流干之后，她的躯体该是谁的美餐。白玉糖安静地站在棺材旁，摆弄着他的金属小盒子，时不时还看看手表。

章三枫半闭着眼睛，嘴唇发白，拼尽仅有的力气说："你这个混蛋……这么残忍的事都无动于衷，你是个没有感情的石头吗……"

"我一直在学习。"白玉糖面不改色地说，"我学什么都很快，天文地理，所有的知识我都过目不忘，且善于使用，我制造的东西，只怕百年之内都无人能超越。"他抬头看着她，"可是，我就是永远都学不好感情。抱歉。"

是的，一颗巧克力哪里会有感情呢？

巧
别

十几年前，他跟无数同伴一起，被放置在中国某个城市某个超市货架上，每天都看着自己的同伴被买走，然后吃掉。如果说一只微不足道的巧克力小妖怪也有感情的话，那他的感情里就只有恐惧。

他很怕自己也被人放进嘴里。可这一天还是来了。情人节那天，一个年轻女人把他带回了家，他以为自己快死了，可她只是把包装袋打开，把里头所有巧克力拿出来，放在一个男人的照片前，说亲爱的，情人节快乐。

照片上有一行娟秀的字迹——挚爱无边。白玉糖。

那时候他还不识字，可他记住了白玉糖三个字的写法，他想，这可能就是这女人的名字吧。

这个情人节的晚上，他看到照片中那个男人的灵魂，就在她身边，依依不舍地徘徊。

那晚，他逃走了。作为一颗基本没有法力的巧克力妖怪，他从她家滚到了街上，好几次差点被踩扁，他不知道自己要滚到哪里，天快亮时，他被街角一个男人抓住了，他的脸藏在阴影里，问他愿不愿意做个有手有脚，可以自由变幻的，真正的大妖怪。

他当然愿意，这样就不会被吃掉！

于是，男人将他带到了一间木屋里，放进注满药水的水缸里。三天之后，他成了现在的模样，成了一个真正的妖怪，有灵能，会变幻，会飞翔，更不用担心被吃掉。

男人也让他学习，给他找来了老师，教他各种知识。他十分聪明，过目不忘，一学就会，尤其对于各种机械仪器的制造最在行。几年时间，对这个世界的了解，完全不一样了，但有一点他一直困惑。

教他文学的那个女老师，一看到电视或者书本里那些悲欢离合的场面，就会泪流不止；教他物理学的男老师，因为女友嫁给了别人，难过得吃不下一口饭。可是，他完全不明白他们为什么会这样。问他们，他们说动了感情的人，就是这样。可是，没有任何一个老师教他感情这一课。

那些催人泪下的情节与场面，对他而言就像白开水一样，毫无触动。他不为任何事情悲伤，也不为任何事情高兴，没有愤怒，没有同情，情绪永远像一条直线。

作为一个好学而聪明的巧克力妖怪，他隐隐觉得这样不太对。当他把该学的东西都学得差不多时，男人来看他，说，你可以跟我走了，你会成为最适合那项工作的人。

他却说，他学的还不够。

男人奇怪了，你已经学尽了天下知识，还有什么不够？他说，我没学会感情。

男人大笑，说，这正是我选中你，并将你培养到现在的缘故。他不解。

男人从兜里摸出一盒巧克力，说，世上这么多巧克力，能机缘巧合聚了灵性变成小妖的，真不多，你是个幸运儿。

他把其中一颗放到壁炉前，巧克力很快就融化了。

感情也是一种热量，巧克力天生怕热，所以，你的本能注定了你不会有感情，不会有热量。

听完，他很久也没说话。男人拍着他的肩膀道，这样的你，是最好的，感情这东西，很多时候会变成一种负担，挡住正确的路。你应该庆幸你的本能。

是这样吗？为什么总觉得还是有点遗憾呢。

不久之后，他被带到了英国，交给了高个子。剩下的时间，他见证了"玫瑰十字"的诞生，从学生到老师，他再也没有离开过 Fleet 镇。

从此之后，他的生命，跟"试验"结合成了一体，十年来，他跟他的"同事"，按照"上头"的指令，进行一项又一项试验，无数有生命或者没有生命的物体在这个位于"玫瑰十字"地下的实验室中被改造，然后消失。而试验所需的仪器机械，包括这台能从血妖身上完美采血的工具，都是他的杰作。除了制造工具之外，上头也只要求他负责采血这项任务，别的事情，从不让他染指。

而他，除了工作之外，最感兴趣的还是学习。虽然男人那样说，但他还是对感情这门课程充满了探究心。他随身准备了一个小本子，随时记录他在生活中，从别人身上看到听到的各种与感情有关的东西，然后揣摩，消化。然后发现，这门"课程"是最虚无缥缈，也最难学成的。

他的本子上，记录了几十项跟感情有关的"病症"，对，他是用这个词来形容的。那些沉浸在感情里的人，其实就像生病了一样，有的大笑，有的大哭，有的明明自己饿得要死了，却把最后一块面包给孩子吃掉。所有这些"病症"，他都记下来了，包括那只树妖的"不停寻找"。

双头蛇的争斗声，将他从失神中拉回来，这个怪物也是十年前被送到"玫瑰十字"的，平日里化身成男女舍监，职责就是看守"试验品"以及消化"垃圾"，那些在实验中失去了生命的躯体，都成了它的食物。

他厌弃地看了这个怪物一眼，挪回目光，继续看手表。

实验室里，章三枫的血，已经被灌入合金架子最顶层的瓶子里，开始了属于它的运作。

没过几分钟，实验室里传来砰一声巨响，火花四溅，那合金架子顶层的瓶子不知为何炸得四分五裂，里头的血液四下飞溅，一沾到四方体里的特殊空气便化成火球，里头的人鬼哭狼嚎，拼命按动开门的按钮，可是大门却纹丝不动，所有的仪器全部失灵，中央的那团紫色火焰也失去了控制，顿时蔓延开来，那坚固的四方体之内，顿时陷入了熊

巧别

熊火海，里头的一切都化为乌有。

上头的房间被这巨大的力量震得微微摇晃，连双头蛇都停下了纠斗。就在这时，白玉糖突然从兜里掏出一个小罐，拔开盖子对准双头蛇一喷，红色的粉末纷扬而出，落得他们满身都是，这怪物顿时瘫在地上痛苦地扭着身子。

白玉糖又将金属盒的正面对准棺材，一道红色光线从盒子里射出，落在棺材的中心，这鬼东西顿时消失在空气中，章三枫一下子瘫在地上。

他一把拉住她，背到自己背上，朝房顶一纵。

神志不清的章三枫靠在他背上，只听到耳畔传来呼呼的风声，一道白光从头顶洒下，她的身子变得很轻，仿佛飞起来一般，朝那白色的光源飞速奔去。

050

六

不知过了多久，章三枫在一片温热的沙丘上醒来，细腻的沙子紧贴着她冰凉的脸孔，十分舒服。

旁边，白玉糖正望着远方出神，时不时擦擦汗。

她急忙撑起身子，打量四周，眼前真是一片绵延不绝的沙漠啊！

不可能啊，她在英国啊，英国哪来这么壮阔的沙漠！

章三枫狠狠掐了掐自己的大腿，啊，疼！

"别掐了，你没做梦。这里是撒哈拉沙漠的深处。"白玉糖收回目光，"我会飞。你的伤如何了？应该不太重，只是被取了一点血而已。"

章三枫下意识地摸了摸自己的心口，又背过身去拉开领口看了看，那个被触手刺出的伤口只剩一个小红点。

"你……你究竟是什么人？"章三枫站起来，扑到他身边，抓住他的衣领厉声质问。

"玫瑰十字的老师，受雇于 4E 的工作人员，孜孜不倦的学习者，"白玉糖耸耸肩，"我也不太明白自己到底是什么人了。哦不，我不是人，我是妖怪。"他看着她，"你也是。"

章三枫的呼吸变得更急促了。

"你又不笨，我们在实验室里的对话，你应该还记得吧。"白玉糖拉下她冰凉的手。

"你们说，我是一只血妖。"她难以置信地看着他的眼睛，"什么是血妖？妖怪？跟那双头怪物一样的妖怪？"

"本质上，你跟双头蛇的确都是大妖怪。"他毫不遮掩地说，"血妖，比吸血鬼更高级的存在，因为你们不怕阳光，不怕十字架，不怕大蒜，而且有普通人没有的速度。如果血妖愿意的话，他们可以一夜间绕地球跑个十几圈。"他停了停，叹气，"但是，你的纯度已经不高了，换言之，你体内属于血妖的血，已经被人为冲淡了，相应的，原本属于血妖的能力也弱化了。"

她瞠目结舌。不，这绝对不可能，她十七年来一直活得很正常，上学，生活，没有干一件不属于人类行为的事。怎么会是妖怪！

白玉糖站起身，看了看四周，说："起来吧，我们要继续走。我们得在天黑前走到阿波罗之焰。"

"那是什么地方？"章三枫浑浑噩噩地问。

"能让你彻底脱离玫瑰十字，脱离4E的地方。"他拉起她的手，深吸了口气，拽着她朝那片沙漠的方向奔去。

他再也飞不动了，剩下的力量只能快速奔跑。

对于一个巧克力妖怪来说，撒哈拉实在是太热了。

章三枫跌跌撞撞地跟在后头，两个人在寸草不生、荒芜无尽的沙地上留下一道道痕迹，而脚下的路，却像怎么也走不完似的。

当炽热的阳光越来越盛时，他已带她翻过了无数大大小小的沙丘，终于，她用力甩开了他的手，涨红着眼睛，却什么都不问，只是倔强地看着他，怎么拖也不肯再走。

白玉糖长长吐了口气，擦着额头的汗珠，说："任何沟通，都要从面对现实开始，你如果不接受你是血妖这样一个事实，那我说什么你也不会信的。"

"你让我怎么信?!我活了十七年，现在突然有人跟我说你不是人，你是妖怪，我怎么信！"她大声喊道，"我只想把弟弟找回去，然后安安稳稳地生活，就这样而已！"她说着说着，眼泪涌出来，跪在了地上，抽噎着，"可你们说……他被吃掉了。"

"是，你弟弟的确被吃掉了。"他没有任何安慰的话，阳光把他的影子拉得很长，像一把插在地上的刀，"然后呢？你也要一起死？或者抱着这种一点价值都没有的悲伤走完你的一辈子？如果你说是，我会成全你。"

他冷硬的没有任何感情的话语，反而让她狂跳的心慢慢冷静下来，她缓缓问："玫瑰十字到底是什么鬼地方？"

"4E在全球的试验场之一。"他面无表情地说，"其实连我都不太清楚4E到底是个怎样的组织，只知道4E的首领是个被称为将军的人。4E一直在进行一项实验，把各种妖怪的灵能完美植入人世上任何一种物体内，创造出一种全新的人造妖怪，这些物体可能是你生活中见到的任何东西，枕头被子锅碗瓢盆，食物饮料等等，有了妖能，它们就像有了灵魂的人偶，会说话，会思考，有非凡的能力，当然也会听从它们的创造者所下的一切指令。"他看着她的眼睛，继续道，"可是，要完美结合两者，就必须要有一种中和剂，才能让妖能顺利植入物体之中。而身为妖怪却又各方面无限接近人类的血妖，它们的血就是天生的中和剂。只可惜，世上的血妖并没有多少了，而且许多血妖选择与人类婚配，妖气越来越弱，要找到它们越发难了。每年，上头都会派出许多人手，到处搜寻血妖的下落，一旦找到，就会用各种隐蔽的手段，将其引入陷阱。真正的血妖，力量非常强大，就算是你这种已经被弱化的血妖，如果真的被激发出天生的能力，也是很强悍的。所以，必须在血妖们未察觉的情况下，压制住它们的力量，然后才实施最后的捕获，否则死的可能是自己。从你一进入玫瑰十字开始，你每天吃的饭菜，还有贝尔太太'好心'给你喝的茶，吃的点心，里头都加了施了巫咒的骨粉，只要十天时间，再由我耍个小花招，你自己就乐呵呵地送上门来了，如此，制服你不费吹灰之力。"

章三枫惊得瘫坐在了地上。

"不过，对于物体的改造只是第一项实验，4E还有第二项实验。"白玉糖索性将她想知道的一切，和盘托出，"他们觉得只是物体实验还不够，万物灵长的人类，才是制造新式妖怪的最好原料。而艺术天赋过人的人类，因为大脑结构与思维方式的不同，比寻常人更容易植入妖能。这个实验其实早在数百年前就实施过，实验对象是一个画家，他在绘画上取得的成就无人能及，可他却患上了精神病，终身癫狂，最后自杀在法国瓦兹河畔。在那之后，这项实验就暂停了。直到十年前，又重新开始。玫瑰十字作为试验场之一，打着诱人幌子招来的学生，每一个从入学起就处于被观察状态，其中最优秀最适合的，就被选中为试验品。不过，试验品们最后都消失了，那些因故死去的，被那狗腿子双头蛇当了食物，而活着的那些连我都不知道他们最终被送去了哪里。"

"他们怎么能做到只手遮天？那些失踪的人，难道他们的亲人不会追查？难道学校里其他的同学就不会怀疑？这不是少一只小猫小狗，少的都是活生生的人哪！"她想到了警察给她的结果，不知道玫瑰十字里还有多少无辜者跟她的弟弟一样，被无情地"抹掉"。

"4E的能力，不是你我能想象的。抹掉一个人的存在，实在太容易了。要知道，它不止有科学的天赋，还有妖怪的异能。"白玉糖淡淡道。

"我弟弟……"她的力气几乎溃散完了。

"他回不来了。"他直截了当，近乎残忍，"如果血妖与人类结合生下孩子，那必然是一对龙凤胎，而且，女儿会继承血妖嗜血的本能，儿子却不会。但不管怎样，他都摆脱不了血妖的身份。一只纯血妖的血，三年才会被榨取干净，你弟弟支撑了玫瑰十字三年的实验。在你来到玫瑰十字的前一个月，他就……"

"别说了！"章三枫的手指，狠狠抠进了沙里，"这三年来，那些通话视频是怎么回事？"

"傻瓜，他们连人都可以抹去，伪造视频又有什么难的。"他摇头。

"当初，为什么不把我跟弟弟一起骗去？还这么煞费苦心骗我三年？"章三枫忍着心里的剧痛，愤然质问。

"4E 有严格的计划跟规定。每个试验场都制定了严格的规则，准备多少试验品，多少中和剂，生产多少'产品'，都有定量，不能多不能少。玫瑰十字这三年的定量，只能使用一个血妖，用完之后才能引入第二个。"他咳嗽几声，擦了擦额头上渗出的汗，"你跟你弟弟，早已被玫瑰十字的人盯上，你们的命运，在三年前你们被发现时，就已经决定了。找到你弟弟的人，就是那高个子，他一直负责为英国区寻找中和剂。全世界有很多他这样的人，为各自负责的区域不断搜寻需要的资源，有时候还会产生内部矛盾，互相争夺。那一年，他去了中国，在某个深夜的小巷子里，遇到一个蹲在树下掉眼泪的男孩，血妖的味道扑面而来。再后来，你也知道了，你弟弟被"玫瑰十字"的诱人条件带到了这里。这件事，高个子吹嘘了很久，还说他运气真好。"

她真正听到自己的心，在一片一片地碎开。

弟弟不是被玫瑰十字的诱人条件带走的，他只是被自己的姐姐伤了心，要让自己走得远远的，把自己"夺走"的父爱，还给她。如果，她没有对他说那么过分的话，那个深夜他不会冲出家门。如果那天他好好地留在家里，那冤魂一样的玫瑰十字就不会找上他！

章三枫的拳头，攥得咯咯响，然后，一拳打在了白玉糖脸上，又跳到他的身上哭吼踢打："你也是这群魔鬼的人！你这个帮凶！"

他不还手，由着她的拳头往自己身上落。到她打不动的时候，他问："舒服了？不舒服可以继续。"

她大口大口喘着粗气，从癫狂中渐渐平息，望着他："你最后对他们动了什么手脚？"

"把一滴蛇血，就是你在我家看到的那条宠物，悄悄混入了你的血里。"他狡黠地笑笑，"中和剂必须是绝对纯净的，任何一滴不属于它自身的血，都足以引起一场灾难。"

"为什么？"她疑惑地问，"你不是他们忠心耿耿的工作人员吗？"

"我只是讨厌他们拿巧克力开刀，那么美好的东西，那么美好的节日，如果被一群会搞出人命的人造巧克力妖怪毁掉的话，真是罪过。"他呵呵一笑。

"就这么简单？"她不太相信，重新打量着他，"你到底是什么东西？"

"感情上的低能儿。"他仰躺在沙地上，自嘲地笑。

"难怪你可以当十年的冷血动物，还助纣为虐。"章三枫抓起一把沙子，狠狠砸到他身上，"可恨的低能儿！"

巧别

白玉糖笑望着她："你也是感情低能儿啊！别人表面上给你点小恩惠，你就断定对方是值得相信的好人，哪里知道对方是另有居心。对你不近人情，严厉苛责，你就觉得对方恨你不爱你。"

"你什么意思？"章三枫听出他话里有话，回想起父亲对自己的种种，不禁五味杂陈。

"你是血妖，可这么多年来，你有喝过一次血，或者有想喝的欲望吗？"他反问。

章三枫一愣。

"跟血妖结合后的人类，他们的血会变成蓝色。你每天都要被迫注射的药液，也是蓝色的。"他慢慢道。

她似乎想到了什么，惊诧地捂住了嘴。

"没有哪个父亲，会眼睁睁看着女儿变成一个嗜血怪物。也许他会恨你的母亲嫁给他时，隐瞒了自己的真实身份，导致他们的儿女天生坎坷的命运，但这根本不妨碍血浓于水的天性，他要救他的女儿。阻止血妖嗜血本能的唯一方法，就是用他自己的血来为你做'清洗'，然后逼你吃大量东西，以抵消你对血液天生的饥渴。这样的'工作'只要能坚持十年以上，你的嗜血症应该就永远不会发作了。所以我们才说你的'纯度'已经不够了。"白玉糖停了停，叹息道，"他如此爱你，只是未曾表达。他不想让你知道你是个血妖，所以他永远无法让你理解他对你的行为，你弟弟得到的，貌似过量的'宠爱'，是你爸爸想放在你身上，却又放不了的爱。"

章三枫的心跳，几乎要停止，她捂住耳朵，眼泪断线般落下。他如此爱你，只是未曾表达。想放在你身上，又放不了的爱……五脏六腑，有如刀绞。

她捂住心口，颤声问："你怎么知道我家的事？"

"有时候，我会跟你弟弟聊聊天。"他轻描淡写地带过，看看天色，说，"休息够了，该动身了。"

黄沙之上，到处都干燥得快冒出火来，他牵着她继续飞奔，在他倒下之前。有一件事，他永远不打算告诉她。

她弟弟被困在玫瑰十字的三年来，没有皱过一次眉头，也没掉过一次眼泪，哪怕他知道自己离死亡越来越近。

他偶尔会去实验室那边看看她弟弟，有时也会出于好奇，跟这个男孩聊聊天。这孩子没来由地信任他，把家里的事，断断续续都讲给他听。最初，他以为这孩子是想博同情，希望他能帮他逃脱，可是，直到临死的前一晚，这孩子也没有向他提出任何要求。

那天晚上，他在这孩子身边，弥留之际，他问："你们会把我姐姐也带到这里吗？"

"不用我们带她，只要让她知道你失踪了，她自然会过来。"他说的是实话。"如果她来了，请你带走她，这里太冷，她受不了。"这是她弟弟留在这世上的，最后一句话。

三年的灾难，悲哀的结局，这孩子却从未替自己说过一句话，掉过一滴泪，最终的最终，放在心里的，也只是自己的姐姐。所谓手足，就是这样的意思？

他的感情学习课程里，又多了一点内容。

<h2 style="text-align:center">七 🌸</h2>

在太阳西沉前的片刻，章三枫突然看见绵绵黄沙的尽头处，竟有一排熊熊燃烧的金色火光，足有十几米高，沿着整个沙丘的边缘，把这个沙漠跟另一边的世界分割开来。

见了这火光，浑身都被汗水湿透的白玉糖突然有了力气，兴奋地说："到了！"

火焰越来越近，章三枫只感觉到一阵灼痛。

"被 4E 锁定的目标，不管是试验品还是工作人员，身上都会被打上烙印，就是你额头上的那块红印，我也有。只要烙印还在，不管你跑到哪里，都会被他们找到。只有撒哈拉深处这片神奇的阿波罗之焰，可以消去这个罪恶的烙印。"他落在沙地上，仰望着这片熊熊火海，"越过这片火海，你的烙印就消失了，他们再也找不到你了！回去你的世界吧，放心，这片火焰不会烧伤你！"

她的头发在炽热的气流中凌乱飞动，迟迟挪不动步子。他从怀里摸出一块红宝石，塞到她手里："这个你会有用的。总之，平安活下去，比什么都好。"

"为什么帮我？"章三枫握着匕首，"你不是他们的人吗？！"

"他们培养我学习了这世上的一切知识，但告诉我，只有感情是我学不了的。他们确实没说错，我始终没学会感情。但，我学到了良知。"他看着眼前这雄伟到神圣的火焰，笑笑，"还有你的家人，他们又教了我一点点关于感情的课程。"

说着，他又掏出了小本，在最后一页上写着：感情病症第 53 种——牺牲。写完，他将本子用力扔进了火中。

"去吧，你虽然不嗜血了，没有纯粹的血妖的速度，但你只要吃饱了，然后集中精神往前跑，就会发现你比任何正常人都跑得快，任何山河湖海都不能阻挡你。"他拍拍她的脑袋，"快过去吧。"

"你呢？"她迟疑着往前迈了一步，又转回头，"那个 4E 不会放过你的！"

他哈哈一笑："你当我傻呀！我当然不会坐以待毙！"

"那你跟我一起走！"她抓住他的手臂，喃喃道，"我只有一个人了。"

"你妈妈不是还在吗，她只是出走了不是吗？也许她还活着呢！"他说，"你应该

巧
别

去找她。"

她紧咬着嘴唇，不说话。见她这样，他无奈地说："好吧好吧，当我欠你的，我陪你一起去找她！"

"真的？"她不相信地看着他。

"当然，但你要先走，去中国那个叫忘川的城市，那里有个树妖，开了一间叫不停的小店，你到那里去等我！"

说罢，不等她回答，他已然往她背上狠狠推了一掌，她身不由己地落进了金亮的火焰之中。

他说得没错，这火烧到身上，一点也不疼，反而像温柔的水，把一身的尘土都洗得干干净净。

看着她消失在火中，他无力地坐在了沙地上。

"傻丫头，我是巧克力啊，温度太高，会融化的。"他笑了笑。他的身子，渐渐塌了下去，与金子般闪烁的沙粒，渐渐溶成了一体……

八

"你怎么没死啊？还有，干吗让她来找我？！"听完他的讲述，我的茶也喝光了，然后我觉得我嘴巴挺坏的。

"我当时也以为我完蛋了。我就是担心那丫头以后再出什么纰漏，所以希望你能帮帮她。据我所知，你帮过不少问题妖怪啊！"巧克力同志用力吸了吸杯子里的茶香，"可我没死，只是变回了最初的模样，然后，4E的烙印也消失了。那天我躺在阿波罗之焰的旁边，看到被洗去了烙印的她居然又折返回来找我，当然，她肯定没发现现在的我，我也不想看到我这个怂样子，于是悄悄跳进她的衣兜里，跟她一起来了不停。没想到，已经被弱化的血妖，奔跑速度还是这么惊人，她只用了不到一周时间，就从撒哈拉跑到了不停，也难怪她那么饿。"

我的目光从大厅瞟向里头的某间卧房，说："等下，你喜欢上那姑娘了？"

我知道我的思维总是跳跃又八卦，但我有什么办法？

"没有。"他否认，"我只是同情她弟弟。"

"你喜欢她弟弟?!"我张大了嘴。

"你真是为老不尊！"

"明知去沙漠会要了你的小命，还去。嘿嘿，没有谁会仅仅因为同情，而为对方赴刀山火海。"我打开水龙头，哗哗冲洗着杯子，"这是老板娘教给你的感情课程之一。"

他思索了很久，别扭地承认："好吧，作为一个资历尚浅的小妖怪，我正在学习如何去喜欢一个人。"

"真正的感情是不需要学习的。情到真时，由心而发。你已经毕业了。"我把杯子擦干净，撇撇嘴，"不过嘛，还是等你有我年龄的十分之一之后，再回来跟我深刻讨论感情吧。现在咱们只能谈钱！"

"你有完没完了！那鸽血红够你换多少金子回来了！"他跳到我肩膀上，说，"现在该说说回礼的事儿了！"

"只要不是要我的金子，都好说！"我头也不抬，"哪怕你要敖炽去当宠物我都给你！"

话音刚落，在暗处偷听了半天的敖炽冲了出来，一副要杀我泄愤的凶恶模样，还好被赵公子拦腰抱住了。

我淡定地指着敖炽，对巧克力说："你注意看他凶狠的模样，这也是感情的一种，但只适用于厮守多年的老夫老妻。"巧克力一头黑线。

◉ 尾声 ◉

翌日傍晚，天气颇好，夕阳缀满了整条巷子。

我斜靠在不停门口，目送前方一男一女两个人影，并肩离去。临走时，我对眼前这个英俊不凡的男人说道："记住啊，别靠近火源，你现在的人形是我用纸符化的，而且我不能保证这人形能保持多久，可能一个月之后你就突然打回原形，也可能一百年都没问题。反正你有空的话，还是自己花点时间正经修炼吧，别整歪门邪道，人造妖怪怎么都不及天然妖怪呀！"

他点头："你的回礼，我会好好珍惜。"

我问他接下来有什么打算，他望着我头上的灯笼，笑道："但去莫复问。"然后，他很真诚地跟我鞠了个躬，说，"谢谢你，老妖怪！"

我叉着腰冲他吼："滚！"

他哈哈大笑着，牵着章三枫离开了。

一颗巧克力，就这样告别了，跟我，跟从前的他。

一块巧克力，跟一只弱弱的血妖，真是好怪的组合。但我祝他们平安。有没有感情先不说，漫漫长路，路上有个伴，总是好的。

不过章三枫到离开时也还是不相信我已过千岁，同时这直肠子的孩子还明确表示她

巧
别

不喜欢贪钱的女人，但因为我让她等到了她要等的人，所以暂时把我放到例外里。

拜托，我只是爱钱，跟贪钱是两回事呀！（纸片儿画外音：这句话说服力好低啊好低！）

回到屋里，发现敖炽居然把家里所有巧克力都吃光了，正鼓着肚子仰在沙发上喘息，见我回来，立刻坐起来，极其不满道："你用纸符随便化个人形就算了，非要把他弄得那么英俊吗？！"

"酸啊酸啊！"纸片儿叫嚷着从上空飞过。

我看着满地的包装纸，还有气鼓鼓的他，突然有种暖洋洋的幸福感，是的，比起他人，我们现在都活得很好很安稳，朝夕相对，坦诚以待，没有生离死别，没有荆棘坎坷，这些，是多少金子都换不来的。这个，我比谁都清楚。

我走上前，一把把敖炽抱起来，在他的胖脸上嗑了一下："亲爱的，情人节快乐！"

敖炽愣了五秒钟，然后结结巴巴说："那个，我其实早就准备好了礼物，就藏在洗脚盆里，本来还想给你个惊喜，让你自己去找的……"

我直接把他扔了出去，洗脚盆！敖炽，你脖子以上那玩意儿叫脑袋吗？夫妻局部战争再度爆发，不停里鸡飞狗跳，只有打开的电视机，在风轻云淡地播着一档情人节特别节目，里头的背景曲十分熟悉而悠扬——

> All your life you've waited ,
>
> for love to come and stay.
>
> And now that I have found you ,
>
> you must not slip away.
>
> I know it's hard believing
>
> the words you've heard before,
>
> but darling you must trust them just once more.

该再说点什么呢，不如就这一句——只愿有情人终成眷属，情人节快乐！ ^_^

每个人的一生中，总有那么一段时间，会变成一只被线牵住的飞天。

第三章／飞天

◉ 楔子 ◉

一进门，九厥就大声嚷嚷着真冷真冷，边说边挤进沙发里，毫不客气地用臀部把霸占了最佳取暖位置的敖炽撞到一边去。然后在敖炽发飙之前，赶忙道歉，说一时眼拙，把弱小浑圆的他当成新买的沙发靠垫了。

敖炽把手里的书一扔，跳到沙发靠背上，指着九厥的鼻子怒骂："你眼睛长鼻孔里了是不是？爷我穿得如此端正潇洒，哪里像靠垫？啊？哪里像靠垫！"

他不像个靠垫吗？连我都不能说服自己。本来就是小小肥肥的一只，又穿了件完全不合身的带厚绒的斑马纹防寒服，再缩手缩脚往沙发里一窝，横竖看都是个靠垫！早就提醒过他不要乱网购衣服，就是不听。

"哟，咱敖炽大人还看上书了呀！"九厥骂不还口，还帮他把地上的书拾起来，"咦？《物种起源》？"

敖炽一把将书抢回来，翻了个大大的白眼，跳下去，蹲到红外线取暖器的正对面，继续他的阅读。

九厥挪到我身边，看看专注的敖炽，又指指自己的头，悄悄问："你是怎么欺负人家了？这可不是敖炽的风格哪！"为了早日变回从前那个身高体重法术包括臭脾气都在我之上的敖炽，他正在尝试各种方法，包括研究达尔文的进化论在内。

"随他去吧。看书总比上网乱买东西好。"厚厚的冬衣把我裹成了一头圆润的北极熊，抱着热乎乎的暖手袋，我半睁着眼，懒懒缩在沙发里。

"切！"九厥边搓手边抱怨，"你也不至于省成这样吧，大厅里的空调开一开，死不了人的！"

"你这种光吃不给钱的怂人多来几次的话，不停可能连取暖器都用不起了。"我打了个呵欠，天一冷就想冬眠。很少有妖怪怕冷，毕竟不是人类，没有那么脆弱敏感的感官细胞，反而是九厥跟我这两只老妖怪，越来越怕冷似的。混迹人间的日子长了，很多时候便忘了自己的真面目，情不自禁地配合着眼前这个世界，有爱憎，知冷热，这才是人类的样子。

最近一周，气温居然降到了零下，这可是三月的南方！北风呼啸的声音，把其他任何动静都弱化了。

"你门口几时多了个鞋匠？"九厥突然想起了什么，奇怪地问我。一想到门口的人，我的睡意立刻减去了三四分。

三天还是四天前吧，我外出归来，远远地便瞧见不停的门口，坐了一个人。还没走近，就闻到一阵刺鼻的酒气。男人，蓬头垢面，浓密的大胡子遮住了半个脸，长而厚重的深蓝色羽绒服把他整个包裹起来，杵在地上的衣角全是灰土，十分不讲究。另外，他只有一只脚。

他旁若无人地坐在我的店门口，专心地整理他带来的东西，一个木箱子，一堆鞋子。各式各样的，老式绣鞋，新款皮鞋，男人穿的，女人穿的，都有。

这堆破烂加上他，几乎占去了我半个门口。

"你……"

"嘿嘿。"他抬头，对我傻笑。

"这是我的门口，先生。"我尽量礼貌。

"我是做鞋的！"他牛头不对马嘴地答我，然后埋头，把一堆凿子、榔头、锉子、胶皮等等玩意儿摆了一地，拿出一双没做完的鞋继续做。

"这是我的门口！"我的口气加重了两个加号。

"姑娘，我走累了。"他剧烈咳嗽起来，暮色跟灯光交织在他身上，清冷落寞，"你这里比别处都亮堂，我歇够了就走，行么？"

我看看越来越坏的天气，又看看他冻得通红的手，默许了。他又跟我傻笑。可是，他一歇就歇到了今天。

纸片儿从门缝里看到，他晚上就用一床薄毯裹住自己，喝他那个脏兮兮的酒葫芦里的酒，然后嘀嘀咕咕些鞋子啊脚啊之类的胡话，靠在墙边就睡。白天他不吃也不喝，就埋头做鞋。气温不停下降，呵气成冰的日子里，我真怕他一夜冻死在我门外。

我让他到店里来，他拒绝，傻笑着说外头好，自在；给他热水热食，他拒绝，说不饿也不渴；给他厚棉被，他拒绝，说要冻死早已冻死。怪人！不过，他也许不是人。透

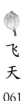

飞天

过浓烈的酒气，我隐隐嗅到了别的味道。不管了！我嘱咐纸片儿随时注意外头的动静，一旦他有什么不妥，马上让赵公子把他扔到别处去。

敖炽说，这个疯子有问题，要出去教训一下对方。结果，他穿着一双做工精巧，十分合他的肥龙爪的棉布鞋大摇大摆地回来了，大赞对方人好手艺好，一见面就当场做了一双鞋子送他。

我问他为何要送鞋给敖炽，鞋匠答非所问地说："有鞋穿多幸福呀！"这……完全不能沟通。

我的思维从小鞋匠挪到九厥的脸上，问："说了半天，你突然跑来我店里做什么？"

他指了指天上，眨眨眼："来提醒你，可能很快有人来找你的麻烦。"

"天界的人，找我的麻烦？"我冷笑，"我区区一个妖怪，谁这么看得起我？"

"战神獠元。"九厥缓缓道。

"他?!"话音未落，在场的所有人，都感到房间里的温度突然直线飙升，一团灼眼的火光自虚空而降，高大的身影，在火中若隐若现……

一 ⚜

"送我过了那条河吧。"靡沫站在湿漉漉的青草上，对身后的男人说。

清波碧浪的河水横在眼前，远处，晨雾在黛青色的山峦上游动，像一层层总也掀不完的蚊帐，这相同的景色，他看了无数年，今天特别无趣。

"已经送你过了很多条河了。"他笑笑，"难道要我把你送到天上去么？"

"可以吗？"靡沫瞪大了眼睛，红润的嘴唇俏皮地圈成一个小圈。每次，靡沫摆出这种天真期待的表情，他都不会拒绝。但，今天不行，以后，也不行了。

"就到这儿吧。"他看看天，"马上会有人来接你。"

五谷神向来守时，这个喜欢把稻穗插得满头都是的老太婆，祥光普照地从她的世界降落到他们面前。

天界女神的光彩，晃得靡沫几乎睁不开眼。

五谷神上下打量了靡沫一番，很是满意，慈祥地拉起她的手，说："随我走吧。我已奏请天帝，在长生录上记了你的名字。今后，你便是天界的偿愿仙官，受世人景仰供奉，功德无量。"

靡沫怯怯地点头。五谷神朝他点点头，说："你尽职尽责，对天界忠心耿耿，必有封赏。"

他在心里冷笑。

"给我吧。"五谷神伸出她皱纹满布的手掌。想当年，这双手是何等光洁细腻，如凝膏脂。时间，终究连神也不放过。

他迟疑了片刻，从怀里掏出一个拳头大小的锦囊。锦囊里头，是一根白色的线。五谷神一把将锦囊拿过，揣在袖中，转身拉起靡沫的手，像拽住一条生怕溜走的鱼一样。

靡沫不知道哪里来的力气，挣脱她跑回他身边，拽住他的衣袖："你说过，等我变成神仙就会有脚。呐，你说过你会亲手做一双绣鞋给我的。下次，我来人界来找你时，你要给我！不然我就一辈子光着脚走路！"她大概想到了什么好笑的场面，咯咯地笑个不住。

"好。"他摸摸她的头，"去吧。"

靡沫却还是不肯松手，她偷看了五谷神一眼，对他附耳道："你不是说，线，要交到最信任的人手里么？"

"嗯。"

她皱起秀气的眉："那我要你留着！不要给她！"

傻丫头啊。他在心里苦笑。

"你可以像信任我一样，信任她。"这样的谎话，他说了无数次了，说得他都快以为这是事实了，"她是天界的五谷神，掌司人间五谷生灭，是很受人尊重的神。你今后，要在她座下好生修行，尽你该尽的职责。"

这次是五谷神，上次是病役神，上上次是四季神还是谁，记不得了。反正相同的话，他已经重复了许多许多年。而这许多许多年里，他也是如今天这般，送走了许多许多"靡沫"。

"要是我做神仙做得不好，你可不可以接我回来？"靡沫就是舍不得放开他的衣袖。

我接不了你了，你的线已经交给了别人。

他微笑："好啊。"

"还有小悦跟铁头他们，以后你要督促他们勤加修炼，下一次一定要被选中！我在天界等他们！"

小悦，铁头……他们不会有下一次了。

"好啊。"他继续微笑。

"走吧。别误了时辰。"五谷神有些不耐烦了，过来一把抓住靡沫的手。女神的祥光比刚才更亮眼了，淹没了身边那个不知天高地厚的小丫头。

他仰头看天，五谷神的光迹照亮了沉闷的天空，如果凡人看到，必定又是一番呼天抢地的跪拜。神啊，除了虔诚地向你们跪拜，向你们祈求，他们还能做什么？可是，他眼里的天空，没有神的模样，只有一只雪白的风筝，身不由己地往上飞，再也不能停下来。

他垂下眼，往回走。衣袖上，还留着靡沫的余温。

飞天

今年，已经愁眉不展了两年的老百姓们终于笑了，因为丰收了。从前年开始，他们的土地不论如何耕种，都收获甚微，饥荒成了所有人的苦难。人们拿出仅存的粮食，向天神祈福，希望掌管五谷的神，能显灵相救。每家每户，虔诚得恨不得奉献出自己的生命。求了两年，神终于听到了！

他站在金黄肥沃的稻田边，面无表情地听人们的欢声笑语，听他们一遍又一遍唱着对神的颂歌。一阵风吹过，天空中的云朵慢慢移动着，他抬头望那些数不尽的白云，嘴里却执着地数着："一个，两个，三个……"

二

啧啧，义父又在犯傻了，明明浑身都是杀猪匠般的粗犷，却非要握一双白色绣鞋，文质彬彬地坐在后山的河水前，一会儿看水，一会儿看天。呆滞的眼神，只在空中有云朵飘过的时候，才刹那闪了光，那神态，跟隔壁村的二傻子似的。

有二十年了吧，每年春天，莺飞草长的时候，他都干相同的事。三月躲在老槐树后，朝背靠树干打坐的木生嘘了几声："你看义父，每年都这副死样子。"

"有什么好看的，你也说他每年都这样了。"微风带来一只翠绿着翅膀的蝴蝶，落在木生的头上，温婉地扇着翅膀。

"别动！"三月惊喜地盯着他头上的蝴蝶。

木生睁开眼睛，暗蓝色的眸子里闪过一层浅浅的红光。三月的手指触到蝴蝶的瞬间，一道火焰凭空扫过，将这微不足道的小东西化成了一捧沙尘，散在稀稀拉拉的阳光里。

"你！"三月一缩手，怒目而视，"太过分了！"

"玩物丧志。"他目不斜视。三月气得背过身去。

"验选之期近在眉睫，你若再不努力修行，此生便荒废了。"木生又闭上了眼，宽大秀逸的青色丝袍，永远像是刚用最干净的水洗过，不但干净，还透着浅浅的雾气，若有若无地缭绕着他，从树丫间穿过的光线，屏息静气地停在他精雕细琢、瓷器般细白矜贵的脸上，依依不舍地流动。所谓天界里，高高在上的神，大抵也就是这般模样了吧？或许还不如木生？

还有那个人，他跟木生很像，不不，还要更出色一些。只要一想到那个人，她的心里就像蹿进一只小兔，怦怦乱跳。三月刷一下飞到树上，抓了几个野果子，报复地砸到木生头上。

"我就不修行！"她倔强地仰着头，指着天上，"你告诉我，什么叫神仙？当了他们，又有什么好了？"

"不当神仙，我们还能干什么呢？"野果的浆汁沾到了木生的额头，他也不擦，仿若一尊能呼吸的石像。

"不干什么呀，就这样活着。跟义父一起去城里喝酒吃肉，跟烟夏唱歌弹琴。"三月无所谓地朝远处张望，家的位置，已经冒出了炊烟，不知烟夏今天又准备了什么美味的晚餐。有个善于烹饪的妹妹，真是幸福。怪癖的义父，爱打坐的哥哥，游手好闲的她，加上贤惠的烟夏妹妹，这是一个家。

一家四口，在这个名为丹徒的地方，住了快二十年。竹叶巷第二棵树下的旧宅子，不宽不窄，坐北朝南，有个天井，天井里头有口废弃的水井，盖着厚厚的石板。出太阳的时候还好，一到下雨，就得拿四五个盆子各处接住。义父那老东西明明有钱，宁可拿去买酒吃肉，甚至送给翠香楼的姑娘，也舍不得把自己的窝修葺修葺。还大言不惭地跟他们说，这就是修行！住得太舒服，你们就容易变懒。

每当义父醉醺醺地说这些话时，木生通常都在后山打坐，他从来不关心除了修行之外的事；而乖巧温顺的烟夏，历来对义父唯命是从，她总是一边乐呵呵地做家务，一边听义父胡言乱语，把大家的吃喝都照顾周全之后，便也去山中修炼，勤勤恳恳，循规蹈矩；只有三月，会指着义父的鼻子骂他死老东西，乱花钱，没良心。每次被骂了之后，义父反而很高兴的样子，拍着手说，好姑娘！骂得好！

三兄妹之中，三月最讨厌修炼，最懒最放肆，但义父偏偏最喜欢她，有时候心情好了，还会带上她，去城里最贵的酒馆大快朵颐一番，偶尔还准许她独自去临近的城镇游玩。这样的待遇，木生跟烟夏都不曾有过。家规是，除了每年除夕可以去集市上逛逛之外，平日里兄妹三人的活动范围，只在宅子以及后山。还有，那口枯井上的石板也是不准挪动的。切，想挪也挪不动呀，那石板像长在上头似的。三月偷偷试过。

近二十年，木生跟烟夏都没犯过规。外头的世界，木生是没兴趣，烟夏是有兴趣却没胆量，唯一有兴趣也有胆量的三月，就成了受罚最多的那个，不管她偷跑到哪里，义父都能轻易把她抓回来，只是眨眼间，她的身体就会身不由己地化成一道白气，从千里之外回到宅子。

有一回，义父又喝得酩酊大醉，大声对他们兄妹说，跑？你们能跑到哪儿去！你们是被拴住了一切的妖怪！酒话说完了，就扑通一声倒在地上，呼呼睡了过去。没错，就算他们是妖怪吧，可是，义父比妖怪更怪！这么多年，从没见他刮过胡子，真怕哪天一场雨后，他浓密的络腮胡里会钻出蘑菇来，也不爱洗澡，换衣裳就更少了，永远一件肥大落拓的灰袍子。

对于他身上隽永的污迹油渍，以及挥之不去的怪味道，他们已经习惯了。时间一长，兄妹间打趣时也会说，如果有哪家妇人看上义父便好了，义父就像山里的一头野猪，缺管束。

对于"女人"这个问题，义父从来不碰，就像他从来不许他们碰他那双鞋一样。这双鞋，是义父每年的"功课"。这个熊一般粗糙的汉子，竟很钟爱做鞋。他差不多会花一整年的时间，精工细作，一针一线，似把自己的心血也一滴一滴缝进去了——就为做这一双素净的鞋，嗯，除了素净还真没别的了，白色绢底，鞋面上用银线绣了再普通不过的花样。然后，宝贝似的收在箱子里，等到春光烂漫的时候，找天气晴好的一天，带着鞋，去河边。

唔，现在被他捏在手里的，就是上一年的成果。很快，毫无悬念地，三月跟木生听到扑通一声——义父把鞋子用力扔进了河里，一朵云飘在空中，倒映水上，白色的绣鞋点在它的中间，两种白色融在一起，气泡咕噜咕噜响着，慢慢地，绣鞋沉入水中，漂得无影无踪。义父的眼睛有了光彩，从二傻子变回了正常人，看着渐渐平静的水面，一言不发地回家。每年，义父都重复同样的事，做鞋子，看天，看云，扔鞋子。

"多可惜啊，那么好的鞋子。"三月在树上，遥看着师父离去的背影，"咦，他不回家吃饭呀？怎么往西走呀。"

木生连眼皮都不动一下："你的好姐妹今天大婚，你不知道？他必然是去皖城喝喜酒了。"

"大婚？"三月身子一晃，急急从树上跳下来，"嫁谁？"

"大乔嫁孙策，小乔嫁周瑜。"木生慢慢睁开眼，"怎么，高兴得笑都笑不出来了?!"

这样的一个消息，她确实该很高兴很高兴才是，可是，怎么笑不出来呢？心里只有一个念头，去皖城，去看他……不不，看他们。

三月匆匆离去。木生端坐原地，矜贵得像一尊神像。背后，慢慢移出一个身影。

"老道士只怕已在皖城外等候许久了。"烟夏站在他旁边，轻轻说。

如果一定要在他们兄妹三人的生命中找个天敌，那，这个连名字都没有的老道士当之无愧。

追根究底，若没有老道，他们三人成不了兄妹。

他们是风筝，起码那时候他们以为自己是。雪白的六角形，最简单的形状。但他们从未思考过自己从哪里来，仿佛一睁开眼，他们就是这世间的一员了。他们每天做的唯一的事，就是飞翔，不断地飞。他们也见过别的风筝，花花绿绿，各式各样，但它们的线，都被下头的人拽着，沉浮由人不由己。

他们也有线，就在身后，不过很短，还是黑色的，像个滑稽的小尾巴，也没有人拽住它。

老道出现前，他们三个在各自的天空毫不相干地生活，素不相识。但，那个冬日的雨天，他们被抓了。

老道踩着云朵，挥舞着拂尘，念着他的咒，他们便再也飞不动了。下坠下坠，一直坠到那黑黑的铁盒子里。盒子被关上前，最后的那道光线里，是老道士风霜成皱的脸，他就说了两个字：妖孽。

盒子被重重关上了。关了多久，谁知道。

他们三个，相识在盒子里。

漫长的岁月，从此局限在这方冰凉狭窄的世界。

不能飞，不能动，那就说话吧。

三月的话最多，连木生与烟夏的名字都是她顺口胡诌出来的。她说木生肯定是木头生的，那么不爱说话。烟夏的声音最好听，温柔轻飘，像烟雨朦胧的初夏。因为她喜欢三月的天气，所以就叫自己三月。她完全没有一个囚犯的觉悟，用一切办法寻找乐趣。

"她跟我们很不像。是吧？"木生始终不曾睁开眼，像是在问烟夏，又像是在问自己。

"义父说，这次入选的偿愿仙官，是去战神麾下任职，而且只有两个名额。"烟夏的眼神里，是刻意装出的平静，"什么五谷神病役神，跟战神相比，简直泥涂无光。如果我们能顺利入选，此生再无遗憾。"她顿了顿，嘴角扬起冷冷的笑，"三月既然不想当神仙，我们就彻底成全她吧，木生哥哥。"

木生仍然像尊雕塑，坐在他的树下，点了点头。

三

不好好修行的结果是，飞不飞得起来要看运气，没急事的时候，想飞多远都没问题，有急事的时候，飞不到三尺就摔下来。

三月恼怒地敲自己的头，骂自己没用。以前是个风筝的时候，想飞多高就多高。早知现在是这样，还不如不要变成人形。她更讨厌义父了。这个突然出现的男人，把他们从老道的盒子里放了出来。

要当神仙，便跟我走吧。他这样说。那时候，大家还很懵懂，只依稀觉得神仙是个了不起的东西。他们被义父装进竹篓，扛在肩上。透过竹篓上的缝隙，他们看到盒子外的世界，是个道观地下的密室，密室里除了他们，还有很多类似的铁盒子，盒子上贴着古老的封印。

道观外头，老道断了一只胳膊，奄奄一息地靠在观里的神像下。

"你究竟是何人？"老道怒问。

飞
天

067

"反正是你不能惹的人。"义父看也不看他，"这三个我带走了。别的我可没动。你仍是为民除害，降妖除魔的英雄。"

"他们不是寻常妖物！不加镇压，必会祸害人间！"

"你为何留下他们，你心中了然。谁是祸害，我心中了然。"义父冷哼。老道的脸上青一阵白一阵。

义父带着他们回了家。那晚，义父拿了一根柳枝，蘸了水，朝他们身上洒了几下，他们便有了人的模样，只是身后，拖着一条细细长长的黑尾巴。他们的线，依然忠实地跟随着他们。

义父用三道符纸，断了他们的尾巴，落下来的黑线，被分别收到三个锦囊中。等你们的线变成金色，或者白色时，便代表你们有资格做神仙了。义父把锦囊揣到怀里。

那时，义父在他们眼中，简直是比神更厉害的人物！他教他们打坐练气，在日月交替之时，吸取珍贵的天地之气，还要他们刻苦修炼各种法术，告诉他们，如果他们修炼得够好，一旦通过天界诸神的挑选，便能在天界长生录上记下名字，从此位列仙班，一飞冲天。于是，他们渐渐跟从前不一样了，不只是外表。

不过，时间也让义父从神一样的男人，变成了市井的老无赖。刚开始的时候，他还很热衷于督促他们修炼，后来几乎就放任不管了。

那个落雪的晚上，不肯好好修炼的三月，又被义父揍得哇哇大叫。这老家伙从来不会自己动手，只是念念咒语，家里的擀面杖就自己飞起来，照着她的屁股狠狠打。疼得要死！

她捂着屁股，连滚带爬地躲到桌子下，泪水鼻涕齐飞，哭喊：一定要当神仙吗？我当我的风筝不行吗？每次都打我，我又不是圈里的牲口！你要当我是牲口，不如明天就卖了我！

擀面杖落到了地上。义父拿着他的酒葫芦，红着一双眼睛，走到桌前，看了她半晌。她拼命往里缩。义父看了她很久，说：回房睡觉吧。然后，他长长叹了口气，抱着他的酒壶，在天井里的枯井前坐了一夜，醉了一夜。那天之后，义父就再不管他们修行的事了。

三月至今也不清楚，义父究竟是做什么的。他如此了解神仙的事，做的也是跟神仙有关的事。她问过义父，你是不是神仙。义父说，不是。

那你是人？不是。然后义父就不许她再问了。

好在之后的日子，轻松了许多，她也就懒得纠结义父到底是什么，只要他肯让自己到处玩，让她好吃好喝，这就足够了。

可现在，她怎样也轻松不起来了。不能飞，如何能赶去皖城。她抬头看身边那高高的树杈，冒出了个大胆的想法。

四

"你有病是吧？那么高往下跳?!"

三月挪开捂住眼睛的手，看到了一张不解的脸，惊奇地喊："小猴? 你怎么在这儿? "

"我来捡柴。远远就看到你站在树上。"

接住她的男人，是去年搬来的邻居。其实是长得年轻英俊，一表人才的，只因有一次替邻家的儿子捉猫，利索地爬到很高的树上时，被她看见，便有了小猴的绰号。

这绰号跟他一点都不般配，因为这家伙不但模样长得好，还能文能武，能下厨能喝酒，连义父都常去找他喝酒发牢骚，赞他是个百里挑一的好家伙，那熟络的样子，好像他们已经认识了几百年似的。

三月也喜欢去找他，主要是为了蹭食。他把鱼虾抹上奇怪的酱料，烤来吃，十分美味。而且他还会剪窗花，剪子灵巧地舞动下，各种花草动物，活灵活现；还能下棋，自己与自己对弈，乐在其中。除了这些，他也写文章，一气呵成，朗朗上口。兴致来了，还会取出那柄挂在墙上的长剑，边喝边舞，从地上到屋顶，从屋顶到天空，酣畅淋漓。

看着这个邻居，三月会想，这世上还有什么是他不会的么? 并没有看到他出去干活，他大多数时间都在自己家里，孤单但不无聊地活着。

不过，有一次义父喝得烂醉归来，她把他扔回房里时，听到他口齿不清地说，隔壁的家伙是神仙，真正的神仙，比他认识的任何神仙都干净，都高贵。

当然，酒醒以后他什么都不记得，也不承认了。

翌日，三月跑去看他剪窗花，直截了当地问，我义父说你是神仙呢! 小猴也直截了当地回答，我是。

三月激动了，她第一次看到活的神仙!

你是什么神仙? ! 她太好奇了。

他说，我是战神手下跑腿的小仙官。

这一天，三月知道了掌管人界战事的神，就是天界大神之一的战神，天下烽烟，谁王谁寇，都在战神的手中被定下轨迹。战神殿里，有一张巨大的棋盘，沙场征战，黄土高飞，多少头颅落地，多少豪杰并起，不过一子起落间的事。

听起来，真是神气。啊，好像义父说，这次被选中当神仙的话，就会去战神麾下任职，当什么偿愿仙官。三月不知道偿愿仙官到底是干吗的，义父解释得很含糊，只说是个很受人尊敬的职位。

"你是仙官啊，看你这么厉害，是偿愿仙官么? "她觉得，小猴如果真是神仙，肯

定是很受人尊敬的那种。小猴愣了愣，摇头，说他只是个普通的低等小仙罢了，连个正式的称谓都没有。他到丹徒来，只是为了完成上头交代的任务。

这样听来，三月顿时觉得索然无味了，这么厉害的人，都只能在那个战神手下当个"低等"小官，当神仙还真没什么意思。

不过，此刻他的出现，实在就太有意思了！

"带我去皖城，我一急就飞不起来。"她从他怀里跳下来，紧紧抓住他的手臂，"你办得到的，对不对？"

"去皖城做什么？"他问。她眼睛里的光彩黯了下去，说："我的好姐妹出嫁，我去看看。"

"不是喜事么。"他勾起她低落的下巴，"怎么看不出一点高兴的样子？还是你们妖怪高兴的时候都这个模样？"

"你先送我去，我再告诉你。"他越这样说，她心里越不好受。

"好。我送你。"

小猴知道她的身份，肯定是义父讲的。那老东西，黄汤一下肚，什么都装不住。

人间，妖怪跟神仙当邻居，真难得两边都没有异议。三月在心里庆幸着她跟小猴之间古怪又自然的默契。

五 ❧

整个皖城喜气洋洋。乔老头家的两个女儿，同时出嫁，还嫁得孙策周瑜两位年轻豪杰，如此际遇，真真是世间佳话。老百姓前些日子还对攻下此地的孙策胆战心惊，但见他器宇轩昂，爱民如子，身边又有周瑜此等良臣猛将辅佐，麾下军队也纪律严明，很快便从惧怕转为欢喜了。加上这段婚事，皖城更是喜上加喜，连天公都作美，阳光熠熠，春风拂面。

小猴驾云的本事十分漂亮，携她稳稳落在一个僻静处。进城门再过一条街，就是乔家的宅子。她往城门走了几步，又停下，往里看，满目喜庆，热闹得要把她挤出来似的。

"还不去？这么短的路也懒得走？"小猴横抱着手臂，靠在一旁的乱石上，"不好再驾云了，城里人多，容易被人看到的。"

"我……我还没买贺礼。"三月为自己突然的怯懦找理由。

"要什么贺礼，既是好姐妹，你去了，祝福了，就是最好的贺礼。"小猴往她背上推了一把，"快去吧。我在这儿等你。"

"哦……"三月揉着衣袖，犹豫着往城里走去。

他看着她单薄的背影淹没在人群里后，方不动声色地跟了上去，一只手臂，横在一个只有一只手臂的老道面前，笑问："道长可也是去乔家喝喜酒的？"

老道一惊，转眼间已被他架住了胳膊，半边身子如针刺般麻疼，动弹不得。

"你是何人？"老道怒道，"莫要耽搁贫道的大事！速速退开，否则休怪我出手无情！"

"莫非道长赶着去降妖？"他抬头四望，"不觉得此处有妖气呀。来来，借一步说话。"

老道身不由己被他拽出了城门。

荒草地上，老道的拂尘在明媚的阳光里，划出凌厉的气流，招招都要取小猴的性命。

小猴并不急于还手，闪身跃到一棵老树上，笑问："道长如何知道她会来皖城？莫非有人特意告知？"

"与你何干！二十年前是贫道大意，一干妖孽才有机会逃入尘世。如今她自投罗网，贫道当替天行道！"老道斥道。

"道长是想替天行道，还是要抓了这些飞天回去，以供己用呢？"逆光而立的小猴，笑容在阴影里隐去。

老道脸色一变，恼羞成怒："贫道本不欲与你这凡夫俗子一般见识，如今既是你自己找死，也休要怪贫道了！"

"道长，不如先看清楚我这凡夫俗子，再做打算吧。"数道利光从树上激迸而起，这一片被春光笼罩的温柔天地，突然变成了另一个世界。老道的双目瞪得浑圆，仅剩的左手，指着树上，剧烈颤抖："你……"

他的话没有说完，也永远说不完了。

一切很快恢复了平静，阳光依然和煦地照下来，老道僵硬地躺在地上，睁大了眼，他长而柔韧的拂尘，穿过了他自己的心口。

前头，小猴的背影越来越远，烟化在碧绿的山水之间。

六

三月走出城门的时候，半边银月已经挪到了另一半天空。

一个酒壶被她捏在手里，边走边喝，边喝边唱。小猴走到她面前，看她眼神蒙眬，双颊绯红，拿过她的酒壶，自己喝了一口。很烈的酒，喉咙都要烧起来似的，居然被她喝光了大半。

"高兴了？"他扶住摇来摇去的她。

"高兴！"她嘿嘿一笑，凑到他耳边说，"大乔好漂亮呀！大红的嫁衣！还有她的鞋，是她自己做的哦！绝美的胭脂红呢，上头绣着一对鸟。她说……说那对鸟叫什么来着？"

"鸳鸯。"他说。

"对对，成双成对，白头到老！"她高兴得直蹦，"红烛高烧，一对璧人！她跟孙策真的好般配呀！"

"嗯。般配。"他拽住傻蹦个不停的她，抱住她的腰，麻利地将她扛在肩头，大步往前走去。

"小猴……"她唤他的名字，"我也想穿那样的鞋子呀！你送我一双好么？你不是神仙吗？"

"好，我送你。"他走得很稳，怕颠着她似的。

三月眨巴眨巴迷蒙的醉眼，突然用力捶着他的背，大笑："哈哈，你送我鞋子，我也穿不了呀！我没有脚啊！没有脚啊！"她反手过去撩起她长长的罗裙，膝盖以下，空空如也，"义父说，你们就算变成人的样子，也是没有脚的！"

"把裙子放下，小心着凉了。"他把她的手拉开，整理好她的裙子。

她的笑声越来越小，也不胡闹了，喃喃地说："小猴，义父说我，还有木生跟烟夏，说我们不是风筝，是飞天！飞天哦！天生就有资格位列仙班的妖怪！说天界的神，个个都喜欢我们。我们可以听到人们的愿望，藏在心里的愿望呢！"

"哦。"他淡淡应着。

她继续喋喋不休："这次被选中的，是去为战神工作呢！战神好厉害！木生可想去了。我不去，我就留在家里，看你剪窗花，吃烤鱼，好不好？"

"为何不想去？"他问。

她用力摇头："不知道。义父说，每个飞天都有一根线拴着，那根线还会变颜色，变了颜色的时候，就可以交给天神了，他们就可以带走我们了。可是，为什么要给他们呢，我又不认识他们。他们拿走我的线，我是不是会被他们绑住呀？"她突然大叫，"不要绑着我！我要飞，飞到曲阿，他在那里修了一座屋子，有桥有流水，竹叶上还挂着露珠。"

他默默地听着，走过一座石桥，将她轻轻放下来，靠在一块青石上，又脱了自己的外衣给她盖上。

"嘻嘻，告诉你一个秘密。这秘密我只告诉过木生跟烟夏，你是第三个知道的呢。"她的头依着他的肩膀，把手指放在嘴唇上，"那年在曲阿，他的宅子里，掉进水池的那个是我，不是大乔！"

"是你还是大乔，重要么？"他看着她噘起的嘴，笑了笑。

她的头垂得更低了："不重要。可他问了我的名字，问我家在何处。大乔就在我旁边，他什么都没问她呢。"

"嗯。他喜欢你，不喜欢大乔。"他直白地说。

她傻笑了半晌，又耷拉下眉毛："可大乔是我的好姐妹，我听到她心里的愿望。"

她把头埋得更深了，声音越来越小。

"睡吧。"他把衣服给她盖好。

她摇头："不睡。"

她没醉呢，什么都听得清楚，看得清楚。

那是五年前，乔老头带着他的女儿来拜访义父，请义父入朝为官。乔老头每天都来游说义父，还干脆在附近找了房子住下来。他们谈天下，谈政治。她听不懂，倒是跟他那对花儿一样娇媚的女儿成了好友。

豆蔻年华的女儿家，不需要任何刻意的努力，只是交换一两个所谓的小秘密，便成了金兰姐妹。大乔小乔都聪慧过人，尤其是大乔，明朗豁达，外形虽然娇弱，心胸似比男儿家更开阔，见识也更胜一筹。

许多个星月当空的夜里，她跟大乔并肩坐在天井里，说着女儿家的小心事，连吹过的风都散着甜甜的味道。她没有双脚这个秘密，被一阵大风暴露了。

大乔当然是惊讶的，但是没有逃，更没有任何鄙夷或者恐惧的神情。她告诉大乔，她天生没有脚，所谓的走路，其实是飘浮，所以她的裙子总是那么那么长。我是一只妖怪——她对大乔坦白，甚至做好了失去这段友情的准备。可是，大乔只是替她整理好了裙衫，说，姐妹就是姐妹，妖怪不妖怪，有什么打紧。

她愣了很久，眼泪在眶里打转。

那段时间，是最快乐的。她学会了驾云，常背着义父，偷偷带着大乔跑去很远的地方玩。

记得那个夏日的午后，她们落在了曲阿的某座山下，好奇的她们，被眼前那宅子里传出的琴声吸引。偷偷潜入，循声而去，谁料她粗手笨脚，竟落入水池，惊动了抚琴的人。

就这样，她在一生中最狼狈的时候，见到了那个人。他把她从池中抱起，隔着满眼的水渍，她看到了这一生一世也忘不了的容颜。

玉冠束发，黑衫如墨，五官之俊美已不消多说，单是他眉宇间那一抹英气，连最亮眼炽热的阳光都被比下了气势。

闻声而来的侍从高喊着主公，被他呵退下去。

她慌忙从他身上逃开，拼命地扯着裙子，生怕脚下的秘密被他发现。第一次，如此害怕被人知道自己没有双脚。

"你是谁家姑娘？何故入我府中？"他饶有兴致地看着她。

"我……我叫三月，她是大乔。"她把紧张得说不出话的大乔拉到身边，慌乱地说，"我们路过，听到这里琴声好听，就……就偷跑进来了。"

他望着她笑："幸而是在曲阿别苑，这里若是我江都府邸，只怕你们还未入内，便被当作恶贼擒住了。谨记了，女儿家，切不可如此鲁莽，下次再来，让侍从通传一声，光明正大从正门入内。"

"哦。"她红了脸，不敢看他。

"喜欢听我抚琴？"他问。她傻乎乎地点头。

"哈哈，我的琴艺跟我兄弟相比，还差得远哪。"他大大方方地抓了她的手，往他抚琴的亭台而去，"民间有传言曰，曲有误，周郎顾。可惜今日他远在别处，你们没有这个耳福了。"

她吓得赶紧抓住大乔，一起往那边去。

"你叫三月？"他突然转过头。

"嗯。"她躲开他的目光。

"我记住了。"他笑。

然后，那一整个夏日的午后，在他行云流水般的琴声，以及她和大乔的局促不安中，过去了。

她偷偷看过他很多次，看他颀长的手指在琴弦上娴熟而动，看他专注又坚定的双目，在琴声中透着无限的温柔。这男人，本身已然是世上最好的一支曲子。

她也记住了他的名字，孙策。而这个午后，是没有大乔的，她跟他，都忽略了大乔的存在。

很久之后，三月仍觉得自己是做了一场梦。

她偷偷又去过曲阿几次，却再没有见过他。他的侍从说，主公的父亲葬在曲阿，每年夏天，若无战事，主公都会到这里小住几日，如今主公已回了江都。

故事到这里，她以为就是结束了。

乔老头始终也没能游说成功，最终带着女儿们离开，因为没能完成皇命，不敢回朝，索性去了皖城定居。她与大乔，给彼此的临别叮嘱是一样的——不论世事如何艰辛，也要努力做个幸福的女子。

幸福……幸福……她呢喃着这个词，慢慢睁开眼。

七

"我睡了七天?!"三月从地上猛地站起来,一阵眩晕袭来,又一屁股坐回了地上。

"那壶酒太烈。"小猴坐在斜对面,面前燃着一堆篝火,手里的树枝上叉着一条鱼,娴熟地翻动。

不知名字,不辨方向的山林里,一顶简易的草棚将她遮在下头,小猴的外衣跟落叶一起,躺在她身旁。

她揉着涨痛的脑袋,苦着一张脸道:"七天……完了,我肯定错过验选之日了。义父一定会打死我。"

"女儿家本就不该好饮贪杯。"他把香喷喷的鱼送到她面前,"错过当神仙的机会,遗憾么?"

三月撕下一块鱼肉,吃吃笑出来,脸上骤然阳光灿烂:"嘻嘻。我高兴死了。知道吧,义父说这次只有两人可入选。我错过了,木生跟烟夏两个人,刚好。"

"确实,他们二人,刚刚好。"小猴擦着手,"吃饱些,然后回去。"

她低头猛吃。皖城的夜晚,高烧的红烛,美丽的嫁衣,大乔被映得绯红的脸孔,还有……他,依然那般英气逼人,那温柔中的强势,足以替他的新娘挡住最大的风雨。

一拜天地,二拜高堂……跟曲阿的那个下午相反,这个夜晚的故事里,她被忽略了,而且永远被忽略了。大乔与孙策,从此便是天作之合。好了,都结束了。

她现在明白为什么义父那么爱喝酒,而且一定要喝醉了。醉的时候很清醒,醒了,反而糊涂了,忘记了。挺好的。

现在,她只关心眼前这条好吃的鱼。啊,还有怎么应付义父。婚宴上,她看到义父拉着乔老头往死里灌酒,两个老头醉得一塌糊涂,对着月亮大声唱着跑调的歌。依稀记得乔老头拽着义父说,焦光啊焦光,都说你是世间奇人,连皇上都记挂你,你当什么隐士!出来为这乱世做点事,你怎么就那么别扭!

义父推开他,醉醺醺地说,狗屁奇人!知道吧,我活得可丢人了……可丢人了!哈哈。

对了,义父也是有名字的,但很少被人叫。认识他的人,说他是奇人,不认识他的人,就当他是个山野酒鬼。三月第一次知道他的名字时,笑得前仰后合,说以后家里一定要小心火烛,不然肯定被烧个焦光。

凌乱的回忆,撞击着她好像清醒又还是糊涂的脑子。小猴灭了篝火,起身:"走吧。"

回到竹叶巷时,天已黑尽,处处灯火,唯有她的家里,一片漆黑。

三月有点心虚,抓着小猴不撒手:"你就站在门口,要是我义父气疯了要杀我,你

赶紧来救我！"小猴不禁莞尔，拉下她的手："进去吧。我就在这儿。"

她蹑手蹑脚进了屋，四下静到了极致，连呼吸声都显得刺耳。

木生不在，烟夏也不在，到处都冷冰冰的。

"回来啦。"黑暗里传来的声音，吓得三月一个激灵。循声看去，稀薄的月光中，义父坐在那口枯井前，几个空酒瓮歪倒在他身边。

"啊，回了。"她下意识后退一步，"木生跟烟夏呢？"

"明知故问。"义父打了个酒嗝，"昨天，他们已经成了仙，天界的偿愿仙官。二十年修炼，现在就剩下你了。"

"真的啊！"她一阵窃喜，又不敢笑出来，"哎呀，他们还回来么？我都没赶上恭喜他们。"

"他们不会回来了。以后，你还是妖怪，他们是神仙，永远分隔开了。"义父背对着她，慢慢道。

"哦……"虽然木生挺讨厌的，烟夏也并不十分有趣，但就这样从此陌路，三月还是有点小低落，好歹是同一屋檐下的兄妹，数十载岁月。

"那，我不打扰义父喝酒了，我去睡了。"她想溜。

"三月。"义父很认真地叫她的名字。

"我在。"三月不敢走了。

"落选的飞天，会是怎样的结果，你知道么？"他缓缓侧过脸，半醉半醒。三月摇头。落选就落选呗，大不了当一辈子妖怪呗。她没敢说出口。

"飞天是专属于神的工具，不能为神所用，就要毁掉。这是规矩。"

话音未落，三月的眼前有雪光闪过，定睛一看，冰冷的刀锋已经抵在了她的咽喉。义父连菜刀都没拿过，杀人的刀却拿得这么熟练。不不，杀妖的刀。

"落选，就要被杀掉吗？"她还有点进入不了状态，总觉得义父跟他的刀都很不真实。

"这口枯井里，全是飞天的尸体，每次落选的。"他淡淡道。

"我……我不太明白。"三月的目光落在那平平无奇的枯井上，月光把上头的石板洗刷得很白，像一张凄苦女人的脸。

"以后，你没有义父了。"他的眼神，跟他的刀刃，混在了一起。不要！她的喊叫还没出口，义父的刀刃被另一柄长剑挑开了。

"就这么杀了自己的义女，狠了点儿吧。"小猴把失魂落魄的她拽到自己身后，剑尖指向他。

"那就先杀你，如何？"他冷笑。

"一边儿去。"小猴将她推到一旁，举剑相迎。

三月躲在月光照不到的地方，眼见着这两个人刀来剑往，从地上斗到了天上。

月亮被刀光剑影吓到了云后，激战中的两个男人，像要冲往天外的鹰，消失在三月的视线里。

八 🌸

无名的竹林里，刀跟剑都被扔在了地上，横过的浅溪，发出宁静的声音。

"给你。"他从怀里摸出一个锦囊，抽出一条细细的，雪白的线，围绕着淡淡的荧光，"三个里头，她资质最高。木生与烟夏的线，只是金色而已。"

小猴迟疑了片刻，接过锦囊，问："你从什么时候开始，做了这样的决定？"

"从三月哭着问我是不是在养牲口那天起。"他笑笑，"我将世间的飞天寻来，穷尽二十年时间将它们养成，然后让它们'成仙'，为天界做贡献，多伟大的事业。"他转过头，双手做了个猪耳朵的姿势，"那些养猪养羊的人，不也是这样么。养大了，卖掉它。"

"老家伙们那儿，你如何交代？"沉默半晌，小猴开了口，"这一批，你养了三个飞天，验选之日却只出现了两个。他们心里大概是有数的。"

他撩开袍子的一角，说："要跟他们开个玩笑，我还是有办法的。"

袍子下，他只剩下了一只脚。小猴脸色一变。

"别忘了，我原本也是一个飞天哪。"他狡黠地眨眨眼，"这双脚是他们赐给我的殊荣，如今我拿它做一个假的三月，正好。我的演技不差的，昨天我当着他们的面，把落选的三月宰了，'尸体'扔进了枯井里。他们很放心，很满意。何况，有木生与烟夏，也足以让某人再苟延残喘一阵子了。"

"为什么是三月，而不是别人？"小猴靠在翠竹之间，目光如星。

"我没有刻意做什么。"他笑笑，"你看，我教他们同样的本事，跟他们勾勒同样的，关于神仙的美好崇高，我给他们的东西全部是一样的。可是，三月依然不愿意做神仙，木生与烟夏就截然相反。我所做的，只是顺从了他们各自的愿望。"

"这是你为他们还是为你自己，争取的一点点自由么？"小猴嘴角扬起，看着手里的锦囊，"如果你要给三月自由，为何又将她的线交给我。你我都知道，这条线，意味着一个飞天的一切。"

"因为你分得清什么是操纵，什么是保护。"他看着流向远处的溪水，"如果你愿意，可以继续'养'着她，或者等到你觉得合适的某天，把这根线交给她自己。"他叹息，"反

飞天

正我是不能再养她了。"

"为何？"

"我要退休了。"他拾起他的刀，扔得很远，"当鞋匠去。我欠了别人很多双鞋子。我跟许多飞天说过，等你们成仙了，就有脚了，可以穿鞋了。"

"嗯。"

"不过天界的老家伙们不会批准的，所以我必然要熬过一段不太舒服的日子。带着她，是个包袱。"他坦白道，又转头看向若有所思的小猴，"你虽然只是战神手下的小仙官，可你比我认识的任何一位大神都干净。这感觉至今未变。"

小猴把锦囊收进怀中，冲他摆摆手："走吧。后会有期。"

"记住，那丫头酒量太差。婚宴上，我不过是把我自己喝的酒偷换到她的酒壶里，就醉了七天。"他摇头，"以后可不许她碰酒了。"

"是你的酒太烈太烈了。你把这一辈子的爱恨愧疚都泡在酒里了吧，呵呵。"小猴捡起他的剑，转过身，"为什么每年都要扔一双鞋到河里？"

"给靡沫的。"他的眼睛里泛起少有的思念，"我喜欢这姑娘，但还是把她交给了神。"他苦笑，"据说，每个死去的飞天，灵魂都会变成云朵。"

小猴叹了口气。

"我是个永远飞不起来的飞天，我摸不到靡沫的灵魂，所以我只能等云朵飘过水面时，才能将鞋子交给她。嗯，你大可以笑话我。"他背过身去，"走了！回头你就给三月说，你已经宰了我这无良的义父吧。但愿后会无期。"

"好吧。"小猴点头。

两个人，踏向相反的方向，竹叶在脚下沙沙作响。

九 ❧

竹林里的事，小猴创造了另外一个版本，言简意赅地转述给三月。

"他是个老赖皮，老酒鬼。但我觉得，那天就算你不出现，他也不会杀了我。"三月趴在桌前，骨碌碌地转动着眼睛，专注地看他剪窗花，"而且，我也不信你杀了他。"

"我长得不够凶狠？"一只伶俐的猫儿在他的剪下成型。

"反正我不信你们是会拿刀杀人的家伙。"三月皱起眉。

"杀人不一定要用刀啊。"他把纸猫贴到她脸上，"傻丫头。"

"他去了哪儿？"三月把纸猫揭下来，贴到了窗上。

078

"那就只有鬼知道了。"他放下剪子，"有什么行李要收拾的么？准备走了，竹叶巷不好再住下去了。"

"一起么？"她摸着红红的窗花，"还是我一个人走？"

"一起。"

"好。"良久，她转过身，撩起她的长裙，笑，"我连脚都没有，还真不知要往哪里走。"

小猴没搭话，剪了他在竹叶巷里最后一个窗花。一双红红的鞋。

翌日，竹叶巷两座相邻的宅子，大门都挂上了锁。

这个破落小巷里的破落宅子，什么时候有了人，什么时候没了人，并没有多少人留意。

大家关心的，是这越来越乱的天下。

三月背着一个小包袱，跟在小猴身后，走在离开丹徒的路上。包袱里没有什么，只有一个酒葫芦，老家伙留在家里的。好歹是他养大的。三月想。

小猴并没有说要去哪里，只说什么时候累了，就在什么地方落脚。

他们有时候走，有时候飞。去过的地方越多，眼中的宁静越少。群雄割据，战火处处，刘家的天下，已渐成汹涌的怒海，淹死的多，爬出来的少。只可怜那些白了头发的双亲，孤苦的妻女，守到绝望，也守不回沙场上的亲人。

关于他的消息，也陆陆续续听到一些。封吴侯，定江南，战功赫赫，威名远播，连只手遮天的曹操都对他另眼相看。

不过，她对这些都不太感兴趣。她想的是大乔，当年喜烛下那幸福满溢的女子，是否仍然浅笑如花开。她已经会飞了，而且飞得很好，小猴教的。她可以去任何地方。但是有一个地方，她打定主意，永远不去。

今年，她跟小猴的家，在一方小小的村落，战火离这个地方还很远。作为室友，小猴在家的时候越来越少，三月偶尔问问他，他只说自己去看那些人打仗，也会说说如今谁谁占了上风，谁又一败涂地。她总是听得不太耐烦，催着他赶紧去烤鱼来吃。

但，今天，她把小猴说的每个字都听到了心里。

他说，孙策外出狩猎，被刺客毒箭所伤，命在旦夕。她正在剪一个福字，一刀剪错，福字被扯成了两半。这一夜，小猴独自在家，自斟自饮。

翌日傍晚，三月才一脸倦容地走进家门，眼睛像那幅被扯烂的福字一样红。她不吃饭，不喝水，一连三天都坐在家后的花圃里发呆。

江东霸主孙策，遭伏击身亡，年仅二十六岁。这个消息，已然传遍天下。她仔细回忆着那个下午，他弹的曲子，却怎么哼也不像。

"不饿？"小猴端着香喷喷的粥，搬了个小板凳坐在她旁边，自顾自地吃。

"我看见大乔了。"她撑着下巴，"她没看见我。她抱着他的尸体，没哭。她还很年轻啊，怎么就有白头发了？"小猴不说话，吃得很香。

"他也没看见我。脸上的箭伤很重，肯定疼啊，他抓住他弟弟的手都在不停发抖，他把江山交给了弟弟，要他誓死捍卫东吴，让百姓安居。"她抬起头，眼有泪光，"可是，他要把大乔交给谁呢？"

"哭什么。"小猴放下碗，"对一个女人来说，爱人死在自己怀里，是最坏，也最好的结果。"

"可，可不该是这样啊！"她的泪水掉出来，望着他，"你知道我为她做了什么吗？"

"你用妖术篡改了孙策的记忆，让他以为当年在曲阿一见倾心的少女是大乔，而不是你。"他淡淡说道，"从曲阿回来之后，你听到了大乔心中的愿望，她说，若那天孙郎抱起的人是她就好了。你觉得你是她的好姐妹啊，当然要成全她。你很伟大地想，如果有一天孙策再见到大乔，一定会娶她吧。可是，到孙策攻下皖城，真的再见到大乔时，神仙眷侣水到渠成时，你怎么又笑不出来了呢？我想问，你这么做是为了姐妹情谊，还是败给了你的自卑。你是个没有脚的妖怪，怎么能配上如此优秀的男人。"

"你……你怎么知道的？"她惊问。

"你醉酒的七天里，拉住我说个不停。"小猴摇摇头，"可是，你的好姐妹，却连结婚这样的大事都没有通知你。"

"可能是她太高兴了，忘记了。"她解释着，说着说着，忽然就生气了，大声道，"我一点不计较这些。我甚至不后悔对他用过妖术，我最沮丧的是昨天，就算我用尽我的妖术，也不能让他活过来！"她的眼泪唰唰往下掉，狠狠捶着自己，"你说我还有什么用？"

"照顾你的好姐妹吧，只要东吴安在，她今后的日子就不会太难过。"小猴拉住她的手，把她抱在怀里，"那片土地也是他的命。你救不了他的人，若有机会的话，就救他的家吧。"

她终于放声大哭了，所有的委屈跟遗憾，都化在了眼泪里。天气十分好，天空中白云朵朵，时不时有一两朵停下来，好奇地打量这哭泣的姑娘。

十

今年，是搬到柴桑的第八个年头。

小猴在市集上弄了个烤鱼摊子，生意很好。三月也在摊子上帮忙，有事做，时间才过得比较快。

这些年来，孙权将东吴治理得还算不错，民心亦算稳定。大乔住进了佛寺里。孙权待这位嫂嫂极好，怕她古佛青灯太过清苦，几次要接她回吴侯府，都被其拒绝。

三月偶尔会悄悄去佛寺看看，纵然素衣素颜，她的姐妹依然美丽。只是每每离去时，见到她投在墙上孤单的影子，三月的心就会刺痛。

但最近，一些不利的消息，乌云一样从北方传来，这块宁静丰饶的土地，隐隐有了战火将燃的预兆。

已经一统北方的曹操，挟天子令诸侯，以讨逆为名，出兵荆楚、吴越，称帝之心昭然若揭，麾下八十万大军汹汹南下，势如破竹。刘备败逃，诸葛孔明远赴柴桑，舌战群儒，鼓动吴侯起兵，孙刘联军，共抗曹贼。朝野里，主战与主和的两派闹得不可开交，市井里，百姓们也传言纷纷。

"孙权不会坐以待毙的。"小猴跟三月对面而坐，一个在灯下剪窗花，一个发愣。时光仿佛突然倒回了八年前，他们离开丹徒前的晚上。

"就算孙刘联军，也不过数万兵士，如何抵抗八十万曹军？"小猴常讲天下的战事，听得多了，她也渐渐了解了许多从前不知道的事，"曹操根本没有将孙权放在眼里。许多人都说，曹操拿下东吴，不过探囊取物。还说，天下早晚会改姓曹。"

小猴皱了皱眉头，问："连你也觉得，曹操注定要当皇帝？"

"我只是不想他的家，被人毁掉。"她抬起头，"可恨曹军一路胜利，连几场本不该赢的仗都赢了，简直有如神助。"

"确实有神助。"小猴冷冷一笑。

"什么？"

"没什么，睡吧。"

能安稳睡觉的日子，并没有持续太久。战火，如同所有人预想的那样，终于烧到了吴越。

曹操的气势与兵力，已经给他戴上了一顶无形的皇冠，他的对手们，屈服远多于抗争。

天下大半的人都相信，只要再多一点点时间，曹丞相就能一步登天，黄袍加身。曹操获胜，已成天命。

今天晚上，整个城池都分外安静，连天上的星星都只有稀疏的几颗。佛寺里，三月站在大乔的窗外，里头的大乔，虔诚地跪在佛像前，一遍一遍为东吴土地，黎民百姓念诵着冗长的经文。

她还不到三十岁，美丽仍然没有抛弃她，可，又是什么白了她的两鬓，弯了她婀娜挺直的背脊？连那双眼睛，都不再顾盼生辉，枯水似的，没有动静。

如果，孙策娶的不是她，她的生命里是不是会出现另一个同样爱她的男人，而那个男人，会好好地活着，跟她携手白头？

我是遂了你的愿望，还是推你进了深渊。不论世事如何艰辛，都要努力做个幸福的女子——多年前的某个天井里，那豆蔻年华的人儿们，去了哪里。

三月擦去一行泪水，轻轻地离开了她的窗前。

义父说，她不是风筝。大乔也不是风筝。天下所有被战火所苦的人，都不是风筝。那，为什么还是被人牵住了线，半点不由己。被绑住的感觉，太讨厌了。

她没有回家，径直往赤壁去。

曹操的水军已驻扎在了北岸，孙权的军队在南岸。赤壁决战，一触即发。她沿着江水，缓慢而行。往年的这时，江南花开，渔舟唱晚，处处是醉人的风景。现在，随流水而来的，只有不绝的厮杀，死亡的阴影。

要是她是神仙，是否可以让战火平息，岁月安定？这样，大乔会高兴起来吧。还有他，如果他的灵魂还在这片土地上，也会高兴吧。

赤壁就在前边了吧，无数的战船锁在天水之间，不给人一点喘息的空间。她抬头，本就稀疏的星子比刚才更少了，漆黑的天空，压抑得要倒下来似的。

忽然，一道流星般的光华出现在半空，带着微微的呼啸声，颇狼狈地坠在她面前。她吓了一跳，看清坠在眼前的是什么时，她不禁失声："怎么是你?!"

十一

赤壁两岸，剑拔弩张。漆黑的江水，从最深处沸腾。孙刘两家的军士们，个个抱定了以死抗曹的决心，每个人怀中都揣着最后一封家书。

小猴找到了站在江边乱石中的三月，她正怔怔看着不远处那场即将爆发的生死之战。

"小猴，你说谁会赢？"三月问。

"风向对曹军有利，除非风向逆转，否则孙刘必败。"小猴双眉深锁，"若天不助东吴，今日一战，便是送曹操登上帝位的青云道。"

"孙权他们有想到破解的办法么？"她问。

"诸葛孔明开坛作法，要跟老天借东风。"小猴叹气，"这不过是安抚军心的噱头罢了。风时风向，早有定数。岂是凡人能擅自改动的。"

"如果现在起东风，他们就能赢么？"她又问。

"曹军以铁索将战船相连，一旦遭遇火攻，必无生机。"小猴笃定地说，旋即又深深叹了口气，"不过不可能有东风。不消一个时辰，曹操必能大胜，东吴终将成曹军铁骑之下的炼狱。"

夜风吹动着三月的长发，她漆黑的眸子里，燃起的火光越来越多。

"你走吧。"小猴从怀里摸出一个锦囊，"这是你的线。你的义父大概没有告诉你，飞天的能力，取决于他们的线。每个飞天一开始，线都是黑色的。而这时候的他们，除了能在天上不停地飞之外，没有任何别的能力。但，只要经过二十年的修炼，他们的线就会变颜色。白色最好，灰白次之，浅金再次之，若是别的颜色，便表示这飞天毫无价值。"

她接过锦囊，看着里头那白得像雪一样的线，问："飞天的价值？"

"你以为，被选中的，带去天界众神身边的飞天们，真的成了什么偿愿仙官？"他笑笑，"那只是天界里一帮不甘心的老家伙们共同编造的谎话。"

她睁大圆圆的眼睛，看着他的脸。

"神不是万能，也不是永恒。他们虽在天界，在那么高高在上的地方，可也有老去与衰竭的一天。当他们老了的时候，面对人界那些将他们摆在心中最高位置，请求他们庇佑与拯救的凡人时，听到他们一次又一次的祈求时，他们已不能再像从前那样，用自己的神力满足他们的愿望了。他们老了，没力气了。就这么简单。"小猴看着漆黑的夜空，"可他们不甘心哪。不能赐福人间，不但意味着会失去人类的崇拜，还意味着失去天界的神职，改由年轻的后辈代替。所以，那些不甘心的，老去的神们联合起来，开始'拯救'自己。"

"跟我义父有关，对吧？"她静静地说。

小猴点点头："当他们形成这个统一联盟时，有人就出了主意。世上有一种罕有的，奇特的，名叫飞天的妖怪，他们天生能听到凡人心中的愿望，如果修炼得当，他们身上那根线会变成金色乃至白色，这样的飞天便有了实现愿望的神力。不是那些普通的小愿望，而是让天下饥荒已久的土地再现丰收，让可怕的瘟疫一夜消失，甚至决定君王的更替，浩大战争中的输赢。"他鄙夷地笑笑，"不过这要取决于吃掉飞天的神是哪个职位上的。比如，吃了飞天的五谷神，便能赐给人间一场丰饶富庶。又比如……"

"好了。我知道了。"她出奇地平静，居然还笑得出来，"如果是被战神吃掉，那么他就有能力继续操纵他的棋盘，按他的喜好规定输赢。对么？"

"你的哥哥跟妹妹……"他欲言又止。

"义父他，跟天界的合作，持续了多久？"她问。

"百来年吧。"他答道，"要养出一个合格的飞天，至少要二十年的修炼时间。你义父本也是个飞天，但是没有被吃掉。联盟中最老奸巨猾的一员说，如果一直由天界的人出面去寻找并养成飞天，不太方便。万一被外人知道天神利用妖物来补充自己衰竭的力量，这可是大罪。所以他们放了你义父，并给了他双脚，断了他飞行的能力，让他永远

留在人界，用他天生的能力，为他们寻找并养大飞天。于是，他开始到处寻找自己的同类，养大他们，一旦联盟里有人需要飞天的时候，就以挑选'偿愿仙官'的谎言，将合格的飞天带走。他们每次要的数量并不多，不会超过两个，因为如果食用太多飞天，神也会有妖气。至于不合格的飞天，就马上毁掉，以防多生事端。"

"百来年。"她扳起指头数着，"二十年一批，至少五批。多少飞天被神吃掉了？嗯？"

"你要体谅他。一个逃过灭顶之灾的妖怪，加上胁迫他的人，全部是高高在上的神。他的线，也在他们的手里。可惜，飞天虽然可以成为天神力量的补给品，却对天神没有任何反作用。如果可以，你义父大可以利用飞天的能力，许个大大的愿，让那些老东西全部遭殃。"小猴有些无奈，"但，最终他还是留下了你。喜宴上灌醉你的酒，是他偷偷换给你的。他根本就没想过要将你交出去。"他看着她的锦囊，又道，"连你的线，都是他交给我的。你可知，谁握住飞天的线，谁就能一直控制他。而他什么都没有做，只要我在适当的时候，把你的线交还给你。"

三月紧抿着嘴，什么都不讲。

"走吧，去找个安静的地方。如果遇到一个值得信赖的人，就把你的线交给他。这样，你便永远也离不开他了。"小猴打趣地说，旋即又警告，"还有，如果有凡人或者同类剪断了你的线，你的生命会换来对方一个愿望的实现。所以，千万不要再喝酒了。你一喝醉，什么都讲给别人听。你是飞天这个事实，就永远隐瞒下去吧。不然，你义父的一条腿就浪费了。"

她笑了出来，点点头，然后问他："你要走了？"

"我是战神麾下的仙官，如今大战在即，我要回去复命。呵呵，我的工作就是在每一场大大小小的战争里来去，然后将看到的一切记录下来，交给战神。很无聊吧。"小猴挠着头，"天下越不太平的时候，我们来人界的机会就越多。不过，我觉得我们还是少来比较好呢。"

"那，就在这儿分手吧。"她晃了晃锦囊，"这个真的给我了么？"

"你自由了。"小猴笑着点头。

"谢谢你，小猴。"她最后一次向他展露了笑容，就像第一次吃到他烤的鱼时那样灿烂，"不过我想问你最后一个问题。"

"什么？"

"你的真名是什么？"

"獠元。"

"好吧。后会无期了，獠元，或者小猴。"

十二

战鼓已经擂响，战旗在火光中猎猎飞舞。

三月的黑发与素白的裙衫，在夜空中勾勒出美丽的痕迹。她低头看身下的江水，将士们震天的吼声，几乎要震跨整个赤壁。

她将她的线，从锦囊里抽出。另一只手，握着亮亮的剪刀。许愿吧，就让自己变成一阵东风，吹来天下安定。他的家，将依然是那片静谧富饶的吴越大地。他的子民们，不用再担惊受怕。那些有人出征的家，等回来的将是实实在在的亲人，而不是一缕孤单残缺的幽魂。还有你，不论世事如何艰难，请努力做个幸福的女子。我是一只飞天，我命由我，不由天。

她举起剪刀，轻轻地，剪了下去。

公元 208 年，曹操大军与孙权刘备联军，大战于赤壁。天时地利人和的曹军，却败在了一场突然而起的东风之上，火烧连营，曹操败走华容道，从此与帝位绝缘。众人都道，是那诸葛孔明天赋异禀，开坛作法，向老天借了东风，反败为胜。

赤壁之战，天下三分，一场乱世终落幕。

不过，也有人说，大战当夜，曾在夜空看到一个仙人般的女子，白裙飘飞，化身为风……

十三

天界，战神殿。

战神坐在他的棋盘前，老迈的咳嗽声，把殿顶都要掀翻了。他静静地站在战神面前，没有任何谦卑。

新老战神的更替，并没有旁人想象的那般隆重复杂，不用任何仪式，只需一场输赢。

千万年来，战神掌司人界战役，本是怀着一颗正义公平之心，以金戈铁马，血溅沙场的方式，助善伐恶。可是漫长的岁月，终究花了战神的眼睛，聋了他的耳朵，糊涂了他的心智，遥远的初衷，渐渐被忘记，他记得的，只是如何保住战神的位置、万民的敬畏。战争成了他的棋盘，凡人的命运成为他的棋子，他不再衡量谁正谁邪，他指定谁赢，谁就一定会赢。他老眼昏花的身体，挥霍并享受着身为战神的特权。

只要他的力量，还能按他的意愿控制战局，他就还是伟大的战神，他的位置就不会

飞天

085

有接替者。不义之战，越来越多。

"你越来越看不清楚这个人间了。"他走到战神的棋盘前，拈起那枚写着曹字的棋子，"就算你吃了木生烟夏两个飞天，以你的残力助曹军势如破竹，也无法将你指定的棋子送往最终的胜利。"

战神转过头，笑："我诸多手下中，你最不起眼，却最聪明，也最有孤注一掷的胆色。"

"谢了。"他微微颔首。

"不过，你也最有心机。"战神浑浊的眼睛里，透出阴冷的笑，"那女娃，对你毫无防备。"

他一直沉着的眼神，像被人投入了石块的深水，溅起转瞬即逝的水花。

"我最大的失误，就是太不将你当一回事。呵呵。"战神微微喘息着，"若能早洞悉你的诡计，你便没有机会接近焦光，得到他手里那女娃。"

"你最大的失误，是你不肯接受你已经不再适合战神一职的事实。"他冷冷道。

战神摇头一笑："你很想将我拉下战神的位置，但你知道飞天不能对神产生任何消极作用，所以你选了另一种方法。你研究天下战事，分析我棋子的弱点，又花那么长的时间，跟那丫头建立起亲密的关系，让她视你为知己。你按兵不动，深信自己总能找到一个能一举扭转战局的点，只在这个点出现之后，你才会物尽其用。让你的飞天，圆你的愿望。"

"是，又如何？"他俯视着这个曾经风光无限，对众多与他相似的小仙官发号施令的神，"但我从头到尾，未对她有任何逼迫之行。"

"你不出刀，仍可杀人。"战神扶着桌沿，慢慢站起来，"处心积虑，多年来不动声色给她暗示，东吴土地，是她挚爱之人的家，要拼死保护。又在那你盼望已久的这个'点'出现时，有意无意告诉她，只要剪断自己的线，就能实现一个愿望。以这女娃对爱人的牵念，单纯的心思，还有对你死心塌地的信任，她必会牺牲自己，换来他人安好。她化了东风，你的目的便成了。天界规矩，战神不可输，掌管的战役，胜负由他来定，不论是谁，只要他打败战神，改了他定好输赢的棋局，谁便取代他的位置。"他顿了顿，"如果我的棋局上是赤裸裸的厮杀与暴虐，那你的棋局上，只有杀人不见血。"

"比起其他的神，战神确实最特殊。"他笑笑，"终其一生都不能输，一输便意味着失去一切。所以，没有年轻的身体，充沛的神力，以及聪慧的头脑，那就识趣离开，这才是最明智的。"

"随你怎么讲吧。"战神苍老的眼睛，别有深意地看着他，"不过，你以为，那女娃真是因为你的'良言'，才最终做出那样的选择么？"

他一挥手，一个笼子从天而降，落在两人之间。

"木生？"他看着被困在笼子里的人，不禁一惊。

"这次的两个飞天，我只吃了一个。"战神看着那笼子，"另一个，我放他去人界，在你实施计划最后一步之前，找到那女娃，将你的棋局一五一十告诉了她。"

他面色一变，旋即又平复下来："你以为跟她说了这个，她就会视我为敌？"

"不然能如何？"战神长长叹息，"她的线在你手中，我已没有时间去抢回。最好的办法，就是让她看清你的真面目。可惜呀，这女娃明明已经知道了真相，最后还是那样做了。就差一步，你就功败垂成，等你的不是战神的位置，而是我给你准备的地狱。"

笼子里的木生，再无往日的风采，像只垂死的兽，惊恐地缩在里头，喃喃："别吃我……别吃我……我什么都可以帮你做……什么都可以。"

战神走到他身边，微微一躬身，手指向那棋盘："恭喜，那位置是你的了，獠元。不不，新的战神。"

他没动，只是看着那块被岁月磨出了异样光华的棋盘，以及旁边，向往已久的座位。

从今以后，再没有人对他颐指气使，用所谓的神职等级，捆绑他的意志，压制他的行动。他也自由了。可是，为何却迟迟迈不动脚，走向那渴望已久的位置？

小猴，给我烤鱼去！

小猴，你剪的窗花好漂亮呀！

小猴，后会无期。

十四 🌸

现在，獠元跷着二郎腿，坐在我的对面，面前的茶杯已经空了。而几个钟头前，我差点跟他打起来。

作为一个典型的和平爱好者，我最不待见的就是这个狗屁战神，就知道顶着赏善罚恶的大旗，每天在他的棋盘上筹划哪里又该打仗了，谁该输了，谁该赢了。这个男人杀气腾腾地出现不停，目的就是带走门口的鞋匠。看他的模样，似乎找了这鞋匠很久很久了。我冷冷告诉他，作为不停的老板娘，我有义务保证每个客人的人身安全，包括屋檐下的客人。

神的威严怎么容得下一只妖怪的挑衅，他当然要教训我，被九厥拦住了。我呢，被敖炽拦住了。他走到比他高出 N 长一截的獠元面前，说：你要动手，冲我来。如果想打群架，我东海龙族自当奉陪到底！

纸片儿在半空使劲鼓掌吹口哨，还变出一面小旗子，上书"东海龙族必胜！敖炽大人万岁！"

"一群疯子。"獠元摇摇头，坐在我的沙发里，"我只是来找这位失踪已久的故人去喝杯酒。跟一只妖怪讲故事虽然有失身份，但也勉强破例一次吧。"獠元用他惯有的高高在上的姿态，瞟了我一眼，"奉茶。"

我给了他一杯茶叶含量是平日双倍的浮生。可是，他居然连眉头都没皱过，一口一口，喝完了茶，讲完了故事。众人面面相觑。

"他……是怎么了？"我指着门外，鞋匠应该还在做他的鞋子，对屋内的事一无所知。

"没有怎样。"獠元淡淡道，"竹林一别后，我们再未见过。后来，听说天界的人抓到了他，逼他继续为他们寻找飞天，他不肯，最后被他折磨得疯疯傻傻。他们见他已经彻底无用了，便要毁了他。"

"你救了他？"我问。

"身为新任战神，要一只妖怪不死，不难。何况，那帮老家伙有把柄在我手里。如果我将飞天的事上奏，他们会有大麻烦。"他冷笑。

"为什么要容忍这样龌龊的事存在？妖怪就可以被神仙当成工具，随意使用？"我也是一只妖怪，我的怒意清清楚楚。

他却摇头："你想想，这样的事看似残忍，其实对人界是利大于弊。不管神仙满足凡人愿望的能力从何而来，他们确实也拯救过世上无数的灾难。何况，这件事被捅出去的话，牵连太广，天界会地震的。我不会干这种傻事。"他顿了顿，笑笑，"一件事，做的人多了，对还是错就不那么重要了。"

"对错不重要么？"这次换我冷笑，"我只知道，你们天界里，也曾有那样的神，宁可以自己的消亡换来一场人间甘霖，也不会利用他人的性命，哪怕对方是一只妖怪。他可以消失，可以不做天神，他用他的全部爱护着祈求他的人类。"

獠元没接话，半晌才说："那个人，只是个傻瓜。"

"好吧，我不认同你，但誓死捍卫你说话的权利。"我盯着门外，"那他怎么又跑我这儿来了？"

"救了他之后，我将他安置在人界一个隐秘的地方。他一直这样，呆呆傻傻，除了喝酒，就是做鞋。他已经不认识我了，只说他有过许多儿女，还有一个爱人，他们都没有脚，一辈子都没穿过鞋。后来，他们变成了云，他要做鞋子给他们，做到死为止。"獠元皱了皱眉，"没多久他就失踪了。我本来想去寻他，却一直没有他的下落。直到昨日，有人跟我通报，说看到一个跟他很像的人，在一个叫不停的旅店门口。"

"所以你来找我的麻烦？"我冷哼一声。

獠元瞟了九厥一眼，说："是这个人大惊小怪。"

"不能怪我啊，我看到你杀气腾腾地冲出了战神殿，问你的侍从，说是去了人界的不停。我这才赶着过来通知老板娘嘛。"九厥无辜地解释。

"杀气腾腾？"獠元白了他一眼，"那是战神的常态！当了这个神，我去哪里都是这个样子！凡人管这个叫范儿。"

"你要带他去哪里？"我挑眉，"该不会找个地方藏起来，等你也老得操纵不了战局的时候，让他去给你搞几个飞天回来吃吃？"

"我只想跟他去喝杯酒。"獠元的眼睛看定我，没有高傲，没有伪装，"他曾说，我是他们之中最干净，最高贵的。我欠他一声抱歉。"

我说："你还欠他一个女儿。"他沉默。

◉ 尾声 ◉

鞋匠见到他，很是高兴，虽然他说他不认识他。

獠元说，要跟我去喝杯酒么？鞋匠拍着手说，好！

临走时，鞋匠照例对我露出傻呵呵的笑容，从箱子里拿出一双漂亮的红鞋子送我。

"我好像有个女儿，笑起来跟你一样没心没肺。"他拎起箱子，望望天，挠着头，"可惜她没有脚，不知她现在在哪里。"我在门后看他离开，身边的獠元不再是那个高贵的战神，他搀扶着只有一条腿的鞋匠，慢慢走在斜阳里。

我无法定论这个故事里的对错，我只庆幸，三月在最后一刻，顺从的不是战神的诡计，也不是獠元的棋局，而是她的自由。对于一个被线拴住了一切的妖怪，有什么比自由更珍贵？

每个人的一生中，总有那么一段时间，会变成一只被线牵绊住的飞天。即便如此，我们仍有选择的权利——当"神仙"，或者不当；拿起刀，或者不拿；布一盘处心积虑的棋局，或者喝一壶快意的烈酒。这世界固然有太多人与事让我们失望，可千年前，那个叫三月的妖怪就说过，不论世事如何艰难，都请努力做个幸福的女人。我想，不光是女人，应该是所有人。

赵公子喊我吃饭了。饭桌前，敖炽还捧着他的《物种起源》仔细研究，纸片儿还在废寝忘食地看肥皂剧。

我朝食物扑了过去。脚上，穿着鞋匠送我的红鞋子，很好看。

世上有太多不肯睁眼的人。不是不敢睁眼，而是受不起睁开眼后的支离破碎。

第四章／梦碗

◉ 楔子 ◉

我被绑架了。

怪石嶙峋的山洞，看得见却出不去的洞口。

孤立，悲伤，初露端倪的绝望，从明明暗暗的角落里汹涌而来。

我看着洞口外飞舞的蝴蝶，伸出手，却被封住洞口的力量狠狠弹了回来。

真疼。我握住手，眼泪在眼眶里打转。

有人从我背后伸出胳膊，钩住我的肩膀，在我耳边喃喃："疼吗？"

我转头，黑色的长发在紫色的衣衫上轻轻摇动，敖炽的脸，温柔又有点挑衅地停在眼前。

对，就是这个王八蛋把我绑来的不是吗？！

一滴眼泪不争气地掉了出来。

"啊，别哭了。"他粗糙的手指笨拙地擦去我的眼泪，小心翼翼，生怕弄疼我的脸。

望着他，一道闪电从我心里劈过，我飞起一脚踹在他温情款款的脸上，看着在山洞里画出一道抛物线的家伙，冷冷道："够了，卖梦的。"

眼前一切被烟化成了一道薄纱，卷裹起来，抛向远处——我睁开眼，桌上的茶还冒着热气，对面那一头卷曲红发，打扮得像吉卜赛人近亲的花衣男人，笑眯眯地拍手："老妖怪就是老妖怪，这么快就能醒过来。"

我揉揉眼睛："知道你的破绽在哪里？"

"哦？"他洗耳恭听。

"那个人不论在什么时候，也不会那么温柔地给我擦眼泪。"我耸耸肩。

"不是这原因。"男人摇摇手指，"一个知道自己是在做梦的人，必然有一颗阅尽是非沧桑，再现实不过的心。"他端起我给他沏的茶，朝我举了举，"敬最清醒的老板娘。"

我也朝他举起茶杯："敬最差的推销员！"

三小时前，这装束奇怪，浑身江湖气的男人披着下午的阳光出现在不停时，我确实以为他是来推销刮胡刀或者金疮药的骗子。

然后他说了我最恨的一句话——我想住店，但我没钱。

那会儿我正监督着纸片儿跟赵公子做着大扫除，称职的帮工们已捏紧扫把，就等我一声令下扫人出门。

不过我没有，我看到这家伙的长头发上沾了不少硫黄粉，半张符纸还贴在他的后脑勺上。

"被追杀了？"我从鼻子里笑出声，都千百年时间了，道士们的习惯还是没变，降妖传统工具永远少不了硫黄粉跟各种符纸。

"老板娘好眼神儿啊！"他不尴不尬地拍拍衣服上的尘土，蹿到我面前，"那就别浪费这么美的眼神还有我们的缘分，看看我带来的好东西。"说罢，将他背上那个硕大无比的四方背包解下来，从里头取出一摞五颜六色的瓷碗来。

哈，这只妖怪挺好玩的，逃命还不忘做生意。

"卖碗的？"我一挑眉，"我的厨房可不缺碗筷。"

"NO，NO，我是卖梦的。"他的手指在瓷碗上挨个抚过，又打量打量我，取出一个绿色的碗来，"呐，给老板娘免费试用。"

"卖梦还是卖萌呢，凭这些个小花招是骗不来免费客房的。"我坐到沙发上，瞄了一眼那个剔透可爱的瓷碗。

"试试就知道了。麻烦这位兄弟拿杯清水来。"面对手握扫帚，脸戴面具，努力把自己伪装成人类但总是不太像的赵公子，他毫无畏惧，面带微笑，"你也可以来试试。"说完，又抬头看向藏在吊灯上的纸片儿，吹了声口哨："上头的小妖怪，你也来试试嘛。"

真拿自己不当外人哪。

这不冷不热，平平淡淡的四月里，如果多一个山寨吉卜赛人，或许会变得有乐趣些？

于是我放任他在这里胡来，看他把清水倒进碗里，用手指在碗里搅和了一番，接着将指甲轻巧地弹过水面，几滴清水便端端沾在我以及纸片儿跟赵公子的心口上。

然后，便是开头那样了，我梦见了无望海上的山洞，杀千刀的敖炽当年禁锢我的地方。

"你卖……梦，有意思么？"我放下茶杯，"好梦噩梦，总有醒来的时候。"

"有意思啊，有需求自然有供应。"他看着手里的茶杯，咂咂嘴巴，又吸了吸鼻子，"好茶，很香。不过给我喝是可惜了。"

梦
碗

我笑笑："不觉得味道苦了点？"

"苦？"他哈哈一笑，火红的头发下，颇为迷人的琥珀色眼睛半眯起来，"我没有味觉的。"

我微微一怔，旋即点头："那确实是可惜了。我说我的茶。"

"啧啧，老板娘说话真不体贴。"他摇摇头，"不过，刚刚的赠品，能让我在不停暂避一下吧？"

"既然你正在被人追杀，我收留你，岂不是给自己找麻烦。"不停里头一堆货真价实的妖怪，最不欢迎的就是那些不分青红皂白的道士。

"这个嘛……"他弯腰在他的背包里乱摸了半天，掏出一个金光灿烂的九龙腾云碗来，"如果能在不停住上几天，这就是您的了。"

我一拍沙发扶手："你不说你没钱吗！"

"可我没说我没金子啊。"他把金碗放在茶几正中央。

我清清嗓子，忍住把碗抢过来的冲动，瞥了他一眼："我很为难呀。"

他吃吃一笑："啊，这金碗好大，好重，好闪！"

我起身："过来办入住手续！"

他笑嘻嘻朝柜台走去，这时，电视机里刚好播到一条新闻，内容不好，昨夜一场车祸，一辆奔驰跟一辆金杯对撞，奔驰车主是本城最显赫的富豪，梁氏一家的独生子。车祸中的两名伤者正在抢救中，所有记者均被拒绝进入医院采访，具体情况不明。

他的视线一直落在电视屏幕上，眼神里有令人奇怪的冷热交替，直到这则新闻播完才恢复常态。

我的眼神儿确实很好，他的一切小变化都被看在眼里。

"认识的？"我头也不抬地问。

"想听八卦不妨直说。"他站在柜台前唰唰地签下他的大名，"树妖老板娘的怪癖，我也有所耳闻，喝茶听故事，生命不息，八卦不止。"

"我接受你的评价。"我扯回单子，瞟了眼他的名字，撇撇嘴，果然怪人配怪名。

他浅浅一笑，指着大门口："灯笼上那句'一夕浮生梦'，你写的？"

"不是。但我喜欢这话。"

"可以沟通。"他欢喜地握了握我的手。

我抽回手，幸亏敖炽那厮抱着他的《进化论》在外头修炼，不然醋坛子一翻，不停又要遭殃。

"他们……"我看看靠墙而坐，睡得呼呼有声的赵公子，还有躺在它肩膀上的纸片儿，这两个家伙跟我一起睡着了，到现在还没醒过来。

"没事，他们的梦很快会醒的。当放他们一天假吧。"他嘿嘿一笑。

"那谁来替我工作？"

"我呀！我可喜欢做家务的！"他一跃而出，拿起抹布，在手指上转得飞快，光彩照人地朝我挤挤眼，"而且，我最喜欢一边做家务一边跟人聊天了。"

一

临近清明，雨也就多起来了。

祝英台从马车里探出脑袋，看眼前的满山苍翠，林中小路，迟疑着伸出手去，雨水从沿途的竹叶尖上滴下来，在她泛红的掌心里弹跳，自由之极。

"阿福，还有多久才到呀？"她缩回马车，大声问前头驾车的家仆。

"回二小姐，只怕还要个把时辰才到予景书院呢，下雨，山路难走啊。"家仆大声回她。

雨水打在帘子上，嗒嗒不止，像一个人越来越快的心跳，莫名叫人不安。

她从微薄的行李中翻出一卷用油纸包裹仔细的画卷来，拿衣袖小心拂了拂，搂在怀里。

临走的时候，她什么都没带走，只悄悄带走了它。

大娘说，祝家家风严谨，上下崇俭，身为主子更要以身作则，何况又是去书院求学，如此高洁的地方，更应勤勉克己，身外之物，能少则少。

于是，少到连换洗的衣裳也只有一件。

予景书院的学制是三年，三年不得返家，亲友亦不得探视，说是牢狱也不为过。祝家上下，唯一舍不得她的，大概只有爹了。可是他那么老了，病也越来越重，能做的，只是老眼昏花地看着她走出自己的房间。

她上了马车，祝家大宅抛在身后，淹没在一片喜气洋洋的红色里。

差点忘了，祝家马上要办喜事了，城中马太守的公子与祝家大小姐就快结秦晋之好，马家位高权重，能成他家的新媳妇，真是睡着都要笑醒了吧。

大小姐风光待嫁，二小姐孤身离家，喜庆的红灯笼，照出两条截然不同的路。

但，她并不太难过。

感谢那个疯癫癫的道士，多亏他跑到爹面前，煞有介事地说她命带七煞，若不送她离家，祝家上下必遭横死。爹经不起吓唬，更经不起大娘的疾言厉色义正词严，同意将她送到离家甚远的予景书院求学，这主意当然也是大娘建议的，若别人问起你家怎么无端端少个女儿，总不能说是听了道士的话给撵出去了吧，反正有亲戚在予景书院供职，正好把她送过去，扮个男装也并不费事，一来能让祝家避祸，二来她自己也能读书长进，何乐不为？过些年，等这祸事避过去了，再接她回来便是。

全家上下无人敢反对祝夫人。多年来，她存在的意义远远超过了她的夫婿，大家永远赞她明事理，菩萨心，为祝家鞠躬尽瘁。

真是菩萨心么？既然大家都这样说，那就是吧。

雨越下越大，马车的速度却渐渐快了起来，比方才颠簸多了。

"阿福，慢点！"她有些害怕。

阿福没有回应。

突然，外头传来马儿尖锐的嘶鸣，巨大的惯性把她狠狠推到车厢一角，行李杂物乱七八糟撞到她身上——马车毫无征兆地停下了。

不知过了多久，祝英台从眩晕中醒来，费力地从行李中爬出来，跳下车，透过密集雨水进入她视线的，是一面悬崖，她的马车，就停在离悬崖不到三尺的地方。拉车的马还呼哧呼哧地喘着粗气，阿福却不见了。

她抚着狂跳的心，上前朝悬崖下探看，深不见底，让人不寒而栗。她慌忙退回来，环顾悬崖后的世界——一片密不透风的林子，围出一块块黑灰的空间，一棵棵虬枝盘旋，扭曲而生的老树，跟没吃饱肚子的老妖怪似的，不怀好意地盯着她。眼前只有一条窄路，从脚下往林子深处延伸，刚刚她的马车必然是从这条路上来的，祝英台定定神，取了把纸伞出来，背起包袱，将画卷搂在心口前，踩着湿滑的泥路，循着来路小心走下去。

天色越发暗淡，密林里，一双发绿的眼睛忽明忽暗，窥视着那个在雨中孤身而行的人。

二

三天前，祝家。

"阿福，这件事就托付给你了。"祝夫人遣退所有婢仆，悠闲地坐在湖心的凉亭前，摇着绢扇，"你欠下的高利贷，我自有办法替你解决。"

阿福跪在她面前："夫人大恩！"

"要干净利落才是。"祝夫人欣赏着眼前美景，不慌不忙地吩咐。

"回夫人，小的老家本就在雾隐县，又是猎户出身，故对雾隐绝壁的地势十分熟悉，那地方，只有有经验识地形的当地猎户能找到进出的道路，普通人就算沿着来路走回，也会迷路。而且，听老辈人说，那里不但地势诡异，凶禽悍兽也多，又有山魅精怪作祟，寻常人是进得出不得。何况，二小姐又只是个孱弱女子。"阿福低声道。

祝夫人摇摇头："我看，你还是直接让马车往那悬崖下去吧，免得夜长梦多。"

阿福的额头上渗出了冷汗，半响才说："是，夫人。"

"办得好，还有厚赏。"祝夫人斜睨了他一眼，"可若有半点不妥，你的债主要来砍你手脚，我也拦不了。"

"小的必不敢让夫人失望！"阿福连连磕头。

"甚好。下去吧。"祝夫人笑着起身，几只停在假山上的水鸟被惊飞起来，扑棱着翅膀冲向灰蒙蒙的天空，她看着那些鸟儿，喃喃，"英台啊，去了，别回了。"

她慢慢踱步回去，每天她会亲自喂夫君喝药。

床前，祝老爷咽下最后一口药汤，昏沉沉地问："青鸾，一定要将英台送那么远吗？就在附近替她寻个安身处不好么？"

她温柔地擦去他嘴角的药汁，说："老爷，道长说越远越好。你也不想祝家上下有事。英台也大了，这孩子女红刺绣皆不擅长，诗词歌赋一窍不通，这样下去，谁家肯娶她？如今正好借这机会，去念念圣贤书，只愿三年下来，她能成个知书识礼的大家闺秀，寻得一门好亲事。如此，你跟我，还有早去的绣芯妹妹，便可了却最大心愿了。"

她的声音还是一如往昔，温柔如风，甜如蜜糖，能把人灌醉似的。

"有道理……你还是这么周全。"祝老爷叨叨着，握着她的手，昏昏睡了过去。

"这是我们的家呀，我自然要事事周全，容不得外人胡来。"她把他苍老的手放进被子里，"睡吧，老爷。"

这双手，也曾修长俊美，健壮有力，揽着她的肩膀，花前月下，泛舟湖上；也曾掌过官印，一呼百应，金银珠宝如水流过。可现在，它们只能微微颤抖着，无力躲在棉被下，一无是处。

她看着他的睡脸，又看了看挂在他床头的，祝家二夫人绣芯的画像，冷冷地笑。

他说过，他很爱很爱绣芯，第一眼见到她时，便知道他的视线一辈子都不能离开她了。

可是，她已经许配人家了呀。她忍住心里的疼痛，劝自己的夫君。

他只是笑着摸了摸她的鼻尖，什么都没说。

没多久，便传来绣芯那经商的夫婿，客死他乡的消息。关外的旅店里，人们发现他身中数刀，随身的财物都没了踪影。

当地官府将之作为一桩常见的劫杀案，随便安在几个惯犯的身上，杀头了事。

顺理成章地，他用他的权与钱，让绣芯的夫家人乖乖将新寡的她送到了祝家。

从此，祝家有了两位夫人，她们姐妹情深，相处甚欢，堪比娥皇女英——起码在祝老爷眼中是这样的。

梦碗

只可惜，这位绣芯妹妹到底红颜薄命，刚生下女儿英台后便撒手西去。祝老爷悲痛欲绝，思念伊人，一夜白头，又不慎染了风寒，原本刚健的身子骨渐渐弱了下去，不久便辞官返乡，不问世事。

这幅绣芯的画像，是她找来最好的画师画的，也是她亲自挂到夫君床头的，她对他说，人没了，魂还在，就让妹妹在画里陪老爷吧。

他老泪纵横，握着她的手喊贤妻。

她心满意足地抱着他，直视床头的画像，心头却冷冷地笑：贱妾，我挂你在此，无非要你日日夜夜睁开眼睛看明白，这个家，到底还是我的！

可惜，那服药还是不够完美，虽然要了大人的命，却没能连小的一起收了，害她今后少不得要多一颗眼中钉。

想到这儿，她舒了口气，对着已经泛黄的画像笑道："绣芯，你女儿很快便来与你团聚了。"

一阵冷风从窗口袭入，画像缓缓摇动，发出无力的哗哗声。

她笑出声，退出房间。

莲步轻摇，兜兜转转，她进了内院，径直往她最牵挂的地方而去。

轻轻推开门，走到屏风后的床前，坐下来，一脸温柔，痴痴地看。

一个白发老妇从外头进来，见了她，一惊："啊，小姐你来了！"

"乳娘，你那么大声做什么！"她嗔怪道，"少爷的药可按时服了？"

"服了服了，我是看着他吃了药，才放心让他睡下的。"老妇上来搀住她，小声说，"别吵到少爷了，咱们出去吧。"

"嗯，最近天气有异，你要特别留心。"她随老妇走出去，坐下来，叹息，"乳娘，你跟了我多少年？"

"整四十年了。打小姐出世起，我便寸步不离。"老妇给她倒了一杯水。

"四十年了呀。"她转头看着铜镜中的自己，容颜虽未改，两鬓已飞霜。转回头，她握住老妇的手，"乳娘，我能倚靠的，也只有你了。"

老妇拍着她的手，眉间的皱纹更深了，她问："小姐，你真要将大小姐嫁给马太守的儿子？我听说那马公子曾娶过两任夫人，结果都未得善终，一个病死，一个自缢。"

烛光里，她抬起头，那双眸子依然同从前一般聪慧明亮，她看着老妇忧心忡忡的脸，微笑："我给她安排的，必是最好的去处。能嫁进马家，好处多多。能与太守家攀上亲戚，对少爷的将来也颇有助益。"

"小姐呀……"老妇长叹一声。

三

一块被烤得油汪汪的肉被递到祝英台鼻子下。

"不要！"她的身子猛向后一仰，连连摆手。

"切，爷们儿一个，跟个女人家一样扭捏！"篝火前的家伙，把肉收回去，支到另一个人鼻子下，"梁山伯你吃不吃？"

祝英台偷偷打量他，白衣轻轻，面如冠玉，墨一样黑的头发本来是规规矩矩用白缎束在头顶的，现在却早已散乱开来，披在他挺直的背脊上。

"有劳，我不饿。"他礼貌拒绝。

"该不是怕这山魅肉有问题吧？"他们俩中间的家伙，花花绿绿穿了一身，像戏法班子里的小丑，拿着烤肉跳起来，嘲笑着祝英台，"告诉你，这肉不但没问题，吃了还能管你七天不饿呢！要知道，这雾隐绝壁里到处是毒花毒草，根本没有别的可吃，这场雨不知几时才能停，不想饿死就别装斯文！"

烤肉又被递到祝英台面前，她犹豫半晌，终于接了过来。

老天，这算怎么一回事？

就在不久前，这块香喷喷的烤肉还是一只活生生的，全身黑毛，尾巴长长，眼睛发绿的怪兽。它怪叫着朝迷路的她扑来，她尖叫着躲闪，可它的爪子比闪电还快，比刀更利，她的肩膀跟背脊转眼便有了好几道血口子，她胡乱后退，雨水与垂下的树枝让她根本分不清方向，脚下一空，摔进一个大坑，坑里铺满了森森白骨，人类跟野兽的都有。

她甚至来不及恐惧，那怪兽已经追到了坑边，眼见着便将她撕成碎片。

千钧一发之际，两个人影从不同的方向蹿了出来，一个扑到她面前，将她抱在怀里，闪身一避，拿自己的身子替她挡住怪兽的袭击。另一个，手执一把铁红色的三叉戟，一招便从怪兽的背部刺入心脏，干干脆脆地了结了这恶物的性命。

护住她的年轻书生瞟了一眼她肩上的伤口，松开手，问了她一句"没事吧"，便没了下文，礼貌又有点拘谨地站在一旁。

穿花衣服，拿三叉戟，顶着一头火红头发的怪人，根本顾不上跟她说话，兴奋地对书生喊："梁山伯，今天咱们可有口福了！"

说罢，这家伙抱着他的战利品，像个猴子一样蹿得没影儿了。

等梁山伯扶着她走到那个宽阔的山洞里时，那家伙已经生起了篝火，烤肉烤得不亦乐乎。

温暖的火光中，惊魂甫定的祝英台学着男儿家的样子，向那两人深深施了一礼，谢救命之恩。

"你叫啥？看你一个白面小书生，怎么平白无故跑这儿来了？"花衣服从怀里摸出个小瓶子，扔给她，"拿去抹抹身上的伤口。这畜生虽然厉害，却是没毒的，皮外伤不碍事。"

"谢了。"她接过药瓶，却不敢除衣上药，忍着疼道，"我……小生姓祝，名英台，此行乃是赴予景书院求学，但家仆好像走错了路。"

"予景书院？"花衣服瞪大了眼睛，"你家家仆不只是走错路，根本连方向都搞反了嘛，予景书院在杭州呢，离这儿十万八千里呀！"

一听他这么说，祝英台便急了："那我怎么办？这儿又是哪里？"

"这里是雾隐县，我们现在蹲的地方，是雾隐县边上一座无名荒山的山腰上，这片山地有个名字叫雾隐绝壁，因为前头那条山路尽头，有个深不见底的悬崖。"花衣服滔滔不绝地说着，"要从这里到杭州，你无车无马，走上一年半载也到不了呀。"

"是吗？"祝英台有些沮丧，隐隐又有一丝窃喜，虽流落到这么个鬼地方，还差点被怪兽吃了，可是，不用去蹲监狱也不错呀。

火光里窜出浓郁的肉香，三人一时无话，山洞里只听到噼噼啪啪的声音。花衣服的焦点只在他的烤肉上，梁山伯安静地坐在离火堆最远的地方，看着洞外倾泻而下的雨水。

"梁公子，这个给你先用吧。"祝英台见梁山伯胳膊上也被怪兽抓出了一道血口，忙走过去，把药瓶放到他身边。

"多谢，不必了。小伤不碍事。"他看看她的肩膀，收回目光，"倒是祝公子伤得比较重。"

"我没事，等会儿再上药好了。"祝英台慌忙搪塞过去，赶紧转了话题，对花衣服道，"说了半天，还不知恩公你尊姓大名？"

"碗千岁。"花衣服朝她咧嘴一笑。

"还有姓碗的么……"祝英台奇怪地嘀咕。

"世界之大，无奇不有呀！"碗千岁乐呵呵地翻着他的烤肉。

外头的雨没有停止的意思，天色已经昏暗得辨不出真实时间。

祝英台小口小口地吃着烤肉，如碗千岁所说，这怪兽的肉确实十分甘美鲜甜，很好吃。

她慢慢咽着，暗暗地想，短短时间，她的生活似被老天爷彻底翻了个方向，昨天还是祝家二小姐，转眼就成了为求学而流落异乡的狼狈公子。就像这倒霉怪兽一样，几个时辰前，只怕它想也没想过，自己会在转眼之间变成碗千岁的美餐。想来，这不可捉摸的现实生活才是真正的怪兽，暗藏无数的急转弯，让你防不胜防，要么侥幸逃脱，要么粉身碎骨，真可怕。

"对了！"大嚼大咽的碗千岁突然想起什么，一拍大腿道，"祝小哥，你要是为求学的话，何必去予景书院那么远呢，不如来咱们空山书院嘛！"他又转过头，对梁山伯道：
"你说是吧？咱们书院也不错嘛！依山傍水，老师也很好的！对吧对吧！"

梁山伯不置可否，对祝英台道："碗千岁虽然言辞夸张，但祝公子若不介意雾隐县
地偏人少，不妨来空山书院看看，再做决定。"

"空山书院？"祝英台顿时好奇了，"你们是书院的学生？"

说梁山伯是书院学子，她绝对信，可是这碗千岁……

"哎哟，他是，我可不是。"碗千岁见她眼里浓重的疑惑，赶紧解释着，"我只是空
山书院里的杂役。"

"哦。"祝英台不好意思地笑笑，旋即眉宇间又流露出不解，"你们的书院在这附近
么？这么危险的地方……"

"空山书院在山脚下呀，怎么可能在这个鬼地方。"碗千岁脱口而出，"要不是……"

"要不是为了帮一位老师上山寻草药，我们是不会来这里的。"梁山伯截过话头，
慢慢道，"所以，与祝公子相遇，确是有缘。"

祝英台看着他不苟言笑，像石头一样稳固的侧脸，思忖片刻，说："我去。"

不去那里，又能去哪儿呢？

虽然萍水相逢，可是救了自己性命的人，应该是可以相信的吧。

梁山伯看着洞外的雨水，说："今夜怕是要在山洞过夜了，此地猛兽颇多，大家警
醒些。"

"你们睡吧，有我看着呢。"碗千岁挥了挥他的三叉戟。

"我不困呢。"祝英台找不出不跟两个大男人同宿的理由，只得找了个最角落的地方，
抱着她的画，侧身靠在石壁上，装得精神百倍。

碗千岁见状，不禁问："那幅画很值钱？我见你被怪兽逼得没有退路时也不肯松开它。"

"一文不值。"祝英台看着怀里的画卷，"但，于我却是无价宝。"

"读书人说话就是酸不啦叽的。"碗千岁撇撇嘴，却趁祝英台不注意，抢了她的画，
展开一看——再寻常不过的一幅画，一片山林，一条小河，一个男人的背影，行于河岸
之上，四周云霭飘飞，几棵桃花树开得正灿烂，落款处题着"春霭化冰"四个字，画法
平平，书法平平，毫无出彩之处。

"切，还以为是什么宝贝呢。集市上那个画扇面的张老五画的也比这个好看得多
呢！"碗千岁失望得很。

"还我！"祝英台气恼地跳起来，又不敢硬抢，生怕撕坏了。

"给你给你。"碗千岁把画扔给她，"哟，快气哭了呀？"

"土匪!"祝英台狠狠剜了他一眼,抱着画坐得远远的,再也不理他。

碗千岁挠头:"刚刚不还是恩公么。"

"活该。谁叫你那般无礼,像只野猴子。"梁山伯摇头轻笑。

"喂!"碗千岁压低声音,在他耳畔道,"梁山伯,别忘了你还欠我一个大人情呢!有本事你自己对付那些山魅啊!"

祝英台见他们两人在那头嘀嘀咕咕,火光摇曳,伤口又疼又痒,无奈之下,只得偷偷将瓶里的药粉隔着衣裳撒到伤口上,片刻之后,疼痛竟也弱了不少。身子一轻松,睡意也渐渐袭来。

她躺下来,抱着画,看着梁山伯的背影慢慢与跳跃的火光融在了一起……

洞外,风雨交加,时不时传来几声野兽的嚎叫。

梁山伯走到已然熟睡的祝英台身边,脱下外衣替她盖上,目光落在她沉静的睡脸上,深邃不可捉摸。

碗千岁拨弄着篝火,说:"这包袱是你带回来的,你可得对她负责到底。书院那边就快'热闹'起来了,她一去,也不知会不会惹出麻烦。"

"是你提出要她来书院的。"梁山伯走回来,在篝火前坐下,"那家仆的尸体可处理妥当?"

"切,有什么可处理的。这种黑心种子,比山魅豺狼更狠,本来要直接扔下绝壁去,可我想还是别浪费了,留给别的山魅当晚餐更好。"红红的火焰在碗千岁琥珀色的眸子里跳跃,他不满地瞪着梁山伯,"虽是我提出要她来书院的,可你不也不反对么?可见你跟我想的一样嘛,反正这丫头孤身一人,无处可去,我们若不收留她,就算她出得了这大山,也早晚被人害死,还不如去书院。饵三娘那婆娘不是一直说要弄个给她打洗脚水的小奴隶么,带回去给她呗。"

"随你。"梁山伯侧身躺下,闭上眼睛,"她就交给你了。"

"喂喂!什么交给我?明明是你哭着喊着求我来这破地方救人的!"碗千岁戳着他的脑袋,"我看你手无缚鸡之力,才好心帮忙,凭什么就变成我的包袱了?!喂喂!"

梁山伯毫无反应,干脆拿鼾声来回应他的聒噪。

"行!有你的!"气哼哼的碗千岁眼珠一转,悄悄起身,在洞口接了点雨水在掌心,回到梁山伯身边,对手心里的雨水默默念了几句咒语,指甲一弹,几点雨水落在梁山伯的后脑勺上。

做妥,碗千岁双手合十,坏笑:"善哉善哉,明儿若是谁尿了裤子,可千万别号啕大哭哟!"

102

天明，祝英台在一身的舒适里醒来，碗千岁的药真有神效，伤口竟一夜痊愈，睡眼惺忪的她坐起来，见洞外仍有飞雨，而梁山伯站在洞口，浑身湿透，对碗千岁怒目而视。

"嘻嘻，好主意，把全身都弄湿大家就看不出你尿裤子了。"碗千岁拍手大笑，"怎样啊，梦里上茅厕的感觉很逼真吧？"

梁山伯见祝英台已醒，吸了口气，压下怒气，不再理会碗千岁，上前对她道："雨已小了不少，我们下山。"

"哦。"祝英台赶紧爬起来。

碗千岁灭掉篝火里最后一点火星，扛着三叉戟，笑嘻嘻地跟在他们背后，一行三人，快步朝山下而去。

四 🌸

祝家的账房内，祝夫人纤秀的指甲熟练地拨着算珠。

一个仆从拘谨地站在她面前，小心翼翼地说："回夫人，确实没有阿福的消息。"

"多派些人手去雾隐县找找，他老家在那里。还有，多花些银两，找个有经验的当地人，去雾隐绝壁看看。"她头也不抬地说。

"是！"仆从领命退下。

不多时，房门被人轻轻推开，乳娘托着一杯参茶走进来。

见状，她起身迎上来，嗔怪道："这些事让丫环做，你是何苦。"

"你总是如此辛劳，我到底是心疼的。"乳娘放下茶，"趁热喝。"

"好。"她揭开杯盖，啜了一口。

"小姐啊，放一放吧。"乳娘看她的眼神，一如从前，永远像母亲看心爱的孩子。

"无妨，我能行。"她笑笑，环顾四周，"老爷如今是什么情况，你也知道。女儿早晚要出阁，少爷身体又不好，整个祝家除了我，还能有谁来撑？"

乳娘锁紧眉头，看着她眼中的倦意，有口难言，半晌才说："也要顾着自己呀。乳娘已是大半个身子进了黄土的人，你就听我一句……"

"好了好了。"她打断，放下参茶，拉着乳娘的手往门口走，"我有分寸，您老快去忙自个儿的事。"

"好吧。"乳娘点点头，走出房间。

"乳娘。"她又叫住她，感激地笑道，"若没有你，真不知还有谁可以相信。还有少爷，这么久了，多亏有你照看。"

乳娘什么也没说，拍拍她的手，拄着拐杖离开。

一直走回内院的房中，她颤巍巍地转到屏风后，看着那张床，双手合十，虔诚祈求道："诸天神佛呀，求你们，保佑我家小姐早些醒来吧！"

说罢，两行老泪潸然而下。

床上，空空如也，哪里又有什么少爷。

五 🍃

"皎皎白驹，在彼空谷，生刍一束，其人如玉。"

琅琅书声从课堂里传出，空山书院的学子们，高矮胖瘦，济济一堂，穿着统一的白色长袍，抱着书本，在老师的带领下摇头晃脑。窗外，阳光惹眼，鸟语花香，春天的气味从门窗渗进来，惹出了那些窝在最末排打盹的懒东西，被老师揪着耳朵扔到角落里罚站。

祝英台抱着书，撑着下巴，有一句没一句地跟着念，眼睛却时不时地朝前瞟——梁山伯就坐在她前头。他一直是这样，永远挺直着背脊，读书写字都十分认真，一点不像四周那些家伙，心不在焉，含胸驼背，个个像晒干的虾米。

来空山书院读书已经七天，她常常看他的背影看得入了神。同样的白色衣裳，普普通通，穿在别人身上跟他身上，原来大不相同。只不过一个白色的背影，看得入神了，竟像朵优美的云，让她忍不住想伸手去碰一碰。

多亏有他跟碗千岁推荐保证，加上她把身上所有财物都交了出来，那个孤傲清高又怪脾气的饵夫人才同意她留在空山书院，但没让她跟其他学生一起住，而是让她独自住到书院西边的琴房里。

那天，她站在饵夫人面前，由得她上上下下打量自己很久，然后冷冷地说："去琴房睡，洗澡什么的，我有个旧浴桶，等会儿你搬去琴房里的隔间。"

她分明是把自己最大的不便给解决了。

"饵夫人，这样……好么？"她忐忑地问。

"你要跟那帮臭小子同睡同浴，我自然也没有意见。"饵夫人目不斜视地看她的书。

"不不，谢谢您的安排。"她差点跳起来，可转念一想，心头不禁"咯噔"一下，"饵夫人，莫非您……"

她撩开一缕垂到身前的黑发，唇角一扬："空山书院是我的，这里的每个学生，我当然了如指掌。"她抬起一双丹凤眼，意味深长地瞟了祝英台一眼。

这女人，原来老早便识破了她是女儿身。

祝英台红了脸，手足无措。

"不必如此尴尬，我的书院跟别家不同，不拘小节。只要你莫给我添麻烦，一切好说。"饵夫人继续看书，"还有，我正缺个打理杂事的丫环，你若无异议，便把这工作也担起来吧。"

"好。"她点头，"英台明白。谢饵夫人收留。"

"别叫我夫人，跟千岁他们一样，叫我饵三娘呗。"她嫩如春葱的手指慢吞吞地从字里行间滑过，又把书拿远了点，边看边摇头，"唉，老了就是老了，字都看不太清了。"

她老？她看起来绝不到三十！眉目婉丽，黑发如瀑，简单一件素色罗裙，却被她穿得千娇百媚，风韵撩人。非要挑点毛病的话，只能说她那双眼睛，未免太精明，太世故，甚至透着一丝百岁老人才有的沧桑。

不过，当她知道，所谓的丫环的工作就是每晚给这个女人倒洗脚水之后，她对饵三娘所有的疑惑跟畏惧都没有了，只剩不敢言说的小小憋屈，但，感激之心仍有。一个被强推出家门的女子，无权无势无钱，有人肯收容，又不过分刁难，还有什么可抱怨。

这些天，只有碗千岁会每天来找她瞎聊天，帮她做些杂活，打一打老鼠蟑螂，而梁山伯就连影子也看不见，除了上课时能看见他，一下课他便从所有人眼里消失了。碗千岁说，这家伙是个死心眼儿的书呆子，平日里最爱待的地方就是书院里的万卷库，那是书院藏书的地方，又干又冷灰尘又多，平日里根本没人去，可他偏偏最爱那里，常常看书看得连睡觉都忘了。

越是看不到他，祝英台的目光越是习惯于寻找他，看他的时间越多，她心中的疑问越清晰。可是，她的心事，她不敢讲。因为连她自己都觉得荒谬。

"祝同学！"

老师略带气恼的喊声，把神游太虚的她惊醒过来，慌忙站起来："是！"

"请把我刚才念过的句子再念一次！"老师摸着胡子，"如有半字错误，必有重罚！"

"哦。"祝英台转转眼珠，模仿着他的腔调，一字一句念道，"祝……同……学。"

"你念你名字作甚？"

"老师刚刚念的不就是我的名字。"她认真答道。

全班哄堂大笑。

老师气得胡子打颤，怒道："朽木！朽木也！"

她吐吐舌头，目光无意落在前头，梁山伯不知几时在簿子上写了几句话，移到她能看到的地方。

梦碗

105

"啊，如月之恒，如日之升。如南山之寿，不骞不崩。如松柏之茂，无不尔或承。"她赶在老师的戒尺落在她头上之前，赶紧摇头晃脑地念出这几句，赔笑道，"老师，学生会错意了，原来您不是要我重复刚才的句子，是刚才再刚才的句子呀！"

老师重重哼了一声，拂袖走回讲席，继续授课。

午膳时间，饭堂里甚是热闹，梁山伯却不跟任何一个同学共坐，从来都是端着碗碟，坐在饭堂后的石级上，边吃饭边看书，用功之极。

"谢谢你。"一大块热乎乎的红烧肉落到他碗里，祝英台端着碗，坐到他旁边。

"我不吃肉的。"他把红烧肉拨回她碗里，再不看她，继续边吃青菜边读书。

祝英台听同学中的好事者说过，梁山伯出身贫寒，交的伙食费是最低档次的，每天只有素菜可吃。

几天下来，果真见他餐餐都吃青菜白饭。这么大个人，只吃青菜怎么行？这个人救过自己的命，刚刚又帮自己的忙，此时再见他孤单瘦削的背影，看他碗里单薄的饭菜，她竟又比往日多了种奇怪的感觉，好像是……心疼。

可是，她一片好意，他却拒绝得这么干脆。

"你又不当和尚，干吗不吃肉！"她涨红了脸，有些小生气，心想这书呆子必然抱着君子不食嗟来之食的自尊，又把肉扔给他，"我近来肠胃不适，扔了可惜。"

"给大胖他们吃吧。"他又把肉放回她碗里。

"不吃好点，你有一天会被风吹走的！"她觉得自己拗不过他，干脆把他那碗青菜抢过来，整碗倒进嘴里，鼓着腮帮子，皱眉下咽。

他瞪着像只青蛙一样的她："你为何吃掉我的菜？"

她把自己的菜碗放到他面前，不雅地喷着菜汁道："现在你没菜下饭了，只能吃我的。"

"你……"他看怪物一样看着她，摇摇头，端起白饭，三两口吃个精光，收拾起书本，起身便要离开。她给他的那碗菜，原封不动。

"梁山伯！"她真是不明白，世上怎么有这么固执的人，不就是一碗菜吗！吃了就不清高不傲骨了？

他回头朝她浅浅一笑："祝同学，世上确实有没下饭菜就吃不下饭的人，但不是我。吃饭于我而言，能饱就好，白米饭一样可以下咽。你的逻辑实在很好笑。不过，多谢你的好意，但实在不必如此。"

说罢，他走上石级，消失在她哑口无言的张望中。

"哎哟，红烧肉呢！"

一个花里胡哨的身影蹿出来，把手里的扫帚一扔，端过那满满一碗菜，全倒进了大嘴里。

祝英台吓了一跳，见是碗千岁，叹气道："他要像你这么聪明就好了。"

"你们两个烦不烦呀，我在那头扫地，就看见你们为了一块肉让来让去没完没了。"碗千岁擦擦嘴，坐下来，坏笑着说，"你们这个样子，若被其他同学看到了，肯定以为你们有什么什么之癖呢。"

"你嘴真坏！"祝英台红了脸，赶紧坐直身子，粗声粗气道，"我是念在他救过我的命，又在饵三娘面前替我说话，让我进了书院，不过是想小小报答他一下罢了。"

碗千岁不屑道："啧啧，当初救你命的可不止他一个呀！再说，冒生命危险宰了山魅的人可是我啊！帮你搬澡盆的也是我呀！怎不见你拿红烧肉来款待咱？"

"你我好兄弟嘛，不带这么计较的啊！"她给了他一拳。说起碗千岁这家伙，除了嘴巴坏一点，别的还真不错，跟他一起，不管聊天还是做事，都让人特别放松，心情都敞亮许多似的。认识他的时间虽不长，但这个人，让她没来由地信赖。还有，她见识过碗千岁的本事，这家伙虽然是书院的杂役，可是飞檐走壁，舞刀弄剑的本事不在话下，那天他将山魅一击毙命时，她就怀疑过他是所谓的江湖高人。她说凭这一身本事，走出雾隐县这个小地方，他会有更厉害的作为，为什么要留在这个清闲到无聊的偏僻书院里消磨生命。他也不避讳地说，他确实跟普通人不一样，会些拳脚功夫，但，他更喜欢在书院当杂役，扫地擦桌比钩心斗角更有意思。外头的世界，不过一场大梦，区别是有人愿意睁眼，有人不愿意。还是这里好，日子高兴又踏实。

听多了男子汉当出人头地、名扬天下之类的话，碗千岁的态度实在是让她眼前一亮，也更喜欢跟他做兄弟了。

"偏心啊偏心啊！"碗千岁愤愤地踢着腿，"长得不及人家俊，连红烧肉也吃不上啊！"

"喂！有完没完啊红烧肉！"祝英台哭笑不得，"好吧好吧，以后我的红烧肉都给你。对了，有件事还得拜托你，正说吃过饭去找你呢。"

"啥事啊？"

"有封家书，麻烦你帮我寄出。我没去予景书院，却来了这里，阿福又失踪了，我好歹要写封信回去报个平安。"她从袖子里取出一封信交给他。

他盯着家书，问："有这必要么？"

"怕我爹担心。"她看着远处的蓝天，"家里，我放不下的也只有他了。"

"哦。"碗千岁迟疑了一下，把信收起来，随意地问了句，"你家里还有些什么人啊？"

"我爹，我大娘，还有个姐姐。"

碗千岁没说话，眼睛闪过一抹异常。

梦
碗

"听说姐姐快出嫁了。"她不曾留意到碗千岁的神色，笑笑，"嫁给太守的儿子呢。"

"羡慕呀？"碗千岁敲了敲她的头，"据说所有小丫头都有嫁个好夫婿的美梦。"

听到夫婿二字，她眼前不期然冒出梁山伯那张又臭又硬的面瘫脸，然后心下一慌，连念几声阿弥陀佛，罪过罪过，怎么能想到他！

碗千岁见她失神，抓住她肩膀摇了摇，笑："想到谁了？脸怎么红了？跟个小丫头似的。"

"胡说什么呢！"祝英台白了他一眼，"还不寄信去！"

"嘿嘿，英台若是女儿身，梁兄可愿共鸳帐？"碗千岁故意学着女儿家的腔调，羞得祝英台连脖子都红了，抓住他就要打。

"我错了！英雄饶命！"碗千岁大笑着逃开，站在更高一级的石级上，回头笑道，"不是只有女儿家才做嫁个英俊郎君的梦，每个男儿家心里，也有他们的梦。"

天上的光线洒在碗千岁的身上，令他整个人都要发出光彩似的，若不是肩头那把扫把煞风景，此刻的他，真是漂亮得像个不真实的梦中人。

"送信去！"祝英台顺手抓起个石子儿扔他。

碗千岁嬉笑着跑开，跑了几步又回来，从怀里掏出个用野草编成的蝴蝶，塞到她手里："差点忘了，回去记得把这个玩意儿挂到门上，天黑之前必须挂好哦！然后，晚上别出来。"

"这是什么？还没到端午挂香包的时候呢！"她奇怪地问。

"少废话，让你挂上就挂上。别忘了啊！"

不就是只草编的蝴蝶，编得又不好看。她把蝴蝶放到袖中，拍拍屁股站起来，一阵阴风吹过来，她不禁打了个寒战，抚着臂膀回去了。

六

冷死了冷死了！

祝英台硬生生被冻醒了，四月的天气，怎的跟寒冬腊月似的。她从被窝里探出头，窗外，月光朦胧，四下竟生出了薄雾，水流般浮动。她看到自己呵出的气，白白一片。

她哆嗦着起床，点亮油灯，把所有能穿的衣裳都裹上，还是冷，干脆把被子也披上了。

身后传来"啪"一声响，她回头，原来是被角把桌子上的那只草编蝴蝶扫到地上了。

果然还是忘了这件事！

她拾起蝴蝶走到门口，心想现在挂到门上应该也没什么吧。

还没开门，只听门口传来"砰砰"几声异响，然后便是花盆之类碎裂的声音，隐隐还夹着一声怪叫。

她呼一下把门打开，一股强悍的寒风扑面而来，把她的脸都要刮歪似的，再看杵在门前的那片缥缥缈缈的白影，她揉揉眼睛，失声道："梁山伯？！"

风渐渐小了，继而消失了，连带四周的温度也迅速恢复正常。

梁山伯一手背在背后，一手握书卷，侧过脸，问："吵醒你了？"

她真的无法理解这个男人了，他居然若无其事对她说，他见今夜月色甚好，边行边读书，不知不觉便到了琴房门口。

"读书会读到怪叫吗？"祝英台走到他面前，用平生最锐利的目光上下打量他。

"月明风清，何来怪叫？"他奇怪地反问。

她一愣，又道："那彻骨寒风，呵气成冰的天气……"

"四月暖春，何来寒风？"他认真端详她，"祝同学，你病了？"

他一连两个何来，真真把她弄晕了，此刻，四下确实一片寂静，月光如水，微风舒适。

"可刚刚明明……"

"看来祝同学需要服药才是，跟我来。"他打断她，合上书本，抓住她的手腕，快步朝万卷库的方向走去。

"我没病吃什么药！"他下手并不重，可她就是怎么也挣脱不了。

"你记性如此差，不吃药怎么行！"

"梁山伯你真过分！"

他们身后，树影之中，饵三娘缓缓走出来，手中握着一柄细剑，看着他们二人的背影，又看看天空，叹了口气。身后的地上，躺着一只被切成两瓣的怪物，兽头鸟身，模样狰狞，已然气绝，身子一边融化，一边冒出淡淡绿烟。

"给我出来！"她的手朝后一伸，拧着碗千岁的耳朵将他扯出来，斥道，"大半天不见你人影，你明知大日子临近，群妖集结，不赶紧动手'清洁'，肉芝现世时，一不小心便被抢去了！刚才要不是那家伙来得及时，祝英台只怕已被当作开胃菜吃了！我明明让你监督她挂上隐门符！你又偷懒！"

"大日子每十年都有一次，姐姐你身经百战，又不是第一次对付这些外来者了，我在或不在，也没什么影响嘛。"碗千岁嬉皮笑脸地拿下她的手，"再说了，就算没有隐门符，那些妖怪找上书院里的活人学生，结果还不是被你咔嚓掉。饵三娘可不是吃素的。"

"永远这副吊儿郎当的样子！"饵三娘恨恨道，目光停在碗千岁略为疲倦的面容上，"你去祝家了？"

"嗯。"碗千岁并不否认，打个呵欠，"祝英台托我送家书。"

梦
碗

109

"你是去看祝夫人吧！"饵三娘直截了当。

"我知道我做什么你都知道，咱们虽是亲姐弟，可你能不能稍微尊重一下我的隐私权呢？"碗千岁掏着耳朵，苦恼地挤眉弄眼，"我就是顺便看看她现在如何了。"

"能如何？必然还是旧模样。当年若不是你胡乱逞能，她不会成现在这般模样。"饵三娘用力戳了戳他的头，"我告诉你，事已至此，不要再做任何介入。你我都只是道行尚浅的妖怪，在这书院中安分守己地活着，做我们该做的事。或许天可怜见，有一日能让我们修成正果也未可知。我同意暂时收留祝英台，一是心怀恻隐，二是念她有如今遭遇，我们也要负些许责任。等料理完大事，境况安全之后，再来商讨她今后的去处吧。"

"好吧，我没意见。"碗千岁耸耸肩，转身正要离开，又回头，"姐姐，你留在书院这么多年，真的只是为了捉肉芝、积功德么？"

饵三娘愣住。

"一睡三千年，梦中不知梦。"碗千岁笑笑，哼着小曲儿离开了。

七

万卷库中，书架林立，一盏油灯在窗下的桌上轻轻跳动。祝英台坐在桌下的褥子上，借着灯光读书，桌上的书全是他正在读的，其中一本书很特别，纯白色封面，上书《妖灵百物谱》。

她翻开这本书的第一页，上头画着片山林，林中一条小路，一个赤身露体、头生犄角的三寸小人乘着车马疾驰。她跑到正在用小炭炉烧热水的梁山伯面前，问："你看的书都好奇怪。这是什么？"

他瞟了一眼，淡淡道："这叫肉芝。"

祝英台从未听过如此怪异的称呼，问："是这个小人儿的姓名么？"

"肉芝是半个妖怪，也是食物。"梁山伯道，"它们食日精月华而生，喜隐匿在山高水深之地，每十年成形一次，数量极其稀少。且它们只在成形当天才会以实体之状出现于山中，之后便化为无形，踪迹杳然。如能在成形日捕获并食用，普通人食之可成仙，妖怪食之，则可获血肉之躯，并入红尘轮回，永世为人。"

祝英台眨巴眨巴眼睛，把书合上扔到一边，打个呵欠："好无聊。"

"无聊？"梁山伯一怔，"我以为你会说好可怕或者好神奇。"

"人有什么可羡慕的，还不如妖怪来去自由、飞天遁地呢。"她抱着腿坐在炉前，"妖怪想变成人，人呢，想变成仙，仙又想变成什么呢？更高的神？我就不明白，非要把自己变成'别的'才会开心么？"

梁山伯看着她清秀的侧脸，笑笑，岔开话题："看来现在你一点都不反感来万卷库啊，刚刚不知是谁拼命挣扎呢。"

祝英台转过头，严肃地瞪着他："梁同学，我还是坚持我刚才的说法！我真的听到了怪叫还感受到冬天的温度！"

水壶冒起了白烟，梁山伯找来一个瓷碗，倒了大半碗热水放到祝英台面前，说："最好的药，就是这个，这水里我加了薄荷叶，可以安神醒脑。我也不是没见过像你这样的新生，因为到了一个新环境，处处不习惯，有幻听幻视并不奇怪。喝了它，再安心睡一觉，你自然会正常。"

"我没有不正常！"祝英台看了那碗弥漫着淡淡清香的水，把头扭到一边，"不喝！"

"随便。"梁山伯不再理她，拿过油灯坐到一旁，靠着书架，取了本书看起来。

祝英台也赌气似的拿起一本书来，边看还边故意念出声来。

他半点都不受影响，目光在他的书上专注移动。

读了半晌书，祝英台也无趣了，扔掉书发呆。

两人之间，隔了一座书架，一盏灯，沉寂无声。

"我认识你。"她突然把脑袋从书架后伸出来，"在我还是孩子的时候！"

梁山伯翻书的手停顿了刹那，又继续翻着："你我的家乡差了十万八千里。"

"我觉得认得你的背影。"她自言自语道。

他摇头一笑，连回应都不屑。

"我知道没人肯信。"她有些沮丧地把下巴搁在膝盖上，"其实连我自己也不信。"

"说说看吧。"他的声音穿过跳跃的灯火，"不让你聒噪你是不会甘心的。"

再没有更好的地方与时间，比此刻更适合说话了，再荒唐的念头，也会在这样的灯光，还有他安静的翻书声中，被理解，被宽容吧。

她的心突然就沉静下来，垂眼看着他们之间的灯盏，慢慢跟他说起了那段不曾跟任何人说过的往事。

那一年，她还是垂髫小儿，爹很疼她，可那时候他老不在家。大娘对她也还不错吧，不打不骂，就是有时候看她的眼神，冷得让人害怕。还有比她年长几岁的姐姐，她不喜欢她，不跟她玩儿，还常把她喜欢的东西抢走。

记得那天是除夕，大娘命家丁抬了许多不要的旧东西到后院烧掉。独自在后院玩耍的她见火光熊熊，便偷跑去看热闹。大娘每年除夕都要烧掉不少旧物事，说是辞旧迎新。她站在那堆杂物前，却无意发现一幅画卷裹在其中，火光前，那黑色的卷轴似在发着幽

梦碗

幽蓝光，像对她拼命眨动的眼睛。

她心下一动，趁家丁疏忽之际，偷偷从杂物中抽出这卷画，跑回房里，打开一看，却是一幅"春霭化冰"图。那时她还认不全上头的字，可看着这幅画，还有画中那只有个背影的男子，心头却是说不出的喜欢。好好一幅画，烧了太可惜。

她将这幅画悄悄收到最角落的衣箱里。

次年秋天，大娘那体弱多病的儿子死去了。对的，她本来还有个异母哥哥，只是从小便是药罐子，被大娘安置在内院，几乎是足不出房。

那段时间，大娘很少出来见人，终日留在后院，甚至儿子下葬时她也没有出来。再后来，祝家突然有了一条严厉的家规，便是任何人都不得在大娘面前提起她丧子之事，大家就当少爷还活着吧。

她记得，爹就是在那一年开始见老了。

之后的日子也算平静无波，祝家上下安分守己，各做各事，只有她老觉得自己老遇到奇怪的事。

有一次，姐姐捉弄她，将她反锁在老鼠成群的废屋里，她求救无果，又冷又饿，靠在墙角昏睡过去，迷糊中，她听见有人在耳边轻轻喊她。她醒来，迷蒙的视线里隐隐见到一个背影，从打开的房门中离开。她揉揉眼睛，废屋的门不知几时被打开，但是，四下并无他人。

她以为刚刚是在做梦，或许是姐姐良心发现，偷偷开了门吧。

类似的事，不止一件。姐姐想到过各种花招对付她，在路上挖泥坑当陷阱，在她的水杯里下泻药，可她每次都能安然无恙，走到陷阱前会突然停下绕过去，水杯已经端起来，却莫名其妙滑脱到地上。

于是，别人都觉得她运气好。只有她知道这不仅仅是运气的问题，每次遇到灾祸时，似乎都有股力量帮她化险为夷，但她又毫无证据。

时光如水流去，她到底是平安长大。爹说她跟娘长得几乎一模一样。姐姐也不再捉弄她了，她有了自己的世界，整天想着那些鲜衣怒马的公子哥。大娘也没有什么变化，她还是很美丽，只是看自己的眼神比之前更冷了。

一年前，爹已病到不能下床，有时清醒，有时糊涂。

那天她正要亲自去为爹熬莲子汤，大娘却将她叫去，让她去郊外的青莲寺里为爹求一道平安符回来，且要独自步行而去，方显诚心。

对大娘，她当然不会有一个不字。

她去了青莲寺，却在一片荒地里遭遇两个带刀的大汉，他们不求财，只要她的命。

她跑，他们追，刀尖就在她的脑后。

一脚踩空，她滚进一条沟渠，脑袋撞上一块大石，昏死过去。

浑浑噩噩中，又听见有人喊她的名字。

她睁开眼，又看到那个白色的背影，就坐在她前头的石块上。

"你是谁？"她爬起来。

"我来同你道别。"那人慢慢地说，却始终不肯转过身来，"十年缘分，怕是尽了。"

"我们很熟么？"她想走过去，身子却动弹不得。

"祝英台，今后若有机会离开祝家，切勿犹豫。尤其留心祝夫人，她已不仅仅是不喜欢你了。"说罢，他站起来，往前头的竹林而去。

"等等！你到底是谁啊！"

那人没有停，只留给她一个白色的、单薄的背影，像一朵居无定所的云，缥缈不可捉摸。

然后，她一阵眩晕，等她再清醒过来时，她还在那片荒地里，带刀大汉却不知踪影，她疑惑至极，刚刚发生的一切难道只是场梦？她很混乱。

"今年，我就被赶出来了。莫名其妙被扔在山上，遇到了你。"祝英台羞涩地笑笑，"不知为什么，看到你的背影就觉得熟悉，让我想起……那个梦。"

他手中的书，已然翻到最后一页，他活动活动脖子，转头看向她微微发红的脸："这样荒唐的事，今夜说说便罢了，别人知道会笑话你的。"说着，他又忽然问，"为什么总是带着那幅画？"

她想了想，说："因为画里那个男子的背影。每次看到这幅画，我都会想起那些荒唐的'梦'，抱着这幅画，便觉莫名的安全。"她眨眨眼，瞪了梁山伯一眼，又道，"好吧，你可以继续笑话我，甚至说我有怪癖。"

"睡觉吧，祝同学。"他放下书，起身扯过被褥，铺在前头。

"啊？！"祝英台噌一下跳起来，"我跟你都在这里睡觉？不不，我还是回琴房去。我不习惯跟人一起睡的。"

"灯油已快燃尽，黑灯瞎火你如何回琴房？"他边说，边把那碗水拿过来，放在被褥中间，"我也不习惯与人分床而眠，但今夜情况特殊。以碗为界，你我各不相干。"

说罢，他走到被褥另一边，以书为枕，和衣而卧，很快打起了鼾。

看着那干净的瓷碗，与那大半碗清澈如镜的温水，祝英台忍不住端起来喝了一口，薄荷叶的清香充盈于唇舌之间，十分美妙。

她把碗放回去，也小心翼翼地躺到松软的被褥上，一想到背后有他，心中便是一片宁静。

"梁同学。"她轻轻喊他。

"唔。"隔了许久,他应了一声。

"就知道你没睡。"她抿嘴一笑,"你说那个背影,真的只是我的梦么?"

"随便吧。"

"对不起。"

"为何对不起?"

"把你一个堂堂男子汉跟我稀里糊涂的荒唐梦扯到一起。"

"哦,以后不要了。"

"我想啊,要是真有那个人的存在就好了,我没别的意思,只想亲口跟他说声谢谢。"

"睡吧。"

夜色阑珊,月懒人静,那白色瓷碗停在他二人之间,光彩流动,婉转如梦。

八

"你怎么好意思躲在这儿偷听一夜!"梁山伯靠在书架前,清晨的阳光透过窗户照在他略带倦容的脸上,"还不出来!祝英台早走了!"

被褥上那个瓷碗骨碌碌转动起来,一阵白烟腾过,碗千岁伸了个懒腰,以牙还牙道:"你怎么好意思不承认你就是那个背影!"

"你明知这样做只会徒增麻烦。"梁山伯皱眉道,"我就快离开了。既然她以为是个梦,那就让她永远这样想吧。"

"随你吧。"碗千岁耸耸肩,盯着他的眼睛,笑,"看看你,好一幅世人皆醉我独醒的样子。其实,你不也还睡着么。"说完,他转身欲走。

"此话何解?"梁山伯叫住他。

"再过十天,你就有肉芝可吃了。"碗千岁拍拍他的肩,并不正面答他,只说,"以后做了人,只怕会有更多的梦要做了。"

说罢,他往门口走去,走了几步又停下,说:"那丫头既然说想感谢你,这十天时间,你不妨了她个心愿吧。"

了她的心愿?

梁山伯愣在那里。他认识她十年,十年前,若非她从火炉前将画卷抽出,善加保护,他何以能有今日?

可惜，他只是一只微不足道的画中妖，法力微小，连人形都化不完整。他不是不想转过身，而是他根本没有正面，他所能化成的，最接近人的形态，就是一个背影。

这样的生命，有什么意思？

难道就要这样，永远留在祝家，保护这小女娃不被人伤害，然后祈祷不要再有被人扔进火炉化成灰烬的一天？

不行。绝对不行。变成人吧，有血有肉地存在着，不用担心被烧掉，不怕修道之人的追捕，就算死了，灵魂还能转世轮回。变成人，是所有妖怪的追求，不是么？

还有十天，他就能得偿所愿，还想那么多做什么，高兴地接受这场来之不易的改变吧！

他闭上眼，深呼吸。

可是，为何一闭上眼，就看到一个蜷缩在废屋里的小小身影。

耳畔还有她聒噪的声音——

"谢谢你。"

"干吗不吃肉，你又不当和尚！"

"我只想亲口跟他说声谢谢。"

良久，他睁开眼，走出万卷库。

九

这几天，全书院的人都发觉，梁山伯跟祝英台的关系亲近了许多，这个生性孤僻的梁山伯，居然很耐心地教祝英台功课。怪的是，老师教的句子，祝英台从来记不住，可换梁山伯一教，她偏就能过目不忘。而梁山伯也不再拒绝她的好意，午膳时，她把自己碗里的好吃的全堆到他碗里，他也照单全收，吃得一点不剩。

围棋课上，别人都在棋盘上斗得你死我活，生怕输了被老师罚去抄书。梁山伯的棋艺历来无人能及，可当对手换成祝英台时，他局局都输，抄书抄到手软。可是，祝英台是出了名的臭棋，人尽皆知。山伯让棋，又成了空山书院里的一大八卦。

饵三娘看在眼中，抓了碗千岁来问，却也没问出个名堂。只能感慨，年轻人的世界，她这把年纪，已然不能理解了。

"梁山伯！"这一日，天气晴好，晚霞绚烂，祝英台站在万卷库的窗前，大声喊他的名字。

他从书本后抬起头。

"谢谢你！"

梦
碗

"我做了什么？"他埋下头，继续看书。

"教我功课，不拒绝我的好意，还有下棋时，你次次让我。如果我落在别的对手手里，老师可能会让我把整个万卷库的书都抄一遍吧！"她嘻嘻笑。

"这样啊。"他会心一笑，"好吧，我接受你的谢意。"

她笑得灿若云霞。这样的笑容，在她之前的生命中，从来没有出现过。

十天，还剩两天。

116

翌日清晨，一辆马车匆匆而来，停在空山书院门外，祝家的管家老齐跳下车，快步跑进了书院。

他带来的消息很坏，祝老爷病重，希望祝英台尽快回去。

不走也得走。

与饵三娘道了别，祝英台抱着她的画，走在出书院的路上，边走边回头。

现已是上课时间，书院空得只剩几片偶尔从空中飘下的落叶。

他是不可能来送她的，他那么爱读书。

祝英台最后一次回头时，蜿蜒的青石路上，一个人匆匆而来，被风扇起的衣角像蝴蝶振动的翅膀。

她愕然地看着赶来的梁山伯。

"送你的。"他递给她一本纸簿，正是那天她答不出问题，他偷偷写下答案给她看的那本。

她转愕然为惊喜，抱着簿子道："谢谢。"

他脸上无喜无悲，说："快上车吧。"

她爬上车，又从里头钻出脑袋，看着他，突然问："万一我回不来念书了，你能来祝家教我功课么？"

他想说这不可能，可开口却变成："好。"

有时候，某些人的眼神足以击败你任何的拒绝。

她高兴坏了。

"梁同学，保重。"

"祝同学，保重。"

马车向前，尘土飞扬。她不甘心地又钻出头，雾般的尘埃里，她看到他的背影，像朵云似的，飘进了书院。

"如月之恒，如日之升，如南山之寿，不骞不崩……"她放下帘子，拿出他送的簿子，一字字念着，这明明是他的祝福吧，她却忽地酸了鼻子。

十

"兄弟，十八里路了。"碗千岁停在一座凉亭前，俯瞰着山下路上那辆疾驰的马车，"还送？"

"够了。"梁山伯摇头，马车瞬间跑出了他的视野，"你也快去吧。她以后会不会变短命鬼，就看你了。"

碗千岁叉着腰，转过头："你是不是真的决定好了？"他顿了顿，又道，"我以为，你可能会改变主意，为她留下来。"

"我矛盾过。"他坦白道，"你常笑我手无缚鸡之力。你是对的。我这样的妖怪，只能替她打开锁上的门，帮她吓跑带刀的贼人，除了这些小把戏，我还能做什么？是，我一直对她放心不下，即便我离开了祝家，也还是会用千里术看她是否安好。可是，光看到又有何用？知道那妇人要将她置于死地又如何？若没有你帮手，我对付不了雾隐绝壁里的山魅，甚至连那个阿福，我都制止不了。"

碗千岁沉默。

"你说我也在做梦。"他笑笑，语气变得坚决而冷硬，"如果固执于变成人类是我的梦，就让我梦下去吧。"他直视着碗千岁的眼睛，"可我比谁都清楚，自己最想要的是什么。我无法成全她的梦。"

"好吧，那预祝你做人愉快。"碗千岁握住他的手，夸张地摇了摇。

"还有一件事拜托你。"他指着自己，"我走以后，麻烦你把这副躯壳放回它本来的地方，借了梁山伯的尸体这么久，有劳你在他坟前替我多烧些纸钱致谢吧。"

"行了。"碗千岁转身便走。

"碗千岁！"他喊住他，"别让她再做梁山伯的梦了。"

碗千岁没回头，风一样不见了。

十一

祝英台回家后的第八天，祝老爷咽下最后一口气。

因为祝老爷去世，马祝两家的婚事延后到一年后再举行。

可几个月后，祝家大小姐却失踪了，随她一同不见的，还有家中那个年轻英俊的护院武师。

祝夫人还是寻常的模样，不怒不骂，继续做她的事。女儿不见了一个，不妨事，不还有一个么。还好她没被阿福弄到悬崖下。

她跟祝英台说："你姐姐不见了，马家这桩婚事却不能误。你就代你姐姐替祝家做点事吧。马家人未曾见过你们姐妹二人，不会识破。如今就好好留在家中，待明年出嫁吧。"

这天之后，她的闺房被锁死了，连窗户也被木板牢牢钉上，门口，家丁们终日轮班看守。

原来，她真的回不去书院了。

可是没关系，梁山伯答应过来她祝家的，她等他。

她不反抗，大口吃饭大口喝水，无聊时就自己跟自己下棋。累了，就抱一摞书当枕头。

他永远不会来了，傻丫头，他只是一只画妖，是你那幅画的"魂"，而如今，他已经不再是妖怪了，他吃了肉芝，已经投胎做人去了。红尘万丈，连我都不知他身在何方。醒醒吧——碗千岁站在她面前，看着她安宁的睡脸，在心中默默道。

祝英台做了一场梦，梦里，梁山伯如约而至，他们在祝家那方临水楼台之上，吟诗赏月，煮酒对弈。

"梁同学，英台若是女儿身，你可愿……"微醺之下，她红了脸。

"我娶你。"他笑。

"当真？"她捂住嘴，心下一阵狂跳。

"当真。"

可是，为何他的笑脸却离她越来越远，他一直退一直退，直到消失在月光中。

"梁山伯！"她大叫一声，醒来，却看见碗千岁的脸。

"做梦啦？"他不似从前那般不正经，眉宇间竟有点黯然。

"你怎么进来的？"她看着完好无损的门窗，吃惊地问，马上又道，"梁山伯呢？是他让你来找我的?！"

碗千岁攥了攥拳头，说："祝英台，梁山伯死了。"

"嗯？"她愣愣看着他。

十二

孤山之上，只有这一座坟，荒草丛生。

她站在坟前，手指从墓碑上缓缓滑过。

她并没有哭，只是转过头，问："他真在里头？"

碗千岁点头："你离开后的两个月，一场恶疾，耽搁了医治。"

她叹气，给了碗千岁一拳，却是软绵绵的："还说是兄弟，怎么不看好他呢。明知他一读起书来便什么也不顾了。"

碗千岁不语。

她蹲下来，伸出手指，用她的指甲在那木质的墓碑上一笔一笔写起来——

如月之恒，如日之升，如南山之寿，不骞不崩。

咯咯的声音中，鲜血从她指尖渗出，慢慢染红了墓碑，像那个傍晚，漫天的红霞。

"祝英台！"碗千岁厉声道。

"让我写完。"她面不改色。

碗千岁紧皱眉头。

冷风拂过，黄叶翻飞，她写完最后一笔，鲜血淋漓的手指微微颤抖着。

"跟我回书院吧。"他扶起她。

"我不住琴房，我要住万卷库。"她挤出笑容。

"好！"他用力点头。

十三 &

下雪了。

她靠在饵三娘怀里，身子轻得没有重量。

大片雪花从万卷库的窗外飞过，外头的世界，即便是黑夜，也白得那么好看。

"我还是觉得他会来看我。"她额头火烫，笑着对饵三娘说。

"嗯。"饵三娘拍拍她的手，"你要快些好起来，不然没人给我打洗脚水。"

她突然用力撑起身子，朝窗外看，惊喜道："你们看，那是不是他啊？这么冷，怎么还穿那么少？"

碗千岁照她的话朝窗外看，冰天雪地，鸟兽皆无，哪有人影。

"你眼力真好，是他。"他缩回脑袋，称赞她。

"如月之恒，如日之升，如南山之寿，不骞不崩。如松柏之茂，无不尔或承。"她的气息越来越弱，"你们看，我还记得。这是一首祝词，真好。"

"祝英台的记性真厉害呀。"饵三娘别过脸去，不让别人看到自己发红的眼睛。

"我睡一会儿，他来了就喊醒我。"她慢慢躺下去，还是拿书当枕头，睡得很舒服的样子。

可是，没有人能喊醒她了。

梦碗

119

饵三娘与碗千岁都不知天是几时亮的，雪霁天晴，清晨的第一缕阳光穿过窗棂，温柔地吻在祝英台冰凉的脸上。

"你看到了，我们只是微不足道的妖怪，救不了人的性命，也实现不了他们的梦。"饵三娘看着祝英台宛如熟睡的模样，"千岁，以后，不要再随便赐人美梦。老老实实留在这里，修行度日吧。"

碗千岁端详着祝英台的脸庞，惊奇地发现，一滴眼泪仿佛被阳光融化的冰，从她眼角滑下来。

他让这滴眼泪落在自己的指尖，轻轻舔了舔。

都说泪水是咸的，有的还是甜的，她的泪却是苦的，好苦好苦。

那天之后，他的味觉消失了。

十四

冬天过去后，又一件大事在祝英台的家乡传开了——祝夫人疯了，整天在街上乱跑，见到小男孩就要抱走，说是她儿子。祝家的家仆搬空财物，一哄而散，只有个白发老妇留下，找了个破屋容身，照看着祝夫人。

这次，是碗千岁最后一次见到祝夫人。

他站在她的家门外，看老妇喂她吃饭，汤汤水水从她不知闭上的嘴里漏下。

第一次见她，大约是九年前。

那天，她撕心裂肺的哭声惊动了刚巧路过的他。

他从空中跃下，见眼前这豪宅之中，一个美妇人抱着个男童的尸身，哭得肝肠寸断。

她声泪俱下地喊：让他活着吧！让他活着吧！

他摇头。帮帮她吧，真是可怜的人类。

他是一只碗妖，最擅长的是造梦。凡是被他施法的人，会将梦境当成是现实。

那晚，她梦到儿子依然躺在他的床上，叫她娘，跟她说话。

醒来之后，她竟对眼前现实视而不见，似是完全忘记儿子已经死去这个事实，还是同从前一般，对着那空空的床嘘寒问暖，仿佛儿子还在那里。如果有谁说她儿子已经死了，她便会疯了般咬人，甚至拿刀要杀对方。

于是，祝老爷下了那条家规。至此之后，祝夫人便一如从前，"正常"地生活着。

直到现在，那些跑路的家仆中才有人说，二夫人当年根本是被大夫人下了药，才会死于非命。大夫人天性善妒，又心机重重，根本不可能容忍有第二个女人跟自己分享丈夫。

至于二夫人的女儿英台，越长越像二夫人，这女人自然也越发容不下她，且她心中还有个念头，祝老爷偏爱英台，将来必然要分她不少家产，祝家的一切怎能落入那贱人之女手中，只有她的"儿子"，才是祝家唯一的继承人。祝老爷健康的时候，她还有所顾忌，可自打祝老爷病了，祝家上下都由她全权打理之后，她终于可以一偿心愿。可能是上天有眼，不管她使出什么毒计，英台都能逃过一劫。如今，祝家散了，当那些被她欺压过的仆人冲她吼"你儿子早死了！疯婆子！"时，她的梦终于醒了。

碗千岁放了一包银两在门外，朝祝夫人说了声对不起。

他以为，一场美梦可以寄人安慰，可他忘记了，梦早晚是要醒的，而最可悲的，是那些明明已经醒了，却死也不肯，或者不敢睁开眼睛的人。

他离开了书院，开始流浪。

饵三娘没有留他，什么也没说，慢慢关上了书院的大门。

他回头，心头说，姐姐，你留在这里，不也是还在做一个梦么。

他笑笑，踏着月色离开。

十五 ❧

我很少叹气，今天例外。

"这故事是不是太长了？"他慢吞吞地擦着窗户，并且喝完了三杯茶。

"原来真有因书画之灵气而生的画妖。"我又给他倒了一杯，他是第一个一次喝完四杯浮生的家伙，"你姐姐之所以开这家书院……"

"不是她开的。是她喜欢的男人开的。"他接过话头，"那是个喜欢读书教书，更喜欢修道的男人。姐姐对他死心塌地，还千辛万苦练得一身捕获肉芝的本事。可那男人吃了肉芝之后，便说自己已成了仙，不告而别，再无消息。姐姐守着这书院，说是为有缘妖怪寻肉芝，助它们成人积功德，其实不过是在等他回来。"他笑笑，"可她自己比谁都清楚，这男人根本不会回来。但她就是不肯睁开眼睛，宁可做梦。"

我没有笑，因为世上有太多不肯睁眼的人。曾经的我，也是其中之一。不是不敢睁眼，而是受不起睁开眼睛后的支离破碎。

"为有缘的妖怪寻肉芝？"我话锋一转，"你姐姐怎样断定跟她有缘无缘？肉芝可是十分珍贵的，想要它的妖怪不计其数。"

"所以每隔十年，空山书院都会变得很热闹嘛，其他妖怪也会来碰运气，万一我姐姐失手，它们可能能捡个便宜。"他不以为然道，"至于缘分，咳，那都是说着玩儿的。

我姐姐她看谁顺眼，就把肉芝给谁呗。当年那小子就是凭着一副好皮囊，又爱读书，很有她男人曾经的风范，所以她把那年的肉芝给了他。"

"令姐真是一朵奇葩。"这回我笑了，"不过，画妖为什么要附到梁山伯的躯体里？你们怎么认识的？"

"他从他的真身里脱离，出去寻找变人的方法，整天乱飘，那天正好飘到一座破庙里。而我那次运气不好，被个臭道士困在乾坤袋里，我向他求助，他趁道士酒醉未醒之际，把我连人带袋子偷了出来，算是救了我一命。我知道他想变成人，就把他带到书院了。可你知道的，这家伙只是个背影，这样见人很不方便嘛，我就顺便去寻了座新坟，找了个刚死的家伙，帮他附身上去。"他挠头，"至于别的有关梁祝的传说，我真不知是怎么编出来的。可能是书院里那些无聊的家伙吧。"

他话音刚落，一个高大的身影风一样冲进了不停。

我看着杵在我面前的男人，失态地张大嘴巴，唰一下站起来："敖……敖炽？！"

面前的家伙，那眉眼，那鼻子，那不可一世的傲气神态，不是杀千刀的敖炽是谁！

我有点心律不齐了。他今天一早出门的时候，还是那条任我欺负的小肥龙啊！我傻看着他捏在手里的那本《物种起源》，达尔文真的显灵了？！

好像又不对，这家伙的头上，怎么多了两坨东西，紫色的，亮闪闪的，像变异的鹿茸。

"从你讶异的表情，我已经体会到成功的喜悦！"敖炽叉腰狂笑，献宝似的晃悠着手里的书，"进化论里果然隐藏了宇宙万物生长的终极奥义啊！"

"可是……你头上的鹿茸……"我指着他的脑袋。

"屁鹿茸啊！"他不留情面地拧住我的脸蛋，"那是我的龙角啊！可能还要再钻研一下，才能完全恢复人形。"

我打开敖炽的魔爪，指着碗千岁道："说，是不是你又乱让人做梦了！快告诉我面前这个男人是我的噩梦！"

"这个真不是梦。我什么也没干呢。"碗千岁笑嘻嘻地看着我们夫妇俩，朝敖炽伸出手去，"这位一定是传说中的老板娘的孽龙老公了，久仰久仰！"

敖炽瞪着他，并不伸手，转了转眼珠，突然说："是你小子？！怎么跑我家来了！"

"你认识他？"我更惊讶了。

"我一早驾云去山里修炼，路过城里一间医院时，看到这花母鸡一样的家伙从医院天台上跳出来，屁股后头还跟着个会道术的家伙，打得还挺热闹。"敖炽坐到沙发里，抓起我的杯子喝了一大口，"渴死了饿死了，还不开饭啊！赵公子呢！死啦？！"

我一听，突然想到一件事。

"你去医院，是不是又做了什么不该做的事？"我将碗千岁拉到一旁，"新闻里说，姓梁的出了车祸。"

"嘿嘿。"他神秘一笑，"不错，这场车祸是我干的。我找这两个家伙上千年了。这次总算是投胎成一男一女了。"

"然后？"

"给了他们一个相同的梦。"他狡黠地说，"你想，两个人做同一个梦，等到醒来之后，又在现实里看到彼此，这样的话，他们发生点什么的概率会不会变得比较高？"

"可能的确会有强烈的宿命感跟缘分感。"我认真说，转念又觉得不对，厉声道，"你又来这招！你明知你的妖术会让他们分不清梦境还是现实！这会乱套的！"

"放心啦，自从那次之后，我就再也不让别人做这样的梦了。如今我卖出去的，是真正的梦，会完全醒来的那种。"他冲我眨眨眼。

我这才放了心。

这家伙这么聪明，怎会重蹈覆辙？他跟我一样，早已是清醒人。

那边，敖炽早已不耐烦，报仇似的狠狠摇晃着还在梦中的赵公子，大喊："起来做饭！装什么死！爷现在不怕你了！"

我头痛地躲得远远，问碗千岁："之后有什么打算？那道士随时会找上你吧。"

他一听，严肃地点点头，然后，突然抱住我的腿声泪俱下："老板娘，你就可怜可怜我，让我在不停打工吧！我好怕一出去就横尸街头啊！我什么都能做的！擦桌洗碗给地板打蜡！按摩手法也一流哦！要是您需要……"

话音未落，他整个人便飞出了门口。

敖炽收回他的大长腿，啐了一口："按摩这种事，几时轮到你做！"

唉，都说客人是上帝，我的旅店才开张四个月，就发生客人被踢出门的惨痛事件，万一传扬出去，我还怎么做生意！

敖炽他果然是我的魔障。

我唉声叹气地从敖炽身边飘走，低调地抱起碗千岁上缴的金碗，悲伤地回里屋去了。

◉ 尾声 ◉

一周后，医院。

不同的病房里，两个因车祸导致长时间昏迷的病人，同时睁开了眼睛。

男人的病床前，一个中年男人惊喜地喊着："醒了醒了！赶紧通知他妈妈！好儿子，

梦
碗

你可醒了！"

　　女人的病房里，一对中年夫妇激动得直哭，抓住她的手喊："小英，听到我们说话了么！是爸爸妈妈啊！"

　　两个病人的眼角，同时滑出一滴眼泪。

　　"如月之恒，如日之升。如南山之寿，不骞不崩。"——两人醒来后说的第一句话，一字不差。

　　然后呢？

　　我怎么知道？

　　我只知道，这一次的眼泪，或许不会再是苦的了。

　　做梦没什么，知醒便好。

　　或许睁开眼会让你难受，可总是闭着眼睛，又如何看到往前的路呢？

　　什么？碗千岁如何？

　　他已在不停住了七天了，任凭敖炽如何打骂就是不肯走，还在求我收留。

　　而我正在考虑中。有个会造梦的帮工也不是太坏，让我做做把全世界的金子都收入囊中的美梦也不错。不过话说回来，碗妖，碗……既然是碗，不应该是更擅长做饭吗，怎么会擅长做梦！真变态，搞得我看见我家的碗都有阴影了。

　　至于敖炽，已成了不停一霸，每天对赵公子跟纸片儿呼呼喝喝，要么就继续玩他的游戏，永远的，愤怒的小鸟。

　　还有件事，我到现在也不知道赵公子跟纸片儿做了什么梦，只记得他们两个醒来之后，一个无限娇羞地唱起了情歌，一个号啕大哭地喊着主人，起码一分钟后才恢复正常。

　　想到这个，我又觉得留下碗千岁也是很危险的。

　　唉，头疼，再说吧，要是他再拿个金碗给我，或许我会留下他？嘿嘿。

他一生活得痛快，只因他拒绝让自己活在别人的眼睛与嘴巴里。

第五章 鬼蛟

　　很久没看到这么好的天气了，鲜花般的五月，天地万物都被涂上了好看的颜色。

　　我跟敖炽戴着墨镜，穿着情侣运动装，鬼鬼祟祟地徘徊在本市某城乡结合部的树丛里。

　　前头不远处，是个颇大的鱼塘，水质清凉，波纹荡漾，几个工人正在塘边忙碌。

　　"你们还别不信，我前晚上真看见龙王爷了！"其中一个工人的声音传了过来。

　　"龙王爷？你就吹吧！灌了点马尿你连姓啥都不知道了！咱鱼塘里有龙王爷的话，我家就有七仙女了！"其他工人哄堂大笑。

　　"骗你们干啥呀！我本来想去塘边方便的，你们猜怎么着，我在水里看到一道好长的光，跟大蛇似的，就那么一闪就没了！"

　　"滚你的吧，喝多了还敢去塘边撒尿，没淹死你就不错了！有龙王爷也是等着你这醉鬼掉下去好吃你呢！"听着这帮人拿龙王爷调侃，敖炽黑着一张脸，冷哼了一声。

　　难得今天不用待在不停，这地方虽然没什么好景致，但也算空气清新，那鱼塘四周还有股说不出的轻灵之气，撇开我们来这里的原因不说，我还蛮享受这次特别的郊游。不过敖炽就没我这么好兴致了，这家伙虽然莫名其妙恢复了人形，可头上那两块汤圆似的龙角根却怎么也消不下去，只好戴了棒球帽遮住，害得他一路上都喊热。也是，虽然才是五月天，一遇大太阳，却也是灼热难耐。

　　一直等留到夕阳西下，那些工人们散去，四下再无人迹时，我们才往鱼塘边走去。纸片儿从我背包里探出脑袋瞅了瞅，跳到我肩膀上大大喘了口气："憋死我了！老板娘还有老板娘她老公，该动手了不？要是天亮前不能把它抓回去，赵公子跟碗千岁真会被那个妖道大卸八块么？"

对，我们今天"郊游"的真正目的，是来抓一条"龙"回不停。

那工人没有眼花，这鱼塘里真的有"龙"。

我入神地盯着水面，敖炽敲了敲我的头，说："我说过啊，你可别再说这家伙是龙，连心里说都不行！我们东海龙族才是最正统的龙，那些'饺子'只不过是妖孽，有很多都是需要被清理掉的毒瘤。"

"这个也是毒瘤？"我白了他一眼，看着在晚风中微微荡漾的水面。

敖炽不搭腔，不屑地扭过头，站起身，活动两下筋骨，居高临下地看着这个安静的人工湖："我很久没下水跟人打架了，不过话说在前头，我可不是因为那妖道的威胁才来这里的，那死盔甲和那个洗碗狂跟我没什么交情，我只是见不得我们龙的名声被败坏罢了。"

"了解，为龙的荣耀而战！"我点头，拍他的肩，"下去吧！兄弟们等着你胜利的消息！"

"咦？你不跟我一起下去？"敖炽竖起了眉毛。

"我又不会游泳。"我耸耸肩，"再说了，我前天才烫了头发，不好沾水。"

"你又淹不死！你那头发烫没烫过都一个德行！"敖炽愤愤转过身。

"你确定你不需要氧气瓶什么的？你刚刚恢复不久，我担心……"我好心提醒。

"闭嘴！咱们这么熟，我有过这么弱的时候么！"敖炽冷哼一声，"不消一刻钟，手到擒来！"

"您走好！"我一脚踹在他的屁股上，再不送他走，不知他还要唧唧歪歪多久。

不过龙就是龙啊，哪怕是被踹下水，落水姿势也十分漂亮，一道闪电似的没入水下，竟连水花都没激起几朵，奥运冠军都不及他呀！

"老板娘，不会有问题吧？"纸片儿还是很担心的样子。

"这么担心赵公子他们？"我看着肩膀上这小人儿，笑，"平时可没觉得你跟他们多兄弟情深呀。"

"什么呀！"纸片儿跳着脚说，"他们要有个三长两短，不停里的杂活儿就得我一个人来了！而且工资是肯定不会涨的！"

"哦，你还真了解我。"我点点头，不说话了。

最近，不停的生意一直挺平稳，来住店的有人，有妖，没人妖。我跟敖炽照样打打闹闹，风平浪静地过日子，碗千岁那家伙死赖着不走，看在他洗碗洗得又快又好，做家务又是一把好手的面上，我暂时默许他留在不停工作。

但，昨天夜里，大家的生活都被一个突然杀来的道士搅乱了，可这道士并不是跟碗千岁过不去的那个，大家都不认识。

于是生活片突然就变成了武打片，道士用符咒困住了赵公子跟碗千岁，所幸纸片儿行动灵巧，逃到我身边来，才没变成人质之一。

我看出这道士不是三脚猫，这个人，有真本事，并且对我跟敖炽的底细了如指掌，一开始就没有把我跟他作为攻击对象。千年的树妖加上神威赫赫的东海龙族，要对付这样的组合，需要的是本事之上的本事。道士显然明白这一点。

"我来做笔交易！"道士胸有成竹，这家伙一点不怕我们。

"抱歉，我这里唯一的交易是住店。"我反感被威胁，我知道这厮对付不了我跟敖炽，但确实可以毁了赵公子跟碗千岁。

"那我就住店。"道士坐下来，放下手里的剑，"但我只住一天，后天天亮之前，如果我们的交易没有成功，这两位的下场必然不好。还有，别对付我，困住他们的符咒只有我活着才能解。"

好淡定的人。

"真是年轻有为。"我笑道。这道士不但年轻，还貌美。

一个长发飘飘穿着时尚的女子，足以颠覆普通人对道士这个职业的传统认知，总觉得所谓道士，要么是三缕长须仙风道骨的老头子，要么是头上顶个馒头、一身玄袍不苟言笑的男女。要不是看到这位使出的是正宗的道家符咒，我只当对方是个身怀异术、游走江湖的另类高手。而敖炽的视线，很长时间都停留在她带来的那把剑上。

"住店付钱，天经地义。"我伸出手去。

"两只妖怪的命还不够？"这女人无赖得紧。

我想捏死她。可出乎我意料的是，历来沉不住气的敖炽却一反常态，要我不要发飙，坐下来，听那家伙怎么说。

这一说，就说了一夜。

然后，今天，我们便来了这鱼塘。

我一边看时间，一边盯着水面，敖炽下水十分钟了，没有任何动静。

"你老公不会淹死了吧？"纸片儿乌鸦嘴地说。

"你死十次他都死不了。"我遗憾地回答，"淹死的龙跟有恐高症的鸟一样稀有。"

话音未落，水面突然动荡起来。须臾之间，水下便有如原子弹爆炸，掀起数十米高的水浪，一团光影循着浪花，破水而出……

"浮云散，明月照人来。团圆美满今朝醉……"

不动照例坐在水晶宫小区七号街的蓝珊瑚椅子上，摇头晃脑唱着他最爱的曲子，四周不时冒出的串串水泡也变得很有节奏。

他早就不记得这个暗藏水下的世界属于长江之中的哪片水域了，只知附近的某个渡口挺热闹，热闹了成百上千年，有和尚从那里东渡出国，有文学青年在那儿诗兴大发，有皇帝来度假的，也有女人跳河的。另外，每隔些年头，水面上的世界总会传来隆隆的炮火声。幸而他离水面很远很远，好吃好睡没烦恼。

这个水晶宫小区，早些年也不叫这名字，那时候，能断文识字的居民们聚一起开会，说还是给咱的窝起个名吧，不然搞得自己像无主孤魂，一点归属感都没有，虾兵蟹将蚌壳妹子们一合计，说叫"龙宫"吧，外人听了多威风！没准哪一天大家真能成了龙呼风唤雨呢，但是，有两票反对，一票来自不动，一票来自乌龟老陈。

不动说，这里又没有龙，做人做妖怪都要诚实。

老陈说，我跟不动的意见一样。

鉴于老陈在这里年纪最大，不动长得最帅，大家同意了他们的意见，把龙宫换成了水晶宫，虽然这江河之底没什么瑰丽壮阔的景致，但也是闪闪烁烁，有花有草，有如一块水晶，悄悄躺在世人不知的空间。

随着时间的推移，水晶宫也与时俱进，扩大成了水晶宫小区，居民们越来越多，但长留下来的很少，那些小鱼小虾见了些世面之后，便收拾行李走了。他们说这个地方太小，限制了他们的职业规划，听说只要到了海里，就有机会修炼成龙，如果能去到东海，那就更不得了了！反正，想走的都走了，至于他们是走到了海里还是人类的碗里，那就不清楚了。

不动就像他的名字一样，完全宅在这里一动不动，妖娆的蚌壳妹子们多次邀请他跟她们一起去别的地方旅游，他都拒绝，他只喜欢听她们眉飞色舞地讲述住在黄河深处的白龙有多酷，大西洋底那些懂得跟外星人沟通的鳗鱼怪有多聪明，总之，热爱旅行的蚌壳妹子们见过的帅男妖越多，不动就显得越土鳖了。他不会耍酷，不会外星语，一点闪光点都没有，终日只在他的椅子上，像世间那些摇着蒲扇乘凉的老头子一样，虚度光阴。

最初，还有人出于对他的敬畏跟崇拜，把外面带回来的礼物送给他，这把蓝珊瑚椅子，就是老早老早时，一个对他颇有意思的龙虾美眉从外海带回来的宝贝，他笑纳了这份礼物，拒绝了龙虾美眉的心，害得龙虾女大哭一场，远嫁他乡。

"你还真拿自己当条龙么！不过是条臭蛟，拽个屁！呸！"龙虾女临走时，指着他的鼻子骂。

"姑娘，祝你新婚快乐，白首偕老。"他笑呵呵地说。

水晶宫众妖之所以崇拜不动，就是因为他是一条蛟，最接近龙的妖怪。

人们常将蛟龙放在一起，其实蛟是蛟，龙是龙，长得虽像，实际却隔着一条草根与贵族的鸿沟。再不济的龙，也有与神媲美的身份，再厉害的蛟，也不过是妖怪的一员。

但，有个说法是，一条蛟只要能吃掉一条龙，便能变成最凶猛的桀龙。桀龙是龙中的异类，拥有的绝不是普通意义上呼风唤雨的能力。不过，吃掉龙的蛟实在少得太可怜，反倒是被龙吃掉的蛟，数之不尽。想当龙，哪有那么容易！

所以不动哪里都不去，也从没见他表露出一丁点儿对吃一条龙的渴望，他就乐意留在水晶宫，听妹子们八卦，看老陈练太极，冬去春来，波澜不惊。

"红裳翠盖，并蒂莲开，双双对对……"不动微闭着眼，手指轻扣着膝盖。

啪！一只绣花鞋砸到他脸上。

"还唱还唱，唱你个死人头！家门口打起来了！"削肩细腰，一身锦绣旗袍的妍媚女子，脚上套着一只绣鞋，气急败坏地跳到他面前。

这女人叫杜十娘，几百年前，从渡口那儿漂来的船上跳了河，为情自杀时还抱着满满一箱珠宝，没救回来，肉身喂了鱼，精魄化成了水魅。当时倒是有不少人来打捞，但都不是捞她，只为了她那百宝箱。这女人的玻璃心碎了一地，想自杀，又悲剧地发觉自己已经死过一次了，幸而遇到了出来散步的不动和老陈，这才把这落魄大美人带回了水晶宫，虽然妖怪堆里多了一只水魅，但大家并无歧视之意，由得她安心落脚。对于这一点，杜十娘感激又困惑，妖怪尚有容人之心，李甲那死男人却还嫌她出身烟花地，区区百两纹银便将她卖给他人。略过杜十娘心路历程不表，这女人在水晶宫里，倒是顺利完成了从怨妇到悍妇的进化。她爱上了旅行，五湖四海到处跑，去的地方越多，越活得像个呛口辣椒。用她的话说，她不是死在李甲这衰男人手里，而是死在头发长见识短。若她还能再当一回人，断不会为了任何人或事放弃自己的性命，超级不值！

"咱不是说好不拿鞋底子招呼人的么。"他把鞋子扒拉下来，俯下身，好脾气地给她穿回去，"打架斗殴不是常事儿么，值得你这么火烧屁股？又是二号街的老鳖兄弟内讧？"

"不是他们！是个道士啊！正跟千魂洞里那条青蛟斗得你死我活！再打就要打进咱家门儿啦！"她把他拽起来，"赶紧找个地方躲躲呗，两个都不是好惹的主，伤及无辜咋办？"

"来了道士啊……"不动远没有她那么惊慌，"我去看看。"

"去不得！打得好厉害！那道士简直不要命了！"杜十娘拽住他，"别忘了，你也是蛟！"

话音未落，整个水底都被一股巨大的力量震得晃了几下，底层的河沙都被震得翻滚起来，小鱼小虾们吓得钻进了石头缝里。

闻讯而来的老陈，耸起鼻子在水里嗅着，皱了皱他雪白的长眉毛，说："居然有人敢对那条青蛟动手，不想活了么？它那千魂洞里的白骨，起码有一半儿都是那些道士的。"

"确实有趣啊！得去参观参观。"不动快速地朝水晶宫的大门而去，边走边说，"我赌十个豆沙粽子，道士会赢！"

杜十娘跟老陈面面相觑，这货自己不也是蛟么……

二

左展颜不太确定自己是不是还活着，喉间的血腥味阵阵袭来，身体各个关节都像被拆开了似的，说不出是痛还是麻。

"救得回来不？"

"伤口多得跟人行道似的，挨个缝起来也要老半天呢！哎哎，我的针呢？十娘你帮忙穿一下线，我眼花。"

"好俊的娃！好久没看过这么高素质的道士了。咳，做平面模特也比当道士好啊！可惜了。"

"杜十娘，把你的口水擦一擦，落到伤口会感染的。不过也是，瞧这面如冠玉、宽肩长腿的范儿……"

"你们两个给老夫滚出去！"

左展颜的耳边，不断涌入这些句子，一些人影在面前晃动，看不真切，但味道却十分清楚。

妖气?!左展颜一个激灵，猛睁开眼，正要起身，头上却冷不丁被人重击一下，彻底晕了过去。

他再度醒来时，整个人很是舒服地躺在铺满柔软水草的超大贝壳里，全身伤口已被仔细缝合，一块块灰蓝色的湿泥覆在伤口处，用薄而韧的水藻固定，幽蓝碧绿光华潋滟的河水在周身缓缓而动，讲不出名字的小鱼晃着七彩的尾巴，在一串串水泡里顽皮穿梭。

一道极冷极寒的雪光唰一下横过左展颜尚还迷离的视线——不动站在贝壳床前，利落地抽开一把三尺长剑，啧啧道："好名贵的桃都剑，原来小哥是左家的传人哪。"

魍蛟

131

左展颜愣了愣，旋即不顾浑身伤口，从贝壳里疾速跳出，一手掐住了不动的脖子，发白的嘴唇微微一动："妖孽，别拿你的脏手碰它。"

啪！一只鞋底子直接拍到了左展颜头上，杜十娘一手叉腰地骂："若不是这些妖孽，你这高贵的人类早就淹死了！不就是个道士么！不就长个小白脸么！你还真当自己癞蛤蟆附体水陆两栖呢？"

"你……"左展颜被拍得眼冒金星，扭头怒视她。

"还敢瞪我？"又是一鞋底子，直接拍他脸上。

"唉，好了，再拍就成平底锅了。"老陈慢吞吞地走过来，把一个紫檀木小香炉放在贝壳做的小桌子上，对左展颜道，"这是我从外头捡回来的，是小哥你的东西吧？呃，还装啥气场呀，你如今连条小鱼都杀不了。该换药了。"

左展颜从不动手里拽回他的剑，松开了手，冷冷注视着这三个妖怪："若让我活着，将来你们一个都跑不了。"

道士跟妖怪，黑白对立，绝无妥协，不能损了我们的名声——从小到大，他们都是这样跟他讲的。

"我本来就不跑的。水晶宫是我的家，我很宅。"不动笑呵呵地说，"老陈说，你的伤很重，起码得休养半个月，安心住下吧。我们喂你吞了辟水珠，你将来出水的时候记得吐出来，不然上了岸会渴死的。"

说罢，他的目光有意无意朝左展颜的后脖子上瞟了瞟，笑了笑。左展颜皱眉，却拒绝老陈给他换药，冷冷问："那只青蛟呢？"

"跑掉了。"不动回忆着当时的情景，"你刺了它一剑，不过未中要害。反而你浑身是伤，我们要是去晚一步，你真的没命啦！"

左展颜握紧了剑柄，什么都没说。

"你似乎并不关心它逃去了哪里呀。"不动看着他的脸，笑道，"这很不像一个拼命斩妖伏魔的道士的风格嘛。"

左展颜出其不意地将剑一抖，露出的半截剑刃闪电般抵住了不动的脖子，低声道："你也是蛟，就算化身人形，我也能闻到你的气味。你信不信我可以先宰了你，再去找你的同党！"

"纠正一下啊，只是同类，不是同党。"不动转着眼珠子，桃都剑的剑刃跟寻常兵器不同，不冷，反而是热的，温度越高，力量越大。曾经，也有一把桃都剑像这样贴着他的脖子，那火焰般的热度，差点烧穿了他的皮肉。他笑笑，用手指弹了弹左展颜的剑，说："小哥，你的剑太凉了。还是好好歇息吧。"

杜十娘白了他一眼，啐了一口："早叫你别救这白眼狼的，咱们是万恶的妖魅，人家是正义的战士，活该被人割了你的脑袋！"

"年轻人，有话好好说嘛！现在不是时兴和谈么！"胆小的老陈见有人亮了兵器，火速缩回他的壳里，只敢探出小半个脑袋说话。

"听大家的吧，你现在需要的是药品跟休养，不是威胁他人。总得养好了身子，才好拯救他人，继续当地球卫士嘛！"不动觉得脖子上的剑刃有一点点升温。

"拯救他人……"左展颜失神片刻，似在犹豫什么，旋即将剑刃逼得更近，"你，跟我走！"

杜十娘觉得情形不对，正要有所行动时，左展颜不知从哪儿钻出一股异力，扯下脖子上挂的一块黑石坠子朝空中一扔，竟化成一方由金红之气架成的八卦图，光华犀利，杜十娘还未靠近，已被这玩意儿震开了去，连更远处的老陈都被这八卦图的力量波及，哎哟连天地朝后滚出了老远，整个水晶宫都因这八卦的力量微微摇晃起来，鱼虾蟹贝们吓得四散而逃。

约莫两三分钟后，这八卦图才渐渐消失在水中，缓过一口气的杜十娘跟老陈发现，万年宅男妖不动，通过被绑架的方式，离开了他多年不曾离开的家。

三 ❧

不得不说，绑架者跟人质都太不专业了。

左展颜从挟持他上岸到现在，中途晕了七次。每一次都是不动用自己的灵力把他救醒，然后再被他挟持着继续赶路，居然完全没有考虑过逃跑。反正到了后来，连左展颜都觉得不好意思了。当然，他是绝对不会对妖怪说谢谢的，连个笑脸都不会有，只是再没拿他的剑指着不动。

道士与妖怪的搭配固然奇怪，可在寻常人眼里，他们只是两个外表都很出色的年轻人——一个短发黑衣，冷硬干练，看人的眼神永远充满着防备；一个长发及肩，面色平和，明明还是翩翩少年郎的脸孔，黑发中却已见银白，但仍是不显老，看上去更像个故意把头发染成这般的潮人。

刚开始的时候，左展颜因为元气不济，无法飞天遁地，两个人身上又一毛钱都没，万幸他的障眼法还能勉强使用，这才能拿一包心相印纸巾当百元大钞糊弄了别人的眼睛，不但解决了吃饭问题，还顺便租了一辆小越野，沿着荒凉的国道，一路向南边的另一个城市飞驰。

很久没上岸的不动，显然对这种车速十分不适应，一路晕车，吐了八次，然后半死

不活地翻着白眼叹道："我才发现，我一点当人质的觉悟都没有啊。曾经有七次逃跑的机会放在我面前，但我没有珍惜，直到失去才后悔莫及，人生最痛苦的事……"他看到反光镜里左展颜刀子一样的眼睛，马上更换了抱怨内容，"呃，我说你到底要把我弄哪儿去啊？杜十娘跟老陈不会给我准备赎金的，我自己也不富裕。"

"你不救我，你就什么麻烦都不会有。"左展颜猛一个左转弯，不动差点又吐了。

"我知道了，你这个变态的道士，喜欢把爱晕车的妖怪抓到车上，用这种方法将其折磨到死！"不动悲恸地拍着大腿道。

左展颜斜睨了他一眼，觉得自己终于遇到了妖怪中的奇葩。

过了今年中秋，自己就有一千几百岁了？左展颜自己都不是很清楚了。好在那紫檀小香炉还在，当年搬家的时候，一页观里的东西被同道们瓜分一空，其他人都带了好多东西走，只有他拍拍屁股，带着自己的剑就出了门，要不是这个香炉小巧便携，又是一页道长那老头儿送他的第一件生日礼物，他可能连它都不会要。

每过一年中秋，他都往香炉里扔一个小纸团儿，要知道到底多少岁了，把纸团儿倒出来数数就清楚。可是，数它们干吗呢？人活得太长，年龄就变得毫无意义，以一个人类的标准来看，他早就是个活生生的老不死了。

对于大多数妖怪来说，他活得越长，越是一种灾难。一页观里的左展颜，在同门眼中是出了命的拼命三郎，多年来，死在他手里的妖怪不计其数。他没有任何业余爱好，他的生命，除了对付妖怪，还是对付妖怪。那些被他从妖怪手中救下的人，都赞他是举世无双的大英雄，一身正气的男子汉。

这样的好评太多了，耳朵都快被塞满了，可他对这些赞美本身毫无兴趣，甚至有点厌恶了，但，又觉得自己很需要这些烦人的赞誉。

一个人，追求的竟是自己很厌恶的东西，这跟爱上一个自己讨厌的人一样悲剧。

每次他都抱着这样奇怪而矛盾的念头，离开那些对他千恩万谢的人，一句话不说，一点笑容也无。

千年前，真正的一页观就没有了，说是搬家，倒不如说是分家。黑山与阿浣斗了三天三夜，阿浣输了。照约定，谁输谁就永远离开一页观。他们两个，算是左展颜的师弟妹，黑山还是一页老道临死前钦定的继承人，继续领导一页观。阿浣不服，说论道术，黑山不如自己，论年资，还有个大师兄左展颜。可惜，她的异议，老头已经听不到了，他死的时候，糊涂得连自己是谁都不知道了。

阿浣曾撺掇他与她合作，把黑山踢出局，他没理她，闷声不响地带着剑出去追杀作恶多端的九头虫妖。

等到他回来时，输了的阿浣已经收拾好了行李，带着一帮忠实于她的拥趸们，走出一页观的大门。

她出门，他进门。两肩交错时，阿浣说："老头把你养大，最后还是容不下你。"

他进了门，收妖袋里，九头虫妖的尸骨已经化成了污水。不久之前，被它吃掉了孩子的父母，声泪俱下跪在他面前，说来世做牛马，也要报答他为子报仇的大恩。他觉得，这样就行了。

没有给阿浣任何回应，他反手关上了大门。

从那天起，一页观的力量便一分为二了。没人知道阿浣带着她的人马去了哪里。黑山说，这女人心肠阴毒，怕她将来回来寻仇，为防万一，决定搬往他处。谨慎的黑山在有生之年，把一页观搬了五个地方，越搬人越少。

黑山显然不是个好领导，他容不下任何可能超过自己的人。资质好的后辈都被他想方设法逼走了，到他死的时候，一页观里只剩不到十人。

"师兄，你想坐我的位子么？"弥留之际，他眼神浑浊地看着病榻前的左展颜，"可是老头背着你，亲口跟我交代过，不论如何时移世易，左展颜永不得继承一页观，'若循规蹈矩，积善除恶，可留之。若出一错，群起诛之，勿念旧情。'这个命令，要代代传下去。"黑山笑出声来，抬起枯瘦的手指向他，道："左展颜，你的秘密……"话没说完，他的手垂了下来。

左展颜替他合上了眼睛，然后又出去抓他的妖怪了。

或许一页观命不该绝，接下来的继承者都比黑山强，从年轻有为奋斗到白发飘飘，到现在，一页观历经沧桑变革，已经是圈儿里响当当的名号，门下弟子渐多，他们以不同的身份隐于人群，行降妖伏魔之事。只不过，最近十多年来，一页观又开始走下坡路，皆因世上的术师门派越来越多，三脚猫有，真高手也有，大家各凭本事，虽然矛头表面上都对准妖魔邪祟，可暗地里却是彼此较劲，一争高下。到了现在，仅凭过去的威望，不会有人买账，这已经是个什么都要讲谋略讲实力的年代。妖怪们也越来越聪明强壮，不再轻易被术师们宰割。于是，这一切都让一页观这样的老字号十分尴尬，如今收归门下的弟子，大多资质平庸，且不肯吃苦修炼，半路改行的也不在少数。

新任的继承者是个叫沈蔷薇的年轻姑娘，据说还是个从国外名校学成归来的女博士。女博士跟道士的混合体可能有点奇异，但沈蔷薇复兴一页观的愿望，比任何人都强烈。

不过，不管一页观如何变化，左展颜还是老样子。每一任继承者都对他礼貌有加，依然尊他一声师兄，可有时候，所谓礼貌，不过是拒人千里的工具。

沈蔷薇看他的眼神，跟黑山临死时投向他的眼神，很像很像。

魍
蛟

"小心！"不动大叫一声。

陷入回忆的左展颜忙一打方向盘，险险避开了一头从道旁突跑出来的大黄牛。

"我要你替我做一件事。"左展颜说。

"如果你说请我帮你一个忙，我可能会同意。"不动笑道。左展颜不答话，猛地加大了油门。

四 🎋

初夏是这座临水之城最好的季节，蜿蜒宽阔的河水自北向南，流淌了上千年。

城中五星酒店顶层的豪华套房，走出阳台，江河之美景，尽入眼底。

一张椅子摆在阳台上，有人坐在上头，举着望远镜，观赏着傍晚的河岸，船来船往，灯火点点。

"很美啊。"椅子里的人说着一口流利的日语，"大家都到齐了吧？"

几个游客打扮的男女，站在椅背后，为首的中年男子朝椅背鞠了个躬，同样以日语回答："社长，我们的人都到位了。"

"那明天上船之后，就好好欣赏沿途风光吧。"椅子里的人放下望远镜，日暮后的黑暗遮住了此人的脸孔，"以后，中国这里，会是我们的天下。"

"是！"所有人整齐划一地鞠躬。

居高临下地看去，远处的港口一片宁静，停泊在那里的大小船只像一只只困倦的猫儿，伏在水上，什么都不能将其吵醒似的。水声跟风声融在一起，在夜空里奏出舒缓的小夜曲。此刻，什么看起来都很好，但，仅限于肉眼所能看到的地方。

与此同时，城中一座普通的居民小区内，年轻的母亲一边替刚刚上小学二年级的女儿收拾背包，一边跟丈夫抱怨道："小坤每个周六都要去学芭蕾舞，这下好了，明天去不了了。他们学校也真是的，组织什么水上一日游，真耽误事儿！"

"我给他们郭老师打电话问了，说是小坤他们班评上了什么先进班集体，所以学校才特别组织这次活动。孩子嘛，该玩儿的时候还是让他们玩儿，少上一次芭蕾舞课没什么。"丈夫继续翻着报纸。

"是啊是啊，郭老师说了，这次的活动很有意义，还要我们回来每人写一篇游记呢。"最高兴的是女儿，在屋子里欢呼，"耶！太好了！明天可以坐大船不用上芭蕾舞课了！"

翌日，一群穿着统一校服的小学生在码头前的广场上集合，叽叽喳喳闹个不停，在一个年轻女老师的带领下，高高兴兴地往前走去。

他们的目的地，是本城的一艘普通中型游轮"黑珍珠号"。这艘游轮的路线历来都是固定的，沿河南下，主要供游人欣赏沿途风光，至出海口时返航，全程约三个小时。

今天，除了四十个小学生，还有两个旅行团也上了黑珍珠，加起来不到百人，以至于偌大的船舱显得特别空荡。这艘船以前叫胜利号，被承包后专做游客生意，可惜因为设施不够先进，被其他的豪华游轮抢了不少生意，就算承包人将它的名字改成黑珍珠号，也没有沾上杰克船长的人气，只能靠几个小旅行社带些散客来，勉强维持。今天的生意已经算不错了，本来只有一个旅行团，后来又加了一个，而且这第二个旅行团出手特别阔绰，承包者连呼运气好。

汽笛声中，黑珍珠号划开水面，缓缓驶离了码头。

最兴奋的，当然还是那些小学生，每个人都占据了靠窗的位置，对着窗外的蓝天白云天真地挥手喊叫。

离码头越远，女老师的脸色就越严肃，不断提醒学生们注意安全，看着船舱后部那些旅行团里的男男女女，她的脸上渐渐没有了春风拂面的笑容。她起身去了洗手间，掏出手机拨了一个号码。

"小五，为什么船上会有别人？不是让你包下整艘船的么！"

"我也不清楚。我确实是付了钱让他们不许再让别人登船的！肯定是对方见钱眼开，回头我找他们算账去！"

"行了，先不说这笔。反正你让大家小心看着这票人，别让他们乱了我们的大事。"

"明白，老大。"

时间如同水流，很快过去。

当天晚上，城里发生了几件事。

第一，某小学某班的家长集体报案，说被班主任带出去游玩的孩子到现在还没回来，完全失去了联系。

第二，该小学校长坚决否认批准过这个活动，相信只是该班班主任的私人决定。

第三，鉴于事态严重，警方于当夜前往该班班主任住所调查，却发现郭姓女教师昏迷于自家卧室。经救醒后，郭老师说三天前曾有一快递员来送包裹，她开门取件时，闻到了很奇怪的香味，随后便人事不省到现在，中途发生过什么她完全不知道。家长们不信，说白天亲眼见到她在码头带孩子离开，不依不饶，场面一度混乱。

第四，黑珍珠号失踪了。

魍蛟

五 ❧

墨黑的海面上，黑珍珠号缓慢地漂移着，所有引擎都被关掉，这巨大的铁壳有如一只没有目的地的幽灵，随水而动。

夜空跟海面的界限已经分不出来，船上的探灯作为唯一的光源，照亮四周很有限的范围。白茫茫的雾气时淡时浓，穿梭其中，隐隐有种不在人世间的错觉。海浪拍在船舷上，哗哗作响。除了这个声音，四下再无动静，除了黑珍珠号，附近也再无其他船只，孤独得可怕。

"郭老师"站在船头，长发与衣裙逆风飞舞，她一手捏着一个瓷瓶，一手撕去脸上的人皮面具。

"老大，都布置好了。"穿着灰色衣裳的小五站在她背后，"除了孩子，那些旅行团的人也落了药，都睡熟了。妈的，那帮人全是日本人，一路上拿鸟语叽里呱啦说个不停，现在可算是清净了。"

"把他们往船舱中间挪，别靠近窗口。让大飞跟红红好好照管他们，尤其是孩子，别出岔子。"沈蔷薇将人皮面具扔进海里，看看手里的瓷瓶，嘴角一扬，"谁才是术师之正统，今日之后，当见分晓。"

"对！早就该让那些轻视咱一页观的家伙们清醒清醒了，论历史论背景论实力，他们哪个能敌？最嚣张的就是白家那伙小畜生，居然说我们一页观'廉颇老矣'，KAO！咱们就让他们看看一页观真正的实力，让那帮人统统闭嘴！"小五气鼓鼓地说。

沈蔷薇笑笑，看着脚下深不可测的海水，将瓷瓶放在手上，默念几句咒语后，将瓷瓶往前方一扔，那瓶子打着旋儿飞出去，最后竟停在半空。

"出！"她一指覆唇，呵斥一声，便见那瓷瓶瞬间四分五裂，盛在其中的殷红血液在空中化成一场细密的血雨，尽数落于海水之中。

沈蔷薇满意地放下手，盘腿坐在船头，闭目休息。

大约一个钟头之后，船上所有还清醒的人，突然感觉一阵异常的震动，由弱到强，从船底而来。

一直平稳的船身，开始剧烈地左右摇晃。海水之下，巨大的黑影从四面八方而来，逼近这艘孤立无援的黑珍珠号。空气中的腥膻之气越来越重，熏得人想吐，小五屏住呼吸，忍得十分辛苦。

这时，寂静的海面似被炸开，一道巨大的水浪轰然而起，足有几十米高，随之而出的，还有一条巨蛇般的物体，血红的眼睛比车头灯还大，张开的大口喷着腥臭不已的黑气，两排银色的利齿闪着寒光，如锯齿般慑人。关键是，这样的玩意儿，不止一条，掀起的水浪越来越多，连在一起，竟成了一股滔天巨浪。

沈蔷薇略略变了脸色。

小五张着嘴，结巴着说："咋……咋这么大?!"

"动手！"沈蔷薇大喊一声，一跃而起，闪电般从腰间抽出了她的剑。

另一边，二十来个伪装成游客的一页观门人按照之前的计划，运起飞天之术，直往半空，念动咒语，在空中牵出了本门至宝，专用来困住妖物的紫芒淬星网。远远看去，这紫气缭绕晶光闪烁的巨网，仿佛一片被众人造出的星空，美妙之极且气势磅礴，以迅雷不及掩耳之势朝下头那些蛇般的妖物压了下去。

沈蔷薇执剑站在最高的地方，冷眼看着那些自以为是、邪恶低贱的妖物被她的网压入水中，拼命翻滚扭动，那网中晶亮的光点，不是装饰品，而是用一页观的秘法炼制出的六棱白金刃，一旦妖物入网，越是挣扎网收得越紧，这些身带咒法的六棱白金刃便如同利齿一样，深深咬进它们的身体，使其妖气减弱，失去反抗之力。

看着眼前的情景，沈蔷薇的心渐渐放下，虽然这些被童子血引来的蛟看起来有些诡异，跟她之前预估的并不一样，可是，似乎也没有什么难对付的地方。

她下这么大赌注，要的就是让那些不知天高地厚、看轻一页观的家伙们甘拜下风。

妖物之中，最为凶猛狡猾的一类，蛟当之无愧。但凡跟妖物为敌的术师，一生中哪怕只斩杀一只蛟，也能被引为至高荣誉。而至今为止，没有任何一派术师，可以在一夜之间剿灭这么多只蛟。一来，蛟平日多藏于深水之下，喜独居，行踪诡秘迅速，极难追捕。二来，蛟的力量远大于寻常妖物，因为它们是最接近龙的存在。

沈蔷薇看着越收越紧的网，看着网中那七八条不断挣扎的战利品，露出了笑容。

船舱内，留下来看守的大飞跟红红紧张地关注着窗外师哥师姐们跟蛟的战斗，却没发现后头那些他们以为已经睡着的日本人，已经悄悄睁开了眼睛，其中一个年逾古稀的干瘪老太太，更是露出了怪异的笑容。

只有那帮孩子，挨个靠在一起，睡得很香很沉……

六

深水之下，不动拽着左展颜，以他独有的能力推开一切阻力，飞速游动。

左展颜要他做的事，就是当他的免费水下推进器，要求他以最快的速度带其前进。

不过，左展颜的伤并没有恢复得很好，虽然吞了辟水珠，但是这种超负荷的运动还

魍蛟

139

是让他十分难受，胸口仿佛压了巨石，要将他活活压死似的。

"我可以慢一点。"不动看了看他，脸色比死尸好不到哪里去。

左展颜要他替他做一件事，但他至今没告诉他到底是什么事。等他们一路飙车赶到了这座城市的码头时，天已经黑了。该返航的船都回来了，唯独没有黑珍珠号。几辆警车闪耀着警灯，停在不远处。

他在码头沉默了半分钟，似乎做了个很重要的决定，然后便拽着不动跳下水去，要求不动用最快的速度，带着他追上黑珍珠号。

不动说，我怎么知道那艘船在哪里。左展颜说，哪里有蛟的气味，哪里就是方向。

如果沈蔷薇他们成功了，那么此时也应该在回程的路上了，左展颜这样想着，可直到现在，他也没有看到胜利归来的人。

他们从内河一直游出了外海，不动的鼻子里，嗅到了某些奇怪但熟悉的味道，越来越浓。

"在码头时，我看见了警察。"不动突然说，"我还听到那些跟来的父母们一路哭喊着说，他们的孩子上了黑珍珠号。你这么急追上去……"他眼珠一转，坏笑道，"莫非你的娃也在船上？啧啧，这么年轻就当爹了呀。"

"不要拿我消遣。尤其是这种时候。"左展颜冷冷道。

"哎哟，心眼儿别这么小嘛，别人说几句话你就不高兴，这多不好。"不动笑道，话锋突然一转，"还是你想补救些什么？"

补救？他有这么好吗？

三天前的早晨，他在他那个终年都晒不到太阳的小房间里吃面，活到现在，他的生活基本晨昏颠倒，白天睡觉，晚上抓妖。可这天早晨，他很早就醒了，准确说是整夜没睡。

房门被人推开，沈蔷薇走进来，说："那孩子死了。"

他的筷子停了停，然后继续吃。

"胃口真好。"沈蔷薇转身欲走，又转过头，"你还是走吧，以后跟一页观再无瓜葛。师尊以前下的命令，你也是知道的。群起诛之的事，我不想做，你也别叫我为难。如今一页观已经风雨飘摇，想找借口扳倒我们的，大有人在，我不想因为你的失误落人口实。"

他慢慢吃完面，又躺回床上，拿过一面镜子，看着镜子里的自己，一直看到天黑。

"叔叔救我……呜呜！"

昨天夜里，那只蜈蚣精被他逼到那座废楼的顶端，它用那个孩子的性命跟他交换活命的机会，如果他不肯，它就抱着孩子从几十米高的地方跳下去同归于尽。

他不肯。不过，他觉得他能救下那孩子。这不是第一次被妖物用人质威胁了，他历来处理得很好。

他的桃都剑朝那妖物刺了过去，蜈蚣精化成了灰烬，那五岁的孩子也坠下了楼。

他纵身去救，却不料一阵歪风突起，刮起蜈蚣精残留下的毒粉，迷了他的眼睛，千分之一秒的错过，孩子从高处落下，摔在一堆坚硬的建材堆上。

把孩子送进医院，他悄悄离开，身上的衣裳被孩子的血染得通红。如果你还有一口气，请你活下去。他站在离医院很远的地方，默默在心里说。

回去后，沈蔷薇看到他身上的血，他没有隐瞒刚才发生的事，只托沈蔷薇明天派人去医院看看。

叔叔救我……那孩子惊恐的脸，好像停在了镜子里。他把镜子扔到一边，起身，像从前那样，只拿了自己的剑，还有那个香炉，走出了天方大厦，一页观早已不再以道观的形式存在，如今，它就藏在这座五十层大楼的顶层，以普通人家的方式，隐秘地继续着它的使命。

离开时，他看到沈蔷薇在试戴她的人皮面具，她对着镜子练习微笑，说："同学们好！"

"你这个赌注太大了。"他看着镜子里的她。

"有时间跟我废话，倒不如想办法去安慰一下那孩子的父母。肝肠寸断这个词，恐怕是师兄你永远都不能体会的吧。呵呵，最后一次叫你师兄，慢走，不送。"沈蔷薇头也不回，继续练习如何当"郭老师"。

他什么都没说，走出了大门。

看着他的背影，沈蔷薇松了口气，道："总算干净了。"她关心的，只有她的大计划。

蛟最喜食人肉，尤其是幼童。以四十个孩子为饵，足以为她引来一群贪婪的蛟。届时将船开往外海的僻静处，从这些孩子身上采下最新鲜的血洒进水中，再以咒力将孩子们独有的鲜嫩"肉味"扩散再扩散……

既然不能逐一追杀，那就请君入瓮。

想对付蛟的术师很多，可沈蔷薇相信，没有谁能有她这般的魄力。要赢得多，当然要下大赌注。

沈蔷薇觉得一切都很完美，并且她有十足的信心，她"借来"的孩子们，一定能完璧归赵。

只需要一夜，她沈蔷薇一战成名，还有谁敢轻视一页观。海水里的怪味道越来越重，左展颜捂住心口，脸色越发惨白。

"快到了，坚持一下呗。"不动看了他一眼，"要不我给你唱个小曲儿缓解一下紧张的神经？我最喜欢唱花好月圆了！"

"不要！那样我可能死得更快。"左展颜厉声道。

魍蛟

141

话音未落，他们突听水面上传来一阵强烈的爆炸声。不动迅速上浮，借着四散于海面上的火光，他们隐隐见到了一艘船的轮廓。

七

局面已经完全不由自己控制，这是沈蔷薇完全没有想到的。

那个瓷瓶里装的，不只是孩子们的血，还有弱化妖气的符咒，就算是强悍如蛟，一旦吞进这些有咒力的人血，其力量也会削弱不少。这是沈蔷薇买的保险。她要最大限度保证自己的胜利。

可事实却截然相反，这些血不但没有削弱蛟的力量，看起来还让它们变得更强大了。当她看见这些唾手可得的战利品突然扭转劣势，轻易撕破了坚不可摧的紫芒淬星网时，从来只赢不输气定神闲的她，第一次尝到了恐慌的滋味。

挣脱束缚的蛟们，张开血盆大口，朝这些将它们引来的人类扑去，此刻的它们要满足的不只是食欲，还有被攻击的愤怒。

沈蔷薇挥舞着她的剑，率领着一页观门人，在蛟群里左闪右突，海面已然成了战场，符纸带出的火焰，伤口溅出的鲜血，高高激荡的水浪，将黑珍珠号紧紧包围，船身剧烈摇晃着，随时有翻船的危险。

大飞跟红红见沈蔷薇他们已露劣势，且好几个师兄弟已经成了蛟的口中食，便再也顾不上这些孩子，冲出去帮忙了。

"社长，要不要出手？我看他们已经撑不了多久了。"中年人撕掉唇上的白胡子，看着船外的战斗，对那干瘪老太太说道。

"不。我们这次来的目的，只是做最后的清洁工作。"老太太慢吞吞地说着，又看了看前头那些孩子，"你想想，如果那些孩子出了事，一页观的人，就算不被蛟吃掉，回去也要自杀谢罪吧？既敢冒大不韪，拿人命铤而走险，就得承担起任何后果呀。"

"社长的意思是……"中年人看着那些无辜的孩子。

"看戏。"老太太微笑。

外头，一共来了七条蛟，一番激斗下来，一页观的人已经死伤大半，而那些蛟，只不过是受了些轻伤。

很快，筋疲力尽、身负重伤的沈蔷薇不得不退入了船舱。印入她眼帘的，却是她平日里最信任的小五，不知从哪个角落里抱头鼠窜到后排那个老太太面前，惊恐万状地乞求："千叶社长，求您赶紧救救我们哪！那些蛟已经疯了！它们会吃掉所有人的！"

老太太摸摸他的头，像在摸一条忠实的狗，用流利的中文道："你是我们的大功臣，你不会被吃掉的。"

"小五，你在做什么?!"沈蔷薇捂着手臂上的伤口，惊异地问。

"这是个聪明人，懂得为自己打算。"老太太笑看着沈蔷薇，满是皱纹的脸，像朵干瘪的菊花，"要不是他换了你的瓷瓶，这些蛟可能已经是你们的战利品了。"沈蔷薇五雷轰顶。

"我们在那个瓷瓶里，加了些可以让妖物增加力量的秘方，这些蛟本来没有这么大的。嘿嘿，这个秘方大概可以维持十小时的作用。"老太太看看时间，"沈小姐还是抓紧时间想想怎么活下来吧。不过我提醒你一下，这些孩子可能一个都跑不了，如果你活着回去，可能比死在这里更麻烦。撇开孩子的父母不说，你们那些正义的同道们要怎么处置你这个不顾后果的刽子手呢? "

"你是什么人? 为什么要用这样的毒计陷害我们?"沈蔷薇再也没了往日的好形象，歇斯底里地朝小五跟老太太扑了过去，却被老太太的手下牢牢擒住了。

"把她带回去吧。很多人在等她给个交代。"老太太对中年人道，"通知田中一个小时后来接我们。这场戏差不多要散场了。"

"千叶社长，您可是答应过我的呀! 我加入千叶会社，替你们做完这件事，您就扶持我做一页观的首领的! "小五抱住老太太的大腿，眼泪鼻涕地说。

"当然，你是这件事的目击证人，我自然会带你走，只要你乖乖按我们说好的做。"老太太站起身，面对船外那些怪物，她毫无惧色，那些跟随着她的手下，也十分镇定，仿佛知道自己绝对不会被那些蛟伤害似的。

话音未落，一个人影电光石火般闪进了船舱，以非常人的速度跟身手，一剑刺伤了制住沈蔷薇的两个大汉，将她拉到一旁。

"咦? 这位是……"老太太惊奇地看着一身湿答答的左展颜。

"师……师兄?!"沈蔷薇看着这个从不被自己认可并且亲自赶走的男人，又惊又羞。

"一页观门下，左展颜。"他平静地回答。

"你也是一页观的人? 他们的名册上似乎没有你的名字哟。"老太太笑着，脸色突然一阴，"不过，再来多少人也是枉然。"

这时，突听得一声巨响，外头的几条蛟竟用它们强有力的尾巴，狠狠击在船身上，船舱的玻璃瞬间碎裂，紧接着，这钢筋铁骨的船只在这些蛟的面前，竟虚弱不堪地断成了两截，船里众人纷纷落水，那些陷入深睡的孩子，一个个像沙包似的沉入了水下。

看到了它们最爱的食物，已经准备好大快朵颐的蛟们兴奋地朝孩子们扑去。动作最

魍蛟

143

快的一条，大嘴已经在一个孩子面前张开，眼见着便要将其吞入腹中。

千钧一发之际，一道巨大的白影闪电般袭来，一条巨大的白色蛟尾直接撞在这贪吃鬼的身上，又一卷，将它扔出了老远。不等其余几条回过神，这半路杀出的程咬金如法炮制，将它们扔到了离孩子们很远的地方。

所有还清醒的人都呆了——他们清清楚楚看到了一条雪白的巨蛟，身量足足是那几只蛟的五倍以上，身上的每一片白鳞都泛着奇异的光芒，在五种颜色之中不断变幻，虽然它头上没有龙一般峥嵘威风的角，可是乍眼看去，跟传说中的神龙也没有什么区别了，它全身上下透出的雄浑之气，断断不是那些只为了吃食而凶相毕露的贪蛟可比。

"这……"那老太太捂住了嘴，吐出一串水泡。

众人先是震惊，继而恐慌，争先恐后朝水面上游去。那几只蛟似乎并不甘心放弃食物，突然结成了联盟，一同向白蛟发起了进攻。左展颜借着辟水珠之力，留在了水下，一手一个，拽住两个孩子便要往水上去。

七蛟之一见他要带走孩子，急忙从战圈中退出，凶狠攻击左展颜。左展颜不得不放开孩子，举剑迎敌。

白蛟虽大，可要同时应付七条被人为增强了力量的蛟，一时有些忙乱，其中一条蛟见有机可乘，突然放弃了同伴，朝孩子们冲去，随便找了个胖小子，张口便咬。谁知，它只吞了满口的海水，震得它牙疼。

等它回过神来一看，那四十个孩子竟一个不落地被圈进了一个巨大的气泡里，一只巨大的老乌龟跟一个水魅模样的女子，拖着这个气泡飞快地逃走了。

失去食物的蛟暴怒地要去追赶，可是还没挪步，便被一阵旋流裹住，一阵翻滚之后掉进了白蛟的口中，它甩甩脑袋，用力一咬，口中的家伙被它一分为二，落进腹中。

本来心心念念来觅食的它们，未承想最后的结局却是，自己成了别人的食物。

那白蛟似乎将身上全部的力量都使了出来，一鼓作气将这七个手下败将全吃了下去，连骨头都不吐。

左展颜举着他的剑，愣愣地看着它。

"我吃太多了，有点撑，上去做做运动。"白蛟突然开了口，然后咧开大嘴朝他笑了笑，便纵身往水面上去了。

八

水面上，老太太跟她的手下们拼命地划着水，小五紧跟着他们，生怕被扔下。沈蔷薇忍着伤痛，在水里沉沉浮浮，也想往前游，却力不从心。

一艘快艇从前方驶来，老太太松了口气。

可是，不等它靠近，这快艇突然离开了水面，被一条白色的蛟尾给生生拍散架了。

老太太一惊，继而暴怒了。白蛟从水下钻出，半个身子立在海面之上，似笑非笑地看着这帮人。

那些人尖叫，逃跑，饺子似的在水里扑腾。只有老太太还能稳住，跟白蛟对视。

"你们不是中国的术师，来不属于你们的地方捣什么乱呢？"白蛟发话了。

老太太到底是见过世面的，硬是提着一口气，逼自己仰起头，大声道："我们不过是好意来替你们清理门户！"

"咱们自家的事，自会关起门来自己解决，不劳外援。"白蛟突然把脖子一埋，近距离瞪着老太太，"你们用的术法本也是传自中国，不饮水思源，反而整天想着犯上作乱，总觊觎别人的东西，这十分讨厌哪！"

"呵呵，中国的术师界都是些什么货色，你不也看到了吗？不过，我们千叶一派的创始人之一阿浣师傅，也是你们中国人，她的遗愿就是要将你们这些无能之辈清扫干净！这个世界，应该由真正的强者来领导！"老太太浑身发抖，但仍死撑着不肯低头。

白蛟眨眨眼，哈哈大笑，随即在她耳畔道："无容人之量，何以称强。"

"你说什么？"老太太眼睛一瞪。

"听不懂算了，我才懒得对牛弹琴。"

白蛟旋即钻入水中，再出来时，左展颜跟沈蔷薇已被它驮在了背上。它扭头对左展颜道："把你的辟水珠分给这小妞一半，不然这一路上非淹死她不可。"

沈蔷薇在海水里泡了太久，伤口又不停流血，整个人已呈半昏迷状态，嘴里喃喃着："那些孩子……救……救命……"

左展颜神情复杂地看着沈蔷薇，从口里吐出个拇指头大小的碧蓝珠子，掰开一半放到她嘴里。

"坐稳了。"

白蛟看了左展颜一眼，正要再次没入水中，却被小五拦住了，这家伙拼命哀求："求求您！也带我走吧！我是被那帮日本人逼的！我要是不照他们说的做，他们就要砍断我的手脚！老大，我错了！我不要留在这里，听说这片海域有食人鲨！这里流了那么多血，会把它们引来的！"

白蛟笑着摇摇头，说："自古以来，我不惧外敌，最恨内贼。好好在这儿漂着呗。"

说罢，它又向千叶一派的那帮人大声道："各位，我就先行一步了，虽然你们身上

抹了蛟最忌讳的神龙血，那些家伙碰你们不得，不过，鲨鱼好像不怕神龙血哦。"

笑声之中，白蛟躬身钻入了海水之下，再没有出来。

"妖孽！妖孽！千叶一派不会放过你的！"老太太狂怒地捶着海水，对身边那些手下吼道，"还不快想办法上岸！"

"社社社长……"其中一人，结巴着指着前方，五官惊恐地扭曲起来。

天已微明，清冷的晨曦中，数只尖尖的三角形物体划破了水面，快速朝这帮困于海水中的人而来……

九 🍃

水晶宫内，杜十娘戳着不动的头，骂道："你个不省心的东西，叫你不要把这个道士救回来，你不肯，瞧瞧惹出多大的麻烦！要不是我跟老陈对你不抛弃不放弃，一路吃尽苦头追着你们到海里，那些孩子一个都活不了！"

"嘿嘿，所以，幸亏有你们呀。"不动赔着笑，指着他的蓝珊瑚椅子，"我知道你一直很喜欢这把椅子，送你啦。以后你就坐在这椅子上弹琵琶吧。"

杜十娘一愣："哟，你咋变这么大方了？"

不动笑笑，不说话，突然上前把杜十娘一把揽入怀里，用力抱抱，说："这些年，水晶宫里有你唱歌弹曲儿，添了不少快活。如果以后你有再世为人的机会，记住，别再为任何衰男人跳河了。容得下幸福，也要容得下难过。如此，才会花好月圆。"

杜十娘怔怔地被他抱在怀里，头上满是问号。那支《花好月圆》是她多年前听到岸上的歌女唱的，回来翻唱给他们听，不动喜欢得不得了，说这首歌好，听了让人心里舒坦平静，还缠着她教他唱，一唱就是好多年。怪了，这家伙是哪里不对劲了？

一旁，那些孩子舒服地漂荡在老陈给他们制造的大气泡里，呼吸均匀，酣睡未醒。

不动松开杜十娘，对老陈说："我带他们去岸上。估计再过几个小时，他们就该醒了。"

"哦，好。"老陈神色有点不对，把气泡的一端交到不动手里，但自己又不肯放手，奇怪地跟他僵持着。

"老陈，我得出发了！"他看了老陈一眼，"你我认识上千年，天天在一起，还舍不得我呀！撒手！"

老陈撇撇嘴，到底还是松开手，很少发脾气的他大声说："滚吧滚吧！"说完便背过身去，默默地揩眼泪。水晶宫的气氛突然变得有点悲伤。

从被那只白蛟带回水晶宫，到亲眼看着它化身成不动，左展颜一句话都没说过，疑惑的目光一直停留在不动身上。

"这小妞就交给你们照看了，等她伤好些便送她上岸。"不动瞅了瞅躺在大贝壳里的沈蔷薇，此时，她已清醒了不少，伤口上敷着老陈的独家灵药。

杜十娘不屑地哼了一声，本来么，哪有妖怪会对道士有好感的，这些家伙总是扯着正义的大旗，见妖就杀，也不管是好妖怪还是坏妖怪。

"不，我要回去。"沈蔷薇大概也觉得十分尴尬，以斩妖为己任的人，反倒被妖怪救了，实在是不想领这样的情，矛盾至极。

"心里觉得十分别扭吧？"不动看着她的脸，笑，"大可不必。面前这些是你曾经最容不下的妖怪，你现在有很多时间想一想，你容不下它们，是因为它们真的该死，还是你真正容不下的，是别人对你，对你们整个一页观的说长道短。等你想明白了，就不会别扭了。"

沈蔷薇微微张着嘴，一时无言以对。

"我走了，你们保重。"他朝众人挥挥手，拖着这个大气泡，像个拖着气球的顽皮孩子，高高兴兴地跑了。

十

初夏的傍晚，夕阳像少女脸上的胭脂，淡淡的，却又十分娇嫩，洒在水面上特别好看。

新建的大厦，是岸边最高的建筑物，巨大的霓虹灯广告牌立在楼顶，每到夜幕降临时，广告牌就会点亮，内容是某地产公司新推出的楼盘"花好月圆"。

不动坐在广告牌上，笑眯眯地看着脚下那条他住了无数年的河。

"站那么久不累呀，过来坐下吧。"他拍拍身边的空位。左展颜皱皱眉头，坐到了他的旁边。

"你一路跟着我，又什么都不说，累不累啊？做人嘛，就求个轻松高兴。"不动拍拍他的肩，继续欣赏脚下这片开阔美丽的世界。

左展颜憋了半晌，终于开口，说："你是一只魍蛟。"

不动眼睛眨了眨，转过头，看着他严肃的脸，笑："对啊，我是一只魍蛟。除了老陈，你是第二个知道的。当然，如果你师妹够专业的话，她也应该知道了。"

"蛟食龙，即为桀龙，桀龙入世，必为帝王，性果决，重戾气，乱世由其而生，亡之又复为蛟，但以人形而存，曰魍蛟，若再现原身，则化烟尘，神魂两消。"左展颜一字一句将他从古籍上看到的话讲出来，停顿良久，"你知道如果你再现出原身的话，会

魍
蛟

147

有什么后果。"

"很多年以前，我也跟一个人像今天这样，坐在很高的地方，对面夕阳西沉。"不动并不接他的话，笑容仿佛沉在了天空那最后一抹嫣红里，"那个人也姓左，叫左岸，是个漂亮的女人。"

虽然年纪大了，可他的记性还不错，尤其是那个遥远的傍晚。

那天，他们坐的地方，是宫殿顶上，下头，人声鼎沸，刀光斧影，乱得像一锅开了的粥。

"宇文化及那帮人，已经冲进来了。"她看着脚下。

"早晚的事儿。"他一点也不担心，居然还笑得出来，"他们容不下一个比他们强的人。"

他吃了一条龙，其实要不是那条龙要吃他，他是不会还击的。他是一条非常奇怪的蛟，做自己喜欢做的事，从不在意他人看法，自由地活着。即便成了桀龙，化身为人，入世成帝，脾气也没变过，这四十九年来，他迁都洛阳，修建运河，不过是想令四方稳固，天下繁华富庶，世人安居乐业，却被诸多臣子诟病，说他骄奢淫逸，劳民伤财；他三征高句丽，只因对方"为臣而不礼"，数次扰我边境，国威不扬，蛮夷必然得寸进尺，却又被众人扣上好大喜功的罪名。

"你想做的事太多，那些人跟不上你，只好毁了你。"她叹气，"可惜大局已定，天下人都已容不得你。"

"我自己容得下自己就成了呀。"他大笑，"我做这些事，并不为他人之褒贬，只因我觉得做这些事是对的。我看到天下日渐繁华，看到百姓不必为水患发愁，看到外敌再不敢犯上作乱，我就很高兴呀。就算他们说我是亡国暴君，把我抹黑得一钱不值，也一点都不影响我的心情。"

"呵呵，都不知道该怎么说你了。"她摇头轻笑，"难怪你活得一点烦恼都没有。"

她跟他的关系，本来应该是死敌。她是左慈的后人，历来以斩妖除魔为使命，她知道这个皇帝不是普通人，是一条由蛟而成的桀龙，是邪恶狂暴的化身，除掉他是她的"责任"。但可笑的是，她跟他周旋了近十年，跟他越熟，越觉得所谓的"邪恶"，不过是不理旁人闲言的果敢，说做就做的气魄，这个家伙，活得比谁都自在。他也知道因为自己的行为，也牵连了不少人命，他并不避讳这些过失，跟她说，这条命先寄在她那里，时间到了，他自然会通知她来拿。

今天，他把她找来。

"我在世间四十九年，见多了众口铄金，飞短流长，许多人把时间跟心情都浪费在他人对自己的看法与评价上，整天想的是要如何获得一个好名声，为善欲人知，不知不为善，好没意思。"他伸了个懒腰，转过头，看着她的脸，手指抚过她微微皱起的眉头，"从我认识你到现在，你的眉头很少展开。这样的女子，好难看呀！"

"呸！"她捶了他一拳，"左家的人，不论男女都会很好看。"说着，她的脸上浮出温柔的神情，轻轻抚着自己的腹部，喃喃："你也会很好看的。"

她抬起头，对他说："这个孩子，将来的命运注定不会顺利，或许会比他的母亲更不快乐，如果以后你们有缘相见，不妨跟他做个忘年之交吧。"

"哈哈，你不怕我把他带坏喽？"他笑过，神色渐渐沉下，"这孩子他爹，该不会已经被……"

"我是左家的人，他是妖怪，势不两立，我不杀他，左家声望不保。"她咬紧嘴唇，脸上一片凄然，"我欲花好月圆，奈何花已谢，月已缺。"

他长叹一声。

"我已经给这孩子起好了名字。"她的眉头慢慢舒展开，"不论男女，都叫展颜，我会将这名字刻在这把桃都剑上。"

"好吧。"他看着远方最后一抹光线，又看看那些宫殿下四处搜寻他下落的人，笑笑，突然抽出她的剑，一剑刺入了自己的心口，这个他人眼中的亡国皇帝，慢慢倒了下去，一道白气从他的身体里蹿出，在她面前缓缓凝成了一个姿容出众的少年。

少年打量着自己，对她笑道："这帝王身一死，我便成魍蚑，你可想好了，要斩我，只有现在这个机会。我说过这条命寄在你那里，如果你现在动手，我绝不还手。"

她握紧了她的剑，这把剑，曾经也贴在他的脖子上，差点就要了他的命。

见她没有动静，他又笑道："你不是一直在等这一天么？我这一走，你再找到我可就难了。"

"滚吧。"她背过身去，"我总是想不出斩你的理由。"

"那我滚了，保重。"他腾空而起，飞进离他最近的河水之中，没有半点留恋，他从来是个自由自在的妖怪。

皇宫之中，他曾经的身体被杀红了眼的叛军找到，这个暴君，自尽实在太便宜他了，于是他们找来了白绫，又将这尸体"缢死"一次，方才志得意满昭告天下，暴君已亡，天下太平。

至此，谁是暴君，谁是英雄，便再也说不清楚了。

十一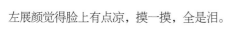

左展颜觉得脸上有点凉，摸一摸，全是泪。

"你与那青蛟殊死搏斗，真正的目的不是打败它，而是想自杀吧。"不动忽然伸出手，摸了摸左展颜的后脖子，一道隐蔽的两寸长的暗红色细线，埋在他的皮肉下，被头发遮住，"你父亲也是一只蛟，你在水中明明可以靠这道暗腮呼吸，可你跟青蛟斗法时，偏偏将这个腮永远封住了，摆明了没想活着回去。"

左展颜不语，半晌才道："我欠一个无辜孩子一条命。"

"你只是容不下自己。"不动笑道，"你跟你母亲，还有我认识的许多人一样，总是活在别人的眼睛跟嘴里。记得我临走时问沈蔷薇的问题么？"

左展颜当然记得。他记性太好，可这并不算好事，想忘记的事永远忘不了。

他是人类与妖怪的孩子，他的母亲是术师中最负盛名的左家一脉，他们的先祖左慈，术法出神入化，杯酒戏曹操，千里取龙肝，一把桃都剑代代相传，斩妖除魔。可他的父亲，是一条蛟，化成俊朗书生，与母亲一见倾心。

十岁那年，母亲把他送到一页观，把自己的桃都剑交给了他，告诉他，只要你踏踏实实做个降妖伏魔的道士，只要人人都赞你是正义英雄，只要你忘记你另一半身份，这世上便能容得下你！

真的么？他天真地问母亲。这十年来，母亲在所有人面前都隐瞒了他的身份，只说这是左家远房亲戚的孩子。他问她为什么，她说，为了左家千百年的声誉。那个叫一页的老道，是母亲的故友，她最终把他交给这老头照看，从此，他就是一页观的人。

然后，他再也没见过母亲。听一页老道说，送走他的第二年，她在对付一只白虎精的时候，死了。

这不可能是母亲的实力。他想不通。

一页老道说，她也许是倦了，这些年，她无一日开心。以前他不明白，到了现在他什么都理解了，因为他走的路，跟母亲一模一样。

一页老道知道他的身世，但是对他仍然不错，教他法术，教他道理，教他要做世间的英雄。

展颜，你跟旁人不同，你是知道的，你身上有妖怪的血统。若是寻常人犯错，大家还会原谅，给他们改过的机会，可你不行，你一旦犯一次错，大家就会说你魔性未除，必然杀你。你唯有做一个比他人更出色的男人，用事实证明自己是跟妖怪势不两立的道士，如此，当可安然度日。你有千年寿元，不老之颜，该如何自处，好自为之吧。

一页老道当年跟他说的话，言犹在耳。

他照做了，母亲不也是这样希望的么。

只有别人说他好，他才有资格活在这世上。他杀妖怪，不是因为妖怪本身多可恨，他只想要他人的赞扬，证明他是个好人，不是人人得而诛之的妖魔。

可是，杀了那么多妖怪，也救过那么多人，为什么那颗心，依然不快乐？

一页对他很好，可临死前还是下了"若犯一错，群起诛之"的命令，可见阿浣说得不错，一页从来没有真正"容下"他。在他眼里，自己不管做多少被称赞之事，也只是妖怪。后来的继承者们也是一样的，他们既忌惮他的本事，又鄙视他的身世，在他们眼中，他始终是跟正道不合的妖怪。

他也倦了。那个孩子因他而死之后，这种倦意更重。沈蔷薇要拿那些孩子去冒险，也随她吧，他太累了，不想管了。做再多，骨子里也只是个被"正道中人"唾弃的妖怪。看看黑山，看看沈蔷薇他们看自己的眼神吧，呵呵。

可是，如果自杀，未免太败坏名声，毕竟他是许多人眼里的"英雄"，英雄也闹自杀，别人会笑死吧，不如，换个方法。

那条青蛟的恶名跟力量，众人皆知，但无人敢轻易跟它挑战，它简直是道士的克星。可他去了，下水之前，还永久封住了后脖上，那道蛟才有的暗腮。

这样，起码别人会以为他是在一场正义战斗中付出了生命，对他的赞美不会变。

可是，上天又跟他开了个玩笑。这个叫不动的妖怪，出现在他生命即将消失的瞬间。

"其实我从来没想到过，我真会遇到左岸的儿子。"不动笑笑，变戏法似的拿出那个香炉，"世界真他娘的小啊！"

左展颜见了此物，一愣。

"你救了那么多人也不开心，是因为你从不是为了救人而救人。你搞错目的，自然体会不到其中的快乐。"他把香炉交到左展颜手中，"人也好，妖也好，如果只容得下赞誉容不得贬斥，是活不痛快的。而且，不但要容人，更要容己，你本来就有一半是妖怪，这是事实，怕什么呢？妖怪就不能享受人生，不能助人为乐？为什么要因为他人的眼光而扭曲自己的路？"

左展颜沉默许久，问："你看了这香炉里的纸团？"

"嘿嘿，这不算偷窥吧？"不动狡黠地笑。

每个纸团里，写的都是他左展颜今年除掉了多少多少妖怪，救了多少人，有多少人说他好，末了，却都是相同的一句——"但，仍无快乐。"

"今年你会在纸团里写什么？"不动笑问，"应该会比去年好吧，你看，你在最后关头还是去救那些孩子了。而这些孩子永远都不会知道是谁救了他们，连一声谢谢都不会对你讲。"

"如果不是你拿着桃都剑，说我是左家的人……"

魍
蛟

"是不是这句话激到你了？你大概在想，完了，这里都遇到熟人，怎么能让这妖怪知道自己想自杀呢？"不动模仿着他的神态，夸张地表演，"算了，既然没死成，还是去救人吧！四十个活生生的孩子呢！"

"够了吧。"左展颜打断他。

然后，他深深吸了口气，想了很久，又下了很大决心似的，对不动说："谢了。"

夜空里慢慢升起的一轮银月，倒映水面，波光月色，交相辉映。

"真圆的月亮呀！"不动的眼睛里，闪烁着好看的光，"世上无数人，包括你母亲，一生盼望花好月圆，快乐美满。他们不能如愿的原因，并不是月亮离他们太远。你看，月亮虽然漂亮，但它那么大，没有一颗容量足够的心，你拿什么来装呢？"

左展颜静静听着他说话，笑了笑。

身体里一直绷紧，差些就崩断的那根弦，突然松了，好不畅快。从来没有过这么轻松惬意的时候，连微笑都是情不自禁的。

河边的高楼广告牌亮了起来，花好月圆几个大字闪着五颜六色的光，广告牌上，坐着两个男人，其中一个是妖怪，一个是半妖怪。

"浮云散，明月照人来。团圆美满，今朝醉。"不动摇头晃脑地哼着，就像他坐在蓝珊瑚椅子上那样。

左展颜轻轻地打着节拍，眼睛一直看着明月流水，灯火旖旎，直到天明。

第一缕阳光穿过云层时，广告牌上，只剩下左展颜一人了。旁边，不动坐过的位置上，只留下些微闪闪烁烁的白色细尘。

魍蛟，若再现原身，则化烟尘，神魂两消。

水中，那神龙般的白蛟，仿佛又在眼前游动，对了，那条白蛟，会笑会说话，一点烦恼都没有的样子。

左展颜的脸上看不出表情，很平静，他打开那个香炉，却发现里头只剩下一个纸团。

打开，十分潇洒的笔迹——"暮江平不动，春花满正开。流波将月去，潮水带星来。喂喂，这可是当年我写的！左展颜，你那些怨妇纸团我已经烧掉了，如果你每年一定要写点什么扔进这里，从今年开始，你就每年都把我的诗抄一遍吧！后会无期。"

他把纸团又揉回去，扔进了香炉。

脚下的世界又开始了热闹的一天。

失踪的黑珍珠号天亮时自己回来了，开船的家伙说，开船没多久他就被打晕了，醒过来的时候船已经在外海上莫名其妙的地方。

船上那四十个孩子，不知被什么人送到了警察局门口，一个个还在睡觉。等到醒来时，个个一头雾水，一问三不知。赶过来的家长们喜极而泣，大团圆收尾。

还有一条消息是，外海某处，今日清晨惊现不明生物，疑似食人鲨，但有关方面尚未对此消息做出证实。

太阳完全钻出来时，广告牌上空空如也，一个人也没有了。

十二

天亮之前，我们如期回到不停。

沈蔷薇坐一边，左展颜坐一边，我跟敖炽好像成了透明物体，有点多余，干脆把大厅留给他们，自己去厨房煮面吃了。成功获释的碗千岁跟赵公子也忙不迭躲进了厨房，生怕这女道士再抽风。

"我找了你一年，你都避而不见。"沈蔷薇先开了口，"只好找你的死对头把你抓出来。"

我端着面，蹲在客厅墙外，后面蹲着也端着面的敖炽，后头依次是碗千岁赵公子纸片儿，大家都热情高涨地隔墙偷听。

"我都躲进鱼塘里了，你何苦还来找我。"左展颜叹气。

哐一声，沈蔷薇将那把剑扔到左展颜面前，问："你留下这把剑给我，什么意思？"

"这把桃都剑是好东西，我已经用不着它，自然转送给用得着的人。"左展颜说，"就是这么个意思。"

"我不要！"沈蔷薇蹭一下站起来，一把拿起桃都剑，粉面含怒。

我心想不妙，正怕他们打起来时，沈蔷薇突然向他跪下了。我被面条噎了一下。

"师兄。"她把剑递到他面前，"一页观应该交给你，不是我。我千方百计找你，只为这件事。"

"老板娘！"左展颜不应她，却突然喊我。

我忙不迭跑出去问："干吗干吗？要打架出去打啊！打烂我家东西三倍赔偿！"

"请你告诉她，我现在是什么。"他突然提出了一个看似怪异的要求。

他是什么？当鱼塘里掀起的水浪散开时，我清清楚楚看到了一条黑色的蛟。

"呃，他是一条蛟。"我看着沈蔷薇，"我保证。"

沈蔷薇呆住了，半晌才说："师兄，你难道……"

"以前，我执意要做一个你们眼中的人，生怕被人说是妖物。"左展颜缓缓道，"但那个家伙说得不错，我本来就有一半是蛟，这是不变的事实。我现在不想再为这个身份做任何掩饰，我是妖怪，也是不完整的人，我接受你们对我的一切看法，乃至攻击。"

魍蛟

153

他将错愕的沈蔷薇扶起来，又道："黑珍珠号的真相，我永远不会跟任何人提起。也希望你以后不要再犯同样的错。一页观的继承者，依然是你。但是，别为别人的看法活着，一页观存在的意义不是跟同道之人争长短，别人怎么说，让他们说吧，我们只做自己该做的事。"他把桃都剑放回她手里，"有容人之量，才能活得痛快。"

沈蔷薇沉默了很久，问："师兄，你真的决定要做一条蛟？"

"对。"左展颜点头，"在水里自由来去，对付会伤人的水妖，救一救失足落水的人，唱唱歌，跟老乌龟什么的练太极，让我觉得很快乐。"

沈蔷薇听了他的话，苦笑："我怕我担不起一页观的未来。"

"你能。"他看看我，笑道，"你肯进不停来求助，说明你已有进步。换作以前，你会向妖怪求援么？宁死也不肯吧。被别人知道，又会说多少难听话。"

"大哥，这不算求援吧？明明是绑架挟持好吧？"我一翻白眼。

"我代她道歉。"左展颜向我鞠躬。

"代她把住宿费付了就成。"我继续白眼，"你这家伙也真是的，躲进鱼塘算怎么回事！"

"那不是普通的鱼塘，那里连通了一条暗河，可以通往水晶宫。她每次去水晶宫找我的时候，我就从暗河跑到鱼塘里，后来干脆就长住在鱼塘了，偶尔回去看看老陈跟杜十娘。"左展颜摇摇头，"我不见她，是因为我已经放弃了人类的身份，再见面的话，怕她为难。"

"为难？嘻嘻，好多人就是喜欢自己为难自己呀。"我继续吃我的面，边嚼边说，"不管在什么地方，什么年代，一个人容不下的人跟事越多，他的世界就越窄，窄到可能挤死自己。只喜欢听好的，受不了不好的，嫉妒比自己强的，踩踏比自己弱的。世上好多你死我活的争斗，不就是这些破事闹的么。但就是有人好这口。"

"我不会为难的。"沈蔷薇忽然笑了，"师兄，我想知道的答案都知道了。"

说罢，她转身就要走，却被我一把拽住："钱！！"

"我其实忘记带钱包了。"沈蔷薇理直气壮地说，"不过，树妖，我可以以一页观继承人的身份向你许诺，在我有生之年，一页观绝对不给你的不停找任何麻烦。这个承诺，够不够我的房钱？"

这女的好无赖啊！一个承诺就想当钱使？不过我转念一想，要是这帮家伙有事没事来不停胡闹，虽然我不怕他们，可也是会影响我生意的啊。算了，鉴于沈蔷薇身份敏感，我放她一马！

"这可是你说的。以后不停方圆百里，如果有一个道士出现，我就找你一页观算账！"

我哼了一声。

"你这女人讲理不讲理的？全天下道士都是我一页观的么？谁知道你们还得罪过什么人！"

"哈，你这臭道士说话好难听！你挟持我帮工的账我还没跟你算呢！"

"我不习惯跟妖怪用正常方式沟通！虽然挟持他们，但我没有恶意！"

"求人帮忙还这么恶劣！活该别人躲着不见你！母老虎！"

"你想打架是不是？"

"来啊，外头去单挑！"

不停里，除了我跟沈蔷薇，其他人都悄悄溜走了。

◉ 尾声 ◉

不停大门外，敖炽叫住了准备离开的左展颜。

"你们左家的老祖宗左慈，当年千里取龙肝的事，差一点就惹来灭族的祸事了。"敖炽横抱手臂，靠在墙边。

"是么？"他略是一愣，"没有人提过这件事。"

"他因为别人一句话，为了证明自己有本事，跑去西海斩杀了一条小龙。"敖炽面容冷峻，"他以为那条小龙只是西海龙族里的小角色，不成想那是西海龙王的小女儿。西海龙王暴怒，本来要杀了左慈全族泄恨，被我爷爷阻止了。他说祸不及妻儿，所以只将左慈一人抓来，永久囚禁西海，到其老死。左家的人，一直是我们龙族最不喜欢的人。你们的桃都剑，我小时候就认得。"

"哦。"左展颜点点头，"还有别的要跟我说么？"

"东海龙族之所以兴旺至今，靠的不单单是我们的神力。就这样。"敖炽呼了口气，话锋一转，"另外，谢谢你没揭穿我在鱼塘底下缺氧晕倒的糗事。"

"不用谢。"左展颜转过头，摆摆手，"东海龙族要继续兴旺，靠你现在的身板儿恐怕比较困难，还是好好锻炼一下身体吧！"

"你……"敖炽的脸涨得通红。

不等他发飙，左展颜的身影已经消失在巷子里。

我蹲在大门背后，捂住嘴，忍住爆笑的冲动。刚才把沈蔷薇气得绿着脸走人时，我都没这么高兴。敖炽真是弱爆了！居然真的缺氧了！又有糗他的铁证了！

咦，等等，我这么哈皮干什么？万一他真的淹死了，我不是成寡妇了？！不成，从

魁
蛟

155

明天起，我必须得督促这家伙锻炼身体才行！每天五百个俯卧撑，五百个仰卧起坐，不做完不给饭吃！就这么办！

啊，差点忘了一件事，我站起身走回房里，泡了一杯浮生，又走出来，将茶杯一扬，碧绿的茶水洒向空中，晶莹的水珠在初夏的阳光下带出一道彩虹似的光。这是给不动的，虽然我们永没有机会见面。

我很少真诚地佩服谁。但对这条吃过龙、当过皇帝、有功有过、最后爱上唱《花好月圆》的蛟，我必须竖起大拇指。并不只是为他舍身救人的行为，更多的，是佩服他千百年来身负骂名，却依然泰然自若。换作他人，只怕早已将那些歪曲事实，捏造谎言的佞臣史官吃个干净了吧。

他一生活得痛快，只因他拒绝让自己活在别人的眼睛与嘴巴里。

这个家伙，把一个"容"字，写得好漂亮！

世上最难修理的东西，是残破损坏的人心。

第六章／阿朱

◉ 楔子 ◉

渐渐响亮的蝉声，又带来了夏天。

我不喜欢夏天,灼热的空气让人犯懒,让人不想动不想吃饭。我是个合格的夏眠动物,每到这个季节,陪伴我的就是一把竹制的躺椅,一杯茶,以及不停后院里的树荫。知道我脾气的人,从不在这个时候吵我。但是,今年夏天……

"妈妈! 爸爸在等你吃饭哦! 盔甲叔做了你最爱的酸辣粉丝哦! "

甜得要腻死人的童音,把半睡的我惊出一身冷汗。快半个月了,我还是不太能习惯这个称谓——妈妈!

躺椅旁边,冒出个圆圆的小脑袋。两岁不到的男童,顶着传统的一匹瓦式的头发,穿着肚兜,光着屁股,一笑起来眼睛就弯成两个月牙。

"走啦走啦! 妈妈你真是个磨叽的妖怪! "小家伙拽住我的手,手掌软得像棉花糖。

"谁说我磨叽? "

"爸爸说的! "

"咦? 你腰上拴的是啥? "

"是妈妈的金项链! 肚兜上的绳子断了,爸爸拿你的项链给我拴好了! 他说金子最结实了! "

敖炽……你竟然拿我最喜欢的金链子做裤腰带!

刚冲进屋里,小家伙便松开了我的手,扑到敖炽怀里,扯着他的耳朵说:"爸爸,妈妈生气了! "

"她就是个气球附体的妖怪,不用理她。"敖炽哈哈一笑,把他抱起来放到一旁的椅子上，拿过湿巾把他的小手擦干净，扯过一块帕子垫在他的心口，把勺子递到他手里，"吃饭吃饭！"

我敢跟任何人赌，在这个夏天之前，除我之外，绝不会有任何人在扯了敖炽的耳朵后还能全身而退。

小家伙把勺子衔在嘴里，猴子似的从椅子上爬下来，跑到我身边，糖块儿似的黏着我，小声说："妈妈，爸爸昨天给你买了新礼物，一朵好漂亮的金子做的花！藏在黑色鞋盒子里！他说你一定找不到！"

我不禁莞尔，敖炽这厮送礼物从不亲自交到我手上，非得自作聪明地藏起来，让我去找，并找死地宣称，看我像个老鼠一样到处窜的样子，十分有成就感！另外，他藏东西的地方也十分坑爹，不是洗脚盆就是鞋盒子，不是高压锅就是电饭锅。

"走路的时候不许咬着东西！"我把勺子从他嘴里拿下来，抱起他走回座位。

然后，我们跟人间那些普通的三口之家一样，吃饭聊天。我跟敖炽，跟任何一对父母一样，一边谈论着我们自己的话题，一边把孩子最喜欢吃的不断往他碗里堆，自然得连我自己都觉得惊奇。当然，小家伙跟我和敖炽，肯定没有半点血缘关系。

半个月前，精打细算的我拉上敖炽去城外某农场批发无公害蔬菜顺便郊游，在农场后头那座野花遍地、人迹杳然的小山下，我正要让敖炽给我拍点小清新文艺照时，这个小不点扛着一头熊，从山坡的另一头飞奔而来。

我跟敖炽的视力都不差，但还是不约而同了揉眼睛，这小子真是背了头货真价实的黑熊啊！那庞大的长满黑毛的躯体压在他身上，几乎把他埋了。热烘烘的空气中，窜过黑熊身上的臭味，以及浓烈的妖气。

这扛熊的小家伙是妖怪无疑，但这么浓的妖气，并非全来自他身上——一只不算少见但个头异常肥大的泥胆，张牙舞爪地追在他们后头。这种生活在阴湿不见天日之地，以腐肉污物为食的妖物，外表与变异的蟑螂无异，属于智商比较低下的妖怪，虽然没有变幻人形的能力，但可以自如控制身躯大小，在人界四处穿梭，大多数泥胆都生活在下水道与垃圾场，它们的终身事业就是寻找食物，一旦被它们认定为食物，这种一根筋的妖怪便会用尽蛮力捕食，不吃到不罢休。

想来这娃必然是不小心闯入了被泥胆划为狩猎区的地方，我捂住鼻子想。倒霉孩子体力显然已经透支，从我们面前跑过去没几步，便一头栽在了地上。

我这才看到，黑熊身上伤痕累累，腹部还有一个大洞，这小娃娃也不过八九岁的样子，穿着一身完全不合身的肥大衣服，很脏，袖子跟裤腿挽得老高，此刻脸色发白、汗水淋漓，勉强站起身，攥紧拳头。

阿朱

我以为他要拼尽全力对抗泥胆，可他居然闪电般蹿到我跟敖炽面前，说："可能还有救！求你们了！"

他语速很快，说完便扭身朝另一个方向奔去，泥胆见状，怪叫着朝他追去。

我以为在这种紧急情况下，他会求我们救他，但我显然错了，这家伙要我们救的，是这头熊。

他没跑出多远，浑身冒着污气的泥胆便追上了他。好吧，出于对泥胆这种玩意儿的厌恶，我们出手了。

在泥胆肮脏的触手要刺进他身体的刹那，我凭空化出的一条树枝缠住了小娃的腰，一把将他拽起来。敖炽在我身边，以龙的姿态停在空中，鼻孔冒着热气，大口一张，一道镶着蓝边的赤金火焰烈烈而出，将下头那个空有蛮力毫无理智的大家伙烧得尖声怪叫。

东海龙族独有的海蓝真火，几乎没有妖邪可以抵挡，绝对是速战速决的终极杀招，虽然用它对付这种级别的妖怪有点大材小用，但为了防止泥胆在被攻击时召唤同伴，我赞成敖炽的处理方法。再说，我才不想跟这种黏答答臭烘烘的怪物贴身对战呢！

泥胆被烧成了一堆黑灰。这小娃获救之后，做的第一件事不是感谢我们，而是去看那头熊。

可惜，熊已经断气了，伤太重。

"它被人类关在笼子里取胆。我路过，想修好它肚子上的洞。"他看着熊的尸体，说完这句话，身子便瘫软下去，昏倒在地。我们把他带回了不停。

第二天，我们被吓了一跳，这娃缩小了！昨天还是个八九岁的孩子，今天看起来只有四五岁了。更震惊的是，他一睁眼，看到我跟敖炽，开口就管我们叫爸爸妈妈，之前发生的事，他似乎全不记得了。

然后就是现在这样了，他真把自己当成了我们的孩子，黏着我们，整天要我们陪他玩，睡觉时还必须睡在我跟敖炽中间，抓着敖炽或者我的耳垂才肯安睡。

我本来以为敖炽肯定会把随便喊他爸爸的小孩扔到窗外的，可这小家伙仿佛洞悉了他的弱点，跟他说的第一句话就是："爸爸好帅呀！"

敖炽马上被击中了。

"好孩子，诚实就是最大的美德！"他笑得脸都要烂了，把一大把好吃的塞到"儿子"手里。

不止对敖炽，这小鬼的嘴巴简直像蜜糖，不停里所有成员都喜欢他。不过，我知道他们都跟我一样，虽不知这小鬼的来历，却没从他身上察觉到任何恶意。不停里全是老妖怪，我们已有一套分辨善恶的本事。

小鬼除了嘴甜，居然还会修理东西，缺了口的茶杯，断了一条腿的凳子，包括被虫蛀出洞的羊绒衫，被他拿来倒腾倒腾，坏掉的地方居然都复原了。除了修理东西，他最喜欢的事就是拉着敖炽或者我，用一条他自己做的丝绳，玩翻绳游戏。我跟敖炽都不及他，那条小绳子在他指间翻出无数花样，让我们目不暇接。

每每跟我们坐在窗前玩这个游戏时，他脸上的幸福简直要开成一朵花了。我发现，这种幸福会传染。素来耐心缺失的敖炽，越来越像个天下最有爱的父亲，陪这个"儿子"一次又一次玩着幼稚的翻绳游戏。

但，当人粗心细的赵公子从小鬼穿来的旧衣裳的暗袋里，发现了一个U盘之后，不停里的空气，变得有点沉重。当然，在小鬼面前，我们仍然一如既往，他成了不停开业以来最牛的客人，不但不用付房钱，我们还无限量倒贴。

吃完了饭，小鬼蹦跳着找纸片儿跟碗千岁玩儿去了，他对不停里的一切都充满了好奇，跟新生儿对这个世界的好奇一模一样。

"他的头发……"敖炽的眉头皱起来，看着"儿子"雀跃离开的背影。其实大家都注意到了，小鬼的黑发在渐渐变灰，而身形，一天比一天小，但谁都不提。我沉默了许久，冲他摇摇头。

"东海海底藏有一种灵珠，那是比仙丹都厉害的东西。"敖炽眼中一亮，"我回东海去！"

"那种灵珠只对龙有用。你们不是同类。"我提醒他。敖炽坐回去，一拳砸在窗框上。

"还能做什么？"他叹气。

"我们已经在做了。"我握住他的手。

最后的夕阳沉了下去，月光渐渐透进窗来，一个U盘，静静躺在书桌上。

一

"这里！这里还有生还者！"

"啊，不！有两名！"

"大家小心点，很多类似玻璃的碎片！小心割伤！"

瑞士境内某雪山上，响起了兴奋的声音。

搜救人员从雪崩引发的积雪下，拖出两个身着黑色登山装的人。

"通知直升机！"很快，担架从降落的直升机内转到救护车，警报声揪心地一路响到医院门口。

"好奇怪啊，雪崩的地点是安全区啊，除非有人在那里放炸弹，不然一百年也未必遇到雪崩的！"

"可能是他们运气太坏了。"

"唉！上帝保佑，下次可别再出这样的祸事了！死了七个人。"

24小时后，一个华裔中年男子，急匆匆地赶到医院，随行的还有当地警方人员。

办公室内，医生对中年男子道："两位病人现在都已经完全脱离危险期，男病人右手掌有骨折现象，女病人情况更好些，只是轻度冻伤。"中年男人松了口气。

单人病房内，他轻轻走近病床前。

"段叔。"病床上的人慢慢睁开了眼。

"你醒了？"男人忙上前，握住病人的手，"伤口疼不疼？"

"其他人呢？"

"雅岳跟你都是轻伤。"男人咬了咬牙，"其他人……都没了。"

床上飘出长长一声叹息，不辨悲喜："我们还活着……"

另一间单人病房的病人就活跃多了。

"爸爸他……"病床上的年轻男子猛地坐起来，"真的？"

"是。大哥已经去世。"中年男人面露悲色。

"段叔，封锁我爸爸去世的消息。"年轻人果断地吩咐，"如果现在传出这个消息，必然影响我们的股价。那些对我们虎视眈眈的老狐狸不会放过这个机会的。"

"这……好！"

"马上安排我出院，今晚回温哥华，替我约马律师，海博能源的全部资产必须要平稳过渡！办妥这一切，再召开记者招待会。还有卡罗特矿业的合作计划，必须在宣布我爸爸去世之前签订完毕！"他十分冷静，完全看不出丧失至亲的悲恸。

"是！"中年男人退出了病房。

当晚，一辆豪华房车悄然从医院驶出，中年男人坐在副驾位置，后座上，一对年轻男女各自望着自己的窗外，车厢内一片死寂。

二

云来公寓真是个烂房子啊！不过，真便宜。

601室的班卓美是云来公寓最新的租客。一周前，她带着一个行李箱跟一只跛脚瘦猫，踏上楼梯。没有电梯，连楼梯间的电灯都是坏的，常有来历不明的香蕉皮躺在某级楼梯，直到发臭也没人理会，除非有倒霉鬼踩上去摔个四脚朝天，才会被气哼哼地扔到窗外。

"乱扔果皮是不对的。"

搬进来的第二天，班卓美走过二楼与三楼之间的楼梯转角处时，停了停，仿佛自言自语，说罢，她把地上一块新鲜的香蕉皮拾起来扔到生锈的垃圾桶里，瞟了墙角一眼，扭头继续上楼。

墙角处，一个长得跟大胡萝卜一样的短腿黑色妖怪，塞了满口香蕉，一脸囧相与诧异。

除了破一点脏一点，这里并没有想象中那么糟糕，面朝大山，春暖花开，天气好的时候，不远处的初云山嵌在窗口上，水墨丹青似的好看。

房屋中介照她的要求把这个地方介绍给她时，一再说不如加点钱换另外的住处吧，他有更好的介绍，一个单身姑娘，住云来公寓似乎不太好。

"为什么不好？"她问。

"位置偏远啊！再往前几里路就是初云山山脚了！住县城里多好啊，热闹又安全！"中介先生说。

"我觉得那里也挺安全啊。"她笑。

中介先生犹豫片刻，小声道："那里邪门儿！"

"什么叫邪门儿？"她又问。

中介先生煞有介事地说，本来云来公寓早就该拆掉了，有关方面都下了批文的，可怪就怪在每次都拆不成。只要拆迁人员一去，好好的天气就会打雷闪电，他们一撤，天气马上又好起来。前前后后三四次，都这样！大家心里害怕，拆迁的事儿也就搁置下来了。发生了这事儿之后，公寓里原有的住户大都搬走了，如今住在里头的，大多是生活窘迫的低收入者。

"哦！"她点点头，"可我喜欢那里。"

"你家人不来陪你么？"面对这个年轻好看、干净得像朵白玫瑰似的姑娘，中介先生忍不住多关心一句。

班卓美不答，目光掠过桌上的一张本地报纸，笑笑："我就住云来公寓。"

报纸头版上印着巨大的标题——初云县村民 VS 海博能源！初云山矿产纠纷愈演愈烈！

旁边还有一张大照片，一群村民聚集在一起，义愤填膺地举着"反对开采！保我家园！"的横幅。

这几天，初云县最大的新闻就是这个了。实力雄厚、全球闻名的海博能源集团宣称，他们耗去大量时间与人力财力，已探明初云山蕴含丰富矿藏，尤以黄金为最，为"迅速发展本地经济"，海博能源决定注资本地某矿业公司，"联合开发"初云山矿产项目。

然而，此举却招来当地村民的极力反对，断路封山，坚决不许开采队伍进入初云山，

阿朱

闹得沸沸扬扬。

至于这个海博能源，其创始人楚天奉基本就是个活在传奇里的人物，他为人极低调，很少在公开场合露面。传他是地道的中国人，多年前漂洋过海到了加拿大，白手起家，短短时间便积累了巨大的财富，建立了实力雄厚的海博能源。可惜这商界奇才在两年前于瑞士度假时，遭遇雪崩罹难。之后海博能源便由其长子楚雅岳继承。然坊间亦有评论，年轻的楚雅岳跟其父相比，到底经验不足，掌舵以来，海博能源的走势一直看低，近年更传出了债务危机。

"真要住那儿？"中介先生的声音把她从失神中唤回来。她点头。

"好吧！"中介先生跟她握握手，"祝你好运！"

"谢谢！"她把目光从报纸上挪开，朝中介先生笑了笑。

出发之前，温哥华的家中，有人对她细细嘱咐。

"到了那边，找个离初云山最近的房子住下，等我消息。"

"等多久呢？"

"最晚 12 月 31 日。一切都将在这天之前解决。"

"好，我等你。"

"卓美，交给你的东西，一定要好好保护。"

"我会的。你也小心些。现在，只有我们两个了。"

"放心吧。那些老家伙以为我们就快完了，我马上就会让他们知道，我们才刚开始！"

"嗯！不过，我还是有点担心。"

"别怕，你就当是去度假吧。"

班卓美走出了家门，一路都没有回头。

三

住进 601 室的当天，班卓美做的第一件事，便是从行李箱的暗格里拿出一个小木匣，放到了房间里最隐蔽的地方。匣子里，是个拇指大小的精美瓷罐。

每天早晨七点，她准时起床，第一件事就是拉开窗帘。就算不是晴天，也要让想象中的阳光照进这个不到五十平方米的房间里。每天晚上做的最后一件事，就是在墙上的日历上打一个叉。每周要做的事，就是烧一大锅热水给瘸猫洗澡。

这只猫不是她的宠物，是她在来到初云县的第二天，在一条巷子里遇到的。当时，一个衣冠楚楚的年轻男人把它拴在电线杆上，用棍子狠狠地打。

她上前阻止，男人见她只是个小姑娘，不但不停手还威胁，再不滚就连她一起打。猫的尖叫十分凄厉。

"没出息的人，才欺负哑巴畜生。"她像幽灵一样突然逼近男人，手里的匕首，指着他的鼻子，"我不怕死，也不怕杀人。"

她比男人瘦小太多，这把只用来削苹果皮的小匕首，也算不得锋利。僵持两秒钟后，男人扔掉棍子，跑了。

班卓美不是路见不平身怀神功的美少女，她不会打架，跑个八百米就能累得口吐白沫，如果真打起来，那男人必然可以把她打个半死。在她跟这个男人短暂的小战场上，唯一能击退对方的武器，就是诚实。她说出口的每句话，都是真诚的。她真不怕死。

收起匕首，解开绳子，她带走了这只被打折了一条腿的猫。一人一猫，成了伴儿。

猫没有名字，她就叫它猫。这家伙的腿虽然永久瘸了，但并不影响它的胃口跟好动的本性。

也因为猫，班卓美认识了 602 室的邻居，阿朱。

那晚她散步回来，找遍屋子也没见到猫，正要出去找时，有人敲门。

猫很乖地卧在这个穿着干净格子衬衫，却扎着一条深蓝粗布围裙的年轻人怀里。据班卓美所知，猫对外界充满敌意，大概因为过去的悲惨经历，它只听她的话，只接受她的抚摸与怀抱。旁人要想接近它，它的爪子绝不留情。

"这是只寂寞的猫呀。"他笑着跟她说，神情自然，完全没有陌生人的生疏，手指逗弄着猫的耳朵，"跑到我家来串门了。"班卓美这才记起出门时没关窗户，猫必然是沿着窗台跑隔壁去了。

"谢谢。"她接过猫，突然问，"它在你家蹭饭了么？吃了的话我今晚就不用喂它了。"

"你还真不客气啊邻居。"他挑眉，严肃地说，"它吃掉了我一整条红烧鱼。"

猫在班卓美怀里喵喵叫，顽皮地挥动着爪子，拨弄着她挂在脖子上的紫水晶项链。

"红烧鱼！你真是个好邻居！"她朝他伸出大拇指，"晚安啦！"关门的刹那，她又探出头来，对他说，"要是下次猫又到你家，你也可以喂它吃清蒸鱼。吃完最好再给它一个苹果。"

他转过头，朝她扮鬼脸："不如下次换我到你家吧，你也可以给我吃鱼跟苹果！还有啊邻居，你知不知道物价涨得多厉害！苹果都八块一斤了！"

班卓美耸耸肩，缩回脑袋关上了门。这就是她跟阿朱的初识了，自然得像那些做了几十年邻居的熟人。

这个人是个有趣的家伙。她质疑过他的名字是假名或者外号，要么他就是《天龙八部》

阿朱

165

的忠粉，不然一个大男人怎么有这么女气的名字。他笑得合不拢嘴，说随便她怎么想吧，反正大家叫阿朱师傅已经叫顺口了。

602室的门外，挂了一个很不显眼的招牌，上头潦草写着——修！（家用电器、生活用具、衣裤鞋帽、电脑笔记本等！）

那天，看到这块牌子之后，班卓美才知道她的邻居是个修理匠，还是修理界的跨行业人才，凡是残缺破损的东西，都是他的业务范围，从补衣裳到修冰箱，无所不能。

他们之间的交流，仅限于在走廊里的偶遇，或者窗户上的闲聊——天气好的时候，猫就蹲在她或者他的窗户上，喵喵叫几声。每次听到猫的声音，他们就会不约而同走到各自的窗前。

"天气真好啊！"每次都是他先开口。

"嗯。吃了吗？"

"拜托，我刚从厕所里出来！"

"我怎么知道！"

她喜欢这样的谈话环境，晒着太阳，听到彼此的声音，却不用看见彼此的脸，一点压力都没有。大多数的对话都没什么内容，但有时候，也有这样的——

"你一个外地年轻姑娘，来这个小地方干吗？"

"我来等一个人。"

"男朋友啊？嘿嘿。"

"我没男朋友。你呢，你好像也不是本地人。"

"我到处旅行，边旅行边工作，来到这里，觉得不错，就住了下来。"

"你家乡在哪里？"

"我住在哪儿，哪儿就是我家乡呀，哈哈。"

阿朱的语气里，从来听不到任何悲伤，总是很快乐似的。

有一次，她问他："看你的模样跟修养都不差，难道真要一辈子做个修理匠？"

"坏掉的东西总要有人修呀！行行出状元嘛。"

"有你修不好的东西么？"

"目前没有。但有一种东西特别难修，要是有一天我决心把那东西修好，就代表我可以退休了。哈哈。"

"什么东西这么困难？"

"不告诉你。"

住在云来公寓的时间越长，她见到的怪人怪事就越多。墙角处那个爱吃水果的囹妖怪，经常把一堆新鲜水果堆在她家门口，看到她出来，马上脸一红，嗖一下逃走了。

班卓美笑纳免费水果的同时，总是要照一下镜子，横看竖看自己也不像个萝卜，怎么就被暗恋上了呢。不过，从她住进来之后，楼道里每天都干干净净，不但没有果皮，连纸屑都不见半点，连灯泡都被修好了，楼里的住户们个个都纳闷，不知哪里来了活雷锋。

只有班卓美看到囧妖怪每天都在打扫楼道，依然是见了她就脸红，然后躲到角落里。

怪事不止这些。阿朱的生意表面看去并不算好，白天来找他修东西的人不多，但，晚上找来的人却不少。经常会有连续不断的敲门声让她睡不着觉。

有一次，她实在受不了噪声，准备去找阿朱抗议，但刚一开门就吓了一跳——一只半人半鱼的女妖怪，高兴地捧着一只瓷罐从走廊里飘过，后面，陆陆续续跟着一堆各式各样的小妖怪，拿着各种各样的东西，个个眉开眼笑地离开这里。走廊里，充斥着各种奇异的光彩，流动漂浮，像梦境里的河水。

阿朱倚在门口，用围裙擦着手，笑吟吟地看着目瞪口呆的她："你有一双与众不同的眼睛。"

这里其他住户看不见妖怪，也听不到妖怪们发出的任何声音。班卓美却可以，如阿朱所言，她生下来就有一双"与众不同"的眼睛。她以为，阿朱会诧异，然后向她解释，可是，他跟她道了声晚安便关上了门。

回到房间，猫不知几时回来了，它越来越喜欢串门，常常到阿朱家去玩很久。

"回来越来越晚了。找到男朋友了么？"她抱着猫坐下来，摸着它的耳朵，"如果是，你随时可以离开我。我会一直开着窗户，只要我还活着，厨房里永远有你的食物。"

猫从她怀里跳出来，大摇大摆地去厨房吃猫粮了。

"真不是一只感性的猫。"班卓美摇头，猫找没找到男朋友她不知道，但猫的那只瘸腿显然有了变化，一天比一天健康起来，现在的它，动作比从前灵活多了，不仔细看，几乎看不出它的脚受过那么重的伤。真奇怪，兽医说，猫的腿是不可能痊愈的。

也许猫做了好事，上帝奖励了它一条新腿。嗯，不管怎样，这终归是好事，以后就算她不在了，它起码不会因为腿伤受到歧视。

这时，有人敲门。打开门，一个精瘦的陌生男人站在门口，恭敬地喊了一声："大小姐，按少爷吩咐，我们已经把东西收集完毕。"

她面无表情："进来吧。"

男人从拎着的公文袋里，拿出一排纤细的密封试管，共八根，每根试管，都装着一根头发。

"从闹得最厉害的几个村民身上取来的。"男人将试管交给她，"恕我多嘴，少爷要

阿
朱

167

这些人的头发做什么？"

"谢谢,晚安。"她完全不理会这个问题,上前拉开了门。男人不敢再多问,快步离开。

班卓美回到里屋,对着灯光看着试管里的头发,笑了笑。

小地方的时光总是过得悠闲而缓慢,除了囵妖怪仍然定期送水果之外,没有人打扰班卓美的生活。她大多数时候都在家里,偶尔会散步到初云山脚下,看着这里的花草树木发愣。也会碰到住在那里的村民,都很和气的样子,跟报纸上拼死力敌的模样毫不相称。

离今年的最后一天,还有一周。12 月 31 日被她画了一个圈,还有一对翅膀。

时钟指向零点,她打了个呵欠,正要睡觉,忽然有人敲门。她打开门,平静的眸子掀起了波澜。

"是你……"

"好久不见了,卓美。"

门口的人,逆光而立,像个不真实的影子。

四 🎐

西温哥华,某别墅,夜。

"结果?"楚雅岳翻阅着文件,头也不抬地问站在面前的中年男人。

"不行。不论我们开出多么优厚的条件,村民们还是那句'守山如守命',说就算穷死也不能对初云山有任何冒犯,不然山神会降罪,用泥沙淹没整个初云县。"中年男人如是道,"雅岳,中止这个项目吧!"

楚雅岳抬起头:"段叔,你是我父亲最信任的兄弟,海博能源现在腹背受敌,情势有多危险你我皆知。我把全部身家都压在这个矿上,只要解决了这帮刁民,我们就能起死回生。"他合上文件,露出诡异的笑,"你无法想象,藏在这座山上的资源是多么让人惊喜。"

段叔皱眉道:"村民们说,要想在初云山上开矿,除非踩着他们的尸体上去!"

"那就踩着他们的尸体上去好了。"楚雅岳眼神一冷。

段叔心下一紧:"雅岳,你想做什么?"

"段叔,你不会忘了我们楚家是凭什么挖到第一桶金的吧?"楚雅岳反问,"我跟爸爸最相像的地方,就是没有妇人之仁。"

段叔脸色红一阵白一阵:"可是,就算成功开采了初云山的金矿,也未必够偿还我们现在的债务啊!"

楚雅岳看着窗外浓重的夜色："段叔，你以为我的目标仅仅是初云山的金矿吗？"

段叔一愣。

"初云山下的惊喜可不只是金子。我已经找人调查过了。"楚雅岳转过头，"我真正不想失去的，是4E这个大客户。我不但要开采金矿，还要跟4E继续交易，双管齐下，海博能源很快就能回到巅峰时期！"

段叔大吃一惊："你还跟4E有联络？两年前瑞士雪山的教训，还不够严重？"

"那次只是意外。"楚雅岳挥挥手，"因噎废食不是我的风格。因为爸爸的突然离世，我们跟4E的交易中断了两年，两年时间，大家都该休息够了。我可不想海博能源在我手里被宣告破产！好了，你出去吧。"

他不肯离开，上前抓住楚雅岳的手臂："你若还当我是长辈，听我一句话，不要再跟4E来往！初云山的金矿我会再努力去谈，但希望你千万不要干别的事！虽然现在海博的情况不好，但只要我们认真经营，就算不能有从前的风光，也能维持下去的！"

楚雅岳不禁冷笑一声，甩开他的手："段叔，你是我爸爸的好兄弟，但不是我的。别来过问我的事，否则，大家脸上都不好看。"

站在那扇紧闭的雕花大门外，段叔发了好一会儿的呆。4E，他从未像今天这般憎恨这两个字符。

那就踩着他们的尸体上去好了——楚雅岳的话，仿佛一道电光从他脑中劈过。他赶忙一路向下，穿过位于后院中的一条密道，直走到别墅的地下室。

阴暗宽阔的地下室尽头，有一扇伪装在浮雕墙面背后的合金大门，坚固无比，门上刻着奇异的、花边儿似的文字，隐隐闪着青光。如果关上灯，这整条走廊的四壁与地上，就会显现出跟门上文字类似的图案，光影重重，亦真亦幻。

这里是楚家的监狱。

段叔开动门边的开关，大门开启，一排巨大的白水晶柜子拔地而起，一时间数不清到底有多少个，每个柜子都有一米见方，一个摞一个，整齐地堆起，每个柜子上都贴有不同颜色的符纸一样的东西。

很多柜子都空了，只有两三个好像关着某种物体，像一团团没有固定形状的气雾，浮现不同颜色，在柜子里或快或慢地游动。跟这堆庞然大物对视，恍惚间会觉得世界被它们分割成了一块块的碎片。

看着这些柜子，他的眼神骤然变得十分复杂。

阿朱

169

这一年，他跟楚天奉都才二十出头。

这一天，是他们有生以来最接近死神的一天。

怀特霍斯的中餐馆被远远抛在了脑后，他们这样的年纪，没有钱，但有的是理想与热情，冒险与欲望，宁可背着行囊，走在狼群出没天寒地冻的育空区，也不愿在洗洁精跟油腻的盘子里消耗生命。他们离开贫瘠的家乡，远渡重洋，是为了男子汉的理想。

"以后，我们会比他们更厉害。"每当餐馆里出现那些衣冠楚楚、挥金如土的成功人士时，楚天奉总是会对他说这句话，然后埋头继续洗碗。

他相信楚天奉。两个洗碗工之间的互相欣赏，在那时是惹人发笑的。

当楚天奉告诉他，他要动身去圣艾利雅斯山脉寻找传说中的钻石矿时，他毫不犹豫地与他同行，丝毫不觉得这是正常人眼中疯子才有的举动。

一路风雪，寒冷与饥饿，狼群的威胁。毫无经验的他们耗尽了体力，那座圣艾利雅斯山脉依然还在触不到的远处。

食物已经没有了，更糟的是，他们还迷了路。楚天奉说他要休息一会儿，却再也喊不醒。他慌了，背起他冲出帐篷在雪地里瞎跑，大喊救命，谁知脚下一踏空，从一个陡峭的斜坡滚了下去。

时间在这一刻凝固，他以为，再次睁眼的时候，看到的必然是拿着镰刀的死神。

不过，他猜错了。醒来时，他见到的不是死神，而是一群身高不到五寸、浑身闪烁着星子般美丽光华的小人儿。它们脑袋圆圆大大，眼睛嘴巴也大，手脚齐全，拖着一条长长的尾巴，还有一副蝴蝶似的翅膀，在他跟楚天奉身边叽叽喳喳闹个不停。

幻觉吧！他用力揉眼睛，发现他们身在一个宽敞的桶形岩洞中，因为这些发光的小人儿，这个空间里亮如白昼，暖如春季。楚天奉也醒了，惊得说不出话。

小人儿们从岩洞深处搬来了奇怪的半透明蘑菇似的植物，放到他们手里，说："吃吧吃吧！"

他们面面相觑，这些小人儿明明没张嘴，却能听到它们说话。不知过了多久，到他们确定这些小人儿并无恶意时，才慢慢咬了一口蘑菇，旋即发现，这简直是世上最美味的食物，而且，仅仅一朵，就击退了全部的饥渴。

他们慢慢消退了紧张的情绪，试着跟这些小东西沟通。其中一个长胡子的小人儿，似乎是它们的首领，它告诉他们，这里是圣艾利雅斯山脉附近的地下岩洞，也是它们的巢。它们是生于矿石里的妖精，靠吸取天然矿石中的能量生活，白天恢复原形睡大觉，晚上醒来活动筋骨。这个岩洞的位置十分隐秘，刚刚他们是误打误撞从高处滚到了洞口，被它们发现了，于是被它们拖进洞里。其实它们并不会说话，只是在用妖精的力量跟他们直接进行脑内沟通，很神奇。

首领对他们表示了很大的热情，其实所有的矿石妖精都很热情，它们说，家里好多年没有来过人类了，上次见到人类，还是几十年前了，是一对夫妇，当时它们很害怕，觉得人类会伤害它们，可是这对夫妇只在岩洞里留了一天，把一种很奇怪的透明丝线缠绕到岩洞的顶部，临走时他们说，这个岩洞已经坏了，再不修理就会塌掉，现在安全了，你们不用担心被压碎了。说完，他们便走了，再没回来过。原来，人类并不是可怕的生物啊！小人儿们的观念顿时改变了。

翌日，他看到远处的洞口渐渐亮了起来，应该是天亮了。岩洞里渐渐安静下来，一直亮起的光，慢慢灭了下去。完全是做了一场梦的感觉。

洞内的光线变得漆黑，要走到洞口，还有很长一段距离，楚天奉摸出了打火机。

微弱的火光下，岩洞里闪烁起了一片片奇异的光，随着火光的移动变幻着。两人瞠目结舌——这洞壁上，挂着的全部是晶亮明透的钻石啊！

原来，这些小妖精的原形，就是这些钻石！曾有这样的传说，凝聚了大地山川之灵而成的矿洞里，会生出以灵气为食的妖精，而这样的矿洞里产出的东西，不论黄金还是宝石，都是极品，可遇不可求。

楚天奉愣了很久，哆嗦着手从岩壁上取了一块钻石下来，又像哭又像笑，说："我们有钱了！"说罢，他快速从包裹里拿出工具来。

"等等！"他拽住了楚天奉，"这样不好吧？它们……并不是普通的钻石。它们救了我们的命！"

楚天奉像看个怪物一样看他，半晌才说："你也很想要这些钻石，不是吗？难道，你还想回到那个鬼地方，一天洗十二个小时的碗？"

他犹豫了。

"帮忙吧！"楚天奉扔给他一个小口袋，"先装满，弄到外头去，等找到我们的帐篷，拿了大口袋回来再装！"

他慢吞吞地把这些亮闪闪的东西放到小口袋里，跟着楚天奉朝洞口走去。洞口越来越近，雪已经停了，明晃晃的阳光斜洒而下。

突然，他觉得口袋里有东西在动，似乎有什么被惊醒了。他吓得把口袋一扔，跌坐在地。

"不要！不要把我们带出去！阳光会要了我们的命！"口袋里，似是胡子首领的声

阿
朱

171

音，"不要伤害我们！我们不曾伤害你们！"

他呆看着蠕动不停的口袋，不知该怎么办。

"发什么愣！"楚天奉一把拾起口袋，"快走！"

"它们说它们会死的。"他爬起来，拽住楚天奉，"算了吧！如果不是它们，我们可能已经冻死或者饿死了！"楚天奉没说话，看了看这狭长的岩洞，又看看怀里的两个口袋，沉默片刻之后，突然狠狠甩开了他的手，大踏步地走出了洞口。

172

阳光，好刺眼的阳光，照在雪地上，快要刺瞎人的眼睛。他听到了凄厉的尖叫，跟跟跄跄地追出去，只看到楚天奉呆站在雪地上，手里的两个口袋，浸出了一滴滴殷红的液体，一落在雪地上，便冒起一阵烟来，旋即再无痕迹。

他冲上去，夺下口袋，一把将里头的东西倒出来。这才发现，里头的钻石，从透明变成了浅浅的红色，透过表面，似乎能隐隐看到那些在钻石里痛苦挣扎的小人儿。他不知所措，呆呆地看着。

"以天与地，山与河，黑暗与光明起誓，我们用即将堕落的生命诅咒你，恶魔的心脏开始跳动，恶魔的眼睛将一直照看，直到引你走入最深的地狱！"

胡子首领的声音，从雪地飞到天空，仿佛一把利剑，狠狠穿透了他们的心。

他捂住心口，好像那里真的在疼。

这时，身后传来一声巨响，原本坚固的岩洞不知何故，轰然垮塌，陷入了地下。

而面前这些变了颜色的钻石，也发出了咔咔的碎裂声，如同摔碎的镜子，四分五裂。

"走！"他回过神，死命地拉楚天奉。

楚天奉一把甩开他，蹲下来，拿起口袋，把那些颗粒较大的碎钻小心拾起来，边拾边说："就凭这些碎块，我们也能换来一大笔钱了！"

他不太记得后来发生什么了，他有没有帮忙拣钻石，他们是怎么离开那里的，全不记得了，唯一印象深刻的，就是楚天奉抱着钻石口袋时兴奋过头的背影。

转眼，便是三十年了。

他没看走眼，楚天奉不是泛泛之辈，钻石换来的巨款并没有让他止步不前，他要的远比这更多。他看着楚天奉从这一次的"横财"起家，用天生的商业头脑与过人的智慧与狠绝，一步步扩充着他的王国。

楚天奉待他不薄，视他为好兄弟，锦衣玉食，物质上无限满足。可是，他并无一日睡得安稳。想来想去，最怀念的，还是当年在怀特霍斯打工的日子，两个洗碗工，为一点点的加班费就高兴得手舞足蹈，喝两口劣质酒便能酣睡到天亮。

他深吸一口气，遥远的回忆渐渐淡去。

他的目光扫描般从每一个柜子前掠过，沧桑的脸映在巨大的白水晶上，诡异地滑动着。

"A11，A12，A13……"他默念着，眼神却突然停在某个柜子上，脸色霎时变得苍白。

恹牛……关在 A13 里的恹牛不见了！

这个关在罐子里的妖怪，只要将人类的头发投到罐中，再在 12 小时内将罐子放到头发主人住所附近的地上，它便会破罐而出，瞬间将头发的主人吃得一干二净。这怪物历来是某些心术不正的术士的最爱，杀人灭口，不露痕迹。楚家这只恹牛，不是抓来的，是楚天奉去世前不久花高价从一个瞎眼道士那儿买来的。说，以备不时之需。楚雅岳果然走了这一步！

"恶魔的心脏开始跳动，恶魔的眼睛将一直照看，直到引你走入最深的地狱！"

三十年了，唯有这句话，仿佛一直响在耳边。

他逼自己冷静下来，飞速地思考一番，喃喃道："卓美……"

六

"段叔，我没想到过你会找来。"班卓美给他倒了一杯茶。

"除了你，他不会放心把恹牛交给任何人。"他不动，也不喝茶，"把那妖怪交给我。"

"不。我答应了他要等到这一年的最后一天。"她摇头，"在那之前，我不会把恹牛交给任何人。"

"你知道楚雅岳要拿这个来干什么吗？"他激动起来。

"杀人。"她平静道，"不过未到最后一天，也许会有转机。或者我哥哥最后会放弃呢。"

"放弃？"他苦笑，"我来之前跟他的谈话，会让你绝望的。"

"哦。"她点点头。

"把东西交给我！以后也不要再回家。段叔没什么本事，但还有一些积蓄，足以供你今后的生活。"

"谢谢段叔。"班卓美感激地看着他，可仍是摇头，"但是，不行。"

"你！"他怒极，竟掏出一把枪来，指向她娇美的脸孔，"别逼我！"

班卓美看着眼前黑洞洞的枪口："段叔，小时候你常送礼物给我。今天要送我一颗子弹？"

"卓美，把东西交给我！"他的枪口指得更近了，"当年是我太懦弱，没敢阻止你父亲，今天，我无论如何也不能看你往地狱里走！"

"恶魔的心脏开始跳动，恶魔的眼睛将一直照看，引你走入最深的地狱！"她喃喃道，

阿朱

"段叔，我到现在还记得梦里那些会发光的小人儿，圆脑袋，蝴蝶一样的翅膀。"

他的额头渗出冷汗："卓美，你不能变得跟你哥哥一样疯狂！"

"我们是双胞胎。"班卓美晶亮的眼睛直视着他，"被诅咒的孩子。"

"卓美，现在回头还来得及！"他几乎是咆哮了，"你父亲已经为他的错误付出了最惨重的代价！我不想看着你们也步他后尘！"

"段叔。"她的声音异常平静，"家里的事，让我们自己来决定吧。"

"不行！"他大吼，枪口抵到了她的额头。

她笑笑，用手指挪开枪管，起身走到窗边："段叔，我跟你一样，都是容易害怕的人。好多事我们以为是退一步海阔天空，可是退的次数太多，就把什么都退没了。当年若不是你对我父亲唯唯诺诺，害怕失去盼望中的好生活，他是没有机会把那些钻石带出来的。"

他仍然举着枪，机械而木讷地站着，充血的眼睛红得厉害。

"卓美，你到底想怎样？"他放缓了声音。

"不怎样。你走吧，去过自己的生活。就当我们死了。楚家不欠你，你也不欠楚家。"

他死了般地沉默着，僵直的手臂抖动得越来越厉害。砰！一声枪响，惊碎了夜空。

七 ❧

"OK！就是它了！带走！"寒风凛冽，积雪遍野的山中，兴奋的声音在四周震荡。

她疲倦地坐在一块石头上，轻轻抚摸着手背上一个个仿佛灼伤的红斑，除了手上、脸与身体，此刻也布满了这样的痕迹，并不致命，但很疼。

她抬起头，看着前方那群穿着黑色登山装的男人们，抬着一个密闭的玻璃箱子，兴高采烈地离开。

那群人里，有她的父亲，还有哥哥。

普通人眼中，箱子里空无一物。但在她眼里，箱子里到处是飞溅的血液，一只通身雪白、额上生着独角、豹一样的生物，半睁着血红的眼睛，无能为力地蜷缩着，身上布满弹孔。忽然，它费力地抬起爪子，拍在箱子上，口里发出呜呜的悲鸣，绝望的眼睛里出现的最后一片景色，是飞扬的雪花与斑驳的光线，还有那个也在望着它、孤身坐在空旷处的姑娘。

独角兽是雪山深处的妖怪，长得凶恶，却吃素不吃肉，雪是它唯一的食物。它生活的区域，没有暴风，没有雪崩，宁静安谧。曾经，它也从狭窄的冰缝里，拖起被困住的动物，或者迷路人。行踪也就这样暴露了。

每一次的捕猎，父亲都说是最后一次。可每次又在捕猎成功的兴奋中，把自己的话忘得一干二净。

最后一次。她吸了口气，在心里说着，拳头从未攥得这样紧。拍了拍身上的积雪，她拾起落在一旁的背包，起身跟上了队伍。背包的暗格里，有一根雷管。

人人都道父亲是商界奇才，却不知这个顶着各种光环的男人，有个别样的"爱好"——"收集"妖怪。

父亲一手建立的海博能源，以矿产开发为主，在旁人眼中，做得风生水起。可事实上，因为全球可供开采的资源越来越少，海博能源的盈利每况愈下，如果不是依赖另一项特殊"产业"，海博能源早在数年前就该宣告破产。

每每想到这个支撑着楚家的"产业"，班卓美的眼睛就会有种怪异的麻痹感，甚至会有失明的错觉。当然，确实只是错觉，她的眼睛很好，没有任何疾病，好到可以看到普通人看不见的物体，比如，妖怪。

一直以来，绝大多数人类不相信世界上有妖怪的存在，他们从来活得太自信，自信到以他们的眼睛来衡量世界，以他们的意愿来凌驾万物。他们看不见的，就说不存在，他们不想看的，就一定要消失，世界只有一个主人，就是人类，绝对的，不可撼动的地位。

妖怪们越来越了解人类的习性，于是大多选择了隐匿。从班卓美能记事起，她看到过来花园里溜达的长着人脸的虫子；还看到躲在保姆长头发里织毛衣的绿脸小怪物；还有街边那块几百年的石碑，总会在她经过时，浮出一张胖胖的脸，跟她说你好，她不害怕，回一声你好，反而把对方吓得怪叫一声"啊！你能看到我?!"然后便缩进石碑不敢出来了。

这是她的秘密，没有告诉任何人。事实上也没有人可以告诉。她母亲早逝，父亲忙于生意，一年有一半时间在飞机上，温哥华的别墅里只剩下她跟哥哥，还有一帮不苟言笑的佣人。一直以来，她最喜欢跟哥哥一起玩，捉迷藏、搭积木，像个小跟班一样跟在哥哥屁股后头。直到有一天，她看到哥哥面无表情地举起那只在他的玩具上撒尿的小狗，从顶楼的阳台上扔了下去，吓得她尖叫着捂住了眼睛。

小狗被树枝挡住，没有摔死，她跑下去把受伤的小狗抱起来，眼泪汪汪地望着身后的哥哥，十分不解。

"它不是个听话的孩子，乱尿尿！"哥哥指着仍在惊恐呜咽的小狗，"爸爸说过，要我们做听话的乖孩子。不然就不要我们了，把我们扔出家门，让怪物吃掉。"

"不要！"她吓得坐在地上，用力摇头，"我不要被扔出去，不要被怪物吃掉！我会很乖！"

"嗯。"哥哥点头，转身走开，"把那坏狗丢了吧！看样子好像也活不久了。"

阿朱

她心头一惊，看着哥哥的背影，蓦然之间，想起了童话书上画的那些看不见脸的恶魔。

这件事之后，她更听话了。父亲在家的时候，常夸奖哥哥，说他聪明伶俐做事果断，很像他小时候，偶尔也会夸奖她，说她不像别的孩子那样吵闹，安静又听话。那段时间，是最快乐的。只要她听话，父亲就不会讨厌她，这样就不会被扔出去。

直到七岁那年的某天，父亲无意间看到她跟一面光秃秃的墙说话时，问她怎么回事，她便把一切都告诉给了父亲。父亲听完之后，看她的眼神突然像在看一个怪物。

当天夜里，父亲把段叔叫到书房，谈话到天亮。

从那之后，父亲出差的时间明显少了，大多数时候都留在家里，远远地看着她。

她觉得奇怪，问父亲怎么了，父亲笑着说，欠你们的时间太多，现在想还回来。

那时，她还不太明白欠跟还的道理。多年之后才恍然大悟，欠了东西，是必然要还的。

她的生活好像一如既往，但家里仿佛有了些许不同，常有陌生人受父亲之邀到家中来，有中国人，有外国人，父亲跟他们在书房中密谈，一谈就是一天。然后就看到这些人在家里乱转悠。父亲还更换了她身边的保姆，新来的人每天寸步不离跟着她，不许她出家门半步，连学校都不能去了，换了家庭教师来教她。

她的世界一下子被缩成了狭小的监狱，只有段叔偶尔会拿小礼物来跟她玩，可他的笑容永远比叹息少。但她不敢问到底发生了什么，追着大人问长问短的孩子，会被讨厌吧。

不过，幸好还有那些奇奇怪怪的家伙，月光最亮的时候，那头上长着一朵花的独眼家伙就会爬到她的窗台上唱小夜曲；还有那些常常从地板下冒出来的棉花糖一样软的家伙，趁她不注意时跳到饼干盒里偷吃；天花板上还有一只毛茸茸的、背上长着一圈蓝色圆形花纹的小蜘蛛，常常顺着吐出的蛛丝落到她的童话书上，吹一口气，书就翻过一页，它一边看一边默念，看得高兴了还会哈哈笑。

"你能看懂？"有一天，她终于忍不住，悄悄问蜘蛛。

蜘蛛"哎呀"叫了一声，吃惊地问："你看见我啦？"

"嗯！我不敢喊你们。"班卓美把下巴搁在桌子上，看着这个毛茸茸的小东西，"因为我觉得你们很怕被人看见。"

"多数人类都不喜欢妖怪，所以我们隐身起来不给他们看见呗。"蜘蛛说。

"原来你们就是妖怪呀！"她恍然大悟，"所有妖怪都喜欢把自己藏起来么？"

蜘蛛摆摆爪子："也不全是。有些大妖怪能修成人形，大摇大摆地出现在人群之中。我们这样的小妖怪，还没到能修成人形的时候，所以都以隐身状态生活着，这样就能跟人类井水不犯河水了。"

"除了看书你还会什么？"班卓美似懂非懂地点点头，"唱歌？会吃饼干？"

蜘蛛眨眨眼睛："我正在学习。"

"学什么？"

"修东西。"蜘蛛指了指头顶，"你看，你家天花板上已经没有裂纹了！我们通常从最简单的修补开始学习。"

"哈哈，蜘蛛不是只会结网抓虫子么？"她大笑。

"那是普通蜘蛛，我是妖怪蜘蛛呀！"蜘蛛认真地说。

"那给我讲讲妖怪蜘蛛的事儿吧！"她兴致盎然直起身子，挂在脖子上的项链坠子一晃悠，磕在了桌角上。她惊呼一声，赶忙把项链托在手里看，镶边的椭圆紫水晶被磕缺了一块。她皱起眉，心疼得都要哭了。

"这是什么呀？"蜘蛛好奇地问。

"我妈妈留下来的。"班卓美吸着鼻子，"我没见过她。爸爸给我的，说是妈妈以前最喜欢的项链。他们说，我跟哥哥在她肚子里待了13个月才出世。生下我们的第二天，她就去世了，都说我妈妈是个极漂亮极善良的女人。我猜，就跟童话书里的仙女差不多吧！爸爸让我跟妈妈姓，他说我长得很像她。"

"哦。"蜘蛛点点头。

"你的爸爸妈妈呢？"她把项链摘下来，放到枕头边上。

"不知道呀。"蜘蛛摇头，"教会我修第一件东西之后，他们就离开了。我们在一起的时间很短，我都不太记得他们的样子啦！不过他们能变成人哦！很漂亮的人！我们这个族群的成员长大之后都能变成人呢！"

"他们不要你了？"她问。

蜘蛛埋下头，爪子在桌上画圈圈："应该不是不要我吧……他们说规矩就是这样的，这个世界有好多坏掉的东西，而我们这个族群存在的意义与目的，就是修补。所以，他们必须把时间花在工作上，不能再照顾我了。而我也必须像他们那样，去很多地方工作。"

"修补坏掉的东西……"她摇摇头，"那他们一定很忙。世界这么大！"

"也许吧。"

"你想念他们么？"

"想太多了也就不怎么想了。"

"哦。我还有别的童话书，你要看么？"

"好啊！"

小姑娘与蜘蛛的谈话，很自然，很和谐。

这天晚上，班卓美睡得很好。

阿朱

177

第二天,她醒来时,拿起放在枕边的项链,打算找人帮忙看能不能补上那缺口,可是,她惊奇地发现,紫水晶上的缺口不见了,跟以前一样完好无损,很仔细地看,才能看出原来的缺口处有一条细细的纹路。

蜘蛛不好意思地说:"我还在学习中,只能修补到这个程度。"

"你好厉害!"她高兴地跳起来。

如果可以,她希望蜘蛛一直留在她家的天花板上。

但,有一天,她突然发觉,窗外的小夜曲已经好几天没听到了,饼干盒里的东西也再没家伙来光顾。当她觉得事情不对劲时,她的房门突然被打开了,一个留着山羊胡子、穿着对襟布衫的老头闯了进来,绿豆小眼直视着天花板,手里捏着一张黄色纸条,嘴角一扬:"嘿嘿,这里还有一个!"

班卓美不知道老头是干吗的,也不懂他夹在手指间的纸条是什么,但她知道蜘蛛有危险了。

"蜘蛛快跑!"她大叫,像头小豹子一样蹿起来,在老头要将黄纸条扔出去之前,抱住他的腿,狠狠咬下去。老头痛得哀号,一撒手,黄纸条掉到了地上。

这时,她只觉有一道微弱的白光,从天花板上蹿出了窗外。此后,她再也没见过妖怪蜘蛛。

父亲并未解释家里发生的事,那些陌生人,那个老头,而她也不敢追问。

时间流逝,父亲对她的态度渐渐改变,不再对她禁足,甚至鼓励她多出去走走,结交新朋友,还常常问她又看见了什么妖怪,在哪里看见的,害不害怕。她有点受宠若惊,自然知无不言。但,慢慢地,她发现自己看到的妖怪越来越少了,连街口那只石碑妖怪也不见了踪影。她隐隐开始不安了。

与此同时,父亲的财力越来越雄厚,他家的海博能源开始走入最巅峰的时代。这一年,她十三岁。

一天夜里,又一次被噩梦惊醒的她,心慌意乱地走出房间,经过父亲的书房时,却听到段叔跟父亲在里头争吵,哥哥也在里头。

"绝不能这么做!"

"新招募的高手已经研制出更有效的工具,我们可以得到更高级的妖怪了!我会跟卓美好好谈谈的。"

"还不够吗?我们拿到的已经够多了!我们不能再跟 4E 做生意了!那个组织比你我想象得更复杂更危险!有什么人会出那么丰厚的报酬来购买妖怪!趁现在还没出什么乱子,收手吧!"

"段叔,你在怕什么？只是公平买卖而已。"楚雅岳淡然的声音完全不符合他的年纪,"你不会是在同情那些妖怪吧？拜托,它们连只蚂蚁都不如,根本就是这个世界上多出来的垃圾。作为人类,让我们的世界干净些,这样才对吧？"

"雅岳说得不错,你不妨把妖怪也看作可利用资源吧。卓美已经十三岁了,作为楚家的一分子,是时候让她完全加入我们了。"

"你忘了那个诅咒吗？！"

有东西摔碎了,争执似乎升级了。

"放手！你疯了！我不认为那是诅咒,反而是能给我们带来好运的眼睛！"

"放屁！你比谁都心虚不是吗！你抓妖怪的初衷不是为了赚钱,而是因为你害怕它们出现在你的生活里！你根本没有把卓美当女儿！你把她也当怪物！"

"除非我不要她,否则她永远是我女儿！她是个听话的孩子,只要她永远乖下去,我们的生活会越来越幸福。"

只要她永远乖下去,只要她永远听话……

班卓美突然觉得眼睛很疼,好像什么都看不见了。

无数雪白刺眼的光从门后钻进班卓美的眼中,好疼啊,眼睛都像被烧化了似的,模糊的人影在晃动的光线中闪动,扭曲得像一只只狰狞的怪物……

八 ❧

班卓美猛地睁开眼,第一眼看到的却是那只囧妖怪,还有一扇阳光充足的窗户,猫正蹲在窗台上睡觉。

"呀,醒啦醒啦！"囧妖怪蹦着小短腿,"阿朱师傅！她醒啦！"

"哦,好。"阿朱的脸进入她的视线,笑道,"中午好！"

班卓美从床上坐起来,发现自己肩膀上绑着绷带,另一边的地上,躺着被五花大绑、昏迷不醒的段叔。

"要不是雷王动作快,你就被击中心脏了。还好,只是擦伤了肩膀。"阿朱递给她一杯热水,"没想到我这次出门,回来差点就见不到我的好邻居了。"

"你常出门吗？"她的嘴唇略显苍白,"我以为你是宅男。"

"我出门的时候,你还在做梦呢。"阿朱从桌上拿过一条项链,啧啧道,"看看,又坏了。要我帮你再修好它么？"

再修好它？班卓美一惊,下意识地摸了摸自己的脖子,又看看阿朱,愣了半晌,目

阿
朱

光突然落在阿朱的手臂上，他挽起的袖口下，露出一圈蓝色的圆形纹路。

蓝色的圆纹，修复的紫水晶，蜘蛛……模糊了很久的回忆，潮水般冲击着她几近木讷的思维。"你……"

"还是被认出来了吗？"阿朱笑了笑，"我长大了，可以变成人形了。"说着，他撩开她额前的刘海，道："你也长大了，要不是看到你脖子上这条项链，我也认不出你啦！"

"你早就知道我是谁了！"班卓美看着他的脸，摇头一笑，"你这家伙，怎么会到这里来了？"

"这里空气好呀，初云山灵气十足，是十分适合妖怪修炼的地方呢！"阿朱看着窗外若隐若现的山峦，他转回头，眼神变得深邃，"你不是妖怪，不会也是为了修炼才来这里的吧。"

"我说过我是来等人的！"班卓美看着昏迷的段叔，"他没事吧？"

"雷王把他打晕了，可能明天才会醒。"阿朱耸耸肩。

囿妖怪赶紧点头："我吃饱饭打人的话，很久才会醒！"

班卓美打量着这个囿妖怪："你叫雷王？"

囿妖怪扭捏道："对……因为我除了会吃水果，就只会制造局部打雷闪电的天气了。我曾被道士打断一只手，是阿朱师傅帮我接好的。他住在云来公寓，我为了跟随他，也搬了进来，只要他在这里，我就不许别人拆掉这座楼。"

原来如此。她笑："你是个好心的妖怪。"

"阿朱师傅有恩于我，为他做点小事不算什么。"囿妖怪的脸红成了番茄。

班卓美从床上下来，打量着阿朱的房子："这是我第一次到你家呢。"

"哈哈，随便参观吧。"阿朱根本不追问她跟段叔的事，朝厨房走去，"我去做饭。"

不问最好，她做过的，还有将要做的事，无须再被任何人知道。

这里果然像个修理匠的房间，堆满了各种各样的坏东西。她的目光，很快被对面的墙壁吸引，那面墙壁上，贴满了照片，整整一面墙壁的照片！

她小心翼翼地迈过地上的杂物，走到墙壁前细看，发现这些照片的内容十分丰富，有风景有人物，还有各种动物。乍看上去，跟普通旅行照片并无区别。

"吃饺子咋样？"阿朱手里揉着一个面团走出来。

"这是什么地方？"她指着一张照片，里头是块普通的湿泥地，一些野草刚从土里冒出来，跟这块地相邻的不远处，只见一片干枯的沙地，绵延到地平线。

"那是我修补过的地方，不过只能修成这样了。以前，那里是块水草丰茂的森林，但后来树被砍光了，天长日久便成了不毛之地。土地坏掉是最麻烦的呀，什么都长不出来。

我花了很长时间，终于把那边修补出了一块湿地，种了新的植被，希望以后这块地会越来越大吧。"他熟练地捏着面团。

"那这个呢？"她又指着另一张照片，蔚蓝的海水里，一条轻松游弋的小鲨鱼，"这也是你修补的东西？"

阿朱点点头："我修好了它的鳍跟尾巴。"

"鳍？"

"也就是你们人类常说的鱼翅呀。"阿朱敲了敲她的脑袋，"为了赚大钱，他们大肆捕猎，那些专业的捕鱼人，抓到鲨鱼就割去它们的鱼鳍跟尾巴，然后把它们扔回海里。那时候，它们还是活的，但是无尾无鳍就无法游动，最后活活痛死。"

班卓美皱起眉头。

"被我修好的，只是极少数。就算放一千个我在海里，也不能修好所有等死的鲨鱼。"他的神情凝重了刹那，很快又恢复了轻松，"要吃什么馅儿的？韭菜？白菜？"

"这个跟这个是什么？白狼跟海豹？"班卓美没有心思跟他讨论饺子馅。

"都灭绝了。"阿朱看着照片，"这是这些族群里最后的一只。我修好了人类在它们身上留下的弹孔，但改变不了它们灭绝的命运。"他转身走回厨房，道，"许多生物用了几千万年来进化，却在几十年之间灭绝。这个世界上本来有无数天堂之地，却因为藏了宝石黄金，被挖得面目全非。我们想修补，但总也修不完……啊，你到底吃白菜还是韭菜啊?!"

班卓美不答话，一个人在照片墙前站了很久。

"你知道我为什么有一双能看见妖怪的眼睛吗？"过了很久，她自言自语般问。

"天赋异禀！"阿朱的声音从厨房里传来。

"十三岁生日的当晚，我做了一个梦。梦里，一个闪闪发光的小人儿牵着我走到一个陌生的岩洞里。"她明亮的眼睛蒙上了一层灰翳，"我看到了我父亲还有段叔，他们被这些小人儿救了……"

她慢慢讲着她的梦境，时钟滴答滴答地走动。许久，阿朱从厨房里探出脑袋："邻居，那只是个梦。"

她摇头："事后我偷偷问过段叔。他惊讶之极，承认我梦中所见，正是三十年前发生在他们身上的事，分毫不差。"

阿朱愣了愣。

"恶魔的心脏开始跳动，恶魔的眼睛将一直照看，直到引你走入最深的地狱！"她深呼吸，"我跟我哥哥，一个跳动着恶魔的心脏，一个睁开了恶魔的眼睛。我哥哥做事

阿朱

181

历来心狠手辣，干了不少不是人能干的事。我的眼睛，能看到藏匿的妖怪……我们是这个世界的祸害。"

阿朱走到她面前，手指在她鼻头一点："你跟他们不一样。你只是看见罢了，这算什么祸害呢？当年要不是你，我可能已经被人消灭了。"

"我的这双眼睛，牵连了太多无辜。"班卓美笑着摇头，"我父亲从那个岩洞回来之后，便一直在研究关于妖怪的种种。知道我有看见妖怪的能力之后，他起初是害怕的，他并未忘记那个诅咒，于是找了各种术师，悄悄监视我的一举一动，然后在我毫不知情的情况下，将我身边的妖怪全部捕捉干净。他将抓来的妖怪囚禁在密室之内，也是在这个时候，一个叫4E的组织主动找上门来，说他们愿意用高价收购各种妖怪。那时，我父亲本已打算找人把密室里的妖怪全部消灭，但4E让他改变了主意。他卖掉了所有妖怪，赚到的巨额资金比整个海博能源三年的总收入还多。至此，他忘记了最初的恐惧，把捕猎妖怪变成了楚家的'支柱产业'。"班卓美的目光在照片上移动，一点点回忆着过去，表情却没有任何起伏，"后来他发现妖怪不仅可以用来直接贩卖，还可以利用它们天生的特质为他寻找矿藏。有一种叫地金鬼的妖怪，以地下的黄金为食，它的血可以找出金矿所在。海博能源的许多矿藏项目就是这样来的，初云山也是。知道这一点后，我父亲不再把所有的妖怪卖给4E了，他会悄悄留下那些他认为有用的妖怪，只等需要的时候，便拿出来作为工具使用。"

"你帮你父亲寻找妖怪？"阿朱看着她的脸。

"从知道我的眼睛开始，他已然把我视为真正的妖怪。"班卓美苦笑，"后来，他甚至把他做的一切都告诉我，他说他希望自己的女儿能体谅他，帮助他，他只有我一个女儿，如今这么拼命，无非是想让我跟哥哥的将来有所保障。并不需要我做什么，只要我肯走到那些有大妖怪出没的地方，用我的眼睛找到它们的踪迹，跟它们说话，将它们引到身边，届时他找来的高手自然有应付的方法。"

"怎么应付？"他问。

"用特制的枪支，以我为中心进行扫射，里面的弹头只对妖怪起作用，如果人类中弹，顶多就是在身上留下小灼痕，数小时内会消失，不过，很疼。"她下意识地摸着自己的手背，"我们抓到的所有大妖怪，都是因为接近我之后被子弹击中，然后囚禁起来带走。"她顿了顿，说："我就是饵，妖怪的饵。"

"为什么不拒绝？"阿朱平静地问。

她笑笑："不想被父亲讨厌。不想被赶出那个家。我什么都不会，离开那里，或许就无法生存了。"

一阵微温的风掀起窗帘，猫睁开眼睛，跳到班卓美脚下，用脑袋蹭她。

"我的懦弱，超乎你的想象，好邻居。"她蹲下来，把猫抱在怀里，"猫喜欢你胜过我，连它都更喜欢活得正常而坦荡的家伙，哪怕这家伙是个妖怪。"她看着猫的腿，笑问："它的腿是你'修'好的吧？"

"是。"他点头，"举手之劳。"

她坐到窗下的椅子上，问："你听说初云山的村民跟海博能源的纠纷了么？"

"村民说，守山如守命。山神的传说，并非虚假。"阿朱坐在她对面，"这就是我在初云定居的原因。我的同族，每一个都会选一个最容易被毁坏的地方定居。"

她一挑眉："毁坏？"

"初云山下有一个真正的大妖怪，只是一直在沉睡中。这只妖怪具体的背景，我也不清楚，据说是一条巨蟒，力量非同小可。如果在初云山开矿，这样大的动静必然惊醒它，它只要翻个身，初云山便会四分五裂，到时候，山下的村子，包括县城，都会沉入地下。"阿朱锁起眉头。

她摸着猫的脑袋，缓缓道："如果那妖怪真的醒了，你又能做什么？"

"我还真没想好呢。拿缝衣针固定它？"他大笑，突然跳起来，"哎呀，饺子要煮烂了！"

"阿朱。"她叫住他，"你说过，世上有种最难修理的东西，是什么？"

阿朱站住，转过头，笑了笑："人心。"

她愕然。

"吃饺子啰！"阿朱跑进了厨房。

人心坏了，该怎么修呢？她也想知道。

不过，可能她等不到答案揭晓了，好好吃完这顿饭吧，然后，就可以道别了。

坐在桌前，她的胃口出奇的好，边吃边问："你父母有消息了么？"

阿朱摇头："应该没有机会再见面了。我们虽是妖怪，但跟其他妖怪比，寿命并不太长。"

"会遇到的。人类常说，好心有好报。"她鼓着腮帮子说。

"哈哈，好，信你！"阿朱笑弯了眼睛。

"段叔醒了的话，把他送走就是了，别为难他。还有，猫归你了。"

"你似在交代遗言。"

"我只是觉得你当猫的主人更合适……"

九 ❧

12月31日，清晨。

班卓美不见了，阿朱也不见了。

囧妖怪找遍了整个初云县城也不见他们的踪迹。那天，阿朱请它把那个昏迷的大叔送到远离初云县的地方。于是它花了N天时间，把这个大叔送到了万里之遥的地方，回来便发现601室跟602室都人去屋空。

今天天气十分坏，阴雨不断。

通往初云山的路上，村民们设置的各种路障仍在，仰头看，高高的山峦似沉默中的巨人，若有所思地俯瞰着脚下的世界。

山腰处那所年代久远、荒废已久的石屋里，楚雅岳举着枪，警惕地四下查看。

"哥……"班卓美被反绑在屋内的柱子上，虚弱不堪。确认屋子里无第三人，也无任何炸弹之类的危险品后，他才收起枪，上去解开了班卓美。

"东西呢？"他匆匆问。

"段叔拿走了。他也走了。"她皱着眉道。

两天前，远在温哥华的楚雅岳突然接到段叔的彩信，内容是"班卓美跟恢牛都在我这里。我们需要再谈谈。别带任何人，否则你永远不会知道初云山真正的秘密！"还附上了班卓美被绑的照片跟石屋的具体位置。他不得不来。

"混蛋！"楚雅岳一拳砸在柱子上，"老东西竟在这个时候来坏我的事！"

"哥，我们回去吧。"班卓美看着他，"别再继续初云山的项目了！"

"你被那老东西吓傻了么？"楚雅岳狠狠瞪着她，"就算没有恢牛，我还有别的方法。我楚雅岳要做的事，谁都休想阻止！我给了他们阳关道，是那帮刁民自己找死，与人无尤！"

他猛地站起来，朝门口走去。

"哥，你要去哪儿？"班卓美突然站起来，虚弱之态一扫而空，眉眼冷如冰刀。

楚雅岳转回头，看着跟刚才判若两人的妹妹，愣了愣，道："当然回温哥华，就算把地球翻过来，我也要找到那个老不死的！"

"哪儿也回不去了，哥哥。"班卓美从衣兜里，摸出一个拇指头大小的瓷罐子。

楚雅岳大吃一惊，脱口而出："恢牛？！"

"两年前的雪崩，我以为就是终结了。可我们活了下来，恶魔的心脏还在跳动，恶魔的眼睛仍未闭上。"她缓缓地说，"我也想过，也许这是恩赐给我们的新生命。我怀抱着某种可笑的希望，幻想着你我的生活会改变。两年时间，我以为我们不会再继续走爸爸那条路了。我看着你努力经营家里的生意，虽然摇摇欲坠，可我的心很安稳。直到你跟我谈初云金矿的事，我才明白，你从未打算放弃从前的'买卖'。我装作顺从，照你的安排，带着妖怪来到这里，因为我仍抱着最后一点希望，希望你在最后的时刻，能变回一个真正的人。"

楚雅岳紧皱着眉头，不说话，死死盯着她手上的罐子。

"我跟自己说，如果你最终选择收手，我们便有了继续活下去的资格。可是，你放弃了。"她从未笑得如此轻松，"恶魔该去的地方，应该是地狱，不是这个本该美好的人间。"

"你……"楚雅岳不禁退后一步，像是被毒蛇咬了似的，"那场雪崩，不是意外？！"

"这次也不是。"班卓美举起那个罐子，"这里头，我放进去的，不是村民们的头发。是你跟我的。我们欠了那么多债，再不还，就说不过去了。"

"不要！"楚雅岳惊恐地看着她的手。

罐子从班卓美的指尖，朝地面坠去。

落地前的瞬间，一簇细细的白色丝线突然从虚空中探出，裹住这罐子朝前一带。

班卓美与楚雅岳惊诧的目光随着这罐子移动到半空——阿朱稳稳接住这罐子，一吸气，缠在上头的丝线便缩回他的口中。

"这个妖怪，由我来处理。"他笑道。

"你跟踪我？"班卓美望着他，咬牙道，"你也听到他在说什么了！没有怅牛，他还会用其他方法来达到目的！"

楚雅岳看了阿朱一眼，突然出其不意地朝空中跃起，想将阿朱拽下来抢走那罐子。可他的手还没有挨到阿朱的裤脚，便重重摔在地上，无数丝线从空中飞出，三两下便将他裹成了一个"蚕蛹"。

不待班卓美有任何反应，丝线也向她扑了过去。

"你干什么！"班卓美躲避不及，被微温的白丝层层缠绕起来。

阿朱的手指在白丝之间灵巧翻动，说："我天生是个修理匠，我能做的，就是修理。"

十

我父母跟我说，世上最难修理的东西，是残破损坏的人心。就我所知，每一个修理过心的同族，余生都会在巨大的副作用中度过。我们的记忆跟智力，包括身体，都会很快衰退。在给这两个家伙做完修补之后，我大概会在二十四小时之内就忘记我是谁。我的身体会越来越小，不出三个月就会退化成婴儿的形态，然后回到原形，在某个不确

阿朱

185

定的时间内消失。

我不是济世英雄，没有崇高理想，只是个以修理为生存意义的妖怪。决定修补班卓美兄妹的心，并非我伟大，也不是因为我跟她的交情。我可不傻，我知道只要修好他们的心，将来这世界上坏掉的东西就会少很多。完好的人心越多，我们的工作量就越小。

修补完成之后，我相信初云山不会再有危险，而我也不需再留下任何我存在过的痕迹，我会离开这里，随便去哪里。我让雷王继续留在云来公寓，继续守着这座楼，如果有人再来找我修东西，就告诉他们我已经退休了。

今天之后，我不会再想起从前发生的事，也不知道自己会遇到什么事，也许出自本能，我依然会沿途修理，直到我修不动的那天。

我把存有这段视频的 U 盘缝到衣服的暗袋里，如果有一天有人看到，请对我好一点。哈哈。

当然，如果你碰巧是我的同类，如果你碰巧遇到了我的父母，请代我问好，并把 U 盘里那张表格打印出来给他们，那里头是我迄今为止修补过的所有东西。告诉他们，他们的儿子没有辜负他们的嘱托，是个尽职的修理匠。我很挂念他们。如果我的生命也有需要修理的地方，我想就是年少时缺失的一段天伦之乐吧。

好了，最后，如果你真的看到这段视频，麻烦去初云山看看，再看看那对叫楚雅岳跟班卓美的兄妹，如今是否安好。

我的故事说完了，再见，阿朱。

阿朱的笑脸，定格在显示器上。

"你都看过二十遍了。"敖炽在我背后，闷闷地说。

"我看的时候你还不是在看！"我关掉了视频窗口。每次看到阿朱定格的笑脸，再看看那个在不停里欢跑的小娃娃，我跟敖炽都会心有灵犀地对看一眼，然后在各自的心里，把对这个家伙的疼爱又增一分。

但，如他自己所说，他的身体已经越来越小了，衰退的速度越来越快。三天前他还能到处跑，今天一早，已经变成个只晓得吸手指以及哇哇哭的奶娃娃了。

外头传来九厥的怪叫："啊！我的衣服啊衣服啊！他又尿在我的衣服上！"出去一看，九厥头冒青烟地抱着阿朱，怀里的小东西手舞足蹈地咯咯笑。

这老东西自打听说不停里来了个小娃娃，天天跑来围观顺便蹭饭，经常跟敖炽因为抢孩子玩儿发生纠纷。所有人都知道阿朱的故事，但谁都不多提，不停里的家伙们每天做的事，就是陪他玩儿。

九厥说，阿朱是妖怪里的"蜘补"，跟寻常的蜘蛛精不同，蜘补们天性温和，终其一生都在修补这个世界。这个族群的数量不算少，但寿命都只有百来年。蜘补们生下孩子之后，只会照顾他很短的时间，然后便离开去专心做自己的工作。它们一生会修补很多东西，但无人知道修补方法，这个世界的安稳存在，多少也有它们的功劳。只是，随着世界坏掉的地方越来越多，蜘补们的数量也越来越少了，要修的东西太多，常常还撑不到结婚生子，就因为耗尽力量而消失了。

在阿朱失去记忆到遇到我们之前的这段时间，没人知道在他身上发生了什么。我猜，这孩子就算在衰竭期，也在本能地修补他觉得坏掉的东西。比如那只被取胆的熊。

我把他从九厥怀里抱过来，摸着他头上那片已经变成灰白色的头发，这是妖怪走近死亡线的标志。

敖炽每每看到阿朱的头发，就会下意识把目光挪开，脸上刻意挂着无所谓的表情。但我知道他背着我查了很多古籍，希望找到延长阿朱生命的办法。

可是，两天之后，阿朱还是离开了。

这天清晨，他在敖炽怀里，缩成了一个小小的光圈，光圈里头，伏着一只长着蓝色圆纹的小蜘蛛，其中一只小爪动了动，似挥手告别。

从窗口洒入的阳光越来越亮，小蜘蛛的身体越来越白，越来越透明，最后，什么也没有了。敖炽手里还举着奶瓶，愣愣地看着空气，保持着这看似滑稽的动作，很长时间才放下来，把脸转向窗外。

"就算举着奶瓶，你也是个很帅的爸爸。"我在他身边，吻了吻他的脸颊。

我的心口上，挂着一个千足金雕成的花朵吊坠，敖炽藏在鞋盒子里送我的儿童节礼物。挂着这吊坠的黑色绳子，是阿朱亲手用丝线编成的，很漂亮的手工。

记得他把这个绳子穿过花朵，挂到我脖子上时，在我耳边说："妈妈，我编的绳子永远不会断，爸爸给你的礼物永远不会丢的！我爱你们。"

我们，也爱你。

十一 ✿

我跟敖炽去了两个地方，一个是新西兰，一个是初云县。

三个月前，楚雅岳和班卓美被人发现晕倒在云来公寓里，在医院里躺了一个月之后才醒来。

据其身边的人描述，楚雅岳醒来之后"性情大变"，跟从前那个心狠手辣的少东判若两人。不久之后，海博能源所有遭到严重抗议的项目全部被他终止，包括初云山金矿。

为此，海博能源受创不小，之前的债务问题全面爆发，不多时便宣告破产。

但失去了家业的楚家兄妹并没有像旁人想象的那样伤心落魄，相反还一脸轻松高兴的样子。不多时，听说他家的一个段姓老臣找到他们，拿出自己全部家当，跟楚家兄妹一起，举家迁往新西兰，重开了一家经营有机蔬菜的小公司。

某个下午，我伪装成客户去了他们的公司。班卓美接待的我，还领我去他们的农场实地参观，我看到他们这个农场，被命名为"Red"。

"中文里，红色还可以用一个朱字来表示。"我说。

"我知道的。"班卓美点头。

我故意又道："我有个朋友叫阿朱。"

"是吗？真好的名字。"班卓美真诚地说，"你看，那边是我们培植的新品种。"她殷勤地介绍着他们的产品，看起来，她的记忆里真的没有阿朱的痕迹了。

远处，楚雅岳急匆匆地跑过来，朝班卓美大喊道："快快！安妮生了生了！"

班卓美惊喜地大叫一声，忙跟我解释："不好意思啊沙小姐，安妮是我们养的马！我去去就来！"说完便一溜烟朝楚雅岳跑去了。

我站在空气清新、飘满蔬菜气息的农场边上，心想，阿朱到底对他们做了什么。

被修好了心的人，就是这个样子么？我想我永远也无法知道答案了，唯一能确定的是，他们现在很好。

至于初云县这个地方，我很喜欢，我还去了阿朱的故居，见到了仍然守在那里的雷王。

它还是喜欢吃水果，但是已经不再乱扔果皮了，楼道被它打扫得很干净。每天还会准时到601室喂猫。猫长胖了，最热爱的还是蹲在窗台上晒太阳，偶尔望望楼下经过的人们。

◉ 尾声 ◉

天气越来越热了，不停里的气氛又像往年的夏天一样，懒洋洋，静悄悄。

我，还有纸片儿跟碗千岁都在睡午觉，赵公子在厨房切大葱，敖炽抱着新出来的new Ipad，在大厅里玩他永远不死的愤怒的小鸟。

后院里的栀子花丛前，多了一个小小的石碑，石碑下，埋的是我们买给阿朱的衣服跟玩具，还有那个U盘。石碑上，歪歪扭扭刻了四个大字——爱子阿朱。

大字下头，还刻满了小字——爱你的爹妈们：敖炽 裴椤 九厥 纸片儿 赵公子 碗千岁（排名不分先后）。

阿朱最想要的东西，我们给了他双倍，不，N倍。

这个世界坏掉的部分确实很多，但仍有很多完好无损的存在，从不叫人失望。

我睁开眼，偷看了一眼敖炽，他的 Ipad 扔在一边，脑袋望着窗外，手指偶尔动动，像在做翻绳游戏，还时不时微笑一下。

最近，他常这样，被发现之后就会马上转过头，换上惯有的臭脸："玩累了，休息眼睛呢！切！"

无论怎样坚固的心，还是有一块柔软的地方呀。这样的心，是永远不会坏掉的吧。

我悄悄笑了笑，转身喝了口清凉的浮生，睡着了。

阿朱

真正喜欢一个人，就要想方设法让她学会在这个充满危险的世界里保护自己。

第七章／翎上

◉ 楔子 ◉

　　我靠在柜台里的椅子上打盹儿，布在四周的小结界上全是晕死过去的蚊子。树妖也怕蚊子咬。檐下的乌衣只记得跟他老婆卿卿我我，早忘记了要替我抓蚊子的承诺。

　　七月炎夏的日子，除了犯懒跟犯懒，我想不出别的事儿干。昨天清晨，我从冰箱门上揭下一张告示贴，敖炽用奇丑无比又潦草的字迹告诉我，老家伙说有事，所以他回东海去看看。

　　留言简单平淡，他却走得匆忙，应该天没亮就跑了，这绝不是嗜睡如命的他的常态，以至于我到现在还在猜东海的老家伙出了什么事。谁都知道他的年纪已老得不像话，身体出现问题也正常，难道他找敖炽回去是为了继承人的问题？据我所知，东海老龙王膝下，只有敖炽一个嫡亲孙儿。咦，如果敖炽继承东海龙王的位置，我岂不是成了龙王夫人？不不，这可不好，听说当龙王太忙，几乎没有时间离开东海，以敖炽的性格，他必然不会放我独自外出逍遥自在的，难道从此之后我要成天待在虾兵蟹将老乌龟成群的龙宫里吐泡泡玩儿？不成，赶紧向天祷告，希望敖老爷子长命万岁，永远有颗十八岁的心脏。

　　话说回来，跟敖炽一起这么久，我从未去过东海，也没有见过他们敖家的任何亲戚。敖炽自己也极少回东海，顶多在某宝上买一大堆包邮的补品寄回去，给那个永远被他称为老家伙的亲爷爷。敖炽很少提他爷爷的事，只说过他小时候顽劣异常，曾被爷爷关在东海的冰狱很长时间。至于父母，我更是从未听他说起，仿佛他是从石头里蹦出来似的。不过，我也从不追问。事实上我对东海的一切并没有什么兴趣，我从来认为婚姻只与两个人有关，一旦超过这个数目，便有了各种麻烦。

　　还好，东海龙王至今也没有点名要见我这个妖怪出身的孙媳妇，真要我去见家长并应付一大家子的龙，我会头疼。不过，也可能他点过名，但是被敖炽拒绝了？

有一些深夜里，偶尔失眠的我，会无意识凝视敖炽沉静的睡脸，然后，脑子里便会出现一连串的他，初相识时的霸道蛮横，保护我时的细腻温暖，担负天职时的不惜一切，家常生活时的幼稚恶搞。每一个形态的他都很真实，他让所有人都认定，敖炽是个真实到透明的生物，他懒得隐藏自己的好恶，不屑于心事重重，他活得潇洒自由，淋漓尽致。但，真是如此？

完全没有秘密的人，本身就是最大的秘密。我不但是他的妻子，还是江湖经验丰富，先天心思敏感的妖怪，敖炽有无秘密我不能确定，但他这次的匆忙离开，多少叫我不安。

午睡的浑噩中，我时而梦到一片翻滚的海水，时而看到早已不存在的胖子跟瘦子，时而又是纸片儿跟赵公子在眼前忙碌，世界一片繁乱。

突然，一道白光，散着寒凉的气，将我梦中的世界生生劈成两半，不留任何情面。

我本能地一缩脖子，从梦中迅速回归现实，敏捷地避开了从头顶上杀来的不明物体。

铿一声响，伴着柜台裂开的声音，一把明晃晃的王麻子菜刀霸气外露地斩进柜台五厘米深处，洋洋得意地颤悠着，背后，一个标致得仿佛自山水画中走出来的年轻人，浅笑着看着我："老板娘好身手，睡着了都能躲得开。途经贵宝地，有点累，想在你店里歇一夜。"

哪有用菜刀跟人打招呼的道理！碗千岁昨天跟我请假说去探亲，不在店里，那赵公子跟纸片儿呢！那两个死鬼，有这样的变态混进来竟不提醒我！

正要发飙，纸片儿逃命似的从窗外奔进来猛扑到我怀里，号啕大哭："老板娘出人命啦！赵公子死啦！"

我冷睨了眼前的客人一眼，跟纸片儿走出门去。

前院的草坪在下午的阳光里显得尤为青翠，我的帮工们把不停里的花花草草总是照顾得很好。不过，这时的草坪上不止有花草，还有四分五裂的赵公子，这边一只手，那边一只脚，十分可怜。

我回过头，向那个站在屋内朝我微笑的客人说："这是我厨子，不管他哪里招惹了你，你的行为直接导致我今天会没有晚饭吃。"

"我做给你吃的呀，丸子汤如何？"客人笑。

丸子汤？我原本的不解与怒意被一段突然冒出来的遥远记忆打断了。我快速转过身，将屋里的人上上下下又仔细看了一遍。

"裟椤姑娘，变成已婚妇女之后，眼神儿跟记性都不好使了。"屋里的人调侃道。

我走到他面前，目光定格在他的眼睛里，旋即笑了："你剪短了头发，刮干净了胡子，

再把脸跟衣裳都洗干净，辨识度自然就低了。"

他窃笑，白净净的牙齿与这样的笑容，没有几人会讨厌。

"老板娘你……跟他？！"纸片儿如果有五官，现在的表情一定很崩溃，"他杀掉了赵公子呀！"

"赵公子又不是第一次四分五裂了，没事。"我完全不照顾纸片儿的玻璃心，"去拿蚊香出来，不停里每间屋都要点上。"

"老板娘！"

"快去。"

客人一脸同情地看着被我踢走的纸片儿。

我冷哼一声，朝柜台走去："过来登记！"

"等等。"他凑到我身旁，诡秘地笑，"凡是知道我真名的人，最后都死了。你确定要登记么？"

啪！苍蝇拍在这张美不胜收的俊脸上留下一片红格子，我晃着拍子："登！记！"

他哈哈大笑，伸过长长的胳膊揽住我的肩膀，道："我来履约。"

没有人比你更优秀，朕等你归来。

凰将军，不能再往前了！那是鬼齿崖，去不得呀！

后退者死！

"后退者死……"

她总是在这句梦话里醒来，身下的白骨堆散发着淡淡的、奇怪的气味。这沉在地底的太庙，总有几千年不曾见过阳光了，那些在四周缓缓飞舞的、通身闪着磷光的虫子，将她的眼睛自黑暗中拯救出来。青冷的光团散乱飘飞，照出四周的残垣断壁，沉寂千年的石料，看上去就像另一种白骨。

还是不能动弹，连拔剑自刎的能力都丧失了。

燕王，不，如今是皇上了，他此刻应该在宫墙之内焦急等待吧。她言之凿凿要回去，在今年第一场雪之前。

黑暗里，有人踩着白骨，咔嚓咔嚓地走来。

她的嘴被掰开，食物与水慢慢灌进来。

"送我出去，当有重赏！"她费力地转过脸，看着身边这面目模糊的人。

从那么高的崖上跌下来，能活着是她命大，在筋骨尽断身如死尸的状态下能活着，是他的恩赐——他是谁，她至今也不知道。只知他在这地下坟墓般的地方来去自如，形如鬼魅。难怪她第一次见到他的时候，以为见了鬼。他说了三句话——一，我不会治伤。二，你身下，都是怀抱着同样目的，但死在你前面的人。三，你没有被切碎，实在很难得。

的确，地上的白骨几乎没有哪一根是完整的，被凶悍的力量切成了许多节。

坠入这深渊时，她感觉到了犀利而猛烈的气流，自地底轰然而上，似化作了无数精钢刀锋，那足以切碎整个世界的危险，将她吞没其中，她甚至感觉到耳畔真有利器嗖嗖飞过，但，没有刀，起码她没有看见，身上的伤皆因落地时的撞击而起，并无锐器之伤。

若不是这鬼一般的人来照料她的饮食，她也早该断气了。

"你说什么？"他收起水壶，几只飞虫在他头顶盘旋，微弱的光芒下，露出一张模糊的脸孔。

"你定有方法送我出去！只要你肯，重赏！"从昨天开始，她的四肢已经不再有任何感觉，没有了疼痛，她的精神好了很多，连说话的语气都重了起来。

"你仍想回去？"飞虫离开，他的脸又陷于黑暗。

"那是自然！这是夏桀太庙，不是我的坟墓！"她努力去捕获他的目光，"皇上还在京师等我。那些逃跑的家伙必然不敢回京，皇上失去我的消息，定然派人来寻，我虽未能寻到夏桀佩刀，但仍要对他有个交代。"

"跑掉的人，回了京城，也见了皇帝。"

"什么?!"

"三年前他们就回去了，我将那三把刀交给了他们。皇帝很高兴，不过还是让他的锦衣卫秘密处决了他们。"他平淡地讲述着，"皇帝知你坠崖，生死不明，但未派任何人来寻你。凰将军的位置，早有新人接替。"

她愣了半晌，斥道："荒谬！我落到这里不过三日光景，怎来三年之说！"

"山中一日，世上千年。这太庙本就是时光的坟墓。"他笑笑。

"你是个疯子！"她的心口剧烈起伏着，"听着，要么送我出去，要么杀了我！你到底是何人，因何要将三把神刀交给他们？"

他沉默片刻，上前将她扶在怀里，前方某个被磷光虫照耀得隐隐约约的石台，上头只有三个空空的刀座。

"那三把刀早已死去，带走的，只是它们的尸体。我用了些方法，让它们看起来好像还是活的，如此便能骗过那些懂得识别真假的术士。如此，皇帝才能安下心来。"他

翎上

195

缓缓道，朝前方吹了口气，敏感的磷光虫们受了惊吓，逃走了，石台上的光线消失了，"等你的人，不是皇帝，是我。"

她转过头，愤怒又讶异的目光落进了他石头般沉静的眼底。

二 ❦

哪个人年轻时不遇上个把人渣，如同哪个妖怪年轻时不遇上个把个臭道士。

反正，我与道士打架，输了。

虽然我已算不得是个年轻妖怪了。从浮珑山上的一棵树到此刻满地乱跑的女妖，我无法确定已过去多少个年头。只可惜年纪虽大，本事未够。将我引入尘世的子淼，教我许多宇宙与人类的道理，却不曾教我太多术法，顶多在一朵花儿上变出一只蝴蝶。至于已把我视为其私有财产的敖炽，他从不跟我讲任何道理，只管教我如何将一道光变成可以劈开巨石的武器，如何在最短时间里将敌人像扔垃圾一样扔到河里等等。他不屑子淼教给我的任何法术，说花跟蝴蝶挡不了敌人的刀剑，真正喜欢一个人，就要想方设法让她学会在这个充满危险的世界里保护自己。

如果敖炽能稍微不那么讨厌，能稍微像一个负责又令人尊敬的老师的话，我想我还是愿意跟他好好学习的。可他显然永远做不到，暴戾粗鲁，自以为是，无休止的填鸭式教学方法。还有，他啰唆，非常啰唆。只要我稍微脱离他的监管，比如去山下的市集上吃碗馄饨，买双绣花鞋什么的，他便可以气哼哼地戳着我的头，从饭前唠叨到饭后，内容永远是你学艺未精独自去山下是很该死的事，最撺的道士都可以让你这妖怪头破血流吧啦吧啦——他给我定下的规矩是，在他认为可以之前，在没有他贴身监护的情况下，我不能随意离开浮珑山。

那时的敖炽，总让我想到一只霸道又神经质的母鸡，用最简单粗暴的方式用力保护着自己的幼雏。而且我从来都觉得，即便有一天我成功修炼成一只力量强悍的大妖怪，他也不会放弃监护人的身份。反正，他能找出一万条把我永远拴在他身边的理由。

可在那段时期，我不愿意被任何人拴住。

我习惯了敖炽的陪伴，但并不表示我喜欢他吧。反正，在他又一次的啰唆责骂与我绝不示弱的反击之后，我彻底坚定了要离家出走，狠狠甩掉这条霸道的东海孽龙的念头，并付诸行动。

我用他教我的方法，掩盖了自己的踪迹，偷偷溜下了浮珑山。在我离开这个熟悉的地方之前，不忘在山下市集里吃了一碗最喜欢的鸡汤馄饨，边吃边想要去哪里。最后还是不知道去哪，只要那地方够远就行吧。随便选了个方向，我昂首阔步踏上旅程。浮珑山很快被抛在身后，回头也看不见了。

从子淼到敖炽，他们谁都没有带我去过太远的地方。越过高山长河，听了村姑们在溪边浣衣时的歌声，看到了麦浪翻滚的田野，也走过楼宇繁华的城池，鲜衣怒马的公子与莲步生姿的美人把世界渲染得很美好，一切都让我很欢乐，走累了就飞一段，飞累了就找个不打眼的地方睡一觉。没有旅伴与目的地的旅行，竟然并不荒芜。

在我去到那个叫长欢县的地方之前，我的旅程一直顺利而愉快。长欢县，多喜庆的名字。只不过我没想到，这个喜庆之地带给我的，却是一场不小的灾难——一个满脸胡子，多到能修出鸟窝的道士，盯上了我。他把自己伪装成一个卖烤鸡腿的小贩，用诱人的香味和买一赠二的幌子欺骗了江湖经验不足的我。

我吃了六个鸡腿，其中一个藏了臭道士的符。

他念一声咒，我的肚子便翻江倒海地疼一次。我以为他也是那些抓妖怪回去炼丹修炼的一个，可他却说：树妖，你做我徒弟，我便解了你的咒。

"滚！当你徒弟，早晚会被你那长胡子里钻出来的虱子咬死！"我满头冷汗地骂，对肚子里的符无能为力。对的，那个时候，我还不是如今这风光无限，有本事有性格能发飙能淡定的老板娘，只是一个刚刚从感情阴影里挣脱出来，正在学习怎样做一个不能被随便欺负的大妖怪的小妖怪，这个"小"不是指年龄，是本领。

"跟着师父，天天都有鸡腿吃！"他的口气里净是戏谑，"你的吃相好看，让我天天看也无妨。"

年轻的我，像只一点就炸的炮仗，这样的话怎可能不怒。

我使出了敖炽教我的所有攻击性法术，强忍着腹痛，与臭道士斗得天翻地覆，从日出到月升，从房顶到山野，我的绿纱衣与他的黑袍子穿越了昼与夜，在天空与地面上勾勒出背水一战的激烈。

虽然我已经很努力了，但确实打不过他。

打不过……打不过就跑呗，还能怎样！于是我跳河了。我是天生的游泳健将，放到现在可以去抢奥运金牌的那种，谁让木浮于水是我的天然属性呢。

湍急的河水把我飞速朝前推去，沉沉之中，我看到臭道士站在河边，并没有追来。

可能他不会游泳，我侥幸地想。

但我忘了肚子里的符，它越来越猛烈地发作，我的肠肠肚肚估计快要烂了，意识与身体都开始虚弱，浑浊的河水呛进了嘴里，竟然都没有了吐出来的力气。

敖炽可能是对的，这真的是个处处暗藏危险的世界。

学艺不精又失去了保护者的树妖，在失去意识的最后一刻，想的是——永远也不要被敖炽知道，我其实是死于六个可耻的鸡腿。

198

这个满腮大胡子，衣裳跟脸好像总是洗不干净的男人，把我从岸边捡回了家。

被他扔到硬邦邦的床上时，我才渐渐有了苏醒的迹象，而我彻底地醒来，是源于严重的惊吓——迷迷糊糊张开眼时，我看到这家伙将一把明晃晃的菜刀切入我的腹中，手势快如闪电，我只觉有股凉风从肚子里吹过，没有任何不舒服。

但，我还是惊叫一声，从床上弹起来，捂着肚子指着他，煞白着脸，一句话都讲不出。

男人一甩手，一道黑影与他的菜刀同时飞出。我已完全清醒，清楚见到那把笨拙油腻的菜刀在空中打了几个滚，将黑影斩成两半，最后铛一声劈进了远处的菜板上，落点十分精确。它的身后，两半黑色的符纸飘飘悠悠落下来，沾地便化成了烟。

"贪吃贪杯，都是行走江湖的大忌。"他看着我，眼珠子跟石头做的一般，没动静没光彩，"从哪儿来回哪儿去，妖怪。"

我与他对视了三秒，然后龇牙咧嘴地朝他吼了一声："背过身去！不许转过来！"

他眨眨眼，背过了身。

我赶紧撩开衣服查看肚子，很完美，连个蚊子包都没有，这……

"不会留疤的。"他忽然说。

"你背上也长了眼睛不成！不怕我挖了它？"我狠狠瞪他，心下松了口气，赶紧整理衣装。

他可能笑了一声。

"你是谁？"他问。

"裟椤。"我脱口而出。

"是什么？"他又问。

"树妖。"我不假思索。

"住在哪？"

"在……"

我卡住了。

脑子明明是清醒的，但好像又被什么东西给遮盖住了——我记得我是谁，记得我到了长欢县，也记得那个臭道士，但，仅仅是这些了。我从哪里来，认识过哪些人，全部变成了一片影影绰绰的灰雾，我站在灰雾外头，只要再往前一步就能看到真相，但就是挪不动腿。我又出了一身冷汗。

"捡回了性命，丢失一点记忆，算不得什么。"他转过身，从桌上拎起一块猪肉一把青菜。

我嗖一下拦到他面前，狠狠地狠狠地瞪住他。

"好吧，关于解开道士符咒这件事，我至今不是很熟练，留下后遗症也是正常。"他显然能读懂我的眼睛，"也许明天你就能想起一切，也许一年，也许一辈子都想不起。"

"你！"我的脸从来没有出现过这么丰富的表情。

但他无视我的脸，绕过我朝灶台走去，洗菜切肉，忙得不亦乐乎。

我还是没办法对这样一个人发脾气，好歹是他救回来的。环顾四周，好破旧的房舍，只一间屋子，这头睡觉，那头做饭，拿竹帘草草隔开。

等等，我随意的视线突然落到竹帘下，一双穿着绣鞋的脚露了出来。屋里还有第三个人？

我很不拿自己当外人，上前哗一下撩开帘子。

夕阳正在破损的窗口上缓慢移动，淡淡的红与金糅着暑热未退的空气，罩在窗前那把奇怪的、有轮子的椅子上，一个年轻女人坐在上头，专注地看着窗外，安静得像一潭死水，身上那件青色的粗布衣裳将她本就苍白的脸色衬得更不好看。对于我的出现，她只是眨了眨眼睛，连头都懒得动一动。

"你夫人？"我问他。

"我姐姐。"他仔细地清洗着菜叶。

"你看起来比她老很多。"我认真地说。

"你为何还不走？"他看我一眼。

走？又没钱又打不过道士的妖怪，不宜到处乱跑。我失忆而已，又不傻。

"那谁，既然你把我捡回来，就得负责到底。"我拍拍他的肩，"在我想起我家在哪我有无亲戚之前，这房子的三分之一属于我。好不好？好！"

他看都不看我一眼。

"喜欢便住下吧，裟椤姑娘。"轮椅上的女子忽然开了口，声音很轻很好听，"我也是个想不起从前的人。"莫非她也是中了符咒然后遭遇后遗症的妖怪？可恨我不但失忆，连灵力都似受了影响，失去了分辨妖怪与人类的能力。

"她不是妖怪。"他端着热气腾腾的饭菜从我面前走过。唉，失忆的妖怪好容易被看穿。我走到女人身边，说："未请教姑娘芳名？"

"凰。"她转过头，朝我微笑，眸子被最后一缕光线点染成浅浅的棕色，虽然美丽，却像一团火快烧到尽头，"我手脚尽废，行动不便，今后多个人陪我说说话，时间更好打发。"

名字真简单，不过怪怪的。

他过来将她推到桌前，一边将饭菜细心喂到她嘴里，一边对我说："这里并非安详太平之地，你若留下，再遇上什么风险，我是不会管你的。"

风险？房子虽然破点，有垮掉的危险，可就算被破房子埋了，也比被臭道士欺负好啊！这男人必然是不愿接纳一只白吃白住的米虫，随便找个借口吓唬我！

"随遇而安，不劳费心。"我去给自己拿来碗筷，主动加入晚饭行列。

不得不说这家伙的厨艺真不错，这肉丸子的味道十分鲜美，跟那个人做的一样好吃啊！

咦？那个人……哪个人？从前有谁也给我做过肉丸子？脑子呆滞片刻，灰雾中有个人影在摇晃。头突然微微胀痛起来。

"不要努力去回想什么，会很疼。"凰看着我。

我同意，换了个话题，问他："你呢，名字？总不能叫你菜刀大哥或者丸子大哥吧！"

"知道我名字的人，最后都死了。"他细细替凰擦去嘴角的菜汁。

虽然我嘴里骂了声鬼才信！但我的心却十分诚实地跟我讲，这家伙没说谎。

失忆并不影响我的直觉。

"切！那你姐姐也不知道吗！"我撇撇嘴。

他不答话，凰却笑了："我这般光景，与死人又有何异。"我心下一怔，竟不知该如何应她。我应该是个简单又诚实的妖怪，编不出那些虚弱的安慰人的话。

当活生生的灵魂被禁锢在不能移动的躯壳里时，绝望便会慢慢滋长。曾经，我也像她这般，孤独地立在山巅，每天都是重复，希望与绝望并存。

等等，我好像又回忆起了一些东西，那座山……它的名字呼之欲出，可恨，就差一步，我还是不能想起来。他把床让给了我，自己拎着一张破席，睡到了狭窄的院子里。

一只失眠的猫蹲在墙头，墙外，隐隐有动荡的灯火与靡靡的歌乐。

流落长欢县的第一个夜晚，平静又缭乱。

我躺在那张臭臭的床上，偷偷张开眼。如银的月光偷跑进屋，凰坐在她的轮椅上，仍然面朝窗外，不知她有没有睡着。他说，凰每晚都这样"睡"，她拒绝躺下来，说那样会让她失去唯一的风景。

一个女人生命的全部乐趣，只在一扇窗户里，未免心酸。我闭上眼，虽然失去了记忆，但我并不觉得恐惧，也不担心自己的将来，一股毫无根据的安全感埋在心里，支撑着我全部的自信。奇怪的感觉。

四

乾清宫内，只有一盏烛火。

朱棣坐在离龙榻很远的地方，慢慢擦拭着手中的宝剑。一张信笺揣在他的袖中。

今天清晨他醒来时，这张信笺是被叠成了纸鹤的模样，放在自己枕边。信笺上画着简单的图案，一个村落，一口古井，还有一条龙。"中元之夜，不见不散。玉岸青青，彩龙悠悠。"这是信笺上唯一的留言。

这件事，他未对任何人说起。

二更已过，他走出乾清宫，信步而行，要做的事这么多，时间又如此少。可恨乱臣贼子，至今余孽不消，"弑侄篡位天理不容"这样的话，他已听得太多，听到烦躁，听到愤怒。无论他交出怎样优秀的政绩，这些声音也像怨鬼一样缠绕在他四周。

要永远堵住他们的嘴，只有砍掉他们的头。

黄子澄，陈迪，方孝孺，景清……他记不得所有人的名字了。他所能记得的，只有那些人临死前，投向他的怨毒目光。

京城的夏夜，星河闪耀，他脚下的江山比任何时候都温柔瑰丽，可惜他从未有时间细细欣赏。在他眼中，世界的颜色无非三种，严峻而乏味的黑与白，以及血流成河的红。

一旦走到最高的位置，便很难再走下来。

他穿行在高耸的宫殿之间，一直走到奉先殿。

这里供奉的，不只朱家祖先，还有三把得来不易的刀。

奉先殿后的密室中，他面无表情地立于袅袅薄烟之中，那光可鉴人的玉石台上，三把锋芒四射的夏桀神刀，比肩而立。

龙牙，虎翼，犬神，传以天地间之神物锻造而成，最初被夏桀觅得，用为佩刀，传此刀"入暴君手则毁之，入明君手则护之"，天赋异禀，自生灵性。夏桀死后，三刀被供奉于太庙之中，后太庙被毁，此神物消失于世间。千年来，觅其下落者无数，皆无果。有说北宋时期，此物曾于开封出现，但仅是传闻。

许多皇帝都找过这三把刀，他们每一个都相信自己是独一无二的明君，若能将三刀收归手中，必然如有神助，国运昌隆。也有一些宣称寻到了夏桀太庙遗址得到神刀，还似模似样地将"神刀"供于内廷，但真假便只有天才知了。总之，夏桀神刀作为一个亦真亦假的传说，被千年时光冲刷得隐隐约约，北宋之后，也少有人提起了。

但，他很清楚，这三件神器并非是传说。因为，老国师刘伯温用这夏桀神刀斩断了一条正在蓬勃而生的异姓龙脉，稳固了大明王朝之国运。

那年他只有十三岁。盛夏时节，读厌兵法的他躲在最僻静人最少的武英殿看闲书，当他发觉父亲进来时，想避开已来不及，幸而学了一身不坏的功夫，三两下便爬上了房梁。

父亲没有带任何侍卫，随他进来的，只有那早已告老还乡的刘伯温。他听到了全部的谈话内容。

原来，刘伯温辞官是假，远赴山海关外斩龙脉是真。听他所言，山海关外有龙山凤峰，龙已出头，凤正展翼，若不断其脉络，不出三年，朱家江山必为外姓所灭，改朝换代。而天下能断龙脉之利器，唯有夏桀刀，他机缘巧合得了这神物，断了龙脉。父皇大喜之下，亦要他交出这神物，好好供奉，庇佑大明千秋万世。但他却说，此物实非凡品，不宜见诸人间，故已将神刀送归夏桀太庙。任父皇如何询问，对太庙遗址，他都三缄其口。

不得不说，大明王朝诸多名臣之中，他唯一佩服的，只有这姓刘的老头。

犹记得当年他从武英殿的大梁上下来时，还未出门，那刘伯温竟出人意料地折返了回来，笑着问他："燕王殿下，可是有话要问老臣？"

"有！"他当然有一堆问题要问，这刘伯温真不负神机妙算之名，竟知道他躲在梁上。

"这夏桀刀与太庙址，殿下都不必问了。"他捋着胡须道，"倒有一事，可告知殿下，附耳上来！"

他把耳朵凑过去。

"为何与我讲这些？"他有些惊异，且不明就里，"这难道不该是只有国师与父皇才能知道的事么？"

"江山万里，能者居之。所谓龙脉，依人而生。此断彼起，生生不息。身平心阔，永乐无忧。殿下，这几句话是老臣赠你的。记得或不记得，也不打紧。"老头拍了拍他的肩膀，慢悠悠地离开了皇宫。

这是他们最后一次对话。第二年，六十五岁的刘伯温死了，说是身染怪症，无药可医。一代奇才，开国名臣，安安静静地死在了老家。

多年之后，他才明白为何刘伯温要将那件事告诉自己，这未卜先知的老家伙，早已料到自己会黄袍加身，"永乐无忧"，连年号都给了他。

大明龙脉，长欢之下，古井为门，龙游天河——这附耳之言，则是大明朝最大的秘密，也是最大的弱点。他一直认为，这个弱点将受到最好的保护，因为只有他跟父皇知道。

可他恰恰忽略了最重要的一件事——父皇并没有将皇位交给儿子，而是给了他的孙儿。

父皇临终时在新皇帝耳边说的话，除了他们二人，再无旁人知道。

于是，被他赶下皇位，烧了宫殿逃去无踪的侄子，如今成了他最大的心病。他派无数手下去寻他，无果。他坐卧不安，连梦里都是侄子愤怒到扭曲的脸，他朝他吼叫，要用刀断掉大明龙脉，就像当年刘伯温断了别人的龙脉一样！

朱棣，这皇位你是坐不稳的！每次惊醒时，耳边都响着同一句话。刘伯温说过，龙脉只有夏桀刀能断，只要将这神物归为己有，那么一切都安稳了。

他将手伸出去，离那玉台上的刀锋还有半尺之遥，已然有股炙寒相交的奇特气流，排斥着他的手掌。

没了刘伯温，幸而还有个廖均卿，这新国师比老国师的脾气好多了，本事也没有差多少，他不但知道夏桀刀的传说，还有辨出真伪的能力。

"火见为水，水腾为龙。"他亲眼见到，熊熊烈火中，以三刀往火中劈下，烈火顿时化成清水，跃于空中，化为无色之小龙，飞天而去。

天下，唯有夏桀刀有这般的本领。

为了寻它，廖均卿着人走遍五湖四海，费尽心力才确定了夏桀太庙的位置，晋中鬼齿崖附近。

据说那是个十分危险而诡异的地方，派去的人个个胆战心惊，但，只有她毫无惧色，义无反顾。事实上，在之前每一次疲累又凶险的寻找中，她永远是走在最前头的那个，她说的最多的一句话是"臣必不辱命"。

对了，她……啊，上一任的凰将军。这都三年了吧，都快记不得她的模样了。

只记得是个厉害的女子，一把极好用的利刀。

若身边多一些这样的"刀"，他何愁江山不稳。

不觉间，天已微明。

他将袖中信笺烧为灰烬，走出了密室。

五

这村里真没什么好风景，低矮的茅草屋，辛劳的村夫村妇，满身泥巴的幼童，还有几块瘦田，村外一条白浪翻滚的大河，到处是牛粪的味道，有什么好的。

他却很有兴趣。拿着钓竿去河边，将鱼钩远远甩进水中后，便不再管它，拿斗笠遮住脸，躺在大青石上打起盹儿来。不远处的河岸边，停着一叶小舟，随着水流微微晃动。

傍晚的风从河上吹过，岸上的柳枝便像美人的长头发一样飘动起来。

我站在自以为隐蔽的地方，打量那个可能已经睡着的男人。

菜刀，我现在这样叫他，他也并不介意。他有一手出神入化的好刀法，不但能料理大葱与猪肉，还能了无痕迹地从我腹中剖出符咒，他知道我是妖怪但毫不惊诧，他有一个四肢尽废的怪姐姐，让他每天清晨出午后归，三餐起居照顾妥当。

不得不说，他做的饭菜很美味，切出的肉片又匀又薄，能透过光来，完美之至，就好像——他斩人头颅时那般干净利落。

午间那场热得要起火的阳光，现在还照在我的脑子里。刑场的石台上，两个人，一个站，一个跪。

赤红的衣裳像要在他身上烧起来一般，刺眼的光线在手中的钢刀上跳着危险的舞蹈。他微仰着头，石像般凝固在那里，囚犯的囚衣还很洁白，像条翻了肚子的鱼，无能为力地漂在水面。

斩！县太爷的令牌落了地，激起小小的灰尘。

他俯下身子，似在犯人耳畔耳语一句，然后——

手起，刀落。台下一片惊呼，还有一个女人撕心裂肺的尖叫与晕倒。

高高溅起的鲜血跟他的红衣一起融在了正午的光线里，我看到有熊熊的火焰在他身体的里面与外面齐齐燃烧，连那灰白的刑台都变得通红起来。

我站在渐渐散去的人群中，望着从刑台上走下来的他。

即便我们之间还隔了很远的距离，那么多活生生的脑袋夹在中间晃来晃去，我们也十分容易看到彼此。

这便是我的工作。他看着我的眼睛，慢慢地说。

那一双十指顾长的手，能做出世上最好吃的饭菜，也能斩掉最坚硬的头颅。

我逆光而立，终于看清了他的脸，最亮的阳光把他的眉眼与轮廓都洗干净了，若剃掉乱糟糟的胡子，这个称职的剑子手，应是个年轻而好看的男人。

但，他不是人。

在他的钢刀落下的刹那，我的身体有一道闪电切过，某些遗忘的东西骤然苏醒。我的鼻子跟我说，这男人不是人，是妖怪。我闻到了他真正的气味……

今天，他天未亮就起身了，做好早餐，还难得认真地洗了一把脸。然后，从衣箱里拖出一件红色的袍子，没有穿，用黑布裹上背在背后。

出门前，他跟凰说，我走了。

凰依然在她的窗前凝望，一天中最鲜嫩的光线也未能让她有片刻的神采飞扬。

抱歉，我还是想不起太多。她这样跟菜刀说。

天空越来越亮，昨夜积下的雨水，被地面的热气蒸起来，空气里越发湿热。我端着清香的粥坐在院子里的树荫下，听着他们奇怪的告别语。

菜刀大步流星地出了门，我无聊地走回房间，放下碗，盯着墙壁发呆，那上面有我刻下的印记，一天一道，已经七日。我的后遗症还是没有任何起色，只有在梦里时，看到一些模糊的面孔，听到远远近近的声音。有人在找我——醒来时，总有这样的感觉。

"你这般年轻好看，能走能跳，着实让人羡慕。"窗那边，传来凰的声音。

这是她主动跟我讲的，最长的一句话了。

"我不年轻了，多少岁我不记得，但一定比你年长太多。"我是个诚实的妖怪。

凰的嘴角微微翘起，就算这样轻的笑容，也让她明媚起来。

"对，你说你是妖怪。妖怪都有不老的容颜。"

"你似乎并不相信我是妖怪。"我搬了个板凳，坐到她身边。这些天，菜刀不在家的时候，基本上我也不在，我是个闲不住的妖怪，在长欢县里乱逛，从铁匠的铺子走到书生的画摊，都是打发时间的好办法。不过，不管我几时出门，都知道窗后都有一双暗淡的眼睛在羡慕我的自由。

"他说，许多许多年前，我也是妖怪。"她的眼神变得迷惑，又有些冷淡，"他同我讲了许多，从远古到现在。一个很长很长的故事。"

我好奇了，忙问："他说你是什么妖怪？"

"换作是你，你会相信吗？"她反问我。

"我不知道。"我老实地回答，如果将我换成一个寻常人类，然后有人跟我讲我是妖怪，可能我也很难相信，说不定还会把那个人打一顿。

"会有人来找你吗？"她换了问题，"失忆的妖怪。"

"会！"我脱口而出。

毫无根据的自信又冒出来了。

"真好。"她好不容易才有的笑容又不见了，"永远也不会有人来寻我了。"

她比任何时候都暗淡。

"这窗外的风景有那么好么？"

我看窗外无数次了，不过是杂乱的院落，灰色的围墙，万年不变的天空，偶尔飞过的鸽子。

"从这个方向一直走下去，就能看到皇宫。"她说。

我把脑袋探出去，皇宫？没去过，听说是人间最瑰丽的房子。天子居所，不逊仙境。

翎上

一座根本看不见的宫殿，值得她这样天天看天天看？

"你是从皇宫里出来的？"我收回脑袋，突然这样问。

她说："你真聪明。"

"我也觉得我应该是个不笨的妖怪。"我点头。

"凰不是我的名字。"一只鸽子落在院落里，小小地惊动了她的目光，"皇上的锦衣卫里，本事最高的四人，被授为苍龙白虎朱雀玄武将军，虽非正式官衔，但也足以彰显荣耀。而在这四位将军之外，还有一位影子般存在的凰将军，此职只选女子任之。除皇上与锦衣卫内部成员，无人知晓凰将军真面目。许多不可被外人知的秘密任务，都由凰将军暗地完成。神不知，鬼不觉。"

原来，她所谓的失忆，是指菜刀讲给她的，那段不被她接受与信任的妖怪的故事？她跟我的失忆根本不一样，她记得如今的一切。我道："这样说来，你并没有失忆呀。既来自皇宫，为何不回去？"

"皇上身边，已有了新的凰将军。"她笑了笑。

我仔细看她的面容，猜测她还是凰将军时，是怎样的英姿飒爽，秀丽动人，即便此刻的她只是比尸体多了一口气，一朵花凋谢到了最末尾。

"你喜欢皇帝。"我一点不拐弯抹角，我自信于自己看穿人心的本事。

她也吃了一惊，愕然了许久，没有否认。

女人也好，女妖怪也好，喜欢一个人时，那言谈之间的怅然，眉目之中的流转，没有半分区别。

我也爱过一个人，虽然我想不起那是谁。

凰大概有太久没有跟人讲自己的故事，有点笨拙，有点语无伦次。

她在燕王府里长大，寻常的婢女，却无师自通了一手好刀法，府中最好的厨师，都不能像她那般，将食物切得又快又好。那年岁末，她独自在厨房中忙碌，一把寻常的菜刀，去筋剔骨，游刃有余。

有人自窗外叫好，她一失神，割了手指。

窗外的人走进来，抽出锦帕替她细细包扎。

用刀之人难免为刀所伤，她手中的伤不止这一道，从未有人在意，任其自生自灭。她慌乱得连下跪都忘了，不知所措地站在燕王殿下的面前。

"听闻府中出了个有庖丁之技的丫头，便来看看，却累你受伤，实在罪过。"他放下她的手，言语温和，哪有半点王爷的高高在上，"回头让大夫替你上药，这般好的一双手，有闪失就太可惜了。"

她回过神，要跪下，却被他拦住，道："你叫什么？"

"他们都叫我丫头。"她小声说，"爹娘将我卖入王府时，没有留下我的名字。"

他点点头，目光落在她切好的肉与菜上，道："小小年纪就有这样的本事，假以时日，必有更大作为。丫头，你可愿将你的好刀法用到别处？"

"别处？"她不明白除了厨房，还有哪里需要菜刀。

"天下有更多地方，比厨房更需要一把好刀。"他摸了摸她的头，"明日来书房见我。"

她摸着手上那块锦帕，怯怯地从窗口探出头，看着他高大的背影穿进飞扬的雪中，天与地之间的一切都模糊了，唯有这个人如此醒目，没有任何东西可以掩盖他天生的光彩。

翌日，她去了他的书房，在那里等她的，除了他，还有一个精神矍铄，身型矫健的中年人。

他给她找了一个师父，十八般武艺，由师父悉心教来。最后，连师父都成了她的手下败将。她的刀太快，把师父的胡须都割断了。

五年时间，他从燕王变成了大明朝的皇帝，而她，从一个小厨娘，变成了他手下最出色的凰将军。

死在她手中的"乱臣贼子"，不论真假，难以计数。只要他开口，她就能为他取来任何一个头颅，不论对方该死或者无辜。

她最后的任务，是替他寻回夏桀佩刀。

他说的最后一句话是：我等你归来。

但最后，她没有回去，而他也没有等她。

"若喜欢你，哪怕你只剩一具尸体，他也会千山万水寻了去。"这句话从我心里直接跳出了口，"如果我不见了，敖炽就算把三界都翻过来，也要抓我回去吧！"

敖炽……这个名字，那张桀骜不驯惹人讨厌的脸，那些针尖对麦芒的场面，突然从那团雾气里挣脱而出，回到了我身体里原有的位置。

"敖炽？"凰看着我，"你想起了什么吗？"

"我……我想我跟这个人应该很熟。"我支吾着。

"能这样待你的男子，很难得。"她转过头。

"菜刀待你也很好啊。"我实话实说。

她只是苦笑，说："一个看不明白的人，终究让人不敢靠近。"

她又沉进了自己的世界里，虽然还有很多问题想问她，可见她这样，我也无趣了，索性出了门去溜达。

已近午时，街市上的人比任何时候都多，而且都朝一个方向涌去。

有人在说，今天又有死囚被砍头。

六 ❧

天已黑透了，一小牙月亮碎在河水里，一颗星星都不见，远远的，传来一声隐隐的闷雷。

风是越来越大了，把我的头发都吹乱了。

我在这里从傍晚躲到天黑，那个男人跟死了似的，到现在还躺在石头上，斗笠也盖得严实，连风都吹不走。

一阵凌乱的脚步从远处传来，三个人影从村口匆匆朝河边走。

最前头的人提着灯笼，脸孔被照得很清楚，是白天我在田边见过的一个矮胖汉子，他背后跟着年轻轻的一男一女，拎着简单的行李，边走边四下探看。

我的视力很好，那个年轻男人——他，显然是那白天被砍了头的囚犯。

幸亏我是个妖怪，不然一定吓得跳起来。

我亲眼看到他的头滚到了地上，跳了几下，滚了几圈才停住。

菜刀终于醒了，揭开斗笠，坐在石头上看那三个朝他跑来的人。

石头前，男女扑通一声朝他跪下了，狠狠磕了三个头。他只挥挥手，给了他们一个小包袱，说："一些银两，一路平安。"

又一番痛哭流涕，千恩万谢。

随后，那汉子便领了这二人朝那边的小舟而去，开船摇桨，又快又稳地朝远处而去。

一滴雨点打在我眼皮上，突然听到他的声音："下雨了，还不回去？"

我只好从暗处挪出来，走到他面前，指着远去的小船："解释下？或者你告诉我，那个其实是死囚的孪生兄弟。"

"你的后遗症正在恢复。"他笑笑，"你已知道我跟你，其实都是妖怪。"

"白天，只是你使出来的障眼法。你根本没有砍他的头，对不对？"我了解妖怪的本领，但我至今未能看出他的真身是什么。

"人不是他杀的。真凶的父亲比县太爷的官大许多，你在这世上多走走，便会发现钱与权可以换回来很多东西，包括人命。"他淡淡道，"但，不是每个不该死的死囚都能遇上我。"

"不杀人的刽子手。"我上下打量他一番，"为人间正义？"

"你爱怎么想都行。"他撇下我，朝前走去。

"你救过多少这样的人？"我大声问。

"没数过。"

"你杀过多少人？"

"没数过。"

他消失在了我的视线。

三天之后，长欢县首富，肖家大公子被人发现暴毙在飘香院的绣床上，身首分离。同寝一夜的青楼女子竟毫无觉察，清晨一睁眼，吓得魂魄出窍。官府为此案忙得团团转，可根本寻不到行凶者半点蛛丝马迹。

有人偷偷说，这肖大公子素来乖戾霸道，他家丫环本是被他害死，只因他有个在朝中为官的爹，便想方设法给他脱了罪，可怜那替罪羊前些天已经被斩首示众。可见这定是神鬼显灵，谁说世上无公道，恶人自有恶报。

我依然大刺刺地吃着菜刀煮的饭，没有觉得任何不妥。只是在夜里打蚊子的时候，我有意无意地说："啧啧，这不该杀的下不去手，该杀的一个都不放过！"

啪，我又消灭了一个。

他没任何反应，照例拖着他的破席子睡到了院子里。

七 🌿

墙上的划痕已经十七道了。

街上到处都是卖香烛纸钱的贩子，明天就是中元节，每到这一天，人类就开始忙着祭祀亡故的亲人。

这几天我都不打算出门，因为街上到处是臭道士，谁知那个害苦我的家伙是不是也在其中。我的后遗症恢复得越来越快，今天，我已经能想起一个叫作九厥的，长着湖蓝色头发的男人。他是我的朋友，会酿酒，很聒噪。

虽然还不能将所有的片段溶成完整的记忆，但我知道快了。

可是，我突然不想太快恢复记忆。因为只要这一天一到，便表示我可能会离开菜刀与凰了。

半个月失忆的生活，他们是我唯一的，朋友，不管他们承认与否。我舍不得菜刀的丸子汤。

最近几天，菜刀总是很累的样子，每天晚饭之后，他都会出去，往那个村子的方向，

然后天快亮才回来。

我试着跟踪过他，但每次都失败。他只要一进村子，便失去踪影，任我在里头到处乱窜，也没有他的下落。凰变得更不爱说话了，饭也吃得少。

有一天我从外头回来，看到菜刀在跟她交谈。什么内容我不知道，只发现越近中元节，凰越是不安，虽然她掩饰得很好。

这两个人身上，藏着奇怪的秘密。

天气很不好，三天前就开始下暴雨，还有不少人说，这几日的凌晨，总被地底下奇怪的震颤给弄醒。

我虽睡得像猪，但前天凌晨，确实也被地下一股奇怪的力量给摇醒了片刻。

这会儿，我坐在屋檐下，托着腮，皱眉看着乌黑得像要掉下来的天空。菜刀走到我身边，扔给我几个小钱，说："去买点香蜡回来。我要做晚饭，没有时间。"

"这么大的雨！"我瞪他。

"在河里都淹不死，这点雨怕什么！"他淡淡道，"我烧了你最爱的丸子，等你回来。"

好吧好吧，我就是管不了这张嘴！

打着伞出了门，去了最近的纸扎铺，边走边抱怨，妖怪也要过中元节吗，真是奇了怪了。

等等，我心里突然一惊，这么久了，菜刀从来没有让我为他办任何一件事。飞奔回去，果然人去屋空，凰的轮椅孤单地留在窗前。

墙上，我刻下时间划痕的地方，留着几个不算好看的字——后会无期，珍重。

这个骗子！再写句"认识你三生有幸"多好！

我将手里的纸钱一扔，冒雨出了门。

我觉得，如果今天不找到他们，这一世便真的后会无期了。我们没有什么生死与共的经历，相识也不到一月，但既然吃过人家的饭，也该当面说声谢谢，如果他们有难，我会拉他们一把，不管拉不拉得动。滴水之恩也好白吃之恩也好，都当报答，我不想欠人情。这个不知是什么的妖怪，会带着凰去哪里？

我已经记起了该如何飞行，可滂沱大雨完全扰乱了我的方向。

村子？！菜刀常去的村子？我心里骤然亮了一亮。

就在这时，半空中的密密雨帘后，传来我这辈子最不想听到的声音——

"树妖，你我如此有缘，还不随贫道回去！"

我回头，那冤魂不散的臭道士竟骑着一条纸做的龙，冲我阴阴地笑。

八

快飞不动了，好累，累死了！

臭道士的纸龙太厉害，紧追不放，再近一点就要咬到我的脚了！我几乎能想象臭道士现在的表情有多么狰狞跟得意。这次要是被他抓到，显然不会只是肚子痛这么轻巧了！

正胡思乱想之际，一道白光从地下蹿了出来，像一把刀，锋利地切断了道士与我之间的空间，我还来不及看清是什么，已经被一股强大的力量朝地面拽去，风声雨声在耳畔啸叫，我眼前一黑，像坠进了一条狭窄的通道，然后是扑通一声，冰凉的水猛地灌进了我的口鼻。

等我再从水里冒出来时，眼前已是明亮一片，堪比夏日最晴好的天气。当我的眼睛适应了这光线之后，我的嘴诧异地张大了——

碧绿清澈的河水，绕过我的身体向前流动，两侧的河岸上，不是寻常的石块，而是温润晴翠的玉石，有的伏地而生，有的高达数丈，似棵棵临风玉树，器宇轩昂，放眼望去，处处荧光剔透，一派浑然天成的祥和之气。

一声不属于人界任何动物的声音，从我头顶上轰然而过。

抬头，一条半透明状的七彩五爪龙从空中悠然游过，仔细看去，竟没有实体，似由山川之灵气汇聚而成，所过之处，气流旋动，彩光流转，实在是罕见的壮美灵动。再看，头顶那片被游龙拨开的云雾般的白气之后，竟是一条疾速流动的河水，光影缠绕的水纹之上，清清楚楚看到一片正在落雨的乌黑天空。

"还不上来！"

菜刀的声音从后头传来，我忙扭过头，他横抱两臂，立于岸边，皱眉看我，凰坐在离他很近的地方，背靠一块一人高的玉石，石中的光华将她身上惯有的晦暗之色荡涤得一干二净，连她素来苍白的脸，都泛起了淡淡的红霞。

这个地方，不止有着堂皇祥和的气氛，似乎还弥漫着一股难以言述的，生命的力量。

我赶紧爬上岸，说："外头……"

"这是我最后一次救你。"菜刀冷冷打断我的话。

"这是什么地方，怎么有条河在头顶？还能看到我刚刚飞过的天空？"我太好奇了，早忘了被道士追杀的狼狈，也不计较他的语气。

凰怔怔地看着空中那缓慢游动的龙，说："大明龙脉，原来是真的。"

龙脉？！这个我知道，人界历代皇朝的命脉，就是那深藏不露的龙脉，隐于天上地下，阔海深山。一旦龙脉被断，便意味着一个皇朝的覆灭。

一个县城里的刽子手，一个被遗忘的凰将军，怎么跟这个地方沾上了关系？！

比起看到活生生的龙脉，我更惊讶这个！

"龙脉之气，乃天下至灵至净之物，你在这里打了滚，身上的妖气至少七日不现，七天时间，足够你逃命。"他上来拽住我的手腕，"我送你出去，今后好自为之。"

"我刚来你就让我走？"我还没看够这难得的人间奇景呢！还有那些玉石，可值钱了吧！要我逃命也得让我赚点盘缠不是！

他不由分说，拉着我朝我刚才上来的地方走，看起来是要原路将我送出去。就在我们离河水还有一步之遥时，平缓的地上河水上突然漾开了一圈圈奇异的波纹，仿佛有什么要从下头钻出来。

菜刀神色一变，旋即松开我的手，低声道："躲起来！"

躲？看他神色严峻，我忙环顾四周，选了那最高的一棵玉石，飞身落于顶端，那老树般粗壮的玉石顶上，正好有块碗状凹印，躲在里头，居高临下，神仙也难发现。

几乎同时，一个黑衣男子自水下一跃而出，手中弯弓如月，利箭如流星而出，直奔菜刀的面门而去。

菜刀连躲避也不屑，那来势汹汹的龙纹箭竟在离他身躯不到一寸的地方，自行裂成了两半，仿佛一条被竖剖成两半的鱼，擦着他的耳朵飞了出去，撞在坚固的玉石上，当啷落地。

"收起你的箭吧，朱棣。"他看着燕子般落在面前的男人，"你的箭，永远快不过一把刀。"

水滴顺着朱棣的衣角往下滴，但看上去并不狼狈，天子威仪已经刻在了他的骨头里，在哪里都不会消失。

朱棣，当朝皇帝就是这个模样呀，虽然已过中年，但仍是少见的眉目俊朗，英气逼人。我看向凰，她的嘴唇紧抿着，呼吸变得紧张，呆看着那最想看到的人。

"能将纸鹤送于朕枕边，不但知晓龙脉所在，还能逐一破解龙脉入口的机关与封印，这样的人，朕是要来看看的。"朱棣放下弓箭，环视四周，目光从凰身上扫过，但仅仅是扫过而已，好像根本没有认出她。

"你敢只身前来，倒也不是怯懦之辈。"他嘴角一扬，"能踩过千万尸体走上皇位的人，确实不同寻常。"

朱棣脸色一沉，冷笑："你将此地选为见面之处，便早料到朕只能孤身前来。"

"也是，龙脉所在，若为外人知晓，一刀断之，你的江山便埋进坟里了。"他指了指空中那条龙。

"你想切断它吗？"朱棣仰起头，"天下龙脉，不是萝卜青菜，岂是想动便能动的。"

"唯夏桀刀可断。"

朱棣面色微变，旋即镇定："龙牙，虎翼，犬神，皆在朕手。"

"你不觉得你手里的刀太多了么？"他缓步朝朱棣走去，"在你眼中，没有人，只有刀。你享受着握刀的感觉，好用与否是你判定的唯一标准。那些为你出生入死的'刀'，坏了，钝了，丢了，亦只能落个自生自灭的下场。"他看了看凰，"你恐怕连他们的样子都不记得。"

朱棣不语，冷看着朝自己走来的人。

"刀，本有四把。它们生于西溟幽海，本是妖物，寻找主人，是它们生命的主题。"他停住，深潭一样的眼沉到最遥远的回忆——

九

有一把刀，不愿意终生被刻上'工具'的印记。

它反对三位兄长的决定，不肯与那夏桀定下契约。兄长们生气地跟它讲，既生而为刀，便需要一个主人，这才是刀的宿命，夏桀是当世最强的王者，没有比他更合适的主人了。可它依然不肯，于是，只能选择离开，游走世间。

夏桀成了兄长们第一位主人，他生性暴虐，三把佩刀染满无辜者的血。它在远处看着在战场上肆意杀戮的兄长们，看着它们如何与它们的主人一道走入坟墓。主人死去，契约解除。

兄长们疲倦沉睡在太庙之中，有不少人来寻它们，都被它阻挠。它将太庙沉入鬼齿崖下，用天生的妖力将太庙护卫于扭曲而锋利的结界之中。但，苏醒之后的兄长们，毫不犹豫地离开了太庙，那时，人界的皇帝已姓了赵。它无法阻止兄长们的决定，它们讨厌它这个忤逆的兄弟。这一次，它们与一个面如黑炭的男人定了契约，成了他府衙之上，三把处决人犯的铡刀。男人清廉，被誉青天，铡刀之下无冤魂。

它以为，这次的结果会有不同。

但，男人去世之后，他的铡刀却被放进了熔炉。术师跟皇帝说，这三把铡刀杀气太重，有损国运，应化为铁水，封于地下。皇帝同意，工具罢了，要熔便熔吧。

它听到兄长们在熔炉里挣扎吼叫，术师们发觉了异常，用咒语封闭了熔炉。

它不是术师的对手，请了朋友帮忙，待他们打败术师，解开咒语之时，熔炉里只剩下了兄长们的尸体，三把三尺见长的蓝石古刀。

此时，三道蓝气自刀里飞出，在空中合为一个拇指大小的光团。朋友说，这是妖刀

们最后的"魄"，有魄留存的妖物，生前必不是寻常小妖，且妖魄将入轮回，从今以后便成凡人，红尘辗转，此前种种皆成烟云。

最终，它带着兄长们的尸体，回到了太庙。在那里一待便是数百年。

如果还能再来一次，兄长们是否仍然愿意做一把被主人握住一切的刀？

它常常这样问，当然，不可能有回答。兄长们已经是尸体，留下的魄，也不知转生何地。时间这么漫长，它却还是没能想出，它与兄长们存在的意义。

一把刀，就应该将一切都交给主人？！可主人又能给它什么呢？主人的爱与恨，愤怒与笑脸，都不会赋予一件工具。

工具，只在有用的时候，才会被握在手里。

它离开了太庙，世上已斗转星移，皇帝又换了姓氏。除了好刀法，它没有别的本事，于是它成了刽子手，混迹于时间与人类。

它没有一次开怀的笑容，一把排斥主人的刀，一个解不开的结。不知兄长们的魄此刻如何，应该很好吧。做了人类，又怎会再重复刀的宿命，它这样以为。

它开始寻找，大海捞针。

一直找到皇帝姓了朱，还是不知道那道魄在何处。

那一年，一个姓刘的老头找到了它。

他竟知道它的名字。

城里小酒馆的一角，他们做了一笔交易。

老头用一个龟壳，三枚卦钱，摆弄片刻，同它说：鬼齿千里寒，故人返故墟。它说不懂。

老头说，你自哪里出来，便回哪里去，找的人自会出现。作为换取这句话的报酬，它随老头去了山海关外，照老头的意思，它替他斩断了一条在山石中游走的无色小龙。

这是一条正在成长的龙脉，不在它成气候之前斩之，大明江山便会改姓易主。老头坐在小龙消失的石头上，一边饮着葫芦里的酒，一边跟它说。

你是神仙？它问老头。

不，我跟你一样，也是一把刀。不过，就快是把没用的，该丢掉的刀了。老头哈哈笑。

它忽然懂了老头的意思。

要是你被丢掉了，来找我吧，陪你喝酒。它跟老头告别。老头叫住它，跟它说了一个叫长欢县的地方，那里有个村子，村里有口古井……

它听老头慢慢讲完，问他，为何将大明朝龙脉的种种秘密，包括位置与进入的方法都告诉自己，它只是个化成人类的妖怪，对这个世界并没有太多的兴趣与期待。

老头摇晃着他的乌龟壳，卦钱哗哗作响，他摸着胡子，我这最后一卦跟我讲，这个地方，是你的"绝处"，你早晚要去那里。

绝处？它会死在那里吗？它砍下过许多人的头颅，对死亡不陌生。

它跟老头告别，回到了崖下的太庙，兄长们的尸体仍在那里，森森发光。

第二年，国师刘伯温辞世的消息传遍了天下，死因蹊跷。

它在一张画像中认出了他。

这样的人，不会骗一个妖怪。于是它继续在鬼齿崖下等，偶尔也会想想那个古井下的"绝处"。

在它昏昏沉睡时，她从崖上跌落。

太庙上有它布下的结界，任何心怀叵测，寻到这里来的人，都会被切成碎片。但，结界对她没有任何作用。这便是了，故人返故墟。

只有与它同出一脉的兄长们，才能通过这结界，哪怕只是那一道已转生为人的魄。老头的卦，很准。

菜刀站在河岸边，平静地讲述。

他走到凰身边，轻轻握住她没有知觉的手，说："我以为变成了人，便不用重复宿命，但我显然是错了。"

"故事编得很传奇。"朱棣朝他拍了拍手，"莫非你想告诉我，你便是那从未现世的第四把夏桀刀。"

"我与夏桀并未定下契约，他不是我的主人。"他站起身，眼睛里闪烁着我从未见过的光华，"我只有一个名字，翎上。"

"那你可真不是一把听话的刀。"朱棣冷笑，"工具，自然只能在主人手里，才能物尽其用。这么浅显的道理，值得你排斥并琢磨这么长时间吗？"他顿了顿，打量着这个衣衫落拓的青年，"不过，我不相信你是一把刀。不管你是人是妖，还是身负异能的术士，说吧，千方百计将我引来这里，有何目的？钱权官禄，都是我能给的。"

菜刀，不，翎上，他不作回应，只是将凰揽在怀里，低低道："我一直希望我们可以跟别的妖怪一样，有自己的名字，不用将存在的意义交付给'主人'，我们亦有爱恨的自由，走与停的权利。"

凰的眼睛，看了他很久，我猜不出她是被打动，还是没有。

我相信翎上说的每一个字。

"你……"凰怔怔地看他。

一道火焰般刺眼的蓝光，从翎上的额间飞跃而出，转眼将他包裹在一片异样的光华中，无数刀锋般的气流自他脚下而起，龙卷风般席卷而上，将他托向空中。空间仿佛被

翎上

扭曲，他的身影在巨大神奇的力量中旋转，变化——一把通身暗黑的刀，刀身被无数鸟羽般轻灵的蓝光包围，那些不断流动的羽光，仿若从它身体里生出的一对羽翼，每扇动一次，便落下流星般旖旎的光迹。

刀的目标，是那条在天河之下的龙。

我敢说在场的所有人在见到这个情景时，都只有一个想法——这把刀，要斩了那条龙。

龙脉断，皇朝亡。这一亡，世上最自以为是的"主人"，是否还能趾高气扬。

我看到变了脸色的朱棣从地上跃起，人类的轻功有时并不逊色于妖怪的飞翔。

他从腰间抽出了利剑，刺向那把被他蔑视的刀，他们纠斗在一起，时而是剑与刀在斗，时而是他与翎上对峙，光影缭乱，晃花了我的眼睛。只有那七彩的龙，旁若无人地继续游走。

本来我在犹豫要不要出去帮忙，可我很快放了心，朱棣不是翎上的对手。

可我没想到的是，一道银色的细光，从地上疾飞而出，准确无误地击中了空中的翎上，他半边的光之羽翼像被惊散的鸟群，不见了踪影。

叮！一根银簪从空中落下，撞在玉石岸上，脆响着弹到了一旁。

凰的右手，缓缓落下来。她的手，可以动？！

那银簪，是她唯一的饰物。

空中，翎上的真身似是失去了平衡，我没有想到一根银簪竟会比朱棣的利剑更厉害。可他没有坠下来，反而更快速地朝那游龙而去，直直刺进了龙的腹部。

龙晃了晃身子，然后继续游动，刀尖从它的腹部脱出，留下一个旋涡似的洞，但很快便消失不见。看起来，这条灵气所成的龙，并没有受到任何影响。

场面变得很混乱。

化回人形的翎上与朱棣一起自空中跌落下来。

焦急的凰，喊出的第一句话是："皇上！"

如果她叫的是翎上，或者我还可以幻想，刚刚她的行为，与她一直以来的隐瞒，是另有苦衷。

原来，同一屋檐下的悉心照顾与相依为命，终是抵不过一场习惯性的追随。

我用的是"追随"，而不是爱。

翎上的左臂，多了一条裂纹，像快碎掉的瓷器，那些羽毛一样的光，大大小小，从伤口里缓慢地涌出，并不太激烈，但没有停止的迹象。

他望着凰，没有半点怪责的意思。

"我想不起从前，一点都没有。"凰咬着嘴唇，"我无法仅仅从一个听来的故事里，找回所谓千万年的情谊，同伴的信任。我全部的记忆里，只有他，他是天子，也是我的主人。"

翎上强撑着站起来，走到凰面前，举起了右手。

凰闭紧眼，将头扭向一边。

真傻呀，翎上对她，哪有半点杀气。这女人，什么都看不清楚。

"我说过要在今天带你来这里。"他笑，"你以为，我是要断了这龙脉吧。是，曾经我想过要斩断这条龙脉，让那些高高在上的'主人'们明白，不是所有的刀，都只是工具。但，我改了主意。"

翎上摊开手掌，一片龙鳞似的七色彩片，薄透如云，灵光四溢地旋动："龙脉之中有七色云鳞，藏于龙腹，只在七月十五而现，凡人服之，恶疾痊愈，断肢再生。"

所有人俱是一愣。

翎上对着云鳞轻吹了口气，这美极的小东西化成了一道彩气，飞进了凰的口中。

晶莹剔透的光从凰的身体里层层跃出，似要将之汰旧换新一般。

"三天之后，你当可行动如常人。"他看着满脸惊异的凰，"跟他回去吧。"

说罢，他横抱起凰，走到强作镇定的朱棣面前："你是个只相信自己眼睛的皇帝。要你来这里，只是让你确信，世上仍有一人可断你朱家龙脉。"

"又如何？"朱棣皱眉。

"以此为交易。"

"换什么？"

"留她在身边，善待。"

"你呢？"

"有生之年，不入长欢半步。"

凰在这两个男人之间，见证了世上最简短的一场交易。从一个人的怀里到了另一个人的怀里，她的困惑多于惊喜。

当朱棣抱着她离开时，她望着朝她挥了挥手的翎上，张了张口，却什么也没讲出来。

十

翎上并没有离开这块地下龙脉的意思，反而找了个最舒服平坦的地方坐了下来。

我从玉石上跳下来，跑到他身边，发现他伤口里流出的羽光越来越多，越来越快，他露在外头的每寸皮肤竟渐渐地透明起来。

垂死的妖怪，都是这个鬼样子，我非常清楚。

"你怎么回事！"我急了，把他从地上拽起来，"一根银簪子而已，你就这么没用？！"

"她是我兄长们的魄，虽已为人，但天性仍在。天下间唯一能伤我的，便是经由她手而出的武器，哪怕只是小小银簪。"翎上吸了口气，缓缓道，"虽身为妖刀，我们多数时间都以人或动物的形态存在，一旦与人定下契约，便化身为刀，任人驱使。主人死去，契约结束。约千年之后，方可恢复从前面貌。这漫长的时间，是我们的蛰伏期，也是最虚弱的时候，就算被人投入熔炉，也无力反抗。但，只要我们没有定下契约，以人或动物的模样活着的时候，世上能伤到我们的，只有彼此。她身上天生的妖刀之力，已经很微弱，所以我的伤口才这么小，我还能有时间跟力气与你讲话。"

我愣了愣，道："但我现在没工夫跟你讲话，我带你回浮珑山，那里一定有人能治好你。我认识的妖怪不少，有本事的也不少。"

"浮珑山……你的家吗？"他笑，"你的后遗症痊愈了。"

咦，他不说，我居然没发现。树妖，浮珑山巅，我离家出走的前前后后，全部归位，自然之至。

"起来！"我把他的胳膊架在肩上，从地上拉了起来，这家伙，已然轻得像片羽毛。

"刘伯温说，这是我的'绝处'。"他冲我摇摇头，"回家去吧。如果你真的想帮我，得空便去看看她，看看朱棣有否信守承诺。然后，永远不要告诉任何人，世上最后一把西溟妖刀已经死了。"

他推开我的手，坐回了地上，闭上眼睛。

"自己去看，老娘没空！"我恶狠狠地回绝。

透过他的脸，我已能隐隐看到身后那条流动的暗河了。这个样子，他撑不到回到地面。

我深吸一口气，突然抓起他受伤的手臂，照准那伤口，一口咬了下去。

他猛地张开眼，边推我边吼："你疯了！"

他那点力气，当然推不开我。

我将自己体内的真元，灌进了他的伤口，这一口，不知损去了我多少年的修为，我只觉得头昏眼花，乌鸦在耳边呱呱叫。

他停止了透明化，伤口里也不再溢出蓝光，虽然仍是虚弱，但一时半会应是死不了了。

"你与我，并不是很相熟。"他呆看了我半响，却冒出这么该死的一句话。

"你好歹……也说声谢谢呗。"我喘着粗气，"为什么不把她带走，交给朱棣，她未必会好。"

"我想过带她离开。可我最终发现，我不可能带走一把对主人念念不忘的刀。"他无奈地笑，"同生于世的兄长也好，转生为人的魄也好，我抗拒接受他们的宿命，拼命想要做一些改变，可到最后还是徒劳。"

"真是个纠结的妖怪。"我白了他一眼，"刀不一定是刀，人不一定是人。只会完全遵从他人意志的东西才叫工具，该做不该做的，都去做的，才叫工具，这跟你是哪类物种没有半点关系！这么简单的道理你是有多想不通？！"

反正，我不能眼巴巴看他死，他早就不是一把刀了，可这厮自己还不知道。

"走，回上头去。你有大把时间去纠结以后的生活。"

我拽着他跳进了暗河。

十一

如果，世上的臭道士都能像我的后遗症那样彻底消失就好了！

雨到现在还没停，漆黑如墨的天空下，还没走出村口，我便又跟道士们打起来了。注意，是"道士们"。

这些家伙们看起来，可比那个追杀我的大胡子称头多了，连身上的道袍都金光闪闪。

不止如此，整个村子都被军队包围，所有射向我们的利箭，箭头都淬了妖怪们很讨厌的狗血。

朱棣留给我们的礼物真厚重。

这些穿戴富贵的道士必然是吃皇家饭的"高手"了，七八个人围攻我与翎上，不置我们于死地不罢休。

两个妖怪，一个元气不足，一个刚刚从死亡线上回来，加起来也打不过他们。

我摔在泥泞的地上，道士的拂尘就快击到我脸上。

然后……然后这群道士就惨叫着飞了出去，乱七八糟地摔在地上，爬都爬不起来。

半空中，那大胡子道士骑在他的纸龙上，收回击出的手掌。我与翎上不等反应过来，已被大胡子抓上了龙背，呼啸着穿过雨水，直冲天际。

我真想哭，绝望地回头，却惊得差点从龙背上掉下去——背后哪儿来的大胡子道士，分明是永远一张臭脸的敖炽！

"下次再离家出走给我瞧瞧。"他斜睨着我，"啧啧，六个鸡腿啊！你是有多能吃啊！"

我应该揍他的，一边打他的脸一边痛斥他有多可耻多无聊。可是我居然没有，看着那张再讨厌不过的脸，闻着他身上再熟悉不过的气息，我……我竟给了他一个大大的拥抱。

敖炽可能被我吓到了，反而不知所措地揽着我，结巴着："你你，你哪里受伤了？"

我摇头，什么都不说。

我终于明白失忆时那毫无根据的自信与安全感从何而来了——有人一直在我身边，不管我失忆了还是死了，他都不会扔下我。这种感觉，早在我没有觉察的时候，已然根深蒂固。

翎上似笑非笑地看着我跟敖炽，咳嗽了几声，跟敖炽说："谢谢你，虽然不知道你是谁。"

敖炽瞥了他一眼："这半个月你把这家伙喂养得不错，看在这点上，回头送你一颗东海雪珍珠，你的伤很快便痊愈。"

"我这半个月的生活都没逃出你的监视？"我从他怀里直起身子，"龙脉里发生的事你也看到了？"

"当然。"敖炽得意扬扬。

"是你故意把我撵到龙脉之上，算准了他会将我救下去的？"

"你不是很想看他到底有什么秘密吗，我成全你而已。当然，我自己也有点好奇。"

"我花去半条命为他疗伤你也看到了？"

"品格高尚，可歌可泣！"敖炽揶揄着，"我受伤时也没见你这样待我。"

"你……"我怒了，"你明知道也不来帮忙！"

"真正喜欢一个人，就要想方设法让她学会在这个充满危险的世界里保护自己。"他很严肃地回答，"我肯教你，你却不肯学，嫌我这嫌我那。只好将计就计，让你吃点苦头，你才会明白有我这样一个师父是多幸福的事！"

我满心闷气，却无话可说，我还不够强壮是事实。好吧我回家，起码也要等我能轻易打败臭道士的时候，再玩离家出走！

天边渐渐亮起，纸龙摇头摆尾，迎着第一道晨曦，朝东方而去。

十二

当浮珑山的颜色从一片葱翠变得金绿相绕时，完全康复的翎上在山腰的一棵树下同我告别。

敖炽真送了他一颗珍贵的雪珍珠。东海的宝物他极少送人，只说，给他用应该不算浪费。

"有空可以回来我这儿坐坐。"我眺望着四周绝佳的景色，"不过，要来就早来，不然我可能又离家出走了。"

"我会回来找你的。"秋高气爽的天空下，他的气色很好，虽然衣服还是那么脏，脸还是没洗干净。

"你不会继续纠结刀跟工具的问题了吧？"我忽然问。

"我可能会把纠结这个问题的时间用来做点其他的事。"他摸着下巴道。

我松了口气，钻牛角尖的妖怪不会生活得快乐，我想他已经明白了。

他从地上拾起一片红叶，举起手掌朝下一挥，那落叶断成了两瓣，他把红叶拾起来，用手一抚，这红叶又恢复了原状，他将它递给我，说："试试看，你能不能把它斩断。"

"你太小看我了。要试我本领也不用出这么简单的题目。"我撇撇嘴，将那红叶朝空中一抛，手掌轻轻一挥，叶片一分为二。

我正要说话，却突觉右手手心有股痒痒热热的感觉，摊开一看，一块光华流转的刀状青印竟嵌在我的掌心，闪烁片刻后，沉入皮肉之下，再无踪迹。

"你干吗干吗？"我举着手掌左看右看，抠来抠去。

"斩断同一件物事，是妖刀与人定下契约的方式。"他把我的右手拉过去，"只要你亲手将我的名字写在掌心，这个契约便正式生效，从此，我就是专属于你的刀。只要你还活着，这个契约永远有效。"

我稍微地吃了一惊，如果这算是一个回礼，未免太重了。

"现在想来，刘伯温说的绝处，应是绝处逢生之意才对。你随时可以写下我的名字。告辞了。"他转身，踏着被红叶铺满的小路，信步朝山下而去。

"喂！你不是很讨厌主人这种东西么？"我在后头大声问。

他停下，没回头："为什么非要是主人呢，朋友也可以定契约的吧。"

暖暖的山风吹过，花瓣与落叶在我跟他之间跳起了舞。朋友真是世上最好听的两个字了，我觉得。

敖炽的大嗓门从上头传来："有完没完啦！还不回来练习！这个法术可是天下最强的！"

唉，只要是他教的，每一种都是天下最强。

我垂头丧气地滚了回去。

数年过去，翎上没有来浮珑山上找过我。

我再没有离家出走，哪怕我已经能打败遇到的所有不怀好意的道士。

不过，有一个深夜，我去了趟京城。

朱棣的两鬓已见斑白，案上的奏折堆得像山一样高，他的朱笔在折子上不停挪动，让我觉得像部写字的机器。听说他是个极忙碌的皇帝，为他的帝国献出一切。我无法用好坏二字来定论他，虽然他当年不守承诺痛下杀手，可我毫无报复他的意愿。

一个被江山困住的工具而已。我看着幽暗灯火中，那眉头紧锁的男人，静静离开了他的宫殿。

凰在去年的冬天病逝了。我打听来的内容是，皇上软禁了她，什么都给，除了自由。

在此期间，很多术士被秘密派往四面八方，除了皇帝，谁也不知他们去找什么。如果不是忌惮仍在世上的翎上，朱棣不会留她性命吧。

翎上的云鳞并没有治好凰，她只是从一个不能动的躯壳，转移到了另一个不能动的躯壳。

雪花飞下，这冬夜过分的寒凉了。

再往后的数年，我断断续续听到不同地方的人在说同一件事——江湖上出了个"无头青天"，专杀恶贯满盈之徒，都是一刀毙命，身首分离。那刀法，连最有经验的刽子手也望尘莫及。有人说这青天长得五大三粗像包青天一样黑，也有人说他面如冠玉翩翩公子。

我心想，该不是有人终于肯剃掉胡子，好好洗脸了吧。

十三

"每斩杀一个恶徒，我都会明明白白告诉他们我的名字。"他端着我倒给他的茶水，慢慢地吹了吹。

"显得你光明正大是吧。'每个知道我名字的人最后都死了！'"我摇着蒲扇，故意学着他的腔调。

"不，只是表示，惩罚他们的人是我。"他笑笑。"我不为任何人所驱遣。"

"怎么连胡子都剃了呢？该不是跟人搏斗时被抓住胡子挨了几拳吧？"我调侃道。

"其实是夏天吧，胡子太多确实有点热，干脆剃掉。头发也剪短了，看起来还可以吧。"他喝了一口我倒给他的茶，眉毛简直要皱到天上去了，"你看你，都当老板娘，发了大财了，还拿这么难喝这么苦的茶来糊弄老友！"

"这杯浮生可是我店里的招牌产品。先苦后甜，爱喝不喝。"我白他一眼，"说吧，突然冒出来，想干吗？还是我家附近出了个恶贯满盈之徒，需要你这无头青天来料理料理？问题是你把我家赵公子搞成那样又是为哪般？"

"其实是个误会。我刚一进你店门，那盔甲便气势汹汹朝我扑来，我完全是本能反应。"他耸耸肩。

"赵公子只是在追打一只蚊子！刚好飞到你头顶而已！"纸片儿从我肩膀后头露出脑袋，大声控诉。

"那你拿菜刀砍我呢？"我竖起眉毛。

"只是检测一下你的本领有没有进步。"他大笑，"看来你的老师真的很不错！又教你又娶你。"

"拍他的马屁没用。"我哼了一声，"你付十倍房钱，我考虑原谅你。"

"我早就付钱给你了呀。"他很认真地说，"我把我自己都给了你呀！你管我要钱，岂不就是向你自己要钱？"咦？我下意识地摸了摸自己的右掌心。

"我一直等你履约呢。"他笑道，"这么多年，你一点动静都没有。我只怕你是忘了这桩事，又正好路过你家附近，所以才顺便来提醒提醒你。"

"我不喜欢用刀。切菜都由赵公子代劳了。"我看向窗外，繁星宁静，微风轻摆，极好的一个夏夜，"其实，你是来看看老朋友有没有被人欺负的吧？"

他大笑："看来是没有。倒是你欺负他人更多。"

敖炽好像是被我欺负过，但根源还是在于他欺负过我呀！哼！

"天亮之后要去哪里？"我记得他说只住一夜。

"北边一座小城。"他的脸色变得沉静，充满了某种期待，"那里有户人家，不久前刚刚得了三胞胎。我想去看看他们。"

"咦，这一次，是转生成三个了？"我打了个呵欠，"那你快去吧。不过房钱！一个子儿都不能少！"

"当年我也没有收过你饭钱啊，还顿顿都给你肉吃。"

"你的饭钱早过了法定追讨期了！"

"……"

◉ 尾声 ◉

天微亮的时候，我看着他提着简单的行李，走出了不停。跟当年在浮珑山上，我看着他下山时的背影一样。他停在门口，回头，说："我等着真正来履约的那天。"

"可我不想把你变成一把刀。"我继续埋头组装赵公子，"就这样多好，又高又帅，能跑能跳。"

"你总会有需要一把刀的时候。"他笑。

翎上

223

“朋友比刀好用多了。”我头也不抬地说，“快滚吧！不给房钱的人真可耻！”

“白云无尽时，后会当有期！”他很文青地甩下一句诗，大步离开，挥了挥手，还是没留下房钱。

等我把赵公子复原完毕之后，太阳已经升得很高了。还好这家伙只是盔甲，也不是第一次被大卸八块了。赵公子活动着脖子，闷闷不乐道：“打蚊子也有生命危险。”

纸片儿站在他头顶大喊阿弥陀佛，说：“我最怕你有闪失！你死了我就要一个人做家务！”

“我讨厌你。”

“喂，你后背痒痒挠不到的时候是谁帮你？老板娘吗？是我呀！”

“我讨厌你。”

我坐在草坪上，看这一大一小两个家伙互相吐槽，十分欢乐。不停里没有工具，只有朋友，哪怕是两个怪物帮工。

我回到屋里，一道金灿灿的光线简直要晃瞎我的树眼——一把重量十分可观的足金菜刀，不知几时嵌在柜台上，映着我那张快笑烂了的脸。其实，为什么不干脆再送我个金菜板呢，配成一套多好！

微如芥子，也成世界。
谁施谁受，未如眼见。

第八章／小丑

◉ 楔子 ◉

"我在东海，安好，下周回。"——放下手机，我继续悠闲地整理我的金子，金条金链金坠子，越发心花怒放。

搞不清楚是这些金子逗我开心，还是敖炽的短信让我松了口气。没人的时候，我也不怕承认，我还是想念他的。

天气热得不像话，来不停的客人也少了，最高兴的就属纸片儿，没有生意正好偷懒，一大早就不见了它，不知道装成麻雀还是蚊子飞到哪里玩儿去了。电视台暑假剧场正在播《三国演义》，赵公子一边剥大蒜一边看得津津有味，尤其有赵云出场的镜头时，他更是目不转睛。

今天不是周末，日上三竿，城里处处忙碌，上班的上学的川流不息，只有不停里一片懒惰，从老板到帮工，没一个干正事的。

正拿起一个金镯子欣赏时，外头突然传来九厥的大嗓门："哇！老板娘，这是啥?!"

收起金子出去一看，九厥蹲在厅里，面前站着一个一尺来高的木头娃娃，套着花布裙子，眉眼婉转生动，连手上的指甲都细细刻画。被染成淡红的小嘴，弯月似的上翘着，勾出一个恰到好处的笑容，既不张扬也不含蓄，透着股让人一见就开心的喜庆。

"你什么时候有收集这个的癖好了？"九厥指着木娃娃问我，"来找你一起吃午饭，谁知一进来就看到这个小家伙站在这里。"

他扭头，这木娃娃竟也学着他的样子，将脑袋向我这边扭过来，黝黑的大眼睛好像还眨了两下。

"从外面跑进来的，不是我的。"我走过去，也蹲下来围观这个不速之客。嗯，有些妖气，很淡很淡。

看这木料，古旧之意明显，我猜这木娃娃的真实年纪，未必比我年轻到哪里。

就我所知，通常那些上了年纪的木偶人，都不是寻常物，要么本身便成了精怪，要么被外界的妖物灵魅占了躯壳，成正成邪不好断论。但主动跑到我店里来的木偶人，这还是第一个。

就在我跟九厥大眼瞪小眼地望着这小不点时，一阵咯咯咯咯的笑声从她口里跑出来。

我跟九厥冷不丁被吓了一跳。

"不停！不停！不停！"木娃娃竟原地蹦跳起来，欢快地重复着我的店名。

"你会说话？"我来了兴趣，问它，"你来不停干什么？"

"不停！不停！不停！"木娃娃仍然欢喊着，就像刚学会说话的小孩子，来来去去只会讲那一个词语，然后又一蹦一蹦地朝门外跑，边跑边喊，"找到了！找到了！"

嗯？原来这只是个探路的小怪物，大部队在后头？果然，一阵急促的脚步声，由远而近，慌慌张张地朝不停的大门冲来……

一

从前有座山，山上有座庙，庙里有个老和尚，老和尚常握着一把扫帚，在庙内庙外缓缓地扫，冬除落雪，秋扫黄叶，把时间一点一点扫到了遥远的背后。

山太高，路太险，注定没有多少香火，佛前供桌上的瓜果，都是老和尚自己从后山上摘下来，偶尔也会有过路的旅人进来拜一拜，偶尔的偶尔，也会放下微薄的银钱，然后在出庙门的时候跟老和尚说声阿弥陀佛，你这庙也太小了。

庙小如芥，连名字都叫芥子庙，一座佛像，一个禅房，一间僧舍，剩下的便是厨房与茅厕，刚刚占去山腰转拐处那一小块平地，从僧舍的窗户看出去，一丈开外便是悬崖。芥子庙像棵怪异而倔强的孤松，在最靠近危险的地方扎了根，安然生长，风雨不动。

老和尚也有无聊的时候，尤其是冬天最冷的几日。既无人相陪，就只好揽着他的扫帚在庙门口的石级上坐一坐，听群鸦乱叫，看满山雪皑，有时也会跟他的扫帚讲话，内容无非是我离见佛祖之日已不远，芥子庙没了我，又有谁来摘果供奉，谁来打扫修葺，连你这把世上最好用的扫帚也无人再用，庙虽小，物虽微，也是一重世界，若就此荒废，着实可惜。

这把世上最好用的扫帚自然不能回应老和尚，它本来是块寻常的木头，修芥子庙时多出来的边角料，扔在角落里许久，本已跟众多废料一道，被放进框里要被人运到山下当柴卖掉，却在出庙门前被节俭的老和尚看见，捡回去修磨一番，捆上野蒿做成了扫帚，一用就是几十年。

这个冬天，老和尚的咳嗽一日重过一日，渐渐连路也走不动了，在一个太阳刚下山的时候，咽了气。扫帚立在门侧，北风吹得它飒飒直响。

夜里，下起了大雪，鹅毛似的，真怕一夜之后，芥子庙便被永远埋进雪里。

雪越来越密，却听得"咣当"一声，庙门被人撞开来。一个轻裘华衣，面如冠玉的后生，嘴角挂着血丝，跟跄着脚步跑进来。庙门外的石级下，闪着一串火光，气势汹汹地追来。

追来的七八人，寻常装束，为首的壮年汉子，脖上挂着一道八卦符，按着腰间的一柄短剑，眉眼带悍，一步跨进庙来，却不知是风势突强还是怎的，那立得好好的扫帚，不偏不倚不早不晚，刚好横在汉子脚下，将他绊了个十足的狗吃屎。后生见状，哈哈大笑，手掌一挥，竟隔空将那扫帚取到手中，闪身入了佛堂。

油灯幽暗，菩萨端坐莲台，后生捂着心口，靠在菩萨脚下瘫坐下来，搂着这把扫帚笑道："想不到穷途末路时，还能遇到扫帚兄这般的知己，替我出了口恶气。"

暗淡的光线中，被握得已是极光滑的扫帚柄，透着一层别样的光，恍惚中竟似有生机似的。

"木头柄的扫帚倒也少见。"后生将这木柄拆下，三尺有余，色泽微棕，轻抚其上，竟隐有微温之气流动。

火光与人声已涌到佛堂外，佛门不再清净。

"看来已非寻常木头，或可为替生者。"后生面露喜色，事实上他从进庙到现在，脸上一直带笑，毫无被追杀的紧张以及受伤的痛苦，"你我既有这遭缘分，便送你一份大礼，免你将来在这小庙中孤独一世。"他顿了顿，"不过，有得必有失，好自为之。"

话音刚落，佛堂大门已被撞开，火光缭乱之中，大汉们冲进来。

与此同时，一道亮光自佛像下惊起，竟绚烂似彩虹横过，将这潦倒孤寂的佛堂染成了只在画中才有的极乐世界，众人被惊得目瞪口呆，杵在原地不得动弹，但只是瞬间，光华自佛堂内窜出，转眼无迹可寻，张眼再看，佛堂哪里还有那后生的影子，菩萨脚下，只剩一堆从扫帚上拆下的野蒿。

翌日，断气已久，在禅房里硬挺挺躺了一宿的老和尚，动了动眼皮，大大地吸了口气，又缓缓地吐了出来……

二

"买单开单，买双开双，买定离手啊！"

"开开！快开！"

"一三五……十一！对不住了啊各位，单！"

"切！没劲！走了走了，不玩儿了！"

"各位慢走啊！下次再来！"

不起眼的街角处，元芥笑嘻嘻地冲那帮散去的小子们摇手，将铺在地上的蓝布上的碎银子一个个拾起来塞到荷包里，塞一个说一句："这个买烧鸡，这个买桂花糖，这个……"

还没数完，一只大手从背后伸过来，银两无条件没收。

"好的不学，又学人开赌档！"二十来岁的年轻男人，粗衣布鞋，挎着一个笨重的木箱，一手揣银子，一手揪住了元芥的耳朵，看了看蓝布上的一堆花生米，"又拿花生米跟人赌单双！"

"有时候也拿瓜子儿……哎哟，师父我错了！"元芥故作夸张地捂着耳朵，挤眉弄眼道，"你进去老半天也不见出来，又不带我一块玩儿，蹲在这儿实在无聊，不如赚几钱银子呢！"

"师父我是去玩儿吗？进这些大户人家表演，人数都是有规定的，名额大都被那些有名的戏班占去了，落到咱们这些散兵头上，就只剩一个了，想带你进去也是不能的！"他松开手，戳了一下元芥的头，"师父不去多赚钱，拿什么养你？徒弟你的饭量又比野猪还大。唉，赶紧收拾收拾走人！咱们得快些赶路，不然就要错过桃源县将军府里的生意了！"

"是！"

夕阳下，师徒二人拎着大包小包的家当，坐上他们唯一的交通工具——一辆吱吱呀呀的，刮一阵大风都能吹散架的驴车，赶着那头坏脾气的小毛驴出了城门，在初春的乍暖还寒里，往桃源县而去。

他们是俗称的江湖艺人，师父叫三无，徒弟叫元芥。耍刀弄剑劈石爬竿儿这样的活儿他们不做，他们只变那些热闹奇巧的小戏法，抹花了脸演些逗人捧腹的滑稽戏，偶尔也卖吃不好也吃不死的丸药，比起那些人丁兴旺的大班子，他们来来去去就只有师徒二人，收入不算多，饿不死而已。

打从元芥能记事起，她就跟着师父在大大小小的城池里穿梭，自小她就淘气，师父怕她跑没了，不得不在他表演时用根绳子拴住她的腰，另一头绑在离他最近的地方，到表演完毕才松开。这样的日子持续到她三四岁，懂得拿个铜锣朝看客们收钱才告结束。

说起来，这个跟爹妈无异的师父，现在应该很老才对，可他偏偏不老，在元芥脑中最远跟最近的记忆里，起码十五年了吧，师父的模样一点变化都没有，二十来岁，高鼻深目，轮廓出众。每当元芥替他卸下那些大红大绿笑死人的妆后，总对他说，师父，你要是穿上好衣裳，比那些锦衣玉袍的公子哥儿好看多了！你看李府那个猪头，那么胖还穿白袍子！

对于她的称赞，师父总是笑得像只偷到了鸡的狐狸，然后拍拍她的脑袋说，师父要是只顾着买好衣裳，就不能给你存嫁妆啦！

嗯，元芥不是男孩子，虽然她看起来像。到她弄明白嫁妆是什么意思的时候，她不乐意了，很严肃地跟师父说，我不要嫁妆，把嫁妆兑换成银子吧，然后拿去开赌坊，当老板，赚了钱还能养师父的老。

师父一听也不乐意了，说既然如此，还不如将你的嫁妆拿去乡下买块地，种田养猪好过当个滥赌鬼，反正你也同野猪一般放肆，留在城里也是祸害。

协议达成，赚钱买地养猪，成了师徒的最高理想。不过从理想回到现实，数一数这么多年的积蓄，只怕连乡下的一个茅厕都还买不起吧。

"师父，你改个名儿吧，三无太难听了。"元芥看着前方那一轮下沉的红日，百无聊赖地说。

"不改。"驾车的师父专注地看着路，"怎么，嫌弃师父不成？"

"你听听别人家师父的名儿，喊出来又好听又响亮。你却……"

"师父我无银两，无妻儿，无烦恼，响当当的三无师父，哪里不好！居然嫌弃师父！"

"不好听是事实，自己难听也就罢了，徒弟的名字也被你糟蹋了。你瞧瞧那些与我一般大的姑娘们，都兴叫个花儿呀蝶儿呀的，多斯文婉转。"

"师父是元月间在芥子庙外捡到你的，元芥多好听，比那些俗名不知好出多少！"

"听起来像个小和尚！"

"你本来就是在和尚庙外头冒出来的！"

"哼！"

驴车在渐渐沉下的夜幕里奔跑，离桃源县已经不太远，三无已隐隐听到了淙淙的流水声。桃源是他与元芥的老家，说是老家，却连个固定的安身之所都没有，哪里的房子便宜，他们就租住在哪里。实在没钱时，也会到郊外野山上的芥子庙里住上几日，那里的老和尚与他们顶熟悉，尤其元芥，打小伶牙俐齿，十分讨老和尚的喜欢。后来，他带着元芥去外地表演的次数越来越多，师徒俩经常一走就是大半年，这次回来，中间已近三年，元芥比走时又高了半个头。

许是近乡情怯，三无的眼神有些飘忽。

桃源县外有一条叫桃花的河，河岸满布桃树，一到春季，花照清河，风景甚好。

天长日久的，也不知是谁搞出来的传言，说桃花河中有位笑面仙子，乐善好施，有求必应，沾了这位的仙气，这整条河水都成了利姻缘利福寿的神器，惹得不少男女老少千里迢迢到这来舀水喝。有没有利到姻缘福寿不好说，倒是这桃源县因了这条河，赚了不少钱，单看桃花河畔开起的茶寮食肆，还有什么专卖姻缘和合符四季平安符笑口常开符的摊子，便知这条河的好处了。

"师父，你也去桃花河舀碗水吧！"元芥嘻嘻一笑。

"师父不口渴。"

"你不口渴，也得替未来师娘想想呀！"元芥撇嘴，"你几时带个师娘回来，就不用徒弟替你洗臭袜子补破衣裳了！"

"衣裳都是我替你补的，你那针线活，补得都跟鸡屁股似的！"

师徒聒噪，小毛驴听得烦躁，昂昂叫了几声，跑得更快，赶在天亮之前，拉着他们进了城门。

三 🎐

"拖出去！"端木忍大袖一挥，面无表情。

"端木将军饶命！贫道所说句句属实！"被将军府的侍卫牢牢押住的矮瘦道人大声道，"府中有妖孽，或致夫人不展笑颜，不施法祛除，必有大祸呀！"

"拖出去杖责一百！"端木忍下令，"今后若再有人放此等妖道入府，严惩不贷！"

堂堂的将军府，堂堂的将军夫人，跟妖孽扯上关系，真乃天大的笑话！

直听得院外传来板子重落的声音，连同那道士的声声惨叫，端木忍才勉强消去一腔怒气，径直出了大厅往书房而去。

征战沙场，血洒敌阵，再凶险的场面他也经过，眉也不皱一下。他是满朝文武口中的常胜将军，是皇帝安坐龙椅俯视敌国的资本，只要他开口，除了皇位，没有得不来的东西。

但，他偏偏治不好她的"病"。

停在回廊的一端，他隔水望去，她的身影停在窗口，捏着一枚银亮的针，细细地绣一张锦帕，如云青丝上从不见富丽堂皇的金玉饰物，只拿一根磨得光华的木簪懒懒绾起，最简单，却又最动人。

掐指算来，成亲已有三年。从草台戏班里的小丫头到闪闪发光的将军夫人，谢筱青这个名字成了幸运的代名词，她飞上枝头变凤凰的经历，让桃源县所有嫁不出去的姑娘们重新看到了人生的希望。

她长得也不算顶尖的漂亮，可嫁得真好！那男人可是端木忍呀，一次次将周遭蛮夷打得落荒而逃的大将军呀！出生于桃源的端木忍，是老家人民最大的骄傲，以"我是端木将军同乡"为荣的人，处处可见。

最难得的是，这一夫当关万夫莫开的猛将，卸下战袍，竟又是个高窈健硕，姿容过人，且还带了几分斯文气的翩翩男儿，真是上天眷顾，将好处都给了他一人。

这样的好家世，这样的好夫婿，却还是难换佳人一笑。

传闻是，将军夫人患了怪病，不会笑。

真相跟传闻差别不大。三年前，端木忍大败突厥军，从金銮殿上领了封赏，马不停蹄赶回阔别一载的家乡，满心欢喜迎娶心上人过门，可是，自他揭开红盖头的那刻起，身为妻子的谢筱青就没有展露过一丝笑容，眉宇之间，永远嵌着一抹若隐若现的哀伤，没来由地让人心酸。

她从前绝不是这样。那个能在眨眼间爬到树顶，能在众目睽睽之下用一条鞭子击灭一根蜡烛，能将一双眼睛笑成弯月的丫头，完全似变了一个人。

他问过她，可是心事？可是不高兴？她都摇头否认。

那为何不见笑容？她缄口不言。他抬起她的下颌，直视她的眼睛，却也找不出蛛丝马迹，笑容这东西，仿佛从她的身体里莫名剥离了。

三年来，他只要得空，便带她四下游历，听闻哪里有有趣的景致，必然带她观赏，听闻市井又出了什么新鲜好玩的物件，必然买回来给她。

可是，她不笑。就算抱着她最喜欢的小猫儿的时候，面上也不见半分喜色。除了不笑，她做足了一个妻子应尽的本分，从不抱怨，从不吵闹，也会在端木忍远征归来的时候，亲手为他熬一锅好味的汤，将他的书房收拾得整整齐齐，熏上他最喜欢的香，夜阑人静时，靠在他怀里，静静听他讲一路上的遭遇与奇闻。如此这般，着实让人无从分辨她的心意。

他曾以为这是病，找了各种各样的大夫来瞧，每个大夫都说，夫人脉象平和，气血充盈，毫无病兆，不过是吃些安神养身的药，不了了之。

时日一长，免不了起了风言风语。一些多嘴的婆子暗地里说，这将军夫人只怕是被狐狸精给附了体了，那害周幽王亡国的褒姒，就是只不笑的狐狸精，不笑倒还好，这狐狸精若是一笑，必然是亡国的时候到了。

将军府里的小厮们听了来，在府里暗传，被他知道，抓住打个半死。至于今天来的这道士，也不是第一个被撵出去的，之前也有几个云游的道士或者和尚，找到他说过差不多的话，开始他还耐着性子听完，礼貌送客，但越到后来就越不能忍受这些毫无根据的可笑言论，这道士挨打也是倒霉，偏就撞上了他忍无可忍，大发雷霆的点儿上。

他闷闷一拳捶在廊柱上，他与她这三年的生活，点点滴滴直上心头，这将军府内，笑不出来的人岂止她一个。

他看她停在窗口的身影，看得入神，那容貌，那身形，连带她走路的姿态，都是那个曾拉着他的手不肯松开，带着一脸娇俏笑容，一直送他到城门外的傻丫头。

哪里不对，哪里不对？妖孽……不可能，这太荒唐，他从不信鬼神之说。他不过离开桃源一年，她怎就有如此变故？

刹那间，他心里突然有如猫抓，怎么也舒展不开。这种有如火灼，又如刀割的感觉，最近似是越来越厉害了，从心脏往全身蔓延，直面千万敌军也不曾有半点混乱的他，却是越来越难静下来。

"启禀将军，为夫人生辰请来的戏班与杂耍艺人，都已到齐。"一个家丁匆匆而来，递上一份名册，"将军请过目，若无不妥……"

"不必看了，此等小事，你们酌情办妥。夫人生辰当天，加强守备，莫让鸡鸣狗盗之辈混入。"他心中烦闷，三两句打发了下人。

家丁领命而去，剩他在回廊里又发了一会儿愣，方才转身离开。

明日是她生辰，前两年他都因领军在外而错过，今年他在家，说要将天下最有名的戏班跟最有趣的江湖艺人都请来为她表演，据说他们的表演十分精彩，见者无不叫好。将军府也需要一些热闹。他还暗自存了些希望，说不准这样的热闹，能让她一展欢颜。

淡淡的阳光在空中缓慢转动，水池中的鱼儿们咕噜噜吐着泡，那厢的窗前，她放下绣花针，远远地看着他离去的背影，仍是一副好端端却不知为何哀伤的模样。

并蒂莲还没有绣完，她揉了揉有些泛潮的眼睛，重新拿起了针。她绣的花样，每个都喜庆，连那些花花草草，都像一张又一张笑开了的脸。

四

又是一阵轰然而起的笑声，把挂在府中的彩灯都要掀下来似的。

五颜六色的油彩，将三无的脸涂成了世上最好笑的笑话，他不用讲一句话，只需夸张地啃掉一牙西瓜，再夸张地抖一抖黑布，变出许多西瓜皮来，在上头摔倒又爬起来，摆出各种无辜又滑稽的动作，台下已是笑声一片。

这次，元芥也没有闲着，将自己的脸画成了猴子，配合着师父，嗖嗖地爬上那支从箱子里伸出来的高高竹竿，在众人的屏息静气中，只见三无从手中抛出一块鲜艳夺目的大花布，从空中徐徐落下之后，竿头的元芥已然凭空消失。

这一幕对于看惯了老派戏班与杂耍的观众而言，几乎是个活生生的奇迹。有的人甚至惊叫出声。

三无也扮出惊恐的模样，手忙脚乱地在台上乱翻乱找，西瓜皮翻飞起来，他举起另一个大花木箱子，看似笨拙实则精巧地将漫天乱飞的西瓜皮全部接入箱中，然后关上箱子，气喘吁吁地坐在上面挠头，模样着实捧腹。

将军与夫人端坐看台主位，端木忍早被这新奇的表演吸引，情不自禁叫了几次好，而旁边的她，与寻常并没有太多不同，但眼神却比平日敞亮许多，怔怔看着台上的三无。

见气氛已然到了最高的一刻，三无咧嘴一笑，突然腾空跃起，翻身落地的同时，将拴在箱盖上的红绸一拉，一片缤纷彩纸雪花般从箱内涌出，消失在空中的元芥手捧一个象征百花盛放的花篮，从箱中一跃而出，燕子般轻巧落地，与三无一道，朝看台上的主位方向大声拜贺道："恭祝夫人生辰大喜，花开富贵，平安如意！"

"好！好！"端木忍先惊后喜，不禁起身鼓掌。

然而，更令他想不到的是，身边的她竟也用力鼓起了掌，眉目之间虽无明显笑意，但那久久都未扬过，仿佛被魔法固定了的嘴角，竟有了一丝小小的变化，就是这微不足道的欲扬未扬，让他欣喜若狂。

四目交望，端木忍在看她，元芥也在看她，而她在看三无。

台下掌声雷动，却不知有四个人的耳朵，在此刻空空如也。

你演得真有趣，让人肚子都笑痛了呢！

哈哈，如果真是这样，那就太好了。

能教我吗？

何苦让油彩弄花好好的脸。

我就喜欢这样的脸呀，看着就叫人开心，你看，我刚被班主揍了一顿呢，一见到你这张脸，我的屁股也不疼了，心里也不难受了，就想笑。

好，那以后见你，我都不卸妆。

旁人听不见的对话，在这个月色与彩灯共舞的夜晚，从某些人心里浮起来。

端木忍厚赏了他们。元芥抱着那满满一匣银两，高兴得在床上直打滚，笑得下巴都要掉下来。

"将军好大方！长得也好看！这么多银子让我怎么花哟！"她猴儿一样在绵软的床铺上扭来扭去，"师父，我们好久没睡过这么好的床了！"

端木忍不但厚赏他们，还请他们留在将军府，理由很简单，他的夫人喜欢他们的表演，希望他们务必再多献艺几场，必重金相酬。

三无迟疑片刻，终还是点头应允。

"你的房间在隔壁，赖在师父床上做什么！"三无把银子从她手里抢过来，笑呵呵地收到自己的箱子里，又拿个鸡毛掸子过来，将她撵下床，"去，回房睡觉！记得洗脚！"

元芥撇撇嘴，穿上鞋子，突然又像想起了什么，凑到三无身边道，嘿嘿一笑："师父，我怎么觉得那个不会笑的将军夫人看起来眼熟呢？"

"你一看到长得好看的人，都说眼熟。"三无摇头。

"才不是！"元芥转着眼珠子，狡黠地碰了碰他，"你这老东西装什么傻呀！"

"你也说我老东西了，记性自然不好了。"

"少装蒜……你就算将你徒弟忘了，也不会将我那差一点的小师娘给忘了！"元芥朝他吐舌头。

三无听得直乐，忍不住弹了她的脑门："什么叫'差一点的小师娘'？"

"差一点就做了我师娘的小姑娘呀！"元芥歪着脑袋，喋喋不休地说起来，"那年我才十岁吧，咱们刚刚从外地回来桃源，我得了风寒，拖拖拉拉一整年，身子骨都弱，没法跟着你东奔西跑，咱们只好在桃源长住下来，你天天去市集那边卖艺，我就负责敲锣收钱，你的表演新奇精彩，观众也多，笑破肚皮是常有的事。"

"讲了半天，你的小师娘呢？"三无笑道。

"不就是那天你演砸锅了吗！观众立马不买账了，扔你烂白菜的人都有！只有那个穿着男孩儿衣裳的姑娘没走，还过来帮你收拾摊子！"元芥回忆着，"那姑娘长得好看，淡红淡红的嘴唇跟抹了膏似的，笑起来眼睛像月牙。"

"嗯，还有呢？"

"不说了！"元芥生气了，"装疯卖傻有意思么！不就是喜欢的人嫁了人，夫婿不是你么！"

"去睡吧，徒弟。"三无摸着她的头，笑，"要是早知你如此聒噪，当年还不如让你冻死在芥子庙外头。"

"呸！就算没了你，还有庙里的老和尚收容我呢！"

"要是他收了你，你现在必然是个光头小尼姑了，再不能跟着师父喝酒吃肉。"

避重就轻，东绕西扯，元芥的功力永不及她的师父。

她推门出去，关门的刹那，她朝整理床铺的三无说了一句："你可以不回来的。"

三无回过头，门已经"吱呀"一声关上了。

他略略一怔。

他可以不回来吗？不能。

三年已到。

他继续整理床铺，那猴子徒弟一点也没变，小时候就爱在他的床上打滚，也不管自己是不是刚从泥坑里爬出来，故意要将身上的脏东西蹭他一身似的。那时候的她，蜷起身子来，比一只猫也大不了多少，总是脏着一张脸，往他怀中最温暖的地方挤，睡得鼻子冒泡。

这些坏习惯，她改掉的少，留下的多。

然后，这孩子爱笑，看蚂蚁打架也能笑到牙根都露出来。说人是越长大烦恼越多，可这孩子越大越爱笑，多苦的日子也没见她露过半点哀戚之色，虽然平日总穿一件让人看不出性别的旧衣衫，戴个傻愣愣的毡帽，可那张白净秀气，笑容满面的脸，看着就叫人开心。

他收拾好，却没打算睡，出门到了隔壁，轻轻将元芥的房门推开一条缝。

震天响的呼噜声从里头钻出来，他的徒弟裹着又干净又松软的被子，睡得十分香甜。

第一次在芥子庙外头见到她时，冰天雪地的，她被裹在单薄的褥褓里，小脸冻得通红，大拇指还在嘴里嗫着，其实已经失去了知觉，可嘴角还是酣然地翘着，让他不得不折回头，将这仅存一息的小东西抱到怀里。

老和尚拖着长胡子，捏着佛珠，只从庙门里朝外看了一眼，念了声阿弥陀佛。

"你要这小东西？"他回过头，笑，"可惜是个女娃，不能继承你的衣钵。"

"阿弥陀佛，有空带她回来看我。"老和尚转着念珠，转身进了庙，"微如芥子，也成世界。谁施谁受，未如眼见。"

当老家伙说的话越来越让人不能理解时，说明他做和尚做得越好了。

他笑笑，也不知几时才能再回芥子庙了。

关上元芥的房门，他本要回房，却又突然停了步子，转身出了将军府，趁夜往野山上的芥子庙而去。

六

　　端木忍将她露在外头的胳膊小心翼翼放进被子里。今夜她睡得很安稳，看她的睡脸看得久了，总觉得她在笑，但再看，又没有。

　　他披了衣裳，走出卧房，悄然往书房而去。

　　一路上，他下意识地捂住了心口，这几日，那莫名的疼痛越发厉害起来，心口仿佛烧起一团火，还伴着一点痒，却又不知该往哪里挠，十分难受。

　　他锁上门，也没有点灯，就着窗外那一点月光，慢慢走过去坐下。

　　三年前的今天，他跟他的军队在夜狼谷与敌军恶战，虽然最终胜利者是他，可代价是全军覆没，两军死伤者的血，将整片天地都染成了红色，无数双死不瞑目的眼睛，凝固在扬起的尘土中。他之所以记得这么清楚，是因为这一天也是她的生辰，他的怀里，还揣着特意买来的羊脂玉镯，只等班师回朝之后，补送给她做礼物。可是，当他从如山的尸体中爬出来时，这玉镯也跟阵亡的兵士一样，粉身碎骨。

　　月光缓慢地移动，对面，是一个人影，在黑暗里一动不动。它不是人，是他的战甲。他十二岁就随父亲上了战场，身上大大小小的伤痕，跟这战甲上的一样多。

　　战甲旁边，挂的是皇帝御赐的玉浮金刀，上头刻着他的名字，作为赫赫战功的奖赏，世世代代的荣耀。

　　他在桃源出生，天生反应机敏，勇猛过人，是父亲眼中至大的骄傲。别的孩子还在追着娘亲要糖吃的时候，他已将一把木刀挥得有模有样，身后，他握着藤条的爹，时不时敲敲他的手或腿，纠正不合格的动作。他若练得不好，晚饭必然是不能吃的，练得好，父亲便忍不住沾沾自喜，说有个完全继承了他优点的好儿子，将来青出于蓝，驰骋疆场，扫荡蛮夷，前途无可限量。

　　你天生神力，握刀弄剑不在话下！

　　好小子，反应实在敏捷，上阵杀敌，就要你这般的机警！

　　这兵书，那些蠢材读十年也记不住一句，你看过一遍就能倒背如流，将来必是大将之才！

　　这样的话，充斥于他幼年的全部生活。父亲眼中，所看到的全部的他，就是一个为战场而生的"天才"。

　　父亲没有说错，儿子的成就很早就超过了他。父亲到战死沙场的那一天，也只不过是个官拜从五品的武将罢了，连遗言都没来得及留一句，甚至连尸体都没找回来。

　　即便有如此温柔的夜色，他的战袍也减不去半分肃杀之气，那些在战场上飘荡的死

亡与鲜血仿佛嵌在上头，一生一世也洗不掉，不管他是在人仰马翻的沙场，还是宁静安谧的桃源，他的大半个灵魂永远陷在一片厮杀之中，不得真正的安宁。

原本以为，历过千难万险归来，一场红烛高烧的婚礼，一个守候多年善解人意的她，或许能将他的灵魂从另一个世界带回来。可是他却错了，她的变故，将他推入了另一个悲伤又无力的窘境。

是自己哪里做得不好么？让她无从欢笑。

还是……她已然不将他放在最重要的位置了？四年前，他离开桃源的那天，她像从前每一次分别时一样，嘱他处处小心，无论如何也要安然归来，彼时她带泪的笑脸还清晰于眼前。离家一整年，长也不长，短也不短，再归来时，她容颜依旧，却变了另一个人。

他不是没有找人查探过。从他出征到归来成亲的这一年，她大门不出二门不迈，除了偶尔会到城门处张望一番之外，没有任何可疑之处。亲自问她究竟怎么了，她来来去去也只是说没有什么。

喜欢一个人才会对他笑。厌弃一个人，如何笑得出来。这般道理，三岁孩童也懂得。

他捂住心口，站到窗前。顺手从旁边的木架上取了一个小物事捏在手里——一只石头雕成的小鹦鹉，半成品，还有只翅膀没有雕完，细看，还被摔烂过，又被细心粘好。

这是他小时候亲手雕出来的玩意儿，为了雕得像，他还特意省下零花钱，在鸟贩手里买了一只长得很神气的翠毛鹦鹉，洗澡喂食，养得周周全全。然后趁父亲睡着的时候，才拿出藏在床底下的工具，借着月光雕啊雕。

可惜最后还是被父亲发现了，他不是生气，是震怒，砸烂了所有的工具，摔死了那只已经会喊他名字的鹦鹉，指着他的鼻子骂：你是要当大将军的人！不是去当石匠！有时间干这样的蠢事，不如多念几卷兵书！

他抱着鹦鹉的尸体，不敢哭，不敢分辩。其实他很想跟父亲说，他从未想过要当石匠，只因握着刻刀，把一块粗鄙的石头变成活灵灵的小动物，这落下去的每一刀都让人高兴，仅此而已。

从此，他没有再摸过刻刀，在那之后的漫长岁月里，他的刀，只落在一个又一个的敌人身上，看着他们在自己的刀锋下四分五裂，血肉横飞。

以为生命中有了她，他便可以再像从前那样，用自己最温柔的手，抛掉所有残酷血腥的记忆，雕出一段轻快愉悦的新生活，可，还是不能。

父亲曾跟他说，儿子，爹视你如珍宝，爱之深，责之切。

她曾跟他说，端木大哥，筱青心里，你比我自己的性命更重要，我爱你，甚于一切。

都说爱他，为何最终都让他心如刀割。

他深吸一口气，放下石雕，咬紧牙坐回椅子上，待到心口上的那股疼痛消减大半之后，才略略舒了口气，擦去额上疼出的冷汗，起身朝房门走去。

经过一面铜镜时，他的余光从镜面上扫过，整个人突然怔了一下，猛将头转过去一瞧——那素来清晰的铜镜里，他的身影像被蒙上了一层浓雾，只看得见一块块模糊的颜色。

他当是镜子脏了，上前拿手去抹，依然如故。镜子里的他，像个诡魅的影子，不真切地存在着。

他呆了半晌，不甘心地又去擦，也不知过去多久，镜中的他才渐渐恢复到正常的模样。

一时幻觉吧。他定定神，走出房门。

翌日，他着人将这面铜镜扔出了家门，换了一面新的。

七 ❧

来这里已经四天。

元芥有些心神不宁，练习时常常出错。

三无并不多责怪，就算揪她的耳朵，也下手温柔，脸上带笑。

他从来都是这个样子。有钱没钱，顺境逆境，总是笑呵呵的，仿佛这世上根本没有一件事能让他难过。

几天来，他们除了昨晚为将军两口子专门表演一场之外，就无所事事了。至于那个不笑的女人，在看他们的节目时，跟平日也没有什么不同，只有在目光落到师父花脸上的时候，神情才有一点点难得的松动。她看出来了，将军肯定也看出来了。

师父将所有的本事都使出来了，在她面前，他总是发挥得比任何时候都好，连摔跤都摔得更好笑。

师父还是惦记她的吧。元芥暗暗想。

昨晚的表演之前，她正给师父勾脸。以前都是他自己给自己勾，说她连个乌龟都画不好，她不服，拼命练习，连觉也不睡。到现在，她已经能完全按照他的意思，将他的脸改造成世上最夸张最可笑的面具。

最后一笔时，有人敲门。

将军夫人站在门外，目光越过她，落在照着师父脸孔的铜镜上：“不妨碍你们吧？”

元芥朝三无挤了挤眼睛，他起身向她行了个礼，说：“不妨碍，已经准备好，随时可以登场。夫人来此，所为何事？”

小丑

239

她进来，目不转睛看着他，说："真好，你又回来了。"

元芥看到她的眉眼在微微颤动，很像一个努力想笑，但还是失败的人。

"好久不见了。"因为勾了脸，三无的笑容更灿烂了。

她沉默良久。

"元芥，你先出去。"三无转过头，"时间还早，出去随便找个地方玩吧。"

"你让一个穿得像猴子的人上哪儿玩去！"元芥嘬嘴，扯着自己滑稽的表演服。

"你不穿这一身也像个猴子。"三无取出一块碎银子塞在她手里，"去跟府里的小厮赌花生玩儿吧，今天师父批准你。"

"有钱好办事，两位慢慢聊。"她的一张脸简直要笑烂了，欢蹦着出了房间，还顺手掩上了门。

她没有去跟人赌钱，而是寻了将军府中最偏僻的一个角落，将自己藏在水上回廊的最末端，趴在栏杆上看鱼，脸上，再没有一点开心的样子。

屋里，三无跟她对面而坐，她有些局促，低头摆弄着已经捏成一团的手绢。

"以前你不是这样的。"三无笑着问，"爱笑爱闹，很像我徒弟。你还认得那小不点吧？"

"记得。人小鬼大，变着法儿地榨我的银子。"她慢慢道。

三无哈哈大笑。

以前……"以前"真是个不错的词。

八

那时的冬天比这几年冷，他带着大病初愈的元芥，在桃源的市集上卖艺。他自己穿得单薄，却把元芥穿成了一个厚厚的棉球，倒在地上都能弹起来的那种。生意并不好，观众们时多时少，有时候演得不顺，还会被人砸摊子。

但是，只要有他的表演，她都会来看，不管他演得好不好，她都大笑叫好。

"你不是那边戏班里的人么，天天往这儿跑，不用表演？"他跟她很快就熟了，每次表演完，会聊上几句，这姑娘的性格，多一分就粗鲁，减一分就造作，刚刚好。

"你这边有趣呀，我们那里整天就只晓得干巴巴地练啊唱啊。"她对他笑道，"我就喜欢看你的表演，这大花脸，再伤心的人看了也开心了！"

"你有伤心事么？"他问。

"现在没了。"她摇头，"要是以后有，你的表演就更派上用场了！"

他笑嘻嘻地说："希望永远别有这样的以后。"

很久之后他才知道，说这话的时候，她父亲刚刚去世。

只有在他，准确说是在没有卸妆的他面前，她才笑得那么真切开怀。

这段时间，桃源集市的表演场外，一直有个铁杆女观众，也因她的存在，三无的表演更加尽心尽力，丰富多彩。

她很有天赋，提出来的点子跟建议都很有用，用到他的表演上，耳目一新。

他从最初的无所谓，到后来渐渐期盼一天的演出结束后，那一段她与他独处的时光。她看他时，那笑成月牙的眼睛，银铃一样的声音，越来越让他着迷。

喜欢一个人，大抵就是这样了吧。

除了讨论表演上的技巧，她被班主打了多少手心，戏班里谁跟谁又好上了，包括她夜里做梦梦见了什么，高兴的，苦闷的，一切都口无遮拦地跟他讲，这个时候，她跟他之间完全没有障碍。

她说她喜欢看他在箱子里钻来钻去，他就搬来更多的箱子做道具，在观众的笑声与掌声中，卖力地表演；她说踩在圆球上翻跟头有趣，他就日夜练习如何在圆球上保持平衡，摔得身上青一块紫一块也不在意。观众们的叫好声越来越多，可他眼里，观众只有一个。

他的喜欢，观众不知道，她不知道，但有个人一清二楚。

月明星稀的夜里，元芥坐在住处的院子里，咬着香甜的桂花糖，这是拿从她身上讹来的钱买的。每次她一来，元芥最后都会黏着她要赏钱，说师父的表演不能白看，不给就黏在她身上蹭鼻涕。

三无在院子中间练习新戏法，将一块石头变作一枝鲜花。

"师父！"元芥喊。

"干吗？"他专注于手中的道具。

"你跟谢筱青聊天时，为什么从来不卸妆呀？"她问。

"她总是在咱们收摊的时候来，我也来不及卸嘛。"他答，将石头藏在黑布下。

"屁！"元芥白眼道，"我听见你们说话了，她说喜欢看你花脸的样子，你说那你见她时就不卸妆了。"

"卸妆不卸妆，我不还是我嘛。"他将黑布一抖，一朵鲜花绽开在手中，"小鬼，去睡觉！"

元芥从石桌上跳下来："你喜欢她。"

三无微微一怔，顺势将手里的花扔到她头上："再不去睡，我就扔石头了。"

元芥把这朵红艳艳的花拾起来，刹那的不悦一闪而过，但很快就恢复到平时的模样，刮着脸坏笑："羞羞师父，喜欢又不承认！我就喜欢桂花糖，从来不会不承认！哎呀，快去把小师娘给我牵回来吧！"

花儿又被她扔了回来，刚好落到他头上。

"这个给小师娘吧，要砸徒弟，桂花糖最好使！"她扮个鬼脸，跑进了屋里。

馋嘴徒弟说得不错，这朵花，应该给她。

这戏法果然大受欢迎。他将手里的花，交到她手里。她高兴得不得了。

傍晚，他卸了妆，穿上自认为最好的衣裳，到了桃花河畔。

他想了很久，才决定约她来这里，说有礼物要送她。

当她迈着轻快的步子走近时，目光从他身上一掠而过，然后继续搜寻——她居然没有认出他。

他笑眯眯地在她身后拍她的肩膀。

她足足倒退了两步，看他的眼神除了惊讶，剩下的全部是陌生。

"我是三无呀！"他笑，有些紧张。

好一会儿，她才回过神来。

桃花河边的傍晚，突然变得冷清起来。他们之间，从来没有这么局促过。

他不知道发生了什么，只好傻傻坐着，笑着，等时间过去。

"这样子的你，原来也没有什么不一样啊。"到夕阳全部沉进河水里，她才尴尬地开了口，笑得很牵强。

他笑着挠头，说："确实也没有多一个鼻子。"

说罢，为了缓解气氛，他从袖里抽出一张彩帕，从手中拂过，一束艳丽的桃花开在她面前。

"这个……送给你。"

"真好看。"可是她没有接，起身对他道，"我要回去了。"

他的手僵在那里，但笑容一如往日："花脸小丑给你的花，为何又收下了呢？"

她愣了片刻，说："因为那是小丑。"

没人要的桃花，最后都落到了河水里。

他第一次觉得心里有了一根刺，扎啊扎啊，越来越疼。

可是，他还是只能笑。

回到家，元芥赞他今天英俊，他哈哈笑，破例买了两包桂花糖给她。

"小师娘呢？"元芥故意朝他身后瞅。

本想敷衍这鬼灵精，可是，不给她讲实情，又能再讲给谁听呢？

他讲得太慢，直到月亮爬到另一边时才讲完。

元芥伸出手，触着他的心脏，问："这里疼？"

"对。"他笑着点头。

"为什么不哭？"元芥歪着头，"我上次磕破膝盖都哭了一个时辰呢！"

"傻孩子。"他摸着她的脑袋，"花脸小丑怎么能哭呢，他存在的意义就是让看到他的人都开心。以前师父还不明白这个道理，今天才懂。"

"那家伙明明喜欢看你表演，跟你聊天，为何你卸妆之后，她就变成这样呢？"元芥瞪着眼睛，十分迷茫。

"等你跟师父差不多年纪的时候，你就明白了。有些人要的，只是一个花脸的，拼命逗趣，不断讨好，一看上去就让他们开心的小丑，而卸妆之后平淡的脸，对他们毫无意义。"他笑道。

元芥皱着眉，道："可师父卸妆之后也有一张很好看的脸嘛！"

"哈哈。再好看，也只是芸芸众生里的一张脸罢了。"他笑。

"你哭吧！"元芥摸了一个桂花糖塞到他嘴里，"边吃糖边哭，就不那么难过了。"

"师父不会哭。"他拧了拧她的脸，"不管怎样，把笑脸留给别人，总比哭哭啼啼强。"

元芥想了想，低头吃糖，不说话了。

第二天，她独自跑去了芥子庙。

老和尚正在喝香喷喷的野菜粥。

"我师父说他不会哭。老和尚，他是不是得了怪病？"她把粥碗从老和尚手里夺下来，"大家这么熟，不许诓我！"

老和尚为难地看着她，想了想，说："那不是病。"

"那是什么！"她扯他的胡子，然后满地打滚，"不说我就天天赖在这里，吃穷你！"

"行行，告诉你也无妨。"老和尚投降，"阿弥陀佛，真是一笔冤孽债。"

这天，天快黑的时候，元芥才从芥子庙出来，一路无精打采。直到走到家门口时，才突然抖擞精神，像往常一般蹦进门去。

师徒的表演，依然继续，集市上照样每天都有喝彩声。

不过，她很久没来了。

元芥的身体完全康复时，秋天的颜色已漫山遍野。这时，桃源里最热传的消息是，戏班那疯丫头真是祖坟冒青烟了，外出表演时，竟不知怎么的被端木将军看上了，已给她赎了身，带回将军府，恐怕不久就要成亲了呢。

没有油彩的脸，得是这样的，才是她中意的。他懂了。

小
丑

243

他依然在热烈的笑声中扮演他的花脸小丑，摔倒又爬起，没有眼泪，只有笑容。

之后有一次，他与她在街上擦肩而过，仅仅就是擦肩而过，她甚至连余光都没有照应到他——她根本就记不住他本来的模样。

九

她摆弄着他的道具："几年时间，小鬼头都长成大姑娘了。"

"我以为你认不出我了。"三无笑道。

"那晚你一走上台，我便认出来了。"她大概是太久没有笑过，莫名的悲哀之色深得刻进了脸上的每条纹理。

"还是花脸小丑让人记忆深刻。"他笑，"你来找我……"

"既见故人，便来叙叙旧。"她看着他铺散在梳妆台上的工具，半晌才道，"能替我也画一张笑脸么？"

他一愣。

她看着镜子中的自己："太久没有笑过。"

他沉默片刻，起身拿起了画笔。

"他们都说我是患了怪病。"她说，"你不问我什么吗？"

他摇头，将食指轻轻竖在她的唇上。

一笔一笔，细细描绘，再悲苦的脸，也在油彩的掩盖下，变得喜气洋洋。

"真好。"她把脸凑得很近，指尖小心翼翼地扫抚着镜中的自己，"笑得十分有趣，看了就让人高兴。"

三无点头："但这并不适合。你生来就不是做花脸小丑的人。"

他递给她一张面巾："擦了吧，被人看到，会笑话堂堂的将军夫人。"

"多留一会儿。"她摇头。

他笑："我记得从前你一笑，眼睛就弯成月牙。"

"是，他也这样说。"她叹气，"我们第一次遇见时，戏班刚在外地替一户做官的人家表演完，我偷闲出去玩，攀上人家的院墙去摘果子，被路过的他看到，说我偷摘果子的样子，实在太开心。起初我并不知他的来历，当他是萍水相逢的朋友，与他比爬树，比叉鱼，比骑马，将脸埋在水里比谁憋得久，志同道合，不亦乐乎。"

他听着，笑而不语。

"到他提出要将我赎出戏班时，我才知他是战功赫赫的大将军。"她垂下长长的睫毛，

"其实，就算他只是个一文不名的穷小子，我也愿意跟他走。没有什么理由。就是觉得与他在一起时的感觉，与任何人都不同。"

他点头，不多说什么。

"跟你讲这些，唐突了。"她又看了一眼镜子里自己的"笑脸"，"只是再见到你时，情不自禁就想起从前那些岁月。你的表演，比那时又精进了太多。"

"混口饭吃并不太容易，尤其还要养徒弟，不下点功夫不行。元芥那孩子，太能吃了。"他哈哈一笑。

屋里的人在想着当年，屋外的人影一闪而过。

端木忍闷声不响地往外走，心口上的疼痛，火一样蹿起来。

原来她与那三无，早就相识。

当晚的表演，在场的人照例笑得东倒西歪，端木忍牵强挤出点笑容，目光一直在她与三无间游离。

心口上的痛有增无减，他得费尽全力稳住心神，才能保自己若无其事看完这场表演。

夜里，他辗转难眠，起身倒水喝。走过卧房的梳妆台时，手中的茶杯差点摔下来——镜子里的他，又成了一片诡影。

十 🌿

"师父，还要留多久呀？今天都七天了。"元芥一大早就跑到三无房里，将他自被窝里闹起来，"我看将军夫人是笑不出来了，虽然将军府好吃好住，久了也不自在呢。"

"第七天了呀？"三无打了个呵欠，看着窗外明媚的阳光，起身从箱子里拿出一个沉甸甸的包袱，交给元芥，"这些是师父这些年攒下来的全部银两，你拿去，到芥子庙等我。"

元芥抱着银子，摸摸他的额头："平白无故喊我去芥子庙做什么？昨晚那管家不是才来通知，今晚将军设宴款待远客，要我们做准备表演么？"

"我没忘。不过今天师父一个人上场就够了。"他把她歪戴的毡帽扶正，"你不也常叨叨着去探望老和尚么？反正芥子庙就在桃源郊外，你顺道回去添个香油，问个好吧。"

元芥想了想，道："那，我去看了老和尚就回来。"

"不，就在芥子庙等我。"

"为什么不等表演完，我们一起去？"

"啰唆，快去收拾！"

她迟疑着朝门口走，脸色并不好看，但当她回头时，又是一脸没心没肺的笑："喂，这银子真是全部积蓄？没私吞？"

"当然。"三无哭笑不得，"你想拿去全部买桂花糖都可以。"

她笑："我会留着买地养猪的，徒弟不会为了桂花糖埋没师徒的理想。"

她的身影要离开之前，三无喊住她："元芥。"

她又回头，大眼睛里盛着明亮的晨光。

他张了张口，又笑着摆摆手："去吧去吧。"

十一 ✦

今夜并没有远客，全部观众只有端木忍夫妇。偌大的宴厅中，连把酒的侍女都没有。

三无的表演，依然精彩，明亮的灯火落在他五颜六色的脸上，出奇的绚丽。

端木忍时不时地高声叫好，比任何时候都高兴似的。

谢筱青还是往常那样，不笑，但专注地看着三无的每个动作，眼底里沉淀已久的灰色只在这个时候才会淡去一些。

室外已是银月高挂，夜阑人静，而表演仍在继续。

他从空空的盒子中变出一只雪白的鸽子，振翅朝端木忍夫妇飞去。

本应是鲜花与喝彩的时刻，谁料那白鸽子却凌空断了翅膀，鲜血洒出，扑棱着残躯掉在了桌上，撞翻了杯碗。

谢筱青惊得捂住嘴，呆看着身边的夫君。

尚还温热的鸽血沾在雪亮的刀刃上，端木忍紧握着他的佩刀，一步步朝三无走过去。

"三无师傅，本以为你是我的福星，是让我夫人重展笑颜的希望。"他的刀，架到三无的脖子上，"可万没想到，你才是那个让我与她都笑不出来的人。"

谢筱青扑上来，死死拉住他的胳膊："不不，不是那样！你放下刀！"

"怕我杀了你的旧相好？"端木忍的脸因为愤怒而扭曲成了怪物，所有的英明神武彬彬有礼在他身上彻底消失，她越是开口哀求，他的理智丧失得越快，竟猛一下将她推得重摔在地，"我离开的这一年，你与他究竟干出什么好事？竟让你对我三年不露笑脸！"

一道淡淡的红光，在他心口处缓缓旋转，穿透了衣裳，越来越明显。

"没有！我与他什么事也没有！"她哭出声，想拼命辩白，声音却在喉咙里发颤，怎么也说不出来下文。

端木忍的双眼几乎喷出火来："我待你不薄，你却负我至此！"

趁他分神的刹那，三无从他的刀下闪开，一把拉起谢筱青，拖到自己身后，脸上竟还笑得出来："你讲再多，此刻的他也是听不进的。"

　　见他如此护住自己的妻子，端木忍的身体开始剧烈地颤抖，心口的红光竟真的化成了一道诡异的青红火焰，迅速爬遍了他的整个身体，乍眼看去，仿佛一个在地狱里沉浮的恶魔。

　　谢筱青惊得说不出话来。

　　"竟是这样……"三无讶异片刻，压低声音道，"我拖住他，你速速逃出去。"

　　话音未落，那同样烧起来的大刀已朝他头上劈来，火焰经过的地方，都留下一道苍白的灰烬，像悬在空气中的伤口，转眼四散飞开，如乱雪纷飞。

　　他险险避过，翻身将呆若木鸡的谢筱青朝门口一推："走！"

　　她的速度，哪里能敌过身手矫健的端木忍，还没起身，那刀尖已朝她刺去。

　　刀尖之后，端木忍的脸上挂着怪异之极的笑容，那个文武全才知书识礼的大将军被他自己活活撕碎，剩下的，只有说不尽的，要置人于死地的疯狂。

　　三无飞身上去，将他撞了个趔趄。胳膊火辣辣的疼，他一看，衣袖竟被灼出一个洞来，大大不妙。

　　"闪开一旁！"

　　关键时刻，传来一声厉喝，竟是老和尚从门外冲了进来，一根桃树枝被他甩出去，刚打在端木忍头上，只听那家伙大叫一声，身上的怪火瞬间弱了下去。

　　"帮你灭火！"混乱中，元芥抓着一大把桃枝冲过来，一股脑儿朝端木忍身上扔去。

　　端木忍的身上顿时冒起白烟，连握刀的力气也没了，乱颤着倒在地上，不断抽搐，身体渐渐恢复到寻常模样。

　　三无看着这从天而降的一老一少："你们俩这是……"

　　"这些桃枝也挡不了这煞星多久。"老和尚一挥手，看了看外头，"进来时我已沿途撒下瞌睡粉，府里的其他人不到天亮不会醒来。你知道该如何做的。尽快吧。"

　　谢筱青已完全混乱，见端木忍奄奄一息倒在地上，不顾一切扑上去，将他抱在怀中哭着唤他的名字。

　　他渐渐清醒过来，眼睛里依然涨满红红的血丝，虚弱地问："筱青，我究竟是哪里不对，你厌我至此！"

　　"没有！我没有！"她只拼命摇头。

　　他咬牙："三年哪，我无一夜能安睡……你的笑容，去了哪里！"

　　元芥看得皱眉，老和尚直摇头。

小丑

247

三无走到端木忍面前，蹲下来，直视着他愤怒又不解的眼睛，说："她的笑容，在你的身体里。"

"你在胡说八道什么？"端木忍咬牙切齿。

良久，他缓缓道："三年前夜狼谷一战，敌人的飞箭，穿透了你的心口。那箭头上，还淬了无药可解的剧毒。"他顿了顿，"你三年前便战死沙场了。"

他的话，不啻惊雷，令端木忍与谢筱青仿佛被毒蛇咬了一般，脸色骤变。

248

十二

这里的风沙太大了。

他走在夜狼谷里，踩在一条条尚未干涸的血河上，小心越过无数尸体，时不时按一按心口——那里的暗袋中，藏了个小瓶，瓶里，装着一个女人一生一世的笑容。太珍贵，可不能丢了。

那个人，就躺在那里，跟他死去的士兵们一道，被风沙渐渐遮盖了本来面目，心口上，插着一支颜色乌黑的箭，早就僵硬的手，还紧紧握着他的佩刀。

他拂开这具尸体脸上的沙土，从怀中掏出那个瓶子，瓶子里流动的，是一张女人的笑脸，似由无数光彩曼妙的星子所组成，在瓶里旋转变化，组成另一番美妙世界。

拨开那冰凉的嘴唇，他将瓶口抵在其中，笑道："她说，愿用一世笑容，换你平安归来。可是，你也只有三年时光。今天我做下这样的事情，将来有何因果，我也不知。三年之后再见吧。"

空了的瓶子被扔在一旁，很快便随着大风，滚得不知去向。

端木忍慢慢睁开了眼睛，当他完全看清楚这个世界时，心脏却不禁猛地一缩，敌军首领那一箭射入心口的一幕，至今清晰。

他慌忙坐起，拉开衣裳一看，心口处只得一个淡淡红印，何来箭伤？

中箭，只是一场幻觉？

他发了很久的呆，才跌跌撞撞从尸堆中走出来。不管是不是幻觉，他还活着，他可以活着回到桃源去见她。他答应过，待这次出征归来，便娶她过门。他终究没有食言。被困夜狼谷整一个月，前有大敌，后无援军，他以为回不去了，不曾想到，上天竟如此厚待。

三天前。

她又拎着一堆香烛供果，到桃花河畔祭拜。

附近的人都认识她，那是端木将军的未婚妻，难为她一连十天，天天来这里祭拜，恳求桃花河中的笑面仙子显灵，保佑端木将军平安归来。

很早之前，他的军队出兵夜狼谷后，便再没消息传回。

无计可施的她找无数相士来占卦，每个都说大凶，有去无回。

她夜夜噩梦，梦见他被一箭穿心，落入无底深渊。

将军府中即将退休的老厨娘，见她日渐憔悴，于心不忍，在离开将军府前，悄悄对她讲，传闻桃花河中有个笑面仙子，其实并非谣传。她年轻时，有位邻家姐妹，真在河畔边遇见了那位戴着笑脸面具的神仙，她求神仙让她摔瘸腿的父亲早日康复，真的灵了！第二天她爹就能下地走路。不过怪的是，此后三年，这位姐妹都没有笑过。

笑面仙子的传说，她不是没有听过，但从来不信。可走投无路的人，总是拼命抓稻草，不管那是不是能救命。

打这之后，她带着供品，每晚都去桃花河畔祭拜，求笑面仙子保佑她的夫君平安归来。一连十天，她从夜里跪到天明，旁人都当她是疯魔了。

直到第十天的凌晨，天快破晓时，有人自桃林中走来，轻轻扶起了她。

她惊愕回头，却看到一张木制的笑脸面具，古朴的褐色，泛着神秘莫测的幽暗光华，面具后的人，一袭青衫，跟身后那条河水几乎一样的颜色。

"您……是笑面仙子？"她紧紧抓紧了对方的手臂，生怕一松手他就不见了。

"是。"

"求您，让端木大哥平安归来！他们都说他会死在夜狼谷！"她哭求道。

"能救他的并不是我，是你。"那笑面仙子淡淡道，"我问你，人活着，最宝贵的是什么？"

她擦了擦眼泪，不假思索道："笑容，快乐……"

"若要你用一生一世的笑容，换他平安归来，你可愿意？"笑面仙子问。

"愿意！只要他能回来！"她脱口而出。

"此言一出，不可反悔。"那笑脸面具后的澄亮眼睛，比方才暗淡些许，"你要仔细想清楚。"

她跪下："求神仙成全！"

然后，她所记得的，就是在天将破晓的前夕，那个笑面仙子，将手掌自她的脸孔上轻轻抹过，似是抓起了什么东西，放进了一个小小的，透明的瓶中。

莫名的悲哀，从她心底最深处袭来，久久盘旋，不再褪去。

他走出桃林，脸上的面具，迎着微露的晨曦，像散开的露珠一般隐进他的身体。面具后的脸，笑得如沐春风。

这永远在笑的面具，长在他的心里。

三天之后，京师传来消息——夜狼谷一战，敌军全军覆没，我军虽也损失惨重，幸端木将军大难不死，顺利回朝。

多让人惊喜的消息。但她发现，自己笑不出来了，本该欢乐至极的心情，却仍被莫名哀愁纠缠。那感觉，仿佛被人扼住了咽喉，一口气被死死锁住，不得释放。明明想笑，却越发悲哀。

用一生一世笑容，换他平安归来……她怔在窗前。

十三

三无不疾不徐地讲完，道："这些，你们都记起来了吧？"

端木忍微微张着嘴，眼睛里的血丝慢慢消减而去。

他呆滞的目光从元芥、老和尚、三无身上一一掠过，最后停在谢筱青脸上，缓缓道："原来，那支刺中我心口的毒箭，不是幻觉啊……这三年，竟是我偷回来的吗？"

他笑，越来越大声。

道士说，府里有妖孽，原来不是说她，说的是自己啊！一个已经死去，却偏以活人模样从地狱走回来的怪物。难怪，铜镜里竟照出那样的影子。

"筱青，你怎么能答应那样的事呢！"他伸出手，抚摸着妻子苍白如纸的脸，"一生一世的笑容，换回这样一个我。还为那毫无根据的猜忌，差点要了你的命！三年，我一直以为是你的问题，从来没有想到过，害你'生病'的人竟是我！"

"再让我挑一次，我还是会答应笑面仙子。"她的眼泪顺着他的手指滑下来，"但我会求他，再多给我三年。"

他笑，眼中残留的光彩，渐渐暗去，喃喃道："筱青，你知道么……我从来都不想上战场。当个石匠，未必不好。"

一语说罢，他的手滑落下来，重重磕在地上。

谢筱青瘫坐在他的尸体旁，不哭不说话，只死死拉着他渐渐僵硬的手，捂在自己的怀里，直到身心彻底崩溃，再支撑不住，终是昏死过去。

"当初，我也让你想清楚的。"老和尚摇摇头，看了看三无，"是你自己选择去桃花河。我清楚告诉过你这样做的后果。就算有她一生笑容，也只能换已死之人三年时间。而且三年一到，谁都不知这不生不死的怪物会发生什么，也许伏地而亡，也许会有更危险的变故，就像刚才，若不是我知桃枝能镇邪，你们一个个早被这失去本性的家伙砍成肉酱了。还有那女子，交出一生笑容就意味着一生悲苦，不管他人做什么，她都感受不到任何欢乐。而且她还不能对任何人讲出事件原委，不是她不想，是因为她根本讲不出来。做了这样的交易，只要她一提起半个字，喉咙就会有如火烧，有苦不能言。这个，我也告诉过你。"

"对，这些你都告诉过我。我知道这么做，并非好事。可我就是不能对她的要求，视而不见。我也犹豫过三年之后要不要回来，不如狠一狠心，当作公平交易，再无瓜葛，可，终是丢不下。"

满室悲寂，可三无抬起来的脸，依然笑容如故，仿佛根本不知悲恸为何物。

"师父，"元芥走到他身边，"想笑而不能笑，与想哭而不能哭，究竟哪个更痛苦？"

这一瞬间，她突然像个大人了。

三无愣了愣，一时竟答不出来。

"我觉得，可能后者更难过。"元芥摸了一颗桂花糖含在嘴里，"师父，这笑面仙子，你还是让别人来做吧。"

"元芥，你什么时候知道的？"三无突然反应过来，诧异地问她。

"天界曾有位无目神，专司刑罚。她有件刑具，名曰'笑面'，天界中若有哪位神仙犯了情戒，就会被罚戴上这个木雕的笑脸面具，一旦戴上，刑期不到，这面具是摘不下来的，因为它是戴在受罚者的心里，有它在，受罚者纵然遇上再悲恸的事，也流不出一滴眼泪，不但不能哭，还会永远面带笑容。这种痛苦，实难言表。"她看着三无，继续道，"无目神寂灭后，有人偷走了这笑面，却没想到半路遗失，令这笑面从天河落下凡尘，掉进一条河里，天长日久，便成了精怪，还修成人形，做了个翩翩公子。这个只会笑不会哭的妖怪，因为无聊，便扮成笑面仙子，用妖力将人类的笑容取来，将笑容转为奇特的力量，替他们实现各种愿望。他的行为，被一班道士发现，自然不肯放过他。他虽是妖怪，却并不擅长与人打斗，被打到重伤，拼着最后一口力气逃进一座小庙。在佛堂，他遇到了一块被用作扫把柄的木头。"

三无倒吸了一口凉气，看向老和尚。

"阿弥陀佛，元芥还很小的时候，我就讲给她听了。"老和尚双手合十，"不说实话，这小魔星会拔光我的胡须。"

"老秃驴还跟你讲了什么？"三无抓住元芥问。

如果她什么都知道，为何这么久了，对他的态度毫无任何改变？！

"当然还讲了很多，比如……"她踮起脚，把嘴凑近他的耳朵，"比如，如何让你哭出来。"

他一惊，旋即只觉天旋地转，眼前的一切都变成了扭曲的旋涡，端木忍的尸体与悲伤的谢筱青，拽着佛珠的老和尚，还有嘴里飘荡桂花糖味道的元芥，离他越来越远……

元芥放下手，一把桃木制成的匕首，深深刺入了三无的胸膛，木色的匕首，转眼便成了红色。

他捂着心口，倒退几步，笑容凝在脸上，死了般僵立在原地。一道琥珀色的光晕，从匕首下旋绕而出，竟在他胸前汇集成了一个笑脸面具的模样，从透明到实化，被这股光晕牵连着，微微摇动。

"元芥！"老和尚突然喊道，"你可想仔细了！"

她转过头，笑："不是早就说好了么？！你口里的小魔星这么爱笑，有谁比她更合适当笑面仙子？"

说罢，她朝那面具迎上去，伸出手，深吸了口气，紧紧抱住了三无。

有些话，永远讲不出口；有些眼泪，永远流不出来。

你将我自死神手中抢回来，现在，由我将你的眼泪抢回来。

我从来都不对你哭，从来都让你以为我很快乐，那是因为世上没有人比我更了解，你永不褪去的笑容，都是流不出来的眼泪。

我不想让你更难过，而已。

十四 🦋

三无醒来的时候，老和尚正在芥子庙的前院扫地。

他从床上跳下来，却冷不丁被对面桌上的破镜子吓了一跳——镜子里那满面诧异的男人，哪里是他，分明是端木忍！

他用力捏自己的脸，确认这不是做梦。

芥子庙里，一如往常的冷清，只有老和尚挥舞的扫把在发出唰唰的声音。

"你玩什么把戏？"三无跑出来，一把抢过老和尚的扫把。

"醒啦？"老和尚拍拍他的肩膀，"不错不错，这身体简直太合适你了，比本来的你还好呢！"

"筱青呢！"三无打开他的手，焦急不已。

"在禅房里睡着。没事，伤心过头，晕了罢了。"老和尚道。

他松了口气："元芥跑哪里去了？"

"昨晚就走了。"老和尚把扫把抢回来，"把你们攒下来的所有银两都带走了，说要自己去买块地，一半用来养猪，一半拿来开赌坊，还让你千万别去找她。"

三无一愣。

"她说，你既成了端木忍，就再不用扮小丑赚钱了，何况还有个小师娘要照顾，这师徒缘分吧，尽了。"老和尚别有深意地笑笑，"这孩子着实有趣。"

缘分尽了？

以后，再也听不到有人喊师父，也再没有人吵着要吃桂花糖了，就是这样吧？！

说来多简单，可是，为何心里像被抽走了一块，隐隐地疼呢？

三无突觉得眼眶有些发热，用手一摸，指尖竟沾着一丝泪水。

他被狠狠吓了一跳，抓住老和尚问："怎会这样？"

"那长在你心里，让你只能笑不能哭的'笑面'，已经没有了。你现在，几乎是个普通人了。"老和尚笑，"还记得当年你还是一块扫把柄的时候，我在佛堂里跟你讲过的话么？"

"有得必有失。"他答。

"那时的我知道打不过那些道士，又不想被他们收了去，所以索性将笑面从我这身体中抽离出来，附到你这块木头上。而你作为笑面的替生者，也就是替它而生的意思，便能就此摆脱原貌，一夜之间得成人形，不但如此，还能拥有笑面的妖力，用人类的笑容实现许多事情。但代价是，替生者永远不会有泪水，再悲伤也只能笑。这些事，我不是早在你成人形的时候就讲给你听过么？"老和尚白他一眼。

"可你从来没有跟我讲过，为什么你又会变成老和尚，而我为什么会变成端木忍！"三无急道。

"谁让你来芥子庙的时间那么少，变成人之后的头十年，你整天在外到处跑，还喜欢上了变戏法跟扮小丑，说这比扫地念经有趣，我想跟你多些时间聊天也不行。"老和尚哼了一声，"当时选择将笑面抽离，这意味着我这个人形不出片刻就会消失，包括全部意识与记忆。但偏巧那时，禅房里躺了一个断气不久的老和尚，有这样一个躯壳，正好将我的意识，也就是所谓的灵魂住进去。由此之后，我虽没了笑面的妖力，却有了新的容身之处，但缺点是，我得永远住在这个再不会有任何变化的老和尚体内，以这样的姿态活下去。而你，则作为笑面的替生者，拥有了另外一个人形与崭新的灵魂。同理，当有新的替生者出现时，你体内的笑面会转到对方身上，而你本来的灵魂，则住进了端木忍的体内。啊，真是不公平啊，为什么你就能遇到这么英俊年轻的躯壳，而我就要当老和尚呢！"老和尚哀叹。

小丑

253

三无沉默半晌，突然问："不对！当时在场的，活着的只有四个人，哪来的替生者！还有，为什么是那个时候？我并没有要求你们做这样的事！"

"笑面的替生，只能是木头。"老和尚显然被他弄得没了耐心，"这是元芥的意思。这孩子早就希望能将你从这样的宿命里解脱出来。我被她磨得没有办法，只好亲自出去替你找替生者，你要知道，也并不是随便一块木头就能成事，总得要有缘分有灵性的才行。我找了好久才找到呢。当然，我们瞒着你。"

三无低头看着自己崭新的"身体"，道："你们早知三年之后，端木忍会变成一具尸体，所以你们一直在等这一天，一来用你们的木头做新的替生，二来将我分离出来的意识放到端木忍的身体里保存？"

"两全其美不是？三年前你来找我，要我想办法得知端木忍是否平安，我以仅剩的妖力起卦占卜，知此人已亡。你说你决定用笑面的妖力帮谢筱青时，元芥就躲在禅房外头。你偷偷关心着谢筱青，这孩子偷偷关心着你，真是一对好师徒。"老和尚道，"但我告诉你，你，我们还可帮一帮，但你的筱青，失去的东西永远拿不回来。经过这样的打击，她就算醒来，恐怕神智也会与之前不同。你要有这样的准备。"

"我会照看她。"三无的眼神坚如磐石。

"可见你是真喜欢她。"老和尚埋头继续扫地。

三无皱眉："你跟元芥，竟背着我谋划了这么多事！"

"那孩子聪明。"老和尚呵呵笑，"年纪小小，生如微芥，为人做事却是想不到的潇洒利落。你们的缘分这么短，连我都觉得可惜。"

三无攥了攥拳头，再不讲一句话。

十五

翌日，三无带着谢筱青离开了芥子庙。

如老和尚所言，谢筱青醒来之后，变得有些痴傻，连身边的"端木忍"，也不太认得出，只是反复说，要看花脸小丑。

"微如芥子，也成世界。谁施谁受，未如眼见。二位施主慢走，阿弥陀佛。"老和尚捏着他的佛珠，站在庙门口。

这时，他的身后，探出个小木头人的脑袋，一尺来高，圆圆大眼，嘴角上翘，十分逗人喜爱。

木人一直望着三无与谢筱青的背影，直到再看不见了为止。

老和尚在门槛上坐下来，问："讲这样的谎话，他早晚会识破吧。"

"不会。"木人慢吞吞翻过门槛，也坐下来，"到现在为止，他都只看到我的一面，并且认定那就是全部的我。就好比观众们永远只看到小丑在台上的欢乐，根本不会在意卸妆之后的他们。对于我的谎话，他不会起疑。他会永远这样想，那个能吃爱笑没烦恼的徒弟，是绝对不会亏待自己的，肯定过着有田有猪的好日子。"

"你是要我称你一句伟大么？"老和尚看了木人一眼，"笑面只有两次替生的机会，一次为木，一次为人。以木为替生者，木可成人，以人为替生者，人则成木。你……"

"我知道我一辈子都只能当木头人。"木人咧嘴而笑，"老和尚，你会收留我的吧？我这样子，说不定会被老鼠啃掉的。"

老和尚捋着胡子："你可知为何这么多年来，我都不离开芥子庙，甘心做个和尚？"

"因为你的头永远是光的。"木人嘎嘎直笑。

"呸！"老和尚恨它一眼，"自天界堕于凡尘，从一张面具修成精怪，我自以为已洞悉世间万物，人情世故，可到头来还是一塌糊涂。当初若非我一时私心，让三无做了替生，这后来的种种，自然也就没有了……阿弥陀佛，可见我还是修行浅薄，既披上了和尚皮，不如就此安心于小庙，一片清净世界。"

"清净不了，我还在这小庙里呢！"木头人跳到他的膝盖上，扯他的胡子，"我陪你说话，你买桂花糖给我吃。啊，不对，我已经不能吃东西了……"

老和尚长叹一声，把木人搂在怀中，走进庙里。山风乍起，黄叶飞舞，眼见这秋天又要尽了。

不久，桃源县又有了新闻。端木将军辞了官，带着他得了怪病的夫人去了乡间居住。听说，她之前只是不会笑，现在还变得有些傻气。只是端木将军不但不嫌弃，还亲自将自己扮成花脸小丑，逗她开心。这女人，真是让人羡慕。

至于芥子庙，还是老样子，没什么香火，连供果都要老和尚自己出去采。

不过，有些去过芥子庙的人回来说，那里的老和尚有怪癖，喜欢跟一个雕成女娃模样的木头人说话。

十六

故事到这里，也就讲完了。

当然不是那木娃娃讲的，而是对面椅子上，那个穿着鲜艳的夏威夷衬衫，还带着很潮的墨镜的老光头讲的。

小丑

255

在这木娃娃来到不停之后没多久，他便气喘吁吁地追了进来。

"你不当和尚了么？"我笑问。

"芥子庙还在呢，不过我是不能留在那儿了。不然被人知道芥子庙的老和尚活了上千岁还不死，多不好。"老光头将木娃娃抱在怀里，"这孩子还是改不了乱跑的毛病，没想到这次居然跑到你的店里来。"

我看着他怀里那个小人儿："她跟你之前的描述，并不太一样。"

"当初我扮笑面仙子，获取人类的笑容替他们完成愿望，看起来受益者是人类，其实在运用笑面妖力的同时，也会让我自身的修为越来越高，若让我再多当个几十年的笑面仙子，那些道士哪里是我的对手！"老光头低头看看他的木娃娃，"可这孩子，千年来拒绝使用任何笑面的妖力，这就好比一个机器，千年都不开动，自然就锈蚀了。她属于人类的灵性已快消耗殆尽，现在她的智慧，比一岁的孩子高不到哪里。最近这些年，我带着她四处游走，无非也是在寻求一个保住她的法子。我从不少妖怪那里听到你的不停，觉得有意思，就带着这孩子来寻你了。我对这里不熟，正找路时，这孩子顽皮，趁我大意时竟自己偷跑了。没想到她竟撞进你的店里，这么看也是有缘。你看你能否……"

"找我帮忙的，个个都说与我有缘。"我打断他，喝了一口茶，"三无有去找过徒弟么？照你所说，三无的灵魂所寄居的端木忍，应与你一样，还活在这世上。"

"不知。他夫人去世之后，便没有人再见过他了。也没有再回来芥子庙。"老光头摇摇头，喝了一口茶，苦得他伸出了舌头，再不敢喝第二口。

"喝茶也是修行。第一口苦，就认定整杯茶都苦，于是再不肯尝第二口。"我笑道，"因为这样的误会，错失多少好风景。"

老光头一愣，想了想，终是鼓起勇气又喝了一口，咂咂嘴，眉头一松："咦，甜的……"

"咱们店里还有空房间，不嫌弃的话在这里住个两三天，或者能有转机。"我起身离开，"住宿费不打折，离店结清，不赊不欠。"

十七

偏远的乡村，稻田片片，水牛甩着尾巴从河里爬上来。

那身形高大的男人，戴着草帽，扛着锄头往他那简朴的乡间小屋走。屋后，是他亲手修起来的猪圈，白花花的大猪小猪在里头钻来钻去，哼哼唧唧地吵闹着。

他正要开门，目光却落在一旁的窗台上——一个穿着花布裙子的木娃娃，瞪着大眼睛，红红的小嘴喜庆地上翘着，十分可爱地坐在那里。

他奇怪地四下看看，又盯着那木娃娃许久，笑了笑，自言自语道："是谁将你丢在这里的？真是可怜。"

说罢，他将木娃娃抱到怀里，进了家门。

有的记忆实在是太遥远了，很多很多年前，他也像这样，捡了一个小娃娃回家，不过那是个有血有肉的真娃娃，而且，那天在下雪。

远处的田埂上，站着三个人。

"就这样交给他，合适？"老光头不是很放心地问我。

"我们能做的，只有这样了。"我淡淡道，"如果有一天，这个笨男人能看到木娃娃的另一面，或许还能有奇迹。"

"嗯？"老光头不是很明白的样子。

"会欣赏小丑笑容的人太多，可只有看到它眼泪的人，才有爱它的资格。这道理，男女之间如是，父子之间如是，朋友之间如是。只看到一面便认定是全部的人，总会弄丢许多东西。"我看着他那光光的脑袋，"切！跟一个老和尚讲这些干吗！不懂就算了。"

我转身离开。这乡下的风景很好，空气也舒服，很适合生活，或者重逢。

九厥在我身后，追着老光头聒噪："这个你必须加钱！你要知道委托那些贪得无厌的虫人去寻找一个失踪近千年的半妖怪，是多难多费钱的一件事！老板娘自己不给钱，让我倒贴！关我什么事呢？我一不是不停的员工，二不是她老公！"

"阿弥陀佛，出家人四大皆空，等付过了住宿费，我大约只剩两块五毛钱了。"

"……"

◉ 尾声 ◉

气死了气死了！老光头居然偷跑了！一毛住宿费都没给！

但几天后，我收到了一个快递，一个大盒子。

打开，是个小丑玩偶，画着逗人的大花脸，只是眼角那里，粘着一颗闪闪发光的眼泪。

我再一细看，这颗眼泪竟是纯金打造的。

我这才转怒为喜，虽然这金子小了点，但胜在精致。

此时我唯一庆幸的，是无目神的"笑面"只有那一张。但转念一想，真的只有一张么？

这世上画着花脸，戴着各种面具的小丑，真的只存在于马戏团，以及商店的橱窗里吗？

我知道不是。

小
丑

如果，那并不是一张摘不下来的面具，不是一层擦不掉的油彩，不如卸下吧。露出干净真实的脸，你才会看清楚，那些真正愿意朝你走来的人是谁。

如果，你正被一个有趣的小丑逗得哈哈大笑，欢乐之余，也请记住，小丑也会哭，只是你看不见。

我把这个小丑摆在了不停的窗台上，阳光刚好照着它的花衣裳。

九厥想把那颗金眼泪据为己有，被我用扫帚打出了不停。跟我抢什么都可以，就是金子不可以！阿弥陀佛！

我相信时间会带来惊喜，所以永远不会背叛它。

第九章／白驹

◉ 楔子 ◉

"把摊子摆在这里，你赚不到钱的。"我啃着苹果，对面前这个执着的老头说。

"姜太公钓鱼，那钩不也是直的么。"老头捋着三寸白须，咧开缺了两颗门牙的嘴朝我笑，"需要我指点的人，自然会来找我。"

下午五点的阳光铺洒下来，晃了我的眼睛，模糊了老头的面目。他本来就很黑，又穿深藏蓝的衣裳，整个人仿佛阴影之下的另一重阴影。

他怕有八十岁了，脸上的褶子都能勒死蚊子，从前天开始，他就稳如泰山地坐在那张小桌子后头，桌子上立了个小纸牌子，牌上只有一个字——占。

我是好心。占卜算卦这样的生意，到人山人海的地方才是正经，把摊子摆在不停大门的斜对面，后无去路，前无来者，冷清清的一条巷子，又是秋寒刚起的天气，一看就觉得萧瑟不已，想赚钱？痴人说梦。

"不觉得这里太清静了么？"我笑笑，四下看看，"这条巷子里只有不停，最近客人也越来越少，不会有人来找你的。"

老头咂咂嘴，有些浑浊的眼睛似笑非笑地看向我：“对啊，就是太清静了。我说老板娘呀，你觉不觉得，这世界清静过头了？”

"我不喜欢嘈杂，清静才好。"我耸耸肩。直觉上，老头不是寻常神棍，他对钱没有兴趣。

"不是有句老话，暴风雨到来之前都特别清静么。"老头一边笑一边咳嗽，"再过三个月，就到十二月了。"

"2012 来得还真快。"我揶揄道，"那您可得赶紧赚钱。"

"世界都毁灭了，还要钱干吗？"老头笑得眯起了眼。

我双手撑在他的桌子上，凑近他的老脸，笑："我从不相信2012。能带走一切的，只有时间。这个世界还很年轻。"

老头盯了我半晌，眼珠一转，嘿嘿笑道："咱们投缘，我免费替你看看前程吧。"

既然免费，何乐不为。那树皮一样的老手托着我的右手掌，目光也变得仔细而犀利，从我每条掌纹上走过。不过半分钟，他放开我的手，从干瘪的嘴唇里吐出几句话："失而复得，得而复失。树大招风，焉得清静。"

我从鼻子里哼了一声："不给钱就说得那么差！"说罢，转身便走。

身后没有任何声音，进不停之前，我回头看，老头一动不动坐在他的位置上，依然似笑非笑地望向我这边，一阵大风吹过，檐下的灯笼顿时没了往日的端庄沉静，乱晃不止。

一进屋，便与急急往外走的赵公子撞了个满怀，我抬眼一看，这大个子的肩上竟然挂着一个包袱，一副要离家出走的模样。

"我去找找！不然不放心。"从来不善言辞的他，这么跟我解释。

"你怎么去？你会变身么？会飞天遁地么？信不信，你一出不停的大门，那些和尚道士就能把你抓起来！"我把他的包袱扯下来，"做饭去！"

"老板娘……"

"去做饭！"

赵公子从来最憨直听话，纵使一万个不愿意，还是闷闷回去了厨房。

我知道他是不停里最善良最不调皮捣蛋的帮工，我很喜欢这个不多言不语，只喜欢做家事煮饭看《三国演义》的大个子，所以我不会将他放置到任何可能出现的危险里。

危险——我竟如此自然地用了这个词。

走到窗前，坐下来，刚刚还在的阳光已不知踪迹，雨水落下来，打在屋顶与树叶上，秋雨凌乱，反而让这世界怪异地安静下来。

这世界清静过头了——我想起老头的声音，的确是清静，街头巷尾行人稀少，连不停里，也只剩下我跟赵公子。

敖炽没有回来，离他发给我的最后一条短信的时间，已经过去一个月。

告假的碗千岁也没回来，我想这个喜欢像吉卜赛人一样到处流浪的妖怪，也许找到了比不停更好玩的地方。

纸片儿也没回来，虽然这贪玩又八卦的东西常有偷跑不归的记录，但从没有哪次的时间有这么长，一周了。

敖炽是怎么也联络不上了，我悄悄去沿途找过，甚至到了东海的海边。可我找不到

白驹

那座神秘的东海龙宫，眼前只有一片浩瀚海洋。那天也在下雨，我孤身站在海岸边的崖壁上，无计可施。对这个有故意失踪前科的惯犯，我应该祝福他死在外头吧。

至于纸片儿这小妖，苍蝇一样到处乱飞，随便躲在一个门缝儿里，我也寻它不着。这些不停里头的奇葩，一个比一个不省心！

"失而复得，得而复失。"——看着空荡荡的不停，老头的话在我脑中来来去去。

啪！

正走神时，摆在桌上的一只小花瓶无端端倒了，水洒了一桌，要不是我手快，便滚下桌去粉身碎骨了。

我捏着花瓶，压着一腔怒气，对着桌子的另一端恶狠狠道："你还想在不停里头飘到什么时候？！"

"咦？你看见我啦？"空气里，有人很惊讶。

我放好花瓶，对着空气道："我不需要看见。任何人进了不停，我都知道。你三个半小时之前就飘进来，鬼鬼祟祟到现在！"

"太好了，果然跟传说中差不多。我一直在观察你呢。"空气里的声音说，"看出来你心情不好。所以一直在思考如何跟你开始一场对话。"

"对个屁的话！要么给钱住店，要么滚。"我平静地发飙，"别以为是死灵我就不敢揍你！"

一阵冰凉虚无的气流从我脖子后头划过，那声音飘到了我耳边："你揍我，我也不会屈服。"

我挠着被气流吹得发痒的耳朵，跳到一旁："你到底要干吗！"

"帮我！"

"不！"

"不帮我就飘。"

啪啦，四周的瓶瓶罐罐挨个被弄倒，我手忙脚乱地去接住。

"帮我！"

"不！"

"那我还飘！"

头上那价值不菲的水晶吊灯开始大幅度摇动，要是它摔碎了，我的心也会碎的。

我愤怒地抬起了头……

某城，1932年，夏。

小小的房间里，白发苍苍的老人，颤抖着握着一个酒瓶，对着端坐在椅子上的人，老泪纵横道："还给我！马上还给我！"

房间里没有灯，窗外远远闪烁的霓虹灯光渗进来，虚幻地照在椅中人的身上，反而更看不清楚面目。

"已经没有的东西，如何还你。"不咸不淡的声音，完全不为所动。

"我不管，你不还来我就烧死你！烧死你这个妖怪！"老人把瓶子举得更高了，"这是特制的火油，扔到身上马上就燃！"

"你们这些人类，不帮你们，骂我没用，帮了你们，又要我去死。好难伺候。"那人冷笑一声，从椅子上站起来，"你喊我来这里，我还当你是要付报酬给我呢。你要是给呢，我就再等等，不给，我可就走了。"

老人气得脸色发白，狂叫一声，将手中的瓶子朝对方狠狠扔了过去……

阴暗的房间，骤然明亮。

"唉，啥时候才是个头，昨天东城门那边又放枪了，死了十几个。有一个还是对面街李嫂的独苗呢！不到十七！我看李嫂是活不下去了。"

"神仙打架凡人遭殃，吃不够穿不够，还要担心哪天打起仗来，子弹飞到自己脑袋里，这种鬼日子有啥头！我看呐，最好甩个大炸弹，一次把我们都炸死，倒也解脱了！"夏夜里睡不着的人，打着蒲扇，唉声叹气地说着闲话。

话音未落，街那边跑过来人，忙天慌地地喊："新新旅社烧起来啦！"

远远地，一片火光在东边的夜空下跳腾。直到天明，火才被灭掉。清点伤亡损失，四住客轻伤，一住客死亡。

调查失火原因，火源应在三楼305号房，于其中发现了一些玻璃瓶残片，上头沾染了类似汽油的东西，疑似故意纵火。而火灾中唯一的遇难者，也是在305号房内。

身份核实，根据旅社登记册，305号房的住客是一位姓陈的二十五岁男子，老板说他在旅社已经住了快一个月，不是本地人，听说是个会计，但被洋行解雇了，又被赶出宿舍，无家可归，偏不肯回老家，就在旅社住下了。长得倒还斯文，就是左手有六根手指，平日里都将左手藏在袖里。

验尸的结果，如老板所说，305号房遇难者确实有罕见的六指，不过，年龄不是二十五岁，至少在七十岁以上。

白驹

无人能给出合理的解释，也无人愿意花精力去调查，这军阀混战，朝不保夕的年月，死人这样的事太寻常了，随意安个结果，草草了事，新新旅社纵火案就此打住，顶多变成乘凉时的谈资。

只是，有个小插曲并未被太多人留意——火灾第二天，看热闹的人群里，一个四五岁的小童抱着父亲的腿说："爹，昨天晚上，有一匹马从火里飞出来呢！"

男人狠狠打了他的屁股，说："小孩子家说谎，会被老妖怪抓走的！"

"没有说谎，是白色的马！"孩子委屈地说。

"都怪你娘给你讲那些神神怪怪的故事，以后不许听了！"男人不准儿子再说下去，扯着他的耳朵离开了。

"可怜的孩子。"他坐在云朵上，望着那对父子的背影，笑着摇头。

云朵越白，越衬得他手臂上的烧伤触目惊心。

终于也到会受伤的时候了，他叹了口气，老喽老喽，时光真如白驹过隙。

他打了个呵欠，从云朵上跳了下去。

万里高空，人是不见了，只有一匹雪色白马，白得要闪出光来。穿过云层时，那出色的速度，把天空中的各种颜色都化成一道道彩线，簇拥在其身周，想一直跟随，却又望尘莫及。

这世上，没有什么是比他更快的。

那条河水都快干透了，河床上堆满了各种各样的垃圾，岸边曾有一座风光无限的石碑，是一两百年前某位有钱乡绅出资捐造的，曰"名士榜"，但凡做了官发了财，总之是干了光宗耀祖的事儿的同乡，名字都会被刻在上头。只可惜到了后头，这里战祸连年，连命都顾不上了，谁还有心思管那名士榜。

炮弹把石碑炸成了两截，把这里的许多人也炸成了两截，房子没了，河水干了，如今就剩下一块残碑，和一棵跟它对面而立的歪脖子树，萧条不堪。

他反而喜欢。臭味熏天，四下无人，难得的好地方。靠在粗大的歪脖树下，他舒服地闭上眼睛，手臂上的伤比之前更严重了，但一点不疼，还觉得轻松。

嗯，睡一会儿吧，谁也别打扰。

不多时，他忽然又睁开眼睛，抬头朝歪脖树上一望……

二

秘鲁，十年前。

被时间抛弃的地方，总有与众不同之处。马丘比丘城的夜晚，就比任何一座城池都要黑暗，哪怕头上的月亮依然像洗脸盆那么圆。站在这座印加帝国迷失之城的最高处，风从不同的方向吹来，四周的山峦像复活的魔神，你会担心它们只要伸个懒腰，便会朝你扑过来。毫无安全感。

这一层一层精密堆积起来的石墙，是世上最完美的几何图形，只不过，横陈在石级上的五具狼人尸体，破坏了所有的美感。并没有一滴血流出来，它们的身体只是在由缓到急地溶化，流淌成了一道金色的小河，渐渐渗进了坚硬的地下，无迹可寻。

白马站在古神庙旁，习惯性地用手帕擦着枪口，边擦边说："高贵冷艳的伊莉丝小姐，下次狼人再来咬你时，能不能麻烦你稍微反抗一下。"

娇小的女子从神庙前的柱子后走到月光下，身上低调又单薄的深蓝风衣被风吹起，成了她身后一对生动的翅膀，精致过 SD 娃娃的脸孔仿若夜色中突然闪现的全美钻石，任何角度都光彩照人。

她真是漂亮得过了头，把人类的美貌都给抢过来了似的。另外就是，她家也真有钱，连洗脸盆上都镶着顶级祖母绿。

"不是有你在么，我何须反抗。"她伸长脖子朝石级上瞅了瞅，捋开垂到身前的乌黑长发，"五个，下次可能有五十个呢。"

似笑非笑的神情，赤金色的眸子，艳若玫瑰的嘴唇，将这年轻轻的小姑娘勾勒成不小心跑到人间的女妖，危险又吸引。

白马叹气："你就不能乐观一点估计么？"

"有几个逃犯能乐观？"她反问，笑意随着石级上最后一点金色液体的消失而隐去，"狼人的数量像苍蝇一样多，你能杀多少？"

他晃了晃亮堂堂的枪管，说："我管他们的数量有多少，我只管帮你活着逃到乌克兰。"

说罢，他拽起她的胳膊，从另一端的石级快步走下去，一辆破破烂烂的 Range Rover 停在阴影中，无奈地等着它的主人。

把伊莉思塞进车里，白马发动引擎，打了 N 次火，越野车才发出突突突的声音，像迟暮老人的咳嗽。

"猎豹只是睡着了，平时都是一点就燃。"白马一边跟她解释，一边狠狠踩了一脚油门，这车子顿时跟梦游的人突然醒了似的，铆足力气轰一下冲了出去，简直是飞一般的速度，不负猎豹之名。

这辆被他命名为猎豹的越野车，算是唯一的家用电器了，是他多年前从开普敦的废弃车辆处理场里偷出来的。

白
驹

"你走的路线，与事先同我祖父商定的计划完全不一样。"伊莉丝看着窗外飞驰而过的山石，风从只能关上一半的车窗里灌进来，让她不得不用手抓住长发，才不致被扰乱视线。

"恐怕这恰恰是我们至今没遇到狼人大部队的原因。"白马看看手表，然后专注地看着前方，"离天亮还有五个小时，足够到市区。"说着他狠狠地挠了挠头发，自言自语般抱怨："只能在晚上行动真叫人焦虑！"

伊莉丝装作没听见，问："听说你打算退休了，以后都不再做帮人逃跑的勾当了？"

"我老了，跑不动了。"白马貌似很坦白，后视镜里那张属于东方人的脸，区区二十来岁，年轻英俊，健康向上，正是风华正茂的好时候。

伊莉丝转过头，对他挑眉道："那可惜了。不知有多少逃犯要伤心了。那个，我是不是应该为赶上你的末班车而万分荣幸？"

"你确实是个幸运儿。"白马微微一侧目，突然神速地拔出手枪，"低头！"

伊莉丝的反应很快，马上低下脑袋，一颗金色的子弹几乎在同一时间擦着她的头顶飞向窗外，精准地击中一个从车顶上倒挂下来，正欲朝伊莉丝伸出利爪的狼人。

一声痛嚎中，狼人从车上落下去，轱辘似的在路上滚开了去，黄金制成的子弹深深没入它的额头，用不了几分钟，它就会跟石级上那些同类一样下场。

"印象中，狼人的轻功可没这么好啊。之前来神庙偷袭的几只也这样。啧啧。"白马收起枪，摇摇头，"又浪费一颗子弹。黄金子弹成本太高了。唉，你爷爷应该多给我几颗。"

"狼人也分等级，等级低下的只有蛮力，行动笨重，能够与我们为敌的那一级，身轻如燕无声无息，是最基本的技能。"伊莉丝毫无惊慌之色，"级别最高的狼人，黄金子弹也无济于事。要是你不幸遇上他们，我建议你直接把子弹送到自己脑袋里。"

"这么贵的子弹，我享受不起。"白马嘿嘿一笑，露出整齐雪白的牙齿，朝脏兮兮的挡风玻璃上一指，对着前方这条漫无止境的公路道，"天知道前面会发生什么有趣的事，想那么多干吗。"

伊莉丝顺着他的手指往前看了看，说："前面？不过是黑漆漆的一片。"

"天会亮的嘛。"

"我从没见过天亮。"

"呃，你饿了吧？后座上的箱子里有给你准备的食物。"白马岔开了话题，"别浪费，我可是冒着被抓起来的危险去医院血库给你偷来的。不保证新鲜，但绝对是活人身上抽取的。"

伊莉丝摇头："不饿。我一周进食一次。"

"减肥？"白马上下打量她，"身材已经很 S 了嘛。"

伊莉丝白他一眼："这叫作进化！越弱的，进食频率越高。"末了还不忘补充一句，"所以你们人类是最弱的，一天三顿，只知道吃。"

"我能把吃称为舌尖上的艺术么？"白马惋惜地撇撇嘴，"有机会的话，我真想带你去一趟中国，那个国家的美食，足以颠覆你的一切偏见。"

也只是说说而已，谁也不可能带一只吸血鬼去吃东西，这个只存在于黑暗与传说里的族群，若隐若现地在人类历史中辗转，被隐瞒或者被夸张，真真假假地传承下来。他们的食物只有血，单一而绝对。其余任何食物，在他们口中都只有苦味与烧灼感，再美味的食物也只是一种折磨。对吸血鬼而言，美食如同阳光一样，是永远不可能拥有的体验。

伊莉丝自己也说过，并非外界传说的那般，吸血鬼一闻到血便馋得流口水，什么无比鲜甜无比满足只是不负责的杜撰，对吸血鬼而言，血就跟清水一样淡而无味，仅仅是喝下去不难受罢了。她讨厌那些把自己的族群描述成为残暴的贪吃鬼的小说。

"你现在走人，还来得及。"伊莉丝突然说。

白马眨眨眼睛："走人？我现在不正在带着你逃走么。"

话音未落，白马只觉一阵非比寻常的冷风从脸上唰一下过去，视线也瞬间模糊了半秒，待到恢复正常时，副驾位置上早已空无一人。射向前方的车灯光线，雪亮得刺眼，伊莉丝横抱着双臂，若无其事地站在离车头不到五米的地方。

尖利的刹车声下，猎豹死死停住，距伊莉丝不过一厘米。白马的肋骨被安全带勒得发疼，从车窗探出头去："我觉得，在我生气之前，你最好回到车上来。"

"我要自己去乌克兰。"伊莉丝一动不动，"你看到了，我的动作很快。其实你才是我的累赘。"

"你这么贬低我，可是很让人伤心的。"白马面露忧郁。

砰一声枪响，惊碎了黎明前的黑暗。袅袅冒烟的枪口前，伊莉丝捂住右肩，微微张开嘴，瘫倒在地。

"唯小人与女子难养。"白马收起枪，开门下车，把毫无知觉的伊莉丝横抱起来，塞回车上，朝下一个目的地绝尘而去。

有什么能比他拔枪的动作更快的？！

对一个专业的逃跑人员来说，除了杀伤性武器之外，特制的麻醉枪也是基础装备。他曾经用这把枪放倒过一头大象。

"跟我玩儿，切。"他瞟了一眼昏迷中的伊莉丝，脸上闪过一丝怅然，"傻妹子。"

今天，利马市的居民们都在议论一件怪事——一些早起的人在黎明时分，惊讶地发现位于旧城的里马克河竟在一夜之间成了红色，但随着太阳的升起，河水又迅速褪回了原来的颜色。消息流传开去，一半人相信是灵异现象，一半人说是醉鬼的幻觉。

白马站在寂静无声的大厅里，顶上繁复华丽的吊灯坏了一半，只有几个灯泡奄奄一息地亮着，墙上到处是干涸的血迹与锋利的爪痕，还有密集的弹孔，曾经挂在上头的名贵油画，被毁成了废纸。

地上，尸体像山一样堆积在面前，每张死去的脸都比纸还要白。数日之前，他们还是一群美貌而优雅的男女，在这个美轮美奂的地下城堡中穿行。

这是伊莉丝的家，在一座博物馆的地下，隐秘地存在了无数年，这里的排水系统与里马克河相连。吸血鬼们的鲜血，在屠杀中流尽了。

一把冷冰冰的剑自后方袭来，横在了他的脖子上，他笑笑，说："我是客人，不是敌人。"

横倒在他对面的一面银边落地圆镜，虽已碎了大半，仍清楚照出了身后的一切——艾隆的心口上，插着一把钛晶制成的匕首，金色的头发已变成银白，那张标准的美少年脸孔，也风霜成皱，青春不再，连握剑的手，都枯瘦得皮包骨，像所有行动不便的老年人那样，微微颤抖。

艾隆，是伊莉丝的祖父。

"你孙女一切安好。"白马将头一偏，离开了他的剑锋，转过头，皱眉打量对方，"狼人？"

"血洗行动，如期而至。"艾隆低头看了看心口上的匕首，"它们的数量完胜我们，而且进步很快，还学会了将阳光锁到武器中的方法。"

说罢，他双腿一软，眼看就要倒下，却将长剑朝地下一刺，硬生生地撑住了自己。

白马忙上前扶住他："我能帮你什么？"

"扶我到那边坐下，我不想像狗一样趴在地上。"艾隆缓缓说，豆大的冷汗沿着他脸上的皱纹落下来。

白马扶他走到最近的一张沙发上坐下，他的身体已经轻得没有什么重量。

"时间对我来说太快了。"艾隆看着眼前的一切，无悲无喜，"你肯定很想笑吧，一个已经活了三百年的吸血鬼，竟然还嫌时间太快。"

"我不会嘲笑一个快死的家伙。"白马很干脆地说，"还有什么事没有做完？"

"你说话还真让人伤心。"艾隆笑出声，"还没有看到伊莉丝出嫁，还没有研究出不惧阳光的方法，还没有把狼人们打到银河系之外……哈哈。"他朝白马勾了勾手指头，示意他靠近些，才小声说，"我毕生的愿望之一，就是到阳光万里的夏威夷海滩上，现场欣赏那些比基尼美女们。"

白马一笑："以后我按照中国的习俗，给你烧几个纸扎的比基尼来。"

"呵呵，那先谢了。"艾隆环顾四周，脸上的戏谑之情慢慢淡去，"这里躺着的每一个人，都没有被打败。你看看他们的手，到最后一刻都还握着武器。"

如他所言，死去的吸血鬼们，僵硬的手中都还紧紧握着锋利的刀剑，或者早已没有子弹的枪支。

"我们是高贵的族群，从不与外族通婚，也不袭击人类，吸食的血液，都以真金白银购买回来。我们在这座地下城里，优雅而干净地生活。狼人不同，它们可以同任何族群联姻，只求能在最短时间之内繁殖出更多的后代，它们不怕阳光，在白天，是风度翩翩的正人君子，以各种身份隐藏在人类世界，晚上，它们变回野兽的原貌，咬断人类的脖子吸干血液，第二天再若无其事地继续他们的人类生活。可笑的是，当狼人知道我们拥有杀死它们的能力时，便开始将自己干的恶事嫁祸到我们头上，于是，不知从几时开始，不屑于解释真相的我们，成了人类心中十恶不赦的吸血恶魔。标榜正义的法师与吸血鬼猎人们从此以追杀我们为荣。"艾隆努力让自己的声音不要弱下去，"我们不喜欢打仗，但是必须保护自己的家人。与狼人的战争，从远古到现在……"他猛烈地咳嗽起来，白马看到他心口那把匕首里，已然爬出了红红的血丝，沿着晶体之内天然的裂纹扩散开来。

白马知道阳光是他的致命敌，被封入了阳光的匕首刺中，后果对哪个吸血鬼都一样，区别只在于死得快点还是慢点。

"休息下，别说了。我明白。"白马看着他越发暗淡的眼睛道。

"你不明白。"艾隆捂住心口，气若游丝道，"他们说，我们这个族群早晚都会灭绝，不论如何努力，这世界都不会有我们的立足之地。他们会超过我们，不论从数量还是本领，终有一天，他们会将我们所有同类从地下拖出来，在太阳下变成灰烬。"

"确实是恶毒的挑衅。"白马点点头。

"阳光，是我们最惧怕，也最渴望的。"艾隆沉默片刻，仿佛所有力气都散去了，缓缓道，"白马，你相信有一天，我们能安然无恙地站在阳光下么？"

"问我这个，还不如问我为什么折返回来。"白马说。

"伊莉丝每年的生日愿望，都是这个。"艾隆笑笑，"你都说了她安好，我还有什么可问的。"

白
驹

269

白马微微一怔，没吱声。

"你是第一个被邀请进入这里的人类，你有四十二次成功帮助他人逃脱追杀的经历，把伊莉丝交给你，我很放心。我将我们商定的逃亡路线写在书信里，佯装出打算烧掉又没烧完的样子，狼人们搜查的时候，很容易看见。"艾隆将头靠在沙发背上，狡黠地笑。

"你就不怕我真按原计划跑路么？"白马一挑眉。

"如果你这么蠢，我怎么可能雇佣你。"艾隆把脸转向他，"白马，你还记得你带伊莉丝离开之前，我跟你讲的话么？"

"记得。"白马点头，"你说，只要伊莉丝活着，狼人的天敌就不会消失。"

"她的身上，有最高贵纯净的血统。这意味着她拥有普通吸血鬼所没有的本领，速度，力量，以及智慧。我们的祖先，就是凭借这三点，打败了狼人。虽然我们现在落入劣势，但也只是现在而已。"艾隆的眼里似乎燃起了火焰，但很快又暗淡下去，"可是，这孩子身上的火焰，却快要熄灭了。"

白马面无表情，亦不作声。

艾隆从脖子上扯下一根链子，那上头，拴着一块鸽子蛋大小的呈半透明状的红色石头，鲜艳欲滴又温婉莹润。

"这是我妻子留下的红纹石，这石头产于安第斯山脉，被称为'印加玫瑰'，你将它带给伊莉丝。"

白马接过链子，那块石头停在他的掌心中，红得可爱，仿佛一颗跳动的小心脏。

"我妻子很美，剑术也十分了得，狼人们都怕她，哪怕她受了重伤也不敢靠近。我还记得她跟我说的最后一句话是，这块石头里，装着一颗生生不灭的心。这都是两百多年前的事了。"艾隆的眼睛慢慢闭上，"时间太快，白驹过隙。"

"我同意。但你没有背叛时间，你夫人也没有，你们很圆满。"白马望着他，"我回来这里，只是想替人转告你一句话。"

他上前，对艾隆附耳几句。

艾隆半闭的眼睛里，飞逝过悲伤却又喜悦的光华，枯槁的手微微抬起，最终无力地垂下。

白马将项链小心收好，脱下自己的外衣，盖在了艾隆的脸上，这是个有尊严的吸血鬼，应该有尊严地死去。

临走之时，他在这里点起了火，火焰围绕着所有那些到死也不肯放下武器的吸血鬼，越烧越旺。

现在是深夜，里马克河岸边，摇摇晃晃走过几个举着啤酒瓶，嬉闹不止的年轻人。

"啊！一匹马飞过去啦！"其中一个面朝博物馆方向的醉鬼，突然指着天空喊道。

其余伙伴转过头去看，漆黑的夜空静悄悄，连星星都没几颗。

"你个傻子，喝多了吧，眼花了吧！"众人戳着对方的脑袋大笑。

醉眼蒙眬的家伙甩甩头，再看看天上，叨叨着："没有马啊……我醉啦？"

一帮人笑闹着离去。

夜空深处，一匹雪色白马，迎风而驰……

四

枪声，尖叫，惊恐万状的脸，高音喇叭里无力的喊话，秘鲁边境前的一座汽车旅馆，被这些围得水泄不通。几辆警车停在距旅馆大门二十米开外的地方，十几个荷枪实弹的当地警察举着枪，紧张地对着旅馆二楼的某窗口。

一个满头鬈发的中年男子，浑身是血地倒在墙边，身上的弹孔触目惊心。从留在墙上的斑驳血迹望上去，被所有人锁定的某个窗口，无疑是这人丧命的地方。有人将他带到窗口，当着所有人的面枪杀了此人，再将他推出了窗外。残忍之极。

旅馆里的员工与住客，能跑的都跑了，没人打算留下来看热闹。当地人尤其清楚，这样的事，每年总要发生个好几次，此处与哥伦比亚交界，亡命天涯的毒贩与军警之间的枪声是家常便饭。这一次稍微麻烦一点，两个被追捕的毒贩，躲进这个旅馆并挟持了数量不明的人质，他们很早就向警察们展示了自己的王牌——背在他们身上的，足以铲平整个旅馆的炸药，同时还枪杀了一个人质示威，他们并未要求警方给他们让出一条逃生之路，只要求对方在 24 小时内释放前不久被抓捕的同伙，只要那人安全离开秘鲁，他们就释放人质投降，否则时间一过，就一小时杀一个人质。

警方当然是不肯的，抓获的是某贩毒集团的重要头目，放走他无疑是纵虎归山。但人质性命又不能不管，于是，小小的汽车旅馆，剑拔弩张，僵持不下。眼见着天色渐渐暗沉，双方都未有动静。

"大哥，咱们不是说好了，我出去一会儿，你负责监视这小妞的吗！"汽车旅馆附近的山坡上，白马坐在猎豹的引擎盖上，举着望远镜观察旅馆那边的动静，一边看一边抱怨。

"我怎么没监视！这不是你一滚回来我就马上告诉你有毒贩闯进旅馆，还把那吸血鬼小妞当成人质给绑了。同时被绑的还有两个美女一个老头，啊，还有个孩子。"猎豹的挡风玻璃上，浮出一张真正的猎豹的脸来，吧唧着嘴说道。

白马扭过头，手指戳着猎豹的鼻子："你就不能顺便再做点什么？"

"我只是一辆车，能做什么？"豹脸哼了一声，见白马脸色不好看，只得又说，"好吧好吧，就算我是你救回来的，可我也只是一只死去的猎豹的灵魂，你用妖法让我寄生在这辆车里，但这并不代表我是变形金刚。我的能力，只能提供监视的眼睛与飞一般的速度。跟毒贩硬碰硬这样的事，还是你们自己去做。还有，那小妞是吸血鬼，她的速度与能力岂是那两个鸟人能抵挡的。"猎豹的语速向来很快，跟百米赛跑似的，末了还不咸不淡地补充一句，"啊，那两个毒贩十有八九是狼人。他们冲进旅馆时，我闻到那股子血臭味儿。不过应该是杀伤力低的混血等级，我看见他们身上的枪伤了，没有自愈的迹象。真讨厌啊，我的鼻子越来越灵了，人也越来越聪明了！"

"你个混蛋，那那天你怎么不在狼人落在车顶上的时候通知我！"白马给了引擎盖一拳。

"高手都是深藏不露的。"猎豹哧哧一笑，"再说，大家这么熟了，我还不了解你拔枪的速度么。"

白马放下望远镜，叹息道："你知道不，她中了我的特制麻醉药，这意味着七天之内，她的行动能力跟普通人类没两样。"

猎豹的嘴圈成了一个O字："你加大了剂量？"

"为了防止她中途给我找麻烦。"白马看着天边最后一缕光线沉到地平线下，"要是这两个狼人发现了她的身份……"

"狼人也分派系的吧，这两个毒贩未必是追捕她那一拨里的。或者她很快就被警察给救了。"猎豹安慰道，旋即提高了声音，"难道你又想动用妖力？"

"现在还不是时候。"白马从车上跳下来，"是不是一拨的，对她而言也没什么区别。狼人跟吸血鬼之间，没有和平可言。不过……"他突然露出莫名其妙的笑容，"这未必是坏事。"

车窗里却冷不丁"吐"出来一个名片夹，正好打在他后脑勺上。掉在地上的名片夹弹开来，一张两寸大小的照片落出来。

"你又乱扔东西！"白马将照片拾起来，在身上蹭了蹭，放进名片夹里。

"咱们本来已经退休了，说好了去南非安度晚年，你却偏偏又要摊上这个吸血鬼。"猎豹很不满，故意从排气管里冲出一股黑气，"不就是因为她长得像照片里的妹子么，是不是每个男人都有什么初恋情结，一看到像自己恋人的妹子就忍不住父爱爆棚！我早就想说了，这一趟比咱们哪次的生意都危险，现在不是古代了，狼人的势力已经超过了吸血鬼，灭掉吸血鬼是早晚的事。早死晚死都是死，他们两派的战争，咱们何必卷进去！

就算把小妞平安送到乌克兰又如何？不是我乌鸦嘴，说不定不等咱们到那儿，乌克兰的吸血鬼们已经被狼人剿灭了。你知道狼人们这次不是小打小闹，这是他们筹谋已久的'血洗行动'，不光秘鲁这里的吸血鬼会遭殃，地球上所有的吸血鬼都逃不了，这不过是时间问题。白马，我对你这次的决定十分失望与愤慨！"

面对猎豹的愤怒与长篇大论，白马笑笑，说："你永远不知道时间会带来什么。"

小小的照片躺在名片夹里，挽着发髻的年轻女子，中国人的模样，秋水明眸，笑颜如花，乍眼看去，不论年纪还是容貌，确实与伊莉丝有六七分相似。准确说，这不是照片，只是一张绘制细腻的图片。

猎豹认定图片里的女子是他的初恋情人，曾多次试图挖掘细节，白马均拒绝透露。

"我只知道，24小时很快就会过去。小妞要是真被狼人识破了身份……"猎豹突然变得很高兴，"那我们就直接去南非吧！"

"你个幸灾乐祸的混蛋！"白马踢了车轮一脚。

此时，又来了好几辆警车，更多的警察将汽车旅馆包围起来。

几个官员模样的男人躲在离现场最远的车里交换意见，他们带来的消息一点也不好——两天前，被要求释放的毒贩头目试图越狱，已被当场击毙。

当然，这个消息被封锁了。

五 ❧

房门被锁死了，所有人质被胶带捆住手脚并排靠在墙边。窗户也被锁死，窗玻璃上还故意用胶带固定了数个炸药包，刚刚毒贩们拿枪指着人质中的老头，命令他明目张胆去"布置"窗户。这样，如果有狙击手远程射击，稍有差池便会击中炸药。

毒贩甲手执冲锋枪，小心翼翼地从镜子里观察外头的情况。毒贩乙坐在椅子上，大口大口地灌着矿泉水，眼也不眨地看守着人质。

密闭的房间里，空气浑浊不堪，令人窒息。

两个年轻的白人姑娘一直在瑟瑟发抖，嘴唇发青，不敢哭喊，一哭就会被毒贩拿枪托狠打。老头咬紧牙，极度紧张的双手死死抠住地板，连指甲出血了都不知道。

伊莉丝垂着头，浑身无力地靠在墙角。自打中了那一枪，从马丘比丘到边境的这几天，她几乎都是在昏睡中度过，直到今天清晨才清醒过来，可还是连起床的力气都没有。她甚至还来不及咒骂那该死的白马，这两个凶神恶煞的毒贩就押着这些人闯进来了。发现了她，正好又多一个人质。

白
驹

从他们一进来，她就闻到了熟悉的味道。低级的混血狼人，怎么也除不掉这股让人作呕的气味。

她强忍着不动声色。

只要她不说，这两个东西不会知道她的身份。

她的身旁，靠着一个小人儿，六七岁的小男孩儿，当地人，眼睛又圆又亮，剃的光头刚刚才长出一层发茬，像只不安分的刺猬。

小光头紧缩在墙角，双肘搁在膝上，被胶带缠在一起的手紧紧贴在脸上，好似要堵住自己的嘴不让自己哭出来一般。

只有伊莉丝看到，小光头并非害怕，这家伙的舌头下居然藏了一小枚改良的刀片，正不动声色地用它慢慢割着胶带。一旦发现毒贩的目光看过来，马上不着痕迹地把刀片压回舌下，技术相当纯熟。

当小光头发现自己的隐蔽行动被伊莉丝看见时，也没有慌乱，停下动作，装作害怕的样子将脸埋在了她的胳膊上，低声说："小姐姐，我不相信会有人来救我。我不想死。"

情况如此糟糕，极大可能会是绝境，还是要挣扎吗？伊莉丝装作没有听到也没有看到，只将身子挪了挪，将这小人儿更多地遮挡在身后。

时间一秒一秒过去，房间里漆黑一片，只有那两个毒贩焦躁的脚步声，在四周来来回回。

窗外的喊话一成不变，无非是他们的要求需要时间去满足，不要做出任何伤害人质的行为。但喊话仅仅是半死不活的喊话，让人看不到一点点希望。

一个姑娘终于彻底崩溃，疯子一样挣扎着站起来，狂叫着朝窗户那边跳过去。

一梭子弹毫不留情地朝她扫过去。姑娘应声倒下，拼命朝外伸去的双手，扯住了白色的窗帘，刺啦一声，整幅窗帘被扯了下来，像被抽去了灵魂的人，无力地飘落到地上，盖住了突然失去生命的身体。

"你他妈傻子啊！窗户上有炸药！你想炸死我们自己吗！"毒贩甲一拳打在毒贩乙的脑袋上，话音未落，他跟他的同伴便呆住了。

明丽清澈的月光无遮无拦地洒进来，如此美好的光线，却只照出了死亡。

死去姑娘的同伴狠狠咬住了自己的拳头，不敢哭不敢喊，傻子似的凝固了，旁边的老头干脆被吓晕了过去。

"好圆的月亮……"伊莉丝望着窗外低声喃喃，似乎完全不为刚才的一幕所影响。

房间里突然变得十分安静，包括那两个凶手。

不期而至的月光照在他们身上，令他们的表情变得异常怪异，棕色的脸突然变得又青又白，仿佛被泼上了颜料似的，嘴唇不停翕动着，目光也变得十分呆滞。

低级的混血狼人一般都很抗拒月光，因为他们无法自如地控制身体，只要照到月光就会失去人类的意识与智慧，变身为蠢钝而凶猛的狼，一旦被击中心脏，就是一颗普通的子弹，也能一击毙命。

"你有十秒时间逃命。快！"伊莉丝对小光头道。

小光头的刀片终于可以痛快地工作，三两下就割断剩下的胶带，但没有马上离开，而是拿起刀片割伊莉丝脚上的胶带。

"三秒就能割断！"他对伊莉丝说。

伊莉丝没有看他，视线只聚焦在那两个马上变成野兽的狼人身上。

此刻，狼人的手指僵直地张开，枪掉在了地上，指甲也暴长成刀锋状，深色的眸子渐渐变成浅绿色，直立的身体弯曲下去，衣服爆裂开来，深灰色的硬毛刺破了皮肤。

她冷静道："不想死就拼命往外跑，不准回头！"

啪，胶带断裂开来，伊莉丝跳起来，冲到门口，聚起仅有的力气，一脚将坚实的房门踢个稀烂，不等跟过来的小光头回过神，他屁股上已挨了重重一脚，整个人从房里飞了出去，落在离楼梯最近的地方。

"还不快滚！"她折回来，踢了那还在发呆的姑娘跟昏过去的老头一脚。可恨这两个家伙一点反应都没有，完全被吓丢魂了似的。

一阵粗重的呼吸声从背后传来，不用回头，伊莉丝也知道此刻是怎样一幕情景。

两只身形硕大的灰狼一前一后朝伊莉丝跟另外两个呆瓜扑来，双手被缚的她抬脚踹在一只狼的脑袋上，力道已经是最大，将这畜生踢得眼冒金星，撞到后头的墙上。

但她来不及对付第二只了，锋利的狼爪搭上了她的肩头，整个人被狠狠推撞到了地上，眼见着那沾着口水的狼牙朝她的脖子咬下来，她心下一怔，原本已作势要往狼腹狠踹下去的腿，丧失了功能似的突然停住了。

眼前晃动的仿佛不再是丑陋的狼脸与混乱的月光，而是一片宁静的黎明，天空像白色桌布一样干净，然后，不知是谁狠心将一片又一片的鲜血泼洒上来，硬将这世界变成地狱。

一只附满灰烬的手从血海里伸出来，抚摸着她沉重的眼皮，梦呓般喃喃——时间越漫长，痛苦越深重，闭上眼睛，撕碎自己，将时间切断，才是让一切平息的方法。

闭上眼睛，切断时间……对，早就应该这样了。

突然，一声凄厉的吼叫，将神思涣散的她拖回了现实，落在她身上的不是要命的狼牙，而是热乎乎的狼血。

白
驹

275

袭击她的灰狼，脖子上插着一把红色的消防斧，歪倒在她的身边。

小光头气喘吁吁地站在面前，焦急地喊："走啊走啊！"

她一咬牙站起来，跟着小光头踉跄着朝门口跑去。

刚一出房门，身边的小光头突然惊叫一声倒在地上，被一股蛮力拖回了房间。

伊莉丝猛一回头，那只被她踢飞的灰狼不知几时清醒过来，扑上来咬住了小光头的右脚，泄愤似的一甩，这孩子便像个沙包一样撞到衣柜上，咔嚓一声，胳膊似是断了。

难得的是，这孩子居然哭都没哭一声，仰倒在地上，脸色惨白地捂住右胳膊。

这禽兽似乎对这孩子的恨意更大，扭身扑过去，一爪踩在他的肚子上，再多一分力，这五脏六腑就要不保了。那只挨了一斧的家伙也摇摇摆摆站起来，甩脱了斧头，愤怒地朝他扑去。

在被撕裂之前，孩子的嘴在动，声音是喊不出来了，可那口型清清楚楚是在对伊莉丝说："快逃！"

我不想死！小光头的话像个炸雷一样在她心里轰然爆开。

她脑子里一片空白，只觉得一股炽热而狠绝的力量从虚弱的心脏里冲了出来，野兽般蹿进了每个倦怠的细胞。

灰狼们抬起爪子，它们最喜欢的食物就是新鲜的内脏，现在，食物就在眼前。

不过，它们永远失去了进餐的机会——几块碗口大的血肉被人从它们的脖子上扯了下来，心口也被击穿了一个大洞，断裂的血管里，狼血如喷泉涌出，两只凶悍的禽兽顿如一堆烂泥，啪嗒瘫在了地上，四肢不断抽搐。

没有任何人看清楚这一幕是如何发生的，太快了。

伊莉丝的胸口剧烈起伏着，吐掉口里腥咸的狼血，微微张开的嘴唇下，四颗比狼牙还锐利的尖齿在月光下闪着森寒的光。

她上前抱起已疼晕过去的小光头，朝门口走去。

"不错，你还是挺能打的嘛。"戏谑的声音忽然从背后传来，一只有力的大手搭住了她的肩膀。

六

"噢哟，伤成这个样子，要几时才能再去干活呀！"低矮狭窄的旧房子里，肥胖的中年男人，一边剔着牙，一边冲躺在床上，身上缠满纱布胳膊打着石膏的小光头摇头，神情里满是厌弃，然后将头转向送他回来的白马跟伊莉丝，斩钉截铁地说："医药费什么的，我是没有的，我只是这孩子的舅父，好心替他的死鬼爹娘照看他。"

说完，胖男人忙不迭地跑出房门，再没露面。

这是边境附近的一个小城，说是城市，也跟一般小镇差不多，小光头的家，就在这里的贫民区，棚户一样的房子紧挨在一起，各种商铺与小地摊在横溢的污水与成群的苍蝇里开始一天的生意，或奸狡或凶恶的人站在角落里，隐秘地交谈与观望。处处都是危险。

"我舅舅总是这个样子。"小光头无所谓地朝他们笑笑，"谢谢你们救了我。对了，小姐姐，你能帮我把那个陶罐拿过来么？"他朝屋角那一堆破烂努努嘴，一个半尺高的三色陶罐倒在一堆废报纸里。

伊莉丝把它取过来，小光头让她把罐子打开，再把塞在里头的破塑料袋什么的掏出来，层层裹裹地剥开，露出几张叠得十分整齐的钞票跟一堆硬币。

"给你们的。"小光头说，"我知道医药费很贵的。但我现在只有这些，剩下的，以后再还给你们。"

白马与伊莉丝面面相觑。

"这是我偷偷攒了好几年的。我想攒到我十八岁的时候，就有足够费用去利马那边最有名的修车厂当学徒了。"小光头看看他的床头，上头贴着一张某修车厂的广告，"我听维森特说，当汽车修理工最赚钱了！还不用挨揍。我不想再去偷钱包了。"

"偷钱包？"伊莉丝有些吃惊，"你是说，你舅舅说的干活，是让你去偷钱包？"

"不然怎么办？爸爸妈妈都不在了，不去干活，就没有饭吃呢。不过也不是只偷东西，我还要去工厂帮忙搬货呢，我力气可大的！不然怎么能砍倒那头狼！"小光头朝她吐舌头，旋即不好意思地说，"我溜进汽车旅馆，其实是去偷东西的。东西没偷到就被抓起来了。"

"难怪你藏刀片的本事那么熟练。"伊莉丝摇摇头，顿了顿，问，"你，一点都不害怕么？"

"你说狼人？原来传说是真的！"小光头居然很兴奋，"可惜最后我昏了。不知道那两只狼后来怎样了。"

"你差点就没命了，小子。"白马实在很喜欢这个小东西，不管说话还是做事，都活蹦乱跳的。

小光头撇撇嘴："也不是第一次了。有一回偷东西被失主抓住，差点把我摁在水里淹死。还有一次生了怪病，都说活不了了，也没钱看医生，胡乱找了些山草药来吃，吐得肠子都要出来了，没想到慢慢又好起来了。哎呀，这些事太多啦。这里天天都有人死掉，一次枪战就死好多个呢！"

伊莉丝沉默良久，问："就这样生活下去？"

白驹

277

"嗯。"小光头点点头,并没有丝毫难过的样子。

白马摸摸他的脑袋:"时间会带来惊喜,如果你相信的话。"

小光头转转眼珠,挠头:"什么意思?"

"我们要走了。"白马站起身。

"喂喂,把钱拿上呀!"小光头急急地喊。

白马一笑,转过身将那一塑料袋零钱拿在手里,问:"我们都拿走了,你不心疼么?"

"只要我没死,还可以再赚回来嘛。"小光头答道。

"对。"白马满意地转过身,从衣兜里摸了颗闪闪发亮的钻石,悄悄放进袋子里,然后扔回给小光头,"以后不要去偷东西了。医药费什么的,以后要是我的车坏了,你承诺一辈子替我免费修理,咱们就两清了。"

说罢,他拉着伊莉丝头也不回地走了出去。

夜色下,猎豹沿着荒寂的公路朝前飞驰,伊莉丝一路上一句话也不说,连看都不看白马一眼。

"你饿了没?"白马若无其事地问。

伊莉丝依然不说话。

电台里开始了冗长的晚间新闻,今天的第一条新闻是"据当地警方称,三天前发生在边境某汽车旅馆中的劫持人质事件已获得圆满解决,两名毒贩被成功击毙,人质全部被解救,只一人因伤势过重不治。"

白马讥笑一声,啪地转到别的调频,听口水歌也比听这种编造真相的谎话有趣。

"小光头说,他不相信有人会来救我们。"伊莉丝忽然说。

"这孩子没有坐以待毙的基因。"白马点头道,"假以时日,必成大器。"

话音未落,他脸上突然挨了重重一耳光。

猎豹唰的一下停在了路边,自己停下的,还幸灾乐祸地晃了两晃。

"你……"他刚蹦出一个字,又挨一耳光。

"我……"又一耳光。

"三个了啊!你够了啊!"白马拉开车门跳出去,把伊莉丝隔离在车里,"有话好好说,打人干吗!"

"你根本就是只妖怪,装成人类!"伊莉丝狠狠瞪着他,"旅馆里发生的一切你都知道,你明明有短距离空间移动的能力,却袖手旁观!"

"我哪有旁观!你们打完了我不是来接你们了么,你那浑身是血,满口尖牙的样子,走出去被警察发现,怎么交代?小光头的医药费也是我给的!那种高级的私人诊所收费多厉害！"白马振振有词，"我的职责，只是保证你到乌克兰之前是活的，现在你能跑能跳能打人，我就不算失职！"

伊莉丝被他抢白得说不出话来。

"就算我是妖怪又怎样，我也是凭自己的本事吃饭，赚的都是良心钱。"白马把脑袋伸进车窗，"比你这种糟蹋生活的米虫强多了！"

他成功躲开了她送上来的拳头，不过却忘了一点，麻醉药的效力早就过去了。

瞬间出现在他身后的伊莉丝，双手齐出，狠狠将他的脑袋扳向一边，锐利的牙齿贴到他的脖子上，道："你以为我不敢喝你的血？"

"我的血你喝不得。"白马很认真地说，然后狠狠踹了猎豹的车门一脚，"你个混蛋！都是你告诉她的吧！"

"主教导我们，彼此应该坦诚。"猎豹的脸在挡风玻璃上笑得花枝乱颤，"你平时对我好一点，别老拿劣质的便宜汽油喂我，尤其是不要老揍我，隔三岔五也送我去做个保养，我想我们的关系会融洽很多。"

伊莉丝冷哼一声，放开白马，问："我昏睡的时候，你跑去了哪里？要不是你擅离职守，我怎么可能变成狼人的人质！"

话音未落，猎豹的车门突然自动打开："上车！不对劲！"

空无一人的荒野公路上，两旁只有一望无际的沙地与高高矮矮的仙人掌，微温的空气里，传来不易察觉的异常震荡，远远地，似乎有什么东西正在靠近。

白马忙将她推上车，猎豹唰的一下冲出去，用最快的速度将可能的危险尽量甩在后头。

远处，一群体型硕大的狼，东闻西嗅，似在搜寻什么重要的东西，但最终一无所获，往另一个方向而去。

七

哥伦比亚，巴兰基亚港。汽笛声中，名叫阿波罗号的货轮，冲开了碧蓝的海水。

在阿波罗最底层的货仓中，伊莉丝站在这个杂乱且散发着异味的空间中，眼睛随着前方一只在货物之间欢快奔跑的老鼠左右移动。

"这艘船去哪里？要在这里留多久？现在可以说了吗？"她皱眉问道。穿越秘鲁国境到这里，一路上白马都没有告诉她任何计划。

"至少一个月。"白马坐到猎豹的引擎盖上，笑道，"目的地，中国。"

"中国？"

"对，从中国送你到乌克兰。"白马打了个喷嚏，"虽然这货仓的味道有些难受，但这是我能找到的，最适合你的地方。终日不见阳光。"

"滚下去，哥有点晕船！"猎豹的车灯屡弱地闪了闪。

"你别吐啊，没有多余的汽油了。"白马赶紧跳下来，骂道，"让你自己先去开普敦等我，非要死皮赖脸跟来。"

"我怕你放我鸽子。"猎豹哼了一声，"美人在怀，你还会记得在大明湖畔，不是，在南非大草原上等你的好兄弟么！"

伊莉丝突然哈哈大笑起来，这种张狂的笑容完全不符合她一贯的高贵冷艳。

当她发现白马跟猎豹都用诡异的目光打量她时，她马上收起笑容，不屑地扭过脸去。

"你应该不怕老鼠吧。"白马从猎豹的后备厢里取出防潮垫还有小枕头，一股脑儿扔给她，"我睡车里，你随便找个地方铺起来，将就一下。"

话没说完，枕头什么的就全给扔了回来，伊莉丝嗖的一下钻进猎豹的后座上，对白马道："你去跟老鼠睡。"

"嘿嘿，我喜欢美女。"猎豹的车灯欢快地闪起来。

"叛徒,呸！"白马把垫子铺在车旁的一小块空地上,把周围的杂物跟老鼠驱逐一番,疲倦地躺了下去。

身体里的压迫感越来越重，灵魂在躯壳里摇摇摆摆，稍微不注意就要甩出去似的。白马深吸了口气，翻过身去，下意识地用手摁住心口。

车厢里也并不十分安静，伊莉丝时不时翻身，睡得并不安生。这小妞的睡眠很差，哪怕是中了麻醉药之后，白马也常常看到睡梦中的她突然就锁紧了眉头，有时还会握紧拳头。

长夜漫漫，睡不着的白马摸出名片夹里的"照片"，入神地看着里头的姑娘，嘴里时不时嘀咕一句什么。

唰！照片被人从手里出其不意地抽走。

伊莉丝坐在他旁边的货箱上，端详着照片里的姑娘，问："你妻子？"

白马不答，将照片抢回来，放回名片夹里揣好。

"虽然是中国人，可眉眼与我挺像的。"伊莉丝歪着脑袋看他，"你不会因为这个，对我动感情吧？"

"你想太多了。"白马打了个呵欠，"你只是我的工作。"

伊莉丝冷冷一笑："也是，你是只为钻石拼命的家伙。如果我心情好，到时候会让他们多赏你些钻石。"

她把语气的重点放在那个"赏"字上。

"谢谢啊。"白马笑呵呵地躺回去,"我睡了,好困。"伊莉丝跳下来,踢了踢他的胳膊。

"一路奔波我也很累啊,大小姐!"白马睁开一只眼,"有什么事明天再说吧!"

"你又去了我家。我闻到你身上,有我亲人的血。"伊莉丝的脸,突然靠近他,尖尖的牙冒了出来。

白马就势朝旁边一滚,跟她拉开两步距离,撑起身子,瞪着她:"是。"

伊莉丝秀美的眉毛,拧在了一起:"他们……"

"死光了。狼人大部队筹谋已久的血洗行动很剽悍。"他一点铺垫也不做。

"为什么突然又回去?"伊莉丝冲上来,一把用手肘抵住他的脖子,将他逼撞到猎豹身上。

"因为你一直在睡梦中跟你爷爷还有族人们说对不起,拼命说拼命说。"白马直视着她的眼睛,"我替你将歉意传达回去,这是免费赠送的服务。"他顿了顿,又道,"你早就知道我去了利马,却到现在才来盘问。你很怕从我口中证实他们的死亡么?"

伊莉丝的手无力地松开。

"以你爷爷的骄傲,在与宿敌的战斗中死去,对你们家族的每个成员来说都是一种荣耀。他早知道狼人会大举进攻,也知道实力悬殊没有胜算,但逃跑是不被允许的。但你是例外。"白马勾起她的下巴,"我也很想知道,老头做这样的事,最终是亏本还是盈利。"

她拨开他的手,转身走到更加阴暗的角落里,沉默半晌,问:"你真正了解什么叫朝不保夕的生活么?亲眼见到自己的父母跟哥哥被狼人绑在十字架上,在阳光下变成飞灰;经常在梦中被人拖起来,塞到狭小的密室里,然后整夜都能听到激烈的斯打声与惨叫,当你昏昏睡去又醒来时,发现自己冰凉的双脚总是泡在流成河的鲜血里;最可怕的是,我们的敌人不怕阳光,而且一直在疯狂地进步。曾经,我们是他们唯一忌惮的存在,速度与力量,刀锋与子弹,是死神的镰刀。可如今,我们是他们的猎物。"她回过头,眼睛里蒙着一层灰翳,"你不知道什么时候,敌人的牙齿会突然袭来,撕碎你的身体。这样的生活,不会因为地点的改变而改变。"

"于是,你觉得时间太慢了。"白马笑笑,"于是,你在汽车旅馆里打算任由狼人来咬断你的脖子。你常常想,啊,让时间就这么停了吧,我受够了,再往前,也不过是绝望的重复。我没力气了,我很恐惧,不想再走了。"

伊莉丝的身子微微颤抖了一下,没说话。

"可你并不是没有力气啊,那两只狼最后可都是你干掉的。"白马又躺回原处,翻了个身,"小光头的生活,未必轻松过你。晚安。"

白
驹

281

货仓内重新安静下来，只有猎豹的车灯还亮着，车门也还打开着。

"好好睡一觉吧，妹子。"猎豹朝她闪了闪车灯，打了个呵欠。

船外，隐隐听到海的声音，他们的船，乘风破浪。

八

丁零零！

几个夜归的山村少年骑着自行车从车窗外经过，留下一串欢快的车铃声跟好奇的目光。

"哇，是小汽车！"

"是越野车吧，咱村里还从来没来过这样的车子呢！真帅！"

有这样的赞美，山路再曲折颠簸，猎豹也跑得欢天喜地，把一座又一座村舍远远甩在了后头。

"你选择的路线太漫长曲折了。"伊莉丝皱眉道，"从中国驾车到乌克兰，简直不可想象。"

"不走寻常路是我的优点，所有人都以为我们会坐飞机，我就不坐。"白马一笑，"你看这一路上不是都很安全么。而且你要相信猎豹的体能与速度，它不是普通的车子嘛。它的速度你不是没有见识过。顶多再过一周，你就在乌克兰你同类温暖的怀抱里了。"

"然后我们就可以永别了吧。"她说。

"差不多是这个意思。"他点点头。

这时，一条早已干涸的河床进入了视野，灰白色的石头枯燥地层叠在里头，一块破旧的半截石碑，对着一棵歪脖子老树，在暗淡的月光下显得分外冷清。残碑后头，零散着几座房舍，其中一座挂着某某招待所的牌子。

白马停了车，说天快亮了，就住这里。

招待所很简陋，伊莉丝在又硬又小的床上翻来覆去很久才睡着。醒来时，已是翌日傍晚。看看另一张床上，并没有白马的踪影。

她站到窗边，小心将窗帘撩开一条缝，最后一点阳光已落西山，招待所外头一片空旷，除了猎豹，便只有一盏路灯。白茫茫的灯光下，一只大狗时不时朝前头吠叫两声。

白马独自站在那歪脖子树下，背靠着树干，看着对面那残碑入神。她走出房间，朝他而去。

"睡醒了？"白马头也不回地问。

"耳朵真是比狗还灵。"她皱眉，"妖怪的听觉都很不错吧。"

"你真以为我是妖怪？"白马扭过头去，指着自己的鼻子问。

"妖怪白驹。据说是世上跑得最快的妖怪，原身就是一匹白色的马，能腾云驾雾，穿山越岭，也能幻化人形，四处游走。"伊莉丝说道，"虽然没感觉到你有那么厉害。"

白马笑问："猎豹没告诉你白驹真正的特长？"

伊莉丝眼睛一瞪："真正的？"

"白驹真正擅长的，是拨快人们的时间。"白马转过身，抚摸着粗糙的树皮，"许多年前，有个年轻男子，离乡背井去另一个城市讨生活，后来他失业了，又觉得无颜回老家，便委身在一个小旅馆里，日日与绝望为伍。后来，他听到白驹的传说，于是千方百计求它现身，说自己活得痛苦，又不敢自尽，希望它能让自己生命中的时间快快过去。白驹同意了，说那就将你剩下的几十年拨快成一天。"

伊莉丝有些吃惊："一天？"

"于是，男人在一天之内，像看电影的快镜头似的，将自己剩下的几十年时间都'看'完了。他看到自己在失业半年之后，又遇到了新的工作机会，从此平步青云，还娶到了贤惠美貌的老婆，妻贤子孝，安康到老。"

"然后呢？"

白马一笑："哪还有什么然后。这一天之后，年轻的男人变成了耄耋老人，他的愿望达成了，他嫌弃的漫长时间，已经迅速过去了。这疯狂的人要求白驹把时间还给他，当然是不能的，奔跑过去的时间，永远不可能回来。最后，他好像把旅馆给烧了。"

伊莉丝咬住嘴唇，若有所思，半晌才抬起头："你编的？"

白马一吐舌头："被你看穿了么？"

"这块碑跟这棵树又有什么故事吗？你看它们看得那么入神。"她看着这棵奇形怪状的老树，"我不介意你继续编。"

白马凑近她的耳朵，故作阴森道："告诉你，这棵树上吊死过一个人，听说很多年都阴魂不散。不只这个，这树下还埋着一具尸体，听说是个女的，长得跟你还很像！"

"无聊！"伊莉丝狠狠剜了他一眼。

在白马的坏笑声中，猎豹的引擎声再度响起来，载着离目的地越来越近的吸血鬼，奔入了茫茫夜色，朝北方飞驰。

九

"你们真的不怕十字架跟大蒜吗？"白马笑嘻嘻地打量着这座坚固的地下城堡，虽

然跟利马博物馆下的吸血鬼之家相比，这里实在是狭窄并简陋了许多——没有华丽的装饰也没有名贵的家具，连人丁也十分稀薄。从进来到现在，来来去去也不过见到十几二十个人罢了。

不过，这里的头顶上，就是有名的圣索菲亚大教堂。吸血鬼住在教堂下，这不是太奇怪了么？

"十字架那些东西，只对属于妖怪类的血妖有用，不要将我们跟妖怪划成一类。我们的起源也是人类。"对面那不苟言笑，看起来十分年轻貌美的男人，将一个黑色的布袋交给白马，"艾隆族长的信我已经看了，这是照他的要求付给你的报酬。很感谢你将伊莉丝小姐安全带到乌克兰来。"

白马将布袋收好，看看四周："听说你是艾隆的心腹，他很早之前就让你悄悄离开秘鲁，来这里经营一个秘密的'别墅'。看起来，你干得不错。"

"狼人们四处寻找吸血鬼的踪迹，越来越嚣张。总要做一些应变，哪怕在旁人看来是无济于事的行为。"男人坦白地说，"我遵照族长的意思，带领一小队族人，在这里隐居了近百年。至今，没有狼人发现这里。"

"一直躲下去么？"白马问。

"我们会反击。"男人毫不犹豫地回答，"我们一直在研究抵御阳光的抗体，以及对付高级别狼人的方法。就算我们这一族被狼人杀尽，世上还有别的吸血鬼家族。哪怕只剩一个，战斗也不会结束。"

二楼的栏杆前，伊莉丝静静地站着，看着楼下那两个谈话的男人，她的背后，是一幅油画，画上，一位天使手执彩虹，朝空中的一轮红日飞翔。

白马从沙发上起身，道："那就祝你们好运了！人，我完整无缺交给你们了，交易结束。后会无期。"

说罢，他大步流星地朝门外走去。

这里离地面很远，白马记得光是走那条弯曲的地道就需要二十分钟，走到尽头还要坐电梯才能到达真正的出口。

"你到底是不是妖怪？"

幽暗的地道里，传来一声质问。

他回头，伊莉丝习惯性地横抱着手臂，冷冷瞪着他，镶嵌在两边的壁灯，把她的眸子照得特别闪亮。

"不算是吧。"他挠头。

"真是搞不懂你。"伊莉丝放下手臂，叹了口气。

他突然想起了什么，走到她面前，掏出艾隆交给他的链子，直接挂在她的脖子上。小小的红色石头，在她心口上晃动，光彩激滟，生气蓬勃。

"这……"

"你爷爷让我交给你的，说是他妻子留给他的。"他若无其事地说着，"你那位剽悍的奶奶说，这块石头里，有一颗生生不灭的心。我虽然不懂这些石头，无聊时也查了一下资料，说这种深埋在安第斯山脉里的红石头，依附着最勇敢的印加战士的灵魂，能唤醒活下去的勇气与热情。"

伊莉丝低头，看着心口前这块美丽的小东西，硬憋着眼泪，不许它落下来。

"你要是不出来，说不定这石头我就私吞了。看起来也蛮值钱的。"他耸耸肩。

"我很弱。各种力量都还不够稳定。"伊莉丝忽然说，语气里充满了犹疑与不自信。

"但你身上有最高级别吸血鬼的血统。这是谁都无法取代的。这意味着你的本领，也是超越一切的。你的父辈们都是称职的领袖，就算已经死去，他们的血仍在你身体里流动。"白马认真看着她的眼睛，"狼人的进步可能很快很吓人，但你们仍有机会，只要活着。"

伊莉丝的嘴角突然扬起，道："你可以退休了吧？"

白马眨眨眼，笑道："对啊！猎豹还等着跟我一起去南非大草原养老呢！"

"以后不联系了？我们。"她问。

"不联系了。谁知道你会不会把狼人给我招来，我可不想跟那帮禽兽打架。"白马摇头。

"如果有一天我还是被狼人吃掉了呢。"她把脸凑近，"你真的一点都不关心我的安危了？"

"呃……"白马转了转眼珠，"这样吧，十年，十年为限。如果十年之后你还活着，你就找人往那棵歪脖子树下埋一袋钻石。如此循环，每十年一袋！"

"太贪婪了。"伊莉丝皱眉。

"说定了。我走了。"白马给了她一个大大的拥抱，绅士地亲了亲她的脸颊，"记住，时间会带来惊喜。"

说罢，他转身朝前走去，没走几步，突然又停下来，沉默几秒，掏出那个黑布袋，从里头倒出一大把美的钻石。

"伊莉丝，你的名字是不是彩虹女神的意思？"他转过身，一把钻石在他手掌上熠熠闪烁。

伊莉丝点头："母亲给我起的，可以迎着阳光，在天地之间自由来回的女神。"

白
驹

285

白马一笑，忽然将双手用力一合，一道光华从他掌心中跃出，待他再摊开手时，一片灿烂如阳光的细密光点飞扬开来，将整个地道映照得如同白昼般光明，被温柔笼罩的伊莉丝，第一次感觉自己仿佛站在了真正的阳光下。

"有时候我喜欢这样把钻石浪费掉，谁叫它们那么闪亮！"白马望着这片人造光芒，"虽然不是真正的阳光，但一样很灿烂。就是太花钱了！"

伊莉丝愣了很久，狠狠擦掉憋不住的一滴眼泪，抬头骂了一声："你这个混蛋！"

不过，没有回应，地道里，早已没有白马的踪影。

十

"你这个骗子！大骗子！还去个屁的南非草原！"

深夜，猎豹停在离那块残碑与歪脖树不远的地方，白马靠在驾驶室里，脸色白得发青。

"叫你节省妖力，你不听，为了那个小妞，一次又一次滥用！你不知道你快死了么？你明知道如果不再用妖力的话，你或许还能再活个百来年！可现在……"猎豹愤怒的脸都快把挡风玻璃挤破了。

几片雪花从空中悠悠落下。

白马的眼睛张大了些："下雪了呀！"

"你听到我说话了没有，死妖怪？死白驹！"猎豹的脸快扭曲了，"你对那小妞那么上心！不就是因为她长得像你的老情人么！"

"猎豹。"白马伸出手，摸了摸它的脸，"你说我是骗子是对的。我确实骗了你。"

猎豹一愣。

"我根本不是妖怪。真正的白驹，早在几十年前就老死在这棵树下了。"他的目光移到那棵歪脖树上，"我，只是住在这棵树上的一只死灵。"

雪越下越大，白马怔怔地看着这些飞舞的精灵，眼神也迷离起来，那延伸到远方的路上，好像走来了一个熟悉的身影……

那个夜里，也是风雪交加。

他穿着青色长衫，单薄得像张纸，一身的落拓。

对面那个"名士榜"，刻满了荣耀的名字，虽然他一个都不认识，可这些名字好像都在嘲笑他这个屡试不第的落魄书生。

他不敢回家乡，不敢推开家门，不敢再见拼命做工赚钱供他读书的妹妹，不敢再看那双总是充满期待的眼睛。时间对他而言，已经变得太缓慢太痛苦，不如切断它吧。他将麻绳结成环，拴在了歪脖子树上。

第二天，路过的乡民们发现了他僵硬的身体被北风吹得摇来摇去。他的灵魂留在了这棵树上。

记不清多少年之后，一匹白马突然从天上跑下来，落到树下，变成了一个英俊的男人。男人受了伤，很没有力气的样子，靠在树上休息了很久。

"我已经很老了，就快死了。"那天，男人突然睁开眼，对树上的他说。

"你看见我了？"

"当然，我是妖怪。"

"妖怪？"

"我叫白驹。"

他们开始聊天，讲各自的故事与一生。路过的人类看不到，也听不见。一个孤独的死灵，一个快死的妖怪，成为知己倒没有什么障碍。

白驹还有些妖力，他从手中画出一道光，映在对面的破石碑上，那上头便显现出会动的场面来。他惊讶地看见，如果当年他肯回家去，几年之后，他不会再做金榜题名的美梦，而是做起了生意，还带着妹妹去了京城，后来生意越做越大，妹妹也嫁了好人家，一家人其乐融融，儿孙满堂。

震惊之后，他沉默，一连几天都没说话。

时间会带来惊喜，如果你相信的话。这是白驹对他说的最后一句话。

第二天，白驹闭着眼睛坐在树下，身体里飞出许多奇怪的光圈。

他着急了，从树上跳下来，却不曾想跌进了白驹的身体里。然后，他惊奇地发现，自己也可以变成一匹能飞的马，或者人。他莫名其妙继承了白驹所剩不多的力量，成了一只不知算不算妖怪的妖怪。

他在歪脖树下坐了三天，决定离开。

他确实跑得很快，还能短距离空间移动，他渐渐熟悉了这个崭新的世界，跑得越来越远。他发现，自己最擅长，也最赚钱的工作，就是帮人逃跑。被恶徒追杀的老好人被逼嫁给不爱之人的新娘或者新郎等等，都是他的服务对象。包括那只被偷猎者追捕的猎豹，虽然拼命想活下去的它最终还是死了，但他心生恻隐，把它的灵魂附在了车上。

同时他也意识到，自己的妖力正在慢慢弱去，作为他好兄弟的猎豹也知道这一点，所以一直劝他退休，最起码要尽量少用妖力。他也答应了，还约定去南非草原养老。可是，当吸血鬼艾隆找上门来时，当他看到伊莉丝的照片时，他的退休计划被延迟了。

白
驹

287

雪越下越大，挡风玻璃上已是白茫茫的一片。

"猎豹，我可能真的没力气去南非了。"他深吸了口气，从衣兜里掏出那个名片夹，打开，照片从里头滑出来。

错愕的猎豹回过神来，问："那照片上不是你初恋情人？！"

"我妹妹。"白马的眼中浮出深重的内疚，"很久之后我才知道，她一直在等我回去，我死在异乡，无人知道我的身份，所以注定她永远也等不到我的消息。之后不久，她去崖壁上采药，打算换了钱出去找我，雨后石滑，她失足坠崖，被救上来时，已经不治。我找人画下她的模样，是因为我想每天都跟她讲一声对不起。"

猎豹愣了半晌，说："你对那小妞那么上心，原来是因为她像你妹妹。"

"不。"白马摇头，"是她很像当年的我。"

说罢，他闭上了眼睛，长长呼出一口气："十年之后，有钻石就好了。"

见势不妙，猎豹猛地摇晃起来。

"喂喂！你别死啊！喂喂！白马！白马！"猎豹大喊，挡风玻璃都要碎了。猎豹的声音越来越远，好像，整个世界都被带走了……

十一 ❧

"那家伙真傻，我本来就死了嘛，怎么可能再死一次。哎哟，这茶真苦，好难喝！"

对面的茶杯，被人举起来，有咕嘟咕嘟喝水的声音，却看不见半个人影。

"你茶都喝了，还不肯现身么？"我瞪着那团空气。对不起，刚才我在发飙与妥协之间，选了后者，为了那盏很贵的吊灯。

"不是我不肯现身，是我力量不够，不足以聚化为人形。"白马也很无奈，"那次之后，白驹的妖力被我全部耗尽了，我从那个躯体里飘出来，眼看着它化成了烟尘。之后我也很虚弱，飘不到太远的地方，干脆就又留在那歪脖树上了。"

"猎豹呢？"我问，"这家伙对你挺不错的。"

"不错个屁啊。陪了我几个月就喊闷，自己跑去南非草原了，偶尔会回来看看我，不过每次回来的时候，驾驶室里坐的妹子都不同，一个比一个漂亮。不知道他搞什么鬼。"茶杯被重重放在桌子上。

我头痛地揉着额头："你既然好好地蹲在树上，又飘来我这里干吗？"

"两年前，那家招待所被拆掉了，修起了一座庙，那块残碑跟歪脖树还作为古文物被圈进了寺庙的后院里。佛祖光芒万丈，和尚天天念经，你说我还能住下去么，我是连进都进不去了啊！不说寺庙，方圆十里的范围我都不能靠近，靠近就头疼。"空气里的白马捶胸顿足，"我只好到处飘荡，看看有没有能帮我忙又可靠的人。正焦头烂额的时候，忽然想起曾听几只鸟妖说，忘川市里有个叫不停的旅店，里头有个乐于助人的树妖老板娘。"

"行了！"我打断他，我终于知道为什么那老头要送我"树大招风"了，连小小的鸟妖都到处八卦我，能不招风吗！不但招风还招鬼！我摔！一阵寒意蹿上了我的手腕，显然是白马过来抓住了我的手。

"十年已经到了，帮我一个忙吧！就一个！不然我就赖在你店里，天天飘来飘去！"

"……"

◉ 尾声 ◉

那个北边的小县城离忘川很远，一来一去花了我半天时间不说，还在那和尚庙的后院里跟个胖和尚打了一架，敲晕了他，才得以跑到那棵歪脖树下，拿锄头挖得满身都是土。

灰头土脸地回到不停，才发现那老头的算命摊子已经不见了，原来摆摊的地方，有人拿粉笔写了八个字——来日方长，后会有期。

我又想骂人了，这老头只是为了故意散布不安气氛才出现的吧，谁想跟他这个糟老头子后会有期！

刚一进门，就有冷气扑面而来，白马连声问道："有钻石没，有钻石没？！"

我坐下来，喝一大口水，肯定地说："没有。我把地都快挖穿了。"顿时安静了，白马很长时间都没反应。

"不过找到这个。"我摸出一个薄薄的银质盒子，打开，里头是一封用火漆封好的信。我看到这封信被飞快拿起，拆开，一张照片被抽出来。

凑过去一看，照片里是一对年轻夫妇，女的黑发如墨，不像西方人也不像东方人，一对金色眼眸十分特别，男的一头金发，高鼻深目，二人怀中抱着的金发小婴儿，可爱得恨不得让人咬上一口。一家三口在镜头前笑得阳光灿烂。照我的审美标准，这对夫妇的美貌都可以以神级来评论，美得不像这个世界的人。

照片背后有寥寥几句留言——

钻石是没有了，资金全部用在研究抗体上了，已经进入实验阶段。这男人是我见过的最勇敢的同类，一群狼人也不是他的对手。我们结婚已经三年。我们的孩子，小名叫作白马。你是他的教父，不管你在或不在。问猎豹好。

白
驹

289

还有，我相信时间会带来惊喜，所以永远不会背叛它。

我突然有种松了口大气的感觉，甚至还有一点点喜悦。等等，我的夫君跟帮工都不见了，我居然还有心喜悦？！

突然，那冷气又扑了上来，这次是脸颊，白马那厮必然是亲了我一口。

"你还不滚！"我捂着脸，拿起苍蝇拍对着面前的空气，"我倒赔差旅费，我不收你的房钱，满意了吧！"

"呐，老板娘，我是这么想的，我不会白白受人恩惠，这样，你找一件东西，用你的妖力让我附身上去，就像当年我处理猎豹那样，我免费替你工作！多久都行！"

"真的？"我突然起了坏心眼。

"当然！"

"苍蝇拍如何？"

"那个不行！"

"就苍蝇拍吧！"

不停里终于又鸡飞狗跳起来，如果有人经过，肯定以为我因为老公失踪，所以急疯了满屋子追着空气跑，手里还挥舞着苍蝇拍。

我不是万能的神，虽然在许多人或者妖怪眼里，我已然是身经百战不动如山的老油条，说我头上有光圈都有人相信。可事实并不是这样。

必须承认在白马出现之前，我焦躁甚至慌乱，各种负面的暗示干扰着我正确的思维。重要的人不见了，怎么可能无动于衷！不过现在好多了，因为时间会带来惊喜这件事，我也相信。

只要我还有时间，那么，什么都能找回来。

我的存在，就是最好的应对。

第十章／羽蛇

◉ 楔子 ◉

很多年前——

地上到处是血，身上到处是伤。

他扶着寒凉刺骨的冰柱，冷冷望着那个站在眼前的人，问："真要走？"

"这问题多余了。"对方只留给他一个背影，那方光华流转的圆冰台之上，才是对方关注的焦点。

十二个雕着凤凰浴火图的古木长箱漂浮于冰台之上，耀眼的光华将人的眼睛都要点燃。

"在我离开之前，你可以用任何方式阻止我，包括砍下我的头。"他的对手，从怀里取出一个极少见的墨玉葫芦，只有半个手掌大小。

当啷一声，他放下了手里的剑，让出一条路，突然笑了："打个赌如何？"

"赌什么？"

"那个妖怪，要的只是你手里那个小葫芦，不是你。"

"又来了，总是一副勘破世情的高姿态。"

"我吃的盐多过你吃的饭。"

"好！赌！若是我赢了？"

"我领东海上下，十里龙辇，迎你们回家！"

"行。要是我输了，割角刓鳞，永不为龙。"

东海海底，最深最冷的地方，却也冷不过几句短短的对话。

很多年后——

"又是我赢。"

"继续！"

"可你已经没有能输给我的东西了。"

"我的命。"

"这可是个很大的筹码，我要拿什么才能跟你匹配呢？"

"跟我去一个地方，见一个人。"

"好的，敖炽先生。"

光鲜华丽的巨大房间里，椭圆的黑石赌桌惹人眼球，打磨得比女人肌肤还光滑的桌面上，映着两张男人的面孔——差不多的年纪，不相伯仲的俊美，还有类似的，你不下地狱谁下地狱的决心。

赌桌背后的墙上，用最细致也最奢靡的笔法，精雕细琢着一只模样奇特的动物——一条昂首而立的紫鳞巨蛇，背脊上却展开满覆白色羽毛的双翼，冷冽的蛇眼并没有刻意地瞪起，反而慵懒地半闭着，像个刚睡醒的人似的，但从中透出的锐气，却让任何与之对视的人情不自禁战栗。它停在天空的最高处，阳光白云与雨水雷电，还有各种食物与动物，纷纷匍匐在它的脚下，仿若敬畏着神灵的卑微奴仆。

从某个视角看过去，赌桌对面，那端坐在黑色高背椅上的男人，正位于那大蛇身体的中心，那双奇特的羽翼，仿佛长在了他的身上，明亮的灯光交织在那张从容冷峻的脸上，恍惚间竟有种神一般的威严……

一 ✿

我拿过赵公子递来的大毛巾，狠狠擦着身上的雨水。

九厌抱着一杯威士忌，很闲情逸致地坐在沙发上看电视。

不过，最近各档新闻里热播的，永远是这里暴雨成灾，那里山洪倾泻，死伤人数增加又增加，从乡野到城市，没有一条好消息。

记忆里，没有哪个秋季的雨水会多到这般地步。

赵公子站在我身旁，想问又不敢问地踌躇着。

"别看着我了，没消息。"我有些疲倦地坐下来，"开饭吧，飞了几千公里，饿了。"

羽蛇

293

"辛苦了，老板娘。"赵公子努力掩藏失望的语气，默默朝厨房走去。

"几千公里就累成这样，可见你不是太操劳，而是长久以来养尊处优，缺乏锻炼。"九厥毫无同情心地瞟了我一眼。

"总有一天，我会把你拉进不停的黑名单。"我把抱枕挪到一旁，整个人躺在了沙发上。

一个月来，我扩大寻找范围，东奔西走，几乎没有几天待在不停，我甚至付给那些贪得无厌的虫人们最优厚的报酬，让它们去搜索他们的蛛丝马迹，我做了一切能力范围之内的事，但委托的虫人至今没有一个回来向我汇报，我自己的地毯式搜索也没有收获，那些家伙就像水蒸气一样，噗的一下就消失在了这个世界。

如果敖炽再跟我玩一次失踪二十年的游戏，我不确定自己会对他干出什么惊天动地的暴行。至于纸片儿这样的小妖，随便什么人也能将它撕成碎片。我曾信誓旦旦答应过一位故友，要替他好好看顾着纸片儿，如果它真有什么三长两短，我不但失信他人，自己也未必好受。唉，只要它能平安归来，加工资也是可以考虑的！

"我来的时候，跟人打了一架。"九厥一本正经地说。

"我以为你来不停，是为了提供更有用的消息。你为了抢妹子跟人打架也不是第一次了。"我懒懒道。这家伙越来越离谱，从前的唯一爱好除了酿酒就是八卦，现在升级了，学会勾搭妹子了，整天嚷嚷着要成家立业找老婆，不过从来是只见打雷不见下雨，据说女朋友找了一个又一个，曾经有一次差点要结婚了，最后却被女方给甩了，原因不明。想想也是，这种从里到外都长得像个花花公子的货，哪个良家女子会看上他！

"我需要抢么？我只要一个春风化雨的微笑，妹子们便源源而来。"九厥仿佛受到了极大的侮辱，旋即话锋一转，"我的个人问题不在今天的会议范围，我过来是跟你说，这世界开始起变化了。"

"雨水确实过分了。"我望着窗外的飘泼大雨，竟不记得这些雨水是从几时开始落下的，太久了，这段时间，这个世界一直在下雨，没有停歇。在穿行于雨云之中时，迎面而来的雨点得我睁不开眼，时不时还有巨蛇般的闪电，远远近近地劈下。这种带着凄厉颜色的闪电，抱歉我只能用凄厉来形容它们的色彩，因为这些闪电里包裹的红蓝黄绿，不是小孩子手中彩笔的颜色，不具备任何可爱与温暖，它们的艳丽，是刽子手斩下头颅时溅起的鲜血，是地狱恶鬼们绿莹莹的眼珠，是绝望的妖魔们流下的蓝色眼泪。这样的闪电，邪而不正，倒是少见，连我这样有经验有阅历的老妖怪也有所顾忌，尽量躲开。

"不只天气。"九厥坐直身子，"我来时经过一所幼儿园，几只雀妖居然各自叼了一个幼儿往它们的巢穴而去。我打架是为了抢孩子不是抢妹子。"他伸出右胳膊，英雄般地指着一个指甲盖大小的伤口，"瞧，我还负伤了！那可恶的雀妖，打不过我就用嘴乱啄。"

"雀妖？这种小妖历来以草虫为食，从不侵犯人类的呀。"我一愣，"你这么一说，我倒想起，回来之前我曾经在另一个城市看见一群三足虫怪，成群结队，大摇大摆从一家医院里爬过，好些病人被吓得晕过去，还有一个被当场吓死。我出手对付，这些妖怪马上一哄而散，躲到地下再不露面，看起来它们并不是要刻意伤害人类，好像只是故意要让人类看见自己而已。"

"会不会是2012快到了，世界开始躁动了呢？"一把白纸折扇飘到我跟九厥中间，振振有词地说。

"我去！这是什么怪物！"九厥从沙发上弹起来，指着那扇子问我，"你几时又搞来了扇子妖？"

"这位帅哥，我不是扇子，我只是寄居在扇子里的幽灵，我叫白驹。我的故事，说来话长，所以我就不说了。"

最近太忙，搞得我都快忘记不停里还赖着这个家伙了。他之前拼死抗争，怎么也不肯附身苍蝇拍，我放他一马，将他折中安排在一把普通的纸折扇上，命令他在不停打工一年还债，工作内容是给我扇扇子赶蚊子，要知道秋天的蚊子是最厉害的。任何东西，垂死挣扎时的力量，往往出人意料。

"对我而言，没钱的日子才是末日，只要我的金子还在，那表示这世界依然美好。"我揉着微微酸痛的肩膀，"我从来不相信2012。不过是玛雅人的一个玩笑。我现在只想吃饱饭，然后继续找那杀千刀的货。如果在今年结束之前他依然失踪，我就单方面宣布双边关系破裂，永不复合。"

话音未落，房间内所有人都听到了一声巨响，很像沉重木材轰然倒地的声音。

等等，听起来怎么那么像有人把不停的大门给踹飞了呢？

最近这个月，因为分身无暇，不停的大门已经被我挂上"暂停营业"的牌子，谁敢这么无礼?!

冲出房门一瞧，我家大门真被人给踢倒了！那么厚重的两扇木门，四分五裂地散在院子里。这得多大脚力多大仇，才能干出这么混蛋的事！还有这店门是材质上等的木料，很贵的，好吗！

阴暗的光线下，狂风暴雨从洞开的门口席卷而入，强劲的气流越过前院，闪电般折断了沿途遇到的所有花草，拼着一股斩草除根的狠劲迎面扑来，这力道竟把屋檐下的我整个朝后推开了两步。

九厥在后头撑住我，望着被彻底破坏的大门，说："真剽悍的妖风！"

羽蛇
295

就在这时，一道微小的白影自门外飞奔而进，狼狈不堪地蹿进了我的怀里。

这……这不是纸片儿是谁！这小混蛋终于肯回来了么！

在我跟九厥惊诧的目光里，纸片儿抬起头，用交代遗言的语气，断断续续地说："有人追……赌场……坏蛋……男主人没出来……"话没说完，这没用的家伙就晕厥过去了。

别的没听明白，有追兵倒是清楚的，这不，已经追到家门口了不是——两个身着黑色西装，身材粗壮得快成四方体的男人，各骑着一条水桶粗的黑蛇，气势汹汹地从门外冲了进来。这股能折断花木的妖气正是从两条黑蛇大张的嘴里喷出来的，曾经听说蛇这种动物长到一定体积之后，只需张口吐出一股厉风，便能将附近的小动物全部卷入口中，看来传言很可信。

但，我不是任人宰割的小动物，不停里的每一个人都不是别人的宵夜。

"这儿可不是动物世界！"我反手关上身后的房门，抄起竖在一旁的晾衣竿，跳到那对丑陋不堪的怪物面前，"说说理由先，我再考虑要不要对你们动手。"

四方体男人的脸也长得真丑，又扁又平，还黑，从眼珠里透着凶蛮，指着我，用一种完全没有音调的声音说道："愿赌服输！客人输了一条胳膊，我们来取，不给不行，跑多远我们追多远！"

死孩子什么不好学，学人赌博？我压下怒气，说："欠债还钱也是公理，如果你们只为讨债而来，也不好让你们空手而回。这样，那家伙的胳膊你们说值多少金子，我双倍赔给你们，你们弄坏的大门我也不追究了，如何？"

"客人输了一条胳膊，不给不行！"四方体们咬死不松口，两条黑蛇嚣张地朝我吐着信子。

"没商量？"我从来不喜欢在自己家里跟人打架斗殴，但这两位显然不把我放在眼里。

"一条胳膊，不给不行！"机器人一样的声音听得我心烦，而对方的耐心显然比我更少，两条大蛇已经勇往直前地朝我扑过来，大嘴里喷出的口臭熏得我想晕过去。

唰唰，几道利光从空中劈过，轻而易举将黑蛇与它们的主人凌空斩成了两截，那几块硕大的身躯顿时激缩成两个薄薄的长方形，轻飘飘地落在地上，瞬间被大雨淋得透湿。

"经验证明，看起来越凶狠剽悍的，越是小角色。"九厥跳到我身边，扔掉手里的水果刀，"这把刀以后不要再用了，闻起来好像臭臭的。"

走上前一看，地上躺着的，却是两张很普通的扑克牌。

我与九厥一人一张拾起来，没看出端倪，只是这扑克的背面有点意思，中间印着一条长着翅膀的大蛇，被四个一模一样，只是朝向不同的符号包围着。

"这大蛇旁边的四个符号……"我把扑克翻来覆去地看。

"很像英文字母 E 嘛，四个 E。"九厥接嘴道。

四个 E?!

4E?!

已经不是第一次听到这个名字了。

等下，谁去把大门先给修一修?!

二 ❧

从我做出决定到跨越半个地球坐在这间酒店的大堂里，只用了不到六个钟头。

将帮不上忙又伤了元气的纸片儿留在了不停，相信赵公子会将它照顾得很好，同时为了防止再有人来找麻烦，我暗地联络了一些久未谋面的家伙们，如果他们愿意的话，我希望他们在我回来之前，帮我看住不停，谁再敢弄坏我的大门就宰了谁!

根据清醒之后的纸片儿的供词，它并不是成心离家出走。那天，它从外头逛完街正要回家时，看见它的男主人在离不停大门几十米远的地方停留了几秒，然后，往前走了两步又停下，犹豫片刻，居然扭头走掉了。天性八卦的它十分疑惑，一路跟了上去。这小妖别的本事没有，跟踪偷窥的技术倒是一流的，不成想这一跟，就跟到了另一个国家——墨西哥，尤卡坦半岛。

这个紧挨加勒比海的地方，百年未遇的罕见暴雨已经持续了快两个月，当地人很恐慌，说玛雅人的预言就要印证了，暴雨就是末日来临前的征兆。它不知道敫炽来这里做什么，只看到他径直住进北部一座紧挨着奇琴伊察古城的酒店。从外观看，那个叫"天顶"的酒店又破又旧，三层高而已也好意思叫天顶，但客人却很多，比我的不停生意好多了。起初它以为男主人只是心情不好，住到这里散散心，它溜到他的房间里，却发现他整天都待在房里，不是发呆就是睡觉，直到夜幕降临，他才走出房间，进了电梯。它见电梯是往上的，这酒店只有三层，它男主人的房间在第二层，于是它赶紧跑到第三层的电梯外蹲守，但怪事就这样发生了，不过一层楼的距离，电梯门打开时，里头竟一个人都没有。它一急，跑进电梯里查看，这时，电梯门突然自动关闭，然后……没有然后了，这家伙什么都不记得了，唯一残留的记忆就是扑克牌翻动的声音，然后有人在耳边说："请下注……不好意思，您输了。"最后就是从一个很黑的地方拼命往外跑，有人在后头拼命追，它什么也顾不得，疯了似的在雨水里狂奔，拼着一口气逃回了千万里之外的不停。

在我动身之前，纸片儿跟我说了两句话，第一是，它以后再不跑出去乱玩儿了；第二是，那家酒店，是个危险的地方。

羽
蛇

再危险也得去瞅瞅，敖炽不会无缘无故跑去那种地方。还有，照正常逻辑，以他的能力，连纸片儿都能逃出来的地方，他不可能无法脱身。莫非，他在那里金屋藏娇，乐不思蜀？！不管怎么说，起码这死鬼总算有了点消息，活要见人死要见尸，我不批准任何不打招呼的消失。

"南美洲的妹子身材真不错啊！"身边一双色迷迷的眼睛黏在了一位棕色肤色前凸后翘的美人身上，九厥把墨镜朝下挪了挪，直到那美人走出大堂，才意犹未尽地转过头来。

"老流氓，你是来找人还是来看妹子的，多留意留意四周！"我头也不抬地坐在沙发里翻看一本旅游杂志，边看边打量四周的情况。

如纸片儿所说，这酒店的生意真的很好，一天的客人比不停一年的客人还要多。除了羡慕嫉妒恨，我也发现了有趣的事，这里的客人，少有面带笑容的，大多数都一脸焦躁，或者木然空洞，有些还隐隐透着一股子悲伤。

奇怪，旅行不是一件很快乐的事么，愁眉苦脸是闹哪样？

九厥拿胳膊碰了碰我，顺着他的目光，我发现对面沙发上那个衣冠楚楚的中年男人，手里捧着一本中文封面的《龙的历史》，正目不转睛地望着我。放眼看去，目前整个大堂里等着 check in 的住客中，除了我们，便只有他一个中国人，或许他也抱着他乡遇老乡的心思在打量我们？

再看，这家伙有样貌有身材，三十多不到四十的年纪，打扮得挺精细，简单的黑长裤黑皮鞋，价值不菲的名牌衬衫，几颗纽扣故意敞开，健硕的胸肌若隐若现，及颈的黑发十分茂盛，发梢自然地微微卷曲，几缕银白色的发丝刚好飘在两鬓，一副简约的黑框眼镜架在高挺的鼻梁上，透着一股讨厌但又迷人的文艺老青年的范儿。

"看起来你是大叔的菜。"九厥暗笑，被我狠狠掐了一把胳膊，疼得龇牙咧嘴。

我礼貌性地朝大叔点点头，他却毫无回应，埋下头继续翻书。

没礼貌！我撇撇嘴，可又忍不住偷看他，不是因为他的姿色，而是我忽然意识到，刚刚他看我的眼神跟普通老乡不一样，怎么说呢，就像面试官打量应聘者那样，严肃审慎，又难免有一丝高高在上。

正走神时，啪啦一声响，大理石茶几上的花瓶被一只小手给碰倒了，花瓶里的水洒了一桌，九厥忙出手扶住要滚下去的花瓶，我则顺势把整个人扑在桌上的小女孩扶起来。这倒霉孩子不知从哪里跑出来，见花瓶里的鲜花好看便来摘，谁知脚下一滑，差点出事。

我打量怀里的小家伙，四五岁的小丫头，金发碧眼的白种人，又圆又无辜的眼睛朝你一望，再大的脾气你都发不出来。

身后，年轻的父亲拖着行李箱赶过来，一把将孩子从我怀里夺回去，但仍礼貌地用英文跟我道谢，然后快步朝柜台那边走去。我听到他跟小丫头说："别相信陌生人！他们都是来抢走你的！"虽然我英文不好，可我是妖怪啊，人类的任何语言我都能听懂，别这样教孩子好不！

还没郁闷完，一个老迈的声音，讲出一口蹩脚的汉语："对不起，请问我们可以坐下来么？"

我跟九厥循声望去，一个穿着花衬衫的中国老头，搀扶着一个年岁相当的老太太站在我们旁边，脚下放着一个瘪瘪的旅行袋。这老太太一看就是个身体差劲的主，脸色苍白，眼眶深陷，身上穿的居然是厚实的防寒服，虽然外头风雨大作温度偏低，但毕竟还是热带地区啊。

我们赶紧起来让二老坐下，生怕起晚了，这虚弱不堪的老太太就倒下去了。

老头不住地向我们道谢，说："老太婆身体不好，带她来散散心。哎呀，很久没有碰到家乡的人了，我十岁的时候就跟父母漂洋过海到墨西哥，五十多年了呀，一直想回国看看，总是没有机会！"说着说着，眼睛居然还有点潮湿了。

我跟九厥赶忙安慰了一下那颗苍老的赤子之心，心想这酒店到底有什么神奇磁场，引来的全是说不出哪里不对劲但就是感觉不对劲的生物，敖炽那个混蛋我就不想说了，英俊没礼貌的大叔，乱教小孩的父亲，带着风都能吹倒的老伴散心的老华侨……都是奇葩呀！

这时，柜台那边喊我的名字了，连 check in 都要排号，这生意是有多热闹！当地旅游局肯定高兴死了。

我朝柜台走过去，眼角的余光跟我说，那个英俊大叔在我经过他身旁的时候，他又抬头打量我，还是用那种莫名其妙的眼神。

天顶酒店，有意思。

三 🌿

数月前，东海，龙宫。

两名身着华服的男子，仪表堂堂，神情沉稳，正送客出门。

来者不是别人，正是天界十二正神之一的战神，獠元。

"下月最后一日，天帝当遣亲信前来取回此物，烦请转告龙王。多谢东海龙族多年来代为守护！告辞！"

"有劳神君，请。"

看似一场寻常的拜访，却让两位龙宫大臣锁起了眉头。

龙宫宽敞的会议室里，龙王的亲信大臣齐集一堂，紧闭大门，连各自的手机都给关掉了。正中间的位置上，端坐着他们的王。

他看起来有点累，靠着椅背，眯着眼睛，跟睡着了似的，却又开口道："你们想发表什么意见？"

大臣们沉默片刻，逐一开了口。

"天帝为何突然要取回那个东西？这么多年，一直由我们看护，平安无事嘛。"

"派獠元亲自过来，可见他对这件事十分重视。如果我们有异议，恐怕獠元会直接率天帝军来咱们家里'拜访'呢。"

"想想也没有什么，他们要，给他们就是了。本来就不是东海之物，锁在寒渊流里那么多年，我还嫌它冒犯了各位前龙王呢！天界的人不提，我都快忘记这事了。"

他静静地听他的臣子们说话，獠元来时，他称病不见。东海龙王从来不是他人想见就能见的，再说，他也不喜欢天界那帮人。东海龙族历来有着与神平起平坐的地位，不受天界管辖，平日里，两边也鲜有往来，要不是当年，他的祖辈与前任天帝有些交情，这东西也不会被平白无故送到东海来。

"王，您觉得此事要如何应对？"大臣之一小心翼翼地问。

"小事，我自有主张。"他睁开眼，仿佛睡醒了似的，"敖炽回来了没有？"

"回了，正吃饭呢。"

龙王腾地一下站起来，猛一拍桌子："越来越没规矩！回来了不先来拜见我，就知道吃！"

大臣们不敢言语，想笑又不敢笑，整个东海之中，敢这样不将龙王放在眼里的，也就只有他这个嫡亲的孙儿了。龙王的坏脾气是出了名的，这孙儿的脾气有过之而无不及，从小到大放浪不羁，不听从任何管束，规矩对他来说只是一句废话，连东海里最牢固的冰牢都困不住他，气得他爷爷屡次高血压。这对爷孙，还真是应了那句"恶人还有恶人磨"的俗话。

敞亮的饭厅里，敖炽抓着一个烤鸡翅膀，抹了抹油汪汪的嘴，头也不回地问："急急忙忙喊我回来，该不是你要给我娶个奶奶了吧？"

一个大手掌唰的一下朝他后脑勺上拍来，他一缩脖子躲开了去，转过身，怒道："又打！这么久以来我的补品跟爱心是白寄回来了！"

"口无遮拦，没大没小，要不是我只有你这一个孽障，我早下令将你抽筋扒皮扔到臭河之中，让小鱼小虾在你头上拉屎撒尿！"龙王咬牙切齿道。

敖烬上前勾住他爷爷的肩膀，打了个呵欠："老头儿，咱们谁跟谁呀，这么多年了知根知底的，狠话就省了吧，喊我回来干吗？"

"抓贼。"

敖烬愣了愣，打了个嗝，道："你手下这么多打手，随便派个小分队就成了。再说，你这么有钱，丢一两件财物就当作慈善呗。"

龙王深吸了口气，冷冷一笑："这贼，整个东海除了你与我，只怕无人能降伏得了。你跟我来。"

敖烬被拧住耳朵拖出了龙宫，龙王挥手召来一头金色的大鲸，上了鲸背，命令这大家伙朝龙宫的西面游去。

大鲸的速度非常快，不是平行往前，而是呈一条下降斜线，不断往东海的底部而去。深蓝旖旎的海水在它面前乖乖分开来，起初还能看到奇妙的光线，连海水都是微温的，渐渐就变得阴暗冰凉。除了他们，四周再看不到任何活物，无数银灰色的冰屑从底部漂浮开去，越往下，冰屑的体积越大，大鲸需要用尾巴拍散它们，才能继续下潜。

敖烬的身上起了一层鸡皮疙瘩，太冷了。

"我要是没记错，龙宫西边的海底，是寒渊流呢。老头，你不会是要抓我去跟埋在那儿的老头们喝茶吧！"敖烬定睛一看，这方向，摆明了就是去东海龙族的禁忌之地，长眠了历代东海龙王的龙墓！

龙王不答他，大鲸继续下潜，最后，停在一片坚硬的冰地之上。它身上的光晕勉强照亮周围十来米的范围，再往外，漆黑不见五指，除了自己的心跳，这地方听不见任何声音。

龙王跳下鲸背，走到冰地中央，抽出佩刀往手掌上一抹，鲜血涌出，却不落地，他手指一挥，蘸起龙血在面前画了个奇怪的符号，呵了声："开！"

一道朱红大门在冰地之上凭空出现，自行开启。

进得门去，不见灯火，却自有一片五彩祥光漂浮其中，敖烬一眼便看见立在这个奇异空间里的数十条巨大冰柱，每条冰柱里都盘旋着一条长眠的巨龙，历任龙王死去后，遗体都会被封进寒渊流中，在东海的最深处，用另一种方式永远看顾自己的子子孙孙。

虽是第一次来这里，眼尖的敖烬还是发现，这些封存着老龙王遗体的冰柱上，留下了许多奇怪的痕迹，很像有人在这里刀光剑影一番后留下来的。

这就有意思了，谁敢在东海龙族最神圣的地方打架斗殴，累及各位老龙王死了还不得安生呢？

龙王一直往前走，在一块正圆形的冰台前停下脚步，这块高出地面三尺的圆台，被均匀划分成十二等分，每一等分上，都漂浮着一个三尺见方的乌色木箱，箱子的每一面都以特立独行的笔法描刻着凤凰浴火的图案，透着一股由内而外的灵气与威仪。

敖炽跟过去，看着这十二个木箱，有些惊异，不是很确定地问："这是一直存放在咱们这儿的灵凰十二棺？"

关于这个东西，敖炽曾听长辈们提过，在寒渊流的龙墓中，除了历代龙王的冰棺之外，还置放着十二具跟东海毫无关系的棺木，被称为灵凰十二棺。据说这十二个玩意儿早在数万年之前就被放置在此，就像无用的家具似的，没头没脑，也没有什么说法。

"这是天界第二任天帝寄放在此的东西。"龙王道，"那时候的龙王与天界，有几分交情，于是同意将此物放置在我们最隐蔽的地方，子子孙孙看守下去，直到天界派人来取回。"

敖炽皱眉："我回来时，侍从们跟我说獠元来过，听说这厮如今是天帝座下的红人，他来找咱们，该不是替老家伙传话，要来拿回这些没用的棺材？"

"有用无用，我都交不出去。"龙王看着那十二具幽幽漂浮的棺木，摇了摇头。

敖炽一愣，不解地看着圆台，数了数，道："十二个，没少，不都在这儿么。"

"你看凤凰的眼睛。"

"凤凰眼睛？"敖炽仔细一瞧，这才看出每具棺木的棺盖上，那本该光波流转的凤凰眼睛，都只剩下了一只，另外一只眼睛的位置，只留下一个丑陋的黑窟窿。

"真正的棺不是木箱子，而是每个箱子上的那一只凤凰眼，只有拇指头大小的上古奇物——青珀。"龙王转过头，看定敖炽，"现在，整个东海只有你我两人知道，灵凰十二棺早已被盗，只留下了无用空壳。"

敖炽略一思索："这些东西闲置在这儿这么久，谁能突破龙王封印来龙墓撒野？还有，这些狗屁棺材里躺的是什么？天界的东西为什么要放在我们东海的地盘？"

龙王长叹一声，沉默半晌，一脸深沉地说："如果我说我也不知道这些棺木之中究竟是什么，你信么？"

"老头，别耍你唯一的孙儿。"敖炽瞪眼。

"连我爷爷都不知道。"龙王苦笑，"恐怕当年接手的祖辈都不知道。不过是友人托付的小物件，谁都没有去深究。多年来，它们悄无声息地躺在这里，丝毫存在感都没有。"

"好吧，我对那些棺材也没有兴趣，你喊我回来的中心意思，就是告诉我现在人家要拿回自己的东西但我们给弄丢了，而且这事还不能被别人知道，所以，"他站到自己爷爷面前，指着自己，"你打算把这个麻烦丢给我？"

"就是这么个意思。"龙王点头，"我要坐镇龙宫，自由有限。你这不肖子，为东海做一点贡献又何妨！"

"我曾经为东海贡献过二十年！前年年底差点连命都没了！你还敢污蔑我！"敖炽气愤难耐，大声驳斥。

"别跟我横！"龙王瞟了他一眼，别有深意道，"我比你好不到哪里去，这件事情的发生，我要负很大责任。我从没有兴趣知道棺木里有什么，现任天帝为什么突然要取回它们我也懒得管，我们只是单纯的保管者，但现在东西没了，我们就会有麻烦。"他停顿了许久，才道，"我唯一能告诉你的，是当年谁拿走了它们。"

"谁？"敖炽眼睛一亮，知道主谋是谁，那什么都好办了。

"那个贼，他从前的名字我快不记得了。"龙王看着急切等待答案的敖炽，"不过，他现在的名字，叫……羽蛇神。"

四

"是羽蛇神啊，来来，快来拜一拜！"

酒店二楼的走廊上，我被老华侨拽过去，不想抹杀老人家的好心，便跟着他一道合掌闭眼，对着摆放在走廊尽头的小桌子乱拜了几下。桌子上，摆着一座金漆闪闪的大蛇塑像，背后一双羽翼嚣张展开，雕像前还摆放着各种食物作为供品。

这雕塑，跟扑克牌背后的玩意儿一模一样。我所知道的是，古玛雅人把这种长羽毛的蛇奉为神灵，他们相信所谓的羽蛇神能赐给他们所需要的一切，是他们心中最伟大的存在。但我从来以为这个"神"只是玛雅人根据图腾什么的杜撰出来的精神寄托，类似的东西世上有很多，不是什么都能被称为神的。而且，横竖看这神像，我都只觉这位"羽蛇神"的眼睛里，只有凶光未见慈爱。

"神啊，我什么都不要，只要你让小玉继续留在我身边！"自称姓黄的老华侨，虔诚地咕哝了很久，我断断续续听到这些。

随后，我搀着他的老伴儿，九厥拎起他们的行李，一路将他们送到房间。

很巧，老两口的房间就在我们的隔壁。

"小沙啊，谢谢你们！"老黄站在门口，拉住我跟九厥不住道谢，末了，他上下打量着我们，十分感慨地说，"别怪老头子**啰唆**，能成两口子不容易，好好过，这青春呀，一晃眼就过去了。瞧你们现在，多好！"

上了年纪的人确实容易唠叨，我跟九厥一边赔笑一边往自己房间走。不怪老黄把我们当成两口子，我们两本来就是伪装成夫妻来的，为了省房钱。

正拿房卡时，斜对面的房间里探出来一个小脑袋，怯怯地喊我姐姐，我转过头，正

羽蛇

303

是刚刚那个小丫头，还来不及回应她，她爸爸已经把她给拉回房间，砰的一声关了门。

刚回过身，一个不明飞行物当头砸来——在那个看起来很眼熟的手机到我脑门前，九厥很体贴地将它抓住了。

"沙发那儿捡到的。"英俊大叔一阵风似的从我们身后走过，连个正脸儿也不屑给，径直走到与我们隔了三个房间的 208 号房，开门关门，再无动静。

我眼珠一转，拿过手机，走到 208 号房前，梆梆敲门。

房门开了一小半，大叔俊美的死鱼脸出现在门后，一言不发地藐视着我。

我晃了晃手机："没事，跟您说声谢谢。"

"丢三落四，毫不稳重。"大叔砰的一声关上了门。

我欠他钱了是怎么着？瞧他那表情，恨不得拿砖头拍死我似的。

回到房间，我的第一句话是："这里处处不妥。"

"我只是想说，咱们扮夫妻的事儿千万别被孽龙知道，不然才是最大的不妥。"九厥抢先坐到房间里唯一一把躺椅上，从包里取出酒壶来，美滋滋地灌着。

或许是暴雨的缘故，天早早黑了，天气没有任何转好的意思。透过雨帘，隐隐看到楼下庭园外，有个被当成游泳池的天然井，几十米宽的水面被岩石与藤蔓包围着。 尤卡坦半岛上有许多这样的天然井，看上去像个寻常的小水塘，其实每一个都深不可测，而且天然井多在地下暗连起来，形成庞大的水下通道，是许多探险家的最爱。

我对探险没有兴趣，但我就是忍不住一直盯着那个天然井，看雨水落在天然井里，激起连绵不断的水花，一层淡淡的灰白烟雾笼罩其上，这些都很正常，但，为什么那些烟雾里，隐约透着一股绿气？

"能出来了吧？可憋死我了！"我背包的拉链被白驹扯开，它钻出来，扑棱棱地飞到我面前。

这家伙非要跟来，说自己体积小又方便携带，而且很熟悉南美，做我们的导游再合适不过，但条件是做完这次导游，它欠我的人情就算还清了，不过我至今没发觉这导游的用处。

九厥从床头柜里找到一副崭新的扑克，跟当初追杀来的两个扑克杀手一模一样。

他玩着手里的牌，说："天气这么坏还有这么多客人，而且大多数客人都满面愁容……很费解啊！"

"我想起个事儿。"白驹突然一抖身子，"我曾经在南美这边混过，记得当年听当地的朋友说，尤卡坦半岛上有个酒店，专门接待走投无路的人，凡是在那里住过的人，最终都会摆脱困境。他有个朋友，一直穷困潦倒，被债主追得东躲西藏。有一天突然回来了，衣着光鲜，发了大财一般，花天酒地买房买车。问他怎么突然有钱了，他自己都答不上来，只说自己已无路可走打算跳河时，被最疼爱他的姐姐给拉住了，然后把他带到附近的一个酒店里，还替他付了房费。之后的记忆就很模糊，他就记得自己跟姐姐一道进了电梯，好像还跟人赌博，天亮后清醒过来时，他躺在一块荒地上，衣兜里居然装着满满一袋钻石。他回头去找那个酒店，却怎么也找不到，甚至连酒店名字都忘记了。"白驹一口气说完，顿了顿，故意卖关子，"但亮点不只是钻石！"

"你还分九集连播是不是？"我把白驹拽过来，"一次说完不许留坑！"

"轻点轻点！我也是几百岁的老年人了！"白驹咳嗽两声，"亮点是，那家伙彻底清醒之后才突然意识到，那个世上唯一疼爱他的姐姐，两年前就出车祸去世了。"

"看来南美的朋友也喜欢聊斋一样的故事嘛，亡姐大爱无疆，拯救失足亲弟。"九厥又灌了一口酒，笑，"后来呢？"

"这家伙有了钱，生活得十分惬意，但一个多月后，他突然失踪了。警察只在他卧室的床上，发现一张背面印着羽蛇神的扑克牌。没了。"白驹飞到他面前，"我那朋友还说，关于这间酒店的传说，好像是近几十年流行起来的。有人说，那酒店是通往伟大的羽蛇神脚下的大门，只要能进了这扇门，羽蛇神就会满足他的任何愿望。后来好些开酒店的家伙还拿这个当噱头，说自己的酒店就是神奇的愿望酒店，反正到后来，大家只拿这件事当玩笑罢了。连那个失踪的家伙所说的话，也被人当成是胡说八道，不过是他干了非法勾当赚了钱，不敢明说才编出这样的胡话。至于他的失踪，必然又是出去躲债了。"

我没搭话，不论这个传闻的真假，从纸片儿带回来的消息里，显然也提到了"赌"这件事。可这小小的酒店，从一楼到三楼到四周，根本没有赌场。

"你们看那边。"我指着窗外那片冒着绿气的自然井，"那样的气，肯定不是化学污染造成的吧。这种看起来不怎样的小水塘，水底之下可是四通八达，说不准通往哪里，搞不好连着全人界的水源呢。"

不过，除了那绿气之外，我总觉得还有哪里不对劲。

"那绿气，既不是怨气也不是死气，看上去好像还越来越浓。"九厥半眯着眼睛，夸张地嗅了嗅鼻子，"什么味道都没有，但……"他转过头，摸着自己的心口，问我，"觉不觉得心情有点低落了？"

不说还好，一说，我也觉得自己的心情有些细微的变化，敫炽跟纸片儿的事情，我内心难免担忧焦躁，来了这里，好奇怀疑谨慎各种情绪逐一扩散，但唯独没有"低落"。我相信敫炽不会有事，相信雨会停，太阳会出来，相信一切都会好起来。可是，在这间酒店待的时间越长，这种"自信"就越弱了。

羽蛇

这里，有种奇怪的东西，在不动声色地影响着我们。

"看看去。"我拽着他直接从阳台纵了出去。

五

最高的看台上，他端着高脚杯，一点一点啜饮着，杯子里，碧绿色的液体摇晃不止，跟他右眼的颜色一模一样。

台下，几十张赌桌旁都站着人，每个赌客的脸，在孤注一掷中扭曲着，要么笑得可怕，要么哭得可怕，希望与绝望在最短的时间内诠释得淋漓尽致。

角落里，一座巨大的沙漏在缓缓运作，两条盘旋的石雕大蛇攀附两侧，凶悍而忠实地捍卫着时间。

细腻的沙粒在沙漏的下半部分越积越多，而赌场里的人，却越来越少。不是离开，而是赌局每完一局，该局的输家就在众目睽睽之下消失，他们原本的位置上，便出现一张羽蛇扑克牌。

这种情景，不是不骇人的，活生生的人，眨眼变成一张扑克牌。可是剩下的人，也就是暂时的赢家们，没有一个因为这个场面退缩，反而更踊跃地加入下一轮的赌局。

他十分满意地俯视着脚下的王国，眼眸里的绿色，倒映着赌徒们的疯狂。

酒杯里的酒还剩下一小半时，一个穿着绿衣，轻纱蒙面，打扮得比女人还妖娆的年轻男子，手执一把精美的酒壶，自门后款款而来，又为他斟满一杯。

"还以为东海来的龙很厉害呢。"绿衣男站在他身侧，嗤嗤一笑，"不也成了一张扑克牌么。神君，进来这里，有谁能厉害过您哪！"

"酒池里的新料预备得如何？"他早已习惯了被谄媚，神情没有任何变化。

"这次的新料数量十分充足，全部放入酒池的话，最少能酿制十二壶成品。"绿衣男十分欢喜，"多亏神君领导有方，才能招揽这么多客人。咱们4E的实力，是越来越强了。"

他的嘴角微微翘起，挥挥手："传我的命令，把那些新料全部……"

话没说完，他端着酒杯的手突然握紧了一下，力道大得竟将酒杯都捏碎了。

"神君！你这是……"绿衣男吓得花容失色。

他攥紧拳头，说："那条龙，暂时留下来。"

绿衣男眼珠一转，忙道："是，属下这就去办。"

他紧皱着眉，半晌才从一种极其难受的状态中恢复回来，靠在椅背上，大口大口喘着气，跟着却又露出十分诡异的笑容，自言自语："闹吧，闹吧，你没多少次机会了。"

他着人换了杯子，继续一边畅饮一边欣赏，赌桌前的人，是越来越少了。

片刻工夫，绿衣男满头冷汗地跑回来，神色慌张地说："神君……酒池那边……"

"怎么了？"他看也不看对方，继续喝酒。

绿衣男小心翼翼地附耳道："那条龙不见了！还有这次的新料，也全部不见了！"

他不慌不忙喝完最后一口，说："找！"

"是！"绿衣男迅速离开。

"东海的龙……"他抬起头，对着虚空中的某处暗笑，"可这里不是东海。"

六 🌿

我终于发现这个"天然井"哪里不对头了——水面上的雨水，居然是往上走的，但离开这个范围，又是极正常的落雨。乍一看去，很难分清是天上的雨水落在了这个水塘里，还是水塘里的水化作雨往天上去了。

同一个空间里，居然会产生两种方向相反的雨水，地球引力说顿时变虚弱了。

"哈哈，好玩啊，倒着下的雨！"已经淋成了落汤鸡的九厥蹲在井边，难得还笑得出来，"你看这些绿气，摆明了顺着这些倒雨往天上爬嘛。"

我抹开眼皮上的雨水，仰头细细一看，确实如此，那些从水底渗出的绿气，藤蔓似的缠绕在那些倒着下的雨水上，源源不绝地往天上去，竟没有散开的趋势，不知道想爬多高。

九厥盯着这古怪之极的景象，突然问："你说，这里的天然井都是相通的？"

"是。国家地理都这么说过。"我笃定地回答。

"总共能有多少这样的天然井？"他又问。

"那只有鬼才知道了。"我白了他一眼，"但听说非常多。别人都是用'玛雅的地下世界'来形容这些天然井的，你想想，得达到怎样的数量，才能形成一个世界。"

"这样啊……"九厥摸着下巴，陷入某种沉思。

不过没等他沉思上几秒，便被一阵噼里啪啦的脚步声打断了。回头，一眼便看到一个小人儿跌跌撞撞地从酒店侧门跑出来，眼熟的小花裙子在雨夜里也分外鲜艳。

"救命！我不去我不去啊！"有个怪爸爸的小丫头哭喊着乱跑，大概是看到了我们，便转了方向，不要命地朝我们奔来，披头散发地撞进了我的怀里，抱住我的腰就不撒手了，这可怜的娃不知被什么给吓唬成这样，哭得让人心颤。

不等我们开口询问，气急败坏的大嗓门已经传过来："丽莎！给我回来！丽莎！"

九厥站到我跟小丽莎的前头，挡住了那个像要跳起来吃人的怪爸爸，一口流利的英文砸过去："有话好好说，别吓着孩子跟妇女。"

妇女？我在心里狠踹了这厮一脚。

"闪开！你们想干什么！"怪爸爸一副准备跟九厥拼命的模样，"丽莎！过来！"

"我不想进电梯！我不喜欢那里！"丽莎躲到我身后。

电梯？纸片儿说的，它最后见到敖炽的地方，也是电梯。

怪爸爸竭力平静下来，蹲下来，朝女儿伸出手："过来爸爸这儿，你要跟着爸爸才安全，只有爸爸才能保护你。乖，我们不去电梯，我们回房睡觉。"

"不去了？"丽莎怯怯地问。

"不去了。"怪爸爸用力点头。

丽莎看看他，想了想，还是抹着眼泪朝父亲走了过去。

他一把将丽莎揽入怀里，极不友好地瞪了我们一眼，转身就走。

瞪一眼又不会长胖，我不放心，三两步跟上去，朝怪爸爸一笑："我们也回去。"

酒店的侧门里，是条狭长的走廊，中间有座楼梯直通二三楼，末尾是扇半掩的安全门，穿过去就是一楼的客房通道跟电梯。

走着走着，怪爸爸突然撒腿狂跑，直奔电梯而去，那速度，简直是兔子中的兔子。跑路还不说，过安全门的时候，还极细心地把门给反锁，把我跟九厥关在外头。

门缝里传来丽莎的尖叫，还有她父亲的吼声："我们不能分开！"

区区安全门能拦住我们，那就太奇怪了。九厥朝锁吹了口气，两扇门乖乖打开。

冲进去时，父女俩已经进了电梯，走廊上空无一人。

铛的一声响，电梯门早我们一步合上，但幸运的是，没关完，留了一道半寸宽的缝隙——白驹很英勇地横躺在电梯门之间，为我们的魔爪及时抠住电梯门争取了宝贵的时间。

稍微一发力，电梯门就在九厥手下分开，我们闪身进入，才发现电梯里不只父女二人，还有另外十来个客人，但没有一个拿正眼看我们的，仿佛根本不关心我跟九厥的进入，有的人低头看脚尖，有的人望着天花板念念有词，有的人闭着眼，紧握着手里的十字架喃喃。

白驹从地上弹起来落到我手里，电梯门应声关闭。

"有功，可抵一个月打工时间。"我若无其事地把扇子插到裤兜里。

"两个月。"白驹在裤兜里跳了跳，用蚊子一样细的声音讨价还价。我狠狠掐了它一把，它再不敢吭声。

九厥拽着我站在电梯左侧，张望一番，发现丽莎父女站在我们对面靠里的角落，父亲侧过身子，警惕地把女儿死死护在里头，时不时拿怨毒的目光扫射我们。

"呀，你们也来了？"

熟悉的蹩脚汉语传来——瘦小的老黄费劲地从那位高大壮的黑人妇女身后探出脑袋来，热情地跟我们打招呼。

我歪头一看，他另一只手正牢牢牵着他的老伴。

"麻烦挪下脚！"我的旁边有人极其不满。

这声音我能听不出来嘛，缩脚，扭头，刚好捕捉到英俊大叔投向我的厌弃目光。

老实说，被人这么讨厌还真是第一次，关键是我根本没惹他嘛。

哈，小小一方电梯，怪人们都来齐了。

九厥碰了碰我，小声说："看那楼层指示灯。"

我踮起脚，目光越过挡住我的一个高个男人，落在那闪烁不止的灯光上。

我揉揉眼，再看，就忍不住想鼓掌了。这玩笑有创意啊，三层楼的酒店，电梯里的显示却是，我们正一路扶摇直上，往第99层奔去。没看错啊，99层楼啊！

我顿时明白为什么丽莎死活不肯进电梯了。小孩子对于一些邪气的存在，通常都有种天生的敏感，她必然是从这里接收到了一些让她惧怕的"信息"。

难怪纸片儿等不到敖炽出来。你在三楼等他，人家早奔99楼去了！

我跟九厥对视一眼，眼神交流达成共识——好戏要开演了。

七

我这辈子都没进过赌场！

但，从电梯门打开，随着人群走出去的刹那，我知道我来对了地方。为什么对？我怎么知道，第六七八九感都表示，我必须来这里。

电梯外头等候我们的，只有一扇高大的门，毫无避讳地大开，四个弱不禁风、瘦若竹竿的西装男守在门口。里里外外没有任何显著标示，只在大门右侧立着一个十分普通的迎宾牌，上头简单写着一个"Entrance"加一个指示箭头。

我朝两头看，没出路，只有墙。透过大门往里看，排列整齐的圆桌一字排开，上头摆放着类似扑克牌的东西，没看到别人，只有三四个身形佝偻，清洁工打扮的小侏儒手拿扫把簸箕，脚不沾地地从桌子之间滑过，扫到簸箕里的有帽子、鞋子，甚至假牙，侏儒们干得很开心，边扫边哼歌。

羽蛇

309

黑人妇女看得心急，率先往门里走，却被西装男拦住，其中一个站出来，朝我们所有人礼貌地鞠了个躬，微笑着说："欢迎各位莅临天顶赌场，清洁中，请稍候。"

也就是说，在我们这拨人上来之前，已经有客人来了这里，可是，人呢？从另外的出口离开了？走得太匆忙连假牙都忘带了？谁信！

九厥搓着手掌，坏笑："好久没进过赌场！等不及要大杀四方了！"

"知道你好酒，可没听说过你好赌呢。"我斜睨他一眼。

"哼哼，当年我在长安溜达的时候，无聊时也去赌坊什么的逛逛，号称只赢不输通杀赌坊玉面小郎君。好汉不提当年勇啊。"九厥朝我挤挤眼睛，"不过嘛，当年我赌的是钱，这个赌场里头，赌的恐怕不是真金白银这么简单。"

这时，侏儒之一过来朝黑西装们报告，叽里咕噜说着众人听不懂的话。

黑西装点点头，其中一人转身朝我们微笑着一躬身，做了个"请进"的姿势："现在可以入场了。希望各位玩得开心。请！"

众人鱼贯而入，心急的几个更是一溜小跑，像饿极了的人看到圣诞大餐，慢一步鸡腿就没了似的。怪爸爸的眼睛都亮了，抱着丽莎冲出去时还撞了我一下，完全不顾一切的疯样子。

我跟九厥，还有英俊大叔落在最后头，大叔目光如炬，到处扫视。

一阵异样的凉风从身后扫过，我本能地一回头，发现进来时的大门消失了，留在原地的，只有一堵染着暗色花纹的墙，跟赌场四周融为一体，刚才的大门仿佛只是我们的幻觉。

"赌场主人霸气侧漏啊。"九厥在我耳边嘻嘻一笑，"这进门的格局，摆明是让赌客们有来无回嘛。"

"不让我们回去我们就留下来吃穷他呗。"我眨巴眨巴眼睛，突然想，如果敖炽也来过这里，以他那种跟我下跳棋都会输的资质，这会儿该不会已经输得连裤子都没了吧……我迅速脑补出各种敖炽落难的滑稽场面，完全没有一个寻找丈夫的焦急妻子应有的节操。

赌客们已经散开了去，场地很大，大家的脸上全是抑制不住的兴奋。头顶上，明晃晃的灯光交织下来，把四四方方的赌场照得亮如白昼。角落里，巨大的蛇雕沙漏里的沙粒，尚未开始运动，静静地悬在里头。

可是，赌场里除了我们这群人，再无别人，赌桌的另一边，一个荷官也不见。

就在众人面面相觑，不知接下来怎么做时，一个妖娆的女声从四面八方传来："欢迎大家进入天顶赌场，比赛开始之前，您有五分钟时间阅读本赌场的有关条例，请在赌桌上的红色盒子中取阅。五分钟后，天顶赌场第三千六百五十场比赛正式开始。沙漏运行之前，接受任何参赛者退赛要求，退赛者请沿原路返回。广播完毕，祝您好运。"

比赛？我跟九厥对视一眼，不会是什么老土的"赌神大赛"吧，拍电影呢！

大家争先恐后地从各自的赌桌中间的红盒子里拿出一本薄薄的、封面印着羽蛇神与4E标记的册子来。

我也从离我最近的桌子上拿过一本，打开，其实只是一张对折的、十分厚实的铜版纸，贺年卡似的，上头只有五行字——

    1. 沙漏停止，比赛结束。

    2. 接受客人拥有并能支付的任何筹码。

    3. 首场比赛一人一桌，胜者入中场比赛。

    4. 中场比赛由剩余客人共同完成，胜者入终场比赛。

    5. 愿赌服输，勿怨命薄。

落款"天顶赌场"，附加一个羽蛇神印章。

其实赌场里的温度十分适宜，不冷不热，可那句"愿赌服输，勿怨命薄"，无端端让我觉得四周在变冷。

我合上册子，左右看了看那些同来的家伙，除了我跟九厥还有英俊大叔脸色稍有凝重，别的家伙们似乎根本没将这些条例放在眼里，也没有任何人有退赛的意思，全部摩拳擦掌，一脸期待，唯恐比赛不能按时开始一般。

五分钟眨眼过去，广播又响起来："无人退赛，首场比赛，共一十四人。三秒钟后，比赛正式开始。退出者，重罚。"

一十四人？我飞速将赌场内全部人员点了数，冒了点冷汗——对方居然把丽莎也算在内，也就是说，她也要加入所谓的"比赛"？！

太可耻了，她还只是个孩子，能不能把扑克牌认全都是个问题吧？！

这时，沙漏开始了运作，细细的黄沙开始流向另一端。

十四个身着白衬衫迷你裙的年轻女人凭空出现在十四张赌桌的另一端，面容娇美，笑意盈盈。诡异的是，十四个美人儿长得一模一样，批量生产似的。

"这边请，沙小树小姐。"

我身后的衬衫美人，也就是那鬼魅般出现的荷官，喊出了我拿假证件登记的名字。另一个荷官喊着九厥的假名，这里每个荷官似乎早做好了对号入座、一对一服务的准备。

羽
蛇

丽莎死死抓住父亲的大腿，怎么也不肯走向那个喊她名字的荷官。

如果不是还没摸清底细所以不能太惹眼，我现在要做的第一件事就是上去把丽莎的父亲往死里揍一顿。明知可能有危险，还要把女儿硬拖来，这男人脑子是被穿山甲拱了么？

九厥与我擦身而过，走向喊他名字的荷官时，在我耳边快速甩下一句话："上面有妖气，有事先救孩子不用管其他。"

妖气？九厥这么一说，我才隐约感觉到在赌场的上面，确实浮着一股极淡的妖气，不仔细感应很难发觉。作为能从千万种酒香中辨别出细微差别的老妖怪，在对付"气味"这件事上，我承认没有谁能比九厥厉害。

我抬头，目光落在赌场顶端左侧，一处凸出的、很像戏院里位于高处的贵宾包厢的地方，因为距离太远角度太刁钻，我看不到那"包厢"里头的内容，但，有人在里头看我们，那是明明白白的。

"沙小姐，我们可以开始了。"我的荷官娇滴滴地提醒我。

我看着她捏在手里的扑克牌，问："开始什么？"

她笑了："沙小姐真幽默，来我们酒店的客人都只为了一件事，就是'赢'。想赢的话，只有赌。我们现在不就是要开始赌么。"

"怎么赌？"我内心其实有点纠结，我很少玩扑克牌，连斗地主都不会。

"很简单。"她摊开手掌，轻轻一抛，一整副扑克牌便悬浮在我们之间，展开，组合，牌与牌紧挨在一起，牌面向内，呈漏斗状飞旋起来，看得人眼花缭乱。

几秒钟后，所有扑克牌停止飞旋，朝下一坠，在桌上摞成了整齐的一叠。

"各抽一张比大小，大者胜。点数相同，以黑红樱方排序。三局两胜。"荷官做了个请的姿势。

这么简单，那我没问题。

"好，就跟你玩玩。"我点头，"不过我要先切牌。"

"当然可以。"荷官的微笑简直比春风还春风。

我随手拿起半摞扑克牌，放到另一摞的下方。

荷官一拍手，扑克牌自动在桌上笔直展开。接着，她干了一件让我眼前一亮的事——从桌边的一个匣子里取出一颗目测不低于二十克拉的极品美钻，那完美的光线简直要将我的口水都勾出来。

"这是我第一局的赌注，沙小姐你呢？"

一句话把我从天堂拉回坑里。我从天然井一路到这里，身无长物，拿什么当赌注？！

"根据条例2，我们接受任何筹码，不仅仅包括金钱财物。"荷官看穿了我的窘态，体贴地说。

不是金钱也行？

我下意识地把裤兜里的纸扇抽了出来，扇子里的白驹都要哭了。

"一把扇子是不够的哦。"对方提前看穿了我的鬼心思，微笑着摆手。

我皱眉："我身上只有这个了，啊，手机你们要吗？加上我脖子上的项链，千足金的呢！"

对方继续摆手。

"这也不行那也不行。"我不耐烦地攥起右拳，"难道要拿我这个拳头下注？"

"成交！"

这小妞的反应也太快了……我不是还没怎么着么，怎么眼看着一只右手就被押出去了？

"喂喂，我不是这个意思。"我赶紧解释，"咱们换个东西。"

"言出必行，举手无悔。我们已经接受了您的赌注，一只右手。"荷官的声音真好听啊，"按规矩，客人请先抽牌。"

黑店！绝对的黑店！行，我也看看你有没本事砍下我一只手。老板娘也有守则，第一条就是，你敢砍我的手，我就砍你的头。

我的手指在牌上滑动，停在中间某一张上，抽出，举到眼前，然后，我想死——黑桃2！

荷官姿态优雅地抽出一张牌，翻开，表面淡定的我，内心马上破涕为笑，你以为自己很倒霉，但往往有人会比你更倒霉，她的红桃小2很好地证明了这个现象。

"第一局，您赢了。"她将钻石推到我这边。

我风轻云淡地把钻石塞进衣兜，按了按，笑："谢谢啊！"

这时，被某人视线锁住的感觉又爬了上来，我抬头看了看那个"包厢"。

"沙小姐，第二局，请抽牌！"

八

妖娆的绿衣男再次从他身后冒出来，擦着冷汗道："神君，暂时没有消息。属下已经派出大部队，全方位搜索。他若强行冲破四羽境，必然受损，没有足够的体力，他很快会被困死在地城。"

"绿腰。"他好像根本没听对方说话，勾了勾手指。

羽
蛇

连名字都分外妖娆的男人，忐忑地挪了过去："神君，有何吩咐？"

男人微笑，指着看台下的某些人："长鬈发的中国女人，湖蓝头发的男人，还有那个面无表情、穿白衬衫的高个子，这批人里，他们几个最有可能赢到最后。"

"咦？"绿腰见他并不是要责怪自己，松了口气，"神君是觉得他们运气好，还是赌术精湛？"

"不赌，才能不输。"他笑笑，"这三个人根本不是为了赌局而来。"

"不为赌局而来？"绿腰吃了一惊，"您为何这么说？"

"他们没有穷途末路的气味，跟敖炽一样。"他挥挥手，"去查一查，是谁给他们'钥匙'，让他们进来的。"

"是！"绿腰忙不迭地消失了。

不消片刻，这个忠诚的跑腿的高效率地回到他身边，神色如临大敌："神君，我查了记录，这三个人根本不是咱们的人找来的，他们是自己跑上门的！"

"好。我知道了。"他站起来，看了台下一眼后，笑，"来了，就别走了。"

他转身离开，绿腰赶紧跟上去。

"神君，我们要如何做？要不要派军队将他们……"绿腰做了个斩首的动作，"这件事太离谱了，咱们不得不小心！从来没有人能在没有'钥匙'的情况下，找到酒店的入口。趁他们还没有大动作，不如杀他们个措手不及！"

"这么紧张干什么？为 4E 工作，最不需要的就是慌张。"他走进门后，宽阔的石头通道上刻满了诡异的图案，每隔一段距离就有一盏蛇形壁灯，散发着幽幽绿光，将他的脸映照得阴晴不定，"赌场怎么说也是个玩乐的地方，打打杀杀先放一边吧。"

"是！"绿腰唯唯诺诺地应着，"真的不需要做任何应对？"

"我的存在，就是最好的应对。"

九

沙漏里的黄沙已经落下小半。

我没给家乡人民丢脸，兜里已经揣了四颗大钻石，胀鼓鼓地都快把衣兜撑烂了。人家第二局拿三颗钻石，赌我两只手，何其有气魄！可惜，运气始终比我差一截。

按他们的规则，三局两胜，这首场比赛，我已经赢了，我可以选择继续赌第三局，或者就此结束，等候中场比赛的开始。

拿自己身体上的原装零件跟人赌钻石的感觉真的很不好，我选择结束比赛。四颗钻石，已经很够了，吼吼！

这边我一说结束比赛，那位倒霉的荷官姑娘便像阵烟雾似的消失了，一个乌黑的细条形的小东西从地板上哧溜滑过，还没看清是什么玩意儿，眨眼就钻进了大理石地板下。

虽然我只顾着欣赏钻石，可是眼角余光也没闲着，那个娴熟钻进地板下的细条物体，很像一条黑色的小蛇。

我回过头，同来的家伙们还在赌桌前继续奋战。

赌场条例里并没有一条是禁止先结束比赛的人到别人那边看热闹的。

九厥的面前，居然堆了十颗钻石，这该死的有赢无输小郎君两局皆胜还不满足，色迷迷地瞪着身材一流的荷官姑娘，温言细语："来，为了多跟你相处，我们再赌一局！不过这次你起码要用十颗钻石下注，我才肯跟你赌我的头哦！"

真是又不要脸又不要命！

"适可而止，我背不动你的尸体。"我从他身边飘过，狠狠踩了他一脚。

一圈巡视下来，变态九厥以及稳如泰山的英俊大叔三局皆胜，休战。慢吞吞的老黄才刚刚进入第二局，一边擦汗，一边抽牌。他夫人比他快多了，三局已完，一输两胜。打成平手的丽莎爸爸正在看自己抽到的第三张牌，力气大得要把牌都捏烂了。我最关心丽莎，这个啥都不懂的小丫头运气不错，也赢了两局，抽抽噎噎地瘫坐在地上。

我赶紧把她抱起来，问她刚刚拿什么跟人家当筹码，她说，美女姐姐说她可以拿自己漂亮的小脸蛋下注。

我手心里冒了冷汗，要是丽莎输了，难道对方真要拿走她的脸？

"我想回去！"丽莎抓住我，眼泪吧嗒吧嗒地落，"我不要妈妈了，我会很乖，爸爸打我我也不哭了！一个人在家我也不哭了！"

这孩子之前的生活，是有多糟糕？！等等，我的目光突然退回去，有点不对，少了几个人？

仔细一点数，现场竟只剩九个人。他们所站的赌桌前的地上，只剩下一张扑克牌。

这些人，在不知不觉间消失了？！

耳边传来欢呼，丽莎爸爸跟老黄都赢了。不过，那些输了一局的赢家，有的缺胳膊少腿，有的没了一只眼睛。

这些疯狂的人，都把自己当成赌注给输出去了。

丽莎父亲一把推开我，把女儿夺了过去，他的眼神十分狂喜，抱住女儿不停地亲。不过，他也输了一局，可看上去各方面都完好无缺，我好奇他拿什么当了赌注。还有黄夫人，她也输一局，可也没有什么缺失似的。莫非他们的赌注是比那些钻石更大的宝石？

羽
蛇

315

要是那么有钱，他们又何必来赌场？我想不明白了。

这时，广播又响起来："首场比赛结束，胜者九人。五分钟后，中场比赛开始。请参赛者至十三号桌入座。"

位于赌场中央、最大的那张赌桌前，一个不知几时出现的年轻男人，衬衫西裤领结，半长的头发在脑后扎成一束，一副深色墨镜架在脸上，嘴角微扬，朝我们招手。

十 ❧

九个人，围坐一桌，光滑的桌面反射着灯光，晃得人睁不开眼睛。

男人的声音十分磁性，不疾不徐地向我们所有人宣布中场比赛内容，很简单，52张扑克中随机抽出一张，放置在大家看不到的盒子里。剩下的牌由他逐一发给众人，发完牌后，大家整理自己的牌，不论花色，只要有点数相同的两张，则视为对牌拿出放到一旁。整理完毕之后，可能有人手中的牌已经出完了，这表示他是第一个赢家。手中还有牌的人，由甲开始，以顺时针方向，从邻座手里抽一张牌，只要与自己手里的牌成为对牌，则可拿出，如不能配对就必须保留在手中，然后由另一位邻座抽你的牌，依此类推，手中的牌出完者皆为赢家，但，每局必然会有一个人剩下一张牌无法出掉，这张牌，与盒子里预先抽出的牌配成一对，拿到此牌者，就是输家。

"这不就是抽乌龟么。"九厥歪过脑袋对我说，"小孩子玩的把戏。"

"对，有些地区就是管这种玩法叫抽乌龟。"那男人笑看着我们，随意抽了一张扑克，"谁拿到这张牌，谁就是乌龟。"他顿了顿，环视了所有人一眼，说，"每轮一个输家，最后一位留在桌前的客人，就是中场比赛的赢家。我们开始。"

这种纸牌游戏我也玩过，在不停的时候，敖炽曾很喜欢拖上满屋子的人一起玩这个，十分轻松简单。

可是，越是简单的陷阱，越不易防范。照这种玩法，到最后，我们九个人只能有一个幸存者。

"别当乌龟哦！"九厥笑嘻嘻地提醒我。

"我玩这个从来没输过。"我答他，眼睛却看着那发牌的男人。他也在看我，还说了一句："祝好运！"

这男人，跟之前那些美人荷官们完全不一样。

"失而复得，得而复失。树大招风，焉得清静。"——男人的出现，带着一种莫名的冲击力，不知勾动了我哪根神经，竟无端端想起之前那个算命老头给我看手相时说的鬼话。

失而复得得而复失这种事情，发生在赌桌上的概率不是最大的么！

我恍惚了两三秒，男人的牌已经发完了。

运气很好，手里的四张牌各成一对，不用后续工作，我已然是赢家。

不到十分钟，一轮结束，高大壮黑妇人捏着一张牌，尖叫。少了一只眼睛的她，空空的左眼眶只留一片灰黑，可是从刚才到现在没看出她有任何痛苦，仿佛那只少了的眼睛根本不是她的，她的全部注意力只在赌局与输赢。

"抱歉，您输了。"男人从盒子里取出事先抽出的牌，当众展示。黑妇人猛地站起来，愤怒地骂了句脏话，将手里的牌朝桌上一扔，转身就要走。

男人的手指轻轻一动，被黑妇人扔掉的扑克无声地从桌上弹起来，飞蛾般贴到黑妇人的后背上，须臾之间，这身高接近 180 厘米的壮实女人便从头到脚碎化成了一摊黑灰，唰的一下被吸进了那张扑克牌里，掉在了地上。

"愿赌服输。"男人打了个响指，薄薄的纸从半空中落到我们剩下的每个人面前，"这张支票，你们可以填上任意数额，任何银行都可以兑现。祝贺各位赢家。"

丽莎吓得呆坐在位置上，哭都不敢哭，她的父亲却没有多少胜利者的喜悦，那张支票被他潦草地塞到衣兜里，他完全不在意女儿的反应，充血的眼睛盯着男人："快！第二局！"

老黄虽然也有些害怕，但一直拉住老伴的手，不住安慰她："没事，很快就过去了！"

他的夫人虚弱地朝他笑了笑，拍了拍他青筋密布的老手。

最镇定的，当然还是英俊大叔跟变态九厥，九厥更是很不要脸地吻了吻支票，还对人说了声谢谢。

黑妇人还没死，那张牌里的"生命迹象"还存在，所有消失的人，应该都是被这种类似的术法给困住了。这些扑克本身就具备了封印的能力，能够让每张牌都有这么强的力量，始作俑者不容小觑。

这时，少了一只胳膊的日本人面色惨白，嘟囔着："够了够了，已经赢够了！我不玩了！"说罢抓起支票就跑。

一张扑克飞出去，他在后面微笑："比赛结束前，不接受退场。"

减员很厉害，现在只剩我们七个。

"第二局，开始。"他开始洗牌。

才发了一圈，老黄突然不对劲了，捂住脑袋，大声喊疼，整个人从椅子上跌了下去，身旁的九厥忙将他扶住，可就坐在他另一边的老伴，却只是看着他，没有任何惊惶，反

羽
蛇

而很释然。

很快，老黄的头痛又消失了，他像根本不知道之前发生了什么似的，坐回椅子上，茫然地看了看左右，说："开始！"

这一局的尾声，让人很纠结——只剩下丽莎父女，三张牌，女儿两张，父亲一张。

如果父亲抽中对牌，那丽莎就是最终输家。

从一个正常的逻辑去推论，遇到危险情况，父母通常都会本能地保证儿女的安全，可是，我现在却非常不安。

父亲的手指，在女儿的两张牌上犹豫不决。

丽莎泪汪汪的眼睛，十分无助地看着父亲。

"你说那家伙是在担心自己，还是女儿呢？"九厥凑过来，我们对这个父亲的期望都很低。

"反正我不想再有人出事。"我已经有了打算，大不了耍赖砸场子，反正钻石我也赢了，支票也有了。

这时，男人突然走到丽莎父亲身边，笑着对他耳语几句，又拍了拍他的肩膀，走开了。

见势不妙，我起身快步走到男人身边，将他往后一拽，低声问："你跟他说什么？"

他也不隐瞒，指了指沙漏，说："每一局都有时间限制，如果时间到了你们还没有结束比赛，所有人都会被判输。我觉得这次的参赛者都很有趣，所以想帮你们一把而已。"他绅士地拉下我的手，笑着在我耳边低语："我只是跟那位父亲说，左边那张是你的对牌。"

王八蛋！

我回头，那个当爹的居然真的捏住了左边那张牌，眼看就要抽出来。

管不了那么多，我一个箭步上去，一把抢走父女两人手里的牌跑开了去。可是，我马上就发现那男人说的是谎话，丽莎左边的那张牌根本不是他父亲的对牌。

这男人想干什么？

我把扑克撕个粉碎，对着一桌错愕的目光说："抱歉，这局没有输赢。还有，到此为止，该回的都回吧！"

男人只笑不语，没有任何行动。反而是老黄跟丽莎爸爸，一前一后扑过来，一个惊惶地跪到我面前拉住我："不能结束的！不能！我一定要到最后，要见到神！求你不要胡闹！"另一个干脆抄起一张凳子朝我砸过来，野兽般怒吼："你去死！"

九厥一拳把丽莎爸爸掀翻在地，甩甩手道："早警告过你别吓唬小孩跟妇女。"

老黄抱住我的腿不撒手："求你了，赌局必须继续！"

"为什么要继续？"我看着他鼻涕眼泪横飞的老脸。

"我要见神！伟大的……伟大的羽蛇神！只有最后的赢家才能见到他，只有他能帮我！"老黄歇斯底里了。

"你要他帮你什么？"

"我……"老黄像是被人敲了一棍，愣了，抱住我的手也骤然松了，"我要他帮我什么呢？"他用力敲自己的头，"是什么事呢？怎么想不起来？"

场面变得很混乱，丽莎吓得躲到了桌子下，黄老太还是端坐在椅子上，眼睛有点红，却连看也不看自己的丈夫一眼。英俊大叔就更像个局外人了，自顾自地玩着手里的牌。

"没有任何一个神会用这么邪祟残忍的方式来对待他的信徒！"我用力掐住老黄的肩膀，"从来没有什么羽蛇神！那只是当年那些绝望的人幻想出来的精神寄托！这里根本不是你们该来的地方！"

突然，男人的笑声响起来，伸出手掌，"吞"了两个人的两张扑克从地上飞起来，落到他指间："这里，当然是他们该来的地方。有可能，也是你们该来的地方。"

"这家狗屁酒店是你开的吧。"我撇下老黄，走到男人面前，灿烂一笑，"刚才一直缩着头在上面偷窥的，也是你。难怪这么喜欢跟客人玩乌龟牌。"

"你说是我开的，那就是我开的吧。"男人耸耸肩，"可是，世上不会有我这么英俊的乌龟。"

那副草菅人命却毫不在意的嘴脸，怎么看怎么想拿鞋底子扇上去，我收起笑容，倒映在他墨镜上的我的脸，冷得要结冰："你把酒店开成墓地，这个让我很介意。"

"酒店本来就是让人休息的地方，我为客人们提供永久的休息，并无不妥。"他围着我走了一圈，吸了吸鼻子，"啊，我好像闻到了妖怪生气的味道。"

离开这里！往上！

一个微弱的声音，没有钻进我的耳朵，而是直接撞进我的心里，只那么短短的一瞬，我甚至还来不及分辨是否是幻觉，便消失了。

这声音，不属于任何一个我熟悉的人。

"同行相忌呀，老板大人。"九厥走到男人身边，很贼地拿手指了指我，"咱们家老板娘也是开酒店的，不过规模小点。你生意做这么大，她会嫉妒得发疯的！大家不如坐下来交流一下经验？把您吸引客人的招数也传授给我们一点嘛。"

话音未落，从他故意放在男人身后的右手里，突然飞出一道白光，他朝旁一闪，一个雪白的袖珍瓷酒杯已然停到男人头顶，旋即变得巨大无比，口朝下地朝他猛盖而去，居然不费吹灰之力把这个家伙给罩在了里头，一层层光圈在杯身上由下而上循环移动，连个蚊子都飞不进去。

羽蛇

　　"我的专用酒杯之一，多少酒都装得下。"九厥上前，叮一声敲了敲那个大酒杯，"而且坚硬无比，滴酒不漏。只要老板娘有需要，我随时可以往里头灌水放蛇扔老鼠，要是里头的家伙还想乱来，灌硫酸也是可以的！拷打逼供第一利器，别浪费了！"

　　老黄跟丽莎父亲都瘫倒在地，老黄看着眼前一幕，呆呆地说："完了，见不到神了，见不到了。"丽莎跑到父亲身边，哭着往他怀里钻。黄老太还是坐着，咳嗽了好几声。

　　酒杯里传出毫不惊慌的笑声："我喜欢清醒的人，也最不喜欢清醒的人，要是世上都是清醒人，我的生意就做不好了。"

　　"生意？既然是同行，抢生意是免不了了。"我走到酒杯前，"休息，是为了走得更远，这是我的店的宗旨。既然是来抢生意，你所有的客人，我都要带走，全部。"

　　"你确定？"他问，"就算他们是死人，你也要带走么？"

　　我心下一震。

　　"当一个人把那么值钱的人生押到一张微不足道的扑克牌上时，他们已经死了。除了我这里，世上没有他们的立足地。"他如是道，"还有，你刚刚有一点是错的。"

　　"什么？"

　　"羽蛇神是存在的。"

　　"嗯？"

　　"我真希望你们从来没有到过这里。不过，来了，就别走了。"

　　一声巨响，九厥的法宝毫无征兆地裂成了两半，亮得要刺瞎人眼的光线从里头射出，强烈得要将四周都撕裂开一般，那种气势不是普通的神仙或是妖怪所拥有的，神仙们再是厉害，散发出的力量也不会有让人心惊的戾气，普通妖怪们更是不可能拥有这种毁灭性的巨大冲击力。

　　我真担心再往那些光芒里看一眼，我的眼睛会滴出血来。

　　可我又无法移开视线——一条通体泛着紫光的大蛇，展开一双雪白的羽翼，昂首而出，朝空中疾速飞去。

　　狂暴的气流从四面袭来，赌桌、椅子、人，所有一切，包括四面的墙壁，都被扭到一起，在龙卷风般的风暴中心里翻滚，根本由不得你控制。

　　这家伙显然不是神，可是为什么都露了真身，我还是没有感应到多少妖气？难道他本身的妖气被什么东西给压制着，所以未得完全释放？

　　我的眼前一片混乱，世界像被切碎了扔进搅拌机的肉块，时不时有硬物撞到我身上，很疼。

　　等到一切稍许平息，扭曲的景象渐渐散开时，我一直悬空的身体仿佛被压上了一个秤砣，咚的一下坠进了冰凉的水里，带着怪味道的水顿时灌进我的眼耳口鼻。

◉ 尾声 ◉

我拼命睁开眼，却不见任何人，什么赌场什么酒店全都化为泡影，我落在不知名的水域里，我挣扎，却浮不起来，甚至连翻个身都不行，只能眼睁睁地任自己脸朝下地沉没，被一只看不见的手死死拽着。

眼睛被水流撞得很疼，依稀看见，水下很深的地方，一片片起伏不定，错落有致的轮廓，嵌着一点细微的光，越来越近。

胸口越来越闷，灌进去的水不但让我恶心，还很伤心。真是见鬼啊，呛水只能呛出惊惶，怎么可能越呛越悲伤。

咦，那些是什么？从水底游上来的，一条一条，带着翅膀的半透明玩意儿。我努力睁开眼，发现它们已经到了我身边，约好了似的将我围了起来。

它们是那只怪物吗？看起来很像，只是小了点，颜色透明了点，不对，它们的脑袋上怎么长了个女人的脸，晃来晃去看不清楚。

"裟椤啊，你来找敖炽呀。"

尖厉的声音，像足了电视剧里典型的三姑六婆，每个字都拿腔作势，刺人耳膜，像人类的声音又不是很像。

废话，不然你真以为我来度假赌钱吗！我的心情不自禁地回答。

"敖炽他没了啊！"

嗯？

"你以为他不会死的，对吧？可是他死了呀。他连你最后一面都没见到呀。"

什么?!

我伸手去抓那些讨厌的小怪物，可是怎么也够不到它们。

它们越说越来劲——

"他没赌赢啊，他输了啊！死掉了啊！"

"你们终于是结婚了，那又怎样啊！你找回了他，那又怎样呀！你们只有这两年的缘分呀！"

"不停的老板娘有什么了不起，你到最后也只是一无所有。子淼不要你，敖炽也不要你，没有人需要你。"

"失而复得，得而复失。你永远失去他啦！嘻嘻嘻嘻。"

羽
蛇

去你大爷的乌鸦嘴！我想骂可又张不开口。

越想骂那些怪物，我就越伤心，越是觉得，它们说的可能是真的……

我突然明白我为什么要伤心了。

失而复得，得而复失……

得而复失——原来说的是敖炽。

头疼，心疼，身体每个地方都在疼，连挣扎都挣扎不动了。

讨厌的小怪物还在我身边不断嘲弄，聒噪，数量好像还越来越多。

我的世界末日，提前到了？

砰！

就在我浑浑噩噩意识将失的时候，一串强劲的气泡从某个方向冲了过来。力量之大，竟把那些小怪物都给冲得翻滚着散开了去，四分五裂，把我都给震清醒了。

巨大的影子，在昏暗的水中划出一个完美而巨大的弧形，朝我呼啸而来。

一直沉重的身子，变得轻松了，身下，有个大家伙将我整个驮了起来。

筋疲力尽的我像只蛤蟆似的趴在那里，完全看不清这家伙的真容，手掌下，只摸到冰凉而巨大的鳞甲，这触感真是熟悉，好像是——

龙?!

把一件事往坏处想，这件事往往就会越来越坏。

第十一章／地城

◉ 楔子 ◉

这么大的风雨，也遮不住草庐下两个婴孩此起彼伏的哭声。

刻着"山神"二字的石像，早就断成了两截，山神老爷的半截身子无奈地歪栽在泥地中，上头长满了青幽幽的草。连自己都保佑不了。

荒山里不来人的，连樵夫都不来，他们说太多豺狼虎豹，山精鬼魅，一遇下雨，山洪倾泻，经过的活物连个渣都不会剩。

一身素服的年轻男人，从雪白的骏马上跃下，在潦草搭起的草庐被狂风吹垮前，从里头抱出两个襁褓中的小儿。

怀里，两张苹果似的小脸涨得通红，粉嫩的小拳头拼命攥着，眼泪决了堤似的。这样的动静，连白马都扭过头来打量。雨水也像是受了他们的感染，越下越大。

男人将一个婴儿背在背上，另一个抱在怀中，跃身上马，往草庐后的乱石堆看了一眼，策马离去。

白马快得似一阵风，跟它的主人一样，浑身没有一丁点地方沾上雨水。这漫天风雨，像老鼠见了猫，纷纷避开，不敢冒犯。

直到化成白影的马儿消失在山路尽头，乱石堆后才传来一阵衣裙的窸窣之声——年轻的女子背靠着石堆，缓缓坐下，一手捂住自己的嘴，强忍着不要哭出来，粗鄙的荆钗布裙，跟寻常村妇没有区别。只是那张脸，纵然脂粉不施，仍叫人舍不得挪开目光。

时间被雨水切割成茫然的碎片，让人感觉不到它的存在。一直到暮色降临，她才站起身，擦净脸上的眼泪，深吸了口气，将那黯然悲恸的神色一把抹去，换上一片浅浅的笑容，将纤瘦的身躯挺直，缓步隐入密林。

远方，白马在无人的崎岖之路上飞奔，渐渐地，四蹄离了地面，迎着狂风骤雨，冲进了最高的天空，化作一条健硕的独角白龙，驮着一大两小的三个人，朝东而去。

一 ❧

我这辈子都没喝过这么多水。还好没怪味，没把肠子肚子都吐出来。

从睁开眼到现在，神思还有点飘忽，唯一看清的，是一只在眼前晃来晃去的手掌。

"几？报个数！"九厥的嗓门钻进耳朵。

打开他的手，我坐起来，定定神："你就不能做点有意义的事么？"

"给你人工呼吸还不算有意义？"九厥拈起自己湿漉漉乱糟糟，像扣上一只蓝色水母一样的头发，"对自己的发型弃之不顾，一心只顾抢救你的人，是我！"

我立刻用力擦了擦嘴唇："今天要多刷几遍牙了。"

"能忘恩负义，说明你没问题了。"九厥转过身对站在我们旁边的高大背影道，"谢了，老兄。"

被致谢的，是一直看我不顺眼的英俊大叔。

"谢他干吗？"我脱口而出。

"给你人工呼吸前，人家先给你吃了粒救心丸。"九厥又扭头对大叔道，"是救心丸哈？"

大叔连头都懒得转，横抱着手臂，欣赏风景似的眺望前方。

我越来越清晰的目光越过大叔，扩散到前后左右——赌场已经不见了，虽然我最后的记忆，只是一片深水，但现在呈现在我眼前的，是一片高低起伏，广袤无际的土地，各种见所未见的植物覆满黑褐色的土地，一条明显由人工铺就的石板路，嵌在葱郁的植被之中，蜿蜒向前，尽头模糊。此刻，我们身在一块低矮的山坡上，脚下是几堆乱石与密集厚实的藓草，我浑身湿透，却不觉得冷，顶上洒下来的光芒，像调得刚刚好的暖气，舒适地烘烤着所有的落汤鸡。抬起头，一片缓慢流动的橘红天空，不见太阳，没有云，没有风，但偏偏明亮照人，看得再久也不觉刺眼。

白驹摇摇晃晃飞到我面前，边抖水边说："这里挺温暖，春光三月的感觉。"他顿了顿，"所以，可疑。"

我的手指从被晒得暖暖的皮肤上抚过——确实是无比舒服的温度与环境，置身其中，很容易联想起大棚蔬菜，绝对圈禁，但远离风雨。

粗看上去，暖光、植物、湿润的土地。很好，挑不出毛病。但是，如白驹所说，挑不出毛病，反而可疑。

"这里不是地面上。"我抬头看"天","赌场消失后，我们落了水，我清楚记得我被一股力量不断往水下拖，那片水深得没有底。"

"表面看，我们应该是在距离地面九十九层高的赌场，它被翅膀大蛇搞消失了，于是我们坠到水里。"白驹停在我的肩膀上，"可如果真是这样，以这样的距离入水，不用法术护身的话，咱们所有人不摔死也残了。问题是，你们谁感到了'距离'？"

距离？白驹点醒了我。当时进了电梯，因为楼层指示灯的暗示，所有人都以为是在往上走。现在回想，当时在电梯里，根本没有任何电梯在上升的感觉，只是我们"觉得"它在上升。至于"水"，我地理知识不好，但也知道除了地表上的江河湖海，地表之下，还有无数不为人知的地下水域。唯一能解释的是，天顶酒店根本就是某个地下水域的入口，那架电梯不是把乘客送到"上面"，而是"水下"！

那座赌场，是由一种神奇力量建立在水中的，足以蒙蔽众人视听的空间。可这个空间不是幻境，是百分百真实的存在，就是这一点，让我这样的老妖怪也惊讶。术法中确实有一门"造空之术"，可以借由法术无中生有，小到空地变房舍，大到平川生高山，都可以办到，不论是神仙妖怪，只要具备了这样的技能，就能利用它为自己提供益处。

不过，不管这个水下赌场是谁建成，此人都不是能随便解决掉的小货色。

还有那个奇怪的声音，让我"往上"，是谁在说话？

零散的记忆慢慢组合起来，落水之后……龙？对！我看到一条龙的影子，还被它给救了。

"我看到龙了！"我突然转过身，"落水之后，一条龙把我驮住，还帮我驱散了那些闹腾我的小妖怪！你们也在水里，看到那条大龙了么？"

九厥摸摸我的额头："你呛糊涂了，以为看到敖炽了。"

"那个不是敖炽。"我坚决否认，"是一条龙。我摸到了它的鳞甲。"我停住，看着在场的每个人，问了个早就该问的问题，"我们是怎么到这里的？"

九厥耸肩："不知道。反正我醒来就在这里，你是我们之中最后一个醒的。"

我突然想起了那些"赌友"，忙问，"黄老头跟丽莎他们呢？"

九厥朝英俊大叔的方向指了指。

我快步过去一看，乱石的另一边，瑟瑟发抖的老黄缩成一团，抱着膝盖靠在石前，目光呆滞。他的妻子挽着他的手臂，时不时看他一眼，夫妻之间再不见当时的亲密。至于最不讨人喜欢的丽莎爸爸，被人用藤蔓绑住手脚，歪倒在地上，血红的眼睛愤怒地瞪着任何看他的人。

丽莎呢？

"小女孩儿要么被水流卷到别处，要么就是在大家醒来之前跑掉了。"大叔一脸的事不关己，"我讨厌人乱跑乱叫，在他冷静下来之前，绑起来最方便。你还有什么想问的？"

"没有。"我吸口气，站起来道，"我们十之八九在地下某处，不清楚离地面多远，危险概率无法估算，现在还丢了一个孩子。"

"你不是妖怪嘛，飞上去就是了。"大叔指了指天上。

咦，身份被识破了？

"别多此一举了。"九厥朝我撇撇嘴，"一飞到那片橘色'天空'下，就会被看不见的苍蝇拍，吧唧一下拍下来。"

看到九厥衣裳上的泥土，再看那片明媚"天空"，我不信邪地朝上一蹿——好吧，九厥是对的。

我作为一只妖怪的所有能力，只到这片天空为止，无法再往上了，不管花多少力气，我也无法穿过那些流动的橘色，明明只是纱一样薄的玩意儿。

落回地上，我明白了——被隔离了。就算知道只有"往上"才有出路，就算知道出路就在一层之隔的地方，就算此刻我们身强力壮，也无法突破。而且，越是接近这片天空，温度越低，充满令人汗毛乍立的，死亡的冰冷。

这压根不是天空，是力量极怪异强大的防御结界。

果然变成被禁锢的大棚蔬菜了。

"你们都飞不起来，我就更不用说了。"白驹自觉飞回我的裤兜里，"不过留在这里肯定不行，往前走吧，必有别的出路。"

"你觉得他们还走得动？"对于一把会说话的扇子，大叔一点惊讶之情也无，看了孱弱无比的老黄两口子一眼，"没用的人，扔掉最好。"

"背着走！"我横了他一眼，"这里每个人，都不是没用的废品。"

大叔冷笑一声。

二

宽敞得过分的房间里，他盘坐于蒲团之上，闭目养神许久，身下的蛇尾才渐渐化为双脚。

眼前的窗户，正对着一片触手可及的天空，明媚的橘色里，不知从何时开始，若有若无地透起了一缕又一缕的黑气。

门外，绿腰小心翼翼地说："神君，那群人已往神殿方向而来，要不要派人将他们……"

地城

327

"上面的天气如何了？"他问。

"回神君，各地密使传回消息，雨量仍在不断增加，且增长速度比之前快了许多。除此之外，其他灾难也开始发生，地震、海啸、传染病。另外，4E 的产品们按照我们的计划，出没各地，分工合作，一切如常。"

"好极了！"他如释重负："已经足够了，比预期的快太多了。绿腰，你去酒池那边照应，将剩下的所有末途都送去灵井，一瓶都不要留下。"

"神君，末途酒酿造不易，看情况，我们的计划已经成功。何须再浪费？"绿腰很是心疼的模样，"不如将其全部给'源'饮用，这样对地城里的弟兄们岂不是更好？"

"用在他们身上，才叫作浪费。照我说的做！"他淡淡道。

"属下明白了。"绿腰一愣，皱了皱眉，旋即又恢复常色，跪下道，"至今没能找到敖炽下落，请神君责罚。"

"由他去吧。我突然对他没有兴趣了。"

"啊？"绿腰一愣，"那，那几个闯入地城的赌徒怎么处置？"

"也由他们去吧。好不容易来一趟，让'源'陪他们玩玩也好。"他笑，"反正，此时此刻，'上面的世界'已经与他们无关了，他们应该感谢我赐予他们这么好的避难所。"

他话未说完，突然脸色一沉，一把掐住了自己的咽喉，双目顿时失去光彩，仿若涂蜡，喉头处，一团灰白的东西在皮肉下蹿动，挣扎，还浸出一团团墨汁似的黑光，一闪即逝。

他身子一歪，倒在地上，连呼吸都没有了似的。

"神君！神君?！"绿腰在外听到了动静，又不敢擅自入内，大喊起来。

十几秒后，他的眼睛猛地睁开，一下子坐起来，听到绿腰的声音，若无其事地吩咐："我累了，要休息片刻。你退下。"

说完，他站起来朝卧榻而去，咳嗽了两声，摸了摸喉咙。

这些日子，好像喉咙总是会痒痒，难道自己也会感冒么。好大的笑话，堂堂的羽蛇神也会感冒?！

他躺到床上，闭上眼睛，根本不记得刚刚自己曾晕倒过。

事实上，好多事情他都不再记得，那些模糊的人脸，遥远的笑声，偶尔从梦里飘过罢了。

泽，过来。

泽，你很出色。

小语，你叫小语？怎么你一点都不害怕呢？

小语，为什么要这样……

泽……谁是泽？小语又是谁？反反复复地喊，让人心烦意乱。

他用力摁住心口，脸上片刻的疑惑化成习惯性的冷笑，谁是谁有什么要紧，反正，很快就要出去了，等了这么多年！

三 🍃

我发誓一定要搞到大叔的真实姓名生辰八字，出去之后天天扎他小人，扎完正面扎反面！

"姑娘，累了就放下我。没关系的。"黄老太气息微弱地对我说。

这是她主动跟我讲的第一句话，看来也是个体贴人，比那些身强力壮却不肯援手的男人强太多。

斜前方，九厥背着神智涣散的老黄，边走边叨叨："这老头看起来瘦，背上来死沉死沉的。喂！前头的那个，咱们轮班行不？"

一手扯着藤蔓，牵自家宠物似的将丽莎爸爸拉着前行的大叔，悠然摆手："休想。你们自己要背包袱，关我什么事？"

那语气，那表情，真要把妖怪也气死！

要不是我忘记了把树叶变成汽车的咒语，我一定器宇轩昂地开着车从那厮身上碾过去！无奈太久不用这类法术，别说变个汽车，驴车我都变不出来。试了半天，采了树叶来变，从游泳圈变到鸡毛掸子，最后好歹是变出了一个超市的大号手推车，把黄老太放了进去。

下了山坡，走上那条石板路，这条路比我们想象的更长，在广袤的植被里起起伏伏，左右看去，是一片片密集度越来越高的绿色，一些形状特别的蕨类植物时不时吸引着我的目光。

"你也注意到了？"九厥也看着一株几尺高的植物。

"这些植物都不是'上面'有的。"我朝其中一株两侧叶片呈羽状排列的植物努努嘴，"像大羽羊齿，灭绝的史前植物。"

"果然是树妖啊，对本家这么了解。"九厥目光一闪，旁边的枝叶突然晃动几下，几只从未见过的，似袋鼠却又长了个长鼻子的小兽举着短小的前爪，偷偷摸摸地瞪了我们一眼，转眼就跳进花叶深处。远远的，传来几声非老虎非狮子，但一定是某种大型生物所发出的吼声。反正我第一个联想到的，就是恐龙，还是霸王龙——心里顿时冒出了一个很疯狂的想法。

"传说地球的中心，还有另一个微缩的地球。它隐蔽地藏在千山万水之下，曾有无数人试图从两极或更多地方开凿通道，就是为了找到这个小地球。在这里，有媲美太阳能的天然能源，气候稳定，足以提供令万物生长，存活的条件。许多在地表早已灭绝的动植物，在这里得以幸存。"大叔随手扯了一朵野花在手里。

"荒谬！"我不是不赞成他的想法，我就是不想跟他好好说话，这种发自内心的讨厌的感觉，似乎在很多年前也有过。

"你已经相信这里是传说中的地心世界了。"他回头朝我一笑，"大羽羊齿。看起来你也不是那么没文化。"

"喂！"九厥的脸变得很臭，"我也看过《地心历险记》的！这里要真是地心，想要离开会很麻烦，九死一生。"

"可能比电影里麻烦更多，基本十死无生。"大叔在他的玻璃心上又狠狠踩了一脚，抬头看那片颜色比刚才深了些的天空，"这个地方，似乎没打算让人活着离开。"

我看到黄老太抓住车边的手明显抖了一下。

"未必，有进自有出。"我看着大叔高傲无情的后脑勺，"你不是为了赌博才来的。目的？"

"你是什么目的，可能我就是什么目的。"大叔敷衍我，用力扯了扯藤蔓，朝丽莎爸爸呵斥了一声，"走快点！卖女儿的时候动作倒挺快。"

丽莎爸爸一个趔趄摔在地上，膝盖也磕破了，大叔毫不怜悯，拎住衣领将他提起来，逼他继续走。

对于污染了"父母"这个称谓的人，吃点皮肉之苦不算什么，我不同情。倒是黄老太，老眼昏花地看着丽莎爸爸，叹口气："不是穷途末路，谁会来这个魔鬼之地？也别太难为他了。"

魔鬼之地……一张张扑克牌从眼前闪过，羽蛇神与4E的标记从上头跃出来，交缠在一起。别乱，别乱，我安抚自己。当务之急，找出路，找丽莎，把这些无辜的人类送至安全地方。至于敖炽，我暂时封闭了对他的一切惦记。因为只要一想到他，耳朵里就会响起水里那帮小妖怪不怀好意的聒噪。

东海的龙，哪有那么容易被干掉！

我吸口气，加快步伐。再看九厥，这厮居然跟捡到宝似的，沿途采摘了不少鸽子蛋大小的青色果实，外套上的全部衣兜都被塞得满满。问他拿这些果子干吗，他说这是上面再见不到的好东西，拿它们酿酒，自有想不到的妙处。真是个乐观的家伙，这样的时候还想着他的酒。

"喂。"我喊了九厥一声。

"怎么？"他放慢脚步与我并行。

"抱歉，把你拖进来。"我是真心的歉意，每次有大麻烦的时候，他都因为我的缘故身陷其中。

"你说啥？没听到。快走吧！要不是来这里，我这辈子也找不到这样好的宝贝！"他嘻嘻一笑，拿一个果子在我眼前晃了晃。

有人说，朋友就是，打完架还能坐在一起吃火锅的人，没有记恨，没有抱怨，只有一只在你落难时，永远不逃开的手。

我想我以后应该对九厥好一点，如果能活着离开的话。以后他来不停白吃白喝，我都不骂他了。

路变得越来越难走，两边的植物越来越高，越来越密，有一些更是横过路来缠绕在一起，最后，我们只得不停砍断那些长着尖刺的枝干，清理出道路才能前行。手推车是不能用了，所幸黄老太很轻，背着还不算太吃力。

"姑娘啊。"她突然在我耳畔喃喃。

"咋？饿了？"其实是我饿了，折腾到现在，粒米未进，"坚持一下吧，等走过这段路就去觅食。"

老太太从脖子上解下一条绳子，上头挂着一把普通的钥匙，然后对我附耳说了几句。

我愣了愣，看看九厥背上的老黄，没答话。

"谢谢了，姑娘。"老太太把钥匙慎重地挂在了我脖子上。很轻的玩意儿，偏偏又有沉甸甸的分量，压在心上。

此时，眼前豁然一亮，这个"亮"跟光线并没有关系，而是一种突然的视觉转换与冲击—— 一座足有百米高的玛雅金字塔似的建筑"砸"在前头，它周围的地面上，不计其数的奇花异草相互簇拥，密集到根本看不见那些花叶草丛之中是怎样的光景。

"那些白色的是……"我放下黄老太，从这条路的末端，到那建筑最外端的植物之间，大概还有七八米的距离，凹陷下去，很像人工挖掘的沟壑，不深，一尺多，但整条沟的颜色很奇特，白色的，跟四周很不搭调。不知道这条白色的"沟"有多长，说不定像赤道一样绕了这片巨大的建筑群一圈。

大叔俯身从沟里拈了一点点白色的土，搓了搓，说："盐。"

我上前，也抓了一些白土查看，确实是盐。

"有些地方，盐被当成防止并驱赶邪灵的圣物。"九厥把老黄放到黄老太身边，走上来细细看着这条盐沟，"看起来，是有人用盐来当防御工事，不想让某些东西从另一

地城

331

边的丛林里跑过来。"

"心理安慰而已。盐最大的用处只有炒菜。"大叔望着前方的金字塔，那层层叠叠的灰黑色的石块，透着被时间风蚀的气息，橘色暖光的衬托，只能显得它更晦涩灰暗而已。

九厥想了想："我过去那边看看。你们在这里稍事休息，找点能吃的东西，饿死了。"

"你要留心，丛林里太多危险，搞不好你自己反成了食物。"大叔眺望前方，"遇到危险，要么自救，要么自尽，别指望他人。"

"啧啧，这话你跟我说说就好，要是你有孩子，可不能这么教育他们。"九厥不以为然，依然嬉皮笑脸，"自救是必需的，但你只要不是恶贯满盈，也不妨期待一下外援。家人朋友，不是说说就算了的东西。"

"我跟你一起去。"我走到九厥前头，又回头看大叔一眼，"想教育孩子，也得有孩子给他教育才行呢。这种冷血家伙，哪个女人会看上他。"

"不送。死之前记得大叫一声，省得我往那个方向去。"大叔笑着朝我们摆摆手。

我忍住一肚子火，抬腿就要往沟那边走。

嗖！

一个不明物体擦着我的腿飞出去，噌一下扎在前头一株半人高的植物上——一支锋利的箭，箭头是磨得十分光滑的石头。

不等回头，又是一支，目标是正要迈腿的九厥，擦着耳朵飞过去，断了他几根头发。

身后的某个地方，密集的草叶一阵乱摇，有东西借着天然的掩护，朝跟我们相反的方向逃去。

"看好他们。"

九厥闪身朝那边追去，不过，大叔的速度比他更快。两个人一前一后追进了密集的植物中，我将老黄夫妇护在身后，并扯住藤蔓控制丽莎爸爸，这家伙照例拿一双仇恨的眼睛瞪着我，然后竟拍起掌来，怪腔怪调地喊：杀掉！都杀掉！哈哈哈！"

我厌恶地看了他一眼，却在半秒之间发现这男人的身影扯动了一下，就像信号突然出了问题的电视画面，但转眼又正常了。我用力眨了眨眼，没有异常。

"老板娘，这男人不妥。"白驹爬出来，立在我肩膀上小声说，"我感觉到，他在变'暗'。"

"什么意思？"

"你是妖怪，对妖怪很熟，但是对人类的生命就未必有我敏感了。"白驹认真说道，"以我几百年资深死灵的经验，这个男人的生命正在以一种奇怪的方式消退着。怎么说呢，虽然他活生生的在我们面前，但我感觉，这个生命，没有根基。简单说，就像灯与电源的关系，正常的生命，本身就是电源，放光发热不在话下。但他却只是一盏灯，依附于电源，一旦电源出了问题，他也会有问题。你明白我的意思？"

"刚刚看到他'闪'了一下。"我基本明白，但这种现象我从未遇到过。

"这种生命形式非常罕见，不知这家伙的'电源'在哪里。"白驹谨慎地提醒，"你要时刻留心。"

正说着，一道紫光从我眼前闪过，不远处的一片植物激烈地摇晃起来，隐隐传来一声惊恐的低吼。

四 ❧

十三四岁的少年坐在地上，印第安人般的五官，身上缠着破损的兽皮，巧克力色的脸上涂得花里胡哨，不仔细些，连眉毛眼睛在哪儿都看不见，很是营养不良的样子，两颊都凹陷了。就算箭已经被没收，他还是瞪大又圆又黑的眼睛，拿空空的弓对着我们，看起来这是唯一能让他安心的东西。

"为什么要杀我们？"对于一个孩子，我尽量让语气不那么严厉，"你是什么人？住在这里的？"

少年的眼睛明亮干净，虽然拿着武器，却没有一丝戾气。反而是站在旁边的大叔，虽然手无寸铁，面无表情，却是十足的杀气侧漏，藏都藏不住。

这个男人，一身捉摸不透的凶悍。

"不能过去盐沟那边！"少年焦躁地瞪着我，抓着弓箭的手松开一只，指着前面的建筑，使劲摇。

幸好我是妖怪，人类的任何语言，只要稍微静心去听，都能听得懂，并且也能让对方明白我在说什么。

"为什么不能？"我突然意识到他刚才可能不是要杀我们，而是阻止我们越过盐沟。

"吃人的怪物，越来越多。奶奶说盐能防止它们过界作恶，所以我们才在这里挖下盐沟。"少年急急道。

"那里有什么怪物？"

"嘘！"少年捂住我的嘴，盐沟那边的丛林里，几棵高大的植物异常地摇动起来，但很快又恢复了平静。

"你们跟我来！"少年打量了我们一眼，放下了手。

地城

333

眼前这个只剩残垣断壁，一片萧索的地方，就是少年的，家？！

处处破败，屋子已经不是屋子，烂成了一堆堆石头与荒草，只有一间还剩大半个屋顶，勉强能遮风挡雨。看这里的情景，跟历史资料上描述的古玛雅人住地颇为相似。

跟着少年进了那间破屋，看到水壶与碗盘，还有些简单的工具，整齐地放在角落。我注意到墙壁上到处都画着一个螺旋状的圆形符号。

一些看起来都已经变质的玉米饼被送到我们面前，少年说："饿了就吃这个。水壶里有水。"

大叔拿起一个饼，闻了闻，扔到一旁，闷声不吭地去了屋外。很快他就回来了，手上多了一只小野猪似的动物，甩到我们面前："把这个拿去烤了。那些饼子是人吃的吗！"

"你怎么抓到它的？"少年十分惊讶，"以前村子里最勇猛的猎人也抓不到这种东西，它是这里跑得最快的动物了！"

"你管我怎么抓到的，赶紧弄来吃！"大叔不耐烦地回答。

连我都惊奇于大叔这一去一回的速度，还有，他居然也能跟少年交流。

少年十分欢喜地跑出去处理猎物了。

不多时，猎物变成了在篝火下吱吱冒油的喷香烤肉。

少年叫帕卡尔，他说这在当地话里是盾牌的意思，奶奶给他起的。

"你屋子里那些圆圈符号有什么特别的意思？"我一边大嚼烤肉一边问。

"每当家中有人远行，家人都会在屋里画上这个，是能保佑亲人平安回来的护家神符。"帕卡尔说。

所有人面面相觑，看这里的光景，显然这神符没有什么作用。

"怎么到现在都只看到你一个人？"九厥问，"你们村其他人呢？去打猎了？"

"已经没有人了。"火焰在帕卡尔的眼睛里跳动，"他们都没有回来。"他看着我们，"你们又是从哪里来的？看起来跟我们很不一样。"

"我们从天上掉下来的。"大叔皱眉道，"整个村子的人都死光了？"

"只是没回来。"帕卡尔攥紧拳头，"未必死了。"

啪啪作响的柴火中，帕卡尔沉默了许久，向我们讲出了在这里发生的一切——

他的祖辈都是一出生就在这里。但几千年前，祖辈们的祖辈，也是生活在"上面"的。因为一场灾祸，幸存者们跟随伟大的羽蛇神迁移到了温暖光明的"地城"。在那之后，怀抱着对羽蛇神的敬畏与感激，大家在地城中安居乐业，代代延续下来。神一直保护并照顾着他们，驱除猛兽，开垦荒地。没人想再回去，这个世界，是比地面好上千百倍的天堂。

可是，这样的好日子，在三十年前结束了。地城的中心，那座为了纪念羽蛇神功绩而修起，同时也作为神在地城的宫殿的金字塔附近，出现了神秘的怪物。无人能形容出那究竟是什么。它们无声无息地吞食这里的动物，包括人类。

因为靠近神殿的土地最肥沃，所以他们的耕地与狩猎都在那个范围以内，失踪者一去不回，活不见人死不见尸。然后便开始了恶性循环，失踪的人，必然引去更多寻找的人，这些人，也没有回来。不死心，又去找，再失踪。仿佛一条恶毒的绳子将人们串联捆绑起来，挨个拖入地狱。

悲伤之极的他们向羽蛇神祈祷，又在神殿之外挖下盐沟，一来警醒幸存者不可以再到那边去，二来希望盐沟能阻止恶魔的侵犯。

可是毫无用处，失踪的人仍在继续。大家只好远离神殿，在盐沟之外小心翼翼地生活，才算暂时告别了噩梦。可是，最近几年，幸存下来的村民们，身体变得越来越不好，无端端地患上怪病，什么草药都没有用，年纪大身体弱的人，很快就死去了，年轻些的，拖的时间长一些，可也难逃一死，每个人死去时，眉心处都像碳一样黑。后来，有人说在神殿附近，有一种可以治百病的药花，或许可以制止这场怪病。于是，剩下的部分青壮年冒险去了那边，但是，又没有回来。

死神以各种方法，将整个村子屠杀到只剩下十几人。

就在前不久，帕卡尔的父亲，带着剩下的所有人，包括帕卡尔在内，抱着孤注一掷的决心，往神殿那边去，一来希望找到治病的药花，二来希望找到失踪的人。可是，进入盐沟内的丛林不久，怪事便发生了，结队而行的他们，走着走着，就有人突然被拖入丛林深处，根本看不清是什么东西干的。很快，慌乱中的人失散了，落单的帕卡尔喊着父亲的名字，忽然，他听到父亲也在喊他的名字，循着声音而去，没见到父亲，却看到一支又长又细又软的，绿色的"手"从那些花草中的缝隙里钻出朝他扑来。

他吓得一屁股坐在了地上，眼看就要被抓住时，父亲从旁边追了出来，将他朝后一推，自己却被那绿手缠住身子飞速拖走了。

"快回去！快！"父亲最后的声音，从丛林深处传来，然后，再无动静。

帕卡尔连滚带爬地逃了出来，成了唯一的幸存者。

"你打算继续你父辈们愚蠢又无意义的行为，去那边找他们么？"大叔淡淡问道。

"不是愚蠢又无意义的行为。"帕卡尔的脸被火光烘得发红，一字一句道，"那份对亲人的归来充满渴望，甚至可以不惜一切的心情，你体会不来。"

地城

335

大叔没说话。

我听到有人在轻轻啜泣，回头，黄老太擦着发红的眼睛，越来越痴呆的老黄斜躺在她的腿上，脸上沾了一滴亮晶晶的眼泪。

"嘿嘿，有魔鬼！有魔鬼！"丽莎爸爸的脸贴着背后的大石，一串口水流出来，诡异地笑。

"从没有人离开这里，去'外面'？"我还是不死心，"这里除了你们的村民，还有别人么？"

"这里连个虫子都跑不出去。能够来去自如的，只有羽蛇神。"帕卡尔摇头，"除了你们，我也没有见过别人了。只是听大人们说，曾在神殿那边见过许多穿黑衣服的人，神出鬼没。"

"你见过羽蛇神？""没见过。但奶奶说她见过，说那是个全身都闪着光芒的，善良的神。"帕卡尔垂下眼皮，"如果真的是神，为什么不再庇佑我们？"

听上去，在羽蛇神出现的长长的时间里，本来是不错的，坏就坏在三十年前，是什么突发情况，改变了一个还算称职的"神"？而且我记得，白驹讲的那个发财又失踪的年轻男人的故事时，也说过天顶酒店的名声，是在近几十年响起来的。

羽蛇神，天顶酒店，地城，失踪的人……是什么把这些匪夷所思的点给串起来的呢？！

4E……我又想到了它。

细细回想往日，这个名字其实早已如鬼魅一般出现在别人的故事里，但现在看来，并不仅仅是"别人"的故事——它将我也拖入其中。

六 ❧

"你确定要跟我们一起去？"

盐沟外，我认真地问全副武装的帕卡尔。我们吃饱喝足之后的决定是，往神殿那边走，如果有出路，一定是在那里。

"当时如果不是因为遇到了你们，我已经去了。"少年蹲下来，在湿润的土上画了一道神符，"我会回来的。我不想再生活在无休止的等待与绝望之中，一定要做一点什么！"

"如果……"我试着问，"他们已经不在了呢？"

"我也要回来。"帕卡尔吸了吸鼻子，"把房子修好，认真种地。"

"好。"我拍拍他的肩膀，"那我们来交换一个保证。"

帕卡尔不解地看着我。

"你保证,回来之后好好活着,把你的家重新建起来。"我摸着他的脑袋,"我保证,把你能带回来的,你所有的家人,平安带回!"

"好!"他朝我一笑,旋即剧烈咳嗽起来。

我赶紧拍他的后背。

身为妖怪,我看出这个人类孩子的体内,妖毒弥漫。他跟他那些无故病死的亲人一样,不是因为得了传染病,而是因为吸收了妖气。对人类身体而言,妖气在体内储存太久,就会转为妖毒,视各人身体素质好坏,决定生命的长短。帕卡尔因为年轻,生命力强,情况还不算太严重,只要及时找到发出这种妖气的元凶,除掉之后,帕卡尔自然不药而愈。

"你现在还相信你的'神'么?"我问渐渐平复下来的帕卡尔。

"是神创造了这个世界。"帕卡尔回答。

"创造一个世界,并且比谁都要爱它,这才是神。"我摸摸他的脑袋,背起黄老太,"走吧。"

盐沟内的地形比外头复杂得多,根本就没有路,到处是巨大的树木与怪异的花草,稍不留心就会被藏在里头的荆棘划伤。沿途还有一些小水塘,里头泥多于水,咕噜噜冒着泡。

我们沿途注意着每个角落,查看有无失踪者的线索。可惜,一无所获。

"你们有没有觉得哪里不妥?"我看着那些跟我擦肩而过的植物,每一株都长得十分好,茎肥叶壮的,开出来的花也特别大,特别鲜艳。

"有。"九厥擦了擦额头上的汗,老黄趴在他肩头睡得特别香,"这里只有植物,没有动物,连个蚊子都没有。"

"小心些。"帕卡尔紧握着砍刀。

"我们是要往哪里走呢?"黄老太问我,"姑娘,要是路太远,不如放下我。你这样背个包袱,走不快的。"

"去神殿。如果有出路,必然在那里。放心,您身材不错,背起来不累。"我安抚道,"要放下你,也得出去之后。这里不是你该留下的地方。"

"你这姑娘……"黄老太叹息,"好好的,你来那酒店做什么?那地方,不是你该来的呀!"

她话里有话,我故意道:"那该是什么人来的?一座酒店而已。"

"走投无路的人。"

"关于那座酒店,你知道些什么?你们夫妇为什么又会来这里?"

黄老太沉默了片刻,问:"想听老太婆说个故事吗?"

"好啊，我最喜欢听故事。不过以前都是坐着听，这次背着听。"我笑道。

黄老太的故事，前半段是平常甚至乏味的，一对普通的男女，相恋结婚生子，男的开了一间小杂货铺，女的相夫教子，平平安安地养大了儿子。儿子也算争气，大学考上了名校，可是，在父母还没从极度的喜悦中跳出来时，儿子拿了学费，没有去大学，而是跟朋友跑到另一座城市做生意。父亲又急又怒，跑去找到儿子，要他马上回去上学。可是儿子拒绝，说他已经成年，自己的路自己来选。父亲忍住满腔怒火，告诉他，他选的那条路根本走不通，他不是做生意的料。于是，父子之间爆发了有生以来最大的争吵，一个是坚持自己梦想的初生牛犊，一个是拼死要将儿子"拉回正路"的父亲。最终的结果是，他抚着被气疼的心口，向儿子宣布：你一辈子也不要回来了！这个家的门，永远不会给你打开！

儿子真的没有再回过家。之后的几十年里，顶多偶尔给母亲写一封信来。至于他的事业，也应验了父亲的预言，最终化成了泡影。所谓的朋友，卷走他所有资金跑路，他最终只去了一个小工厂当了工人，在那个小城市里娶妻生子，从热血青年变成了一个庸碌的中年人。

多年来，父亲从不提起儿子，真当他死了一般。就连妻子跟他说，他们有了孙儿的时候，他也只是说，我没儿子。妻子只能叹息。

就在妻子打算独自去那座城市看望儿子时，病魔击倒了她。她知道自己的身体一直很不好，所以当医生宣布她的生命只剩下三个月时，她并没有太惊讶。可是，她的丈夫却崩溃了。

那个晚上，他像个孩子似的伏在她的膝盖上，抓着她的手不肯松开，喃喃：两笔才能写一个人字，你不在了，我就什么也不是了。

他拼命求医，拼命去找所谓特效药与偏方，可妻子的身体还是一天天糟糕下去。

无计可施的他，跪在羽蛇神的雕像前，他告诉神，绝望的心情已侵蚀了他整个心脏，他只是装作乐观而已。如果真的有神，希望它能拯救妻子，哪怕只给一线生机，他也愿意拿自己的全部去交换。

故事到了这里，就变得诡异了。

在老黄向神祷告后的第三天，一身黑衣的男人敲响了他的家门，礼貌地交给他一个信封，信封里是一张在空白处写了地址的扑克牌，落款是"天顶酒店欢迎您"。

黑衣男人问他，有无听说过"愿望酒店"的传说。

老黄听过，可他一直以为只是传说。

黑衣男人告诉他，拿上地址，带着你夫人一同来酒店，只要愿意，你们能赢回全世界。

扑克背面写了细节，阅读完毕之后，要是有兴趣，不妨一试。

　　在老黄还在犹豫时，男人已经出了门，老黄赶紧追出去，却发现门口已空无一人，只有一道蛇一般的阴影，从墙角唰一下蹿过，无迹可寻。

　　扑克背后，是如何去到赌场的提示，最后那句话，老黄反复看了几十次——最终胜出者，万事如意，心愿顺遂。

　　他意识到，这不是一张普通的扑克。难道真的是羽蛇神显灵了？

　　近乎绝望的人，不会放过任何一根稻草，哪怕那是一根荒谬之极的稻草。

　　"我听他跟我讲了这件事，心里顿时十分害怕。"黄老太顿了顿，"没来由的害怕，总感觉十分不祥。我阻止他，说生死有天命，不该勉强，他根本听不进去，说这是唯一能救我的办法。他不能放弃。我拗不过他，只好同意。那个传说，我也听说过，可是，十赌九输，有几个人能成百里挑一的幸运儿。何况，从一进那个酒店开始，我就浑身发寒，毛骨悚然。那张扑克也十分诡异，背面的指示也在不断地变化，我们按照它给的时间，进了电梯，那种不祥的感觉更重了。之后的事，你都知道，那个地方，真是魔鬼之地。"

　　"我记得你输了一局，你把什么当成筹码输出去了？"我清楚记得当时的场景，输的人都缺胳膊少腿，只有她手脚齐全，看起来没什么损失。

　　"老头子对我的全部感情。"黄老太平静地说，"他做这一切，无非是他对我感情太深。把这个输出去之后，你看他现在这迷迷糊糊的样子，我有预感，他清醒之后，便再不会对我有眷恋。"

　　我问："你不想活下去了？"

　　"傻子才不想活下去。"她笑了笑，"但如果已成定局，不妨坦然接受。可能别人不能理解，就算是死亡，我也是抱着希望死去的。我顺从老头子的意思，是为了成全他的'希望'。可我知道这样下去事情会越来越糟，唯一能让他停止的方法，就是输掉那个筹码。如此，不论将来我发生什么，起码他不会再为我牵扯。老头子死心眼，又重感情，若不趁这机会输了他的感情，他的余生会很不快乐。"

　　"如果没有我们中途插手，赌局继续进行的话，你再输，就准备输掉自己的命了，对不对。"

　　"对。"

　　"可惜你要失望了，你跟你老头子都不会死在这里。我会带你们回家。"我擦了擦额头上的汗珠，认真说，"你委托我的事，由你自己去做！我拒绝代执行。"

　　"你这孩子……"黄老太的声音有些哽咽，"可是，你来这里是为什么呢？有什么心愿想达成？"

地城

"我来找人。"

"谁呢？"

"我丈夫。"

"啊？！"

就在这时，丽莎爸爸突然发狂似的朝前跑去，边跑边喊："我回来了！丽莎！你开门，爸爸回来了！"

丽莎爸爸不知哪来的力气跟速度，硬是扯断绑住自己的藤蔓，眨眼间跑进一堆高高的长满锯齿状巨叶的植物后头，没了踪影。

大叔拔腿追过去，我们也相继跑到那堆庞大植物的背后，紧接着，我只觉脚下一空，经过了很长的时间，才听得"啪嗒"一声，摔进了一片黏腻的，胶水般的液体中。张开眼一看，竟是个四方形的巨大深池，从水面到顶上，实在太高，头顶上的天空只剩一个小小的亮点而已，四壁都是滑腻的黑石，一些比寻常植物怪异很多的玩意儿，比如长了一只眼睛的仙人掌，有四只长长怪手的绣球花等等，纷纷从池壁缝隙里钻出来，贪婪地吸食着这个池子发出的味道。至于那些在我们身边漂浮翻滚的，全是动物的残骨，各种种类，各种颜色，不乏人类的头骨。

"能上去么？"我朝九厥喊，我自己试了，飞天术完全不管用，真像被胶水黏住了。

"抬手都很困难啊！"九厥用力把老黄托住，保证他的脑袋在水面外。

帕卡尔直接就吐了，这个池子的味道，确实找不到任何词语来形容，不但奇臭无比，还暗藏着一股浓郁之极的妖气。

我觉得，我们正在接近导致村民们死亡的凶手。

只有第一个落下来的丽莎爸爸最精神，疯狂地游到池边，双手在石壁上乱抠，大喊："我回来了！丽莎开门！爸爸回来了！"

顺着他的手看上去，在离我们两三米高的地方，有一个直径一米多的洞，时不时有液体混合着骨头从洞里流出来。

大叔毫不客气地从水里跳出来，一脚踩在丽莎爸爸的脑袋上，纵身跳到了洞口里，然后伸个脑袋出来："要我帮忙还是自力更生？"

"省省吧。"我一发力，拽着黄老太纵身而起，当然，为了能一次成功，顺便踩了一下九厥的肩膀。

"身手还算合格。"大叔靠在洞口一侧，似笑非笑。

我扶着黄老太走到他后面，突然转过身，趁他毫无防备之时，一脚踢在他屁股上，把这个万恶的家伙送回水里，随后伸出脑袋："丽莎爸爸一直是你负责的，别指望我们会救他上来。"

他擦着满脸臭水，指着我怒斥："好你个大逆不道的妖孽！"

"谢谢赞美。"我舒心地缩回脑袋，打量起这个洞口，跟平常见到的下水道很类似，光线十分幽暗，一层苔藓似的东西覆在四周，很滑，而且发着淡淡的绿光，脚下不断流过臭水与骨头。估算了一下方向与距离，我想这下水道应该是连接着神殿的某一部分，现在只能沿着它走，只要能到神殿，必然能找到离开这里的方法。

七

一行人快速前进中。

这时，帕卡尔突然惊喜地跟我们说："我听到妈妈的声音！她在叫我的名字！她还活着！"

九厥跟我面面相觑，哪里有什么声音？

又走了十几分钟，我们猛地停住了，一个巨大的矩形空间横在我们面前，一个很大很大的玩意儿，就挡在正中央——

它太高了，足足六七米的高度，根本看不到它的顶端。但这显然不是一棵树，粗壮得要七八人才能环抱的暗绿色茎干上，爬满了纤细柔韧，小蛇一样的藤蔓，再看，不止像小蛇，更像一只只的人耳朵覆在上头，每一个"耳朵"上，都开满了紫蓝色的小花，很小，都是没有开放的花骨朵。在它脚下的土里，蔓延着无数半透明的根，像章鱼爪子，数之不尽。

走进去细看，只见这个巨大的身躯已经穿透了顶上的石壁，不知它是不是想长到天上去。而且，在我们进来之后，入口竟凭空消失了，成了毫无破绽的石墙。

我从没有见过这么怪异的植物。

"我又听到了！妈妈的声音！"帕卡尔一惊，朝怪物直奔而去。

"帕卡尔站住！"我追过去。

大叔站在最远的地方，说："我要是你们，就不会靠它那么近。"

话音未落，一个花骨朵轻飘飘地飞了起来，不声不响地朝帕卡尔飞来。短短时间，这个貌不惊人的花骨朵已然膨胀了几十倍，赫然开放的碗状花瓣里，钻出一条像没有脑袋的绿蛇似的玩意儿，身上布满闪光的鳞片，猛地缠住了帕卡尔的腰，闪电般将他往怪物的躯干里拖去。

莫非这就是帕卡尔看到的，将他父亲拖走的"绿手"？！

我的反应也不慢，飞身上去抓住帕卡尔的脚。但仅仅僵持了一秒，敌人又占了上风，把我一块儿往里拖，力道大得吓死人。

帕卡尔的尖叫声里，我看着那长满耳朵的躯体朝我迅速逼近，正当我要出手攻击时，一张女人的脸孔从那巨大的根茎里浮现出来，五官模糊，却隐隐透着悲色。

我一走神，却见唰一道亮光，九厥手起刀落，怪花应声落地，缠在帕卡尔身上的无头蛇顿时化成白灰。

原来，在那躯干与花朵之间，连着一条细如蛛丝的线，断了它，怪花便像断电的灯泡，再无作用。

我抬头再看，哪里又有什么女人脸。扶起惊魂未定的帕卡尔，我对九厥道："多亏你眼力好。"

"那是，挖掘漂亮妹子全靠这双眼！"九厥不客气地收起他的水果刀，旋即斥责道："你怎么回事？身手什么时候这么差了？随便使个法术也能灭了这个小怪物。"

"我看到一张女人的脸，一时没反应过来。"我如实道。

其他人都说并没有看到，只有大叔的神色，稍微变了变。

这时，丽莎爸爸突然怪叫着扑到地上，对着一条半露在地面上的绿茎又撕又挖又咬。

"丽莎！爸爸来救你！爸爸保护你！"他不要命地挖，手指出血了也不管。

我仔细一看，那半透明的绿茎下，好像真有个黑乎乎的玩意儿，像人的半截身子。

"里头有人！帮忙！"我知道有句话叫父女连心，血亲之间的神奇感应无法解释，莫非这下头真的是丽莎？

这次我毫不留情地用法术切断这根绿茎，它断掉时，所有人都听到一声尖利的叫声，许多花骨朵开始震动，像是要向我们发动集体进攻，但又迟迟没有行动。

管不了那么多，我与九厥一起动手，将断了的这截绿茎从地下取了出来，这样，更是清楚看见，里头蜷缩着一个人影。

九厥拿刀将绿茎小心剖开，一股透明的黏液涌出来，一个年约20的金发外国姑娘随之滚落而出，双目紧闭，呼吸微弱，心口上，一个碗口大小的洞，不见血，仍触目惊心。

丽莎爸爸疯狂地扑上去，推开我们所有人，把这姑娘揽在怀里，又哭又笑："爸爸来了，丽莎你看，爸爸来了！"

这男人彻底疯了吧，他女儿只有几岁而已，这明显不是丽莎呀！

但很快我便觉得不对劲了，因为这姑娘的五官只要仔细看看，跟丽莎是十万分相似，活脱脱是个长大的丽莎。这不可能，一个孩子怎么能在一两天时间长这么大！

"给她吃。不然马上就死了。"一直处于围观状态的大叔，面无表情地扔了一粒白色药丸给我。

我没犹豫，马上捏住那姑娘的嘴，把药丸送了进去。

很快，姑娘的眼睛缓缓张开，她盯着眼前这男人，笑了："爸爸……好久不见。"

"爸爸带你走。"他急忙伸手去抱丽莎，却猛地发现，自己的双手消失了。

"我也希望你带我走，可你来得太晚了。"姑娘的眼里落下泪来，"我醒了，你该走了。"

"丽莎……我……"

男人的话还没说完，身体便像我之前见到的那样剧烈扭曲起来，几秒钟后，便像从来没有存在过似的，消失在众目睽睽之下。

我又遇到了一个难题。

"你是丽莎？"我上前扶住她。

她看了我一眼，笑："我记得你，好心的姐姐。"

"你……你怎么长这么大了？"我太诧异了。

"其实，我本来就这么大了。"丽莎虚弱地说，"我五岁的时候被送进孤儿院。因为我父亲醉酒后，误杀了我的母亲。他从来不是个称职的丈夫与父亲。他出狱时，我已十五岁，我们在一起生活了五年。这五年里，他没有任何改观，酗酒吸毒，毫无理由，吃饭一样频繁的毒打，就是我们整个的父女生活。"她的眼里泛起泪光，"他以前不是这样，我五岁之前的生活十分幸福，生意失败让他也变成了一个彻底的失败者。最近这五年，我的惊恐与绝望，外人无法体会。可我始终不愿离开他，我只有他这一个亲人。我希望他能变好，起码变得正常，可是他永远让我失望。半年前，他死了。醉酒，从楼顶摔了下去。"

"不可能，这男人绝对不是死灵！"白驹跳出来，笃定地说，"如果他是死灵，我绝对会第一时间发觉！他是活的，有生命的！"

姑娘摇头："我不知道！我不知道怎么会这样。他的葬礼之后，我搬了家。那天，我病了，高烧，身边一个人都没有。我抱着幼年时一家三口的合照，躺在床上，我回想着小时候，爸爸与我在一起的情景，我努力回想他微笑的脸，只觉得心里好难受，我多想回到从前，多想父亲再把我抱在怀里，告诉我他会保护他的小公主。我向神祈祷，如果能让我的父母回来，如果能让我的幸福回来，我什么都愿意！我使劲地祈祷，疯了一样不能停止。这样不知过了多久，我被叫醒，床前，竟然站着我爸爸。而镜子里的我，也变成了五岁的模样。我的思维混乱了，慢慢忘记了之前的事，好像父亲从来没有离开过。他每天给我做饭洗衣讲故事，细心照顾我。而我也越来越像那个五岁的我，高兴地享受着这一切。直到那个陌生人来到我家，给了我们一个信封。爸爸一看，就说我们一定要去！

我们要赢，我们要把失去的幸福，还有你的妈妈，都赢回来！"

所有人都很愕然，只有大叔波澜不惊。

"那时，我掉进了水里，醒来时，却在一片陌生的丛林里，我很害怕，我到处乱跑，跑着跑着，我听到了爸爸跟妈妈的声音，他们叫我快过去。我循着声音跑过去，闯进了一片好漂亮的地方，有花草流水，还有木桥，木桥的尽头，是一座很美的木屋。我跑过去，一朵很漂亮的小花从木屋的窗户飞了出来，我伸手去抓，这花却突然变成了怪物，缠住了我朝屋里拖去。我被勒得晕了过去，之后的事，我都没有记忆了。再醒来时，我的脑子一下子清醒，看着面前的爸爸，突然意识到，他早已不在人世。这个爸爸，只是我想象出来的存在。那个拼命要带着女儿去赌场的人，根本不是他，而是我自己！他不择手段都要赢的行为，正是我自己内心最深的渴望！只要我跟他任何一个赢，我的愿望就能实现了！"

"原来如此。"白驹恍然大悟，说，"我跟你说过的，这个男人的生命没有根基！原来是依附于这个女孩的生灵！"

"不是幻象？"我问。

"不，真正的实体！"白驹说道，"可以管这个叫作生命映射。活人如果有特别特别重的执念，比如疯狂挂念一个人时，这种执念的力量大到能把想念的人'创造'出来，并且赋予对方思想，成为一种生灵。准确地说，这个人的思想，本就是制造者的潜意识，或者说是制造者的又一重人格。至于这个姑娘，她不但制造出了一个父亲，还把自己也给'制造'了，她并不是真正变成五岁，她生命中最快乐的时间是在五岁之前，所以她这种'执念映射'的能力，令到所有看到她的人产生共鸣，觉得眼前就是一个货真价实的小丽莎。老天，这可是万中无一的范例。得是多强的执念，才能做到这一切！"

"她'爸爸'的消失，是因为她的生命在衰竭？"

"对。总电源都没了，灯泡怎么亮得了。"

"姐姐，我是不是要死了啊。我以为这里是我的希望，没想到更绝望。爸爸妈妈又在喊我了，我很想见他们……"

丽莎的声音越来越轻，说话也越来越语无伦次。我感觉到她的生命，正在走向尽头。

"再给我一颗药！"我对大叔喊。

"她死定了。神仙也救不回来。你没看到她的心已经烂了么？"大叔冷冷道，"我的药，只是让她死得慢一点，我想听听在她身上发生了什么事。"

我看着她心口上的洞，确实束手无策。她是人类，我不能用妖力为她续命，那样只会让她死得更快。可是，就这样看她死去么？

"再给我一颗药！"我突然大声吼道，"能活多久是多久！万一我们很快就能出去呢！万一……"

"没有万一，年轻人。"大叔打断我，"生死有定数，既然做了决定要来这里，就要承担任何后果。没什么必要难过。"

"你……"我话没说完，只觉得臂弯一沉，丽莎的眼睛永远地闭上了，嘴角上，还留着一抹让人心酸的，遗憾的微笑。

四下一片死寂，所有人的脸色都很难看。

一点点火苗，在我心里烧起来，越来越大，要把我的血烧到沸腾。

八

我放下丽莎的尸体，站起来，看着那个巨大的怪物，说："这个酒店，根本就是把世上所有走投无路、逼近绝望的人诱来，以一场不可能让他们赢的赌局，将他们困在这里。我猜，这些输掉的人，最终都变成了这个怪物的食物！"

此言一出，帕卡尔的脸色变得苍白无比，他努力克制着自己的情绪，握拳的手，指甲都要抠进肉里。

"沿途都没看到活物，那个池子里全是残骸，肯定是这个怪物排泄出来的废料。"九厥看着浑身臭水的自己，突然一惊，"哎呀，敖炽该不会被吃了吧！"

"不会！"我脱口而出。不知道哪里来的自信。

"也对，他皮那么厚，肯定不好吃。不过……"他看着那些还在不断震动的花骨朵，"怎么这么久了，还不见它们来吃咱们？"

确实如此，那些花骨朵，似被什么力量牵制住，想冲我们来却又无法出手。

"先断了这怪物的根基再说。"我走上前，深深吸了口气，将一身的灵力全部灌注于右掌。以我的修为，如果以十成力量击出，就算不能将它连根拔起，起码也让它元气大伤。何况，还有九厥帮忙，连帕卡尔也举起了砍刀。

"我知道你不会帮忙，但是麻烦你照顾一下两位老人家。"我头也不回地对大叔说。

"白费力气啊你们。"大叔慢吞吞地说，"这玩意儿的致命处，应该不在下，而在上。"

九厥一听，忙凑到他面前："大叔，有内幕？别小气嘛，大家同舟共济，铲除这个变异植物，我们好你也好啊！"

"这不是植物，是妖物。"他白了九厥一眼，"这叫窃语。偷听他人内心渴望，继而发出声音吸引猎物的无耻妖怪。不过，这一只不太对头，从不会有这么大的窃语。"他指了指头顶，"不管怎样，想要对付它，上去再说。"

出鞘的刀，硬生生被他给逼了回去。

"如果你给我假情报，我回来一定剃光你的眉毛！"

我大步走到这妖怪的身边，那些花朵仍在被牵制的状态，就趁现在！

"我先上去，没问题的话你们再来！"我一发力，顺着这妖怪的身子蹿了上去，到了顶部，一掌击向石壁，石块飞溅开来，一线久违的光芒从头上洒下来，不待我有所行动，一股气流从缺口灌入，吸管似的把我给吸了出去。

在暗处停留久了，突来的光线刀子似的扎进眼里，巨大的吸力一直把我往高处拉，估计觉得到了能摔死我的高度，说消失就消失了，由着我朝地面砸下去，若非我是妖怪，急急运起灵力稳住身子，十条命也不够死！呼呼的气流声中，地下那片模糊的景物飞速扩大，我渐渐看到灰色的地，弯曲的桥，以及褐色的木房子。

满分落地！我松了口气，多怕刚刚闪避不及时，又丢人地掉回我打出来的洞里。定定神，视线从地面往上挪去，鲜花青草，小桥流水，尽头一座别致的木屋，大门虚掩，窗飘薄纱，天空里的光照在这里，更显宁静温婉，跟之前我们所去到的地方相比，云泥之别。不论场景还是气氛，都让人以为到了某个世外高人的隐居地。

确实美！可我不欣赏这里。一个建在怪物头上的世外桃源，可信度太低。四下均不见人影，蝴蝶飞鸟一只也没有，安静得像定了格。我赶忙跑到一旁的破洞前，趴下来对着洞口喊了几声。

很快，九厥跟大叔带着老黄夫妇跟帕卡尔从洞口里跳了出来，不管怎样，在这里的感觉比在肮脏黑暗的地下要好多了。

所有人都被这里的景色吸引了，帕卡尔看得都呆了，说从来没有见过这么漂亮的地方。

只有大叔神色凝重。

丽莎说的地方，必然是这里了。她说，从木屋的窗口飞出了怪花。木屋，那座不显山不露水的木屋里究竟藏着什么？我觉得，我在靠近我最想要的答案。

走过曲桥，木屋近在咫尺，薄如蝉翼的轻纱优雅地在窗前拂动，两扇看起来并不太结实的木门虚掩着，留着一道窄缝。

我们像贼一样溜到门前，我透过门缝往里瞅，只看到一层又一层的纱帘而已，听不到屋里有任何动静，仿佛是座空屋。

在我还在思考这房子有无危险是进还是不进时，大叔已不客气地将我拎到身后，把门一推，大爷似的迈步而入，一股不计后果不怕死的霸气浑然天成。

我看着他的背影，联想到一路上他的所作所为，越想越觉得这个人我应该是在哪里见过才对。谁呢？果然是当人类当得太久，记性越来越差。也没什么，既来之则安之，最坏不过是屋里头冲出整个事件的大BOSS，最坏不过是硬碰硬打一场！

抬腿进了屋，踩着光滑平整的地板，我拂开一层又一层垂下的纱帘，不知是到了第几层，眼前的世界不再雪白一片，如烟雾般朦胧起来，一个高大的身影一声不吭地站在那烟雾的后面。

唰一下撩开最后一层纱帘，差点就撞到大叔的背上，来不及对他做出任何质问，我的注意力已被前面的两个人给牢牢吸引去了——

四方的房间里，没有任何家具摆设，只在正中间的地板上，铺着一张简单的矮桌，两个人，一男一女席地坐于桌前，四目相望，双手紧紧相握。

我很少会诧异到嘴都合不拢的程度，但这次挺不住了，不光是嘴，我的大脑开始缺氧，血液正在凝固，如果这时有谁碰我一下，我马上会碎成一块一块的。

这间屋子虽然没有摆设，可四面墙壁上与地板上，满满的都是那紫蓝色的花骨朵，密集的程度，足以让有密集恐惧症的人吐血而亡。另外，在这些花朵之间，还生着一些乒乓球大小的绿色果实，形状不太规则，仔细看上去，竟很像人的脑袋，果实上的黑色花纹正好充作五官，眼鼻口都齐全，连表情都有，绝望悲伤疯狂，就是没有笑容。

不过，这个不是秒杀我的原因。

那个女人，真是漂亮。素面朝天，荆钗布裙，也能美艳不可方物，真是世上罕有。面对这样一个女人，你断断舍不得挪开目光，连眨眼都觉得是浪费。

一个古装打扮的中国女人，出现在南美洲地下的"地城"里，这也不算秒杀我的原因。

紧握住她双手的男人，也真的是俊美不凡，白衬衫牛仔裤这样的大众装备，也能被他穿得器宇轩昂，熠熠生辉。

衬衫，我买的，牛仔裤，我买的。穿着它们的，也不是别人。

敖炽，我千山万水奔你来，你非要用这种方式暴露在我面前吗？！别的女人的手，是你随便能抓的吗！

"呀，眼光不错啊这小子。"九厥从我背后冒出来。

"眼光不好，能找到我这样的夫人么。"我冷哼一声。

你们一定以为剧情应该是我随手抄起板凳或者鞋子招呼自己的夫君，如果是多年前的我，我会。但现在，我居然没有什么愤怒，比起知道他还活着所迸发的惊喜，别的情绪根本不足为道。

我正要去到他身边，大叔却抢在了我前头，走到两人面前，盯着那女人略显苍白的脸，皱眉道："果然是你。"

地城

347

几朵怪花偷偷从墙上飘下来，帕卡尔紧张地大喊小心，大叔看也不看，屈起手指朝后面一弹，没人看到他指尖上有任何东西，就是那么一个动作，几个偷袭的敌人便化作了烟尘。

"本事比以前大了那么多。"他放下手臂，冷笑，"这附近的人跟动物，都被你吃光了吧。真是本性难移。"

"我不知道，也许吧。"女人慢慢吐出一口气，抬眼看着他，美得极致的眼睛里，有显而易见的疲惫，却还有一丝绷紧的神经突然松懈下来的欢喜，"看到你我很意外，但这实在是太好了。我很庆幸当初把孩子交给你。"

是熟人？！这关系可难猜了，最坏的猜测，难道是敖炽抢了大叔的旧爱？！那女人还说到孩子？不行不行，这太要命了！我冲到敖炽身边，这家伙的眼睛明明张得贼大，可是从我们进来这里到现在，他居然一声不吭，眼珠子都不转一转，只知道盯着那个女人！

"死鬼你说句话啊！"我急了，一巴掌拍到他头上。

他毫无反应，倒是我的手掌被一股极寒的力量给反弹开了，整个手掌刺刺的疼。

"你平时也这么打你夫君么？"大叔扯过我的手，看着我肿起来的掌心问道。

"这算轻的。"话一出口，我便觉得不对，我从来没有跟大叔说过我跟敖炽的关系！

"悍妇。这算是给你的小教训。"大叔甩开我的手。

我被一口怒气噎住了，这男人到底把我当成什么人了！

"裟椤，你不要急。敖炽只是在救我。"女人的声音，轻得像一根丝线，看我的眼神里，不仅没有敌意，还有满满的，满满的慈爱……没错，是慈爱。

"我……你……你怎么知道我？"她一句话就散了我所有的怒气，那样的面容，那样的眼神，实在是让我讨厌不起来。

女人微笑："敖炽告诉我的。你们如何认识，如何相恋到成婚，还有你们一起开的店，从不停甜品店到不停旅店，包括那杯很苦的叫浮生的茶，他都告诉我了。"

敖炽绝对不是一个这么耐心，肯把自己的私生活一五一十告诉别人的家伙。他能这么做，要么是脑子坏了，要么是被这女人下了妖术，要么，是他爱这个女人。

"你跟他……很熟？"我把情绪控制得很好，心里已经想到了最坏的一个答案。

女人凝视着敖炽的脸，眼中那不加修饰的爱意，简直要把对方融化了——

"他是我的儿子。"

◉ 尾声 ◉

他习惯睡在神殿的顶端，睁开眼，整个地城便收入眼底，伸一伸手，仿佛就能触到天空，最高的地方才有安全感，这个世界是属于他的王国，任何不被允许离开的人，生生世世都要留下来。

"神君！"绿腰小心翼翼地站在他的卧榻之外，"那帮人已经到了木屋！我担心再不出手的话，'源'会被他们破坏掉！"

"谁让你进来的？"他只是翻了个身，平静地说，"没有我的命令，谁也不许去木屋捣乱。"

"可一旦'源'有闪失，我怕……"

"把一件事往坏处想，这件事往往就会越来越坏。"他打了个呵欠，"你担心太多了。"

"神君，如果'源'被破坏，就没有足够的因果，不但酒池无法运作，我们所有人也……"

"下去，我还要再睡一会儿。"他摆摆手打断绿腰，"传我的命令，关闭酒店，将现有客人全部送出，召回所有密使。"

绿腰大吃一惊："您这是要做什么？这样一来，酒池会很快枯竭，所有兄弟们也会因此衰竭，我们……"

"退下！"他厉声道，"照我的命令去做！"

绿腰一哆嗦，慌忙退了出去。

他吸了口气，把脸往枕头里埋了埋，他的梦还没有做完。

其实，这应该不是他的梦吧，是残存在这个就快无用的躯壳中的痕迹。

梦里，有时是蔚蓝的海水，贝女的歌声，有时是一座影影绰绰的草庐，里面坐着忙碌的女人，药草的味道四下飘散，看不见她的脸，只知道她在朝自己温柔地笑。

还有一些零散的片段，那是一场又一场激烈的战斗，他总是冲在最前头，斩下妖魔的头颅，各种颜色的血液，把海水染成了彩虹。没有人不赞美他，崇拜他，连那个站在众人之前，不苟言笑的男人，也朝他竖起大拇指。

万事小心，早去早回。他每次出门，有人都会板着脸说同样的话。

海水又涌了出来，冰凉刺骨，把零碎的片段冲得不知去向。

他倒吸一口冷气，猛地坐起，熟悉而剧烈的疼痛一波一波袭来，他的每根骨头每条血脉都被裹在刀割斧砍的痛苦里。

许久之后，他才有力气站起来，擦了擦额上的冷汗，走到前面那面巨大的镜子前，

望着里头的自己，抚摸着自己的心口，阴森森地笑："你让这里柔软了。但这不对，希望只是假象，我们是往地狱去的旅客，时间已经到了。"

他大笑着转身，走到东面的墙壁前，摁下遥控器，漆黑的墙壁亮起来——

一整面墙，由数十个显示屏组成。他后退一步，横抱着手臂欣赏屏幕里的内容：大同小异的实验室里，穿着防护服的家伙们正忙碌着，怪异的设备飞快运作，各种各样的妖怪，有的被捆在手术台上切割开来，有的被放进不同的设备，变成另一种怪物。不断有新的妖怪被送进来，晃动的画面让人眼花缭乱。

欣赏完毕后，他走到墙壁前，从暗格里取出一本牛皮封面的书，翻开，扉页上写着《妖物种类改造技术全集》，落款处，是一个低调到不起眼的标记——4E。

他把书抱在怀里，走到殿顶的边缘，半只脚踩在外头，望着那片渐渐有了黑气的橘色天空，陶醉地闭上眼睛……

越是以为寻常的东西，失去时，往往才越挂念。比如阳光，比如家人，比如活着，比如平凡却平安的生活。

第十二章／初酒

◉ 楔子 ◉

我是一只妖怪，可我爱这世界原来的模样。

一

我与九厥，都深深地吐出一口看不见的鲜血。

这个来历不明的女人，跟我说，她是敖炽的妈妈……

这很难让我们马上淡定下来。

我们谁也没有追究过敖炽的身世，反正大家这么熟。可恰恰是因为"这么熟"，我们知道他是一条脾气很差的龙，是东海龙王的孙儿，王位继承者，曾有一个恶劣的双生哥哥，爱吃醋，也爱吃一切美食尤其是甜食——全部，也就是这些了。

我们谁都没有关注过他的父母，他也从不提起。之前我虽然偶有疑问，但很快就忘于脑后，每天要做的事那么多，谁会将这些家长里短的事放在心上。我嫁的是敖炽，不是他的父母，更不是他的背景，正因为如此，在一个完全不被我们当作一个问题的问题以核弹爆炸的威力呈现于眼前时，我也希望我可以接受得快一点，虽然那确实有点难。

"快把这孩子给带回来吧。他来到这里，认出了我，将他的龙珠逼入我的身躯，我才从之前的状态中清醒过来，他发誓要帮我从如今这身体中解脱，可是这么无休无止地运作下去，他纵是金刚铁塔，也会衰竭而亡。"女人看着大叔，语气变得焦急，"但现在，他还有救，只有你能救！"

"这蠢货倒挺大方，龙珠这么重要的东西，也敢随随便便给一个妖怪！"大叔冷哼一声，"母慈子孝，你不如领了这份好意。"

"求你了！时间不多。他们一直在搜寻敖炽的下落，我用妖力暂时遮蔽了他的气味。可这已经支撑不了多久了！我根本无法控制自己的状态与心性，不知道几时又会沉入浑浑噩噩之中。"女子眼中含泪，"要是这身体还有拯救的价值，我何尝不想如他所愿。可是我受困太深，无可救药。这个身躯，已经与从前完全不同。你要不想看到敖炽死在面前，就快快动手。"

大叔还是没动静。

"我不管你们三个有什么恩怨，但如果你对敖炽见死不救，我不会原谅。"我抓住大叔的胳膊，"或者你想要什么交换条件，尽管说出来。"

"原谅我？我尚未原谅你们，又几时轮到你来振振有词！"

大叔看也不看我，皱着眉头走到敖炽背后，微张开嘴，稍一运气，竟从口中缓缓吐出一缕耀眼金光，体积虽小，却如星河闪耀，不可直视。转眼之间，金光融入掌中，他深吸一口气，一掌拍在敖炽的背脊上，闭目凝神，只见他的右臂从微微颤动到剧烈抖动，一点点稀疏的光斑在女人的额头下明明灭灭起来。他这边的动静越大，女人额下的光斑就越强，并且沿着她的面孔朝下移动。几分钟后，一团浑圆的紫金光焰"游动"到女人的手上，大叔睁开眼，手下再一发力，这团光焰竟嗖的一下沿着他二人紧握的双手，蹿进了敖炽的体内，把两人猛地分开来。

大叔缓缓吁了口气，放下手，额头上大滴大滴的汗珠落在地上，竟变成了一粒粒乳白色的珍珠，蹦跳开去。

我只听说过人鱼的眼泪会变成珍珠，怎么一个猥琐大叔的汗水也能变珍珠吗？！

帕卡尔呆呆地拾起一颗蹦跶到他脚边的珍珠，张大了嘴。

不过现在就算跟我说大叔的汗水能变金子，我也没兴趣。赶紧上去扶起那个倒在地上的死鬼，让他靠在我怀里，焦急地试他的鼻息摸他的脉搏，不停拍他的脸喊他的名字，很快，这家伙的脸色渐渐活泛起来，眼睛也慢慢张开来。

"你……来干什么？"他望着我，还没完全回过神来。

我松了一口大气，问："我是谁老婆？"

"你脑残了？"他反问，"还是你以为我死了于是改嫁了？"

我放心了，脑子没毛病。把他扶起来坐好，我深情地看着他的眼睛，然后，一巴掌甩过去。

"你……"敖炽被打蒙了，捂着脸就要发飙。

我伸出两根手指："两次了！"

他一愣："啥？"

"失踪。"我掐住他的耳朵，"我说过不止一次，如果你再跟我玩一次失踪，我就割了你的耳朵喂猪！"

没办法，我突然就红了眼眶。

"我……我等下再跟你讲。"

敖炽用力地握了握我的手，爬起来快步走回女人身边，也在这时，他才注意到站在对面，严肃冷峻，只比雕塑多口气的大叔。

"你怎么也来了？"他皱起眉，似乎非常不愿意看到大叔的出现。他们居然认识，还很熟的样子。

"我以为你第一句话会是谢谢。"大叔瞪着他，突然一拳击在敖炽的腹部，"你实在太乱来了！龙珠是随便可以拿出来的东西吗！"

被击得倒退几步的敖炽，直起身子，说："谁都可以不管她，只有我不可以。除了这个方法，我想不出别的。"

闻言，趴在桌上的女人缓缓抬起头，呆呆看着敖炽，眼泪夺眶而出。

大叔暴怒地指着他的鼻子："你们都是这个鬼样子……永远不肯听别人的话！早知你今日这么糊涂，当初我就不该告诉你一切！"

说着，他愤怒之极的拳头又举了起来，但很快就停在了半空，距离我的脑袋不到半寸的地方——我适时站到了他们两人之间，只要稍微计算错误，挨拳头的就是我了。

"你找死啊！"敖炽又惊又怒。

我不理他，对大叔道："你要是为我出气呢，我接受，但如果不是，我不能让你揍我家里人。"我望着那个女人，又道，"如果她真是敖炽的母亲，你就更没理由揍他了。"

"死丫头，你什么都不知道。"大叔放下拳头。

我转过脸，问敖炽："她真是你妈妈？你刚刚的举动只是为了帮她？"

"是。"敖炽不假思索。

"那我现在什么都知道了。"我转回去看着大叔，"我不认为他的行为有任何问题。除非你根本不想看到敖炽的母亲活着。"

"很久以前，我最大的心愿就是，这个妖孽最好从来没有出现于世上。"大叔竭力平静着自己，"所以你说的没错。我最大的失误，就是当年让她活了下来。"

说罢，他突然朝女人冲去，高高举起的手中，赫然出现了一把半透明的长刀。

"住手！"敖炽扑上去抱住大叔的腰，两个男人扭打在一起，我插不上手，只好站在敖炽母亲的身前，做她的人肉盾牌。

"裟椤，你这是……"女人在我身后急急道。

"我不知道你跟他们之间的过去，但你是敖炽的母亲。"我回头看她一眼，"保护家里人，是我的习惯。"

"你这孩子……"女人的眼泪夺眶而出，突然抓住了我的手，"我没有什么礼物可以给你，能给你的，只有这个。"

她大概用尽了所有力气，将我她拉到面前，四目相对中，那双秋水般灵动的眼睛，骤然将我卷入了一片亮得刺眼的雪光之中，我的思维，突然与不属于我的记忆重叠起来——

半弯明月间，矮矮的小山中朦胧一片。石缝之间，她打了个呵欠，呆呆地望着月亮，这是她晚间唯一的消遣。

她是一只妖怪，一棵小小的绿草，就是她的模样。与山中其他野草不同的是，在那不到两尺的身躯上，微微凸起着紫蓝色的、人耳般的花纹。她能模仿一切她听到的声音，将山中的小兽吸引过来，从"耳朵"中伸出一根长长的、丝一般细的软茎，死死缠住食物，继而吸食掉血肉。山里其他的妖怪都看不起她，说她不能走不能跳，只有吃这些小东西的本事，注定是一只没有出息的窃语。

她有点难过。自己并不是只能吃这些啊，曾经有无数从山中经过的人，她清楚听到他们的声音，不管是说出来的还是藏在心里的。她听到樵夫的心里在念叨着生病的妻子，听到路过的书生在祈祷金榜题名，还有那群跑到山中玩耍的小娃娃，每个心里都在念叨着各种好吃好玩的东西。

她从来没有动过吃掉他们的念头，虽然只吃小兽小虫，并不太饱。可她就是不愿意吃掉那些活生生的人，她还记得那对走累了，坐在自己旁边休息的老夫妻，听到他们絮絮叨叨地聊天，说今年的收成，远方的儿子；也还记得那个生气的少年，他对着天地空气发誓，回去一定要努力练功夫，下次再不能输给李二狗那个胖子！还有很多人，常常在风和日丽的时候经过她身边，留下各种各样的笑声。

她喜欢这些人呢，怎么可以吃他们？若没有他们，她的世界就连一点动听的声音都没有了。

直到那天夜里，雷雨大作，她亲眼看到一只受伤跑不动的狐妖被天雷击成了焦炭。

焦臭的皮肉味道四下飘散，看着那只狐妖的残骸，她突然真正地恐惧起来，拼了命地希望能离开这个地方。

她终于是吃了人，十五六岁的美丽少女，到山中来寻她走失的小猫。她听到少女心

初酒

355

中的渴望，学几声猫叫，实在太容易。

人类温热的血肉，让她冲破了束缚，变成了一个与这女娃一模一样的孩子，不，比她从前更美丽。因为她并不是人，而是妖，万千风华，与众不同。

但是，并没有预想中的高兴，她看着水面上那崭新的倒影，哭了整夜。

天亮之时，她发誓以后再不要吃人，人类恐惧与绝望的尖叫，像刀子一样扎她的心。之后的很多年，她几乎夜夜都在梦里听到少女的哭声与哀求。她四处流浪，有一天，碰上了一只正在觅食的千年蝙蝠精，打不过它，就要被吸去精血时，一条从暗处突然游出的，生着翅膀的大蛇一口吞掉了蝙蝠精。

大蛇化成了一个白皙瘦削的青年，自称柳公子。她随这救命恩人去了他藏于地下的府邸，这里聚集了千百条各种各样的蛇，全都尊柳公子为王。

无家可归的她，将柳公子视为再生父母，在他的挽留下，她在蛇穴长住下来。起码在这里，没有危险。有时，柳公子也会带上她到市集去，让她听一听某人心中此刻最挂念的是什么。她一直以为，这只是柳公子单纯的好奇心而已。他对自己很好，蛇穴里的蛇也是，它们总是化成老老少少的人，忙碌之余，也会陪自己聊天谈心。她很满意这样的生活。但是，心中的一团阴影一直不能消散。直到她跟蛇穴里的一条老蛇学起了医术，跟着它一道去城里替人疗伤治病，看着那些垂死之人重获新生，她才觉得，自己找到了让自己心安的方法。

于是，她在城里弄了一间草庐，免费看诊，拼命救人。受过她恩惠的人，都叫她仙女郎中。

她爱上了这样的生活，从前的阴影，在病人们的千恩万谢中，渐渐被遗忘。

可是，她万没有想到，那一天，竟会遇到这样一个人。

那天，午后的阳光又热又亮。草庐外的河边，打鱼的百姓惊叫着四散而逃。她无暇顾及外头发生了什么，专注地替那烧伤的病人包扎伤口。

当那个高大俊美的男人，拎着一只九鳍毒鲛的头颅，站在草庐门口时，她的心狂跳了几下，但仍不动声色。

男人奇怪地问，你为何不跑呢？他们都被我吓跑了。

她只说，你挡住光了，麻烦让一让。

毒鲛的头还在滴血，狰狞的眼睛还没有闭上，她看了一眼，又埋头工作。

男人离开了。她松口气，以为此事就此完结。

可是，错了。之后的日子，男人仿佛找到了最有趣的玩具，常常跑来用各种方式吓唬她，但她都不为所动，心思只在治病救人，钻研医术。

最后，无计可施的他干脆现出原形，竟是一条银紫色的、威风矫健的大龙，将她叼到半空中，再兴致盎然地扔下来，就想看她惊叫失色的模样。

她一声不吭，化成一根小草，安然落地。

你究竟想怎样？化回人形的她，终于也不胜其烦了。

你是妖怪？他抓住她。

她无畏地看着他，我知道你们这样的龙，专杀妖怪，请便。

他放开她，笑道，你跟东海里那些女人太不一样，随便捉弄一下，她们就花容失色。既然你一点都不怕我，杀你没有乐趣。等你以后怕我的时候，再说吧。

她突然就笑出来，说世上怎会有你这样的怪人。

一只窃语，就这样认识了一条东海的龙。

从那天之后，他几乎天天来找他，渐渐地不再捉弄她。他说自己很喜欢看她笑，可她偏偏很少笑，总是心事重重。

他问了不少人，将所有据说会让女人高兴的东西，堆满了她的草庐。绚丽的珠宝，会翻跟斗的小狗，漂亮的鲜花等等，他就想让她高兴，他说只要她一笑，他的心里就像点了灯似的敞亮起来。

她将他送的珠宝分给了穷人，留下了小狗跟鲜花。

两个人，也渐渐从冤家对头，变成了可以并肩坐在河边聊天的人。

她很快就知道了有关他的一切，他什么都不瞒。

泽，是东海龙王想了三天才想出来的名字，将它给了自己唯一的儿子。

他从未令父亲失望，自小便胆识过人，聪慧俊雅，长成之后，更是骁勇善战，令东海附近的妖魔闻风丧胆。不过，性子也顽劣，规矩教条从不放在眼中。

那天，为了追杀一头逃往内河的毒鲛，他追了七天七夜，追到了她草庐之外的河中，才将其斩杀。他看着那些被他吓跑的人，哈哈大笑，却也在奔逃的人群中，看到了草庐的窗中，安然稳坐的她。

早知如此，我也跑了才好。她笑道。

我来了，你便跑不了了。他半玩笑半认真地说。

偶尔，也有些垂涎她美色的人变着法子来捣乱，无一不被他揍得鼻青脸肿。她看着彻夜不眠守在她门口的家伙，某种从未有过的感情，在心头悄悄滋长。

可是，可以吗？他是龙王之子，她只是一个妖怪，一只窃语，一种最被鄙视的低等妖怪。

不会有结果的。

初酒

357

她深思了一夜，在一个好天气的午后，将自己的过往平静地讲给了他听。

这样，他一定会离开了吧？一条斩妖除魔的龙，怎么能跟一只吃过人的低等妖怪在一起？！

他却像没听见，只说，又怎样？

她开始躲避他，再不去草庐。蛇穴里的朋友，都劝她与他断绝来往，说不能招惹东海龙族，万一被他们发现蛇穴，他们一定不会放过这里的老老小小。

他疯了似的寻找她的下落，找不到，就不吃不喝守在草庐里，等。

她远远看着，回想之前种种，于心不忍，终还是走到他面前。

成亲吧，我们。他听到她的脚步声，也不抬头，手里玩着一根野草。

我是妖怪。她有一万句话想说，说出口的，还是这四个字。

你是你，他笑，一个我吓唬不了的女人。

所以呢？她也笑了。

所以我想试试，成亲这件事会不会吓到你，如果你答应了，说明我又失败了。他站起来，看着她的眼睛。

她以为自己一直只能听到人类的心声，这一刻，却那么清楚地听到了他心里的声音。

她说，那你注定又失败了。

一对红烛，一轮明月，一对新人，这亲，就这样成了。

耳鬓厮磨，花前月下，他们成了世上最普通也最不普通的夫妻。她觉得自己走到了幸福的顶峰。可是，一件事如果到了极致，接下来的路就不那么好走了。她开始不安，开始担心某天清晨醒来，一切都化为泡影。

很快，耳目众多的龙王，知道了他们的事。龙王什么都没说，只叫人来通知他，说有要事商量，速回龙宫。

他跟她说，三日之内便回家来。

可是，她等了十天，也不见他归来。

就在她心慌意乱之时，柳公子来看她，并且告诉她，他回东海是为了成亲。如今，东海龙王的独子与西海龙王的小公主明姬的婚讯，已传遍天下。东海龙族，怎可能对一只妖怪有真感情。柳公子很是同情地摸了摸她的脑袋。

心有点疼，像被撕了个口子。可是，这难道不是一个好消息么？一对门当户对的璧人。

我知道了，她朝柳公子笑了笑。然后，继续安静地过日子。

柳公子离开后的第三天，他回来了，抱住她便不肯撒手。

去了哪里？她笑问。

去了哪里不重要，重要的是我要回到哪里。他这样说。

她便什么都不问了。只像往常那样，端出热气腾腾的饭菜。

第二天，她在他还没醒来时，离开家，回到了蛇穴。

她跟老蛇说，她再也不回去了。

几天之后，柳公子从外头回来，见了她，很是高兴。深夜，他来找她，将她带到蛇穴中一个僻静处后，突然跪下来，声泪俱下地求她帮忙。

她惊诧不已，问出了何事。

柳公子道，蛇穴将有大难，如果没有灵凰十二棺上的青珀眼，蛇穴中的老老小小都难逃大劫。只有她，才能拿到这十二颗青珀眼。

她向来是信任柳公子的，对他的话没有任何怀疑，可她这样的小妖怪，能帮到什么忙呢？

柳公子告诉她，这东西，是东海龙族之物。

她恍然大悟。

在蛇穴中发了几天的呆后，她回到了家中。

夜里，四处寻她不着的泽疲倦地回来，见到她，惊喜不能自已。甚至都不问她去了哪里，只说回来就好。

她不看他的眼睛，垂着头，说一位密友身患重病，只有东海之中的青珀眼可救命。她拿出柳公子给她的墨玉葫芦，说这是可以装青珀眼的东西，请他看在夫妻的情分上，救救她的朋友。

她自己都觉得这谎话太拙劣。她有点内疚，可是又不太内疚。她甚至希望这个谎言马上被戳穿，让他大骂自己一声骗子，然后绝了对她的念想，回到那个与他匹配的人身边。

真是你的朋友需要青珀眼吗？他问。

她犹豫片刻，点点头。

他拿过墨玉葫芦，二话不说出了门。

几天之后，他带着一身伤回到家中，将墨玉葫芦交给了她。

去救你的朋友吧。他摸摸她的脸颊。

我……她心如乱麻，想告诉他自己说了谎话。但最后她什么也没说，拿过墨玉葫芦匆匆离开了家。

可是，她没想到，总是信任她的泽，这次却一路尾随她到了蛇穴。

柳公子大笑着接过墨玉葫芦，极力称赞她的本事，说什么他早知道，只有她有办法让那条蠢龙拼命。如今拿到青珀眼，大事可成，大事可成！

初酒

359

蛇穴并没有大难？她诧异地问。

柳公子笑而不语。

可是，谁都没有料到，真正的大难，来得这么快，这么容易。

他化身为龙，眼中透着从未有过的愤怒与杀气，从口中喷出了熊熊烈火，转眼便让蛇穴中哀号四起，老老小小都化作了灰烬。连柳公子也没能逃出生天，被他的龙牙开膛破肚，整个吞入了腹中。

她缩在蛇穴的一角，怔怔地看着这条暴怒的龙。

"这十二只青珀眼，放在东海深处的龙墓之中。我与父亲兵戎相见。他斩钉截铁地说，你要的只是这个葫芦，不是我。"化回人形的他，看着从柳公子手里抢回来的墨玉葫芦。

她咬紧嘴唇，不说话。

"他说，妖怪都是低劣的邪物，迷惑世人，伤害生灵，最擅长的就是欺骗。为了证明他的断言是错的，我决定跟你来看看。我多希望你能争气，这样，我们就能光明正大击败父亲的偏见。可是，我用性命与东海龙族的身份换来的东西，就以这样的方式，被你交给了这些恶劣的妖魔。"他一字一句地说着，脸上无喜无悲。

"回去，找你的明姬公主吧。"她深吸了一口气，"那个才是你门当户对的、高贵的妻子。"

他狠狠拽住她的手腕，要拧碎她的骨头一般。她倔强地闭紧嘴，硬是一声不吭。

盛怒之下，他将那墨玉葫芦朝地上狠狠砸去，里头的十二只青珀眼如飞鸟般散出，四下逃窜。他下意识地伸手去抓，不曾想一只青珀眼竟平白钻进了他的手掌，无迹可寻。其余十一只，皆冲出蛇穴之外，再无下落。

她追出蛇穴，看到他喘着粗气，背对着自己站在最后一点夕阳里。

"我连她的盖头，都没有揭。"

抛下这样一句话，他头也不回地走了。

她无力地坐下来，谁曾想这一别，就是永久。

她去了一座更遥远的小城，带着在腹中微动着的生命。是，她有了身孕，还没有来得及告诉他，便永远失去了彼此。

孩子顺利地出生，一对长得那么像父亲的双胞胎。

几天之后，家中来了一个陌生的男人，他冷冷地看着她："你让一个父亲永远失去了儿子。"

"你要杀了我么？"她问。

男人摇头："那会脏了我的手。"

两个婴儿，哇哇大哭起来。

男人眼神复杂地朝内室看了一眼，咬咬牙，转身便要离开。

"等等。"她叫住他，"一个月以后，到后山的山神像前去，有人会在那里等你。"

他停了半秒，走出大门。

她回到内室，抱起两个襁褓中的稚儿，慢慢地唱起摇篮曲。

一个月之后，她将孩子放在了后山的草庐下，两个孩子的襁褓内，有她细细绣上的两个字，哥哥的，是"烁"字。弟弟的，是"炽"字。

你们不能做一个失败妖怪的孩子，卑微阴暗地活着，你们是龙的儿子，光芒万丈，炽热骄傲的生活，才是你们该走的路。

滂沱大雨中，她目送着孩子被人接走，一颗心因为疼得太厉害，反而不觉得疼了。

之后的几年，她如行尸走肉一般生活，看似没有目的的漂泊，方向却一直朝着东海。

原来，心里的思念，根本割不断啊。

她在东海附近的渔村住下来，天天看着茫茫东海发呆，如果凑巧有东海里的虾兵蟹将路过，她总是想方设法向他们打听龙王孙儿的事情。

后来，一只喝醉酒的老乌龟告诉她，龙王的小孙儿最是顽皮，常常跑到岸边的渔村来跟人类的小孩玩耍，怎么惩戒都无济于事。

她顿时得了希望，从此天天在渔村徘徊，希望真如老乌龟所言。就算，只能看到一眼也好。

那天，雨后初晴的天空上，挂起了彩虹。她照例坐在村口，远远地，一个五六岁的小娃娃，穿了一身贵气的紫红袍子，欢欢喜喜地朝渔村奔来。他还这么小，眉眼身形却已经出落得如此俊美挺拔，可想将来长成之后，会是何等出类拔萃的人。

她忍住要落出的眼泪，在他跟渔村小孩游戏时的间歇，装作若无其事的样子问他："孩子，你叫什么名字？"

"敖炽！"他一点不怕生，扬起红扑扑的小脸，落落大方地回答，"你呢？你又是谁？"

"我……"她咬咬嘴唇，摸摸他的头，笑道，"我是在渔村暂住的人，我喜欢这里的孩子，他们很可爱。"

"对呀！我也喜欢跟他们玩儿！他们会好多游戏，不像我家里，没人愿意跟我玩，只晓得让我念书念书。"敖炽瘪了瘪嘴，模样可爱之极。

"念书是好事呀，要听家人的话。"她忍住心里的疼痛，小心翼翼地问，"你的爸爸妈妈，也不陪你玩儿么？"

"我没爸妈。"小敖炽耸耸肩，"我爷爷说他们都死了。"

初酒

不能哭，忍住，忍住。她平复心情，笑着问他："要不要吃我做的芝麻饼？你的小伙伴们都很喜欢呢。"

"要！"他脱口而出。

一大一小，两个"初次"相见的人，竟毫无陌生感，那份对彼此的喜爱与不设防备，似乎早就深埋于血脉之下。

因为她，还有她做的香喷喷的芝麻饼，敖炽偷跑来岸上的次数更多了。他越来越喜欢缠着她，跟伙伴们玩游戏输了，气鼓鼓地找她评理；摔疼了，总是要跑到她面前，才哇的一声哭起来；喜欢在吃了满口芝麻饼的时候，故意拿沾满芝麻的嘴去亲她，弄得她满脸都是，然后自己哈哈大笑；累了，就蜷在她的怀里睡去，睡梦中，总是紧紧抓着她的手。

她问他："为什么这么喜欢跟我在一起？你连我的名字都不知道呢。"

"不知道。"敖炽摇头，"你身上有好好闻的香味，我从来没有闻到过的。反正跟你在一起我很开心就是啦。"他嘻嘻一笑，抓住她的手说，"你跟我回家去好不好？"

她一惊，问："为什么呀？"

敖炽噘起嘴："连给我铺床叠被的小螃蟹都有爸妈，前几天我看到他们来找小螃蟹，说是他的生日，带了好多好吃的给他呢，一家人笑得可开心呢。"他垂下头，"就只有我，什么都没有。哥哥整天读书，也不理我。你跟我回家，我跟爷爷说，让你当我的妈妈好不好？"

她一把将敖炽拥在怀中，眼泪决堤而出，说："等你长大了，就不会为这样的事难过了。"

还能说什么呢？！

在小敖炽又一次被东海的虾兵蟹将们又哄又骗地带回东海时，她躲在远远的地方，看着儿子的身影消失在大海之上，在心里说了一万次对不起。

第二天，她悄悄离开了渔村。知道孩子被照顾得很好，可以安心了。

她去了一座遥远的深山，化回最初的样子，不再进食，无牵无挂的她，任自己渐渐陷入无边的深眠。

不知时间过去了多久，她被一阵冰凉的感觉惊醒。

睁开眼，却什么都看不清楚，模糊之中，只觉得有人正在将一种绿色的、散发着奇异香味的液体灌入她的体内，但感觉很舒服，有一种饱食美餐后的满足，溃散掉的力量迅速聚拢回来，似乎还比以前强大了许多。但是，视线一直不清楚，最后，只看到一只手朝自己伸来，便什么也不记得了。

之后，她迷迷糊糊地醒来过几次，发觉自己身在一座木屋内，四周是模糊的墙壁，还有一个熟悉但又十分陌生的身影，扶着她的肩膀，将那绿色的水缓缓送进她的口中。她无法动弹，身子仿佛被固定在了一个地方。一切变得越来越不对劲，她觉得越来越饿，那种饥饿的感觉从心里爬到脚下，再迅速地扩散开去，她的思维越来越混乱，整天想的只有一件事，就是进食，无法控制。混沌之中，她只觉得自己的身体在不断膨胀、变化，它们分裂开来，在地下游走，并且学会了她从前的本事，窃听人心，模仿声音，将无数猎物吞入腹中。

她很痛苦，可是无能为力。清醒的时候，还可以强迫自己停止捕食，可是，随着她被强制饮用的绿液越来越多，她清醒的时刻也越来越少。有时候，感觉有许多黑乎乎的人影在她周围出没，有时候觉得天地之间都只剩她一个。但大多数时间，她都如坠深渊，意识空白，只有一个莫名的念头，就是"往上"。直到敖炽的出现。

他不但认出当初做芝麻饼的女人是她，还知道她就是自己的母亲。

当他将龙珠送入她体内做净化时，她才从又一次的"空白"中醒来，见到长大成人的敖炽，她自然诧异到不能言语。

她问他是怎么找到这里的，敖炽说，他只是闻到了那股熟悉的香味。

在敖炽全力为她驱除体内那股邪力之时，心脉相通的母子，意识相交于虚无之中。她听到儿子的声音，听到他宽慰自己不要担心，他一定会让她恢复正常。他不停鼓励她，告诉她一定要好好活着跟自己离开，一定要去见一见她那个极品的树妖儿媳，一定要随他们回去不停，喝一杯世上最难喝也最好喝的茶。

她是这么高兴，多想跟已经成家立业的儿子一道去看看那家叫不停的小店。

可是，太晚了。她的身体，已经不可能被解救。她知道那股力量有多根深蒂固。可是，敖炽根本没有放弃的意思，他不断注入自己的力量，意识越来越涣散……

砰！

大叔跟敖炽都摔在地上，发出的声音，将我从另一个遥远而抽离的世界中拽了回来。

我不过是失神了刹那，但实际上，却像走过几生几世那么长。

看着女人比刚刚更显虚弱的脸，我擦了擦额头上渗出的冷汗，难以置信地说："你刚刚……"

"给了你我的记忆。"她笑笑，"这样的见面礼希望你不要介意。我没能陪伴敖炽长大，没能看到他娶妻成家。我完全缺失在你们的生命中，原本这些过往，应该是在一个好天气的时候，一家人坐在阳光里，一边喝茶，你们一边耐心地听我唠叨。可惜……没有时间了。"

初
酒

363

"不会的！一定有办法让你恢复到从前！"我抓住她冰冷的手。

"敖炽是个实心眼的孩子，又骄傲又脆弱。"她认真地看着我的眼睛，"我能感觉到你对他的重要。裟椤，就当我恳求你，不管将来发生什么，别像我一样，抛下他不理。命运很神奇，当年我与他父亲，惨淡收场，如今的你们，同我们从前何其相似，你们不要像我们……相爱的人，不要说谎话……永远不要！"

"我明白。我答应你。"我用力点头，她的手越来越凉，连身体都哆嗦起来。

"还打！打个屁啊！"我扭头朝那两个男人大吼，"敖炽你快过来！"

那边，敖炽一惊，闪过大叔的拳头，朝这边冲来。

"敖炽……"女人颤抖着抚摸他的脸颊，努力地说，"对不起……如果你将来见到你父亲……跟他说……说……"

她的话戛然而止，眼睛突然瞪得很大，原本还有一抹淡红的嘴唇也开始变得乌紫，整个身体剧烈地抖动起来。

"妈……"敖炽手足无措地握住她的手，"别这样，你还要跟我回去呢！别这样！"

与此同时，整个屋子与地面都开始抖动起来，一股马上要天塌地陷的危险感迅速包围了我们。

"他们来了……你们……"女人的牙齿上下磕碰，费力挤出几个字后，便再也说不出话来，裸露在外的雪白肌肤上，一条条绿色的脉络由浅而深，畸形地扩散游走着。房屋震动得越来越厉害，墙壁与地面上的花骨朵竟在此刻纷纷开放，一个个嚣张地吐出了恶心的绿舌头，并激烈地发出嘶嘶的噪声。

里头的情形十分不乐观，外头的情形，也很不妥——房里悬挂的纱帘被粗暴地撕开，一大群黑衣裹身、看不到脸的人，气势汹汹从外头冲了进来。

二 ❧

巨大的显示屏里，播放的不再是奇怪的试验室，而是再普通不过的新闻，内容千篇一律，却同样触目惊心——暴雨成灾，世界各地死伤无数；地壳运动反常，多个城市之中，不同震级地震频发；非洲某地区巨大的隔离区里，无数具尸体被抬往焚化炉，新型的传染病至今也找不到解药，从政界到军方到科学界，各位掌权者与专家一直宣称努力解决，但实际上无计可施。

天空真的像被捅漏了，再也堵不上。

某一个频道里，播放着一条空无一人的街道，一个疯疯癫癫的流浪汉在暴雨里狂奔，一直跑到一堵墙下，拿起一罐油漆，在墙上疯狂地泼写着——2012！末日！

"上面"的世界真是越来越可怜了。

他笑着走到窗前。

头上那片橘色的天空，不知几时开始，已然掺进一股乌黑之气，由上而下，层层扩散。

"成了……成了……"他惊喜的神色，堪比见了糖果的孩子。

他从窗口纵身跃出，迫不及待地飞到空中，一路上拼命呼吸，仿佛想把整个变异的天空都吸到肚子里似的。

这个本来充满暖色的世界，渐渐变成了冷色。

他兴奋地往高处去，舒展双臂，贪婪地呼吸，一脸极致的陶醉。

突然，他停了下来，一把掐住了自己的喉咙，脸色涨得乌紫，悬于空中的双脚痛苦地乱踢着，一道闪电般的白光从他体内炸裂开来，把半壁天空都照成了白色，他猛一翻身，天空中便再不见他的身影，只有一条巨蛇甩动着尾巴，挥动着身上的翅膀，挣扎着朝上飞了一小段距离后，便一头朝地面坠下。

神殿的窗口，一个模糊的人影，静静注视着这一切。

"把屋里的外来者全部杀掉，一个不留！"

木屋外，绿腰穿上了一副坚硬的盔甲，手执一把类似枪支的武器，一脸狠绝地指挥着他的下属。

"可是绿腰先生，之前神君不是有命令不能靠近木屋么？"一个敦实的，像个小头目的黑衣人有些犹豫。

绿腰怒道："他已经不管'源'的安危，也不管我们的生计了。他已经不打算再酿制末途！所以这次，就算拼了这条命，也不能听他的！照我说的做！快！"

"不酿造末途？"黑衣人大吃一惊，"那我们靠什么为生？没有它给我们补充能量，我们一个都活不下来啊！神君到底怎么了？他要我们全都死掉么？！"

"所以，不想死就快点进去！"绿腰一咬牙，"他抛弃我们，我们也可以抛弃他。"

三

黑衣人不是人，妖气弥漫，攻击方法也十分特别，一见到我们，便捂住自己的嘴，狠狠一吹气，身体便像生气的河豚一样膨胀起来，还钻出一根一根的尖刺，每根刺上，都钻出一个三角形的鲜红的蛇头。于是，只见一排密密麻麻的刺球怪朝我们扑来。只要它们身体接触过的地方，就变成一块空地，不复存在。

帕卡尔握着砍刀，朝扑向他的刺球狠狠砍去，刀刃深深陷进了刺球的身体里。

"放手！"我猛地一下打在他的手上，刀柄滑落出去，转眼间整把刀连同刺球都不见了，地上只剩一条尺来长的小黑蛇的尸体。

九厥以结界暂时护住老黄夫妇，随后取出个酒壶来，念了几句咒语，便将里头的酒一股脑儿洒了出去，好好的美酒顿时化成锐利的小尖刀，一次解决了几十只刺球。

敖炽与我以灵力化为气流击向刺球，但不管我们多么努力地杀，刺球的数量都不见明显减少。地上的蛇尸总是过一会儿就消失，以至于我怀疑它们是不是又死而复活加入战斗。

敖炽的母亲被我们严密保护着，我根本没有时间去看她现在变成什么样子，只是莫名觉得身后有什么东西正在噌噌往上"长"。

所有人都在战斗，只有那该死的大叔，不声不响杵在我们身后，完全没有要出手的意思。

突然，一阵清晰的碎裂声从四面八方传来，破碎的墙壁与地板里，钻出无数粗壮的绿茎，上头全是吐着绿舌头的紫蓝花，扭曲游动的绿茎仿佛失去了束缚，要一起从暗处涌出，席卷整个空间。

这时，一声我这辈子都没听过的巨吼，在身后炸响，其巨大的程度，不只是要震坏我的耳朵，连魂魄都快震散了。随之而来的，是一阵强悍的冰凉气流，像一双毫不留情的大手，把我们所有人都朝外头狠狠推开了去。

我身不由己地被抛向半空，那些同时被震开了去的刺球，全部化作了碎成一段段的蛇尸，啪啪地落在地上，污糟不堪。

来不及施展法术，我便重重跌落在地，幸好九厥跟敖炽还算利落，凌空抱住了老黄夫妇跟帕尔卡，不然他们真要碎成渣了。

忍住疼痛，我迅速爬起来回头一看，呆了——木屋不见了，四周的土地被毁得一片疮痍，木屋原来所在的位置，已经凹陷下去，成了一个巨大的坑，那个长在地下的大怪物已然见了天日，无数绿茎与乱飞的紫蓝花从它的主干上蹿出来，混在一起，在四周快速游动着。

所有人都呆住了。我们真正的惊讶，不在于这些，而是那怪物直冲天际的主干上，笼罩的，是一条飘飞的布裙，布裙下不是脚，而是与主干长在一起的肢体。

此刻，敖炽的母亲高高在上地站立着，姣好的容貌已被一条条绿色的脉络完全破坏，散开的头发在空中凌乱地飞舞。每一条游动的绿茎，每一朵想吃人的紫蓝花，在她身下动荡不止，那些怪异的跳动与扭曲，仿若恶魔的舞蹈。

难怪她动不了，原来，她根本就是"长"在了这里，我们之前所见的，都只是她的一部分而已。

这时，大叔突然从怀里取了个什么出来，好亮！

敖炽见状，大惊失色，呼地一下蹿过去，拽住了大叔的手："不行！"

我追过去，看到大叔手里的，是一枚三寸长，用骨头打磨而成的针，上头还刻着精细的花纹。

"只要她还活着，供应给其他妖物的能量就不会断绝。你杀掉再多小喽啰也没用，它们会循环复活。"大叔沉沉道，"她体内吸收的邪力已经太多，你以龙珠净化，不但不能成功，反而会被她吸收变异成新的力量，让她妖变得更厉害！再不动手，都别想活着离开。"

敖炽咬牙："会有别的办法！"

大叔将骨针塞到他手里："你自己决定！"说完，他一把拧住敖炽的后脖子，逼他往上看，说，"看清楚，她最后的一点本性马上就要消失，如果你不动手，这里很快就会变成炼狱。如果你不阻止，她还会继续生长，很可能一天就长到另一个世界去。更多的人会成为她的食物，也有更多的邪灵妖物会因她而强大，生生不息。"

事态紧急！换成是我，我会怎么做？不知道。但是，总得要硬起心肠做一道数学题，留下她，会有多少人受害，除去她，会有多少人得救。答案太一面倒了。

可是，敖炽的悲伤，身为人子的责任，又该如何计算。

我伸出手，用力捏了捏敖炽的肩膀，在他背后说道："如果有一天你变成这样，我会是那个让你消失的人。同样，如果是我，也请你不要犹豫，因为，但凡我还有一点点本性，那唯一的希望，就是让你来阻止我。与其变成一个彻底的怪物，不如做一个安息的灵魂！"

敖炽的眼睛布满血红的丝，他用生平最凶狠的目光盯着我，然后，突然转身，跃向半空。

越来越黑的天空下，他停在母亲的面前，看着她已经变成了两块绿色球体的眼睛，慢慢举起了手里的骨针。

"敖炽，你怎么忍心杀掉妈妈？"

一个悲哀的声音，从她身上发出，传染般扩散下来，所有的绿茎与紫蓝花都发出了同样的声音，这句话，连绵不绝地在四周响起，听得人心脏发紧。

窃语独有的妖法，竟然用在了敖炽身上。

敖炽的手剧烈抖动起来，骨针停在半空。这时，数条绿茎残绕过来，紧紧套住了他的身体，无数吐着舌头的花趁势朝他涌去。

不好！

初酒

367

我跟大叔同时飞了上去，他比我快，挥手弹出一片火焰将怪花烧成灰烬，再一把抓住敖炽，顺势抢过他手里的骨针，朝敖炽母亲的额头狠刺过去，毫不犹豫。

敖炽跟我，都下意识地把脸扭向一边。

可是，半晌都没动静。

转过头，一条尖尖的蛇尾，紧紧缠住了大叔的手臂。

巨大的羽翼，把天空都要遮住了，浓重的阴影将所有人锁住，强烈的压抑感从头顶贯穿到脚底，一对深灰色的眼珠，在布满紫白鳞片的硕大头颅上缓慢转动，没有任何光彩，任何外来的光线，都不能在那样的眼睛里折射出光来，那片比真正的黑洞更可怕的灰色，真是世上最绝望的颜色。

这是我有生以来见过的，最大的一条蛇。

健壮蜿蜒的躯体在空中岿然不动，水波一样的光纹在它每片鳞甲上闪烁，张扬耀眼，与它阴暗不见天日的眼睛形成鲜明的对比，橘色与黑色混在一起的气流滚滚而来，在它的身周游弋不止。蛇妖我见过不少，顶多骚扰一下市民或弄倒一座和尚塔，能成这般气候的，绝无仅有，如果它不是没角没爪，我会以为我看到了龙。难怪它会被称为羽蛇神，且不论它的正邪，这架势已是足够了。

老黄已经吓晕了，帕卡尔哆嗦着，连刀都快握不住。

"她属于这里。"羽蛇神的嘴里，露出一排尖细密集的牙，乌黑分叉的芯子在齿间跳动，每说一个字，就有一缕灰色的雾气从口中漫出。

这一瞬间，它与大叔僵持，敖炽被绿茎缠成了粽子，我最自由。

我在千分之一秒时间里做了一个可能会让敖炽恨我一辈子的决定。

纵身向前，在所有人都忽略了我的刹那，我闪电般从大叔手里抢过骨针，赌上我全身的力气，照准敖炽母亲的额头猛刺下去。

"裟……"敖炽的眼睛瞪得比灯泡还大，惊诧得连我的名字都喊不完整了。

那张丑陋的脸孔张大了嘴，已经变成绿球的眼珠死死瞪着我，下一秒就要脱出眼眶一般，她，应该是它，抬起绿脉遍布的双手想来招我，却突然定住，深深插进它眉心的骨针，只留不到半寸在外，金光激射，我可能眼花，反正我看到金光之内幻化出无数条昂首摆尾的龙，齐齐钻进了她的脑袋。瘀血一样乌红的颜色，即刻从地面上每一根绿茎的末端，每一朵紫蓝花的花心开始，迅速朝上蔓延，地面的震颤比任何时候都强烈，波及的范围似乎不只我们所在的这一块，整个地城的土地都在颤动，地面下，有东西正在垂死挣扎。隆隆声中，地城的土地开始翻腾，褐色的泥土骤然化为乌红，上头的植物瞬时枯萎，其间，大大小小的动物尖叫着逃窜，一幅末日之象。

我又听到咔咔的碎裂声，她身下的主干，被强大的力量撕裂开来，由下而上，所有从这里生出的绿茎与紫蓝花，都化成了乌红的灰烬，弥漫在天地之间。

力量并没有因此而停下，直到她朝我伸出来的双手，她的身躯，她的脸孔，在我面前碎成了渣，大地才停止了震颤，一切宣告平息。

敖炽跌在地上，愣愣地望着漫天灰烬，一根纤弱的小草从空中飘下，正好落在他的怀里。

连气都来不及喘一口，一个愤怒的火球便朝我扑来，我慌忙闪开，衣裳仍被擦过去的流火烧掉了一个角。这位愤怒的羽蛇神显然是锁定了我，连大叔都不顾了，扔下他便朝我而来。离得近了，我才更清楚地看到，那张狠狠张大的蛇口是有多大，两个不减肥的我也不够它塞牙缝。

跑！打不过就跑是我的信条！正想朝更高的空中飞，却没料到自己被"黏"住了，任我的双腿怎么蹬，身体怎么蹿，就是飞不动，不但飞不动，还被一股力量往后拖。回头一看，羽蛇神口里吐出的烟雾居然变成了蚕丝一样的鬼东西，像502胶一样黏在了我的背上。

拔河，我怎么可能是这大块头的对手！老天，别告诉我我的2012就是被一条大蛇吃掉，这样的结局太伤心了！

四

胡思乱想挣扎之际，一圈激烈的光芒在背后闪开，纵然我是背面而对，眼睛也被刺得发疼。身子突然没了束缚，我朝前一扑，一个家伙从后面撵过来，抓住我的手臂拖进怀里。我一回头，除了敖炽严肃到黑暗的脸，当然还看到一个誓要置我于死地的大嘴巴，那密密的蛇牙，离我不过咫尺之遥，不过，也就只能保持这个距离了，它无法再往前蹿动半寸。

谁拽住它了?!谁这么大力气拽住了它?!

敖炽抱着我朝地面而去，就在我跟羽蛇神拉开距离之后，我才看到惊掉下巴的一幕——一条体型比它更大的龙，死死咬住了它的尾巴，仰起脖子朝后一甩，这家伙便飞了出去，重重坠落在地。那浑身银白的大龙，龙角峥嵘，目光如炬，傲然立于空中，冷冷注视着地面上的敌人，大龙任何一个动作，不管仰头还是抬爪，都会有一道炫目的银光顺势而出，华贵之气一目了然。除开这些，它更有一份气定神闲、不怒而威的庄严。那种感觉，就是它什么都不用做，只要稳稳地立于高处，便能叫所有看见他的人，情不

初酒

369

自禁地臣服于脚下。

哪里来了这样一条龙？！我看得呆傻，只记得当时离羽蛇神最近的，只有一个大叔。

大叔？！

摔一跤自然摔不死堂堂的羽蛇神，它从被它砸出一个大坑的地上一飞而起，朝大龙扑去，两个大家伙缠斗在一起，一时难分高下。

我与敖炽落到地面，他二话不说，从怀里摸出那根小草，慎重交给我：“守好它。”

“你……”

不等我说话，这厮已毫不留情地抛下了我，突然现出原形，飞速朝空中那两个打得难解难分的家伙而去。

天空变得更糟糕了，仅剩的一点点橘色全被滚滚的黑浪所代替。一银一紫两条龙，口吐海蓝真火，昂头奋爪，联手对付那条自以为可以翻云覆雨的羽蛇神。我曾听敖炽说，龙发怒的时候，天地都会随之变色，所以不要总是惹他。以前我以为他是夸大其词，当年他生气的时候，也不过就是吐个火就算了，直到此时，我才明白他没有骗我。

此刻，整个天空已经漆黑一片，闪电鸣雷，狂风大作，无数滚动的火球在他们彼此身边炸裂开来，龙爪犀利，蛇头狠毒，每每到他们肢体相碰的时候，就有刺眼的光华炸裂开来，整个世界在这场旷古绝今的战斗里，被迫在黑夜与白昼中不断转换。落下的碎火借着风势散得到处都是，轻易引燃了那些枯干的植物，转眼便连成了一片火海。

我最怕火。他们再这样打下去，羽蛇神会不会被降伏不知道，这片土地倒是很快会被烧得一干二净。

“西边！西边有一个湖！”帕卡尔焦急地指着远方。

“没用。远水不解近火。而且火势蔓延太快。”我知道他的好意，但我无能为力，我没有操纵大量水源的能力，九厥也不行。就是这么几分钟，火势已经比刚才扩大了一倍，滚滚黑烟中，焦臭的气味越来越浓。

“去神殿顶上避一避。”我大声说。

殿顶离地面很高，就算这里烧成了火海，这座坚实的金字塔也还能维持一段时间。

我抬头，空中的激斗根本没有停止的意思，但是看得出，羽蛇神已经渐渐落了下风。

这种级别的斗殴，我跟九厥都是不够资格插手的，我对两条龙有信心，索性横下心不管他们。现在要做的，是赶紧想出灭火的方法，否则他们决出胜负之时，只怕我们所有人都变成烤猪了。

唯今之计，只有搬救兵。我迅速把认识的所有人扫描一遍，在掠过某个名字时，不禁一阵惊喜。可我马上又愁住了，虽然那个人有可能，但我要怎么才能通知他来这里呢？

我们被隔离了，根本突破不了这片天空。

我吸了口气，突然往天上飞去，我必须再试一次，我感觉在敖炽母亲的妖身被毁之后，这个世界的平稳与均衡被打破了，牵制着这里的力量混乱了，如果是这样，那层不能被突破的界限是不是也动摇了呢？

结果，我又想多了。

那层"界限"依然坚固，毫不留情地把我拍回了原地。落到地面的我，发觉皮肤上竟然覆了一层薄薄的冰霜。

我心脏一抽，黄泉界？！我现在才认出，头顶这片冲不出去的结界，竟然是黄泉界！

"你说我们头上是用无数妖怪与人类的亡灵制造，但凡活物，不论妖怪还是人类，统统有进无出的黄泉界？想要离开，要么得到布置者的恩准，要么死？"九厥惊讶地问道。

"黄泉界，只有亡灵才能通过。"我点点头，这下麻烦大了。

"没有别的办法？暴力破除也不行？"九厥问。

"就算要破除，也只能从黄泉界之外施加力量，在这里是不行的。"我摇头，"我们所有人，再加上天上那两条龙，也无济于事。"

"早说嘛！"一个声音从我裤兜里钻出来，白驹噌地跳出来，飞到我面前，"老板娘，你确定亡灵可以通过那个什么黄泉界？"

天哪，我怎么忘了这一茬，白驹正是一个如假包换，寄居在扇子里的死灵呀！

我一把抓住白驹，百感交集到说不出话来。

一阵凉意从手中飘过，我手一松，扇子啪嗒掉在了地上。

我知道白驹出来了，面前，有一个飘忽不定的白影。

"你回到不停，去柜台下面第三个抽屉里找入住登记簿。那里，我记下了所有直接以及间接欠我钱的人的名字。"我仔细交代道，"你找到写着'左展颜'的那一张，撕下来烧掉。""嗯嗯，然后呢？"

"然后你就带他来这里！记住你出去的路！回来时沿原路返回，别带错了！"

"烧了纸他就能出现？"

"到时候你自然知道怎么回事，快去！"

"行。"

一道白影冲天而起，很快隐入了天空，没有落下来。

可是，我的心怎么越来越不安呢？

"左展颜是什么人？"九厥问。

"他是一条蛟。虽然没有龙那么厉害，但天生有御水之术，有他在，这场火就有救了。"

初酒

371

"等等，他来了，灭了火，结果又如何呢？不过是多了一个出不去的人。"九厥突然道，"这个黄泉界不是有进无出的吗？"

我顿时蒙了，刚才太兴奋了，居然没考虑到这一点！他来了不是也出不去么？找他来帮忙，不是把他往坑里拉么？

把白驹叫回来已是不可能了，我从兴奋的顶端即刻跌倒了沮丧的谷底。犯下这种低级错误，实在是老板娘最大的耻辱！

"不过，也未必。"九厥上前，一脸无所谓地拍拍我，"你不是总说，不管事态多么糟糕，也要尽量往好的一面看么。"

"我失策是事实。"我皱眉道。

"我倒不觉得是失策。"九厥露出他的招牌微笑，看了看天上，没头没脑地说了一句，"验证你人品的时候到了。"

五

轰一声巨响，折断了翅膀的蛇，笔直地坠下，砸起的泥土足足飞起数米之高。

它的身上，处处是伤，躺在地上直喘粗气，就算身边燃着熊熊大火，它也无力挪动身子。

两条龙，停在离它不远的地方，沉默地看着它。

"不论从前还是现在，你都丢尽了东海龙族的脸。"银龙冷冷道。

蛇身渐渐缩小，躺在地上的，是那伤痕累累的男人，嘴角淌着血，笑："我跟你们东海，可是毫无关系啊。"

"你说没有关系就没有吗？"敖炽化回人形跳下来，一把揪起对方，眼睛里除了愤怒，还有强烈掩饰却仍露痕迹的悲伤，"为什么做这样的恶事？为什么要害死那么多无辜的人！好好地在你的地盘生活下去不行吗？不行吗！"

他平静地看着敖炽与银龙："该好好在自己的地盘生活下去的，应该是二位敖先生。"

"你……"敖炽怒火攻心，一拳打在他的脸上，气得浑身发抖，"你知道我是谁吗？我是谁吗？"

"知道啊。"男人笑，"你是敖炽，你一见到我就这样说了，还要我跟你回去见一个人。你还是东海的龙。我闻到了你的味道。"

银龙落回地面，一阵薄雾散去，龙是没有了，只有好久不见的大叔。

大叔居高临下地看着他："我来，只问你要十二只青珀眼。"

"青珀眼？"他坐起来，擦去嘴角新流出来的鲜血。

"对。"大叔斩钉截铁。

他耸耸肩："没了。"

"没了？！"大叔揪住他，"你想跟我说你饿了，把它们吃了么？"

"好久好久以前，它们好像被砸碎了。"他抱歉地笑，"让你们白跑一趟，真过意不去。"末了又补充一句，"真的。我没有拿你们消遣的意思。"

大叔从牙缝里挤出三个字："不肖子！"

一句话，毫无征兆地劈中了一根最脆弱的神经。

他的脸色突然变得煞白，一手紧紧摁住自己的心口，一手抠在地上，大汗淋漓。片刻之后，他不知哪来的气力，猛地蹿起来，又化回羽蛇的模样，挣扎着朝神殿之顶而去。一路上，他的蛇尾一次次卷起，狠狠朝身上的伤口拍去，每一次难以想象的剧痛，都让他低吼出来。

有时，疼痛是保持清醒的最好方法。

从天而降的大蛇，把神殿顶上的石板砸得凹陷下去，连带着整个神殿都摇晃了几下，把所有人吓了个半死。

我跟九厥把其他人护在身后，绷紧神经盯着这个罪魁祸首，做好了随时跟它拼命的准备。不过看它现在这满目疮痍的样子，连起身都很困难了。

紧跟而至的两条龙，见他没有攻击他人的意思，这才化回人形，落在我面前。

我盯着这个男人。果然，大叔就是大龙！

大龙……难道之前将我从水中救出的，是他？原来那并不是我的幻觉。可是，大叔明明很讨厌我，为什么又要帮我？大叔到底是东海龙族里的哪号人物？

羽蛇的翅膀已经折断了，不知它是凭借什么力量飞来这里。此刻，它全身已找不出几块好肉，连乌黑的蛇信子也只能无力地耷拉在嘴巴外头。

"不能再打了……杀了我……杀了我……"

这家伙落地时撞坏了头，说起胡话来了么？

"你快动手……"话没说完，这家伙就停住了，张着嘴定在那里，像被什么哽住了喉咙，更像被谁掐住了脖子。

很快，从他口里吐出一口郁郁的黑气，然后便是一阵与刚才截然不同的阴笑："不行啊，怎么能让你杀掉我呢。"

他费力地抬起脑袋，搁到殿顶边缘的石墙上，灰蒙蒙的蛇眼俯视着被烧得不像样子的地面，笑："这里是我一手造的美丽世界，我希望你们跟我一起分享。我说过，既

初
酒

然来了，就别走了。"

这厮没有开玩笑，短短几句话里的怨毒与绝望，像四面而来的滚滚浓烟一样，呛到每个人的身体里。

"不行，不能留下来！"拖在一旁的蛇尾突然高高扬起，狠狠抽在他自己身上，"地下……地下……"他的语气又变得焦急但正常，很想往下说却又无能为力，连一点光彩都没有的眼珠，此刻也不知受了什么影响，隐隐地亮起来。但很快，蛇尾无力地垂了下去，眼珠里的光也不见踪影，并且从这家伙的身体里，传来奇怪的咕噜声，巨大的脑袋像是遭了重击，从墙上滑下来，重重磕在地上。

长长的蛇身，此刻就像一堆弯曲堆积的烂肉，再没有任何动静。

见状，敖炽冲上去，居然捧起它瘫软的脑袋，大声吼："你装死啊？给我起来！起来！"他用力捶打蛇头，看起来是种攻击，可我看去，怎么都像是一种想把对方救醒的行为。

大叔的眉毛皱得快绞在一起了，冷眼看着这一切，拳头攥得咯咯响。

突然，死了般的羽蛇突然剧烈抽搐起来，蛇身里突起一个巨大的球状物，在其五脏六腑之间来回滚动，情形十分之骇人。

敖炽刚刚退到一边，羽蛇便发出一声震耳欲聋的吼叫，垂死的身体像是突然充满电流，从地上猛地弹起来，直奔上空而去。只见这家伙一边上升，一边吸气，四周的黑雾都被他的蛮力吸引过来，滚滚灌入那张得无比大的蛇口中，场面有说不出的诡异与壮观。

"打算把天都吞进去么？"九厥皱眉道。

不，他不是要吞掉天空，只是在贪婪地吸入那些不知从哪里渗进来的黑雾，看他的身子，里头那个滚动的球体越来越大，大得要撑破他的身体。

"怎么回事？"敖炽急躁地问大叔。

"不知道。"大叔看着天空，咬牙道，"不管发生什么，都是咎由自取。"

话音刚落，所有人的眼睛都被空中一团硕大的青光给晃瞎了半秒——羽蛇的腹部，就那么裂开了来，像被无数锋利的手术刀同时割碎了那般，那团青光，便是从无数飞溅开的血肉里冲了出来，光芒弱去之后，一只我从未见过的怪兽，在空中撒着欢儿地乱窜。怎么描述呢，像一只被竖着切掉了一半的黑牛，仅有的半个身体上，长着一个不成比例的大脑袋，不属于任何一种既定形状，只像个被塞满东西的麻袋，再在正中间粘上一只灰蒙蒙的眼睛，高高凸起，一层血红的半透明网状物围绕在眼睛四周，突突地跳动。不见它有四肢，只在腹部有一只又细又长、章鱼脚一样的软肢。

此时的羽蛇也不见了踪影，只看到一个没有知觉的男人，从高空坠下。

大叔条件反射般一跃而起，半空抓住了男人的胳膊，将他稳稳带回了殿顶。

我这才看清了"羽蛇神"的另一个模样，黑头发的男人，满口鲜血地歪倒在地上，从心口到腹部，露着一个血肉模糊、尺寸巨大的洞，惨不忍睹。换作寻常人，这样的肠穿肚烂，早就一命呜呼。难得他还能留着一口气。

敖炽慌张地凑到他身边，手足无措，想扶他，又怕再弄伤他。

这次，连大叔也不能淡定了，大手掌啪啪地打在男人的脸上："喂！装什么死？！给我滚起来！"

敖炽的反应实在出乎我的意料，他这种神经比水泥管子还粗的人，居然也会有这样的紧张，而且还是对一个从头到尾都不见得是好人的男人。

我压下讶异之极的情绪，仔细瞅着这三个围成一团的男人，突然意识到一个让我震惊的事实——这三个男人，长得好像！

不是五官上的绝对相似，而是一种隐于眉眼之间的神情，一样的倔强到死，一样的不顾一切。

我把我推向一个连自己都觉得荒唐的猜测——他们三个，有割不断的血缘关系。

可是，龙跟蛇，又怎么会有血缘关系呢？更何况东海龙族向来以其高贵纯净的血统为骄傲……这说不通，完全说不通！

"起来！你这该死的不肖子！你就打算用这个鬼样子来见你的父亲与儿子吗？！"

大叔的怒吼，让我眨了眨眼睛，做了三次深呼吸，对身旁同样目瞪口呆的九厥说："你掐我一下。"

"不掐。"九厥摇头，"我们没做梦。"

大叔，男人，敖炽……祖孙三代？！

我凌乱的脑子里，开始反复地问苍天问大地：你们就这么盼望我拜见家长吗？我知道丑妇终须见家婆，可就算是，能不能不要这么刺激？我岁数也不小了，心脏有点承受不住。

如果我没听错，那现在可真热闹，敖炽全家一次性登场，面前，站着一个连脸都没洗干净的我。还有，如果大叔是敖炽的爷爷，岂不是传说中高不可仰的东海龙王？！而我，好像在不久之前，朝龙王的屁股上踹了一脚……

"他说的是真的？"我忍不住了，扑到敖炽身边，紧紧抓住他的手，"他们，他们两个是你的……"

"爷爷与……父亲。"说父亲二字之前，敖炽明显停顿了一下。

之前勾勒在脑海里的东海龙王的形象被狠狠击碎了，就算刚刚敖炽的妈妈给了我她的记忆，我都完全没有意识到后面来接走敖炽兄弟俩的人，是龙王，还以为那是龙王的

初酒

心腹什么的！他不应该是一个穿着华丽大袍子，满脸白胡须，走几步可能就要咳嗽几声的老头子吗！要不要用这么年轻貌美混淆视听的姿态出现在他的孙媳妇面前！还有，敖炽的妈妈是妖怪，我可以接受，可是他爸爸明明是一条龙，怎么会变成蛇呢？！

男人在龙王的掌掴之下，终于睁开了眼睛。

现在，那是一双不能更正常的眼睛了，连眸子的颜色，都与敖炽一模一样。

"你给我看清楚了！这就是你跟那女人生下的孩子！"龙王揪住他。

男人愕然，眼睛里生出惊喜的光彩。

"真的？"他迫切地看着敖炽，"你是我与阿语的孩子？"

敖炽用力点点头。

他长长吐出一口气，眼圈微微地红了。

"抱歉。青珀眼弄丢了。"他缓缓道，虚弱的目光停留在龙王脸上，"我刚刚听到你在索要这个东西。当年我发现阿语对我撒谎，一怒之下砸碎了墨玉葫芦，它们全跑了，只抓住了一个……它钻进了我的手里。我本想回龙宫将整件事告诉你，可你连见也不肯见我，只让我永远滚出东海。"

龙王咬咬牙，没吭声。

"为什么搞成这样？老头说你以前不是这样的！"敖炽急急地问，

"你以前，来过？"他的眸子里有片刻惊诧，看着龙王。

龙王沉沉道："不止一次。只是远远地看，看到过你从一头猛兽的利齿下，救出一个孩子，也看到过你行云布雨，浇灌土地，还看到你所保护的人类，每一个都很敬重你，很爱你。"

"有这样的事吗？"他笑了笑，"太久了，真不记得了。"

"到底是什么把你变成这样的！"敖炽怒吼，举起的拳头停在半空，打不下去。

"三十年前，我去了上面，好像有一个人来找我，请我喝酒。那种酒真好喝，绿色的。"他努力地回忆着，"然后，我觉得身体变得充实，每条血脉都在燃烧似的。可紧跟着的，就是直入骨髓的剧痛，体内仿佛有东西在啃食我的五脏六腑，甚至灵魂。我再也无法控制自己的记忆与情绪，一股在我体内滋生却并不属于我的绝望的力量，占据了我的一切。我开始昏睡，醒来的次数越来越少。有时候我也能看到外面发生的一切，看到另外一个我所干下的事情。可我无力阻止。你来到赌场，我模糊地看到了你，心里便有奇怪的感觉。在另一个我想对你不利时，我本能地阻止。可是很快，我又被拖进了深睡之中。"他停了停，将目光转向龙王，"直到刚刚你说出口的那句不肖子，像把刀扎进了我的心里，我才再次模糊地醒来。这个身体，一直充满了浓重的绝望，可现在，那种绝望到死的感觉消失了，身体真是轻松啊。"

他一阵咳嗽，身上的大洞开始有了变化，从中心开始变灰，继而朝外扩散。

"原来，我的身体里竟住着这样一个怪物。"他看着天空中的某处，声音越来越弱，越来越语无伦次，"杀了它……还有酒池与灵井，那里的东西不是好东西，已经去了'上面'……已经十分危险……你们要想办法。"

敖炽赶紧扶住他，想阻止他身体的灰烬化却又无能为力。

"敖炽，你是我这一生最大的惊喜。"他怔怔地看着敖炽，"你的眼睛，真像她啊！"

他的眼睛转向龙王，嘴唇嚅嗫了几下，缓缓道："抱歉，父亲。"

龙王的手动了动，似乎想伸出去，却又强迫自己收住，眉目之间的犀利冷峻已成了一张一碰就碎的假面具。

被我小心收在衣兜里的小草，突然有了动静，像只蝴蝶似的振翅飞起，用自己最后的一点力气，停在他的脸上。

他已然无神的眼睛骤然明亮起来："你在这里……我找过你，总是找不到……你还活着……"

"活着呢。你呢？就不能活下来吗？你看，我们一家三口在一起呢。"一根草不会有表情，可是所有人都看到了一张虚无但又真实的脸，悲伤地对着他，"当初是我错了……不光是因为我撒谎，而是我总想着逃开。所以，重新开始怎么样？重新活一次……"

"好。"他费力地抬起手，手指轻抚着这根纤弱的小草，"可是要等到下辈子了……下辈子，我不当龙，你不当妖怪，我们都当人，普通人，怎样？"

"行……"小草的身上，竟滴出了一颗露珠似的眼泪。

"敖炽……"他握住儿子的手。

"我在这儿呢，爸爸。"敖炽红着眼睛，突然就很顺口喊出了这个从来没有叫出口的称呼。

他看了他最后一眼，笑："别像我。"

三字出口，他的手垂落下来，眼睛却没有闭上，视线永久停在了那根小小的绿草上。

我分明看到一个女人，从小草中走出来，轻轻地抱住了男人的身体，紧紧握住了他的手。这时，小草失去了漂浮的力量，落在了男人的心口上。

敖炽瘫坐在地上。

自他父亲胸口而出的灰色，转眼已经蔓延到了全身每个地方，当他身上最后一点本来的颜色被吞没之后，片片灰烬飞旋而起，连同那根小小的碧草一起，飘到空中。

"爸！妈！"敖炽醒过神来，跳起来，大吼着去抱父母亲的身体。

初酒

什么都没抱住，一捧飞灰，从他的臂膀之间飞散开去，像自由的飞鸟，永远消失在没有边际的时空。

我不知道要如何安慰他。失而复得，得而复失，刚刚相认，便成永诀。莫非那乌鸦嘴的算命先生，说的是敖炽而不是我吗？

脚下的野火与残土映在敖炽的眼睛里，他不喊，也不流泪，就那么呆站着。

六 🐾

"起码，他们最终是在一起了。"我握住他紧紧攥起的拳头，真不知道要说什么才合适了。

他慢慢抬起头，说："放心，我没打算花时间来悲伤。"

他血红的眼睛锁住空中那个丑陋的身影，旋即一飞冲天，化成有史以来最愤怒的龙，朝那怪兽扑去。

不对，那个怪兽，好像比刚才大了一圈，记得它刚刚出来的时候，不过跟一头小牛差不多大，可现在，已经要赶上一头大象了。从刚才到现在，它不攻击任何人，也没有要突破黄泉界的意思，就在天上飞来飞去，越来越浓重的黑气源源不断地渗透下来，它穿梭其中，贪婪地吸食，每吸一口，黑气就淡一层，它的体积，似乎也会增加一点。

龙王闷闷地站在原地，看着空空的地面，自嘲般笑笑："我说过，都是咎由自取！"

"你还不帮忙？！"我看到敖炽已追到那怪兽面前，疯了似的攻击，将对方的肉一块一块地咬下来，可是，却没见那怪兽有什么反应，连惨叫都没一声，好像根本不拿敖炽当回事，任凭他攻击，它只是继续乱窜，不断吸食黑气，不断增长。管不了龙王想干吗了，敖炽这么个攻击法，要不了多久就会筋疲力尽，我朝他们冲去，从掌心化出一柄长剑，跟敖炽并肩作战，只希望能快些解决这个不知底细，但绝对是高危怪物的敌人。

但我很快发现，我们的攻击基本徒劳，它身上的伤口，不论是被敖炽撕裂的，还是被海蓝真火烧焦的，或是被我的剑剁掉一块肉的，很快就会自行恢复。而且，它吸入的黑气越多，体积便越大，伤口恢复的速度也越快。另外，在它已长得比三头大象还大的时候，它开始反击了，在我们谁都没有留意的瞬间。

它身上那根章鱼脚，出其不意地伸到了我的脚下，没什么大动作，只朝我脚底一戳，一阵麻痛直蹿心脏，我眼睛一阵刺痒，视线立刻模糊起来，一种有东西钻进我眼里的念头猛然强烈起来，所有思维都停止，只在不停地想我眼睛里跑进东西了，越想越肯定有很可怕的虫子钻了进去，这想法强烈到让我情不自禁举起手，不假思索地朝眼睛抠去。

千钧一发之际，一道犀利的光从我模糊的视线前切下，我眼前一亮，所有的不适瞬间消失，一只大手扣住我的手腕朝后一拽，龙王的脸落进眼中，目光狠狠地瞪着我："眼睛不想要了吗？！"

被他徒手切断的章鱼脚在空中晃悠着，没几秒又长回了本来的模样，这时我才看到，那章鱼脚的顶端，有个细如牛毛的小东西，绣花针似的闪着又碎又冷的光。

刚刚就是被这个玩意儿给偷袭了，只不过被扎了一下脚心，我居然就着了魔要挖自己的眼睛？！那，要是它拿这个去扎别人呢？

我才这么一想，这根貌不惊人、软乎乎的章鱼脚，便真的朝敖炽的背后飞速伸过去。

龙王见状，伸手猛拽住了章鱼脚，被迫停下的它，突然弯过身子，那根刺眼见着就朝龙王的手背上扎来。

这次，换我的剑解救了他，章鱼脚被我砍断成两截。我下手很快，可它长出来的速度更快。

"别让这根刺刺到，会让你失去理智自残的！"我大声提醒他们。

"嘻嘻嘻嘻，被你发现了呀。"一个怪里怪气，是男是女都分不出来的声音，从那个大脑袋里钻出来。

原来它还会说话，我一直错误地以为像它这样的构造物是没有思维与语言功能的。

敖炽喘着粗气，我估计被他咬下来的肉块已经足够堆起一座小山了，我跟龙王也不比他好到哪里，切断的章鱼脚若是送去烧烤摊，卖一个星期也卖不完！

我们不断攻击，这鬼东西却不断增长，我们找不到它的弱点，所做的一切不但治标不治本，还在不断耗费我们的体力。就算是东海龙族最厉害的两条龙在此，顶多也就是让战斗的时间变得更长，胜负很难预料。

"真喜欢跟你们打架，看你们累得跟狗一样，我很开心哪！"怪兽晃着脑袋，嘎嘎大笑，"我等了这么多年才自由，你们赶上了好时候，正好做个见证人，看这个世界是怎么变成另外一个模样的！嘻嘻，以后我永远不会再挨饿了。真好呀！"

说完，这厮的身子竟然膨大了一倍！龙王与敖炽跟它相比，已经像两条小蛇了，至于我就更不用说了，它打个喷嚏就能把芝麻绿豆大的我给喷死。

章鱼脚上的刺，也不再是小小的绣花针了，长成了一根比擀面杖还粗的尖锥，要是再被它扎中，连自残的机会都没有，直接没命。

如果，任凭它这样长下去……我真是不敢想后果，此时，我们三个已经疲于应付。我脚下一软，身子一时没稳住，那尖锥眼见着就朝我的脑袋扎过来，我连举剑抵挡的时间都没有。

我听到敖炽的大吼，可是有什么办法，它比我快。

就在我以为脑袋不保的瞬间，那尖锥擦着我的耳朵，连带着半截章鱼脚，齐齐坠下去。

按照之前的"程序"，这玩意儿肯定马上就会再长出来，可是，我眨巴了三次眼睛，断裂处依然还是断裂处，章鱼脚的循环复生好像被阻止了！

"你们怎么把这个玩意儿搞出来了？"

有点熟悉的声音从我斜后方传来，回头，一身帅气打扮的翎上，手握一把寒光闪闪的菜刀，皱眉看着眼前这庞然大物。

"你怎么……"我惊道。

"不光我，能来的都来了。"翎上蹿到我前头，对敖炽他大喊，"不要再攻击它了！你越是打不赢就会越丧气，你越丧气它就长得越快！这家伙不是普通的刀剑可以对付的！"

"你是谁？"怪兽被揭了底，恼羞成怒地转过头来，从那只独眼里射出一道道弯曲如蚯蚓的尖刺，气势汹汹朝翎上而去。

我都没看清是怎么个过程，翎上的菜刀已经将所有的蚯蚓刺击成了碎粒。

"敢打我？"他目光一凶，握紧刀柄，高高跃起，一直飞到与怪兽脑袋平行的高度，才大喝一声，"老子出世的时候，你还在喝奶呢！"

说时迟那时快，翎上那把貌不惊人的菜刀，在空中划下一道锋利的斜线，切割点，正对怪兽粗壮的脖子。

真是一手旷古绝今的好刀法，一把斩妖除魔的好菜刀！刀起头落，身首分家，一秒钟前还猖狂之极的敌人，成了两大块烂肉，狼狈地飞向地面，不过落点不佳，把神殿的东侧都给撞塌了，幸好留守地面的九厥手脚快，才没让老黄他们当了陪葬。

一行人追回地上，站在那怪兽的两截小山一样的身体前，确认它的自我修复能力已经彻底失效后，我才留意到四周，那些熊熊的火焰已熄灭了大半，不远处，一只身强力壮的蛟，正孜孜不倦地飞行于半空，不断从口中喷出清水。

我大大松了口气，但心脏马上又悬了起来，转身抓住翎上："你怎么来了？"

"你还真坏，偷偷把我们的名字写在登记簿上，还埋下了强制召唤咒，生怕将来找不着我们讨住宿费么？"翎上哼了一声，"你派来求援的小子烧掉了整本登记簿，你的不停，当时差点被各种赶来的妖怪撑爆了。你出了事，我们能不来么。"

我突然明白九厥为什么说，考验我人品的时候到了。

你出了事，我们能不来么——这样一句话，神奇地把我乱七八糟的心安稳了下来。

"不只我们，还有家伙在赶来的路上，我们只是先头部队。"翎上看着满身污迹，狼狈不堪的我跟敖炽，还有好不到哪里去的龙王，斥责道，"看看你们像什么样子？你是她老公对不对？要看好这个女人呀！好好在店里当老板娘不好吗，到处乱跑！"

"你谁呀你！几时轮到你来教训我！"敖炽一时火起，戳着翎上的肩膀。

翎上揽住我的肩膀，扬眉一笑："我跟她有永生的契约，只要她点头，我随时归她所有！"

敖炽瞪着我，我瞪回去，懒得解释，现在哪里是纠结这些小事的时候！

他双眼冒火地看着我跟翎上，攥紧了拳头，青筋暴突。不好，这厮的老毛病又要犯了！

"谢谢你，帮我们斩杀了这只妖兽。"

不曾想，敖炽竟突然单腿跪下，用东海龙族最高的礼节，向翎上致以最诚挚的谢意。

这么一来，翎上反倒是不好意思了，赶紧收起捉弄他的心思，把他扶起来："我听到报信人的形容，知道你们被困在黄泉界，所以才急着赶来。普天之下，也只有我能替你们打开一条出路。"他看向我："你笨起来的时候还真不一般笨，只想着让左展颜来灭火，把我忘在脑后。要不是白驹那小子聪明，一股脑儿把所有人都给喊来，你们现在多半不能活着跟我说话了。"

我一拍脑袋，怎么把他给忘了！黄泉界可以尝试从外部破坏，身为上古妖刀的翎上，连气势雄浑的龙脉都能切断，区区黄泉界算得了什么！

"唉，伤心啊。你太不将我放在心上了！"翎上摇头。

一个拳头飞向他的小腹，打得他哎呀一声叫。

"我公私分明，你帮了我们大忙，我打心里谢你。但你老跟她卿卿我我就不行！"敖炽把我拽过去，朝翎上晃着拳头道。

"滚！你现在知道吃醋了？之前干吗去了？什么事都不跟我说！你爷爷你妈妈还有你爸爸！"我推开他，可话一出口又有点后悔，他毕竟刚刚失去了父母，这么一提醒，不是往他心上插刀么。

可是，敖炽却跟之前判若两人，又回到了我熟悉的吊儿郎当的状态，若无其事地在我耳边说："我没想到你会找来这里。总之这些事我以后再跟你解释。"说罢，他转身问翎上："听你刚才的说话，这怪兽你认识？"

"上古时最麻烦的凶兽之一，有屈。"翎上捂着肚子，指着敖炽的鼻子，"看在我比你年长得多的分上，这一拳我不计较！下次再冒犯我，就剃了你的爪子！"

有屈？好古怪的名字，闻所未闻。

"可是，它为什么会从别人的身体里钻出来？"我问。

翎上厌弃地看了看眼前的烂肉，说："有屈是由天地万物所释放出的绝望之心凝成

初酒

381

的妖兽，数量非常稀少，在我出生的时代，就已经绝迹。不过当时对于它的记载还处处可见。这种妖兽本身的体型非常小，在世间到处游走，以吸收各种活物的'坏念'为食，只要不断进食，它的身体就能无限膨大。如果任它这样长下去，它所分泌出的妖气，会反过来感染无限多的人类，这比瘟疫还可怕。所谓'坏念'，就是说人在受到打击心怀绝望时，往往会将事态往很坏的方向设想，这种设想，就是有屈需要的食物。反过来，被有屈妖气感染的人，就算没有遇到打击，很正常的心态，也会被恶化。"

"恶化是什么意思？"我不解。

"比方说，正常的人，从一栋陈旧的高楼前走过，偶尔会冒出诸如'啊，这么旧的楼，有塌掉的危险吧。'这样的想法，又或者本来平安无事，突然听到有谣言说这里会地震那里会海啸，常人心里往往都会想，难道真的会地震海啸吗？"翎上皱皱眉，继续道，"这些想法本来都是十分正常的情绪活动，可是，一旦被有屈感染了，这些念头就会被恶化，感染者会着魔般反复想，那栋楼一定会塌的，一定会地震会海啸的，越想心中越恐惧，越绝望，从而形成一股强大的妖邪念力。这种念力的后果就是，本来不会塌掉的楼真的塌了，不会发生的地震来得比哪一次都可怕。感染的人越多，恶念之力越强。所以有屈这种凶兽，被视为极大的危险，很早就被天神剿灭。我看过有屈的画像，跟这玩意儿一模一样！印象十分深刻。"

"难怪刚才我被它的针刺中的时候，眼睛一疼，我就跟着魔了一样，总想着自己眼里有虫子，要把眼睛抠出来！"我心有余悸地说。

"对，这就是它的妖气对你的影响。强迫你把事情往最坏的地方想，越想越坏，最后就真的坏事了。所幸有屈的妖气，只对人类产生作用，如果只是吸入的话，对妖怪或其他物种的影响不大。幸亏是这样，如果连妖怪们都被感染的话，这世界早就完蛋了。刚刚是你运气好，这怪物直接对你下重手，才对你有影响。"翎上狠狠踢了那有屈的身子一脚，"还好，这家伙没有金刚不坏之身，断成两截，不会再作恶了。可你说这只有屈从一个人的身子里钻出来？这怎么可能。"

"是灵凰十二棺上的青珀眼。"一直冷着脸站在我们身后，不说一句话的龙王终于开了口，"青珀是上古奇物，专用于禁锢。你们将它想象成一个容器就可以。被收在里头的东西，几乎没有机会离开，除非是有很强的外力对青珀进行破坏。他说，装着青珀的墨玉葫芦碎了，青珀四散而出。其中一颗，钻进了他的手心。如果这只有屈，是那颗青珀里收服的东西，那么我猜测，以有屈喜好绝望的本性，这个当时绝望愤怒之极的男人，正好是最适合它的'住处'。"

这么讲，确实说得通。我也确实在那段回忆中，清楚见到那个圆圆亮亮的东西，钻进了敖炽父亲的手心。

"连你都不知道那些青珀眼里有什么？"我问龙王，"那不是你们东海的东西吗？"

"那只是寄存在东海的物事，东海上下，无人知道里头有什么。"龙王如是道。

我顿时不安了。如果当年钻进敖炽父亲手里的青珀里，装的就是这只凶兽，依此类推，那失踪的另外十一只青珀里，若装的也是类似的凶物……那岂不是有了大麻烦？

"我看，这些事儿还是等回到上面再讨论吧。"翎上插话道，"我来时，已经将黄泉界劈开，这玩意儿现在已经废了。先出去吧！老对着两截烂肥肉，我有点恶心。回头还怎么炒回锅肉来吃。"

"对，先走吧。火已经灭完，累死了！"左展颜不知几时站在了我背后，疲倦地说。

看到他的脸，我一时控制不住，狠狠地给了他一个拥抱，打心眼里说："谢谢你！"

"你也是，当初去你不停捣乱的人是沈蔷薇又不是我，你写我名字干吗？我又不欠你钱！"左展颜拉开我，"现在，可是你欠我了。"

"行，你愿意的话，随时来不停长住！"

"鬼才信你这么大方！"左展颜一笑，"逗你玩呢。帮你的忙，我不介意。对吧，敖炽？"

作为见过面的朋友，敖炽对他的态度比对翎上好得多，不但对我的拥抱没有异议，还热情地拍着左展颜的肩膀说："对，咱们谁跟谁啊，好兄弟！"那种假假的亲密，摆明了是怕左展颜把当初他在水底窒息的糗事抖搂出来。

"不过，上面的情况也非常不好，甚至比这里更糟糕。"左展颜道，"你们最好有个心理准备。"

"上面怎么了？"我一惊。

"越来越可怕的暴雨、山洪、地震，还有莫名其妙的传染病。所有人都在说，2012的末日，注定要来了。"

2012，末日?!

"嘻嘻，已经太迟了。"

怪异的笑声突然断断续续从有屈的头颅里传出来，这家伙居然还活着！

"都闪开！"翎上大喝一声，对准它的头颅，举刀便砍。

"等等！"我用力拽住他，"听它还有什么遗言！"

"遗言？嘻嘻，该留遗言的是上面那些人呢，所有人！"有屈那只独眼，露着胜利者的喜悦，"我在那个没用的身体里饿了那么多年，好不容易才将4E的事业扩展到如今的规模，花了那么多心思才有今天。现在，天时地利人和，我的努力，正在给我最丰盛的回馈。你们想杀死我的美好愿望，不可能实现。这一回，整个世界都站在了我这边。"

　　"你就是4E的'将军'？"我曾听巧克力提到过这号人物，这个断成两截还死不了的有屈，确实非常适合这变态组织的头目之职。

　　有屈嘻嘻直笑，并不答我。

　　"你们到底在计划什么？！"我无比厌恶它的笑声，"上面的现状，跟你们有关？你们制造了末日？"

　　"4E是制造不了末日的，我们并没有这样的本事。"有屈的大脑袋在笑声中震颤，"是上面的人，他们自己才是真正的制造者。"说着，它的独眼半眯起来，故弄玄虚地小声道，"地城真是个好地方，有整整四口灵井，这些年，每当上面下雨的时候，我就让人将所有末途酒倒下去，灵井将这极品的美酒送进无边无际的地下水域，再从地面上那些可爱的天然井里，顺着雨水倒流至空中，牢牢吸附在每片雨云上。云朵喝了酒，便不会再消散，它们会保持着原来的模样，被风送到天空中的每个地方。然后，在往后每个下雨的时候，它们也会跟着落下雨来，缠绕住那亿万根正常的雨丝，用你们想不到的速度扩散，然后落在地上，滴在你的身上，伞上，或者敲打你的窗户。你知道的，雨水，是波及面最广，最无孔不入，也最不会被察觉的工具。"

　　天然井？倒流的雨水？我马上回想起还在地面时，在酒店外头的天然井上看到的那些散着绿气的，倒着下的雨水……这变态把一种叫"末途酒"的玩意儿掺到地下水里，再通过地面上的出口，利用连接着天地的雨丝，把这种酒倒灌到天上的雨云中，因为这种被"污染"的雨云不但不消散且四处飘荡，这样的后果，就是世界上越来越多的地方，只要一下雨，雨水就会被这种"污染云"所排出的雨水同化，然后，落在毫无觉察的人类身上。

　　我心里倒抽一口凉气，再一联想到翎上所描述的有屈的特性，加上正在这个世界发生的种种灾难，我想我已经在很靠近终极答案的地方了。

　　"你的末途酒，好喝么？"我必须镇定，哪怕心里已经翻江倒海，甚至希望我的推测是错的。

　　"你救走的那些人有没有告诉你，他们为什么会来到我的赌场？"有屈反问我。

　　"是你派人用卑鄙手段将他们诱惑过来。他们原本的生活已经很不容易，你还雪上加霜。"我冷冷道。

　　有屈的独眼眨了眨，说："不，我爱他们！我爱世上所有绝望的人，我爱他们把什么都往最坏处想的行为。我只要给他们一点点希望，就能让他们更绝望。"它得意地笑出了声，说，"开天顶酒店，是4E最成功的计划之一。我们在世界各地寻找那些走到穷途末路的人，不管是真的走到了绝路，还是仅仅是他们自己'以为'。我给他们准备最丰盛的奖品，虽然从来没有人拿到。但起码在那之前，他们很兴奋。而兴奋之后的彻底绝望，把他们关进了一张张扑克牌里，送到地城，让亲爱的'源'尽情享用他们的血肉，结出美妙的因果，成为酿制末途酒的主要原料。不过光有这个因果还不够，还要割开我的手掌，让我的血也加入，这样才完美。"

抱着最后的希望而来的赌徒们，最后都变成了因果，用穷途末路的人酿成的酒，难怪叫"末途"。

"从来没有任何赌徒胜出？从来没有任何人逃出来？"如果是这样，那白驹说的那个赢钱的年轻人是怎么回事？

"偶尔也有一两个漏网之鱼，不过是我们故意放出去的'宣传大使'。总得要让人相信，世上确实有这么一个神奇的酒店呀，才会有更多的人愿意来嘛。"有屈厚颜无耻地答道，"不过你是异数，从你们几个一进赌场，我就知道你们跟他们不一样。原来，你是为了东海的龙而来。"

敖炽的拳头攥得咯咯响，冲上去一连几脚踹在它的眼睛上。

脑袋都被踹得变了形的它，竟还笑得出来："我跟你们讲这么多，是因为我知道，就算将所有真相都告诉你们，你们也无可奈何。你们救不了头上的世界。所以，我也不会死去。"

"别打了！"我用力拉住敖炽，叫上在场的所有人，"到殿顶去，我有事要跟你们商量。"

有屈，我终于知道你想干什么了。

七 🍃

站在一座高楼的天台上，我俯瞰着脚下这个暴雨滂沱的世界。

我已经在最短的时间内，让敖炽驮着我，绕这个世界飞了一圈——还不至于是地狱之相，但也算千疮百孔了，阳光根本就没有了，处处乌云，黑气萦绕。

回到"上面"之后，我才知道今天已经是 12 月 13 日，地城的时间跟正常世界的时间完全不同，我觉得我只在下面停留了一两天，可实际上已经过去了这么久。

看起来，这个世界真是应了那玛雅预言，正越来越快地朝末日狂奔。人们惊慌失措，在湍急的洪水中挣扎，地震中倒塌的房屋前，抢险队与挖掘机正在拼命运作，救援的车船飞机在各种灾难里疲于奔命。

在非洲某国的传染病隔离区里，我听到那个羸弱母亲的哭泣，她抱着奄奄一息的孩

初酒

子，哭着对身边的人说：“这个病会拿走我们所有人的性命！无药可医！为什么会这样！”

各种灾难，波及的区域在渐渐扩大；死亡的人数在越来越快地增加；对末日来临的肯定之词，也越来越多，越来越坚定——这个世界，已经开始想象自己的死亡。

敖炽大声道：“不可能同时发生这么多千奇百怪的灾难！都是那杀千刀的有屈干的好事！”

“我们回去地城！”我稳住神，“别急，一定有办法！”

敖炽气得大吼一声，调头往来路而去。

我们再次跃入丛林里那口天然井，刚刚我们就是从这里钻出来。被翎上破坏的黄泉界已经不能阻止我们自由出入，那层虚无缥缈的“天空”上，是一片幽深无际的地下水域。幸好有敖炽这条龙带着我一路上下，不然凭我的游泳技术，十年也出不来。

离开地城时，我要其他人留下来，看住老黄他们。现在，留在地城反而比回到地面更安全，对人类而言。

一落到神殿顶上，九厥他们便围上来：“怎样？”

“越来越多的人开始坚信末日到了，死期到了，世界要毁灭了。”我如实道，“有屈之所以有恃无恐，是因为它确实成功了。”

是的，在我跟敖炽离开地城之前，我们一群人在这里开了个会。

两条龙与几个老妖怪凑在一起的智商，不会低。

整件事的真相被完整组合，核心内容很简单——处心积虑的有屈，借用赌场吸引走投无路之人，将他们作为原料之一酿成“末途酒”，再加上它妖气充盈的鲜血之后，这种酒已经不是酒，是毒，剧毒！被末途污染的地下水灌到天空，随着毒云的移动，悄悄污染着干净的雨水，这样的雨水落到世上，相当于把有屈的妖气一次又一次大面积扩散到人们身上。南美洲多雨，于是它可以一次次地灌入末途，不断制造被污染的毒云，让它的妖气源源不绝地朝全世界扩散。时间一长，世上的人类渐渐被它所毒害，加上本来就有末日之说，于是只要有一点谣言，一点风吹草动，他们就会情不自禁地把事情朝坏处想去。其实是正常的暴雨，他们见了便会想：“这场雨太可怕了，不会停了吧！不是说末日到来的前兆就是不停歇的大雨么！”越是这样想，暴雨越是不停，越是滂沱，于是他们就越绝望，越乱想，恶性循环，以至于这些灾难不断严重化。依此类推，不同的人对末日有不同的揣测，有的觉得是地震海啸，有的觉得是瘟疫，这么一来，本来不会发生的事情，就真的发生了。

此刻，人类已经紧紧掐住了自己的脖子，而他们还浑然不知，以为一切全是“末日”本身所造成的。而那些渗透到地城的黑气，正是此刻人们的恐惧绝望，与“坏念”的集合，是有屈的食物与力量所在，因此它才拼命吸取，以至于身体不断扩大。它脱身后不急于离开地城，是因为它的"食物"会循着它的气味自动向它汇集过来，它只要在这里等待就好。

所以，断成两截的有屈才这么得意，只要这个世界真的被人类"招死"了，末日成真的绝望将充斥于天地，成为它有生以来最大的一块食物。如果事情真的发展成这样，它吞下这么大的食物，力量暴增，别说人类，连我们妖怪，包括四海龙族，都别指望再过好日子。

事情就是这样，如果我们不能阻止人类各种"自毁"的念头，就真的末日了。

但，纵然我们什么都了解了，现在也只能面面相觑，无计可施。有屈会这么自信，无非是算准我们没有办法在短时间内"纠正人心"。确实如此，被妖气毒害已久的人们，他们的心念已经根深蒂固，就算我拿十个高音喇叭在他们面前吼，希望他们不要再把事情往坏处想，不要相信什么末日，这个世界很好没有问题——又怎样？他们根本不会将旁人的劝解听到心里。

改变一个人的心念，比杀一个人难一万倍。何况被毒害的人不止一个，是千千万万。

我看敖炽，敖炽看翎上，翎上看左展颜，一个看一个，全部沉默。神殿底下，有屈的两截身体还在缓慢增长，就算我们用灵力暂时封住了地城的天空，隔阻黑气渗入地下，可这些原本无形的玩意儿还是在慢慢渗透。而我们的力量，是有限的。

前所未有的无力感朝我袭来，所有人都眉头紧皱。老黄夫妇跟帕卡尔虽然听不懂我们在说什么，可也表现出极度的焦虑，老两口跟帕卡尔紧紧抱在一起，瑟瑟发抖。

不能让他们有事，老黄夫妇还有一个愿望没有实现，帕卡尔还那么小，他甚至连真正的世界都没有看到过，上面还有那么多刚刚出生的婴儿，连爸爸妈妈都还没有喊出来……

等等……刚刚出生的婴儿?!

叮！万瓦亮的灯泡在我脑子里亮起来，一个突发的念头让我快凝固的血液骤然沸腾，难以言表的兴奋令我全身都起了鸡皮疙瘩，还情不自禁地蹦了起来，激动地说："有办法了！有办法了！"

所有人都被我吓了一大跳，敖炽摁住我的肩膀不准我再蹦："说！"

"那些人之所以会受到影响，是因为他们大多是成年人，不过就算是少年，也有了成熟的思维能力。一个人的年龄越大，想法就会越多，越容易被影响。"我竭力让自己说得清楚明白，"婴儿！刚刚出生的婴儿，他们的思维就像白纸一样，干净得不得了，根本不会去想什么末日什么灾难！有屈也是有弱点的！它只知道不断散播绝望的恶念！所以，我们试试用跟它相反的，世上最干净单纯，心无旁骛的心去抵消它！你们明白我

初
酒
387

的意思了么？"

龙王想了想，瞪着我："你难道想让大家去把全世界刚刚出生的婴儿都抓来塞进有屈的嘴里消灭它？"

"消灭它有屁用！只要人们的心念正常过来，它自然活不下去！你什么理解能力！"我急了，越急就越不能好好表达我的意思。

敖炽想了想："我爸爸曾说要我们毁掉酒池跟灵井，末途酒这个'病源'是经由酒池而来，再通过灵井的力量灌入地下水域继而往天上去，如果有屈是利用雨水散播妖气，那么，如果我们有对付有屈妖气的解药，同样可以用这样的方法来救人！以牙还牙！"

我高兴得亲了他一口："就是这个意思！我们不需要把婴儿带来，只要让他们打个喷嚏，他们自然会喷出一口真气，我们只要将这口真气保存下来，集合到一起，也做成一种酒，借着如今的大雨散播出去！"

"会有用？"左展颜问。

"唯一的办法了。总比坐以待毙好。"我说，其实静下来一想，我没底。可是，且怀着最大的希望，往好的方面想吧！

"唉，乌合之众。"龙王看了我们这几个妖怪一眼，转身欲走。

这老家伙看不起妖怪，我算是知道为什么他之前要处处针对我了，高贵的东海龙王怎么能与妖怪为伍。一句乌合之众，伤我的心了。

"你去哪儿？"敖炽喊道，"不打算帮忙？"

"回东海。"他看了看沉着脸的我，"世上刚出生的婴儿那么多，我不回去多调派些人手，怎么应付？"

我一愣，敖炽也有些吃惊。

"别傻站着，该干吗干吗去！到时仍在这里碰头！"说罢，龙王已化为银龙，冲出地城。

怎么搞的，我突然不讨厌他了。

除了左展颜留下来照顾老黄他们，我们全部离开了地城，我从来没有像今天这样，希望自己认识足够足够多的朋友。

我跟敖炽火速往不停赶去，翎上说过，白驹把所有人都找来了。

其实，我们的身体已经很疲倦，但偏偏比任何时候都精神。

雨水打在我脸上，啪啪直响，疼得要死，可是一看到脚下的世界，我还是会喊敖炽再飞快点！我没什么伟大的济世情怀，这么不顾一切，只是因为不想看到我的不停将来只能建在一片废墟上；不想看到喜欢去的餐馆被埋在泥石之下；不想被哭泣的孩子抱住双腿说他找不到家了；不想经过我眼前的，只是一个个绝望的幽魂。

我是个妖怪，可我爱这世界原来的模样。

远远地，突然看到了一群熟悉的身影，最前头那个，像只蚊子似的小东西，不是纸片儿么？后头那花花绿绿的，穿得像吉普赛人的一只，除了碗千岁还有谁？距离越近，认出的家伙越多——顾无名，Kevin，阿辽，巧克力，沧瞳凯，玄，连枯月与狐狸阿透都来了。一群妖怪浩浩荡荡朝这边撵来。

"老板娘！"纸片儿一见了我，马上不要命地扑过来，大哭着贴到我脸上，"你没死就好啊！真怕你回不来了！"

"滚！说点吉利话行不行?!"

我刚把它拽下来，碗千岁就冲到我面前："白驹跟翎上他们闪得太快了，我们跟不上，雨太大又乱了方向，来慢了一步！"

"事情解决了没有？说你们被烈火困住出不来。"Kevin身上永远闪烁着太阳般的光芒，这种时候看上去，特别让人心安。

"受伤了么？"阿辽总是最窝心，急切地问我跟敖炽。

顾无名皱眉打量着我："搞得这么狼狈？跟我说谁欺负你了？我揍死他！"

"我没事，你们来得正好！"我急急打断他们，言简意赅地将我们现在面临的问题讲给他们听，希望他们尽量帮忙。

"搜集新生儿的一口真气？"沧瞳凯跟玄面面相觑。

"对！数量越多越好！但记住，一个婴儿只能搜集一口，他们还太小，太弱。"我笃定地说。

沧瞳凯点点头："行！我会派出所有手下！玄，我们走！"

两只猫妖迅速离开。

"不用说了，虽然我现在的神力还没恢复完全，但是迎月山里的小妖们，我还是可以让它们出来做点事的！"阿透朝我摇了摇耳朵，返身离开。

"我去找我的兄弟们！"

"我也回去找帮手！"

所有人风一样赶来，又风一样离开，一句推辞，甚至一句多余的废话都没有。连纸片儿都去帮忙了，它说它也认识不少可靠的八卦之友，多少能帮上一点忙。

关键时刻，没有一个人对我说"不"。

"这些家伙比平时可爱多了。"敖炽回过头，"坐稳了，咱们也不能落后。"

"当然！"

雨水还是那么强，天空的阴暗也堆积得越来越多，可我现在不怕世界会陷入地狱了，因为那些在我身边的家伙们，每一个身上都有光。

家人，朋友，不是说说就算了的称呼。

八 

这一天，在世界各地众多医院里，都发生了一件奇怪的事。

各个新生儿监护室里，婴儿们打喷嚏的声音此起彼伏。有的护士还发现一些婴儿对着空气中的某处咯咯直笑，还很高兴地伸出小手去。更夸张的是，在某个医院里，有医生看到几个婴儿漂浮在离婴儿床几尺的地方，好像被一个看不见的人抱在怀里，打了个喷嚏后，再轻轻放回原处，医生被吓得不轻，以为自己眼花。类似的事件，在同一时间，悄悄发生在全世界的医院，以及刚刚有新生儿的家庭里。

我们能找到的所有帮手，都出动了。人类所惧怕的，甚至讨厌的妖怪们，在他们看不见的地方，拼命忙碌。

仅仅几个小时之后，我与敖炽便带着一堆奇奇怪怪的容器赶回了地城。碗千岁给了我一个用保鲜膜覆住的小碗；顾无名交给我的是一根骨头；沧瞳凯他们给我的，是一个绣着猫脑袋的锦囊；Kevin塞给我一个纯金的小盒子；阿辽给了我一个苹果；纸片儿给我一只纸叠的青蛙。

他们将各自搜集来的所有初生儿的真气，都装在这些各有特色的容器里，郑重地交给了我。我不让他们跟我回地城，嘱咐他们留在上面，万一我的计划失败，世界真的末日，希望他们能救多少是多少。

一路狂奔回神殿，龙王早就等在那里，凌空甩给我一粒硕大的珍珠，说："东海附近所有医院与人家，我们都去了。"说完，又愤愤道，"我堂堂龙王，被个小娃娃喷了一脸鼻涕口水，真是作孽！"边说还边擦脸。

"你当敷面膜了呗。"我安慰道。

龙王被我的安慰噎住了，新仇旧恨都写在了脸上。

"面膜的事儿以后再讨论哈。"九厥赶紧站到我跟龙王中间，"剩下的事儿交给我吧。"

我认真地看着九厥的脸："你加油。"

"我做的是我最擅长的事。"九厥一笑。

"跟我来吧。"敖炽打了个手势。

"你知道酒池的具体位置？"我脱口而出。

"我是从那儿出来的。"敖炽道，"我赌输了，被封进一张扑克牌里，跟其他装着赌徒的扑克牌一道被送进酒池。一张扑克牌能奈我何。我早看出这里的赌局根本不会让赌徒们胜出，所以故意不反抗，由得他们把我抓起来，为的就是要看看他们的底牌。"

还真是振振有词，做事永远这么不计后果！

"这家伙怎么弄？"

左展颜突然从身后的角落里抓出一个半人半蛇的家伙，扔到我们面前。

"别打我！千万别毁我的容！我都说了！我说了！"赤裸着上半身的年轻男人，惊恐地抱住头，皮肤透着浅浅的绿色，腰部以下，却是一条细长的绿色蛇尾，慌乱地颤动着。

这男人我见过的，在木屋里跟刺球们混战时，就是他站在最外头，指挥黑衣人前赴后继。原来是只绿蛇妖。

"帕卡尔眼尖，看到这厮从神殿下头的某一层里游出来，我见这蛇妖鬼鬼祟祟，顺手就把它给抓来了。他说他是羽蛇神的手下，叫什么绿腰。喏，当时他手里还抱着这个。"左展颜递给我一本厚厚的牛皮封面的书——《妖物种类改造技术全集》。

我翻开一看，里头的内容用各种文字与符号还有图片组成，详细记载了4E每一次的"试验"。所谓试验，就是如何改造以及制造妖怪，跟巧克力当初所说的十分类似，不外是用外力强行改变妖怪的身体与本性，让它们按制造者的目的，变成新的千奇百怪的物种。

但最让我吃惊的，是第一页上的内容。上面记录的，竟然是如何将微弱的窃语，改造成硕大的食人妖怪！

我深吸了口气，啪一下合上书，说："把他带上。"

这次换翎上留下来看守有屈，保护老黄他们，其他人跟着敖炽，押着绿腰，火速跃下了神殿。

说来奇怪，这整座神殿只在最高一层有个落地的大窗户，我下落经过时，莫名感觉一道目光从窗后透出来，看得我背脊发寒，脑子里马上蹦出窗后有人的念头。我中途停下，急急飞回窗前，可明净的玻璃上只有我自己的倒影，窗户之后也只是个空空如也的房间，哪来的别人？

一路飞奔，神殿很快被我们抛在身后，我偶一回头，那唯一的一扇窗户，像一只黑色的眼睛，安静地注视着一切。

原来，酒池就在神殿与木屋之间的中心点的地下，我们从敖炽出来时弄出的破洞里钻进去，不到几分钟就走到一圈盘旋而下的石梯上，一大片莹莹的绿光在石梯尽头闪烁，空气中弥漫着一种淡淡的，发酵的味道。

石梯上，到处可见一条条黑色的蛇尸，也有些还活着，勉强地扭两下头，便再没动静。

一路往下，迈过最后一级石梯，一扇半开的落地玻璃门横在眼前。这是个四面都被质地坚硬的透明玻璃密封起来的四方空间，中间，是一个直径约十米的绿色半透明"锅盖"。透过它看下去，被它罩住的，是个凹池，底部浮着一层所剩无几的绿色液体，闪着惨淡的光，把盖子都映成了同样的颜色。凹池外，伸着四个又长又粗的石雕"蛇头"，大开的蛇口下，依次摆放着五六个制作精美的银色敞口壶。凹池旁边的架子上，堆着许多我喊不出名字的工具。

九厥敲了敲那几个"蛇头"，空心的，其中一个还滴出几滴绿水。

"设施齐全，不错不错。"九厥环顾四周，"你们都到门外等着吧。我酿酒的时候不喜欢被人参观。"

"没问题？"我有点紧张。

他拍拍我的肩膀："我非浪得虚名！"他从兜里掏出之前摘的果子，得意地说，"酿酒时如果加入这些六叶果，酿出来的酒，不管酒香还是浓度，都会比原本高出数十倍。没想到这么快就派上用场。如果你的推论正确，孩子们的真气能克制有屈的妖气的话，我至少能将这些克星的作用扩大十倍。所以，放心！"

说完，他将所有人都赶了出来，并关上了玻璃门。

现在能做的，就是等待。我背靠着玻璃坐下来，在心里不断祈祷。

"能做的，我们都做了。我不信我们这么多人，还收拾不了一只有屈。"敖炽坐到我身边，紧紧揽住我的肩膀，"你难得聪明一回，一定会成功的！"

这算什么狗屁安慰！我哭笑不得。

"你们放了我吧，求你们！"被左展颜押着的绿腰突然跪下来，很是痛苦地大口喘气，"我好不容易才有了今天！我不想死！再留在这里，我会跟那些黑蛇一样死去的！"

他竟大哭起来。

"为什么？说实话我或许会放了你。"我问他，如今他是唯一知晓地城秘密的人了。

"是'源'！"绿腰赶紧说道，"我们所有人的力量，都由它来供给。整个地城里的东西，都由它来'喂养'。"

在得到我们"坦白从宽"的承诺之后，绿腰用凌乱的描述，将一个又一个与地城有关的秘密，和盘托出。

数千年前，绿腰只是一条生活在上面世界的小蛇，它活得很小心，因为住在附近的古玛雅人经常要抓蛇取胆，它的许多同类都是这样送了命。那天，它去村子里想偷鸡吃，没想到一个浑身是血的男人从天上掉了下来，差点砸死它。后来，村里的人拿药草给他疗伤，把他从死神手里抢了回来。不过这个人一直不说话，就算伤好了，整天也只是闷闷地坐在房里，望着东方的天空。

它从这男人身上，闻到了同类的气味，好奇之下偷偷潜入他的房间。他发现它之后，突然就说了一句："你是来替同类报仇的？"

奇怪啊，他说的话它能听懂，报仇？报什么仇？它冲他摇头。

"我不会再杀你们了。"男人说完这句，便不再理会它，"已经够了。"

真是个怪人啊！身上居然有蛇的味道。

村里人对他很好，给吃给喝，他的态度也渐渐软化，虽然不说话，但也开始主动帮助村民们做农活了。

但是，平静的日子被一大群坐着大船来的外来人打破了。他们有着跟当地人完全不同的肤色，穿着奇怪的衣服，还带着锋利的武器，抓住了村长，要他交出一件东西。村长拒绝，外来人用村民的性命威胁村长，一时间，村中血流成河，村民危在旦夕。

关键时刻，一条长着翅膀的大蛇出现在村里，将所有外来人撕成了碎片。

被大蛇救下的村民，视它为上天派来拯救他们的神灵，尊称其为羽蛇神。村长更是从秘密的地方取来一块白色石板献给它，说这应该由神来保管。石板上的一面刻着通往"地下之城"的地图，另一面，刻着祖辈们对这个世界未来命运的"预言"。外来人想要的，正是这块石板。说来，这样的掠夺已经不是第一次发生了。

所有人跪在地上，祈求羽蛇神的庇护。

这条蛇看着大家，只说了一句话："那就去别人找不到的地方。"

于是，在虔诚地将羽蛇神的功绩刻在村里的石墙上后，所有村民在"神"的带领下，按地图所指，战战兢兢地走向通往"地城"的秘密之路。之前他们不敢涉足，是因为那块地方被传为"神的栖息处"，如今有了羽蛇神的带领，他们便再没有顾忌。

迁移足足用了一个月，在地面与地城之间，连着一片又广又深的地下水，一条密封的石头通道嵌在水中，直通向那片不为人知的美丽土地。

那时候的地城，比地上的世界丰饶美丽得多，没有日夜之分，终日明媚温暖，气候宜人，许多史前动植物在这里自由快乐地生活。

初酒

村民们很高兴，没有人愿意再回到上面，他们在这里修建村寨，为了感谢羽蛇神的庇佑，还用去几十年的时间，为它修起了一座神殿。

它也悄悄地跟去了地城，并且发现了一个秘密——所谓羽蛇神，就是那个被村民救下的男人。它看到他躲到离村民很远的地方，化回人形的过程。

相比于自己的弱小，它十分崇拜这个"同类"的强大，于是不顾一切求他将自己留在身边，它愿意当他的奴仆，为他打点一切。几次三番的哀求，他同意了。

之后的时间，简单而平静地流走了。村民们在地城代代繁衍下来，可能这个地下世界真的有神奇的力量，他们一代比一代的寿命长。到后来，一个人可以活到两三百岁。于是他们更信奉羽蛇神，相信是它赐予的生命。

在这漫长的时间里，他接受了村民的崇拜，保护着他们的安全。地城中所有猛兽都被他抓来关在神殿下的地牢中。有时候，他也会离开地城，到上面去走一走，一次去很多地方，不像游玩，倒像寻找什么东西。

它一直跟随着这个主人，那时候，它觉得他真的像一个神，强大，而且善良。

本来以为日子会永远这样安静地过下去，可是，就在三十年前，他从上面带回一棵小小的绿草之后，一切都改变了。

他将这棵草种在了离神殿不远的地方，从一个银壶里倒出绿色的，香气四溢的水来浇灌，然后寸步不离地守在它身边。

七天之后，绿草所在的地方，出现了一个容貌绝美的女子，但是不会说话，也没有表情，木头人似的。他十分高兴，继续用绿水浇灌。不光如此，他自己也大口大口地喝，还把它叫来，问它是谁，叫什么名字，好像根本不认识它了。

它小心翼翼地说了自己的名字，说它只是他的奴仆。

听到它这样说，他很高兴，给了它一杯绿色的水，说这个是好东西，一滴也不要浪费。

仅仅喝了一口，它便再不能自拔，从来没有过这么神奇的感觉，那些绿色的液体为自己带来了前所未有的力量。这么多年来它也一直在修炼，希望起码能化成人的模样，但一直不能如愿。可是在喝了这个东西之后，它的尾巴能变成人的双腿了。

从此之后，它的主人更频繁地到上面去，每次回来时，都会带回一壶这样的"琼浆"。

一年之后，绿腰的修行突飞猛进，终于能化成人形。而那个由小草化成的女人，她的双脚长出了无数细细的绿茎，钻进了地下。主人用法术为她修起了一座别致的木屋，她安坐其中，长裙遮掩的脚下，绿茎越来越快往地里生长。

也在这一年，主人从外面带回无数条小黑蛇，将它们变成穿着黑衣的人，为他在神殿跟木屋之间的地下，靠近灵井的地方修筑了酒池。

他的力量越来越大，性格也同以前大相径庭。天空被他以黄泉界封死了，供人出入的石道也被毁掉，地城变成了一个只能进不能出的监牢。他跟它说，他们已走入一个叫作4E的王国，在这个王国中，没有不能实现的愿望。

不久之后，主人在上面建起了一座天顶酒店，酒店之外设置了隐藏结界，只有拿到"钥匙"的人才能看到酒店，而酒店的电梯，则直通藏于地下水域中的赌场。黑衣人中的一部分被选为密使，到处寻找走投无路之人。他们怀抱希望而来，最终却陷入更大的绝望。

这就是他想要的。他将赌徒们封进扑克牌，扔给木屋里的女人食用，她吃完之后，身下的绿茎上就会结出人脸一样的囚果。这些果子被送入酒池，看着从出口源源流出的绿液，他笑着说，学会酿制这种酒，是他此生最大的幸运。他管这种酒叫末途。

赌徒们前赴后继而来，末途源源不断地酿出。他以酒为食，除了自己食用之外，将剩下的酒全部浇灌到女人的身体中。

没过几年，那些绿茎越变越大，蔓延的范围也越来越广，不但深入地下，也会掩藏在地面上其他的植被之中。还有，除了投喂的"食物"，它们还学会了捕食。这些长着"耳朵"的绿茎会模仿它们听到的一切声音，不论是野兽还是人类。而且，这些东西似乎还有窥探人类心思的本事，在有人靠近时，会发出他们感兴趣的声音，不少村民在外出劳作时，被声音吸引过去，继而成为了它们的食物。在消化完食物之后，这些绿茎会吐出混着某种黏液的残渣，当这些黏液渗入土里被别的植物吸收之后，这些植物会长得特别好。另外，飘到空气中的黏液的气味，变成了黑衣人们的"氧气"，它们拼命吸食，身体也由此变得越来越强壮。不光它们，连绿腰自己，也成了"氧气"的受益者。

于是，他们将木屋里的女人，跟她所生出的所有东西，称为"源"。她成了这个地城中一种力量的源头。他们变得越来越依赖这个源头。后来还在地下建立起相通的管道，将"源"的黏液搜集起来，输送到各个深池中，让黏液的气味更多地扩散出来。一天不吸，都会难受至极。

随着时间的推移，上面的赌场与下面的地城形成了完美的"供应循环"。被引来的赌徒越来越多，充裕的末途让主人跟"源"都越来越强大，他们越强大，身为手下的所有人自然就越精神。

他变得越来越狠，对任何东西都不存怜悯。就连身为他得力助手的它，也变得跟从前很不一样。以前，它只是一条胆小的绿蛇，能偷吃到一只鸡就很开心，但现在，它的开心已经变成看那些在"源"的魔爪中挣扎求救的人，看那些被"源"吞进嘴里的无辜村民，看到4E的力量越来越强大。

它知道4E在外面已有无数的试验场，妖怪们被改造成他们想要的样子，对他们言

初
酒

听计从，在人类世界里完成一项又一项指定的任务。

可是，从两年前开始，每到上面下雨的时候，主人就下令将大量末途酒倒进灵井，酒里还加了他的血。他向来很珍惜末途，除了自己跟"源"，其他人休想沾到一滴。

但是没有人敢违抗他的命令。做这件事的同时，他派它到外面的试验场，挑选出合适的改造品，让这些已成为傀儡的家伙们在人类世界有计划地出没，利用它们本身的妖力搞出各种破坏，无端的火灾，地面的塌陷，铁路断裂，飞机失事，将一种不安的气氛扩散开来。还有一部分改造物，变成人类的模样，混迹于市井，长期散布谣言，说末日一定会来，现在这些事故，只是前兆，这世界将变得越来越糟糕，洪水与地震，无药可医的瘟疫，各种灾难必然依次而来，灭绝人类。

它不知道 4E 为什么要做这些，在这个时候，它关心的只是"源"所供应的"氧气"够不够充足，它自己能不能舒服地活着。反正，羽蛇神也好，4E 也好，他说怎么做就怎么做。

但所有人都没想到，不久前，一个神态倨傲的男人来到赌场，一路赢到第三局，最后还是输了。它躲在暗处看这两个人，发现它主人看这个赌徒的眼神很奇怪，赌徒看他的时候，神色也不对头。有好几次，主人都想放弃这场赌局似的，但马上又恢复了常态。最后，这男人被封进牌中，他看着手里的牌，阴笑着说，这是一条东海的龙。

之后的事情，就不必多说了，我们闯进来了，把他们的"源"给破坏了，最后还把整个地城搞成了这样。

"我不知道在他的身体里，竟然住着这么大一个怪物！"绿腰哆嗦着，之前派人来杀我们时的狠劲无影无踪，"你们把'源'毁掉了，'氧气'没有了，于是我们迅速虚弱。我还好点，起码还活着。那些黑衣人都死光了。如今我只想回到上面去！再留在这里，我一定会死的！"

"你逃命，拿这个干吗？"我指着那本书。

"我见识过 4E 的力量，如果我也能学到改造妖怪的技术，我可能会活得更好。"绿腰不敢隐瞒，"我……我……"

他的脸色突然变得十分难看，倒在地上发羊角风似的乱抖起来，绿色的鳞片从他的上半身长出来，把他的身体越挤越小，最后彻底变成了一条不过三尺长的小绿蛇，惊惶地在地上乱爬，没爬上多远就失去了力气，在地上扭动了片刻后，断气了。

看着绿腰的尸体，我们并没有什么痛快的感觉。他算不上坏人，本该做一只胆小的蛇妖，安然地活在上面的世界。就算跟着羽蛇神到了地城，最初的他们，也有一颗正常且善良的心。一切，都是从三十年前开始改变。

这时，玻璃门突然打开了，九厥满头大汗地跑出来，手里抱着一个他自己的酒壶，兴奋地喊："成了成了！"

我的心脏猛跳了一下。

<h2 style="text-align:center">十 </h2>

通往地下水域的灵井，就在距酒池不到十米远的地方，四个直径约一米的圆孔，按东南西北四个方向排在地上，奇异的彩光在圆孔中流动，淡淡的光晕从圆孔中一直往上，像四个巨大的手电筒齐齐往上面照射。

圆孔的边缘，还沾着一些绿色的痕迹。

所有人都屏息静气地注意着九厥的酒壶。

他挽起衣袖，站到圆孔边，从酒壶里倒出一缕像水一样清澈的酒。才一点点，浓浓的香味就直入脏腑，一种汰旧换新的力量在细胞里来回奔跑，将疲劳沮丧伤心等等一切不良的心绪都驱走了，所谓神清气爽，指的就是这种感觉。

"好舒服。"左展颜深吸了口气，"身体都变轻了一样。你这酒好厉害。"

九厥专注地把酒平均注入四个圆孔里，直到滴尽最后一滴，才松了口气。

一圈一圈的白气，中间闪着彩虹一样明亮的光点，从灵井里缓缓飞起，沿着四根无形的通道，一直往上，绵绵不绝。

会有用吗？凝聚千万口最干净无邪的真气的"酒"……

所有人都捏了一把汗。

又等了好一会儿，确定灵井在正常工作之后，我们离开这里回到神殿。

这边，翎上一看到我们，就急急地喊："你们快来看！"

难道出事了?!众人急忙跑过去。

"你们瞧，这家伙变小了！"他指着有屈的身体，兴奋地说，"看来我们的'喷嚏'有用！"

我一看，两截有屈居然已经缩到只有一头羊那么大了，呼哧呼哧地喘着气，一副快要断气的衰样子。

一阵狂喜朝我涌来。

"天开始亮了。"龙王看着天空，一片橘色的光芒，正在一点点夺回本属于它的位置。之前渗透下来的黑气，已经完全看不见了。

敖炽嗅了嗅鼻子，说："你们闻闻，好像在这里都能闻到那股酒香。"

确实如此。我们历尽辛劳，千方百计制造出的力量，没有让我们失望，它们正在有力地生长，茁壮，战斗。

"该回上面去了。"我看着大家，脏兮兮的脸上露出个大大的笑容。

话音未落，我只听得一声怪叫，那没了食物供给的有屈，两截身子从地上弹起，恼羞成怒地朝我们扑来。

可笑的是，它的速度，慢得像头蜗牛，在离我们还有老远时，翎上的菜刀已经轻松招呼到它身上。

仅仅一刀，从头划到屁股，可这家伙没有像我们预想的那样从两块变成四块，而是砰的一声，像爆掉的气球一样，在空中散成了绿豆大小的灰粒，一个青光如水，潋滟闪烁的小东西从那一堆灰粒中脱出，叮一声落在我的脚下。

拾起来一看，不过一块鸽子蛋大小的玩意儿，冰润光华，像上等的玉石，可惜的是，上面有一道明显的裂纹。

"青珀眼！"龙王一惊。

青珀眼就是这个？我看了看它，将它送到龙王面前："给你吧，虽然看起来好像坏了一点。"

龙王接过去，没说什么，将青珀眼小心收起来。

再看那边，有屈化成的灰粒已成了灰沙，全撒在了地上，一阵烟雾之后，连个渣都不剩了。

我在心里欢呼了三百次，所有人都如释重负。

一众人朝殿顶而去，现在，可以带上老黄他们回家了。

我又经过那扇窗户，被人注视的感觉再次袭来。我停在窗外朝里看去，明明还是空无一人。

越想越不对劲，我一横心，一掌击碎了窗玻璃，粗鲁地落到房间内。

这里，应该是属于"羽蛇神"的房间吧，巨大到恐怖。

还有那个刻在墙上的 4E 标记，看着十分扎眼。不管是自愿还是被迫，总归是敖炽的父亲一手建起了 4E 这个组织。如今，4E 的"将军"已经不在了，那些遍布各地的试验场，是否也会随之溃散呢？

这个"将军"搞出那么多事，又是建赌场用人酿酒，又是抓妖怪改造，仅仅是因为他体内的有屈利用他来制造"食物"？可我始终有一点想不通，既然有屈早在千年前就跑进他的身体，为什么那么长时间都没有动静？绿腰说过，那时候，他是个善良的神。

三十年前……难道，是有人在三十年前故意"惊醒"了他体内的有屈？！当时他带回来的，不只有敖炽的母亲，还有一壶绿色的酒。这个酒，莫非就是惊醒有屈的"食物"？

我了解妖怪的特性，一些被长期封印的妖怪，力量会降到最低，基本是无害状态，除非有人提供能量，不然它们不可能活跃起来。敖炽父亲在不知道自己体内有有屈的情况下，如果误食了有屈最钟爱的食物，那后来的事就容易解释了。醒过来的有屈，妖性越来越强，很快，妖性击溃了本性，敖炽父亲才陷入昏睡。同样的事情，也发生在敖炽母亲的身上，隐居的窃语，被人灌入了同样的绿色液体，所以才混沌度日，任由他人将自己改造成食人的怪物。

绿腰还提到，敖炽的父亲酿末途酒的本事，是"学"来的。既然是学的，那教他的人……极有可能就是祸害了他与窃语的家伙！

带着满脑子的疑问，我在房间里已走了一圈，确实没有人。

难道真是我的错觉？我甩了甩脑袋，回到窗前准备出去。

可是，一个小东西忽然吸引了我的视线——一张普通的易事贴，稳稳地贴在窗框上。

我凑近一看，心脏如遭重击。这张纸上，只写了短短四句话——

停步饮君茶，一夕浮生梦。但去莫复问，白云无尽时。

墨迹还很新鲜，这漂亮潇洒的笔迹我再熟悉不过，挂在不停门口的灯笼，开店时收到的第一份礼物，上面的笔迹跟这张纸上的，一模一样。

只不过，这张纸上还多了一个落款人——

将军。

我闷闷地回到神殿顶上，敖炽问我跑去那房间里干什么，我说我去看看有没有值钱的可以带走。他信了。

左展颜将那本书拿过来："这个，你要带上去么？"

我看着那本记录着如何折磨妖怪的玩意儿，对敖炽说："来个火，烧了它。"

熊熊火光中，充满罪恶气味的书，化成了四散的灰烬。

"好了，上去吧。"我朝帕卡尔伸出手，"跟我们一起回去吧。"

谁知，这孩子却退后了一步，摇摇头："这里才是我的家。我在这里出生。我的家人都在这里，不管他们是生还是死。"

"不行，这里已经只剩你一个人了。好多地方都被烧毁了，怎么能留下来呢？"我握住他的手，"跟我们去上面，我相信你会喜欢另外一个新世界。"

"我们交换过保证。"帕卡尔看着我，"我保证我要活着回来，重新建起我的家。"

初酒

399

我心里一阵难过："可是，我没有实现我的保证。没能带回你的亲人。他们已经不在了。"

"我知道。"帕卡尔没有哭，像个小大人似的说，"其实我已经猜到了。他们被那个怪物吃掉了。对吗？"

我不忍心，但必须点头。

"可你让我活下来了。所以我还是谢谢你。"帕卡尔抱住我，"你们快回家吧！就算只有我一个人在这里生活，我也不害怕。爸爸妈妈他们都在呢。烧毁的土地，以后会重新长出草的。湖泊还在，我不会渴死，地里那么多现成的烤肉，我也不会饿死。地城这么大，还有好多地方我没去过，也许别处也会有跟我一样的孩子呢。虽然我不是太明白这里究竟发生了什么，你们又做了什么，可我知道你们都是好人。很高兴遇到你们。"

"帕卡尔……"

我还能说什么呢？不对将来绝望的人，在哪里都能生存下来。

"那你再给我一个保证。"

"保证什么？"

"保证我下次来看你的时候，你要拿你亲手种出来的食物招待我。"

"好！我保证！"

"那……再见了！"

"再见！"

十一

我仰起头，雨水滴滴答答砸在脸上。

我们站在异国他乡某条不知名的街道上，几辆汽车飞速驶过，溅了行人一身水。

还是在下雨，可是雨量已经明显小多了，天空也隐隐露出了一抹亮色。

人们都出门了，花花绿绿的雨伞组成了彩色的河，热闹地流动于街头巷尾。前头，一个胖老板打开了餐馆的大门，出来看了看天，面露喜色，回去把"营业中"的牌子拿出来，挂在了门上。

几个年轻人站在离我们不远的公交车站，我听见其中一个高兴地说："看吧，我说这场雨早晚会停的！现在不是小多了么！天都亮起来了！"

"切！是谁之前疯了一样说 2012 来了人类要被淹死了雨不会停了？！"

"你不也说世界末日来了吗？身边的人都这么想！"

"可我现在觉得末日只是个笑话行不行？！"

"我也觉得奇怪，怎么之前咱们那么肯定末日要来了呢？哈哈。"

"鬼上身了吧？反正这几天我的心情突然就好起来了。晚上去吃顿好的吧！"

公交车驶来，年轻人嘻嘻哈哈地上了车，公交车响了几声喇叭，冲开雨丝，欢乐地朝前奔去。

多平常的场面，可现在看上去，宝贵得让人想哭。

看着远去的汽车，九厥吹了声口哨，笑："成功了。"

我的脚一软，就这么坐在了湿漉漉的地上，所有力气都没有了，现在就算有人跟我说前面有一吨金子，我也跑不动了。

"没出息的东西。"敖炽白了我一眼，俯身把我给背了起来，"回家吧。"

"好。"我趴在他背上，两眼无神，絮絮叨叨地说，"我也要吃顿好的。还要睡一个星期。然后听你深刻检讨这次犯下的滔天罪行！"说着，我又指了指老黄夫妇，"不过，先把他们送回家。我还有一件事要帮他们办。"

很快，我们将老黄夫妇送回了他们在墨西哥某小城里的家，我看着躺在床上，痴痴呆呆的老黄，对黄老太道："给我你儿子的电话。"

黄老太犹豫了片刻，慢慢在纸上写下了一串号码。

我走到电话前，拿起听筒。

"你好！"

"是黄先生？"

"是，你哪位？"

"你还不回家么？"

"什么？"

"你听好了。你父亲，一直把家门的备用钥匙，放在门口第三块红砖下头，以前你上学时总是从那里拿钥匙。"

"你什么意思？"

"不管你离家多少年，你父亲从没有改变放备用钥匙的地方。他希望有一天，你回来，拿它重新打开家门，走到他们面前。这个家的大门，从来没有对你关上。"

听筒那边，一阵沉默。

"你母亲已经病了，回不回家，自己斟酌。"

我挂了电话，又把不停的电话号码写下来，交给黄老太，说："如果他回来了，就不用打电话给我了。好了，我们要回去了。"

初酒

"等等，孩子。"黄老太拉住我，看着我，以及我们所有人，"你们，是神仙么？"

我坏笑道："不，我们是妖怪！"

黄老太也笑了："如果你们是妖怪，也是像神仙一样的好妖怪。谢谢你们让我们回来。我会努力活得久一点，不管老头子清醒之后，对我还有没有感情。"

"说话要算话！"我从脖子上取下她当初交给我的钥匙还给她，"现在不需要我替你转交了。把它放回原位吧。"

这时，九厩惊喜地叫出了声，指着窗台高兴地说不出话来。

一缕久违的阳光，从刚刚雨停的天空里钻出来，在窗台上洒下一道灿烂的颜色。

我走上去，淡淡的热量穿过曾经冰凉的温度，停在了我的脸上。我下意识地伸出手去，光线将手掌染成了金色，我握紧拳头，有些贪心地，想更多地将这失而复得的力量抓在手心。越是以为寻常的东西，失去时，往往才越挂念。比如阳光，比如家人，比如活着，比如平凡却平安的生活。

窗台上的几盆鲜花上还挂着几滴莹润的水珠，像没擦干的眼泪，不过没什么，眼泪始终是水分，会蒸发掉的。

从黄家走出来，一大半天空都缀上了彩霞，微风吹起了姑娘们的长头发，街对面的商铺咖啡馆亮起了灿烂的霓虹灯，客人们三三两两，欢声笑语地进进出出。

我跟敖炽的肚子，夫唱妇随地共鸣起来，墨西哥小城里，充满了晚餐的气味。

龙王落在一行人的最后头，刚才，我无意中瞥到他在经过黄家家门口时，看着门前台阶下的那排红砖发了几秒的呆。

"饿了，吃了饭再走。"

我们回头，龙王盯着我跟敖炽，指了指斜前方一家小餐馆。

"你不是看我很不顺眼么？"我狐疑地瞪着他，"不怕跟我一起吃饭坏你胃口？"

"听敖炽说，你经常缠着来店里的客人们给你讲故事，还要逼他们喝一种很难喝的茶？"他反问我。

习惯性散播不实言论，是敖炽最该死的一点，我火大地掐住他的耳朵："什么叫我逼他们喝茶？"

"我只是说你泡的茶十分之难喝而已！能喝得下去的人都是怪物！"敖炽捂住耳朵，朝龙王大喊，"你怎么胡说八道呀！"

"既然那么难喝，谁会主动喝？以她如此母夜叉的性格，肯定以逼迫他人为乐。"龙王振振有词，"这么推断有什么错？"

唉，他们还不如不解释。

九厥与翎上左展颜见状，想笑又不敢笑。

"呃，我想现在不停里应该聚集了一大堆等你们回去的家伙，既然你们三位都饿了，就吃了饭再回来吧。我们几个先动身回去，就不打扰你们一家了。"九厥朝我挤挤眼睛，拉上其他两人匆匆告辞而去。

"为什么不让他们一起回来？不停里的饭菜应该比这里好吃得多吧？"

"傻啊你！没看到那三位都是火爆浪子么！一语不合打起来的话，不停的房顶都会掀翻的！让他们在这儿，把该说的都说了，就算掀桌子，也别掀自家的嘛。不停里的家具花了不少钱呢！万一真打坏了，她又要千方百计找我们集资了！"

"不知那家墨西哥餐馆买意外险没有？"

十二

人饿了，吃什么都香！

路过的侍应生，惊讶地看着我跟敖炽面前堆积的空盘子，诚惶诚恐地问我们还要不要再来一点。

"不要了，给我们来壶茶吧。什么茶都行，解解油腻。"我摸着圆滚滚的肚子说，最近我的食量还真是比以前大了很多，已经快与敖炽持平了。

龙王坐在我跟敖炽对面，姿态优雅地喝着红酒，这样一副年纪轻轻的好皮囊，就算是我，都还是不太能接受他已经是"爷爷辈"的人，还有，明明是他喊饿，把我们拎到这里来，自己却一口食物也不吃，只是一边喝红酒，一边看着我们俩胡吃海喝。很奇怪，家的感觉——大吃的孩子，看着孩子大吃的父辈。

"你眼里充满了问号。"龙王突然说，其实他都没看我。

"你们什么都瞒着我。"我啜了一口红茶，"你的儿子，敖炽的亲爹，东海的龙，为什么会变成一条蛇？"

敖炽皱皱眉，闷头喝茶，喝得太快，烫了舌头。

窗外，已初见夜幕，昼夜的分界线下，街头越发热闹，喧闹，音乐，久违的释放。

龙王看着外头来来往往的人群，说："他曾回东海谢罪，被盛怒的我拒之门外。这小子，还真按之前的父子约定，自断龙角，剜掉颈下十二片护身龙鳞。如此一来，体内龙珠的力量自然大大削弱，一条残缺不全的龙……"

说到这里，他卡住了，将杯里的酒一饮而尽。

断龙角，剜龙鳞，这样鲜血淋漓的场面单单是想一想，都有切肤之痛，何况，受难人还是至亲，谁能若无其事地回忆。

"不用说了。是因为那条被他吞下肚的柳公子吧。"我想我已经知道了答案，"那条蛇王道行不浅，被他整个吞下，妖气早已凝聚于内。他自伤之后，龙的力量大大减弱，抵抗不住妖气不说，最后还被异化成了与蛇王一般模样的，长着翅膀的'大蛇'。"

"你知道？"龙王转回头，疑惑地看着我。

我点头："有人将过去作为礼物，送给了我。"

"是么。"龙王也不追问，拿过酒瓶又要倒酒。

"一把年纪了，喝那么多干吗？！"一直沉默的敖炽将酒瓶抢过来，"我可不想那么早接你的破位子！"

"今天心情好，应该多喝几杯。"

"好个屁！不准喝！"

"拿来！"

"休想！"

一老一少两条龙在一瓶酒上僵持住，我不劝，让他们吵，总有些结，要吵一吵才能解得开。

"死孩子！"龙王忽然笑了，收回争夺的手，"你一直在恨我吧。"

敖炽愣了愣，不回答。

"当年我将你们带回东海抚养，对外宣称你们是泽与一位不知姓名的龙女所生的孩子，而泽因为犯下大错，已被逐出东海，从此之后，东海上下不得提及此人。"龙王缓缓道，"我羞于让他们知道，你们的母亲是一只妖怪。从你们回到东海，我用各种方法弱化并掩藏你们的妖气，逼你们像一条纯粹的龙一样修习我们的法术，强化龙珠的力量。当年我曾借故将你关在冰牢里多年，不是为了惩罚你的顽劣，而是冰牢之中的极寒可以更有效地驱散你的妖气。这样的方法很成功，随着你们年龄与修为的增长，来自于你们母亲的一切，已经基本消失在你们的身体里。无人怀疑你们的血统与地位。"

"既然这么辛苦才瞒天过海，为什么又要将实情告诉给我？"敖炽沉沉道，"你应该一辈子保守这个秘密。"

"家人之间不该有欺瞒，你们兄弟俩有权知道自己的真正身世。我想我还是应该对你们公平一些，我将你们从懵懂稚儿带到了龙王后裔的位置，在这个过程里从未征询过你们的意见。眼见你们已经长大成人，有了自己的思维，也有了保护自己的能力，所以我觉得应该告诉你们。"他看向窗外，眼中暮色一片，"当时，我甚至做好了你们会离开我的准备。我欣慰的是，你在得知你母亲的事之后，只是离家出走了一年，最终还是回来了。"

"不回来又去哪儿呢。我也想过将你这万恶的老头独自扔在龙宫，可是静下来想想……"敖炽笑笑，"你哪里又有那么坏呢。"

点点繁星在天空中亮起来，落在人的眼睛里，闪闪烁烁，分不出是星光还是泪光。

"不过当时你并没有告诉我青珀眼的事，只说他拿走了东海一件重要的东西。也没有告诉我，你一直在暗中关注他的下落。"敖炽看着他，"直到你要我去南美洲那个破地方找羽蛇神拿回青珀眼时，你才告诉我，那个'贼'是我亲爹。要不是我够强壮，你那一句话真是要吓死人的！"

"如果不是事态严峻，我也不会让你亲自去处理。"龙王叹息，"自家人的事，理当由自家人去解决。"

爷孙二人之间，陷入了长久的沉默。

但是，突然想到一个问题的我，必须打断他们的相顾无言，我问龙王："你说你曾经还去地城偷偷看过你儿子，如果你一直在关注他，那他后来发生的事情为什么你不知道？"

"我去地城，已是千年前的事。那时，阴差阳错间，我并不知青珀眼已失踪，以为还在不肖子手中。本也想过找他把青珀眼拿回来，可是见这不肖子已在地城中安稳生活下来，加上青珀眼在当时，只是一件没有任何重要性的闲杂物品。虽然放置在龙墓之中，可多年无人问津。我也不想为这个再跟不肖子有所交集，如果他真的想要，就随他去吧。从那之后，我只彻底当他死了，再不过问。他之后的事情，我一无所知。"龙王坦白道，"但谁会想到不久前，天帝会郑重其事地派獌元来取回灵凰十二棺。"

听罢，我皱眉道："如果你们事前都不知道那里已经有了巨变，那敖炽怎么可能会进到天顶酒店呢？绿腰说酒店设有隐藏结界，只有获邀拿到钥匙的人才会看到它的存在。敖炽并非获邀者，按理说他根本看不到酒店所在。"说到这儿，我愣了愣，不只敖炽，我们这些人都不是获邀者，可是怎么就那么顺理成章地进到了酒店呢？

敖炽想了想，回忆道："我照老头给我的地图去到尤卡坦半岛，在那个犄角旮旯的地方转了几圈也没找到地城入口。我还当是老头老糊涂了乱指路，这里完全不是他描述的模样。等我再拿地图出来看时，衣兜里被带出来一张有 4E 标记的扑克牌，我拿起来看，扑克背面印着赌场什么的字眼。起初我没拿这张牌当回事，正要扔了它，谁知冷不丁一抬头，一座破酒店就这么平白无故出现在我刚刚走过的地方，再看那扑克，背后的字居然变成了怎么去赌场的提示。我见扑克上有羽蛇神的标记，心知这赌场多半与他有关，于是便进了酒店。在扑克牌的提示下，一路去了赌场。"

我想了想，问龙王："你不是派敖炽去办这件事么？怎么你自己也跑来了？"

初酒

"我收到了一封信，就在我的床头。内容是'敖炽有难，速到天顶酒店，电梯'，并附上了酒店的地址。我记得，这信纸就是一张印着 4E 标记的扑克牌。"龙王回忆道。

我想起纸片儿逃回来时，追杀它的玩意儿，最后也变成了一张扑克牌。

以纸片儿的能力，它怎么可能在进了电梯之后还能跑回来报信？

我们所有人都接触过那张扑克牌，莫非有人事先在牌上动过手脚，只要接触过它，隐藏结界就会失效。一切一切，根本就是有人故意将我们引去了地城！

为什么要这样？这个影子一样的人，目的是什么？敌还是友？如果那张出现在地城的易事贴也是这个人留下的，那么，将军……将军显然是敌人！可既然是敌人，为什么又要将我们引去，破坏他的"末日计划"呢？

这感觉真讨厌啊，明明已经到了所有真相都揭晓的时候，却又掉进了另一个更大的谜团。

我将"将军"留言的事，告诉给了他们。

三个人面面相觑，一时间谁也无法解开这个谜题。

"也就是说，这场仗还没完。"龙王看了我们一眼。

短暂的沉默之后，敖炽跟我，异口同声道："不怕！"

龙王一愣，第一次笑得比较正常："真有默契。"

真的不怕，我们身边，有那么多义无反顾的家伙，我们人多，不怕他一个将军！

紧张的气氛重新归于轻松，我看着这一老一少，笑问："为什么你们今天要把这些'家务事'全部告诉我？"

"家务事，只告诉家里人。"龙王瞥了我一眼，"这么简单的问题你还问？吃傻了？"

家里人，多好的三个字。

我嘻嘻一笑："那买单吧，这顿你请，龙王爷爷。"

龙王一下子给呛到了，猛地咳嗽起来。

十三

走出餐馆，天上已是星月辉映，十分美丽。

三个人，走在宁静的小街上，把剩下的大半瓶红酒全都喝光的敖炽，醉醺醺地唱着跑调的吉祥三宝。

幸好这里没人认识我们。

天知道这家伙怎么醉得这么厉害，走了一段路后，我把摇摇晃晃的他搀到路边的长椅上坐下，嗔怪着："喝这么多，飞都飞不起来，看你怎么回家！"

"回家！好！回家！"敖炽高兴地抱住我，"我也有家！"说着说着，这厮又沮丧地垂下头，喃喃，"可是家里没爸爸没妈妈……怎么办？"他醉眼蒙眬地看着我，"你看！我才刚刚看到他们，他们又没有了！"

"他们在一起呢，下辈子还会在一起。"我捧住他发烫的脸，擦掉他眼角的一滴眼泪。

"真的呀？"他又高兴起来。

"当然，我几时骗过你。"

"对，你不骗我，你就知道打我。"

敖炽絮絮叨叨地说着，身子慢慢滑下去，就这样把脑袋放在我的腿上。

"我们别分开……一直在一起……两个人，不要一个人……"他咂巴着嘴说着混乱的话，睡着了。

"好。"我轻抚着他的头发，笑道，"睡吧，醉鬼。"

"看来我在这里挺多余。"斜靠在路灯柱上的龙王站直身子，"我回东海。你们自便吧。"

"你也从来没有把家门关上，就像老黄永远给儿子留着那把备用钥匙那样，对吧。"我突然说。

他站住，看着我，月色将他的脸庞描画得温柔起来："有吗？"

"天底下，哪有父母会真正仇恨自己的孩子。"我笑，"不过一时气急，关了家门。气消了，谁又不是巴巴地盼着孩子推开家门。"

龙王不说话。

"这么多年，你都不去找他要回青珀眼，难道不是希望有一天，他会主动回来，把东西交给你吗？只要青珀眼还在他手里，你们之间就还有一条牵连的线。你表面的严厉与不能原谅，与你内心的不忍与悲伤，根本是成正比。"我看着漫天星子，"如果当年，不要太介意是龙还是妖怪的话……啊呀，哪有那么多如果呀！"

他继续沉默。

"如果你真那么绝情，敖炽的妈妈就不可能在东海一次又一次地见到敖炽了，悄悄被杀掉都不一定呢。"我看看他，又看看敖炽，"都是喊打喊杀，又都是口硬心软。臭德行果然会遗传。"

他忽然开口道："你知道当初，我听说敖炽跟一只树妖在一起时，第一个感觉是什么？"

"恐慌。"我脱口而出。

他略有些惊讶："理由？"

初酒

407

"你怕敖炽成为第二个'泽'。"我望着他的脸,"前车之鉴,你想管,又不敢管。"

"我搜集了不少你的光荣事迹。"他摸了摸下巴,"真是劣迹斑斑,贪财好吃,欺压帮工。唉……"

"难怪你一见我就拿那种X光一样的眼神透视我,你一路上都在给我打分吧,故意说些气人的话。哼,说吧,你给我打多少分?我不会报复你的。"

"负分。"

"你……"

他看了看熟睡中的敖炽:"这也是个负分的,你们俩,负负得正,正好。"

"我可是妖怪呢,龙王爷爷,你真不介意?"我意外于他的话,很认真地问。

"你嫁的是敖炽,又不是他爷爷。"他也很认真地回答,顿了顿,"妖怪这个东西……也不是所有妖怪都那么讨厌。"他也抬头看星星,说,"如果这次没有他们,我们看不到这样的天空。有些观念,或许真的要改一改了。"

"同意。"

"我走了。"

"等等。"我叫住他,"青珀眼怎么办,不是很快会有人来要回么?"

"我会想办法找回其余失踪的青珀眼,天界那边,我自有办法拖延。"

"需要帮忙的话,不要客气。一家人嘛,不收你钱的。"

"……"

这时,龙王伸出手,不知是想跟我握手还是想拥抱我,最后还是什么都没做,只是用那张又爬满严肃的脸,看着我,憋了半晌,说:"有空的话,回来东海吃饭。"

"有空也来不停玩啊,我请你喝最难喝的茶!"

这个月夜,真是十分令人愉快。

十四

金亮的阳光,从东边照射下来,依然湿漉漉的地面上,行人车辆穿行不止,隔壁街卖包子馒头的吆喝声响彻云霄,热气腾腾的早餐,温暖了冬天的清晨。

不停就在前面不远的地方了,说来也没有离开多久,却真有如别三秋,迫不及待要扑回去的急切。

"回家了。"

"快走!我要吃赵公子煮的面!"

两个难民一样的家伙，手拉手朝那座等待已久的院子狂奔而去。

不停被踢坏的大门已经修好，两只燕子从巢里探出头来，亲热地冲我叽叽喳喳叫个不停，听到动静的家伙们，呼啦一下全从房间里涌出来。

顾无名一把抱住我，也不管他的骨头把我硌得难受。

"老板娘，我们成功了呢！"阿辽指着那一片朝阳。

"根据各地回馈来的消息，各个城市的大雨已经停止，或者正在减小，地震的发生次数与波及范围也在降低。"玄永远都那么认真，"传染病的危害也在弱化，没有进一步扩散的现象，疫苗也正在紧密研究中。"他松口气，道，"这个世界，正在正常中。"

纸片儿跳到我肩上："饿不饿？累不累？要不要吃面？老板娘！"

"你还是赶紧去洗个澡吧，这么邋遢的老板娘，怎么吸引客人！"沧瞳凯摇着头，"我那儿还有一堆 SPA 免费券，都给你。"

枯月停在狐狸阿透的脑袋上，两个家伙招呼着众人："都让开让开吧，外头这么冷，先让老板娘他们进去再说啊！"

我的耳朵里，好久没有充斥过这么多熟悉的声音了，我怕吵，可只在这个早晨，我那么喜欢这样的吵闹。

"好啦，都别吵了！"

我跟敖炽走到安静下来的众人前面，对视一眼，很默契地朝所有人，深深地，深深地鞠了一躬，说："谢谢！"

众人面面相觑，沉默片刻后，Kevin 拍拍我的脑袋："真要谢我们的话，把你的金子都拿出来当圣诞礼物分了吧！大家觉得怎么样？"

所有人鼓掌同意。

"不行！"我撕心裂肺地大喊，逃命似的冲进了屋子。

一进去，便看到赵公子正端着一碗热腾腾的面条走出来，一见我，他愣了愣，走到我面前，用一个十分十分傻气的姿势，把面条端到我面前，声音有点哽咽："老板娘，吃面！"

"你一直守在这里？"我接过面条。

"对。白驹把大家都找来时，我也想过要跟着大家一起去帮你。可我走到门口又回来了。"

"为什么？"

"我要是走了，不停被水淹了，或者被狂风吹垮了怎么办？那么可怕的风雨。"赵公子老实道，"他们那么有本事，一定能帮到老板娘。我动作慢，既然追不上大家，不

如就安心留下来，守着不停，哪里漏了我就马上把哪里补好，如果地震了，我也好撑住房子，怎么也不让它塌掉。总之，老板娘回来时，等她的应该是一个完好无缺的家。"

我环顾着四周，确实，在经历了那么糟糕的天气之后，不停里一点污水都没有渗进来，一切都安然无恙，一如既往，干净清新。

心里头一热，我拍了拍赵公子的肩膀，狠狠吃了一大口面，朝他竖起大拇指："真好吃！"

不停里，能有这么一个不多言不多语，每天只知烧菜做饭打扫卫生的憨帮工，真是至大的福气。

不对，应该说，开了不停这样一家店，是我至大的福气。

回家真好，真好！

所有人都涌进来，暖气与体温混在一起，什么疲倦都擦掉了。

我吸溜着面条，突然觉得少了一个人，忙问翎上："白驹呢？他把你们带来之后我一直没见过他了。"

正忙着向众人分发著名菜刀经销商名片的他，停下动作，说："他……"

"怎么了？"我心里咯噔一下，"他在哪儿？"

"这儿呢！"装面条的碗突然号起来。

我没嚼完的面条，全喷到对面也在吃面的敖炽脸上。

"我把翎上他们带到入口时，想着后面还有人，怕他们找不到路，又折回去接他们。结果……"它尴尬地说，"没有东西附体的话，我的力量溃散得很快，所以刚到半路就没力气了，幸好纸片儿他们来了，碗千岁拿了个碗出来，让我暂时附在上头，我一附上去就晕了。等我醒过来，已经被带回不停了。"

听完，我拿筷子狠狠敲了碗一下，说："差点吓死我！我还以为你挂了呢！"

"我本来就挂了。"

"呃……反正，你活着就好！"

我也不知道我在说什么了，只知道一切都好，这个世界还在，身边的人也在，我没有失去任何东西。

眼前的一切都那么可爱，包括满脸面汤，想跳起来掐死我的敖炽。

十五

2012 年 12 月 21 日，天气晴。

今天，所有电视节目的关键词，都是"末日"。

各地的灾害性天气已经纷纷解除，传染病的疫苗也正式投入生产，世界平安大吉。

我跟敖炽抱着爆米花窝在沙发里，嘻嘻哈哈地看着电视。纸片儿跟赵公子热火朝天地在厨房里腌腊肉。大街上，上班的上班，上学的上学，姑娘们依然漂亮，小伙子个个精神，男女老幼熙熙攘攘，大小车辆川流不息，沿街的商铺都打扮得琳琅满目，圣诞节打折扣的标语贴得到处都是。一句话，大家该干吗干吗。

末日，成了大家口里一个笑话。

当我们总是把一件事往坏处想，那件事可能会真的越来越坏。所以，不妨将事情往好处想，也许，真的会越来越好呢？！

不管怎样，逢人笑一笑，多说吉祥话，总是没错的，人生那么短，不能活得太丧气，来，给老板娘笑一个！

三天之后，平安夜。

清净了没多久的不停又热闹起来，该来的不该来的全跑来蹭饭蹭酒。

九厥很难得地带了礼物过来，我拆开一看，一小瓶酒，装在精致秀气的白瓷瓶子里。

"这是……"我眼睛一亮。

"我留了一点点真气。"九厥嘿嘿一笑，"这可真是好酒啊！"

我拧开瓶盖闻了闻，那香味，真是芬芳无敌，沁人心脾。

"给这种酒起名字了没？"我问。

"没呢。"他说，"你的创意，所以把命名权留给你！"

我托着这瓶化解了一场大麻烦的美酒，想了想，说："就叫'初'吧。"

"初酒？"九厥眨眨眼，旋即一拍手，"妙啊！他们弄出了末途酒来虐待世界，咱们的初酒，初出茅庐就大显神通，这个名字好，我喜欢！不愧是救了全人类的老板娘啊！"

"打住！"我摇摇头，"救了全人类的可不是我，是人类自己。"

说完，我拿过一个板凳，踩上去，把这一小瓶酒用丝带拴好，挂在屋子一角那棵又高又壮的圣诞树上。

"这么谦虚？不是你想出来的克制有屈的办法么。"九厥仰头道。

"这口真气本来就是人类自己的。"我边拴着丝带边说。

每个人出生的时候，什么坏念头都没有，对这个世界充满了最干净的好奇跟热情，可是，长大了之后，这样的本性偏偏就弱化，甚至没有了。我们开始各种各样的忧虑，愤怒，猜忌，对还没有发生的事诸多恐惧。多可惜。

我想，"最初"的力量，是最强大的，只要能让它一直在身体里延续下来。

初
酒

411

如果那口"真气"，永远存在心上，那这个世界，还有什么可害怕的呢。

"把那个彩带递给我。"

我刚指了指桌子，突然，一阵眩晕袭上来，我眼前一黑，实在控制不住身体，就那么倒了下去……

嗡嗡作响的耳朵里，回旋着圣诞快乐歌，还有电视广告里夸张的声音——

圣诞老人送大礼，送礼就送千足金！

◉ 尾声 ◉

"我怀孕了?!"

"她怀孕了?!"

敖炽跟我，每根头发，每根汗毛，嗖嗖地立了起来。

九厥淡定地点点头，说："根据我把脉无数，观人千万的经验，我郑重通知你，树妖老板娘，你确实有宝宝了。已经五到六个月了。"

"敖炽，快快，赶紧扶住我。"我朝敖炽伸出手，他赶紧把我扶住，手忙脚乱地把枕头叠靠在床头，小心翼翼地让我靠下去。

"你什么时候会把脉了？"我大声问。

"我博学多才，什么都会一点。专业酿酒，副业把脉。"九厥拍着心口道，"信九厥，得贵子！"

我咆哮了："要是我有五六个月身孕，怎么我的身体没有任何变化！怎么到现在肚子还是平的！！你开玩笑要有个限度！"

"大姐啊，你根本不是人类啊！怎么能拿人类的症状来衡量自己！"九厥一脸"你好没文化"的神情，"你看，哪吒他娘，怀胎三年六个月才生下了他呢！至于树妖要经过多久才能生下孩子，我要回去再查一查。可能用不了三年。"

"你……你真的确定？"我的声音软下来。

"要是误诊，你把我脑袋摘了当酒壶！"九厥言之凿凿。

我深呼吸了三次，圣诞老人要不要这么大方啊，送这么大一份礼物给我？！

正胡思乱想着，床边一阵拼命压抑的啜泣声惊到了我——

敖炽两眼飙泪，拼命瘪着嘴不让自己号出来，不等我说话，突然抱住我，在我额头重重亲了一口，然后手舞足蹈，疯子似的跑出房间去了。

很快，我就听到房间外传来一阵欢呼，隐隐还听见如下喊话——

"老板娘要当娘了啊！"

"我要当干爹！"

"我才是干爹！"

"你只能做干妈！"

"是儿子还是女儿呢？好激动！"

"起什么名字才好听呢？"

我默默地缩回被子里，恍如梦中。

我的手掌，轻轻地在腹部摩挲，这里，真的已经有了一个与我跟敖炽，血脉相连的孩子？！

两个人的世界，突然要变成三个人了么？

好神奇……

从没有自由的树妖，到历经沧桑万事的老板娘；从孤独的浮珑山，到热闹不休的不停；从一个人，走到一家人。原来，我的生命已经这么充实而满足……

不知怎么的就哭了，那眼泪根本就停不住。

接下来的日子，敖炽已然患上了准爸爸极度紧张症之类的病，从不干家务的他每天在家里喷消毒水，还去网上找来各种适合孕妇的食谱，逼着赵公子教他做，还把自己变成了活体闹钟，每天准点提醒我吃饭睡觉散步，随时随地问我有没有不舒服，想吃什么喝什么。

一想到他的模样，我实在很想笑。

今天天气很好，我在院子里走来走去晒太阳，手中的茶杯里，是给我自己的"浮生"。这几天吃多了营养过剩的食物，实在想念那种先苦后甜的味道。

踱步到门口，那盏软烟罗的灯笼在冬日难得的暖风里摇动，我抬头看它——

停步饮君茶，一夕浮生梦。但去莫复问，白云无尽时。

不管送这盏灯笼给我的人是谁，什么来头，是正是邪，就算真是那个从头到尾都没有出现，影子般神秘的"将军"，此刻的我，也没有任何不安了。

所有我爱，也爱我的人，都在身边。

不停里的客人，看似不停地离开，可是，他们从来没有谁真正地离开。

另外，我的手掌轻轻放到腹上——我还有了"最初"的力量。

所以，我不怕。

初酒

不过话又说回来，有件事我必须要阻止！

敖炽最近的爱好变成了研究姓名，昨天他兴高采烈地跟我说，他已经给我们的孩子起好了名字，就叫"将福"！大将之风，福寿安康！

将福……糨糊……他怎么能千挑万选出这么幽默的两个字！

我摸着肚子，在心里认真地说——

"娃，你放心，你娘我绝对不会叫你敖糨糊的！"

冬日的暖阳在院子里缓缓转动，天气预报说，未来一周都是大晴天。太好了！

还有，不停的生意更要好好地抓一抓了，今时不同往日，努力赚奶粉钱才是王道，对吧？:)

全文完

番外小剧场

龙树夫妻小剧场之旧档案

龙树夫妻小剧场之旧档案③

　　敖炽高兴得想打滚，一边收拾行李一边五音不全地大声唱着自己作词作曲的一言难尽的歌，如果那也配叫"歌"的话。

　　他高兴的原因是明天我们就可以离开这块被他嫌弃的大沙漠了，然后他嚷嚷了一整天要去有蓝天白云海水万里，最要紧是有无数比基尼美女的梦幻海滨。

　　"去马尔代夫吧！黄金海岸也行啊！再不然圣托里尼也凑合！"他跟说单口相声一样说得特别开心。

　　"你忘记我们还在迷路中么？"我伸了个懒腰。

　　"啥？"敖炽立刻严肃起来，扭头瞪着我，"我以为我们已经达成了共识，放弃用人类的方式在这个鬼地方瞎走，不管目的地在哪，对我们而言难道不是biu一下飞过去就搞定吗！"

　　"都说了我们要以人类的方式度蜜月呀！"我指着帐篷外头的沙漠与夕阳，"你看看，这里多美啊，我是答应离开，但慢慢走出去不好吗！"

　　"不好不好！"敖炽把行李一甩，居然在地上打起滚来，"我不要用脚走路！我不要再留在这个鸟不拉屎的沙漠！我要放飞自我！"

　　我叹了口气，看都不想看他一眼，说："就你这样的家伙，当初那些来应聘的帮工们真是随便挑一个都比你强！"

　　"啥啥啥！"他一轱辘爬起来，顺手扯过笔记本翻开，"来来来，你告诉我哪个比我强！这个吗？"

　　"哪个呀？"

"就这个！"他的手指愤愤不平地戳在某一页上——

不停帮工 X 人事档案（绝密）·NO.3

记录人：裟椤
职务：不停老板娘
记录内容——

3月20日

　　如果他送我的是一颗金子做的心，那才是真正的圆满！——那个家伙走了之后，每看到他留给我的那颗铅心，还是会忍不住冒出这样邪恶的念头。不过，有一颗不是金子但胜似金子的心，好像的确比金子本身值钱吧，这样想我就平衡了。可是，这一个伟大的铅块既不能跑又不能跳，所以以我的帮工问题还是没有得到解决。胖子瘦子每天都在号叫工作太多工钱太少，越发有消极怠工的倾向了。我觉得，就算用抢的，也要抢一个比胖子瘦子好用一百倍的新人回来！

　　简历！简历！简历！这两个字简直就是希望的灯塔！短短五分钟的扫描搜索之后，我从繁花似锦的求职者里，拎了一个出来。我敢说，这是我目前所看到的，最精简的求职信，通篇只有四个字——

　　莫失莫忘。

　　着重提一下，这四个字不是用电脑敲出来的，是用毛笔写在纸上，再扫描下来附到邮件里。我对书法没多大研究，说不出这字体的根源好坏，但，每个字看着都清澈俊逸，竟有一种字下藏了一张动人脸孔的奇特感觉。

　　我觉得，总有一天我会被我的好奇心踢死。我给这封邮件的主人回信，通知对方明天来面试。

3月21日

　　我敢说，他是迄今为止面试最顺利的一个。这小子一见到我就躬身作揖，笑容满脸道："好姐姐，赏我一份差事可好？"他说话不只是用嘴，连带着眉目都是活络的，这样的姿态最难把握，稍微过头就是个轻佻的小流氓，可他偏是恰到好处，看似眉眼不正，戏谑调笑，却毫无猥琐之气，几个小动作，一句玩笑话，居然垫着股扎实的诚恳与干净，不但不惹人厌，反而打心眼儿里喜欢。没错，我对他的面试过程，就像他的简历一样简单，

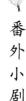

仅仅是听他讲了一句话，看了他三秒钟，我拍板，行，你来上班，试用期一周。

3月22日

一大早，胖子跟瘦子便拿着擀面杖从厨房里怒跑出来，新帮工大叫着"好姐姐救我！"抱头朝我跑来，嗖一下躲到我背后。事故原委很简单，新帮工一见到在厨房里工作的胖子瘦子，就捏住鼻子说："男子是泥做的骨肉，一见便觉浊臭逼人。"胖子跟瘦子正为昨天打麻将输了钱抑郁，他真是送上门的出气筒。

"好姐姐救我！"他从我背后伸出头，朝胖子瘦子做鬼脸，然后嗅了嗅我的头发，笑道，"还是女儿家好，都是水做的，看着就觉清爽。"

自己明明是个男子，却将千般好话都给了女子，这小子的脑子被擀面杖压过了？！

可我不生气，只觉有趣，这个姿容可与中秋月春晓花媲美的男人，我想看到他眼里最深的地方去，因为我想知道一个问题的答案。

3月23日

我没想到这小子做甜品的本事这么出类拔萃，更没想到他竟从各种鲜花里提取出颜色与香味，加到糕点里。他做的糕点，款式本来就精致，再加上这些心思来点缀，做出来的哪里是吃的，简直是艺术品。他还给每种糕点起了名字，有的叫"潇湘"，有的叫"蘅芜"。

我问他，为什么要取这样的名字。

他的鼻子上沾着面粉，笑道："莫失莫忘。"

这样的笑容很成熟，不像他之前的任何时候。

3月24日

今天店里的生意好了很多，糕点一抢而空。而且，他居然能一眼看穿每个女顾客的皮肤状况，卖糕点时还附赠她们他自己做的纯天然护肤品。我试了他做的胭脂，那一抹红晕简直就像是从我的皮肤里长出来的一般自然。我诧异了，胖子瘦子在羡慕嫉妒恨里，也诧异了。今天，我听到的最多的顾客反馈就是——哇，好贴心哟！

这个男人，比女人还了解女人。我开始思考他存在于这个世间的真正意义。

3月25日

新帮工失踪了一天。

3 月 26 日

他扛着锄头回来了。说他把全城落在地上的花瓣都收起来，埋到城外的山上了。胖子瘦子建议我把他送去精神科，我把他们踢出门外之后，问他："这事儿本不该是你做的吧？"

"莫失莫忘。"他擦着额头上的汗，又笑，"好姐姐，我只与美好之人，美好之事为伴。"

他说话时，窗外的月光亮了许多。

3 月 27 日

收工之后，他跟我坐在院子里喝茶，他自己拿来一套茶具，碧玉剔透，就算一碗浊水倒进去，也能立即清澈起来似的。我破例给他沏了一杯浮生，他适合这杯茶。他说苦，但好喝。问我："世人都说我混账，偏姐姐你还肯收留，为何？"

"世上到处都是店，偏跑我这里来，你又为何？"我反问。

"因为姐姐生得好。"他挑眉一笑，"不是说样貌，是这里。"他指着自己的心口，"你的心就跟这杯子一般，味道再古怪的水，也能装得下。"

"比如，像你这般浑浊的水。"我笑，"男人女人，本是一样干净的水，只是难免会装错杯子，变了颜色。你偏就犯了痴病。"

"我只想爱尽天下可爱之人。"他慢慢喝茶，"莫失莫忘。"

"想装的东西太多，反而什么都装不下了。"我闭上眼，嗅着空气里的花香，"博爱是无情的昵称，这话是我说的。"

他笑笑，将茶水一饮而尽。

3 月 28 日

我的第三位新帮工不辞而别。只在昨晚我们喝茶的地方，留了一本发黄的《红楼梦》。

这个家伙，爱的从来不是女子，而是许多人都向往过，但永远可望不可即的，与功名利禄，世俗绑缚都无关的——干净的自由。

留给我的书的扉页上，还是他写的四个字——莫失莫忘。

莫失自由，莫忘良人。

我是这样解释我想要的答案的。

记录完。

不停帮工候选人 3 号资料——

姓名：（很明显不用我说了吧……）

性别：男

生卒年：不详

"你敢说这个只爱吃姑娘嘴上胭脂的小子比我强？"敖炽把本子一摔，"他替你洗过碗没有？替你扫过地没有？你出事的时候他来救过你没有！"

"可他自制的化妆品一流呀！"我笑眯眯地说。

"一个从书里走出来的都不知道算是鬼还是妖怪的东西，值得你给他写这么多字么！"他哼了一声，"不停是不是八字不对呀，随便发个招聘广告就引来一堆怪胎。"

"最大的怪胎难道不是东海的孽龙？"我打了个哈欠，"天都黑了，睡觉吧。明天还要早起出发呢。"

"不对啊，这家伙当初跑来我们店里干吗呢？我记得他撩了一群妹子，收了花瓣，跟你喝了茶，然后就消失了。"

"因为我可爱啊。"我笑，"人家说了，想爱尽天下可爱之人。"

"呸！不过来骗吃骗喝骗妹子罢了！"

"算啦，他只是一个希望把自己收藏了百年的心情分享给别人的家伙而已。在一个地方待闷了的人，最适合来我们不停喝杯茶歇一歇了。"

"对哦，等咱们回去，不停要重新开业的！不卖甜品做什么？"

"我再想想呗……"

"开火锅店怎么样？"

"你觉得我们之间的火气还不够大是吧？"

"以毒攻毒我会乱讲？"

"……"

龙树夫妻小剧场③完

沙漠迷路之旅圆满结束，今天，我们的世界终于从沙漠变成了天空。

对于坐飞机这件事敖炽其实是不太喜欢的，按照他的说法，身为一只会飞的龙却要老老实实买机票实在是一种侮辱。

我们的飞机正在往多伦多去，然后再转机去百慕大群岛……

这是我点名要去的地方，实话是我对那里闻名的失踪事件太感兴趣了。

机舱里，敖炽一边喝咖啡一边叨叨："完全不知道你为啥老喜欢往那些危险的不毛之地蹿，我们是在度蜜月诶，别搞得像自杀之旅好吗！"

我嘻嘻一笑，一反常态地抱住他的手臂，相当乖巧地说："因为你在，所以我才敢去啊。"

他哆嗦一下，瞪着我："你中邪了？"

"你五行缺虐是吧！"我往他手臂上砸了一拳，"真是不能对你好。你这种从小就胡闹的家伙，你爷爷没把你打死，说明他是你亲生的爷爷。"

他冷哼一声："切，仅仅靠打骂是教育不出好孩子的，你忘记那个家伙了？"

"谁？"

"这个呀！"他又抽出笔记本翻开，扔到我身上——

不停帮工 X 人事档案（绝密）· NO.4

记录人：裟椤

职务：不停老板娘

记录内容——

7月17日

　　天气预报是世上最欺骗感情的东西！今天不但没下雨降温，还比昨天更闷热了！我拿着两把蒲扇使劲扇，一边扇一边督促热得半死状的，正在努力修复空调的胖子跟瘦子。你看，我需要的是那种万金油，一般什么都会，但对薪水视如浮云的人才，而不是这两个除了薪水什么都是浮云的笨蛋。本来空调只是不制冷，但经过他们三个小时的折腾，它不但不制冷，还开始制热了。

　　我觉得，再待在屋里可能会出人命，于是我挪到了店门外，坐在门槛上，享受夜晚来临时那一点点奢侈的凉风。天边还能看到最后一抹火烧云，像条鲜红的绸带。我正看得入神，却冷不丁闻到一阵淡淡檀香，回头，那容颜俊秀，肤白如雪的少年，定定地看着我。

　　真漂亮呀！像个姑娘一样漂亮的人儿！

　　可是，有杀气，藏在宁静悠远的檀香味道，与他沉静的脸孔之中。

　　他肯定以为我会被他的突然出现吓一大跳，结果我没有，我还是摇着蒲扇，连站起来的意思都没有。

　　"我来应聘，我来赚钱。"他生硬地说完，便想朝里走。

　　我的蒲扇横出去，挡住他："我看不出你有当我的帮工的潜质。"

　　"我能帮你解决你现在最想解决的问题。"少年停下，斜睨了我一眼。

　　"你会修空调？"我一挑眉。

　　少年用那种"你真没文化"的眼神扫过我，从身上掏出一块叠得四四方方的红色绸帕，径直走进了不停。

7月18日

　　我心甘情愿留下了这个少年，因为，他让不停下了一场透彻的雨，因为这场雨，我甚至要穿上厚外套了。我的不停，成了这个夏天里的异数，每个来到店里的客人都赞我大方，空调开得太足了，太舒服了！

　　其实，空调一直是坏的。但，不停里的温度跟外头不一样了，凉得像真正的秋天，在这样的温度里待得久了，还会从心里荡漾出一丝伤春悲秋的情绪。

　　我的新帮工很大牌，他什么都不做，除了吃饭睡觉之外，只是捏着他的红绸子，坐在窗前看雨，他带来的雨。

胖子跟瘦子对他很有意见，但我说，人家有本事人工降雨，你们呢？空调呢？

胖子瘦子低下脑袋，去厨房洗菜。

我聘用的新帮工，是个"活体空调"。

昨天，我看到他站在院子里，把手里的红绸在空中舞出一条条华丽的弧线，不停头上的云朵随之翻滚不息，然后，下雨了，降温了，就这样。

7月19日

晚上，新帮工找我要薪水，大言不惭，说越多越好。

我裹着披肩，喝着热茶，好奇地问："你拿钱做什么呢？"

"当路费。"他答。

"去哪儿？"我放下茶杯。

"找人。"他答非所问。

"找谁？"我更好奇了。

"我自己。"他眼睛里有很真实的茫然，"还有，一个我爱的，一个我恨的。"

这时，窗外一道闪电，雷声隆隆。

他的身子明显颤了颤，什么都不再说了，默默回了房。

7月20日

关店前，一对母子来店里买甜点，离开时，我看到他跟了出去。我很无聊，于是也跟了出去。路上，孩子大口地咬着蛋糕，母亲慈爱地给儿子擦去嘴角上的渣沫，寻常的一幕。他一直跟在他们身后，什么也不做，什么也不说。直到送他们走过那条漆黑的小巷，他才折返回来。

巷子里的垃圾桶旁，躺着两个被打晕的劫匪。

原来他还会干点保护妇女儿童的好事。

回去之后，我问他原因。他却说，八婆才喜欢跟踪别人。

我很愤怒。

7月21日

关店前，那对母子又来了，对于昨天他在背后为他们做的事浑然不知，同行的，还有那孩子不苟言笑的父亲。从进来到离开，只听到他不断数落孩子不听话，责怪妻子慈母多败儿之类。

新帮工依然坐在老位置，伸出手去接檐下的雨水，但我看到他的脸，比乌云还浓重。

我又感到了那股杀气。

我不怕当八婆，我怕出人命。我又跟踪他了，在他尾随那一家三口出门的时候。

巷子里，一家三口看不见他的存在，只看到一把雪亮的匕首，悬在空中，朝男人的心口刺去。

我制止了他的疯狂，让那把匕首歪了方向，刺进了墙壁。

孩子吓得哇哇大哭，丈夫挡在妻儿面前，面如死灰。

我把他抓回店里，捆起来，说："我知道你是谁。"

7月22日

我冷冷看他，他也冷冷看我。

"无论几世轮回，你都要这般对待他们么？"我问。

他昂头："东海之畔，割肉还母，剔骨还父，生生世世，再无父母，只记爱恨。"

我叹气，把一份从医院里搞出来的病历拍在他面前。上头，记录的是一个父亲将自己肝部的四分之一移植给儿子的事实。

"这就是你昨天要杀的男人。"我看着他渐渐变化的眼神，"父母挚爱儿女，然父母是人，是人就会犯错，所以我并不敢说天下无不是之父母。但你也要明白，有一种爱，显而易见，还有一种爱，并不宣之于口。总之，过去的，便过去了吧。总记着仇，日子不容易过好。"

他别过脸去，不再说话。

我知道要解开一个叛逆的灵魂几千年的心结，只靠几天时间是不够的。当然，我也绝不允许我的任何一个帮工有变成杀人犯的可能。幸好，我是霸气的老板娘。

7月23日

树上的蝉又开始无休止的鸣叫。来店里的客人们纷纷抱怨我太节俭，连空调都不开。胖子瘦子继续跟空调奋斗。我继续摇我的蒲扇。

新帮工没有了，院子里，花草之中的某个角落，多了一个沉睡中的，红色的小球。

这是他最初的模样，一个调皮顽劣的小肉球，调皮到在他母亲腹中折腾三年六个月才肯出来。

我想，对他而言，留在不停是最好的。这个地方，会教会他找到他真正想找的东西。

是不是每个孩子的身体里，都曾有这样一个顽劣叛逆的小乒乓球？！

我突然这样想。

PS. 这个小混蛋不知从哪里找来了毛笔，趁我午睡时在我脸上画了个乌龟！看来必须再加一道控制他活动时间的封印，嗯，就在昼夜交替时的那一个钟头吧！

记录完。

不停帮工候选人 4 号资料——

姓名：（你们肯定知道的……）

性别：男

生卒年：不详

合上笔记本，我叹了口气，说："诸多应征者中，只有他杀气最重。"

"再大的杀气到了不停也变成空气了。"敖炽撇撇嘴，"你确定要把他继续留在不停？"

"上次九厥来时，说月老在招徒弟，我寻思着把这个家伙推荐过去。"

"可谁会要一个乒乓球当徒弟！！"

"月老自己长得不就是个膨胀版的乒乓球么！"

"真要把他送走？"

"这孩子需要一个新的人生，如果能跟在和善豁达的月老身边修行，假以时日，必成大器。"

"你哪来的自信他能成大器？"

"就凭他穿开裆裤的年纪便赤手空拳宰掉了你们老敖家的一位亲戚。"

"往事就不要再提了吧，人生已经这么多风雨了……他跟我们老敖家的这段恩怨，呃，其实我是站他那边的，毕竟我那表亲本身就不是什么好龙……"

"咦，居然这么深明大义？"

"我接受……快快，再夸我一下！"

"啊呀，刚刚过去的那个空少好英俊呀！"

"哪个？我去跟他聊聊人生……"

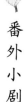

附：裟椤双树出版作品表

浮生物语单行本系列——

《浮生物语·壹》

《浮生物语·贰》

《浮生物语·叁（上册）》

《浮生物语·叁（下册）》

《浮生物语·肆 鱼门国主》

《浮生物语·肆（下）天衣侯人》

《浮生物语·伍（上）西溟幽海》（待出版）

前传：《浮生物语·浮珑》

番外集：《浮生物语·七夜》

浮生物语衍生作品——

浮生物语大画集

浮生物语系列绘本

浮生物语漫画

钟家系列——

《降灵家族》

《雌雄怪盗（上册）》

《雌雄怪盗（下册）》

《与魅共舞（上册）》

《与魅共舞（中册）》

《与魅共舞（下册）》（待出版）

《三界宅急送》

百妖谱系列——

《百妖谱·壹》

《百妖谱·贰》（待出版）

其他中短篇集——

《陌上桑》

《山·十二记》

除以上作品之外，任何冠名"裟椤双树"为作者或以"浮生物语"等为标题之图书，皆与本人无关，并对任何盗版行为保留诉诸法律的权利。请读者认清正版，谨慎购买。

The story of fleeting life

浮生物语·贰

作者
裟椤双树

选题策划
知音动漫图书·新阅坊

封面&插图
鹿菏

封面设计
陈启

内文设计
郑雨薇

图片总监
杨小娟

特约编辑
万旭进

执行编辑
余慧

责任发行
周冬梅

出版社
长江文艺出版社

总出品
湖北知音动漫有限公司

制作出品
知音动漫图书·新阅坊

官方论坛
http://xsbbs.zymk.cn

平台支持

图书在版编目（ＣＩＰ）数据

　　浮生物语.2 / 裟椤双树著． -- 修订本． -- 武汉 ：
长江文艺出版社， 2017.11
　　ISBN 978-7-5354-9600-3

　　Ⅰ．①浮… Ⅱ．①裟… Ⅲ．①长篇小说－中国－当代
Ⅳ．① I247.5

　　中国版本图书馆 CIP 数据核字 (2017) 第 075813 号

特约编辑：万旭进　　余　慧
责任编辑：曹　程　孙晓雪　　　　责任校对：陈　琪
装帧设计：陈　启　郑雨薇　　　　责任印制：邱　莉　王　婷

出版：　　长江出版传媒　　　　　长江文艺出版社
地址：武汉市雄楚大街 268 号　　　邮编：430070
发行：长江文艺出版社
电话：027—87679360
http://www.cjlap.com
印刷：浙江新华数码印务有限公司

开本：710 毫米 ×1000 毫米　　　1/16　　印张：26.75　　插页：8 页
版次：2017 年 11 月第 1 版　　　　2017 年 11 月第 1 次印刷
字数：430 千字

定价：42.80 元